JN064089

リルケからの回生

戦後詩の新水脈　前原正治　金井直

坂本正博

前原正治　2003 年 3 月

1996 年 8 月 5 日　藤沢にて　左より　後藤信幸、金井直、坂本正博

2004 年 10 月 23 日　藤沢にて　左より　坂本正博、後藤信幸

リルケからの回生

——戦後詩の新水脈

前原正治　金井直

はしがき

本書には、戦後詩における「リルケからの回生」の系譜、新水脈として前原正治・金井直・神品芳夫を中心として集成した。

このテーマがライフワークとして定まるまでの経緯を、文学を志した初心から振り返ってみたい。外国語学部中国学科の大学卒業論文に選んだ魯迅（ろじん）を読み耽った折に、日本や西欧諸国からの抑圧に抵抗しながら民衆の救済を志向する磁場、人の在り方を示唆された。とりわけ、魯迅がその意思を作品化する途上で、知識人としての自己を剔抉し苦悶した事が私自身の課題にもなった。『狂人日記』や『阿Q正伝』を初めとする短篇や評論などで浮き彫りにしたのは、民衆との境界で引き裂かれる自画像であり、それを脳裏に刻んだ。つまり日本国内でしか通用しない国文学の枠を超えて、複眼的な視線で他者との境界を俯瞰する感性が染み透った。

その後、小野十三郎の詩に創作の指針を見いだして詩や評論を書き始め、更に中国の詩人でドイツ文学者の馮至（一九〇五―一九九三年、六四年まで北京大学外国文学部部長）を通してリルケと出会った。馮至は一九三〇―三五年に、ドイツのハイデルベルクやベルリン大学で学びドイツの教授から博士論文の指導を受けた。もっぱらリルケの研究にあたった。帰国後は、リルケの詩法を中国に紹介し自らの詩集『十四行集』（ソネット集、桂林の明日社、一九四二年）で、その詩法を咀嚼した詩を発表した。しかし抗日戦争下の祖国の苛酷な現実と対峙する最中（さなか）で変容し、リルケの枠を超えて自らの固有の磁場、詩法を創出し回生した。

顧みて、日本の戦後詩でも「リルケからの回生」を果たした詩人がいないかと探索し始めた。その観点でまず金井直、その後に前原正治を捉えた。二人は、リルケが芸術事物を把握する方法やその造形美を、生涯をかけて自らの詩作に浸透させた戦後詩人だ。同時に、戦後の内外にわたる苛酷な現況への批評性を兼ね備え研ぎ澄ました。戦後日本でリルケの洗礼を受けた多くの文学者とは違って、リルケの真髄をふまえつつも、その枠を先駆的に突き抜け回生した。そこで、戦後詩史の新たな水脈として二人の詩業を提示したい。

二人は次のような特質を備えている。本源的な〈緑の歌・道〉（本来の生命の記憶、死者の叡智が支えている生者の歩み）を希求し、原初の本源的な自然に立ち帰って生成・流動・消滅する造形（芸術事物）を創出する詩想だ。本書では自然界の内で生成しつつある循環と回帰（福岡伸一は動的平衡と名づける）の意に付け加えて、それが発現して、ありのままに生起する存在の流れのただ中にあるもの、その本源的な想像力に〈緑の歌・道〉（芸術事物）という用語をあてはめた。Ⅰの書誌「前原正治　詩作の歩み」の冒頭に詳述した。

また、二人の造形は〈緑の歌・道〉に離反する現況への批評を兼ね備えている。二人はリルケの詩法を母胎の一つにして、戦後の焼け跡から回生した自画像を芸術事物と溶け合わせてそれぞれ固有の造形を表現し、結果として関連する新水脈となった。

つまり本書では、リルケの真髄を捉えるだけでなく固有の詩法を創出し回生したかどうかに重点を置いて検証し叙述した。つまり、本源的な自然と溶けあうその生命の様相はもちろん、更に自らの血肉をともなう生存の磁場を、複眼的な視線で透視し造形として創出できたかどうかを見きわめてみた。この課題を具現化したのがⅠとⅡだ。

以前から日本におけるリルケの受容は、造形の表面だけをなぞって抒情的傾向のみを模倣しその枠に囚われ、意匠をまとうだけにおわっていることが多い。リルケに限らず意匠だけをまとうモダニズムの傾向は戦前戦後を通じて現在も続いている。この一般的風潮に対して、戦後詩史の新水脈を対置する。

Ⅲの神品芳夫は、二人（前原と金井）が〈リルケの芯を芯でとらえ〉たと先駆的に発掘した文学者である。二人の側からも神品に対して呼応し通じ合った事を、直に本人達に確認した。そこで神品の鑑識力と二人が呼応し交わった事跡を、Ⅰの書誌「前原正治　詩作の歩み」や、Ⅴの私自身の「研究と詩作の歩み」他、本書の各所で取り上げ詳細に叙述した。

Ⅰの前原正治、第一章は初期詩集論で、第二章は詩業全体の概観だ。合わせて前原論の序にあたる。第三～六章では、ヘルマン・ヘッセに始まりリルケやイェイツ、ブレイクなどを「経験」し、原初からの生命の水脈に立ち帰って創出した文体、造形（芸術事物）を時系列で詳述した。

同時にこの第三章以下で、詩集『魂(たまが)涸れ』刊後に「〈世界苦と子供〉のイメージ」連作詩も新たに書き始めたことも織り込んだ。歴史的現実の推移の最中で、複眼的な視線（戦災死した幼年性の視線に支えられて）によって生命の水脈を俯瞰し、独自の多様な造形（芸術事物）を創出した。つまり「生命（いのち）」の詩想から離反する子どもの殺戮（末期の告発、遺志）を招魂し、人の罪過、罪責を剔抉して、読者の内部空間にも裁きの磁場を喚起し問いかける詩だ。そして人の罪過・罪責を担い続ける読者の良心と呼応し、生命全体の利他のつながりの復活（超時間的現出）、回生を希求した。この希求を、「リルケからの回生」として成し遂げたところに前原の独自性がある。この創作過程の全著作を網羅した書誌「前原正治著作年譜」も完成しているが、大冊となるので省かざるをえず残念だ。

Ⅱの金井直で、既刊三冊の金井研究の著作をふまえて、「リルケからの回生」を成し遂げた典型的な造形、蟬と花の詩の創作系譜を系統的に跡付けた。また前原・金井・山本みち子が、それぞれ固有の捉え方で蟬の造形を考案している事にも注目し比較しながら書いた。生命の水脈の類比という点では通底するのだが、それぞれの熟練した描写力を発揮できる題材だったようだ。

神品芳夫は、リルケとの関係だけでなくドイツ自然詩の系譜とも比較しながら金井と前原を評価している。複眼的な視線を発揮してドイツと日本とを俯瞰しこの分野を先駆的に開拓している。本書の執筆を進める上で指標の一つとしたが、更に独自の見方も「前原正治　詩作の歩み」で提起した。Ⅲでは、その蓄積をふまえて神品自身の詩の創作へと眼を転じて、リルケやドイツ自然詩をその磁場に浸透させながら展開している詩作の現在を紹介した。作者の創作と同時進行なので、解説が的を射ていればよいが。新詩集『流亡』（二〇二一年）もいずれ詩集論をまとめたい。

Ⅳは、〈緑の歌・道〉との関係が深く批評性も研ぎ澄ました詩人達を紹介した。中でも山本みち子の詩は、幼年の無垢な視線と溶け合って、大人が偽装した現実の表皮を剝ぎ取り人生の真相を研ぎ澄ましている。この想像力に示唆され、Ⅰ前原正治の第四・五章を発想できた。

大冊の書となったため、書き上げているのに今回は収録できなかった他の詩人論を機会があれば著作にまとめたい。

Ⅴは、私自身の執筆の歩みと、その分岐点となった著作を時系列で叙述した。先学からの導きや、同時代の文学者からの批評も織り込んだ。

私の歩みで特筆すべきは出生した時代だ。一九四五年八月九日の朝、母は北九州の元の小倉市（出生地）で勤務先に居た。そこに投下予定だった原爆は、当日の天候のために長崎に投下された。母は爆心予定地に居たので、この巡り合わせで生き延びた事を想起して繰り返し私に語り聞かせた。その後七十七年を経たが絶え間なく戦争は続き、今のウクライナの惨禍に直面している。Ⅰの第六章に引用した前原の詩「秋の傾斜地で」（詩集『黄泉の蝶』）に描かれた戦災死者〈ぼく〉の〈ほっそりとした白骨の脚〉は、それに対峙する造形だ。地上に突き出し〈拒絶の棒杭〉となった〈ぼく〉は、現実の映像と重なり世界で凝視されている。

人の罪業に対峙し未来への光を希求する歩み、つまり他者との境界を切り開く生きた記録としてVを発表する。

なお、前原作品の本文を引用する際に、送り仮名・新字体・ルビを新たに付けるなど、本人の了承をえて訂正した。

目次

Ⅲ　神品芳夫

Ⅳ　戦後詩の新水脈

Ⅴ　研究と詩作の歩み

リルケからの回生

――戦後詩の新水脈

前原正治　金井直

I　前原正治

一　前原正治詩集『緑の歌』

――〈緑〉に溶け合って生命の本源を開く

前原正治（まえはらまさはる）は高校から詩作を始め、一九六八年（二十七歳）までに六冊のタイプ刷り習作詩集刊。七一年に集中して推敲し詩集『緑への風見』[*1]刊。それまで秋田県能代（のしろ）市の能代北（のしろきた）高校で英語科教師を務めていた。ブナの原生林に魅せられて白神山地（しらかみさんち）他へ毎週のように登山した体験もこの初期詩集に投影した。

二〇一九年に、それから二十五篇を選び新たに一篇（第十五篇）を加えて詩集『緑の歌』（装幀　高島（たかしま）鯉水子（りみこ）、土曜美術社出版販売、A５判、総九十三頁）刊。『緑への風見』巻頭の序詩「緑の微笑」は第二十篇に、第五篇は十篇目に移し、本文も少し補訂。[*2]一読すると新鮮な風が心を吹き抜け樹林の香りにつつまれる。

一篇一篇の本文は、ほぼ『緑への風見』と同じなのに、精選し配列し直した『緑の歌』連作詩二十六篇を新鮮に感じるのはなぜか。

まず『緑の歌』開幕の詩「輪郭の淡い夢がめざめ」（以下、『緑の歌』本文を引用）は鮮烈だ。宇宙の果てから地球の奥深くまで全てに緑の細胞が浸透し渾然一体となった光景を喚起する。原初から生成する悠久の空間に早くも人を溶け込ませる。次の一節。

緑の歌をうたう緑の森を歩き
そこを通り過ぎた私の　緑にそめられた魂を　そのまま一つの緑の斜面に傾け
その傾いた私を　無垢の緑の光でみつめているのは
　　だれの　私へと開かれた瞳？

〈緑にそめられた魂〉が働きかけると、その瞬間〈無垢の緑の光でみつめ〉返される。そして宇宙と生きものの細胞とが互いに浸透し合って、〈私〉が〈明るく失われてゆくというよろこび〉を照らし出す。詩集を手に取った時、高島鯉水子のカバー装幀もその光景へと誘った。表と裏の両面に描かれた像は絵画のような趣を感じさせる。

ところで七一年頃の前原は、長文の一行で想念を吐露する文体も使い、イメージを捉えにくい詩もあった。しかし次の第十一篇「苦痛」前後から、がらりとリズムが変わる。生命の本源が〈私を拒んだとき〉〈血のように苦痛が噴きだ〉す。

私の口からは
意味のとれない痴呆の涎の歌　泡をふいている言葉の海

それはこれからの私の
　長い不幸を前もって祝福する　痺れるような幸福の一瞬

顕わになった自画像は、更に第十四篇で〈欲望も悲しみも生まない／ただ　風のない　広い荒野で〉寂寥にさらされる。

そして第十五篇に「あなたを失いつつ」（一九七七年の詩集『経験の花』[*3]収録の「少女の魂から」その４「明るい喪失」を少し補訂）を新たに挿入する。第十四篇の寂寥の場を受けて、

　あなたを失いつつ
　わたしの夜の
　何とはれやかに　ひろびろと拡がること！
　わたしの心は
　宇宙のかおりでいっぱいです

〈わたし〉は女性的魂のふるえと前原は解説。男性への愛欲に囚われず〈別れへの身ぶり〉をする〈わたし〉の、

　眼差し（まなざ）は　すでに

恒星の　ひんやり明るい眼で
ふるえてくるほどの
無限の寂寥をみつめている

〈恒星〉、つまり自律する存在者に変容した〈わたし〉は〈宇宙のかおりで〉満たされ〈無限の寂寥〉へと開かれる。

一方、第十五篇と対比して配置した第十六篇の「夜　目覚めて」冒頭は、

鳥の叫びにめざめた私の
その乾いた夜の中へと
雨のように
なんとあなたの心の深くしみいること！
そして
もう誰ともわからぬものとして
私が呼びかけるあなたという言葉の
あらゆるものをつきぬけて
なんと私の心をひろびろと解き放つこと！
いま

忘れられた遠い日々から
形象も表情も溶け去った一つの
匂いめいた存在が私に吹き寄せ
それとともに
ほのあたたかい闇の中で
夢のように私の郷愁が甦り
開かれた生命の星がきらめき

その〈私〉は男性的魂の声を帯びたものとやはり解説。この第十五・十六篇のように〈わたし〉と〈私〉とを対比して配置した連作詩を通して、〈自己の心情の揺れや、〈他〉という存在との関連によって生まれる空間を探りつつ、その上に晴れやかに広がる、そういう統一な緑の世界へと、いくつかの方向から、風のように吹いてゆく心の流れを辿ってみました〉（「緑の歌」の詩想、扉の前頁）と構成の意図を予告。「あとがき」でも〈主題とその変奏をより鮮明に示して展開する一つの小詩集を編むためのこころみ（中略）解きほぐし圧縮した形〉と精選の意図を解説。次の第二十篇「緑の微笑」はそれらの意図を凝縮した形象で、詩篇全体の母胎にもなった詩。

ああ　思いを捨てて　それは緑を消す
ほら　あなたの微笑は　浅みどりの世界から

屈折もなく　円く　暖かく　そのまま
思わず　私に吹きよせてくる

緑は　生命の柔さ　優しさ
まだ眠たげな羊飼の　ゆるやかな息づかい
その触感はビロード　音色はフルート
緑は　樹とそよ風との　揺れうごく温もり

だから私は　樹の根から幹へ
そして枝へと　樹液とともに立ち昇り
葉の内部に　恍惚として流れ降り
あなたの緑の風にふれて　思わず　そよぎたい

〈緑の世界〉に包まれた〈無垢で温かい魂から、樹液のように立ち昇り、顔のところで一つの美しい形象になる微笑〉（「緑の歌」の詩想）に〈私〉は溶り合っている。

この詩想は『緑への風見』刊の七一年以前から胎動していた。神品芳夫訳『初期詩集』（彌生書房版『リルケ全集』一巻詩集I、一九六一年、一六―一七頁）を座右の書として精読し〈緑の世界〉への契機を捉えた。

耳をかたむけ、おどろきの眼をみはりつつ
ひそやかにあれ、ぼくのもっとも深い生命よ、
風がそっとおまえにつたえようとすることを
白樺のふるえるよりなお早く、それと知るように。

ひとたび沈黙が語りかけたら、
あらゆる感覚をそれにまかせよ、
どんなかすかなそよぎにも身をゆだねよ。
するとおまえはやさしいゆすぶりを受けるだろう。

そして、わが魂よ、広くなれ、広くなれ、
深い生命が成就するように。
思いをひそめる物たちのうえに。
晴着のようにおまえをひろげよ。

同書（七九―八〇頁）には次の一節もある。

ぼくらの最初の沈黙はこんなふうだ。
風に身をゆだねているうちに、
ぼくらはふるえる木の枝になりきって、
五月の万象に聞き入る。
そのとき、すべての道に影がさす。
遠く耳をすますと、――雨の音だ。
土地全体が雨にむかってからだをのばす、
このめぐみに近づこうとして。

　これらを咀嚼しながらブナの原生林に分け入り〈風に身をゆだね〉〈緑〉の〈深い生命〉に溶け合うイメージを創出した。だがその芯を基にして『緑への風見』までに独自の詩想へと変容を遂げていただろうか。

　まず「私がひとを愛するのは　高まった心で」（『緑への風見』、七六頁。『緑の歌』第十七篇、六〇頁。同一文）はリルケとの照応が明確だ。

投げ上げられたボールを受け止める姿勢で　両手を拡げることもなく
ひたすら　そのひとを乗り越えたあと
それからはただ　一つの傾斜を走りつづけるだけなのだろうか

リルケも『オルフォイスへのソネット』第二部Ⅷ第四連の幼年性を扱った一節で、幼年性は人間の心にいつまでもひそんでいて、その中心で人間を動かしていると表現した。それは失われもするが〈毬とそのすばらしい飛翔の曲線〉だけが真実で、その〈落下する毬の下に歩みよるひとりの　ああはかない子供〉（富士川英郎訳、彌生書房版『リルケ全集』一三巻、一九六五年、四六頁）だけが宇宙〈世界内面空間〉へと高められるという。前原も落下から真実への弧を描く〈ボールを受け止める姿勢で〉詩想を深めていた。芸術事物として〈飛翔の曲線〉（図）を捉える想像力を駆使し始めたのだ。

また一九六三年に、富士川英郎訳『リルケ詩集』（新潮社文庫、一四六頁）も座右の書とし、同書収録の後期の詩「心の頂きにさらされて」（一九一四年作）にも感銘した。

心の頂きにさらされて？――両手の下の
岩地　ここではたぶん
二三の花が咲く　無言の絶壁から
一本の無意識な草花が歌いながら咲いて出る
けれども知る者は？　ああ　知りはじめ
そしていま沈黙する者は――心の頂きにさらされて？

リルケは〈心の頂き〉（世界内面空間）を知っていながら〈岩地〉の〈絶壁〉で寂寥にさらされ、そこに寂寥を知らない〈二三の花が咲く〉。『緑への風見』の多くの詩でも、同じ岩の形象を使う。先の詩「私がひとを……」引用部に続く〈私の落ちてゆく先は　昼の日溜りの温みを／暗く消してゆく乾いた河原の　灰色の石であろう〉もその一つだ。落下の果てに〈灰色の石〉を〈呑み込〉み本源を問い続ける。〈石〉は本来、星、星座つまり宇宙そのものであり、そこから生命が誕生し生成する本源だ。前原は、それに迫る絶対的孤独の磁場を東北のブナの原生林に植え付けた。戦後のリルケ研究と新訳を咀嚼し、幼年性と石という造形の芯を『緑への風見』ですでに捉えていた。

ここで『緑の歌』に戻る。連作詩のもう一つの柱は、先の男性的魂〈私〉に呼応する女性的魂〈わたし〉だが、それを至純の境地に高めた。そこで第二十一篇「しずかな緑の中で」（七〇―七二頁）をその好例として挙げる。

そうです恐らくわたしは
樹々の生命が住んでいる空間を通して
しずかにあなたを愛しているのです
わたしの内部はすみずみまで
あなたへの愛の芳香に充ちています
それでいてわたしは
緑の孤独の中にただ立ちつくしています
わたしの心からは

あなたを求めて無数の枝が伸びますが
近づくことも遠のくこともなく
わたしはただあなたをみつめているだけです
あなたを求めながらも
あなたに触れないわたしの愛の行為は
ただ絶えずあなたをみつめなおすことです
新しいあなたを絶えず見つけ出すことです
わたしの緑の瞳は
あなたから何も奪いとりません
それでも目を閉じて耳をすますと
あなたからわたしへと豊かに雨が降りしきります
みつめるということは
ごく小さな恵みのように思えますが
それはわたしにこの上もないしずかな幸福を与えてくれます
そしてあなたが存在するという
この世への祈るようなよろこびが
いつもわたしの中心をつらぬいて光っています
そのため時折

あなたの不在を想うとわたしは震え
この空間に暗緑の波紋をつくります
けれど陽をさえぎった雲がすぐ通りすぎるように
その想いを打ち消し救いながら
あなたのいくつもの熟れた顔が
わたしの内部から輝き出てきます

〈緑の中〉の〈わたしへと豊かに雨が降りしきり〉〈恵み〉を〈与えてくれます〉の一節は、先のリルケ『初期詩集』引用詩篇（七九―八〇頁）と照応する。それに呼応して〈熟れた顔〉も〈内部から輝き出てき〉て、第二十四篇「このようにわたしが　世界の中へと」で〈緑色にそめられた純一な魂〉へと開かれる。一方の〈私〉も第二十五篇「眠り」で〈ああ　あなたから　風のように／光が　やさしい光が　緑の風のように／私へと吹いてきて　私をつつみこむ〉。〈わたし〉との分裂も消え、双方が原初からの生命の水流に溶け合い閉幕する。

最後に、初期以降どう変容していったか見てみよう。『緑への風見』以降は〈イメージと詩想がひきしまって輪郭のしっかりとした作品を創ることに没頭〉（前原「「地球」に到る遍歴から」）した。その好例が、八〇年発表の詩「光る岩」（詩集『光る岩』[*4]巻頭詩）。

山頂のかたわらで

岩が光っていた
もう何ものへでもない
ぎりぎりの憧れの顔のように
内部から黒く
水がにじみでていた
岩の窪みにしがみついて
竜胆の花が
星ひとつ落ちない部厚い闇へと
かすかに開いていた

後に九一年「撃竹」二八号に再録した際、題を「竜胆（りんどう）」に変え本文も一部改訂[*5]し造形を研ぎ澄まし彫琢した。九三年の詩集『魂涸れ（たまがれ）』再録の際に題を「夜の竜胆」に変えた。

改訂後の「夜の竜胆」本文の造形を見てみよう。現実界に囚われた存在者を〈死にいく者の眼のように／岩が光っていた〉と類比する。死者の遺志、叡智を招魂する生者の内部空間で、〈死にいく者の眼〉（視線）が光っている。それに支えられた光の透視力は、存在者が生成する方向を照らし出し導く。すると〈ぎりぎりの憧れに固まっていた〉瞬間、つまり無窮動への帰郷を憧憬する狭間を照らし出す。芸術事物の創出を志向する存在者は、〈山頂のかたわらで〉、この難行に耐えている。すると光る〈岩〉の〈内部から黒く／水がにじみで〉る瞬間が顕在化する。現実界に囚われる存在者が、生命の水脈との狭間で引き裂かれているからだ。この瞬間を顕在化する〈部厚い闇〉は親しい磁場であり現実界を遠ざける。その磁場で、〈岩の窪みにしがみつい〉た竜胆は〈星ひとつ落ちない部厚い闇へ／かすかに開いていた〉。〈闇〉の中に浮き彫りになる竜胆の造形は、意識の深奥のマグマが湧き出たものであり、果てしない芸術事物への意欲が噴出する。

こうして、死に隣接する絶対的孤独を覚醒する瞬間にスポットライトをあて、固有の造形に変換する成熟期を迎えた。その途上で、リルケの先の訳詩「心の頂きにさらされて」等の後期の詩を咀嚼して、余分な心情表現、叙述的な説明をふるい落とし、改訂した「夜の竜胆」のような研ぎ澄まし彫琢した文体、造形を創出した。

神品芳夫は詩集『光る岩』本文を例にあげて〈リルケの語法を丹念に日本語に取り込んで、神なき世界の只中に重厚な自然詩を創った（中略）リルケ品種の詩の苗を東北地方の苛烈な自然と生活の土壌に植え付けて、多様な棚田を繰り広げている〉（「折々のリルケ――日本での受容史と今」、『リルケ　現代の吟遊詩人』、二〇一五年、二四―二五頁）と評価した。

精選し一新した『緑の歌』は、心象の流れを明確な造形によって喚起し新鮮に感じる。今回の再編集によって詩作の母胎にも改めて光をあてた。掌にのせて味わっていただきたい。

注

＊1　国文社を村野四郎が紹介、A5判、総百六頁。

＊2　他の詩は、元の詩集の順番通り。

＊3　『小さな世界』から抄録、また、十七歳から二十二歳までの五冊の既刊習作詩集に収録しなかった詩も編集、詩作の出発期の詩篇を編集しているので、事実上の第一詩集にあたる、仙台文学の会、B5判、総六十三頁。

＊4　装幀　小笠原光（おがさわらこう）、国文社、一九八〇年、A5判、総六十三頁。

＊5　二行目に〈死にいく者の眼のように〉を追加。〈の顔のように→に固まっていた〉、〈闇へと→闇へ〉に改訂。

二　前原正治の変身
――樹木的姿勢の岐路

前原[*1]は、一九八三年「〈地方〉についてのメモ[*2]」で〈〈私〉をとりまく時間的地方と空間的地方へと絶えず揺れ動きつつ深化する、生きた方向性をもつ根拠こそ――それが個性によって、独り沈潜する樹木的姿勢であれ、活発に社会に突入する動物的姿勢であれ――私の内なる地方の口といえよう〉と自己の詩を語ったことがある。当初は〈樹木的姿勢〉で書き始めるが、東北の現実に対峙していくと、二つを融合して生命の現況に根ざした自画像を追究するようになる。そして更に地球規模で進行する戦争や殺戮の最中(さなか)で亡くなった子どもの告発、遺志を招魂し、それを複眼的に俯瞰する詩法へと発展していく。

この視点を基にして詩作の初期から振り返る。一九六四年、二十二歳で早稲田大学を卒業。四月に、自己の意志で郷里の宮城県を離れ秋田県能代市の秋田県立能代北高等学校に英語科教諭として赴任した時、脱皮は始まっていた。〈全く未知の秋田に教師として赴任しようと決意したとき、私の内部でリルケ[*3]の声が響いていました〉（詩集『経験の花』、あとがき）と解説。当初は、生徒が話す能代弁の語尾「〜ニャ」しか聞き取れなかったが、次第になじんでいく。鳥海山(ちょうかいさん)・白神山地・森吉山(もりよしざん)・八幡平(はちまんたい)のブナ林に魅せられ毎週のように登山しブナの森に分け入る。そして、常に持ち歩いたリルケ詩集の真髄に導かれながら樹木や竜胆など緑の形象を書きこむ。

そして一九六七年八月、二十六歳でタイプ刷りの詩集『小さな世界』[*4]刊。初期詩篇を象徴する詩は同詩集の「緑の微笑」(『緑への風見』・『経験の花』に再録)だろう。二〇一七年「撃竹」九〇号で整理した本文は次の通り。『緑への風見』と同一。それを二〇一九年に再編集した詩集『緑の歌』でも同一。

ああ　思いを捨てて　それは緑を消す
ほら　あなたの微笑は　浅みどりの世界から
屈折もなく　円く　暖かく　そのまま
思わず　私に吹きよせてくる

緑は　生命の柔(やわ)さ　優しさ
まだ眠たげな羊飼の　ゆるやかな息づかい
その触感はビロード　音色はフルート
緑は　樹とそよ風との　揺れうごく温もり

だから私は　樹の根から幹へ

そして枝へと　樹液とともに立ち昇り
葉の内部に　恍惚として流れ降り
あなたの緑の風にふれて　思わず　そよぎたい

『緑への風見』では、序詩として巻頭に配置。本文の〈私〉は、詩集『小さな世界』『経験の花』では〈ぼく〉となっている。前原が先述のブナ林に魅せられて通いつめた折に瞬時に発想した詩だろう。〈緑の風〉とはプネウマ（気息）であり、自ずから生成する自然の脈動。そして樹液と一体となった作者の想像力も〈揺れうごく〉き包まれる。詩人志望の若者を育んだのは原生林だった。『小さな世界』刊の前年、評論『リルケと初期詩集　一つの魂の歌』（私家版、一九六六年、三〇―三一頁）に、彌生書房版『リルケ全集』一巻詩集Ⅰ『初期詩集』（一九六一年、七九―八〇頁）より神品芳夫訳を引用し紹介している。

リルケという一人の詩人の、感情を通してではなく、感情として、全一的感情として自然が歌われている。（だから、リルケの詩は、いわゆる自然詩とはいい難い）。

ぼくらの最初の沈黙はこんなふうだ。
風に身をゆだねているうちに、
ぼくらはふるえる木の枝になりきって、

五月の万象に聞き入る。
そのとき、すべての道に影がさす。
遠く耳をすますと、――雨の音だ。
土地全体が雨にむかってからだをのばす、
このめぐみに近づこうとして。

そして〈描写されたものが、そのまま詩人の心の世界になる〉と、その詩法を言い当てている。リルケの純粋体験と事物把握を直観していた。そして自らの血肉をともなう磁場で育み「緑の微笑」を発想した。この事を前原は〈二十代後半から三十代初めにかけて、男女の心情や魂の交流と世界との触れ合いや融合を、〈緑〉をシンボルに追求〉と解説（坂本宛の私信、二〇一六年四月）。

二つの詩を比べると、リルケの場合、木や風が脈動する空間の内に心象が溶け合って、輪郭のくっきりした類比像を浮き彫りにする。一方の前原は〈樹液〉が流れる葉と一体になり、その風にそよぎたいと情感の流れを歌う。

当時の〈能代での日々は、私の青春そのものであった。若い魂は、伊東静雄（いとうしずお）やキーツとともに、とりわけリルケとの対話とともに、光り広がり深まっていった。東北の一地域に無名のまま住み、孤立した詩的空間の中で自己を成熟させていくことに、静かな自負をもっていた〉（「私の詩的夜明け」）と語るような〈樹木的姿勢〉を育んでいた。

一九六八年十月、『小さな世界』から抜き出した前出「緑の微笑」他四篇を第九回晩翠（ばんすい）賞に応募し、受賞する。〈この詩の内面的な手さぐりの様相には、あの愛と畏怖とにみちたリルケの高雅な手ぶりが感じられる。（中略）この詩人にさらに美しい成熟を期待する〉（「私の詩的夜明け」）と選考委員（村野四郎・草野心平・伊藤信吉）に評価される。一九六九年以後七四年まで毎年一、二回、東京の村野宅を訪問して、詩人論や詩論を長時間熱く語る村野に感銘し芸術へのすさまじい意欲を脳裏に刻み込む。

一九七五年の詩集『水の時間』[*5]収録の詩「水の時間」に至ると、〈それはまるで　夏に捨てられただ空と秘かにみつめ合う／草むらの　死んだ蜻蛉や蟬の目の　暮れ残る光のようだ〉（五〇頁）と剝き身の自画像をさらす。

また同詩集収録の「蜩の夕べ」（後に詩集『独りの練習』に再録）で〈杉の杜の　小暗さから迸る蟬の声をきくと／何かしら　黄泉の国で　光の水に洗われているようだ〉（五三頁）として、後掲の詩「真冬の蟬」での〈黄泉の国〉〈蜩の／光の水ともいえる響き〉の原形をすでに表現している。

一九八〇年の詩集『光る岩』の「少年の魂の断片から」でも〈突然林で湧く蜩の声は　ぼくの背筋を流れる哀しみのせせらぎだった〉（三一頁）と表現。また、「死者からの鎮魂歌――Yの死に」（四〇―四一頁）でも、死後の〈Y〉の視座を設定し、現世の生者も次々に逝去していく生滅の流れを透視する。死者は〈生者の日々にしみこ〉み、生者・死者いずれの〈骨も消去する気の遠くなる未来〉への時間が現前化する。後掲の詩「みえない泉と湖」での〈死者は／生者の泉である〉の原形だ。

翌年四月、故郷の宮城県に転任し、その翌月、詩誌「撃竹」（冨長覚梁編集、同人は全国に点在）の創刊に参加して、死と生のテーマを深化し自我の殻を破っていく。

一九八三年の詩集『現況の歌』（片岡文雄「前原正治覚書」、「撃竹春秋」や本稿冒頭の「〈地方〉についてのメモ」再録、混沌(こんとん)社、A5判、総九十四頁)の「献身」(五六―五七頁)で、その変身が明確になる。

(省略)

けれど　結晶するな　絶えず流れてゆけ
地上のうごめく泥となり　すべてを上げて流れてゆけ
無関心な私たちの　無慈悲な足に踏みつぶされ
声もなく　褐色の汁を出して死んでゆく虫よりも
私たちは　つらく　卑しい存在
なぜなら　私たちは行為し　それに気づくもの
あらゆる行為は　とりわけそれに躓くものは
すでに　罪人の汚れにみちている
献身とは　どうしようもなく　〈ひと〉に傾き
すべてに　切なく　赤面しつつ感謝し
糞壺に我が身を消し　下水を　遠く海まで流れてゆくこと
そして　闇のような私たちの存在の　せめてもの光沢は
海への　その闇の流れを　真実の行為で何度も揺すり
もがき苦しんだその果てに　夜へと死んでゆく
溝の鼠の　黒く　きらめき漂う光

〈動物的姿勢〉で自画像を剔抉し、〈結晶するな〉のリフレインで、〈闇の流れ〉を漂う〈溝の鼠〉を浮き彫りにする。自らを〈泥〉と化し〈罪人の汚れにみち〉た存在と断罪する。〈闇の流れを　真実の行為で何度も揺すり／もがき苦しんだその果てに〉しか回生への光は見えない。

金子光晴(かねこみつはる)のアジア太平洋戦争期の詩には〈泥沼〉から逃れようともがく詩の系譜がある。戦後の廃墟で詩作を始めた金井直(かないちょく)もやはり、一連の〈どぶ〉の詩が原風景だ。前原も苦悶の最中で、落下する形象に真相を見出す。生存を泥の流れと捉え〈虫よりも／私たちは　つらく　卑しい存在〉と自己解剖する。天上へ羽ばたく美と地下への沈潜が逆転し、闇・地霊の世界で〈黒く　きらめき漂う光〉が真相を照らし出す。岐路に直面してアイロニーへと想像力を転換し、血肉をともなう自画像を剔抉して変身する兆しが明確に表れてくる。

こうして一九八七年、四十六歳で詩集『独りの練習』（帯文　新川和江(しんかわかずえ)、石文館、A5判、総百八頁）刊。昆虫、中でも蟬（蜩）の像に新たな自画像を類比する。冒頭の詩「偶感」（六―七頁）はその序奏。

樹々は夕べにその内部で大いに歌をうたう
一日の収穫が循環して枝葉を揺らし
私には聞こえない経験を立ち昇らせている
そして不意に大地の奥へと深く静まっていく
それゆえ広い夜をも飲んで立ちつくしている

私は夕べに重い疲労につつまれて帰る
目鼻の飛んだ一日の体験が私を打ちのめし
仰臥して眠る私の口は黒い夜に押されて弛む
せめてその私の中に地霊の樹が聳え立ち
黄泉の国の歌を底深くうたうがいい
その葉群に親しい死者たちの眼を螢のように瞬かせて

詩集『緑への風見』の頃は、村野からそれは〈やや冗漫な詩集だと批判され、私はもっとイメージと詩想がひきしまってしっかりとした作品を創ることに没頭し〉(「「地球」に至る遍歴から」)てきた。十六年経過した『独りの練習』で一変する。

「偶感」の前半の五行は〈樹木的姿勢〉の延長だ。樹々は〈大いに歌をうた〉い、〈一日の収穫が循環して枝葉を揺ら〉す。六行以降にそれと対比した〈動物的姿勢〉を割り込ませる。〈一日の体験が私を打ちのめし〉〈私は夕べに重い疲労につつまれて帰る〉。重い現実に打ちのめされる自己と対峙する。そして〈仰臥して眠る〉夢に、〈地霊の樹〉が〈聳え立〉ち、〈その葉群に親しい死者たちの眼を螢のように瞬かせ〉て〈黄泉の国の歌を底深くうた〉えと希求する。闇・地霊の世界で、死者が生命を支え育んで起死回生へと導く。後出「真冬の蟬」で〈黄泉の国の明るさ〉を歌う〈土の中の　親しい死者たちの声〉の原形だ。

ここで、〈黄泉の国〉という詩語を系統的に追究している件にふれておきたい。古代の中国人は、地下に死者の世界があると考えた、黄は五行説で「土」、もともと地下を指した。後で死後の世界の意味が加わった。日本では、大和言葉の「ヨミ」に漢語の黄泉の字を充てた。漢語で黄泉は「地下の泉」、それが転じて「地下の死者の世界」の意味となった。日本語訳『聖書』ではギリシャ語のハデスに黄泉の訳語を充てることが多い。前原に問い合わせると、『聖書』等の使い分けを細かにふまえているわけではないとの事。そこで現行の辞典の意「人の魂が死後に行くとされる所。あの世」を基本として、更にそれをどのような詩想に変容しているかを探っていこう。

「偶感」の次頁は総題「蟬」で二篇、まず前出「蜩（ひぐらし）の夕べ」（『水の時間』の再録、八―九頁）。後の一篇が「真冬の蟬」（二〇―二一頁、一九八四年「撃竹」八号初出では「蟬」）。本章では、『宮城の現代詩２０１４――宮城県詩人会10年史』（あきは書館、二〇一四年、一一〇―一一一頁）再録の改訂本文を使う。

内部にまだ水を含んだまま　朝日に透かされ
この世のものといえないうすら青さで輝いていた蟬の羽の美しさに
うっとりとみとれていた幼い日を　私はおぼえている
けれど　地中ふかく　幾年も眠りつづけていた生命（いのち）そのものが
ひろがり伸びている樹木の根の液体こそが
腐植し腐敗した地上のものがしみこんだ　土の匂いそのものが
蟬にとって　この世ではなかったたか
乱されず　鼓動を打って眠っているこの虫の

光のない　褐色の　円い夢
そして　気の遠くなる暗い静謐に倦いた　或る夕べ
穴を上へと穿ち　這い出たもう一つの黒い夜こそ
すでに　蟬の　黄泉の国への出で立ちではなかったか
暗黒の夜を　長く樹上で耐えて
変身の決意を終えたこの虫に残されているのは
輝き燃える死を　黄泉の国の明るさを歌いつづけるだけであった……
めくるめく真夏の日
下半身をかまきりに喰い尽されながらも
なおも　沼辺のくるみの樹にしがみついて鳴きつづける蟬を
少年だった私は　声もなく泣いてみつめていたことがあった
いま　真冬の夜の奥深く
いつまでも降りやまない雪にびっしりとおおわれ
廃鉱になった鉱山町の片隅で眠る私の夢に
不意に　夏の夕べの林から迸り出る蜩の
光の水ともいえる響きが
土の中の　親しい死者たちの声のようにあふれ
私の魂を　透明になるまで

地下水になって　ひんやり洗いつづけている

（秋田・尾去沢の日々から）

〈出発〉を〈出で立ち〉、〈食い〉を〈喰い〉に改訂。〈びっしりと〉のみ『独りの練習』の原形に戻した。

まず、尾去沢（おさりざわ）で書いたという、その居住に関して。一九七二年十月、三十一歳で小田島美枝子と結婚。借家（尾去沢鉱山の元社員住宅、鹿角（かづの）市尾去沢字軽井沢（かるいざわ）四三番地の三）に転居。粗銅産出日本一だった鉱山も閉山へところげおちる最中だった。「真冬の蟬」は、この借家内で就寝中の夢という設定になっている。

また、実際の幼少年期に鹽竈（しおがま）神社で蟬取りに熱中し、〈地中にひそんでいる蟬の幼虫（それを私たちはアナゼミといいましたが）を捕え、それを家に持ち帰り、次の日の朝に、その殻から出てきた蟬がまだ水っぽい羽をゆるく伸ばしはじめる時、その羽が日の光でうす青く輝くときの美しさは、本当にすばらしいものでした〉（『ホームルーム・ノート――芽の中の声』[*6]）との体験をしていた。

この体験を同詩集の「日常のメモ」（あとがきにかえて）の「死の変容」で、再把握している。

> 幼・少年期には、目の前にどのような死が展開されていても、漠然とした不安や恐れを抱くにせよ、死を深く認識することはできない。（中略）私の少年時代の大半は、野や林での遊びで費やされた。蝶や蟬の死骸の背に虫ピンを刺し通し、昆虫箱の内部を色とりどりに豊富にしていっ

た。* けれどそれは、死ではなかった。死を意識しない、つまりは自然との臍の緒が切れていない者にとって、死はどこにも存在しない。無知による、不滅の倨傲が光っているだけである。——それでは生の半ばを過ぎた現在の私には、死はどこにあるのか。私固有の死はどこにもないといえる。私の死とは、私の人生の中で経験した、他者の死の質の総和とその意義づけのことではないのか。息絶える、という私自身の死は、その輪郭づけにすぎないのではないか。そう思うと、私のこれからの詩作の、一つの道筋が見えてくる。

——一九八六年・初夏

* この死生観を造形化した詩『紋黄蝶』も同詩集（八四—八六頁）に収録。蟬の幼虫が羽化する美を語る先の文と、生命が死に至る摂理を語るこの文とを合わせると、前原の死生観が分かる。

二〇〇八年の詩集『水　離(か)る』の「辛夷」（八—九頁）で、〈膨らみ出した辛夷(こぶし)の蕾〉に〈蟬の幼虫のような／透明な仏が眠っている／花開き／光に射し殺され／宙吊りにされる日を待ちつつ〉と、前述した死生観を造形化している。蕾と、仏とも見える蟬の幼虫（幼年性）とを類比した上で、〈花開〉いた後、現世の〈光に射し殺され〉と死に至る時間を対比する。

「真冬の蟬」では、その対比を額縁構成の形で表現している。冒頭で羽化する直前の〈蟬の羽の美しさに／うっとりとみとれていた幼い日〉を想起する。天翔るものへの変身に陶酔する美。その額縁の間に〈地霊〉（前出「偶感」）ともいえる〈生命(いのち)〉の夢、〈変身〉劇を挟みこみ、それは〈黄泉(よみ)の国への出で立ち〉へと連続し、その時間の〈明るさを歌いつづける〉。

その後に、死に至る蟬の表象を〈みつめ〉た〈幼い日〉を想起する。冒頭の天翔る表象への陶酔に、

〈喰い尽され〉る悲しみ（〈めくるめく〜があった〉）を対比し、両者を組み合わせて〈幼い日〉を再把握する。更に前後の想起を額縁にして〈変身〉劇を挟み、生から死への生成を丹念な叙述で構成し問い直している。

そこで〈けれど〉以下の〈変身〉劇に焦点を絞る。地下の死者の国を〈この世〉とする〈生命（いのち）〉をまず提示する。〈腐植し腐敗した地上のものがしみこんだ　土の匂い〉の世界で、土中にしみこんだ衆生を基に新たな〈生命（いのち）〉が育まれる。〈生命（いのち）〉（幼虫）にとっては、この再生世界こそ〈この世〉であり、〈変身〉への揺籃期である。幼年期には作者も無自覚だったが、〈いま〉は〈地中ふかく〉の〈変身〉劇を透視し開幕する。

先の「献身」の落下の形象には、血肉をともなう自画像への〈変身〉の兆しが表れていた。「偶感」でも〈地霊の樹が聳え立ち〉〈黄泉（よみ）の国の歌を底深くうたう〉と希求していた。「真冬の蟬」では、〈ひろがり伸びている樹木の根の液体〉と〈土の匂い〉とが〈生命（いのち）〉（〈私〉の類比）を育む。その〈生命（いのち）〉は、闇・地霊の世界で〈乱されず　鼓動を打って眠ってい〉て〈光のない　褐色の　円い夢〉（〈変身〉劇）をみる。枠づけられた〈光〉という美を破壊して、天上と地下、光と影を反転し異化した造形（単なる形象ではなく芸術事物）で、独自の開示（救済への夢）に到達する。

そして〈穴を上へと穿（うが）ち　這い出〉る〈変身〉劇を開幕する。その瞬間を〈黄泉（よみ）の国への出で立ち〉と名付ける。同時に〈目鼻の飛んだ一日の体験〉を暮らし落下しつつある〈私〉も回生する。

作者を超えた生命の本源の力が、胡蝶の夢ならぬ蟬の夢の時間を現前化している。人間を超えて生成する悠久の自然、〈光の水〉（地下の水脈・死者の泉）に育まれた〈生命（いのち）〉の流れに立ち帰っている。

その泉の水が、個体の苦悶を超越する想像力を覚醒させている。
前原は『緑への風見』以来の創作で〈樹木の根の液体〉に育まれ〈地霊の樹〉を透視してきた。その生成は〈つらく　卑しい存在〉（前出「献身」）の存在者を育む。そして、悠久の生成消滅を繰り返す、〈地中〉の揺籃期を開示する。その境界で立ち現れた〈円い夢〉は、〈這い出たもう一つの黒い夜〉を開示する。それは〈黄泉の国〉（地上）へと連続する時間だ。

このような生成・揺籃から死への直面という緑の流れ（本源からの生成）は存在者を覚醒に導く。そして〈暗黒の夜を　長く樹上で耐えて／変身の決意を終えたこの虫〉が、〈輝き燃える死を　黄泉の国の明るさを歌いつづける〉と直観する。地下で育まれた〈生命〉の流れに立ち帰ったからこそ、生成・揺籃から〈黄泉の国への出で立ち〉という緑の流れに浄化され真の〈明るさ〉に覚醒するのだ。すると〈明るさ（光）を歌いつづける〉地上の〈蜩〉像とは、〈変身〉し回生した存在者の類比である。

その後に、〈下半身をかまきりに喰い尽されながら〉〈鳴きつづける蟬〉、死に至る時間に覚醒した少年期を想起する。想起は存在者自身の〈変身〉の瞬間をもたらす。それは、真の〈明るさ〉が死に至る時間を照らし出し、〈私の夢〉の時間を〈不意に〉開示する瞬間だった。

額縁構成を受けた結びの〈いま〉以下がそれで、〈土の中〉の〈生命〉の〈円い夢〉を伏線として、真冬の鉱山町の〈私の夢〉を導き出す。〈地中ふかく〉で生成・揺籃し〈這い出〉る〈変身〉劇をふまえると、〈蜩の／光の水ともいえる響き〉は、土に帰り地下水に浄化された〈親しい死者たちの声〉と一体になる。それらは現世で泥に落下した〈私の夢〉で反響し、〈地下水になって〉〈私の魂を　透明になるまで〉〈ひんやり洗いつづけている〉。

詩全体を俯瞰すると、〈生命〉は〈樹木の根の流体〉と〈土の匂い〉とによって育まれ、〈変身〉する。そして、〈光の水〉・時間を超越した清冽な〈響き〉、〈死者たちの声〉で締め括り、〈暗黒の夜〉に閉ざされた自我を超えて、本源からの生成（地下の水脈・死者の泉）に立ち帰る。それは本来の自己への〈変身〉だ。この〈響き〉〈声〉に支えられ育まれて魂は悠久の生命の営みへと浄化される。

浄化をもたらすこの想像力は、仏教によって一般化した自然法爾の感覚を連想させる。ただ仏教での〈法爾〉とは弥陀の誓願を意味し、〈自然〉もその知恵が人間の理解を超えて自動的に働く意だ。前原は、弥陀の誓願を軸にせず独自に内部世界を突き詰めた結果、この想像世界を発想した。「緑の微笑」から二十年を経た分岐点で〈変身〉を成し遂げ、その開示の瞬間を芸術事物として現前化した。

新川和江も『独りの練習』の帯で〈東洋的な解答を発見されている。蜩の声を〈光の水〉と感受するこの詩人の目に、いつからか棲みつくようになったおだやかな光と、じつにいい微笑を、わたくしは貴重なものに思っている〉と指摘している。〈黄泉の国〉の死者が〈この世〉の魂を〈洗いつづけている〉という時間感覚だ。後でヘッセの『光のふるさとへ』を取り上げる際に、この悠久の生命の営みとの関連を改めて取り上げる。

また創作の地、尾去沢鉱山は地下の王国で、坑道で働き地上へ戻る生活を繰り返す。それが日常化した鉱夫の昔日の夢の跡、社員住宅に実際に六年居住していた事も、地霊の世界での夢を発想する契機となったのだろう。

この〈変身〉を同時代の詩人はどう評価しただろうか。尾花仙朔[*7]の「魂　その変奏曲——抽象から具象へ」（新・日本現代詩文庫4『前原正治詩集』の解説、「撃竹」三〇号の改訂再録）で、詩想の変遷を次のように指摘している。

第六詩集『独りの練習』に至って、明らかな変貌が現れました。（中略）ずしん、と心に響いてくるようになりました。（その例として「真冬の蟬」をあげ）その緻密な評論との凹凸あるいは表裏の関係を見究め、生と死の合一性の上に、初期からこころみてきた魂の変奏曲の完成をみました。

前原が兄事してきた尾花の指摘には信憑性がある。原田勇男（はらだいさお）*8「いのちの尊厳を蘇らせるために――前原正治の鏡が映し出す魂の現象学」（同『前原正治詩集』の解説）も同詩集が詩作の岐路となった事を指摘している。〈前原の詩において死の想念や黄泉の国のイメージが顕著に現れるようになったのは、詩集『独りの練習』からだ〉（詩集冒頭の「偶感」に続いて「蟬」（「蜩（ひぐらし）の夕べ」「真冬の蟬」）を例に挙げている）。

三人とも宮城県詩人会会員であり、身近でお互いの詩作を見守ってきた同時代詩人だ。『独りの練習』全体をみると、「蟬」二篇の次頁は「夏の幻想的なメモから」（「眠り」「石」「瞳」「声」「螢」）で、〈一九四五年八月の広島・長崎原爆投下による惨禍への想いを底流にした作品〉（前原自作解説）だ。その「眠り」（一四―一五頁）末尾を、〈黒ぐろと大地にねそべる山嶽の内部にうずくまり／あの青い／地下の水のざわめきに浸されないかぎり／もう眠れない〉と結んでいる。「真冬の蟬」の構成と通底する。次の「声」（一八―一九頁）にも〈遠い日々に身も魂も焼き尽され／大地に浸み込んでいった人たちの／死ねない海鼠（なまこ）色の声が眠っている／夜になると／その声はぞろぞろ／蟬の幼虫のように樹に這いのぼり／そっと葉を揺らす〉とある。

先の「偶感」やこれらの創作を積み重ねた後に、「真冬の蟬」では奥行きの深い造形を緻密に構成して、自我の閉塞を打破し〈変身〉する瞬間を開示した。それは独自の死生観に拠る精神の磁場の開示でもあった。

ここで〈目鼻の飛んだ一日の体験が私を打ちのめし〉の実際、当時の情況との関連を取り上げる。一九六八年、高校教員五年目、十二指腸潰瘍で入院し二ヵ月ほど療養。一九八〇年にも同病で三ヵ月余り通院加療。翌年四月、秋田県から故郷の宮城県に転任となり、登米郡（現、登米市登米町）の宮城県登米高等学校に単身赴任する。

その後の一九八二年三月、多賀城市の分譲マンションに一家で転居（宮城県多賀城市東田中二―四〇―二六―六〇一号）。多賀城から片道六十五キロメートル離れた登米高校へ、通勤時間だけで毎日四時間を費やし疲労する。四月には、父一之助が逝去。〈血族のしがらみの網の中で生まれた地に戻らざるをえず、そこで父の急死に遇い煩瑣な日常の出来事や事務的仕事や人間関係のもつれを解きほぐす立場に立たされることが多く、自分の時間といえない時間をもがいている状態〉と記す（「撃竹春秋」、「撃竹」五号、一九八三年。『詩圏光耀』再録、一八八頁）。

重ねて、一九八四年四十三歳の〈四月初めに急に体調を崩し、二ヶ月近く入院（中略）或ることによって、私の教育活動だけでなく文学活動までひどく傷つけられたことによる、精神的苦痛から生まれた現象ですが（中略）これまでの二十年余の詩作を打ち壊し、新たな冒険に出たいという夢をもっています〉と語る（「撃竹春秋」、「撃竹」一〇号、同年。『詩圏光耀』再録、一九三頁）。「真冬の蟬」創作時点の心境だ。この起死回生の〈夢〉が、〈穴を上へと穿ち　這い出〉る〈生命〉の〈円い夢〉に投影している。

また、この入院中に『ホームルーム・ノート』の編集、刊行準備をし、〈そこに、教師としての、そして詩を書く人間としての私の原点ともいうべき泉がある（中略）その泉の水を飲んで、魂を身震いさせたい〉とも語る（「撃竹」同号）。新任教師として生徒と心をかわした源泉に立ち返ることで苦悶から抜け出し、その〈泉の水〉〈〈光の水〉〉が〈私の魂を〉〈ひんやり洗いつづけ〉る。これは「真冬の蟬」の詩想と重なる。泥の中でこそ本源に立ち返り生命の源泉が湧き出す、強靱な想像力が生まれた。この引用文を同詩集の「日常のメモ（あとがきにかえて）」（九七頁）に再録し自己の意思を示唆している。

次に、ドイツの作家ヘルマン・ヘッセ[*9]を、高校二、三年頃から耽読していた事をふまえて、この〈変身〉を考えてみたい。ヘッセが十三歳の頃に〈詩人になるか、でなければ、何にもなりたくない〉（ヘッセ『自伝素描[*10]』）と自覚した事を知り、この言葉に魅せられて高校生の頃、自ら詩作を始める。更にリルケやヘッセを中心としたドイツ文学を〈高校二、三年から大学一、二年頃まで集中的に読み込んだ〉（前原の解説）。ヘッセの小説「車輪の下」のように、幼少年期からの作者の経験を積み重ねながら自画像を探っていく手法が、この頃の前原の手探りに合っていたという。中でも感銘を受けたのがヘッセ作『デミアン』（エーミール・シンクレールの筆名でフィッシャー社、一九一九年）で、高橋健二訳の新潮社文庫版を読み耽った。同訳の題辞に〈私は、自分の中からひとりで出てこようとしたところのものを生きてみようと欲したにすぎない。なぜそれがそんなに困難だったのか。〉とある。それは〈鳥は卵の中からぬけ出ようと戦う。卵は世界だ。生れようと欲するものは、一つの世界を破壊しなければならない〉（一一四頁）という展開に収束する。この一節は第五章冒頭にあり、デミアンが主人公シンクレールへ届ける手紙の一節。シンクレールは、Ich（自我）から意識と無意識を合わせたSelbst（自己）へと脱皮し変容しようともがく。そして真の〈自己〉へと変身し自己実現に至る。前原はこの一節を心に刻んだ（『ホームルーム・ノート』、四〇頁）。

なおこの箇所は〈鳥は神に向って飛ぶ。神の名はアプラクサス[*11]〉に続く。それは〈神的なものと悪魔的なものとを結合する象徴的な使命を持つ一つの神性の名〉（一一六頁）と文中の学者は説明する。更に音楽家ピストーリウスは〈だれかを殺したいとか、なにかおそろしくみだらなことをしたいとかいう気になったら、きみの心の中でそんな空想をしているのはアプラクサスだということを、ちょっと考えてみたまえ。きみが殺したいという人間はけっして某々氏ではなくて、それはきっと仮装にすぎないのだ。われわれがだれかを憎むとすれば、そういう人間の形の中で、われわれ自身の中に宿っているものを憎んでいるのだ。われわれ自身の中にないものは、われわれを興奮させはしない〉とシンクレールに語り〈私の心の奥底にぴったりくる〉（一四一頁）と彼は共感する。

物語の終幕でもシンクレールは兵士として戦場に赴き、無数の死にふれて〈殺戮（さつりく）も殲滅（せんめつ）も相手には直接関係ないのだという悟りを感じている（中略）新たに生れうるために、狂い殺し滅ぼし死なんと欲する、内的に分裂した魂の放射にすぎなかった。巨大な鳥が卵から出ようと戦っていた。卵は世界だった。世界は崩壊しなければならなかった〉（二〇三頁）と内省し回生への方向を開示する。小説の背景だった第一次世界大戦の惨禍も念頭に置いた苦悶の呻きだ。世界の崩壊から回生へと抜け出る精神の磁場を覚醒している。ヘッセは実際の第一次・第二次世界大戦を通じて殺戮、戦争に対峙し、その意思を公表してドイツ人の一部から非難される。だが流謫の境遇でも強靱な意思を発揮し作品を書き続け変身を遂げる。結果として『デミアン』での自我から自己への変身は、同時代だけでなく後世の世界中の人々に享受されている。

前原自身も、第二次大戦末期の一九四四年から翌年にかけての塩竈市・仙台市への大空襲を目撃し自宅も被災している。強靱なヘッセの意思と表現力に高校生の頃から魅了され、自身の分岐点にさしかかった時〈生れようと欲するものは、一つの世界を破壊しなければならない〉瞬間を想起し具現化した。東北の過酷な生活の中で、〈穴を上へと穿ち(うが)　這い出た〉〈変身〉は、『デミアン』での変身と自己実現を自らの生存で具現化した瞬間だ。

『独りの練習』刊の翌年にも生死の間をさ迷う大病を患い右の腎臓を摘出する。その半死体験と世界各地で繰り返される殺戮とを結びつけ〈活発に社会に突入する〉。そして生者の魂の内に、地下の水脈となった死者を蘇らせ、それを泉の水として新たな生命を希求する詩を系統的に書き続ける。一九九三年の詩集『魂涸れ(たまが)』の「真冬の死者への断章から」の一篇「凪ぎ」で、〈不意に／親しかった死者たちが周囲に群がり／声にならぬ声で囁いている／そのとき私の魂も／果てのない夜の内部を／黒く輝いて流れている水に洗われている〉（五六―五七頁）。二〇〇八年の詩集『水　離る(か)』の「意識の奥の」も同系譜。

更に、二〇一一年発表の詩「初夏・蝶――生者は死者の湖である」（『北方文学(ほっぽうぶんがく)』六五号）で、〈青黒く苦い光を浴び／ひとが人を殺しつづけ（中略）私の内部の眼は／あの初夏の日の親しい輝きを思い出す／一頭の蝶が　私の掌に舞い降り／つかの間静止し／死者の眼でじっと私をみつめた（中略）死者をのんで生きよ／ものをそのまま愛することを告げ／豊かに熟れていく精神／それを　おまえの中で／おまえにすら気づかれぬまま　営め／それが一つずつ／生と死の入り混じった黒土の大地へ落下し／地中で解体し　溶解し／循環しつつ上昇し／世界をみつめる眼差にしみ込むように〉と現前化した。

二〇一二年五月、詩「魂揺れに寄せる三つの詩葉」（「黒い水」「生者を洗う」「みえない泉と湖」、「撃竹」七九号）でも、明確な輪郭をもった造形に凝縮する。「黒い水」は、前出「凪ぎ」が原形でほぼ同文。「みえない泉と湖」のみ次に挙げる。

死者は
生者の泉である
生者は
死者の湖である

生者は
内部に溶解した死者たちの
その清められた水に洗われる
そして
湛えられた死者の湖の
その深さを増していく

延々と
どこまでも繋がる生者と死者は
互いに浸透し合い
無意識のまま
ぎりぎりまで互いを澄み渡らせる
魂の空間である
此岸と彼岸を貫いて
柔らかく広がっていく
魂の揺れである

蟬の詩での〈変身〉を経て東日本大震災の死者も〈生者の泉〉と捉える詩想だ。〈その清められた水に洗われ〉て〈湛えられた死者の湖の／その深さを増していく〉と、先の想像力を錬磨し続けた。同時に生存の軌跡と戦災死者・被災者とを結びつけて、新たな芸術事物を系統的に書き継いだ。そのような複眼的な視線によって生命の水脈を俯瞰して、固有の多様な造形（芸術事物）を創出した。第五・六章で詳述。

二〇〇五年、〈変身〉に関連して『詩圏光耀』の栞「見えない旅」でも、ヘッセの小説『光のふるさとへ　東方の旅』の一節を、登張正實（とばりまさみ）訳の三笠（みかさ）書房版[*12]から引用している。

（中略）光りのふるさと東方をめざす信心ぶかく帰依するひとびとの旅は永遠の昔から絶えることなくおしよせていたのだ。光りと奇蹟に向い、あらゆる世紀を通じてつねに旅する人波がつづいているのだ。われわれ兄弟たちのひとりひとりが、われわれの集団のひとつひとつが、そればかりかわれわれの全団体とその一隊の大いなる旅はたましいの永遠の流れにおけるひとつの波、東方のふるさとを求めて帰りゆく精神の久遠の努力における一つの波にすぎなかったのだ、と。

これを語る主人公Hやヘッセも含む〈永劫に未踏のポエジーの神髄を求めて歩む詩人たちの流れ〉（栞）と自己の創作とをつなぎ〈重ねてみていた〉と前原は記す。更に〈過去から現在、未来へとつづく不可視の詩人たちの魂の一粒子であり、その創造力と想像力による詩作品の山脈の一端につながっているというひそかなよろこびと誇りを、私は心の奥深くにいつももっていたい〉と締め括る。

両者の類縁を考えてみよう。ヘッセはキリスト教を背骨にしたが、それを自己の血肉として咀嚼してその実体を問う作品を書き続けた。敬虔な人間の生存を軸にして、その魂の生成を探求した。そして『光のふるさとへ』の十年前に『シッダールタ　インドの詩』（フィッシャー社、一九二二年）も刊行し東洋の賢者の境地にも踏み込んでいた。しかし『光のふるさとへ』の東方は地理的な特定のものではない。〈それはたましいのふるさとであり青春であった。「どこにもあるもの」であり、「どこにもないもの」であり、あらゆる時代の集約であった。しかしそのことを意識するのは常に一瞬のあいだにすぎず、その点にこそ当時味わった大いなる幸福があったのだ〉（前出三笠書房版、一九二頁）。この〈たましいのふるさと〉への旅を、前原は詩作で具現化し〈詩作品の山脈の一端につなが〉る意思を貫いた。前述した悠久の生命の営みとはこの事である。

またこの物語では、主人公Hは試煉と葛藤の果てに、旅の真髄を見失いその末に自身の自画像を発見する。それは背中が一つに合わされた二重像で、片方の〈過ぎ行くもの〉(二三二頁)とか「壊滅」を象徴する自身の像が溶け流れて、もう一方のレーオ(盟主)の像を養い強めてうつり流れ〈ただ一つの像、すなわちレーオのみ残るであろうとおもわれた。レーオは成長し、わたくしはおとろえゆかねばならなかった〉。試煉の時期には〈帰りゆく精神の久遠の努力〉にとどまったが、流動し純一の像へと〈変身〉する動画的な造形でくっきりと現前化した。その直後で〈わたくしたちは、文学から生れた形姿はその作者のすがたよりも一そういきいきと現実的なのが常である〉と、かつてレーオと主人公とが語り合った事を想起して締め括る。つまりレーオは作品に創造された〈形姿〉、つまり〈光のふるさと〉に帰る人間像の現前化である。生成し続ける〈形姿〉をヘッセは生涯、追究した。

一方の前原は、生成し続ける〈形姿〉を、自身の〈変身〉(生成)と〈重ねてみていた〉。そして自身が自らの試煉の旅で岐路を抜け出す瞬間に、この想起を受け継ぎ、自己の血肉として咀嚼した詩の像として現前化した。そしてその後も継続すると「見えない旅」で語ったのだ。

同様に「真冬の蟬」で本源からの生成(地下の水脈・死者の泉)に立ち帰り〈変身〉を遂げたのも、〈不可視の詩人たちの魂の一粒子〉に連なる詩作を継続していたからだ。前原が自身の岐路で〈変身〉(生成)に挑むことは必然だった。

『独りの練習』には「〈もの〉の喪失――あるいは魂の死」「或る里の秋」「異なるもの」「蝶」など、以後の詩集の原形となる秀作もあり、〈樹木的姿勢〉を基本に〈動物的姿勢〉にもふみこんでいく。生存の軌跡と死者の遺志・叡智とを結びつけ生成する詩の系譜だ。第一章と合わせてこの第二章「前原正治の変身」は、六章で構成した前原論の序にあたり、その全詩業へと誘う。

注

＊1　まえはら・まさはる　一九四一年六月十日、宮城県宮城郡塩竈町字町二二三番地（後、塩竈市南町五番地、現、本町七―四）に、父前原一之助、母なみの次男（六人兄弟）として生まれる。小学校の頃から自宅近くの、鹽竈神社の杜に分け入り蟬取りなどに熱中する。杉がうっそうと茂る小高い杜は幼年時代の王国だった。松島湾を囲む丘陵に深く入り込んだ入り江の一つが南西部の千賀の浦（現、塩竈港）で、それに東向きに突き出した岬、一森山の尾根（標高五十メートル）に鹽竈神社は建つ。幼少時にしばしば登り、終日松島湾の絶景を眺めたという。

　早稲田大学第一文学部文学科英文学専修では、尾島庄太郎教授に指導されW・B・イェイツ研究の卒論に取り組む。だが、関心はドイツ文学とりわけリルケにすでに集中していた。二〇〇九年、詩集『水離る』（土曜美術社出版販売、二〇〇八年）で第四回更科源蔵文学賞。十一月、宮城県教育文化功労者表彰。二〇一一年十月二十三日、坂本と初めて会い前原論の執筆に協力し始める。

＊2　「開花期」三二集。詩集『現況の歌』再録。エッセー集『詩圏光耀――一詩人の詩想の歩み』（［新］詩論・エッセー文庫5、栞「見えない旅」『詩圏光耀』に添えて、土曜美術社出版販売、二〇〇五年、四六判、総二百九頁。一三六頁）にも再録。本書での以下のエッセーの引用も特に示さないものは同書から。

＊3　Rainer Maria Rilke　ライナー・マリア・リルケ　一八七五―一九二六年。プラハに生まれる。一九〇二年以来のパリ体験を基に『マルテの手記』を書く。『形象詩集』『新詩集』『ドゥイノの悲歌』『オルフォイスによせるソネット』などの詩集を多数刊行。ドイツ語を主とし、フランス語でも書いている。

一九六三年秋口、新潮社文庫版の富士川英郎訳『リルケ詩集』（同年二月初版）に前原は感銘し座右の書となる。この出会いを〈彼の言葉は真直ぐに透明に私の魂にしみ通ってゆきました〉（詩集『経験の花』あとがき）と後に語る。それ以来、彌生書房版『リルケ全集』（一九六〇―六五年）も繰り返し読みこみ座右の書となる。特に、『形象詩集』と『新詩集』を耽読した（前原「大戦とドイツ人作家」）。

二〇一五年、ドイツ文学者の神品芳夫は、村野四郎から金井直、前原に至る一連の詩人たちを〈リルケの芯を芯でとらえ〉たとし、〈村野の影響のもとに詩人として成長した前原正治は、リルケの語法を丹念に日本語に取り込んで、神なき世界の只中に自然詩を創った。（詩「光る岩」を引用）誰が見ても、この短詩のなかにリルケの因子がひそんでいるのに気づくだろう。前原の詩業は、いわばリルケ品種の詩の苗を東北地方の苛烈な自然と生活の土壌に植え付けて、多彩な棚田を繰り広げているように思える〉（「折々のリルケ―日本での受容史と今」、『リルケ　現代の吟遊詩人』、二四―二五頁）とも評価した。

＊4　一九六三年秋から六六年初夏までの五十一篇の詩、私家版、能代の印刷所、A5判、総八十三頁。

＊5　装幀　小笠原光、仙台文学の会、A5判、総六十五頁。

＊6　能代北高校時代の教育記録、一九六八年度第三学年担任クラス生徒との往復書簡形式ノート、私家版、B5判、一九八四年、総百五十一頁の七八頁。

＊7　おばな・せんさく　本名、三浦敬二郎。一九二七年四月九日―二〇一八年五月二十二日。東京府南葛飾郡に生まれる。幼少年期を宮城県七ヶ浜村（現、七ヶ浜町）で過ごす。一九四〇年に旧制札幌商業学校（現、北海学園札幌高等学校）入学。四五年、敗戦間近に萩原朔太郎の詩集『月に吠える』を読み、十八歳で詩や小説を書き始める。五三年、学校事務職員となって以来、宮城県内の公立小・中・高校事務職員として勤務。五六年、塩竈市に転居。八四年、五十七歳で第一詩集『縮図』を刊行し第二五回晩翠賞。六八年、第九回晩翠賞を受賞していた前原を知る。九八年、詩集『黄泉草子形見祭文』で第二三回地球賞。二〇〇五年、詩集『有明まで』で第三八回日本詩人クラブ賞。一六年、詩集『晩鐘』で第三四回現代詩人賞。

＊8　はらだ・いさお　一九三七年東京に生まれる。岩手県岩手郡松尾村（現、八幡平市松尾寄木）の松尾鉱山（現在は閉山）で育つ。盛岡工業高校普通科卒。一九六一年、早稲田大学商学部卒。六八年、東京から仙台市へ

転居。元スポーツ業界紙編集長。七四年の第一詩集『北の旅』以来、二〇一三年の詩集『かけがえのない魂の声を』まで〈どうして木や鳥のように／ささやかないのちのリズムで／生きられないのか、と…〉（同詩集収録の詩「どうして木や鳥のように」）と問い続けている。

また、一五年『東日本大震災以後の海辺を歩く　みちのくからの声』に、震災以後に書き続けたエッセーを集約し失った言葉を蘇らせる試みに挑んでいる。詩誌「THROUGH　THE　WIND」「舟」同人。宮城県詩人会会長を務めた。

＊9　Hermann Hesse　ヘルマン・ヘッセ　一八七七―一九六二年。ドイツ南部ヴュルテンベルグ王国のカルプに生まれる。二十世紀前半のドイツ文学を代表する作家。ヒトラー政権樹立後はスイスで執筆。一九四六年、ノーベル文学賞。前原は高校生の頃からヘッセを愛読し、小説では、新潮社文庫版『デミアン』（高橋健二訳、初版一九五一年の増刷版）、新潮社文庫版『車輪の下』（同訳、同版）。詩では新潮社文庫版『ヘッセ詩集』（高橋健二訳、一九六〇年）などを読み耽る。後に、『クヌルプ』『荒野の狼』、『知と愛――ナルチスとゴルトムント』、『ガラス玉遊戯』なども読みこむが、三笠書房版『ヘルマン・ヘッセ全集』（一九五七年以降刊）が本棚に現存するのでこの版でも読んだのだろうと前原は語る。

＊10　新潮社版『ヘッセ全集　ヘッセ研究』別巻（高橋健二、一九六〇年、一三頁）。

＊11　小澤幸夫（おざわゆきお）の「「デーミアン」――内なる自己への旅」（『ヘッセへの誘い　人と作品』、毎日新聞社、一九九九年）によると、アプラクサスとはグノーシス派のバジリデス（二世紀初頭）が用いた言葉で、Abraxas の七文字は、一年の日数三百六十五を表し、至高の存在からでる霊的位階名とされてきた。

＊12　『ヘルマン・ヘッセ全集』九巻（一九五七年、一八五頁、座右の書）。フィッシャー社版、一九三二年による訳。

三　死者は生者の泉である

——前原正治　鎮魂から生存の問いへ

(一)

夭折

生まれてすぐ
妖怪をみつめる冷やかな一族の眼の群れに
異界へと追いやられ
名づけられないまま
人になりそこねて
この世から消滅したいのちのふるえ
そのとき

魂というものは
どこまで育っていたのか
二つ年上の私の過去の
どこの辺境にも凍土（ツンドラ）にすら不在で
これからもいつまでも見えてこない弟よ
孵化しようとする鳥の卵の内部の
揺れうごく形姿もなく
のっぺら坊に世の中に押し出され
赤い涙を流しているその精霊は
いまだ死者にもなれず
無明（むみょう）の中空に吊るされているのか
人生の半ばで
年老いた母の重い苦悩の口から
初めておまえのことを知ったとて
弟よ　おお　おまえを私はどう慰め得よう
土に化したおまえのぼろぼろの顔を
いつか
必死の魂の作業で

人間の幼児の表情にようやくかたどり
兄として震えながら
つよく抱きしめるまで！

この詩を一九九一年に発表（「撃竹」二九号）した時、総題「魂吊り（たまづ）―不可視の弟に」（詩集では「たまづ」と振り仮名）で、「夭折」「間に生きる（あわい）」「邂逅」「声なき声」の四詩構成の一篇だった。一九九三年に詩集『魂涸れ（たまが）』[*1]（七八―八〇頁）に収録。やはり四詩構成。初出の〈吊られ〉は、右の詩集本文で〈吊るされ〉に訂正。

次の詩「邂逅」も、その内の一篇で同詩集（八二―八三頁）に収録。

母の実家の墓地の片隅に葬られ
四十年近くもひっそり眠りつづけていた弟は
父の亡くなった直後
すすり泣く母の掌の中の
草と虫の匂いのしみ込んだ一摑みの土と化し
父の一族の墓地に移された
そこでは弟よ

父もいまはおまえを認めているか
そこでは父は
おまえに赦されているか
骨と土にも
まだ魂の断片がいくらかこびりついているなら
父の骨と土の弟よ
いまこそ抱き合って小さく泣くがいい
同じ腹を源とした人間として

二〇一九年六月に、前原は二行目の〈四十年余り〉（詩集『魂涸れ』）を〈四十年近く〉に、初出の〈眠りつづけた〉は詩集で〈眠りつづけていた〉に訂正。

二詩とも事跡を基にした詩なので事実関係の誤認を避けたい。そこで前原に補足を依頼し、次のように細部の事跡をまとめ校閲（二〇二〇年七月）もしていただいた。

前原は一九四一年生まれ。その後の一九四三から四年頃、母は（自宅か自らの実家で）すぐ下の弟を出産したが間もなく夭折した。一九八二年の母の告白によれば、乳児の死因は水頭症[*2]だった。戦時中でもあり、葬儀もなく母の手で自らの実家の墓地内に埋葬した。

名前をつけず出生届も出していないので戸籍にも記載されなかった。〈人になりそこねて／この世から消滅し〉〈いまだ死者にもなれず〉を裏付ける事跡だ。四五年には下の妹が生まれたので、母はその養育に専心しなければならなくなり、〈一族の眼の群れ〉〈親族〉は夭折を忘却していく。

一九八一年に、前原は秋田県から宮城県の宮城県登米高等学校に転任、単身赴任した。翌年三月には妻子を迎えて多賀城市の分譲マンションに転居した。

同年の四月に父一之助（いちのすけ）が逝去した後、塩竈市在住だった母は、身近で暮らし始めていた次男の前原に夭折の経過を告白した。埋葬から三十九年程過ぎて初めて、前原は経過を知り一人で受け止めた。同年の春、自身の車に母を乗せてその実家の墓地に出かけた。そして、墓地内の埋葬箇所辺りの土〈土に化した〉をすくって袋に入れ、父の一族の前原家の墓地に運び、そこに埋め戻して供養した。これらの事跡と供養をモチーフにして「魂吊り（たまづり）」四篇を創作した。

要するに母「なみ」は、先の二篇の詩に描かれた〈重い苦悩〉を長期間一人でかかえていた。夫の死後に、ようやくその呻きを前原に告白した。それを受けとめた前原は、埋め戻した後も〈必死の魂の作業〉を詩作の柱にする。そしてそれまでの端正な文体と想像力を変容していく。その結果、先の二篇のように、母の告白を受けとめ暗部に立ち向かう造形に変容する。例えば、先の四篇の一つ「声なき声」は、〈なぜ／みえるものだけが見え／みえないものは見えないのか／機械の騒（ざわ）めきと音波と電波に／聴覚を潰された耳の群れの／この世／せめて／この耳なき里の真夜中に／宇宙の果ての／宙吊りの声なき声が／青い氷河色の死者たちの声が／ときおり／風のように聴こえてくるように〉と表現。〈みえないものを〉直観し洞察する想像世界だ。先の二篇でも同様に、総題「魂吊(たまづ)り——不可視の弟に」の下に〈見えてこない弟〉(「夭折」)を顕わにする統一的文体と想像力を創出した。

それは〈精霊〉への視線に表れている。「夭折」で取り上げた〈一族の眼の群れ〉は弟を〈妖怪〉と見なし、夭折後は〈異界〉に追いやり忘却していく。ただ母だけが苦悶し〈無明(むみょう)の中空に吊るされ〉〈宙吊りの声なき声〉を聴き続け〈精霊〉を蘇らせた。その時、〈みえな〉くなった覆いが取り払われ、隠れていた死者が顕わになった。〈死者たちの声が〉〈聴こえて〉(「声なき声」)きた瞬間、〈精霊〉は蘇生し〈みえるもの〉(像)に変容した。こうして、死者に支えられながら、それを蘇生し招魂する文体と想像力を獲得する。発語の瞬間に、〈みえないもの〉は新たな想起像として創出される。それは、死者と生者が共棲する想像世界だ。四篇を併せて〈土に化したおまえのぼろぼろの顔を／いつか／必死の魂の作業で／人間の幼児の表情にようやくかたど〉った造形を創出し始める。

この件を前原は、関連する他の詩もふくめて〈生きることができなかった弟の魂を背負うことで、当時、自らの生存について考えていった〉(二〇一八年十二月)と語った。この解説も併せると、「魂吊(たまづ)り」四篇以前に底流し渦巻き始めた新たな構想が、親族内に閉じられた自画像を変容していったことが分かる。つまり死者に支えられ共棲する瞬間の連続として自身の生存も捉え、生命観(死生観)も変貌していったのだ。

それは開かれた自画像を創出する試みとなった。対比する構成にはっきりと出ている。一方の〈一族の眼の群れ〉は、乳児を〈妖怪〉とし、生きものの誕生と見なさず、その世界に属さない〈異界〉のものとして〈消滅〉させた。その〈群れ〉(集団性)の視線の枠から〈必死の魂の作業〉によって離れていく。習俗の類型から離れて、それに属してきた自らも裁き始める。そして〈消滅〉自体を忘却し〈異界〉に埋もれさせ覆いをかけた事跡を想起し顕わにする。その際、埋もれていた乳児の〈精霊〉に促されるように、その〈いのちのふるえ〉に駆り立てられる。その〈ふるえ〉は、『魂涸れ』刊行の五年前（一九八八年）に前原自身が死線をさまよった経験とも共振するからだ。するとこれらの詩を発語する行為は、自身の生存への問いにもなった。切迫した心身の危機を超えて、死者に支えられて回生することで開かれた生命観を血と肉に浸透させていく。

　表現にそって言えば〈人になりそこねて／この世から消滅した〉時間と〈無明の中空に吊るされている〉空間とを顕わにする想像力に変貌した。その瞬間、自らも〈無明の中空〉に開かれるのだ。こうして、前出の「声なき声」と通じる輪郭の明確な想像世界を創出した。

また『魂涸れ』は生きもの全体に開かれた生命観（死生観）を開拓した詩集でもある。胎児・乳児の生命、その夭折。別の個体の新たな誕生・逝去、そのように継起する生きもの全体と宇宙的な時空での本源からの生命の水脈とを照応させている。弟は胎児から乳児へと成長する入り口で夭折した。その誕生以前の原初的生命、胎児をモチーフにした詩「誕生」（二六―二九頁）はその好例だ。

何も知らない
という眠りのリズムで
母の胎を
内部から蹴り上げているもの

夢以前の
太古の夢の原液に浸り
魚類になって
尾鰭をうごかし
海中に潜むもの
文明と機械の爛熟
という驕りに
大きく埋もれる
巨大な頭脳の種族の
けれどいつも
小さく始まる
歴史以前の
個々のうごめく
この肉の塊（かたまり）
やはりどの個も
魚やワニや鳥の影像をなぞり
生命の山脈（やまなみ）を
忘れるほど学習せねばならぬ

やがて
死の芽を宿しつつ
血みどろの海峡をくぐり
世界という海原(うなばら)に
イルカのように躍りでたときの
呱々の声
ヒトでもモノでも
内でも外でもない
どこともつながっている叫び
「はい」も「いいえ」も越えた
叫びのためだけの叫び
この叫びを
意味づけもせず
深ぶかと思い出そうと
長くながく
節くれだった苦渋の日々をさまよう
いのち！

「魂吊（たまづ）り」四篇とこの「誕生」とを併せて読むと、生きもの全体の生と死に肉迫していることが分かる。〈太古の夢の原液に浸り〉〈歴史以前の／個々のうごめく／この肉の塊（かたまり）〉は、羊水内で生物進化の過程を辿って成長し〈ヒトでもモノでも／内でも外でもない／どこともつながっている叫び〉をあげて誕生する。この箇所を福岡伸一（ふくおかしんいち）＊3の分子生物学などによって裏付けると、生物と無生物との便宜上の境界も超えた条理を基にしている。例えば生物は代謝するが、それをしないウイルスを一定の条件の下で濃縮すると「結晶化」できる。その点だけからいえば〈鉱物に似たまぎれもない物質＊4〉ともいえる。だが細胞に寄生することによってのみ自己複製を始める。生命を〈「自己複製するもの」と定義するなら、ウイルスはまぎれもなく生命体である〉。生物と無生物の境界で往き来を繰り返す存在だ。つまり先の箇所は、生きものが〈つながっている〉（本源からの生成）ことをふまえた表現だ。

　ところが、〈文明と機械の爛熟／という驕りに／大きく埋もれる／巨大な頭脳の種族〉（前出「声なき声」と同一）は、科学と称して合理的で機械論的な生命観を普及し、人間以外の生きものを自らの支配下におき区別した。それにとどまらず生命の根源である自然をも利得のために切り刻んで消滅させてきた。その現況に異議を唱え、〈やはりどの個も／魚やワニや鳥の影像をなぞり／生命の山脈（やまなみ）を／忘れるほど学習せねばならぬ〉と本源からの生成に立ち帰る。

　すると忘れ去り隠してきた〈死の芽を〉想起する瞬間が湧き出すのだ。それが生きものを根底で支え、個体が消滅しても別の新たな生命に受けつがれ再構成され全体として持続する真相が顕わになる。こうして生命全体に乱雑、消滅は及ばない。つまり「誕生」の瞬間にすでに〈死の芽〉を内包する生きものの生成と循環に立ち帰って、それを〈深ぶかと思い出〉し覚醒する。「誕生」以後、その覚醒への〈苦渋の日々をさまよう〉のが〈生命の山脈〉だというのだ。その点では通常、区別する無生物も含めた生と死が共棲する瞬間の循環として生命を捉え、両者が共創する想像世界をこの詩集で開示した。「魂吊り」四篇と「誕生」とを統一的主題の下に読むべきだ。

『魂涸れ』の生命観（死生観）を基調として後に、〈死者は／生者の泉である／生者は／死者の湖である〉（詩「みえない泉と湖」、「撃竹」七九号、二〇一二年）と、輪郭の明確な造形を表現する。生者が死者（精霊）に支えられ共棲する瞬間を創出する。すると〈必死の魂の作業〉とは鎮魂だけでなく、〈精霊〉と共棲する前原自身の新たな自画像を創出する行為につながった。

（二）

弟に限らず身辺の者の逝去をモチーフにした詩作を持続した。一九六七年に、詩「溺死」（宮城県仙台一高の同級生Kが海で溺死、詩集『小さな世界』）。一九八〇年に、詩「死者からの鎮魂歌――Yの死に」（早稲田大学英文学専修の同期生が三十代半ばで逝去、詩集『光る岩』）。一九九三年に、詩「橋上の産毛」（能代北高校勤務時期以来の無二の親友の自殺が主題、『魂涸れ』）。

一九八二年四月に父一之助逝去。同年五月に、父の死をモチーフにした詩「父・冬の陽だまりの中で」（「撃竹」三号）。九月に詩「胡桃」（「撃竹」四号）。続いて一九九三年、詩「湯死」・「眼を開ける」（『魂涸れ』）も発表する。その間の一九八八年秋には自身が〈生死の間をさ迷う大病を患（右の腎臓を摘出〉〉う。

まさしく〈宇宙の果ての／宙吊りの声なき声〉を聴き取り見えるものに変容する想像力を錬磨していった。一九九〇年発表（「夭折」発表の前年）の「人生の半ばを過ぎて」（「撃竹」二七号）でその詳細が分かる。

生死の間をさ迷う大病を患い、いまその回復途上であるが、その間血縁・知人・友人の多くの死と出会っている。私の死を考えるのではない。私と出会い触れ合い魂を浸透し合った人たちの生と死を私の内部にとり込み育て開花させること、それが、人生五十年といわれたその五十年を目前にした、いまの私の詩業の重要な部分になっている。このことは自分自身のこれからの〈老年〉とか〈老残〉とかへのつらく切実なトレー　ーングでもある。

死者と共棲する自画像の創出だ。

詩「献身」（詩集『現況の歌』、一九八三年、五六―五七頁）で〈トレーニング〉の内実が分かる。

私たちは　つらく　卑しい存在
なぜなら　私たちは行為し　それに気づくもの
あらゆる行為は　とりわけそれに躓くものは
すでに　罪人の汚れにみちている

母の告白と同時期であり、その行間に先の埋め戻しの事跡を投影している。地上の現実に囚われた前原は生の暗部に立ち向かう。したがって〈行為し　それに気づくもの〉として母の苦悶を受けとめ、自身も現実の〈罪人の汚れ〉に染まった像として剔抉する。

続く一九八七年の詩集『独りの練習』収録の詩「真冬の蟬」で、〈腐植し腐敗した地上のものがしみこんだ　土の匂い〉の世界で、土中にしみこんだ衆生を基に新たな〈生命（いのち）〉が育まれ回生するとの普遍的造形を創出していく。

そのような錬磨を集約したのが『魂涸れ（たまがれ）』の巻頭詩「声」（総題「心の樹」三詩構成の一篇、「撃竹」二三号、一九八九年）だ。

無数の根と葉群れをもった
一本の巨（おお）きな樹木を聴く耳にして
呼吸のように親しい
あるいは遥かで触れることもなかった
ほとんど無名の
夥（おびただ）しい死者たちの
その魂の血がしみついた土に濾（こ）されて
声を出す

初出では五、六行目は一行。生命が全体として悠久の生成を続けていることを〈一本の巨きな樹木を聴く耳〉は聴聞している。だがもう一方では遥かな周縁の地で、悠久の生成から離反した死の境界に追いやられる死者が続出している。〈その魂の血がしみついた土に濾されて／声を出す〉のは、〈夥しい死者たち〉の遺志、叡智に支えられて死者との共棲を希求する自画像だ。同時に、それを輪郭のはっきりした造形で結晶化した点に注目する。詩集全体の詩想を開く詩だ。

そして、その主題に関連させた同詩集の詩「凪ぎ」（総題「真冬の死者への断章から」七詩構成の一篇、五六―五七頁。「撃竹」二八号でも七詩構成、一九九一年）も関連する。

夕べの凪ぎのような
大きな沈黙の小暗いひろがりの中で
不意に
親しかった死者たちが周囲に群がり
声にならぬ声で囁いている
そのとき私の魂も
果てのない夜の内部を
黒く輝いて流れている水に洗われている

初出の〈犇めき〉は詩集で〈群がり〉に訂正。先の「声」の〈魂の血がしみついた土に濾(こ)されて〉を受けた詩。〈親しかった死者たちが周囲に群がり〉とは、死者の遺志の招魂だ。〈声にならぬ声で囁いている〉死者と溶け合った〈黒く輝いて流れている水〉の渦中で流され〈洗われて〉初めて〈死者たち〉の告発、遺志を聴聞できる。その黒い水は、前出「献身」末尾の詩句、〈闇の流れ〉で〈もがき苦しんだその果てに　夜へと死んでゆく／溝の鼠の　黒く　きらめき漂う光〉（『現況の歌』五七頁）が原形。〈黒く輝いて〉とは、〈罪人の汚れ〉（「献身」）を担って流されていく苦悶の〈溝の鼠〉（私の魂の類比）の呻きだ。

それらの錬磨を経た『魂涸(たまが)れ』末尾（九六―九八頁）の詩「蜻蛉」（「潮流詩派」一五三号、一九九三年）は、弟の夭折も含めて詩集全体の詩想を凝縮した造形だ。

意識をうすめられ
死の深みへ引きずられていきながら
ぎりぎりの地点で不意に転回し
逆流して赤く泡だち
この世へと生還した日の夕べ
ふっと力を抜き
ほの暖かい闇の中で目を閉じると
暗黒の物質に満ちた宇宙を切り裂いて

蜻蛉が群れて飛んでいる
目を開けると
それらは驚くほどの迅速さで目の前に迫り
涙を溜めた鬼の形相の
夭逝した精霊たちになり
眼の奥へ吸い込まれていく
その中には
頭の内部を壊されたまま生み出され
名づけられないまますぐ息絶えた
おぼろな顔の弟もおり
私の肋骨の一本に
不器用に恥かし気に止まり
その骨を軽く嚙んだりつついたりしている
まるで私の鈍（にぶ）い光沢と色合いの生を
幼い死者の清冽な世界から
鋭く優しく
目覚めさせ励ますふうに

八行目の〈物質に満ちた〉は初出にはない。
一九八八年の前原の腎臓摘出手術は〈生死の間をさ迷う大病〉だった。冒頭の五行は、それを深く心に刻んだ生々しい痕跡だろう。生死の狭間の三途の川から〈逆流して赤く泡だち／この世へと生還〉したものの、まだ〈無明（むみょう）の中空〉で宙ぶらりんのままである。その狭間で〈目を閉じると〉〈暗黒の物質に満ちた宇宙〉を〈蜻蛉が群れて飛〉ぶのが見えてくる。そして〈目を開けると〉、蜻蛉の類比である〈夭逝した精霊たち〉が〈眼の奥へ吸い込まれていく〉瞬間が鮮明に現前化する。〈精霊〉と共棲する想像世界では親和的な見える像に変容している。その中に〈おぼろな顔の弟も〉いて、〈涙を溜めた鬼の形相〉である。それは〈頭の内部を壊されたまま生み出され／名づけられないますぐ息絶えた〉からだ。そして〈私の肋骨〉に〈弟〉の〈精霊〉が〈止まり〉〈骨を軽く嚙んだりしつついたりしている〉と続け、〈私〉の血肉に浸透する。この体感を喚起する表現を、次のように前原は解説した。〈私の生への覚醒を深化させる不可視の「霊的存在」として、私の内部に移された〉（二〇一八年十二月四日）。

　こうして〈私の鈍（にぶ）い光沢と色合いの生を／幼い死者の清冽な世界から／鋭く優しく／目覚めさせ励ます〉生存の場、想像世界を創出する。〈鈍（にぶ）い光沢と色合いの生〉は、〈生命の山脈（やまなみ）を／忘れるほど学習〉して、〈精霊〉に支えられ（死者は生者の泉）共棲する悠久な生命の営みに覚醒し回生する。錬磨してきた詩想を『魂涸（たまが）れ』末尾の詩に凝縮し、輪郭の明確な造形で閉じている。

　この「蜻蛉」を四月に発表した同年十月に『魂涸（たまが）れ』をまとめ刊行する。

〈夭逝した精霊〉たちに支えられ共棲して、自身の半死半生の体験を超え出て本源からの自然の水脈に立ち帰った。魂は悠久な生命の営みに覚醒し回生する。その脈動が泉となって噴き出す生存の場、想像世界がこの詩集だ。生々しい題材だが、自己への裁きから悠久な生命の営みへと浄化される脈動を映す文体、想像力を創出した。

（三）

前原は生命科学や医学の最新成果を基にして生命観を刷新しているので概観してみよう。文明化の後、絶え間なく消滅する死者を人は忘却しがちになった。それと入れ替わる生者は、目先の事象のみに眼をうばわれやすい。一部の富裕層を除いて、現世での競争にさらされ敗者となって飢餓に陥らないように汲々と生きざるをえないからだ。根本的にも、生者の身体は食物連鎖に組み込まれた個別の統合体で、他と断絶しているために目先の自己保存のみに囚われがちだ。そのような日常の連続で生きる詩の読者を、前原は非日常の時空へと誘う。生命全体の生と死の中に人を位置付け、全体としての共棲へと開く造形を提示している。

それを、最新の分子生物学が裏付けている。ます「自分自身のために生きている」という通念自体がはなはだ誤解だということからふれていく。

前出の福岡によれば、生者必滅という〈エントロピー（「乱雑さ」の尺度）増大の法則に先回りして、自らを壊し、そして再構築するという自転車操業的なあり方〉を生命の「動的平衡[*5]」と定義する。

それによれば、人の場合も個体として生存する形態自体が、本来は利他的な在り方である。個々の生きものは必ず死ぬが、生命全体としては物質とエネルギーと情報の流れ（生成）とを別の個体から受けつぎ再構成し持続する。こうして生命全体に乱雑、消滅は及ばない。それに死者の叡智をも加えて全体として受け継ぐことも人は可能だから、別の個体同士でも意識的に互いの叡智を源泉とすれば絶え間なく水脈は流れ続ける。生きものを照らし出すこの愛と慈悲の光は何ものにも遮られず衆生に平等に注がれ、本源的な〈緑の歌〉[*6]（本来の生命の記憶、死者の叡智が支えている生者の歩み）に立ち帰って、自然の生成と循環の輪（水脈）の一環として生きることは可能だ。そこで、表層の生と死の現象の奥に隠れた〈緑の歌〉を開示する想像力を、前原は自覚的に錬磨してきた。

そのような発想の泉となる遺伝子情報は、生命発生の原初の時期にすでに人類に組み込まれている。それに加えて、生者同士で直接に接触して受けつぐ記憶が良くも悪くも加わる。更に見知らぬ他者からも、その叡智を腑分けして受け継ぎ再構成してきた。

この共創する流れ、失われた本源からの生命の湧き出しを、前原は自身の内に感じ取り〈泉〉と造形化し、新たな共創を継続している。それは、文明化の後に目先の現象のみに眼をうばわれて自己の生存のみを優先しがちになった人類を、生の真相へと導く。こうして利他的であるはずの本来の生命の在り方に帰る道筋へと誘う。

『魂涸れ（たまがれ）』の場合、もう一歩踏み込み〈行為し　それに気づくもの〉（「献身」）として自己を裁き、本来の利他的な愛と慈悲の光に立ち帰って起死回生の言葉を現前化している。

それは親族的結合、更に社会や国家への属性も超えた個の次元での生命の捉え直しだ。死者を忘却し「今、ここで」にのみ関心を向け、その渦中で溺れやすい日本人、つまり自己を含む精神風土を批評する磁場を創出した。このような形で個人主義や利己主義の中身を転換し、死者を忘却した人を本来の生命の記憶へと誘うのだ。

なお、〈緑の歌〉への帰郷は同時に現世への批評をともない、自他共に〈罪人の汚れ〉を剔抉する。自己の内と外へ、双方向を複眼で透視する前原は、深層から湧きあがった脈動に促されて、それを言葉に投影する。

また、幼年期より昆虫と親しみ原生林に包まれて創作を継続し言葉を育んだ結果でもあった。そのような経験を、生命科学や医学等の最新成果と照合し、生きものの本源からの生成に立ち帰る。

この事について、前出の福岡は更に、「生命の惜しみない利他性」[*7]で言及している。植物は太陽のエネルギーを過剰なまでに光合成して固定し、惜しみなく虫や鳥に与え、水と土を豊かにして生命の多様性を生み出してきたという。人類もその恩恵を享受してきたと。この生命の循環では、〈生命は利己的ではなく、本質的に利他的なのだ。その利他性を絶えず他の生命に手渡すことで、私たちは地球の上に共存している。動的平衡とは、この営みを指す言葉である〉と指摘した。この論旨は仏教の慈悲の光に導かれる生成とも親和している。また、『福岡伸一、西田哲学を読む』[*8]では、古代ギリシアのヘラクレイトスやアナクシマンドロスが唱えたピュシス（physis、「自然」の意）の生成という世界観との類似にも言及している。本稿の柱の語、〈緑の歌〉はこれらの叡智もふまえた用語だ。

では実際の人類の進化及び文明の現状は、この本来の道筋に沿っているだろうか。地球の住人としては新参者の人間は、進化の果てに自らの生命を保持することを無意識的に優先して生と死を発想するようになった。次第に他の生命に対して支配的な位置に立つにつれ、王者としてふるまうようになった。〈緑の歌〉を見失い、人類全体からも個別体の自己自身を離し、更に他者よりも自己を優先する方向に転換していった。そして利己に駆られた潜在的な感覚に動かされ、目前の現象に欲望を投影し、その実現へと果てしなく突き動かされ競争し、勝者が文明を支配してきた。

人類以外との関係も展望しよう。「多様性は人間だけのものか」[*9]で福岡は、多様な種が〈ある時はせめぎ合い、ある時は相補的に連鎖しあって、動的な網の目を支え合っている、その関係性のありよう〉が生物の多様性だとする。人類が地球全体の支配的な種となって以来、すみ分けを忘れてこの多様性を独り占めした。そして、自然を分断し見下ろしてきた。本来のすみ分けに反し他の生命に先んじて自己保存に走った。

このような経過をもたらしたのは、「今、ここで」の持続として時間を満たす衝動に突き動かされてきたからではないか。その際に手頃だったのが合理的で機械論的な生命観[*10]だったので、まず無機物的に見える物を道具として使い捨てるようになった。それは有機物の統合体である植物、動物にも及び、人間が生きるための付属品にしてしまった。その類比として、人間の間でも差別がはびこり一部の人間の欲望、自国のみの利益を優先して政治を操る飽食の時代となった。マスコミや教育も誘導して、大半の人類が飢餓に苦しむ状況は隠されている。

本題に戻ろう。現代の葬送では、火葬した後で死者をその空間から隠し忘れる習俗が身についてきた。不吉なもの忌むべきものとして死を遠ざけ隠す表層文化がはびこっている。死者と断絶すれば、自らが死に直面する時間を先延ばしにして、それに直面してから死を意識すればよくなる。それまでは「今、ここで」を謳歌し、順次流れ去った死者を無機物と見なし忘れ去っていく。それは、未来を創造する時間の流れから人を断絶させることにつながる。

もう一方で他者との関係も閉鎖的になりつつある。つまり、一種の潜在的な利己感覚と結びつく人間関係にだけ動かされがちだ。すると、実際に見える関係、祖父母・両親・兄弟・子・孫、そして友人等のみとの過去・現在・未来の渦中で溺れていることになろう。その閉鎖的な人間関係が他の集団との意思疎通を失うと、自ずと異質集団に対して排外的になる。

では集団外の人間、見えない生命、植物、動物などと通じ合う利他の開放的な関係、本源的な生命の循環（水脈）に立ち帰ることは可能だろうか。即時的な自己感覚を超える方向へと導く契機は何だろうか。

目前には重層的な社会・国家など、見えている公共空間が外の現実を支配していて、上記したような乱雑が進行する最中にあり、隠れた生命の危機が見えにくくなっている。このような政治経済の変革や自然保存は目前の課題であるが、その変革を展望しながらそれを根底で動かす精神の在り方を問題にしたい。つまり精神の拠り所を考える際には、個別の生命の実体である精神が、他者を含む生存環境の破壊に対していかに対峙するか、その想像力の場をいかにして表現するか、この事に焦点を絞っていく。

即時的な自己感覚や閉鎖的な人間関係を超える思考の軸を創出するために、叡智をもたらしてきた先覚者、死者たちを想起し〈緑の歌〉を継承して隣人として座右に置こう。それによって未来を先取りして現在の瞬間を浄化できる。死者の叡智は泉であり、生者の精神には豊かな湖が溢れる。だが個別の人は一回性の生を定めとし縁の時間の連続から切り離されている。その空間で未来へと進行する継続的時間へと立ち帰り回生する営み、それが詩作だ。この本源的な道筋、形成作用へと帰ることでのみ時間を駆動させ、滅び行く文明を動的平衡へと転換できるだろう。前もって死者を忘却し「今、ここで」に執着すれば未来をも放棄することになる。

こうして隠された死者を想起し、それと断絶することで引き起こされた精神の空隙、乱雑を埋め、新たな水脈を創出する。それは「今、ここで」の内に閉じ込められた生命を、おのずから生起する自然の水脈へと帰し、その脈動に共振することにつながる。同時に閉鎖的な空間に閉じられた言葉を他者へと開き大地自然のふところへ帰すことにもなる。単独者としての〈緑の歌〉の追究から詩作を始めた前原だったが、死者と共棲する境界で他者との共創を切り開き新たな文体と想像力を創出している。

(四)

叡智をもたらしてきた先覚者、死者たちに支えられて、未来を先取りし継続的時間へと回生すると、先に指摘した。前原にとっては、ウィリアム・バトラー・イェイツとライナー・マリア・リルケ[*11]（第二章の＊3に詳細）がその先覚者だった。

まずイェイツ。前原は早稲田大学第一文学部文学科英文学専修卒業だが、その卒論の題は「イェイツの詩――「塔」への道」（四〇〇字詰め原稿用紙八十八枚）。その草分け的研究家で詩人の尾島庄太郎教授の指導で、イェイツの詩集『塔』についてまとめ一九六三年に提出した。

叡智に関連するのは、詩「ビザンティウム」（詩集『廻り階段、その他の詩』収録）の次の第二連。尾島訳の『イェイツ詩集』（北星堂書店、一九五八年、本論の参考文献、二〇二―二〇三頁）から引用。

我がまのあたりに浮び過ぐるは、像か、人か、影か、
人かとみれば影と見え、影かと見れば像と見える。
即ち、木乃伊布に包まれたへイディズの糸巻は、[★1][★2]
能く、囲繞する小路を捲き戻し[★3][★4]
潤いなく呼吸なき口は、
能く息づかいせぬ者どもの口を召喚するのだ。
然れば、我、この超人を悦び迎え、
呼んで、『生の中の死』『死の中の生』と言う。

訳注

★1　地上の人間の経験を表し、霊魂の自由を束縛された状態。

★2　〈ヘイディズ〉はギリシア神話で冥府、地獄。そこからやってくる霊魂を表し、その糸巻きは人間にミイラの布を巻き付ける。

★3　囲繞とはぐるりととりまくことで、その小路は生命のない世界から魂をよび戻す超人の動作を導く作用をもつ。

★4　霊魂はよみの国へ帰り着せられた布を巻きもどし自由になる。

尾島の『イェイツ——人と作品』（研究社、一九六一年、卒論の参考文献、二三六頁）は同連を次のように解説している。先の訳注も同書に拠る。

第二連では、死が暗示されている。それは、日記の冒頭に記された「ある友の死」であるかもしれない。また、この連には、過去の人間の叡智も暗示されている。すなわち、ミイラの唇と思われるうるおいなき唇は、息づかいせぬ者どもの口を喚びだす。そして、過去の叡智を帯びた人間は超人であり「生の中の死」、「死の中の生」と呼ばれる。

第二連末尾の一行を中心として、この詩は鮮明な印象を喚起しただろう。イェイツの詩想を直接に取り入れたといっているわけではない。指導教授からの喚起は、すでに詩作を始めていた前原が探索していた死生観を深めていく触媒の一つとなっただろう。第三章までに述べた造形を発想する原形の一つとなった。当時、この詩や詩「ビザンティウムへ船出して」（『塔』収録）も含めて暗唱する程に読み込んだと前原は語る。創作初期に触発された造形を、詩作を通して生存の問いへと深化していく。

また早稲田大学在学中の一九六三年の秋口、新潮社文庫版の富士川英郎訳『リルケ詩集』（一九六三年二月初版）に感銘し、それ以来、彌生書房版『リルケ全集』（一九六〇—六五年）も繰り返し読みこみ座右の書とする。卒論の文中でもイェイツとリルケの比較を取り上げるくらい熱中したが、秋田県立能代北高校に赴任後もリルケを耽読し、詩作に浸透させていく。

中でも、彌生書房版『リルケ全集』第二巻詩集Ⅱ「白衣の貴婦人」（『初期詩集』、一九〇九年収録。神品芳夫訳、一九六〇年、二二八―二二九頁）の次の一節も原形の一つとなる。白衣の夫人は語る。〈かつて生きていて今は亡きある女の像として／私は、私の寝床のひろい棺のうえに横たわっていたの。（中略）私の下には、おなじ恰好で、／私の死体が、かさかさな髪をして横たわっていたのよ。〉（中略）そして次に続く。

白衣の夫人
ね、こんなふうに、生のなかに死があるのよ。
生と死とは入りくみあっているのよ。一枚のじゅうたんのなかで
糸が交錯しているように。その交錯のなかから
つかのまの生を生きる人にとってそれぞれひとつの像が生み出されるのよ。
ひとが死ぬときにあるのだけが死ではないわ。
生きていて、死なんか忘れているときにも、死はいるのよ。
まったく死ぬことができそうもないときにも、死はいるのよ。
死というのはたいへんなものよ。これを埋めてしまうことはできないの。
私たちのなかには、毎日死と誕生とがあるのよ。
このふたつをこえて持続している自然とおなじように、
私たちも、むこうみずに、かなしみをもたず、

なんのこだわりももたずに生きるのよ。悲しみとかよろこびとかは、
私たちを見ているあの見知らぬひとにとっては、色のちがいほどのことにすぎないの。
だから、私たちにとって、その見ているひとを見つけるということは、
とてもたいせつなことなのではないかしら。
自分の視覚のなかに私たちをことごとくあつめてしまうそのひと。
そして、ほかの私たちがあてずっぽうを言ったり、うそをついたりするのに、
そのひとは、あれが見えるこれが見える、と簡単なことばで言いあてるの。

引用した場面は、女として成熟していながら、それが実る直前に滅びてしまう白衣の夫人、その生の孤独な姿、生の中の死を〈このふたつをこえて持続している自然〉の生成と循環の一環として浮き彫りにしている。

同時期の座右の書『リルケ　芸術と人生』（富士川英郎訳編、白水社、一九六七年）収録の、リルケのヴィトルト・フォン・フレヴィッチ宛の手紙（一九二五年十一月十三日）も読んでいた。手紙の〈私たちの存在の世界が生と死という二つの無限な領域にまたがって〉いるとの一節を、「生命の全体性──その揺らぎと連関について」（「詩と思想」、二〇〇〇年十二月号）に前原は引用している。リルケの詩の造形の柱である死生観、その原形を先の長詩と手紙からの引用箇所に確認できる。リルケを読み込みながら詩作した際、初期の前原はこのような死生観に基づく造形を心象に浸透させていった。

他にも『リルケ　芸術と人生』には、エレン・ケイ宛の手紙（一九〇三年四月三日）も収録。〈小さな

事物（もの）や、動物たちや大きな平原の生〉を〈信じている〉と述べた後の、〈私はあらゆる自惚（うぬぼ）れを遠く自分からふるい落として、ごくとるに足らない動物を見下したりせず、自分を一つの石よりすばらしいものと思ったりしないように望んでいるのです〉という一節も、能代で孤独な詩作を持続し八幡平等のブナ林に魅せられて登山していた頃の初期詩篇と呼応する。

初期にイェイツ、リルケから触発されたが、それを自らの血肉をともなう独自の自画像に変容していった。

その拠り所である生命観が、第三章や前原の前出「生命の全体性」だ。文中に前出の詩「誕生」を引用した後、次のように集約している。〈人間以外の動植物やその他のあらゆる存在物とのつながりにまで、生きている感受と感覚と認識をもって広げていけば、生命は全く新しい表情を帯びてこよう〉と踏み込む。そして人間の〈生命は、個人の内部・外部の全体的自己表現であるだけでなく、死者になっても他者の魂の中に現われて生きていく超時間的現出でもある〉とする。医学者三木成夫（みきしげお）『人間生命の誕生』（築地書館（つきじしょかん）、一九九六年、一七頁）に同趣旨の一節があり、それを引用して裏付けとする。更に前出引用のヴィトルト・フォン・フレヴィッチ宛の手紙を引用した後に、〈広大な循環の中で、私たち一人ひとりの生命を、親しかった死者・未知の死者・遙か過去の死者・夭折した者、そして未来の生者と死者が支えているのではないだろうか〉と結ぶ。

また、後の「詩想の鍛錬と深化の場として」（「詩と思想」、二〇一二年十月号）にも「生命の全体性」の〈超時間的現出〉箇所を引用し、それをふまえて〈昨年の東日本大震災体験後の永い沈思の中で不意に湧いてきた言葉、〈生者は死者の湖である　死者は生者の泉である〉に通底し、将来へと響いていくもの〉と更に明確にした。基軸となったこの詩想を本章の題とした。

最後に夭折詩篇を含む『魂涸れ』への前原の解説を参照する。先人の叡智に触発されつつ独自に〈隠れた死を顕わにすることで、生の真相が自らの中に立ち現れ、次第に自らの内からの促しとして定着していった〉（二〇一九年六月）と述べる。

この系譜の詩として、「黄泉の蝶」（詩集『黄泉の蝶』、土曜美術社出版販売、一九九九年）、「生まれずに在るもの」（同詩集収録）、「意識の奥の」（詩集『水　離る』、同社、二〇〇八年）、「初夏・蝶――生者は死者の湖である」（「北方文学」六五号、二〇一一年）なども同系列だ。

注

＊1　帯文　藤富保男、装幀　政田岑生、書肆季節社、A5判、総九十九頁。

＊2　水頭症とは、脳脊髄液の循環障害によって拡大した脳室が、頭蓋骨内面に大脳半球を押しつけることにより、乳幼児の場合、頭囲拡大・頭痛・嘔吐などが起こる。

＊3　一九五九年、東京に生まれる。京都大学大学院農学研究科後期博士課程修了。京都大学農学博士。青山学院大学総合文化政策学部教授。左記『生物と無生物の間』で、二〇〇七年サントリー学芸賞受賞。生命とは何かを動的平衡論で問い直した。

＊4　福岡伸一、『生物と無生物の間』、講談社、二〇〇七年、三六―三七頁。

＊5　『動的平衡』、二〇〇九年、二四五頁。

＊6　前原正治詩集『緑の歌』（土曜美術社出版販売、二〇一九年）の詩集題より転用した。本源的な〈緑の歌〉を希求し、原初の本源的な自然に立ち帰って生成・流動・消滅する造形（芸術事物）を創出する詩想だ。同様の詩想を金井直の詩「帰郷1」（詩集『帰郷』、彌生書房、一九七〇年、五一頁）では〈緑の道〉と名付けている。

＊7　「朝日新聞」、二〇一五年十二月三日。

＊8　明石書店、二〇一七年。

＊9　「朝日新聞」、二〇一〇年十月二十八日。

＊10　前出「誕生」で〈文明と機械の爛熟／という驕りに／大きく埋もれる／巨大な頭脳の種族〉と表現。

＊11　William Butler Yeats　ウィリアム・バトラー・イェイツ　一八六五―一九三九年。ダブリン市サンディマウント通りに生まれる。

後期を代表する詩集『塔』（The Tower, マクミラン社、一九二八年。参照した原詩集はマクミラン社一九六一年版）に至る詩想を卒論で概観している。結びに〈詩人としてのイェイツを、大まかに、美しい夢にひたされていた詩人から、様々な現実の事件に目を向けつつ大詩人へ成長するまでを、たどってきた〉と記している。現在のイェイツ研究をふまえると、「塔」は彼の詩作の立脚点を示し、そこでアイルランドの伝統と交わりつつ思索して、詩のイメージの源泉となった想像力も生みだす、詩のシンボルといえよう。そこにはアイルランドの古い伝説や英雄の故事、苦悶する民族の宿命などを塗り込めている。また嵐に打ち勝つ「塔」は生のシンボルでもあり、対立する二つの原理〈現実の自我と理想の自我〉（卒論）の闘争の果てに魂を本源的善や絶対美に導く叡智とも考えている。実人生でもイェイツは、アイルランド自由国が誕生すると一九二二年に初代の上院議員を務め、二三年にはノーベル文学賞。

四　逼塞（ひっそく）する無垢、回生する想像力

――前原正治　ブレイクの子どもの詩からの触発

高校まで過ごした生まれ故郷の宮城県塩竈市を離れて早稲田大学第一文学部文学科英文学専修で学びながら、ドイツ文学にも傾倒した。中でもリルケやヘルマン・ヘッセを読み込み、特にヘッセが十三歳の頃、〈詩人になるか、でなければ、何にもなりたくない〉（ヘッセ「自伝素描」）と決意した意思が前原を奮い立たせ詩作に没頭して生きる決意を固めた。そして一九六四年四月に、前原は秋田県能代市の秋田県立能代北高等学校に英語科教諭として赴任した。なぜ、全く未知の秋田を自ら選んだのか。それについて「めまいの凝固」[*1]で次のように回想する。

若く気負った私は、東北の一地方に無名のまま住み、孤立した詩的空間の中で自己を成熟させてゆくことに、秘かな自負をもっていました。（中略）まず自分の中に埋没し、自分をみつめたかったのです。能代という日本海の港町の生活の中で、自分の幼・少年時代の形姿とその意味を問いつづけました。

なぜ〈自分の幼・少年時代の形姿とその意味を問いつづけ〉る詩作を能代で続け、その後も系統的に書き続けたのか。リルケやヘッセは、本源的な自然と溶け合う想像力で幼年性（幼年時代）の詩や小説を書き、それを芯にして回生への展望を切り開いた。その叡智、詩法を支えにして自画像の彫琢を始めたからだ。

その成果が、一九六七年の第一詩集『小さな世界』だ。その後一九七七年に、詩集『経験の花』（『小さな世界』から抄録、また、十七歳から二十二歳までの五冊の既刊習作詩集に収録しなかった詩を中心に編集）も刊行した。二詩集を見ると、詩作の出発期に、幼年性をテーマにした多数の詩を書いた事が分かる。中でも詩「家族」（『経験の花』、一〇―一一頁）で〈家族の中では　いつも　自画像はつくれない〉とリフレインした第二・三連に注目する。

家族の中では　いつも　自画像はつくれない
ぼくのみつけた言葉は　すでに祖父のものであり
ぼくの声は　兄ともつれ合っており
ぼくの築いた世界は　母の巨大な感情に溶かされてしまう
遠く　世界へ抜け出て　他人の中で自画像を画くこと
その絵に　昼の意味や成熟や認識をちりばめてゆくこと
（中略）

ぼくが　ぼくの根を断ち　激しい覚醒で魂を刻み
つぎつぎに　新しい異郷へと冒険をしながら
家族の原液の表面に浮かぶ夢にも侵食されない
自己の影像をつくり上げるのは　いつのことだろう

〈ぼくの根を断ち　激しい覚醒で魂を刻み／つぎつぎに　新しい異郷へと冒険をし〉の一節。これは、能代に赴任し故郷と親族から離れ、親族的な集団性によって馴致された幼年性を剔抉する決意だ。その方向で実際に〈自己の影像をつくり上げ〉て回生を展望し、想像力の原形を築いていった。まず、近隣の白神山地や鳥海山・森吉山・八幡平のブナ林、原生林に魅せられ、毎週のように登山した。自然に溶け合い本源的な緑の道（本来の生命の記憶、死者の叡智が支えている生者の歩み）に覚醒していく。一九七一年の詩集『緑への風見』はその成果だ。

更に一九七五年の詩集『水の時間』では、先の幼年性を輪郭のしっかりとした形象に研ぎ澄ます。幼年性の詩五篇「孤児のうた」「子守歌」「ゆきのうた――母に」「人形」「野のうた　生まれた子に」がそれだ。中でも詩「孤児のうた」（三一―三二頁）。

ぼくは　苦しくて死にそうだ
でも　ぼくが死んでも　誰がそれを嘆いてくれよう
いいえ　ぼくははじめから　この世にいないのだから

どうして認められて　この世から死んでいけよう
ああ　みんなが甘いひびきでもらす「お母さん」て
どんな味　どんな匂いなんだろう
ぼくは　まるで影のよう　紙くずのよう
この地上のどこをさまよっても　上目を使ってみても
犬のように　小さく座れる場所がなかった

（中略）

ぼくは　苦しくて死にそうだ
ああ　ぼくには　かなしみやさびしさを握りしめたこぶしをふり上げ
何もかも忘れ　思いっきりたたける甘い胸がない
いま　寒さに倒れているぼくをみつめている　青い竜胆(りんどう)は
もう　誰への涙でもなくなった　ぼくの涙のようだ

冒頭で〈ぼくは　苦しくて死にそうだ〉と、牛死の境でさまよう赤ん坊自身が生者に問いかける。そしてそのリフレイン以下でも問いかけを繰り返し〈ぼくの涙〉で締め括る。死に直面して逼塞した赤ん坊を招魂し、それを受けとめる構成は、以後の詩の原形となる。この詩の〈ぼく〉は第三章で扱った弟だ。出産直後に水頭症で亡くなった。夭折した死者を招魂して、忘却の彼方からその遺志を泉のように湧き出させ苦しみを受けとめる。その後も弟の夭折のモチーフを系統的に書き継ぐが、更に視野を広げて家族や学校の下で逼塞する子どもや、戦争の最中で苛まれ死者となった世界中の子どもも書き込んでいく。虐待され殺戮される幼年性の告発、遺志を招魂し、その問いにどう応えるかを自身に課していった。こうした自責を継続する道筋で自画像の回生を展望した。

この系譜の詩を焦点として設定し、創作初期から見直していこう。「空への輝き」(『経験の花』、九―一〇頁。『小さな世界』三三―三四頁初出)ですでに、逼塞する子どもの呻きを受けとめた。〈幼ない子供たちがいる/あの橋にもたれ　ふと野原で立ちどまり/教室の窓にしょんぼりもたれ庭にじっとうずくまり/何を見るともなく　ただじっとして(中略)もはや　外部を見る眼を失い/無関心な自然に　冷たくみつめられたまま//おそらく　彼らは夢に捉えられているのだ/思い出も分裂した映像もふくまない　虚ろな夢に/そして彼らの内部を　獣が寝た跡の枯草にまだこもる/あの臭いと温みをふくんだほの暗い風が吹いている〉。自然に育まれた原初の無垢な幼年性は、家族の次に出会う〈他人〉の集団、学校の中で逼塞してしまう。ヘッセの『車輪の下』『デミアン』などに喚起された想像力を発揮している。

『水の時間』の五篇の二番目の詩「子守歌」[*2](三三―三四頁)でも〈おまえをまもれるちからがわたしのどこにあろう〉と〈なやみ〉、自責の念を発語する。

その四番目の詩「人形」[*3](三七―三九頁)では幼児が愛玩する人形を題材にする。〈子供は　なんとすっぽりと完全に　体ごと嘆くことだろう/拒まれ　叱られ　打たれ　無視され投げ捨てられ/ざあざあと降り注ぐ雨とともに　そしてそれより重く激しく/ああ　嘆きは　渦巻きながら心に流れ込んでゆく/そして　ねじられた心からきりきり絞られ　ぽとぽと落ちてくる〉。しかし人形を抱いて眠ると〈あらゆる巨大な恐怖のもつれた形象から　子供の内部を守る天使となり／そのいつまでも開けられている瞳は　夜空に燃える　あのシリウスよりも明るく／子供の体温に温められて　それは子供の夜の血に溶けて流れ／その子の母よりも優しく　夢の中で　子供を弛めたり締めつけたりする〉。前原の子どもの詩のモチーフが手に取るように分かる詩だ。〈子供の内部を守る天使〉とは、〈巨大な恐怖〉を受けとめる想像力の軸である。その守護天使の視線、〈瞳〉は〈子供の夜の血に溶けて流れ／その子の母よりも優し〉い。逼塞する幼年性と、自画像はようやく溶け合い始めた。その〈いつまでも開けられている瞳〉が開示するのは、〈あらゆる巨大な恐怖のもつれた形象〉から子どもを守護し悪魔祓いする想像力だ。この〈瞳〉の形象が以後の軸となって、後の連作詩につながり系統的に書き継がれ系譜を形作る。

以上の「空への輝き」から『水の時間』の詩五篇に至る系譜を触発したのは、イギリスの詩人、ウィリアム・ブレイク[*4]の子どもの詩だ。早稲田大学英文科で学んだ折に注目し、その後も一貫して読み込み魂に浸透させた。前原は、この触発を筆者に示唆した（二〇二〇年）。

読み込んだのは『世界名詩集大成9　イギリスⅠ』（土居光知訳、平凡社、一九五九年）収録のブレイク三詩集だった。『無心の歌』（全）・『天国と地獄との結婚』（全）・『経験の歌』（全）。この三訳詩集と前述した前原の創作系譜とが照応することを確認していく。

『無心の歌』冒頭では自然の中で育まれる無垢な幼年性を歌い上げる。だが三訳詩集の大半は、ロンドンの各所で子供が逼塞している現実を顕わにした詩だ。産業革命の進行が自然を破壊し幼年性の王国は失われていた。ブレイクは機械がはびこることを非難し、手作業の彩飾印刷法で製本した。その視線からは、貧困化の進行によって見捨てられ売られる子どもが明確に見えたのだ。ブレイクは、詩作を通して意識的、自覚的にこの王国を回生しようとした。時勢と対峙したその詩は、死後に関心が高まり復刻版や選集が世界中で読まれた。日本でも大正期以降に訳詩や研究書が次々に刊行された。本書では主として、松島正一編『対訳ブレイク詩集』[*5]や同著『孤高の芸術家 ウィリアム・ブレイク』[*6]などを参照した。

そこで前出『世界名詩集大成9』から関連する訳詩を抜き出す。まず次の訳詩「えんとつそうじ」(『経験の歌』、二一四頁。『無心の歌』には別の「えんとつそうじ」も収録。同詩集「迷った男の子」でも問いかける文体)は、無垢な子どもを逼塞させ非人間的に扱う現実を、子供自身が問いかける文体だ。

雪の町に小さな黒いかたまりが
そうじそうじと憐れな声をはり上げて通る。
「おまえ父さんはないか? 母さんもないか?」
「父さん母さんは教会へお祈りにいっているよ。
私は原っぱの小屋にいても元気で、
雪のふるなかでも笑っているので、
私に死の着物をきせ
悲しみの歌をうたうようにしこんだよ。

それでも元気で踊ったり　うたったりするので
ひどいめにあわせているとは誰も思わず、
私達（あたいたち）のみじめさから天国をつくる
神様坊様王様をあがめにゆくのさ。」

この詩の煙突掃除の少年少女は六～八歳で、徒弟として身柄を親方に任せられたり、貧しい親に売られたり、誘拐された者もいた。不潔で汚臭の漂う雑居部屋で暮らした。身体が小さいからこそ煙突掃除に重宝され、一年に一回、風呂に入れればましだったという。ブレイク自身も貧困なまま生涯を彫版師として過ごした。生前にわずかな人が彼の詩集や挿し絵を認めたにすぎなかった。フランス革命を熱狂的に支持し、自身の境遇と溶け合わせて悲惨な状態に陥っている子ども達を受けとめ、底辺からの視線で実情を透視した。

〈父さん母さん〉は煙突掃除の親方夫婦。〈死の着物〉とは煙突掃除で黒く汚れた着物。この仕事は命を落としやすい仕事だった。〈悲しみの歌〉とは二行目の声。〈踊ったり　うたったり〉とは、五月一日のメーデーで、施しを求めてロンドン市中をねりあるく事。〈私達（あたいたち）のみじめさから天国をつくる〉とは、教会や王が天国へと導かず子ども達に不幸をもたらすことを告発している。善の中に潜む悪、偽善を告発する視線を生涯貫き、子ども達が呻き怖がるのを見過ごさなかった。

詩「他のものの悲しみ」（『無心の歌』、一九二―一九三頁）でも〈おさなごのかなしみを聞き／／それらの胸に憐れみをそそぎつつ（中略）夜もひるもすわり　われらの涙を／ぬぐって下さらなくていられようか（中略）ああ　神様は喜びをわれらにわけ与え／われらの悲しみを打ち破らんとし給う〉と歌う。ブレイクにとって、子どもは神と一体で幼年性の王国を具現化する存在だった。その本性を隠し逼塞させるものと対峙し回生を希求した。例えば育児院の子ども、迷い子、司祭によって「焚き殺され」たこどもの詩「ひとりの失われた少年」（『経験の歌』、二一五頁）、非人間的なキリスト教会を告発する詩「ちいさい　ごろつき」（『経験の歌』、二一六頁。〈ごろつき〉とは、教会が宿無しの子どもを預かり鞭で打ち断食を実施したこと）など。

前出の三訳詩集の中に詩「ロンドン」（『経験の歌』、二一三頁）もあり、〈特権ずくめのテムズ川のかたわら（中略）おさな児のおびえ泣く声、（中略）えんとつそうじの少年のよび声〉を聴き取る。詩「小学生」（『経験の歌』、二一四頁）では〈すれからしの意地わるい眼の下で／子ども達は一日中／ためいきをつき、まごまごする〉。同時代者が見過ごした実情を顕わにした。子どもの虐待という隠された現実を日々、身近に目撃し、それを幼年性の側から問いかけ受けとめる構図の想像力を考案した。初期の前原は、この構図を触発され自らの創作の原形として刻み系統的に書き続けた。

日本の現代文学でも、ブレイクの詩「他者の悲しみについて」（前出『無心の歌』から、大江訳では『無垢の歌』と訳し、前出土居訳の「他のものの悲しみ」も上記のように訳して引用）の〈流れる涙を見て　自分もまた悲しみをわけもたずにいられるか？　子供が泣くのを見て父親は　悲しみにみたされずにいることができるか？〉の一節に大江健三郎が注目した。連作短編集の冒頭の章「無垢の歌・経験の歌」[*7]に引用している。大江は障がいのある長男光の〈悲嘆の所在を、家族ぐるみ息子と和解して理解することができたのについて、ブレイクの詩がなかだらになった〉と記す。大江は創作初期からブレイクを原詩で読みその研究書も漁り尽くし、同時にこのモチーフの構想を練りあげ連作短編集を完成した。他の小説との関わりも深い。実生活でも自宅の居間で大江は執筆し、光も同室で作曲する日々もあった。光との実生活での共棲を芯にして、その困難を受けとめる最中で自己の生存の行方を追究した。ブレイクの詩を媒介として想像力を開示し連作の構想も展望できたのだ。大江の創作を導いたブレイクの喚起力と触発には文化や言語の違いを超えた普遍性がある。大江の例からも、前原への喚起と触発にも普遍性があることが分かる。

前述した創作系譜と併行して、能代北高校（女子高）で、前出〈他人の中で自画像を画く〉（高校生の魂を受けとめる）教育実践にも熱中した。初めてクラス担任した生徒を、入学から卒業まで三年間（一九六六〜六八年度）持ち上がった。その折に心の交流の記録（往復書簡形式ノート二十八冊）を通して、教え子の問いを受けとめ答える形で積極的に取り組んだ。その記録を『ホームルーム・ノート――芽の中の声』として刊。「はじめに」で、〈(ほとんど毎日といっていい往復書簡の心と心の交流）に自己の自由な時間を注ぎ込んでいたとき、そこに、私は詩作以上に貴重な意義を見出していた〉。前出「孤児のうた」のように、女子高生の〈苦しくて死にそう〉な声を受けとめた。

例を挙げる。一九六八年九月十二日、生徒Kさんからの問いかけ。〈私が生きていて何の意味があるだろうか〉と自殺を思い浮かべるという。前原も詩「自殺」（前出『小さな世界』、四九頁）で、〈死も意味はない　すぐはげ落ちるメッキだ／ああ　けれど　沼は暗く　暗い沼はやさしい死の口のようだ〉と表現していた。Kも「暗い沼」でもがいているが、担任の前原は〈私の人生への信念は、〃最後まで切なくぎりぎりと生ききれなかった人は、死にきれない〟ということです〉と答えている。その他にも、自身の幼年時代の王国を回想したり、ヤコブセン、ヘッセ、サルトル、トーマス・マンなどを紹介したりしている。このように熱中して深夜まで返事を書き続け一九六八年十月には十二指腸潰瘍で入院という顚末を迎える。

だが後の一九八四年刊行時には自分自身が苦悶に直面した。その折に、この実践集を刊行すること、〈そこに、教師としての、そして詩を書く人間としての私の原点ともいうべき泉がある（中略）その泉の水を飲んで、魂を身震いさせたい〉と語り（「撃竹」一〇号、一九八四年）、回生のきっかけにした。生徒の苦悶を受けとめる生き方が〈詩を書く人間としての私の原点ともいうべき泉〉だと、その想像力の立脚点を再確認した。教師としても〈子供の内部を守る天使〉（前出「人形」）として教え子との共棲を希求し続けた。それは、戦後にもたらされた個人の尊厳や人権思想を上滑りさせず具現化する生き方だった。秋田と宮城の高等学校教職員組合の一組合員として教育統制に対峙し高校単位の分会長も務めた。そうして東北の現実の中で常に子供の現況に眼を凝らし、幼年性と溶け合う自画像を希求していった。だが生活地域だけに限定せず、稀有な透視力を研ぎ澄まし地球規模での危機的現況に視野を広げ、回生への回路を透視していった。

まず一九八〇年発表の詩「孤児の秋の声」（詩集『光る岩』、二六―二七頁）。後にこの詩を「撃竹」五三号（二〇〇三年）で、「夕べの孤児の声」の総題で「世界の縁で」「影の中へ」「不在の夢」の三つの詩に分割して校訂し、「〈世界の果ての子供たち〉より」の連作の一部と解説。校訂後の「世界の縁で」の本文のみを引用する。

わけもなく
この世に投げ出され
この世にいて　いないようなぼく
雨模様の中の
幼い野良犬のようにおどおどし
あらゆるものから閉め出され
陽や風にさらされている物乞いのように
ひび割れた両手に
虚しさだけをいっぱいにして
世の中の縁に
ぼろぼろにぶらさがっている　破れ凧
それとも　人々は
ぼくのことを
黄昏れていく世界の果ての近くで
こちら向きに
びしょ濡れになって立っている　小さな疼きと
ときには

ふるえながら感じてくれるかしら

前出の「孤児のうた」の親族内の情を超え、遥か「世界の縁」の〈こちら向きに／びしょ濡れになって立っている　小さな疼き〉を受けとめる。居場所を失い孤立した無垢な幼年性の呻きの声は、地球全体で覆い隠されていた。その際に、自らを剔抉し血肉をともなう想像力に脱皮する課題を突きつけられた。〈ぼくの〉〈孤独が欲しいという人には／ひっそりとした　無垢でいっぱいの／ぼくの孤独を貸して上げる〉（「影の中へ」）という呻きに呼応して自責の念を深めていく。初期の前出「家族」の〈遠く　世界へ抜け出て　他人の中で自画像を画く（中略）自己の彫像をつくり上げる〉という志は、「小さな疼き」によって試される段階に入った。

前原が暮らす飽食の文明の対極で、文字通り子供を「物乞いのよう」に追いつめる事態が地球全体で進行していたのだ。各所で戦争は絶え間なく続き難民は溢れていた。その動静を一九八五年の「撃竹春秋」（「撃竹」一一号）で取り上げ、自らを剔抉する。後出の詩集『独りの練習』「日常のメモ」（九七―九八頁）にその本文を再録。

飽食の時代といわれているが、一方、東南アジアやアフガンや中近東で異民族が歯をむいて殺し合い、又、アフリカ大陸の多くの地域で飢えて死につつある夥しい人たちがいる。心身の極度の苦痛や放心や死への恐怖に襲われて、いわば〈絶対苦と絶望〉の内部にいる人間（中略）例えばアフリカでいま飢えつづけている子供たちは、そういう情報とは孤絶した形で、そして夥しい数で、けれど一人一人がかけがえのない独自の生を全うしようとしている。一見、主体的意識と選択の自由をもっているようにみえて、実際は情報洪水に操作され踊らされている私たち（中略）たまには私たちは、少なくとも私は、自己の魂の存在の、薄い影のような姿を鏡に映して、反吐をはく必要がある。匂いも香りもくさみもあり、濃い甘みとにがみをも含み、鮮やかな輪郭と実質の魂を内蔵し、そよぐ草原色と褐色の生命を鳴らして生き死にしていく人たちに、根源的にはこちらが劣っているものとして、畏敬と驚異の念に襲われることがあっていい。自己の〈生〉を変えるように迫ってくる情報以外は、どんな情報であれ、ふわふわした心の闇を深めるだけである。

共棲を希求すれば、〈かけがえのない独自の生を全うしようと〉するアフリカの飢えた〈子供たち〉を受けとめねばならない。同時に、本源に近い人々へ〈畏敬と驚異の念〉を抱く。そして、それから離反した〈飽食〉の人、自らに〈反吐をはく〉のだ。同年五月の「撃竹春秋」（「撃竹」一二号。前出「日常のメモ」、九九―一〇〇頁）の、〈天使と悪魔を合わせもち、自然を屈服させ得ると考えている人間同士の殺し合いは、何の、そして何のための配慮なのだろう〉との自責は、このように引き裂かれた罪責観から発している。

一九八七年刊の詩集『独りの練習』で、その系譜の連作を発表する。

まず、詩集の題にもなった詩「「独り」の練習」[*8]（八〇―八二頁）。

孤独な物書きに疲れて　書斎を出てみると
小学生の娘が　居間の食卓で
一心に手を動かしているのだった
近づいてみると　ノートに
〈独〉という字を何度も書き
ページいっぱいを埋めているところであった
息子は塾からまだ帰らず
妻も残業で　夜遅くなるとのことであった
職を探し求めにくる人間を世話する妻には
大学出の　ただ一人の部下がいたが
その青年は神経をやられ
毎朝　家族に説得されて家を出ては
近くの病院の待合室でうずくまっているのだった
何かしら　時間が抜け落ちたようなこの夕べ
私はただ　娘の字の練習をみつめているのであった
目を閉じると　眼の内部いっぱいに
独　という字が群がりひしめき
いつしかそれは　獣の毛をそよがせた

奇怪な虫の　無数の蠢きになっているのであった
獣も虫も侮辱する
私という人間の心も想像も　病んでいるのだった
書斎に戻りかけてふり返ると
やはり娘は　一心に手を動かしているのだった
時を忘れた　その目と頬は
夕陽に染められ　美しく輝いているのであった……
みかんの香りを漂わせ
自己回転している娘の　魂の独楽(こま)！

「自己の彫像」を剔抉する磁場を意識的に追究し、まず自身の家族との新たな共棲像を模索している。それを、リルケの『マルテの手記』の文体と詩法が媒介した。この手記は散文形式の文体で〈僕はまずここで見ることから学んでゆくつもりだ〉（前原の座右の書、『リルケ全集』第七巻、『マルテの手記』、大山定一訳、彌生書房、一九七〇年、八頁）と冒頭に記す。〈見る〉とは、直観によって外部の事物を自画像の内に浸透させ新たな像に造形して現前化することだ。

「「独り」の練習」も、〈《独》という字を何度も書き、ページいっぱいを埋めている〉娘の心根を、〈孤独な物書き〉の父が〈見る〉（直観）文体だ。続けて妻とその部下、息子も逼塞する内外の現実を顕わにする。引用した原文は二行だが、その行分けをなくし読点を付けて引用した。この箇所だけでなく全体十箇所の〈た〉の行末に句点を付けて、行分けせず散文で表記しても不自然さはない。十一文を続けた散文にできる。だからといって散文体との類似を指摘しているのではなく、その〈見る〉（直観）詩法の応用に注目したいのだ。

この視点で比較すると、先の大山訳にも〈た。〉の文末を六文続けた箇所（一七頁）がある。この箇所では〈自分だけの「死」を持っていた。〉人々を想起する。〈子供たちも、いとけない幼児すら、ありあわせの「子供の死」を死んだのではなかった。こころを必死に張りつめて——すでに成長してきた自分とこれから成長するはずだった自分をあわせたような幽邃（ゆうすい）な「死」をとげたのだ。〉と続く。無垢を馴致する現実と対峙し、〈ありあわせの〉の死ではなく固有の過去と未来を透視し展望する幼年性の像だ。「「独り」の練習」の先の二行も〈こころを必死に張りつめ〉る幼年性の像だ。

『マルテの手記』の先に続く箇所には、〈僕は恐怖とたたかってみた。僕は夜どおし起きてペンをうごかした。〉（一八頁）と、死の不安とたたかう孤独な〈僕〉を配置している。〈僕は、いまひとりぼっちで、何一つ持ちものもない（中略）子供のころを想いえがいてみても、それはまるで地の底の世界のようだ〉。〈僕〉の内で逼塞した幼年性は死の恐怖に直面し未来を展望する視力を見出せない。「「独り」の練習」の〈孤独な物書きに疲れ〉〈病んでいる〉〈私〉の自画像と照応する。両者の像の描き方や文体、構成などは照応する。

もう一点、恐怖にかられる〈私〉の内部で〈独　という字が群がりひしめき（中略）奇怪な虫の無数の蠢き〉が広がる描写にも、同訳六六—六七頁に照応する文脈がある。それは、孤独という代償を払うことで見せかけの〈現実〉の虚偽を否定し去った後に、内部に純粋な現実を把握できるという文脈だ。その文脈に続く次の一節。〈空気の一つ一つの成分のなかにはたしかに或るおそろしいものが潜んでいる。呼吸するたびに、それが透明な空気と一緒に吸いこまれ――吸いこまれたものは身体のなかに沈殿し、凝固し、器官と器官のあいだに鋭角な幾何学的図形のようなものをつくってゆくらしい（中略）苦痛な恐怖感は、あくまで執拗にまといつき、どこまでもしみこみ、すべての存在を嫉妬するかのように、そのおそろしい現実に執着してはなれない〉。虚偽の〈現実〉は〈苦痛な恐怖感〉を伴って執拗にまといつき心身に浸透する。このような描写を応用して、前原は自身が直面する苛酷な現実を見（〈目を閉じ〉て直観によって〈眼の内部いっぱいに〉に広がる〈蠢き〉を透視し）て造形した。

ここで〈独　という字が〉に続く五行に関して、次の事をふまえておきたい。〈独〉の部首「犭」（けものへん）から〈獣の毛〉〈獣〉を引き出している。「虫」の旧字体「蜀」は、牡獣（おけもの）の象形。その部首の虫の部分は性器（『字通』、白川静、平凡社、一九九六年、一一三二頁）。牡獣は群れを離れていることが多いから、人の孤独の意に用いるという。

これらの字義・成り立ちをふまえて、先のリルケの一節、無垢な幼年性を参照しながら娘の〈「独り」の練習〉を考案した。幼年性を馴致し執拗にまといつく現実と集団性の最中にそれを据えると、それと対比的に〈みつめている〉〈私〉の生存が浮き彫りになる。そして〈目を閉じると～病んでいるのだった〉の六行の箇所で、先述の成り立ちをふまえて「独」の部首を解体する。そして〈私〉の〈眼の内部で〉、〈獣の毛をそよがせた／奇怪な虫の　無数の蠢きになっ〉た脅迫観念が幼年性の視線を解体し無化して〈私〉に執拗にまといつき心身に浸透する事態を浮き彫りにする。

苛酷な現実とは、妻の部下の神経症を病む青年であり、人としての自立を滑らかに果たせず業務が桎梏になっていた。息子も進学競争に巻き込まれ塾に通う。妻も残業で四苦八苦。前原の身辺に限らず大多数の日本人は病んでいた。村落共同体的な相互依存の集団性が変質または崩壊した当時の日本で、人同士の支え合いが機能しなくなっていた。自己責任の風潮にさらされて自責の念に苦しみながら生きる人々が増えていた。それを直視し子どもも大人も〈病んでいる〉と読者にも投げかける。それに共振し反響するのは溺れまいと苦悶する個人である。

作者が〈中心の空無化〉と名付けた（詩集『光る岩』の仮の副題として考案した語）ように、状況に押し流される日本人は、病的な方向へ変容しつつあった。このような苦悶の最中で生きる〈飽食〉の人が〈獣も虫も侮辱する〉と感じるのは、先のエッセーで〈鮮やかな輪郭と実質の魂を内蔵し（中略）生き死にしていく人たちに（中略）畏敬と驚異の念に襲われる〉と直観し、本源から離反した自らに〈反吐をは〉くからだ。

筆者自身も一九八五年頃、偏差値で序列化された高校現場で、生徒指導の困難や進学競争に晒された子ども達の逼塞した姿にも直面し〈病んでい〉た。後の二〇一〇年頃、自画像を鮮明に造形し回生を展望する前原の詩に感銘し、その源泉を解き明かす意欲に駆られた。

本題に戻ってこの詩では、虚偽の〈現実〉を顕わにするのと対比して、その渦中の病態に囲まれても本源的な生命へと回生する幼年像を直観する。それが〈娘〉の〈独〉の像の躍動だ。冒頭で、〈小学生の娘〉が〈《独》という字を何度も書き／ページいっぱいを埋めている〉と、死の不安の只中から生起する生命をまず透視する。それは孤独を代償にして開示した純粋な現実であり、末尾を〈時を忘れた　その目と頬は／夕陽に染められ　美しく輝いているのであった……〉との〈彫像〉（前出「家族」）で結ぶ。逼塞する現実の最中で虚偽を否定し去って、無垢な幼年性を直観で捉え、新たな未来へと回生する瞬間だ。類型的な死に慣らされない〈自己回転している娘の　魂の独楽（こま）！〉は躍動する。ブレイクは子どもの無垢な幼年性を捉えると同時に、それを逼塞させるものを顕わにして告発した。その透視力からの触発を変容・発展して、幼年性と溶け合った自らの生存の過去と未来を透視し展望する想像力、回生の瞬間を開いた。

リルケの詩でも天空に向かってボールを投げ上げる造形で幼年性の可能性を模索している。一九六三年以来、前原の座右の書、筑摩書房版『世界文学大系リルケ』五三巻の高安国世（たかやすくによ）訳「オルフォイスに寄せるソネット」第二部八（エゴン・フォン・リルケの想い出に捧ぐ、一九五九年、一五二頁）。一九六三年新潮社文庫版の富士川英郎訳『リルケ詩集』収録の「幼年時代」（『形象集』、四一―四三頁）・「子供」（『新詩集』、一〇七―一〇八頁）などがその例だ。

リルケだけでなくヘルマン・ヘッセやブレイクも併せて読み込んで、幼年性を馴致するものと対峙し守護する自画像を、創作初期から練りあげてきた。この詩の段階になると過去の叡智から自立し、他者との共棲を志向する開かれた磁場を希求する。その磁場で、〈魂の独楽（こま）〉像を開き（透視）回生する。逼塞する自己を超えて、娘の〈「独り」の練習〉と溶け合い共棲する瞬間だ。日々、新生へと歩み出す幼年性を手がかりにして生命の本来の在り方に立ち帰る。それは時間を回生させ未来を創出する本源的な生命像の想起だ。この想像世界は読者の共感も喚起し回生へと誘う。この回生を起点にして、息子・妻・神経症を病む青年の現況をふまえた未来の共創へと希望を育む。

同詩集には六篇の子どもの詩、幼年性の連作も収録。「「独り」の練習」はその末尾、六篇目だ。次の詩「クレヨン」（七八―七九頁）は、その五篇目。

橙色のクレヨンが
暮れてゆく部屋の中の
鈍く光る机の上で
小さく呼吸をしている
幼児が握りしめたとき
きっと
それは身構えた
けれどやがて
幼児の手の温もりに
心がすっかりなじんで溶けてしまったとき
クレヨンの橙は
幼児の魂とともに動きながら
四方八方に皮を剝かれた
蜜柑の世界のように
驚くほど透明な香りを深めて
その身を減らしつづけていた

〈橙色（だいだい）のクレヨン〉も原初の生命力に立ち返ったように〈呼吸をし〉〈幼児の手の温もりに／心がすっかりなじんで溶けてしま〉う。子どもと溶け合ったクレヨンは〈四方八方に皮を剝かれた／蜜柑の世界のように／驚くほど透明な香りを深めて／その身を減らしつづけていた〉。新鮮な類比によって幼年性の王国を蘇生し、生命が輝く瞬間を開いた。先の〈みかんの香りを漂わせ／自己回転している娘〉同様、〈幼児〉の王国への郷愁へと導く。そして無垢な幼年性〈皮を剝かれた／蜜柑〉は新鮮な香りのイメージを発散し本源へと誘う。先の〈魂の独楽（こま）〉の〈彫像〉を多様な造形に変容して表現した。これらの幼年性の造形は、本源的な生命の生成であり人の源泉で、未来への展望を切り開く。

六篇の冒頭の詩「初め」（六四―六六頁）でも、美的な造形を通してそれを可視化した。

〈初め〉は　もう
どこにもいなかった
けれど　幼児の瞳の中で
それは　どこにもいた
バシャと
水中から空へと
初めは　跳び上がった
きらきらと

その鱗は閃いた
幼児は　それを
しっかりと摑まえた
初めは　身をしならせ
びくびくと動き
そして　幼児の夜の生臭い掌の中で
息絶えた
幼児の夜の
暗くもつれた夢に濾過されて
初めは　ひととき
燃える金色になり
幼児の魂の
砂底に沈んでいった
幼児が大人になり
年老いて　凝固し
焼かれて死ぬまで
初めは　眠りつづけていた
それでも　生前

もう思い出せない郷愁のように
幼児だった人間の
遠い深海で　砂に埋もれ
ほんのひととき
ぱっちりと目を開けたこともあった
いま　眠りながら
初めも
死んだ

前原は本書で、〈埋もり〉を〈埋もれ〉に訂正した。〈バシャと／水中から空へと／初めは　跳び上がった／きらきらと／その鱗は閃いた〉とは、鮒や鯉が〈跳び上がっ〉て躍動することを通して〈初め〉を類比した造形だ。〈幼児の瞳〉(幼年性の想像力)はそれを〈しっかりと掴まえた〉。この造形を眼前に可視化して、原初の磁場で生成していた〈初め〉を蘇生した。だが〈幼児が大人にな〉ると馴致されてしまい、その一瞬の造形も、〈幼児の生臭い掌の中で／息絶え〉忘れ去られ〈幼児の魂の／砂底に沈んで〉しまう。〈もう思い出せない郷愁のように〉なって意識の底に埋もれる。だが、生前に〈ほんのひととき／ぱっちりと目を開けたこともあった〉。原初の無垢な〈初め〉を想起する〈幼児の瞳〉は、幼年性の想像力の視線であり、人を超えて過去と未来を透視し展望する。〈幼児〉の王国の想像世界で、〈初め〉を造形として蘇らせた。幼年性の想像力とは、それを〈掴まえ〉て時間を蘇生し失った王国を想起する行為だ。幼年性の〈彫像〉は、時間の造形としても彫琢された。六篇の二篇目の詩「飛行機雲に」[*9]（六八—七〇頁）。

気づくと
深くすみきった青空に
純白の飛行機雲が描かれている
風に
すすきが銀色の光沢で波うち
コスモスが無数の子供の眼になって
揺れて笑っている
無心に
大きく開かれたぼくの瞳は
キラキラとただ明るい
そしてその瞳は
枯草の匂いを含んだまま
雲の軌跡を歩みつづけ
円く
幼年時代へと曲がり

泉のようなその日々の魂に沈んでいく
そこでは
蝶の鱗粉が虹色にきらめいて飛び散り
生臭く温かい生命が揺れ動いていた
そして子供たちは
そこから人の世へ次つぎと引き出され
泣いたりうめいたり
心を引き裂かれたりうずくまったりしたが
それでもまだどの子供の瞳も
夜の巨大な風の息吹きの中で
心の縁まで恐れをあふれさせ
どうしてもときおり
星のように光った

〈無心に／大きく開かれたぼくの瞳は〉、純一で透明な〈幼年時代〉を蘇生し、〈青空〉のスクリーンに映して想起する。初期の『経験の花』序に〈空の青さは、太古からの、無数の子供の微笑の花で染められたもの〉との形象がすでにある。それの類比である〈青空〉は〈幼年時代〉の王国で、〈ぼくの瞳〉はそこに〈飛行機雲〉の〈軌跡〉を映し出す。そして〈泉のようなその日々の魂に沈んで〉〈幼年時代〉に帰っていく。その原初の〈泉〉から噴き上げる水に支えられて〈ぼく〉は回生する。だが〈子供たちは〉、〈そこから人の世へ次つぎと引き出され〉ると逼塞し、〈どの子供の瞳も〉〈心の縁まで恐れをあふれさせ〉る。「無心」と「経験」との狭間で〈子供の瞳〉は〈ときおり／星のように光〉るしかない。

一方で虚偽の〈現実〉は幼年性を馴致して、その対極に厳然と立ちはだかる。だが、それを逼塞させる虚偽と守護天使が対峙する。同詩集の詩「瞳」（総題「夏の幻想的なメモから」、広島・長崎への原爆投下による惨禍に対峙した「眠り」「石」「瞳」「声」「螢」の五詩構成の一篇、一七頁）がそれで、やはり〈瞳〉の造形だ。

ただれた夢をつき抜け
時間の向こうに沈み
気を失っている柔和な緑の野に
顔のない子供たちの声が響く
「お星さま　きれい」
「お星さまみつめるひとの瞳も　きれい」

その瞳を返せ！

「」で括った二行は、詩「幼ない魂から」「その1　お星さま　1」(『経験の花』、一六頁)からの再録だ。元の詩の2には〈子供が溶けきって暮らしている世界は／ふかぶかと甘い匂いの花です〉とある。初期の詩集で幼年性の王国を歌い上げたが、この段階で、「経験」との境界にその二行を据えて、それを危機に陥れるものと対峙し批評する。〈瞳を汲せ！〉と告発する想像力を軸にして、被爆して死者となった〈子供たち〉の遺志を蘇生する。原爆投下の惨禍に対峙する詩でも無垢な〈瞳〉を配置し、その遺志、叡智を招魂して共棲を希求する。この構成によって自らの生存の在りかも剔抉しているが、それを支えるのが深層から湧き出る罪責観だ。

実際のアメリカでは、原爆投下によって日本の降伏を早め自国の戦死者を減らしたと考える者が今でも多い。自己自身を回生へと導いた前原の想像力は、幼年性の〈瞳〉の透視力に支えられて本源的な生命に立ち帰り、「現実」を批評する磁場を追究している。

前述したように、ブレイクからの触発を『独りの練習』までに変容し、更に〈子供たち〉の〈夢〉を馴致し危機に陥れる文明の「経験」とも対峙した。「瞳」の段階に進むと、〈自己の彫像〉を剔抉する罪責観に支えられて「経験」に潜む悪を告発し、自他を批評する想像力も研ぎ澄ましていく。その根底には幼年性の〈瞳〉の透視力が生成し、子どもと溶け合った自らの生存の過去と未来を透視し展望する想像力、回生の瞬間を開いていたのだ。同時に、罪責観に支えられた新たな批評性を研ぎ澄ます課題にも直面し、詩集『魂涸れ(たまが)』以後で系統的に追究していく。第五章に続く。

注

＊1　『詩圏光耀』、一六四頁。「地球」七〇号、一九八〇年。

＊2　「仙台文学」二一号、一九七三年。

＊3　「うしお」二三号、能代北高校文芸部・詩歌クラブ、一九七〇年。

＊4　William Blake　ウイリアム・ブレイク　一七五七―一八二七年。ロンドンの靴下職人の子として生まれた。十歳頃から絵を描き十四歳で彫版師の徒弟となり、七年間修業した。その後、彫版師で生計をたて詩や画を描いた。一七八九年のフランス革命を支持した。同年『無心の歌』(Songs of Innocence) 刊。下絵をまず彫版して詩と一緒に各頁に印刷する彩飾印刷法。刷り上がった画には手作業で彩色した。一七九四年に『経験の歌』(Songs of Experience) を『無心の歌』と合本の形で『無心と経験の歌』の題で刊。「経験」とは「人間の魂の相反する二つの状態」。「無心」とは「汚れのない魂の状態、幼年の王国」。同時代の理解者は少なく、貧困生活を続けながら詩と画を描き続けた。死後に世界中で訳され読み継がれた。

＊5　岩波書店文庫、二〇〇四年。

＊6　北星堂書店、一九八四年。

＊7　『新しい人よ眼ざめよ』連作短編集七篇の冒頭の章、講談社文庫、一九八六年、三七頁。「群像」、一九八二年七月号。

＊8　「撃竹」一二号、一九八五年。

＊9　「撃竹」一七号、一九八七年初出。『経験の花』に発表していた詩「小さな四季の巡り」の「3　秋の午後」(二五頁) が原形。

五　リルケからの回生
――前原正治〈世界苦と子供〉のイメージ

（一）

一九九三年の詩集『魂涸れ（たまがれ）』に、詩「野の花　間奏曲（インテルメッツオ）」（七〇―七二頁。「撃竹」二四号、一九八九年）を収録。

朝霧の消えていく
名もない草原の片隅に
空の青を
圧縮し凝縮した色合いの
一対の花の群落があった
そこを

病いの癒えたばかりの父と
幼い娘が通りかかった
名も知らない花の名を
娘は父に問うた
父は
その花の名を知っていたが
人の世の哀しみと涙に浸された
二つの小さな胸のような
つゆ草という言葉も
水辺を明滅しながら
いまにもこの世の闇へ消え果てようとする
ほたる草という名もいいかねて
その場にじっとしゃがんで
いいよどんでいた
そしてしばらくして
ふっと放心しながら立ちあがり
〈空の青さに染まった子供の眼のよう〉と
父はつぶやいた

名も知らない花の群落を
やさしく明るくみつめ
幼い娘はその花をひそかに
ひとみ草と名づけ
そっとその名を心の中に移し入れた

「撃竹」発表の前年、一九八八年秋（四十七歳）に、前原は右の腎臓を摘出する大病を患い生死の間をさ迷った。前原は〈死の淵まで降りて行った時、人生の根源的苦悩を悟った〉と語っている（二〇一八年談話）。回復して生還したとはいえ〈根源的苦悩〉をくぐり抜けたことで、死に隣接する瞬間にスポットライトをあてる詩法を研ぎ澄ましていった。そして初期以来、書き込んできた無垢な子どもの瞳（幼年性の視線）の造形もこの詩法に投影した。その具現化がこの詩で、〈幼い娘〉（幼年性）は、〈名も知らない花の名を〉〈病いの癒えたばかりの父〉に問いかけ、それを受けとめる瞬間を浮き彫りにする。人生の苦難に出くわす以前の無垢な幼年性は野の花と溶け合える存在で、始原的な生命の在り方を体現している。〈名も知らない花〉も名称以前の本源的な存在で、生と死を循環し悠久の生成を全体として続けている。個々の存在者もその生命全体に支えられて一回性の命をまっとうする。受けとめる父は半死状態の闇をくぐり抜けたばかりだが、〈名も知らない花の名〉（内からの力と働きによっておのずから生まれ生成しているものの在り方）、つまり生存の過去・現在・未来を問いかけられる。

前原の詩では、〈空の青〉は子どもの王国を映し出す造形だ。それを〈圧縮し凝縮した色合い〉の花の群落に投影し、純一な子どもの王国を眼前に映しだす。それと対比的な〈人の世の哀しみと涙に浸され・いまにもこの世の闇へ消え果てようとする〉つゆ草やほたる草のイメージとは溶け合わない。幼年性の問いを受けとめ呼応することで、〈放心しながら〉（いわば自己消去）、父も本源的な生命に立ち帰る。すると、その内部空間で娘の問いと溶け合って、〈空の青さに染まった子供の眼のよう〉な像を透視する。〈幼い娘〉の瞳もその透視力を発揮し〈その花をひそかに／ひとみ草と名づけ／そっとその名を心の中に移し入れた〉。〈病いの癒えたばかりの父〉も無垢な幼年性と溶け合うことで想像世界を創出し、病がもたらした半死状態の闇から回生する。詩「「独り」の練習」までの父と娘のやりとりを、半死状態の闇を背景にしてもう一段階深めて捉え直している。その〈幼い娘〉の瞳の透視力だけが、闇の中から父と娘の生存の未来を透視し展望する想像力、回生の瞬間を開く。幼年性と溶け合って自画像を彫琢する初期からの創作系譜を受けて、死の淵から生還した後、無名の野の花の生成と溶け合う幼年性を〈ひとみ草〉の造形として創出した。

この詩以前から、「幼年性と死生観」の主題を想像力の根底に据えて研ぎ澄ましてきた。一九八七年「撃竹」一七号「幼・少年時代について」がそれだ。これを元にした九七年四月二日「河北新報」掲載の「幼時　その甦る泉」・二十三日「子供時代　その心の拡がり」[*1]でそれを明確にした。

〈生〉とか〈孤独〉の探究とその経験に人生の意義の重要な部分があるとすれば、幼時こそもっとも純粋な形でそれを啓示してくれるものだろう。一個の人間の生涯の内部においては、その幼時の経験はいつまでも生きており、それを内心の眼（め）で追求していけば、私たちが存在していることの、根そのもの、泉そのものとして、時間を超えて横たわっていることがみえてくる。（中略、その）泉のように甦（よみがえ）るその経験とは、大人としての人間の世界の呼吸なり臭気からかけ離れた、成長のない、無意識のうちに変化しつつ永劫（えいごう）に自己回帰する無限の生命体としての〈自然〉との接触であり交流である。

（「幼時　その甦る泉」）

幼年から思春期まで貫いている根源的自然とは、少年・少女をとり囲みそのまま宇宙的規模まで広がっている外部的自然だけでなく、少年、少女の内部の宇宙ともいうべき〈魂〉をも指すものである。（中略）さまざまな人生観や世界観や利害や競争にいろどられ、社会生活の中で悪戦苦闘している大人が、子供時代の経験を根として内部にもち、その経験を、時おり思いがけなく、純一な泉として明るく暗く湧（わ）き出させ光らせることも、拡（ひろ）げられた人生からの大きな贈り物の一つといえる。

（「子供時代　その心の拡がり」）

思春期にヘルマン・ヘッセに心酔した後、リルケの詩も血肉に浸透させた。また、ブレイクが子どもの詩で発揮した批評眼も詩作の初期から自己の詩法に浸透させてきた。すると彼らから示唆された幼年性の想像力を、自らが生きる自然・精神的風土に定着させる試練にぶつかった。つまり東北地方の苛烈な現実の最中での二十年あまりの詩作を経て、先のエッセーのように幼年性を把握した。それは、血肉をともなう幼年性の想像力を芯とした自画像への変容だった。その具現化が「野の花間奏曲（インテルメッツォ）」だ。この詩では、〈幼い娘〉の瞳が透視する〈ひとみ草〉を甦らせた。戦後詩の中で展望しても、「幼年性と死生観」の詩法と文体、造形を系統的に研ぎ澄まし、以下に挙げる連作詩の詩群へと発展させた例はなく注目に値する。それに関連する事を一九九〇年「撃竹」二七号の「撃竹春秋」で語る。

（一九八八年に）生死の間をさ迷う大病を患い、いまその回復途上であるが、その間血縁・知人・友人の多くの死と出会っている。私の死を考えるのではない。私と出会い触れ合い魂を浸透し合った人たちの生と死を私の内部にとり込み育て開花させること、それが、人生五十年といわれたその五十年を目前にした、いまの私の詩業の重要な部分になっている。このことは自分自身のこれからの〈老年〉とか〈老残〉とかへのつらく切実なトレーニングでもある。

死者の遺志、叡智を招魂し、自身の〈人生の根源的苦悩〉として聴聞し、〈〈老年〉とか〈老残〉とかへのつらく切実なトレーニング〉として書き込んでいく。その表れが、次の『魂涸(たまが)れ』冒頭の詩「声」（「撃竹」二三号、一九八九年）だ。

無数の根と葉群れをもった
一本の巨(おお)きな樹木を聴く耳にして
呼吸のように親しい
あるいは遥かで触れることもなかった

ほとんど無名の
夥しい死者たちの
その魂の血がしみついた土に濾されて
声を出す

生命が全体として悠久の生成を続けていることを〈一本の巨きな樹木を聴く耳〉は聴聞している。だがもう一方では遥かな周縁の地で、悠久の生成から離反した死の境界に追いやられる死者が続出している。〈その魂の血がしみついた土に濾されて／声を出す〉のは、〈夥しい死者たち〉の遺志、叡智に支えられて死者との共棲を希求する自画像だ。同時に、それを輪郭のはっきりした造形で結晶化した点に注目する。詩集全体の詩想を開く詩であり、以下で叙述する連作詩の起点の一つとなった。

そのモチーフを、一九九三年（詩集『魂涸れ』刊行の翌月）十一月、「撃竹」三三号の「撃竹春秋」の「この世こそ〈六道〉」で、歴史的に推移する現実と関連させて更に問い直していく。

世界で起こっている惨禍に直面して〈いま私の心に浮かんでくるのは、民族や宗教や政治的イデオロギーや歴史の怨念の問題は別にして、〈六道〉という言葉である。一切衆生がそれぞれの善悪の業によって死後必ず行くところ、輪廻転生する六種の苦界のことである〉と前置きして次のように述べる。

旧ユーゴの姿から、私は六道は死後の世界ではなく、この世の現実、この地上の現象であるという思いに襲われてしまう。極苦の〈地獄〉も、いつも飢えと渇きに苦しむ〈餓鬼〉も、人間同士が貪欲に傷つけ殺し合う〈畜生〉も、疑いと執着と善悪で争う〈修羅〉も、現在進行中の現世の出来事ではないか。子供たちをも餓鬼道に堕(お)とす我々大人が、〈畜生〉を獣のようなと形容することは、そういう行為をしない人間以外の動物への侮辱ですらある（中略）人間の殺し合いをテーマに詩作していた今年の夏は、私にとっていつまでも明けない梅雨のようにうっとうしく心重い日々である。

当時も今も、日本から遥か遠くの世界の周縁で絶え間なく続くアフリカの内戦、中国の文化大革命での殺戮、アフガニスタンへのソ連・アメリカの介入戦争、その後のシリアの内戦、最近ではミャンマーで子どもや弱者が「国軍」によって虐待され殺戮され続けている。更に、ウクライナへのロシアの侵略も続く。この受けとめがたい惨禍の最中で〈かけがえのない独自の生を全うしようとしている〉（「撃竹」一一号「撃竹春秋」、一九八五年）子どもたちと向かい合い、更に未知の〈生と死を私の内部にとり込み育て開花させる〉（前出「撃竹」二七号「撃竹春秋」）方向へと広げる詩法と文体、造形の創出を意識的に志した。

前原は初期からこの時点までに、生まれてすぐに夭折した弟や逝去した身辺の者などを招魂する詩を書き込んできたが、更に世界中で戦災死した子どもたちの告発、遺志を招魂していく。そして「子どもの死者の瞳」の透視力に支えられて六道を捉え直すに至ったのだ。

六道は、日本では習俗としても浸透している。その教えは苦界から衆生を救う阿弥陀仏や観音菩薩への信仰も生み出した。同時に人を超えたものと呼応して、人々に自己の罪業を悔悟させる機縁も教え、懺悔文も数多く書かれた。前原の独自性は、六道を、〈死後の世界ではなく、この世の現実、この地上の現象である〉と捉え直した点だ。現実に世界中で絶え間なく子どもたちを殺戮し続け、自己を含む大人が〈畜生〉と化して六道をさ迷っていたからだ。その現実と対峙する最中で、「子どもの死者の瞳」の透視力に支えられて、人を超えたものと呼応する視線もこの時期に獲得していく。それによって自身も含む大人の罪過を俯瞰し剔抉する想像力を創出した。

このエッセーを載せた「撃竹」三三号には、詩「腭の光（あるいは同朋殺戮）」（同号では詩「闇についての断章から」の総題で「痺れ」「腭の光（あるいは同朋殺戮）」の二詩で構成）も発表し、後の連作詩の嚆矢となった。後に、詩集『黄泉の蝶』（21世紀詩人叢書44、解説　冨長覚梁、装幀　司修、A5判、土曜美術社出版販売、一九九九年、総九十二頁。三〇―三二頁）で、二詩構成から切り離して収録。

それは
いつも
期待のように始まる

すでに
遠くで瞬く
邪悪な光の眼――

忽ち
ぎざぎざの
雷魚の腭の縁どりで
眼前に迫る打撃

銜(くわ)える
ひき裂く
喰いちぎる
噛み砕く

焼け焦げる脳髄
驚愕の
転がり出る目玉
踠(もが)きながら
散乱していく手足

闇に

無数の心臓が浮きで
そのすぐ上部
ぶらぶら揺れている
放心の電線

……けれど
地下深く埋められようと
頭蓋骨の眼窩(がんか)の群れは
いつまでも
その口を開いた無言の叫びは
どこまでも
あの光を赦さない！

雷魚(らいぎょ)（タイワンドジョウ科の淡水魚で肉食性）が貪り喰らうドキュメントと、世界各所の人口密集地などで実際に起こった殺戮〈焼け焦げる脳髄〉とをダブルイメージで結びつけている。食物連鎖としての捕食と人類の業の表れとしての殺戮という異なったものを結びつける類比だ。ただし日本で、外来種の雷魚が固有種を食害する様相から殺戮に近いイメージを喚起する。

〈焼け焦げる脳髄〉以下の第五・六連の残虐な殺戮表現は、写真や映像などの実写では撮影できない。

殺戮の瞬間の断片的な像をデフォルメして立体的かつグロテスクに再構成した造形からセザンヌやピカソの絵を連想する。そして第七連で、それは〈地下深く埋められようと〉、つまり隠蔽もしくは単なる一過性の現象のように消し去られようとしていると警告する。しかし〈頭蓋骨の眼窩（がんか）の群れは／いつまでも〉〈邪悪な光の眼〉を見据えて〈赦さない！〉と告発する。やはりこの詩でも息絶えた後の戦災死者の瞳、〈眼窩（がんか）〉の透視力に支えられて、隠された殺戮の瞬間の〈その口を開いた無言の叫び〉を招魂し顕わにする。そしてその告発、遺志を他者に訴え続ける。このようなドキュメント化した映像を蘇生して読者の脳裏に喚起する。消し去られた死者の告発、遺志を内部空間に喚起された読者の良心は、それに呼応できるかと問いかけている。他者への問いかけを喚起する詩法を構想したことによって、「〈世界苦と子供〉のイメージ」（後出「他句一句」より）連作詩は広大な読者と共棲する方向へと広がった。

　このような詩法を創出して当時の歴史的現実の最中を生きる他者へと架橋し、後々まで語り継ぐ可能性を切り開いた。例えば〈焼け焦げる脳髄〉は次のような殺戮と照応していた。副題（あるいは同朋殺戮）と直接に関連するのは、後出の「二十世紀の狂気」で例を挙げる〈旧ソ連内の大粛清、ポルポト的狂気、アフリカ大陸での種族の殺し合いなど〉だ。また創作当時には、一九九一年一月から始まった湾岸戦争でアメリカは、巡航ミサイルの「トマホーク」を二百八十八基発射し、Ｂ52戦略爆撃機による爆弾投下も加えイラク市民の多大な犠牲者を生んだ。ＣＮＮ放送はそれを全世界に生中継した。地上戦の前に行われたこの航空爆撃の例を一つ挙げる。それは、アンバル州の都市ファルージャのアミリヤ地区へのステルス機による爆撃。同地に避難していた二百から四百人の市民が死亡した。

火傷を負い、切断された遺体が転がる場面が報道された。爆撃された掩体壕（えんたいごう）は市民の避難所だった。前原がデフォルメしてドキュメント化した造形には、このような現実の惨禍の根拠がある。その二年後の一九九三年十一月にこの詩を発表した。前原自身が体験した仙台空襲もモチーフの根底にあるだろう。同朋同士だけでなく人類同士でも殺戮し合う現況を、人の背負う業だと諦めるわけにはいかない。

以上のようなモチーフを、二〇〇四年の「他句一句[*2]」で前原自身が「〈世界苦と子供〉のイメージ」と名付けた。

あかあかと日はつれなくも秋の風　　芭蕉

元禄二年（一六八九年）三月、門人曽良（そら）を伴っての『おくのほそ道』旅中の吟詠。下野（しもつけ）・陸奥（むつ）・出羽（でわ）・越後（えちご）・越中（えっちゅう）を過ぎ、七月半ば頃金沢（かなざわ）で生まれた絶唱の一つといえる。私はここ数年、〈子供〉を通して世界を見詰めつづける詩行為をしている。（中略）いま「世界の果ての子供たち」というテーマで詩集をまとめる構想をもっているが、かつて四つの詩葉から成る「赤い凝集」（『黄泉の蝶』）を仕上げたのが、心の深淵でのその呼び水になった。そのとき、遠い昔に読んだ芭蕉のこの句が、忽然と頭に浮かんできたのである。句意は、赤々と残暑は容赦なく照りつけるが、風には秋の気配があるということだろうが、私にはこの句が、〈世界苦と子供〉のイメージとして、時空を超えて立ち昇ってきたのである。つれなくもの言葉に、〈無情に〉〈疎遠に〉〈相変わらず〉の意の他に、〈相手もなく孤立して〉という意味も含ませて、私は「赤い凝集」の最後の詩葉を次のように書き上げた。

今日もまた　一つ
赤い実が落ちる
広漠とした荒野で
つれなくても
秋の日は赤々と輝き
幼児が　孤り
ざっくりと割れた柘榴のようなものを食べ
声もなく泣いている

この詩の初出は一九九七年「撃竹」四一号。「赤い凝集」の総題で「赤色の実」二篇、「赤光の涙」二篇を併せた全四篇で構成。後に詩集『黄泉の蝶』（五六―五九頁）に収録。その末尾第四篇目に配置した詩。この「赤い凝集」から「〈世界苦と子供〉のイメージ」の連作詩は開幕した。

第一篇「赤色の実」から順に読み直そう。まず本章冒頭の詩「野の花　間奏曲（インテルメッツォ）」で、無垢な幼年性の瞳の透視力だけが、闇の中から生存の未来を透視し展望する想像力、回生の瞬間を開くと提示した。やはりそれを原形として、全四篇の第一篇の「赤色の実」で、すでに〈聳（そび）えたつようなナナカマドの／

鈴なりの　巨大な赤い実〉が〈千の眼を開いて／この世をみつめている〉と造形した。この第一篇でもやはり本源に由来する〈千の眼〉〈赤い実〉の透視力が〈この世〉の惨禍を照らし出す。
　次の詩は、その第三篇目に配置され、「赤光の涙」前半にあたる。

びっしりと凝集している
赤い実とその照り映え！
それはまるで　世界の中の
あるいは世界からずり落ちた
苦痛と苦悶の子供たちの
そのぎりぎりの凝結の輝き
過去から未来へと
いびつに　むごく
消されつづけていく子供たちの
血の滲みでた魂の粒々（つぶつぶ）

不可視の天上から
手を握り　身を寄せ合って
この世をみつめている

夥しい　赤色赤光(しゃくしきしゃっこう)の眼！

芭蕉の句から〈相手もなく孤立し〉た「〈世界苦と子供〉のイメージ」がひらめいた。そして前出〈千の眼〉〈赤い実〉の透視力によって、忘却の闇から蘇生した〈消されつづけていく子供たちの／血の滲みでた魂の粒々(つぶつぶ)〉を招魂する。やはり、第二連の〈不可視の天上から〉〈この世をみつめている／夥しい　赤色赤光(しゃくしきしゃっこう)の眼！〉、つまり子どもの死者の視線がその遺志・叡智を体現する。人を超えた〈天上から〉俯瞰する、その〈赤色赤光(しゃくしきしゃっこう)の眼！〉（幼年性の視線）が、隠され消し去られ続けてきた世界各地の〈苦痛と苦悶の子供たちの／そのぎりぎりの凝結の輝き〉、その過去・現在を〈赤々と〉照らし出す。末期(まつご)の「子どもの死者の瞳」に支えられて、終末期の歴史的現実の最中で「〈世界苦と子供〉のイメージ」を造形していく起点を創出した。

後半の第四篇（前原が引用）で、〈相手もなく孤立して〉〈声もなく泣いている〉〈幼児〉をクローズアップする詩法も、その後展開する連作詩の基本構図となっていく。

四篇全体の構成を俯瞰すると、第一・二篇目の「赤色の実」と〈千の眼〉との類比によって美的な像を提示している。だが、第三・四篇目の「赤光の涙」で、〈千の眼〉を子どもの死者の遺志・叡智を体現する〈天上〉の〈赤色赤光(しゃくしきしゃっこう)の眼〉に類比し、それは〈広漠とした荒野で〉〈孤り〉〈声もなく泣いている〉幼年性を照らし出す。第一・二連の植物的なイメージから、殺戮され〈血の滲みでた魂の粒々(つぶつぶ)〉へとデフォルメして〈相手もなく孤立し〉た末期の幼年性を顕わにする詩法は、以後の連作詩の原形となる。美的な像をデフォルメして動物的な殺戮現場に置き換えグロテスクな末期の光景を創出した事を、「リルケからの回生」と名付ける。この「回生」の詩法に基づき〈「世界の果ての子供たち」というテーマで詩集をまとめる構想〉を着々と作品化していった。

一九九八年、前年の「赤い凝集」の構図をふまえて、「撃竹」四二号で連作詩「〈世界の果ての子供たち〉より」と題して、（断章）の副題を付けた三篇構成（「雲の影」「空ろな陽」「殺生のとき」）にして発表し始める。同年同四三号で同連作詩として「あてどない途上」「しのび寄るもの」。翌年、同四四号で同連作詩「鬼――ひとと人の間に人間がいない」（詩「異なるもの」、詩集『独りの練習』が原形）。同四五号で同連作詩「秋の傾斜地で」と続けて発表。同四四号「撃竹春秋」の「二十世紀の狂気」で、

> 二十世紀も終末直前だが、今世紀は戦争の世紀、殺し合いの世紀といってよく、人間の内部に巣くう殺人殺戮の妄想的想像力とそれを実現するための方法と手段が、極限までおし広げられて試みられ、疲れ果てるまで使い尽くされた時代である。それは、二つの大戦の戦場の惨状、ナチによるユダヤ民族のジェノサイド、原爆投下による広島・長崎の惨禍、旧ソ連内の大粛清、ポルポト的狂気、アフリカ大陸での種族の殺し合いなど、今世紀のいたる所でみられる現象である。（中略、二十世紀は）子供虐待の世紀であった。――次世紀は、虐待と殺戮を克服する思想とそれを実現する行為を見出しただけでも偉大な世紀と呼ばれるだろう。

前原は、〈人間の内部に巣くう殺人殺戮の妄想的想像力〉を内部空間から剔抉した。そしてそれを〈克服する思想とそれを実現する行為を見出〉す意思を念頭において持続的に書き込んでいった。そ

の具体化が「〈世界苦と子供〉のイメージ」だった。その意思を芯にした詩「鬼の人　断章」を二〇〇六年「撃竹」六三号に発表し、後に詩集『水　離る』（断章を削除、五四―五六頁）収録。

どんなに夥しく
人は
人を鬼にして殺し
そして
鬼にされて
人は人に殺されてきたか
漲る獣心の
浄化の狂熱の中
鬼である人が
人である鬼を
大地が埋まるほどに
殺しつづけてきた

肩で息をつくほど疲れて
初めて

鬼である人は
一切を忘れた擬態で
口を噤(つぐ)んで眠る
この世からはみ出た
空白の闇ともいえる場所に
獣の内臓の照りに輝く
汚物の塊の魂を
黒葡萄状にぶら下げて
眠りこける

先にふれた詩「鬼――ひとと人の間に人間がいない」の詩想を更に突き詰めた詩だ。戦場の最前線に送り込まれると、自国内では〈人〉だった者も、敵地の兵士や民衆を〈鬼〉とみなす。〈人は／人を鬼にして殺し／そして／鬼にされて／人は人に殺されてきたか〉の一節で顕わにされた真実は何か。前出「この世こそ〈六道〉」で喝破していたように、悪業(あくごう)に主導され駆り立てられた〈漲る獣心の／浄化の狂熱の中〉で、〈人〉が〈鬼〉に変貌して〈人地が埋まるほどに／殺しつづけてきた〉現場、そこでの豹変の瞬間を剔抉している。

現代は、利権を根底におく発想が増幅して、不利益をあたえる相手を〈鬼にして〉しまう「正義の政治学」が蔓延する時代だ。「正義」を掲げた大国に軍事的に従属することで国益の「生命線」を守ると煽り立てられてきた日本国民は、その戦果に一喜一憂する最中で、世界の周縁で〈鬼にして〉殺された人を消し去り忘れ去ってしまう。そのような曖昧化の根源、〈人間の内部に巣くう殺人殺戮の妄想的想像力〉を内部空間から剔抉し罪過を問う。人を超えたものと呼応することで創出した透視力が、その罪過・罪責を俯瞰し剔抉する想像力を可能にした。そして「正義」の行為だからと〈一切を忘れた擬態で／口を噤んで眠〉り忘却して、〈獣の内臓の照りに輝く／汚物の塊の魂を／黒葡萄状にぶら下げて／眠りこける〉罪責、人の業を顕わにした。植物（黒葡萄）の静的な像をグロテスクな〈獣の内臓の〉〈汚物の塊の魂〉へとデフォルメする詩法と造形にも「リルケからの回生」を確認できる。

日本が、アジアで一時的に武力外交を主導した「大東亜戦争」でも、最近の、イラクが大量破壊兵器を隠匿したとの名目による多国籍軍（湾岸戦争、一九九一年一〜二月）でも、それを煽動する指導者は常に同じ手法を駆使した。戦争に突入する際に、権力の行使者は自衛のための「正義」を掲げ、その絶対的な倫理で仮想敵国への憎悪を煽り立てる。正当防衛の心理に似た風潮を高揚させ組織化して文学者もそれに荷担してきた。殺戮し合う事態を再びまねく前に、この詩の想像力と溶け合って数々の戦争の教訓を思い起こし、戦災者の遺志、叡智と共棲し回生する道筋を見出せないだろうか。

「正義」を煽る戦争行為は、現代では次の詩のような惨禍の瞬間も子どもに引き起こすようになった。詩「しのび寄るもの」（詩集『黄泉の蝶』に、「〈世界の果ての子供たち〉より」の総題で「雲の影」「空ろな陽」「あてどない途上」「しのび寄るもの」「秋の傾斜地で」の連作詩五篇構成の一篇、七一―七三頁。前出「撃竹」四三号、一九九八年）。

ぼくはそっと
草木にも気づかれないように
息をつめ息をのみ
編み上げ靴（スニーカー）をはいて這い出したのに
敵はひそかに
蛇（スネーク）のようにすべり寄っていた
そしてもうどこへも
ぼくは逃れられなかった
敵の人が口々にいう
〈神〉の偉大さって
一体何だろう
ぼくには分らない
大いなる存在といわれるそんな神は
ぼくの眼にも心にも
ちっとも映らない
けれどそれは
幼い日の悪夢に現われた
この世にいない怪物よりも

ぼくにはずっと恐ろしい
この地上に
それ以上に酷(むご)い獣はどこにいよう

……ぼくがどこにいても
〈神〉の
巨大で毛深い手が
黒々と
果てまで広がる雨雲のように
頭上に下りてくる

後出の尾花仙朔(おばなせんさく)も詩「遠い愛　あるいは自由という名の幻」（詩集『晩鐘』、思潮社、二〇一五年、七二―七四頁）で〈きょうも世界のニューズでは／自由を求めて戦う人々の姿が映しだされている（中略）神の名のもとにくりかえす殺戮／神を虚妄の形代と化したその戦いに大義はない〉と断言している。

前述した「正義」を煽る〈《神》の／巨大で毛深い手〉は〈蛇(スネーク)のようにすべり寄って〉、〈ぼくは逃れられなかった〉。系統的に研ぎ澄ましてきた〈ぼくの眼〉（「子どもの死者の瞳」）の透視力を招魂し、それに支えられて殺戮の瞬間を俯瞰し剔抉する。透視する光の想像力がスポットライトをあて顕わに照らし出すのは、その告発、遺志だ。前出の連作詩五篇構成の一篇「秋の傾斜地で」も、〈不意に／

ぼくは頭部を射ち抜かれ／どこかの斜面を転げ落ちていった……〉と殺戮の瞬間を照らし出す。

現代の国家間の戦争や内戦で使われる殺傷兵器は、このような造形と照応する。例えば、〈ぼくの眼〉から遥か彼方の戦艦や潜水艦から発射し大規模な破壊をもたらす巡航ミサイル、軍事衛星によって探知しピンポイントで標的を殺傷する無人爆撃機など、白兵戦主体の時代は終わった。遠隔操作で操作して標的を定め発射スイッチを押す行為では、殺意の自覚と悔悟は薄れて、その当事者性も消えつつある。今や〈ぼくがどこにいても〉（中略）〈黒々と／果てまで広がる雨雲のように／頭上に下りて〉きて殺戮する時代となった。

また、このような一節は類似した例も連想させる。ベトナム戦争では、「不法行為を正す」という名目でアメリカ軍と南ベトナム軍が枯葉剤[*3]を散布した。飛行機で空中から大量に広大な地域に散布するから、それによって森林と人間への爪痕（つめあと）を残し、ベトナムではその後遺症が今も続き、下半身がつながった結合双生児も生まれた。〈もうどこへも／ぼくは逃れられなかった〉のだ。本源からの自然の生成とは対極の惨禍を人が引き起こすようになった。日本はその兵站基地の役割を担ったから、口を噤んで真相を隠し続けることは許されない。前出「二十世紀の狂気」の例の後も、〈神〉の偉大さを掲げた〈妄想的想像力とそれを実現するための方法と手段が、極限までおし広げられ〉ていく現況だ。

強大な軍事力を駆使できる国によって国際紛争は今も主導され、その支配から脱却しようとする組織・個人もその動向に左右されている。そして破局的な対立の下で虐待され殺戮された子どもや弱者は隠され消し去られたままだ。マスコミの報道や写真・動画は断片的なものにとどまり、弱者がさらされている真実を系統的に報道していない。戦場や被災地に個人的な意志で駆けつけるカメラマンなどによって、その実態が細々と報道されているだけだ。隠された殺戮現場の真相を摑んで国際的な法廷で裁く日はくるのだろうか。

このように、子どもや弱者と私達が断ち切られた現況の下で、その遺志、叡智との共棲を試みる想像力は可能かと問うのが、前原の連作詩だ。前述したように、世界各地で惨禍に曝されている呻きを聴き取り、本源から離反した〈鬼である人〉を回生へと導く想像力を蘇生できるかどうか。文明の周縁からしか、そのリアリティを蘇生する呼びかけを発出できない現状だ。前原は創作初期から、自らの身辺で葬送してきた死者の遺志、叡智と共棲することで想像力を研ぎ澄ましてきた。[*4] 更に広げて、消し去られ忘れ去られる死者の遺志、叡智を招魂し、それに支えられて共棲を希求し「〈世界苦と子供〉のイメージ」の想像力を獲得した。生命全体が閉塞状態に陥る前に、その問いかける声を聴聞する他者のひとりひとり、まず私から呼びかけに応えよう。

ここで、前原の意思、試作を受けとめ受容の広がりを可能にするために幾つかの問題を考えてみたい。それは、前原が先駆的に造形化した詩法を状況詩・機会詩と混同しがちな風潮についてだ。私小説のような物語性や私情に密着した抒情性が普及している。もしくは「純粋詩」に立てこもる傾向も根強い。生きものが殺戮し合う現況に対して、〈世界苦〉の磁場を対置する意思を受けとめきれない。その根底には根強いアジアの精神風土があり、それぞれの民族・国家の歴史的伝統的遺制である集団性に馴致された視野の狭さを引きずっている。そのため、見える範囲の「今、ここで」という風潮に眼を奪われ同調圧力に煽られやすい。実際の生活世界では「わたくし」という底の浅さを良しとした仲間集団を形作り、その境界・周縁からの言説に対して閉鎖的で排斥しがちだ。

そこでこの機会に、「〈世界苦〉と詩」という想像力に取り組んだ同伴者詩人を紹介し視野を拡げていきたい。一九八四年に同年度第二五回晩翠賞（詩集『縮図』）を受賞した尾花仙朔[*5]と、前原は知り合い、それ以来、兄事した。九六年に、尾花と共に土井晩翠顕彰会委員に推され運営に尽力してきた。尾花が第三八回日本詩人クラブ賞（詩集『有明まで』）を受賞した折に、二〇〇五年同宮崎大会で代理として挨拶し、詩「夏の淵」を朗読した。前原の身近で創作していた尾花は詩作の友であり先達だった。尾花も詩作の根底に〈世界苦〉（尾花の詩語では〈救われぬたましい〉、詩「黄泉草子形見祭文」より、詩集『黄泉草子形見祭文』、湯川書房、一九九七年）を据え系統的に書き込んだ。

その詩業の集大成となった詩集『晩鐘』は、日本現代詩人会二〇一六年度の第三四回現代詩人賞を受賞した。その贈呈式（日本の詩祭、同年六月十二日）の挨拶を文章化したのでまず見てほしい。

> 七十一年前の八月、広島と長崎に原爆が投下されました。あの悲惨な大戦を忘れたかのように、今、憲法第九条で守られてきた国の形が壊されそうな瀬戸際に立っています。私は、あと五十年を待たずに日本は確実に衰退するのではないかと予想しています。そして軍備だけは増強するが衰退するということは、貧富の格差が大きくなるということでもあります。そのように予想しています。まるで、その衰退と格差を予期していたかのように、この春、新聞に「経済的徴兵制」（貧富の差が拡大し、高額の費用をかけて高等教育を修了した正規雇用者と、それ以外の非正規（二〇二〇年現在、雇用者の五十九％）の格差が広がって、生活苦に陥った若者が自衛隊に志願せざるをえなくなる事）という記事が表れました。今の日本は典型的な衆愚政治です。

私たち詩人が、この憲法をないがしろにして政治と国家を私化（わたくしか）、私物化する権力になびき衆愚に与（くみ）する時、詩は滅び詩人もまた滅びるのだと私は思います。私は常々、詩のモチーフや詩の表現方法は多様な方が良いのではないかと思っている者でございますけれども、ただ、今から五十年、七十年、百年後の後世の人たちから、西暦二〇一〇年代のあの時、日本の詩人は何をしていたのか、お前はどのような詩を書いていたのかと問われて恥ずかしくないような仕事をしたいという思いが去来するなかで、昨年、詩集『晩鐘』を上梓しました。幸い、多くの方々から共感と激励のご批評をたまわりまして、いささか安堵しました。

日本現代詩人会のホームページに公開された挨拶の映像を視聴して筆記した。高齢のため消え入りそうな発声だったが血肉をともなうリズムで語りかけてきて喚起力があり、その主旨は私の脳裏に染み透った。戦後の廃墟の中で始めた創作初期から聖書を座右に置いて、リルケやドストエフスキー、キルケゴールなどを咀嚼してきた尾花は、夭折した親族の遺志、叡智を常に想起しつつ想像力を研ぎ澄まし次々に表現してきた。同時に、世界の無辜の衆生と自己とが溶け合った磁場に、愛や慈しみの雨がなぜ降り注がないのかと神仏に問いかけてきた。そのように、文明の周縁の衆生と呼応する磁場に立脚点を定め、戦災死した弱者にまで境界を広げ、その受苦の呻きを受けとめ自己を剔抉してきた。その詩歴全体を貫いて創出してきた磁場を、この挨拶に集約している。〈世界苦〉の想像力の画期的な範例であり、前原のそれと呼応している。すると尾花の受賞を個人的な顕彰としてだけではなく、彼らの想像力の磁場と溶け合う方々、全てへの認知と受けとめたい。

その立脚点を、「受賞のことば　詩を書く磁場に立って」（日本現代詩人会ホームページ）にもまとめている。

二十一世紀初頭の世界は、紛争とテロルと核の脅威で混迷を深めるばかりです。その遠因がアメリカの十字軍になぞらえたイラク侵略戦争にあることは既に通説ですが、その背景にあるのは、国民を衆愚と侮る各国家権力者の衆愚政治です。詩芸術（文学）に政治は持ち込むべきではないとするならば、それ故にこそ、詩と国家権力とは対極の磁場に在るという理念は、詩創造の意識閾に通底し顕在してあるべきものと私は考えます。

先の〈権力になびき衆愚に与する時、詩は滅び詩人もまた滅びる〉とは、人々を第二次大戦の惨禍に陥れた日本の専制的軍事権力に追随した文学者の虚偽を、繰り返さないとの意思の表れだ。そして世界の国家が専制化しそれに依存する風潮が高まっている現況をふまえて、〈詩と国家権力とは対極の磁場に在るという理念〉を立脚点とし、それに基づいた詩法、文体を創出しようと呼びかけている。尾花が指摘するように、世界は飽食と飢餓とに引き裂かれ、一部の富んだ者と大多数の生活困難者の両極に引き裂かれていて、利益誘導で煽る衆愚政治に馴致されがちである。日本国憲法の平和条項、個人の尊厳や人権尊重の原理は着々と制限されつつある。ならば、国家権力に拮抗する最中でその批評性を研ぎ澄まさねばなるまい。そのためにまず、その基本となる生活世界でそれらを具現化して生きれば、権力の中枢とつながる利権集団の壁にぶつかるし、衆愚に追随する身辺の習性ともぶつかる。

その困難に立ち向かって意思を持続する最中で初めて、虚偽の政治が生活世界にはびこっていることに気付くのだ。〈対極の磁場〉とは、その最中で見えてくるものだろう。詩を発想する基盤である生活世界に立脚点を置いて、批評性に軸を据えた詩法を磨こうではないか。戦後の廃墟から立ち上がった尾花はその先駆者であり、今日まで絶え間なく続く戦災死者の遺志、叡智に支えられ共棲を希求して生きてきた。その最中で、変革の意思を根底に秘めた〈詩創造の意識閾に通底し顕在〉する先の〈対極の磁場〉、想像世界を切り開いたのだろう。

この〈磁場〉を次の詩「血の涙が」(詩集『晩鐘』、四二—四四頁)で垣間見せている。前原が連作詩に注いだ意欲と交響するものを汲み取れるはずだ。

茜雲がそらに浮かんでいる
この同じ世界のそらの下で
権力の夢魔に憑かれた者たちに因る紛争や
民族・宗派の抗争と戦禍に曝され住処(すみか)を失った人々の
血の涙が凝りとどまっているような茜雲
茜雲が動かずに浮かんでいる
まるで仮死者のようだ
この同じ世界のそらの下で
平穏な国の人々が生きるしあわせとは

夕べなごやかな食卓を囲む団欒の
ささやかな営みの座に帰ってゆくことだろうか
きょうも何処か遠くで夕べの鐘が鳴っている
《愛とは何か？
　生きるとは何か？》
と問うように夕べの鐘が鳴っている
その韻にわたしはふと心揺れ不安におののく
《人は人をほんとうに愛することができるのか？
　おまえはほんとうに人を愛することができるのか？》と
この同じ世界のそらの下で
この月もまた無惨なニューズがわたしのこころを震撼させた
イスラエルでアフガニスタンでナイジェリアで自爆のテロルが相次いで
報復の連鎖が無辜の民の命を奪った
この救いのない人の世の
虐げられた人々の血の涙が凝りとどまっているような茜雲
茜雲を視つめながらわたしは立ち竦み
亦してもわからぬままに首をふり
人波の渦にまぎれてゆく

この都会の肌寒い初冬の夕暮に
一日の勤めを終えて解放の安堵に胸なでおろし帰ってゆく
人々の背を虚ろに眺めながら
《火宅》という言葉を思い浮かべつつ
解けない問いを胸奥に抱えて
わたしはきょうもあてどなくあるいている

この同じ世界のそらの下で……

東日本大震災の折に仙台市に居住していたので惨禍を体験し、その瓦礫の中から市民と共に立ち上がったが、受賞前後の晩年は衰弱していた。だが、この詩は〈ひとりの物書きが生きた時代の証を遺したい〉（『晩鐘』あとがき）という市民感覚を、淡々として柔らかなリズムで語り出している。書き込んできた〈世界苦〉（救われぬたましい）の想像力を芯にして、この詩では原罪を担ったイエス・キリストの〈終末的極限〉と〈永遠なる持續〉（後出『神を探ねて』）とに啓示された生存の在り方を自身に問いかけている。それに関連したことを、自筆の「尾花仙朔年譜」（『尾花仙朔詩集』、土曜美術社出版販売、一九九九年、一四五頁）の一九四六年に〈赤岩榮[*6]によるキリスト教とマルキシズムの両立を図った宗教的実践行動に深い感銘を覚え〉と記している。その赤岩の『神を探ねて』（弘文堂アテネ文庫、一九四九年、四五—四七頁）の次の一節は、この詩の自問自答の母胎の一つだろう。「コリントの信徒への手紙」第二章を引用して、イエスの〈ゲッセマネの状態（死から回心への祈り）はわざわざ私たちの状態を擔はれた状態なのではあるまいか。この了解の中で、私も亦、イエスと神とのあの永遠と時間との切點（永遠が時間と切断した状態）のもとに立つのである。そこには時間の終末的極限とともに、永遠なる持續が存するのだ〉と記す。赤岩が聖書から啓示された、この一節の文脈を考え合わせながら本文を読んでいくと分かりやすくなる。〈仮死者のよう〉な〈虐げられた人々の血の涙〉を〈茜雲〉の像に投影し、世界を透視する。その〈世界のそらの下で〉、〈住処（すみか）を失った人々〉の受苦を担う〈わたし〉は、〈平穏な国の人々〉の一人として、《火宅》という言葉を思い浮かべ〉ながら〈あてどなくあるいている〉。このように世界各地の戦死者から眼をそらさず共棲を希求しつつ自画像を剔抉している。イエスが〈私たちの状態を擔はれた状態〉から赤岩が啓示され、戦後の廃墟の中で尾花がそれに感銘し、以後、念頭に置いて自問自答してきた心象だ。その磁場で愛や慈悲と惨禍とに引き裂かれ〈解けない問い〉を抱え炎上する人は〈終末的極限〉を生きている。だが無常の哀しみへと崩れさることなくその一歩手前で、赤岩から啓示された叡智に支えられることで、〈世界苦〉の想像力をいっそう研ぎ澄まし《愛とは何か?／生きるとは何か?》〉、《人は人をほんとうに愛することができるのか?／おまえはほんとうに人を愛することができるのか?》と〉自問自答する。それは詩を通した他者の心への問いかけともなり、愛の可能性を共に希求しているのではないか。〈私たちの状態を擔はれた〉イエスと呼応して〈永遠なる持續〉・愛の可能性を〈無辜の民〉と共に問う磁場を喚起する。血肉をともなう生活者として生きながらも、それに埋もれず文明の周縁の衆生と呼応する磁場を立脚点として他者にも問いかけ、祈りの声を共に発出する詩だ。

世界の現況の行き詰まりに絶望して書いているのではない。この〈終末的極限〉と〈永遠なる持續〉は、彼が生涯に渡って築いてきた、他者への架橋、愛の可能性を希求する自画像が自ずから発現しているにすぎない。一人称で語り出す口調をあえて文体としているが〈無辜の民〉の遺志、叡智を代弁しているのではないか。

長詩「春靈（しゅんれい）」の「幻景（エピローグ）」（詩集『春靈』、思潮社、二〇〇六年、一一七頁）でも、〈禿鷹に狙われた／飢えた子どもが　ひとり／戦禍の焼土に危うく立って／虚ろな眼で／此方を見ている〉とすでに結んでいた。前原同様に〈飢えた子ども〉の〈虚ろな眼〉が、自らの生存の過去と現在を透視し展望する想像力として機能している。更にそれは、自らの在りかを問い直し、その罪責を抉り出すことにつながった。二〇一八年五月二十二日に逝去されたが、〈飢えた子ども〉の遺志、叡智を招魂し、それに支えられて共棲を希求する想像力を後世の者は記憶していくだろう。やはり前原と通底する戦後詩の水脈ではないか。

このような尾花の叡智は前述してきた前原の連作詩と共鳴し合って、互いに切磋琢磨する評言を交わし合った。まず尾花が、『黄泉の蝶』を評価した「魂　その変奏曲――抽象から具象へ」[*7]から見ていこう。

> 「たましいの形而上学」を紡ぐ磁場（中略）今、前原さんが《たましい》と発語するとき、それは、辞書的範疇をこえて、深邃（しんすい）かつ具象性を帯びた形で顕在してくるのです。すなわち、《たましい》から遊離し得ない《死者》とは、現世の《名利を離れた》親しい死者すべてなのであり、今、世

界で紛争のために息絶えだえに暮している人々の声をいたましいと聞き、傷ついた人々の心の深い井戸から、その声を汲み上げて生者の存在そのものの位相となる内面の《たましい》であり、黄泉からの告知をたずさえた使者の姿であり、黄泉の水にきらめく再生の蝶そのものでもあります。その意味で、前原さんは、日本現代詩で初めて「たましい」の語義を哲学の領域にまで止揚した真性の詩人と言えるでしょう。その踏破してきた精神の高嶺に在って、前原さんは今、あらためて、R・M・リルケが第一次世界大戦をはさんで完結した『ドゥイノの悲歌』を彼方にみさだめているのでないか、と私は思います。この世の悲歌の階梯(きざはし)から『黄泉の蝶』の澄明な瞳で世界を凝視し、そこに、二十一世紀の新しい《悲歌の文学》を拓くにちがいありません。

身近で前原の創作経過を見守り〈傷ついた人々の心の深い井戸から、その声を汲み上げて生者の存在そのものの位相となる内面の《たましい》〉と評価するのは、尾花自身のそれと共鳴している。また後出の二〇〇〇年の「生命(いのち)の全体性」で、〈死者になっても他者の魂の中に現われて生きていく超時間的現出〉と前原自身が述べる死生観とも一致する。この磁場で、〈『黄泉の蝶』の透明な瞳で世界を凝視し〉、前述してきた「子どもの死者の瞳」の透視力に支えられて、前原は想像力を切り開いてきた。このような〈「たましいの形而上学」を紡ぐ磁場〉で二人は切磋琢磨し、その想像力の深淵で魂の連帯とでもいうべき足跡を残した。本章で駆使する視線、文脈もその想像力の継承といえる。

前原の側からも、「尾花仙朔——生と死の霊の間の橋懸かりで[*8]」の評言で、尾花の詩「黄泉草子形見祭文」（詩集『黄泉草子形見祭文』）の〈愛と慈悲は／相似の勾玉〉の一節に対して、〈この「愛」と「慈悲」

を一つにした言葉とその体現の中に、尾花氏の魂の深奥の願いが在〉り、〈この詩集は「生きる書」なのである〉と指摘している。それに続けて島内景二の解説「詩人の使命と宿命——尾花仙朔論[*9]」から〈自分が死者に感情移入し、詩の中で彼らと共に「死ぬ」という体験をしたからこそ、創作の後に「蘇り＝黄泉帰り」によって、この世に生きる決意を固めることができるのだ〉を引用して〈玄妙な評言である〉と結んでいる。

また、リルケが〈人間疎外と孤独な実存状況と人間性崩壊の縁にいる今世紀の人々の嘆きと絶望を歌いつつ、結局地上の事物を「日に見えないもの」に変形し人間の内部で甦らせることに詩人の使命を置き、地上讃歌の『オルフォイスに寄せるソネット』に転進していったことを尾花氏は充分認識しており〉と、前原の方でも応答した。前述してきた想像力をそれぞれの生涯の詩作で追究してきたからこの出会いが起こったのだ。

実生活でも一九七一年以来、宮城県の仙台市内に尾花が、その近郊の利府町に前原が九二年以来居住し、家族ぐるみで親交があったと前原は語る。

また二人が第二次世界大戦を生き延びた体験は、出会う以前の共通の原風景となった。一九二七年生まれの尾花は大戦時に旧制札幌商業学校で学んでいたが、〈軍事教練が正課になっていた。本能的に拒絶感を抱いた[*10]〉。敗戦時に十八歳、あやうく徴兵を免れた世代である。この原風景を想起しながら詩作したので、願いとは裏腹に離反していった現況との狭間で引き裂かれた。だがたじろがずに、身内の死者との狭い世界だけでなく文明の周縁の戦災死者との共棲を希求した。その願いを〈世界共和国樹立（への希求、中略）祈りを籠めて詩を書いている（中略）、祈りは生きるよすが、一筋の命の蜘蛛の糸、一縷の望みなのです〉（前出「受賞のことば」）と尾花は語っている。

前原も四歳の時、四五年七月十日午前零時から二時間あまりの仙台空襲を、塩竈の自宅の窓越しに見て体験した。同時代を生きた二人は、詩作の深奥で共鳴し、本源の生命の在り方から離反するものと対峙した。それは、詩作者の必然だと覚悟を決めている。歴史的に推移する現実の最中で生存を問い直す詩法が共通している。尾花の独自性は、血肉をともなう自画像（一人称）が愛や慈しみを希求して語り出す文体にある。造形性に富んだ前原との違いはあるが二人の想像力の磁場は通底している。彼らの想像力を複眼的に俯瞰すると、二人の詩業は他者への架橋を志向するが故にその深奥で共鳴していることが分かった。

前原の連作詩への意欲はその資質形成期にも淵源がある。高校時代からヘルマン・ヘッセを耽読し、ヘッセが十三歳の頃に〈詩人になるか、でなければ、何にもなりたくない〉（ヘッセ「自伝素描」）と自覚した事を知り、この言葉に魅せられて高校生の頃、自ら詩作を始めた。本書第二章でふれたが、中でも感銘を受けたのがヘッセ作『デミアン』（シンクレールの筆名でフィッシャー社、一九一九年）で、読み耽った。物語の終幕で青年の主人公シンクレールは兵士として戦場に赴き、無数の死にふれて内省し回生への方向を開示する。小説の背景だった第一次世界大戦の惨禍も念頭に置いた苦悶の呻きだ。世界の崩壊から回生へと抜け出る磁場を覚醒した。良心を芯にして回生を志向するヘッセの小説は、「〈世界苦と子供〉のイメージ」の淵源の一つだ。

ここで連作詩に関連する詩を、[*11]＊11に列挙しまとめる。

（二）

以下では、連作詩「〈世界の果ての子供たち〉より」に関連する詩から、研ぎ澄ました造形・想像力が読者の内部空間に喚起するものに焦点を絞って二詩を紹介する。

前述したように連作詩発表途上の一九九九年に、詩「殺生のとき」を詩集『黄泉の蝶』（三四―三六頁。「撃竹」四二号では連作詩「〈世界の果ての子供たち〉より」と題した三篇構成の一篇）に収録。「撃竹」で付けていた副題の（断章）は詩集で削除。『黄泉の蝶』では、三篇構成からはずして単独で配置。前出「腭の光」の次頁に配置し二詩の関連を示す。

昨日までぼくの頭を　我が子のように
やさしく撫でてくれていた人たちは
一体　どこへ行ってしまったのだろう
人間であった顔が
一斉に　ずれて歪み
その隙間から　犬のように
歯を剝き出して吠え立てる
人間的であるということは

束の間の　脆（もろ）い夢の表情にすぎないのか
夜に溶けて　ぼくたちは
さまよい歩いた
逃れる方向を打ち砕かれたまま

深い闇よりも黒いこの世紀の　この世では
誰が誰を殺し　誰が誰に殺されているのか
もう誰にもわからなかった
それとも　殺すことは
人類のさまよう悲嘆の一つの姿★　というのだろうか
そして　殺されることは
戸惑う生（せい）の痙攣にすぎないのか

広漠としたいのちの砂浜のあちこちで
薬殺され　硬直した犬のように
魂の群れの手足は　突っ張り
感覚の麻痺した精神のような形体が
干涸（ひから）びた海星（ひとで）になって

散乱している

★作者注　第二連4～5行の詩句〈殺すことは　人類のさまよう悲嘆の一つの姿〉は、リルケの『オルフォイスに寄せるソネット』第二部11の詩行を引用

詩作の初期から、ブレイクが子どもの詩で発揮した批評眼を自己の詩法に浸透させた。そして単なるドキュメントの報告や事象の複写、写実を描写しがちな状況詩とは違って、「〈世界苦と子供〉のイメージ」へと回生し堰を切ったように多様に展開してきた。

もうひとつ考えてみたいのは、事物を把握するリルケの詩法と文体を咀嚼した上で、その枠を超えてどのような独自の磁場に回生したかだ。同時代の同伴者だった尾花も、この点について前出の尾花「魂　その変奏曲」でリルケの〈『ドゥイノの悲歌』を彼方にみさだめているのではないか〉と指摘し、〈二十一世紀の新しい《悲歌の文学》を拓くにちがいありません〉と結んでいた。そう評価した尾花自身も、リルケの〈愛〉の光と呼応し戦災死者の遺志に支えられて共棲を希求する磁場を創出していた。＊5に詳述している。

この詩の場合には、幼年時代を想起しそれを人の現況との関係で対比して構成するリルケの詩法を独自の磁場で問い直している。歴史的に推移する現実の最中に、その対比を置き直して冒頭の光景に構成した。まず無垢な幼年性を慈しむのは普遍的な人の在り方だと冒頭で提示する。そして、その〈人間であった顔〉が一変して、〈一斉に　ずれて歪み／その隙間から　犬のように／歯を剝き出して

吠え立てる〉瞬間を対比してクローズアップする。そして〈逃れる方向を打ち砕かれたまま〉殺戮される子どもたちが〈夜に溶けて〉〈さまよい歩〉く、その切羽詰まった末期の瞬間、その告発・遺志を招魂している。末期の子ども（「子どもの死者の瞳」）は、はっきりと見とどけた。〈人間的であるということ〉を希求していたその人も、その殺戮現場で一瞬の内に〈束の間　脆い夢の表情にすぎない〉〈獣の内臓の〉〈汚物の塊の魂〉（前出の詩「鬼の人」）に変容すると。〈人類〉の罪過をクローズアップして抉り出し、白日の下に晒すことで、〈人間的である〉はずの〈人類〉の罪責が顕わになる。

そこで、尾花が〈新しい《悲歌の文学》を拓く〉と指摘していた件に戻って考える。それは『ドゥイノの悲歌』のみに限定しないで後期の詩想全体からの変容と考えてよいのではないか。前原は創作初期から、リルケ後期の詩法と文体を咀嚼して書き続けてきた。それをふまえて前原が詩本文に付けた作者注の訳句との関連を考えると、新しい《悲歌の文学》の展開が分かる。これは、筑摩書房版『世界文学大系リルケ』[12]五三巻の高安国世訳（一五三頁）を基に「私たち→人類」と変えて引用している。引用は『オルフォイスに寄せるソネット』第二部11（一九二三年）からだ。

では第二連に引用した訳文第二部11自体はどのような詩想か、そしてそれを引用した意図についてまず考える。先の高安国世訳とは別で、同時期に前原が座右の書とした彌生書房版リルケ全集では、狩猟で鳩を〈「殺す」ことが、或は「殺さざるを得ない」ことが、われわれに課された運命として肯定されている〉[13]と富士川英郎が解説している。つまり、戦争と称して大量虐殺するような残忍行為とは質の異なるものである。前原は、この解説もふまえている。

筑摩書房版の「ソネット11」では、鳩狩りを描写した後の第四連訳文三行は〈殺すことは私たちのさまよう悲嘆の一つの姿に過ぎぬ……／はれやかな精神の内部においては／私たち自身に起ることすべては純粋無垢のものだ。〉である。引用詩句はその第一行だ。最新の河出書房新社版『リルケ全集』五巻詩集V[14]では、富士川の先の解説を更に明確にしている。つまり、この引用詩句では鳩狩りとは質を異にして

> より一般的に、地上における人間の運命に関わる表現に到達する。他の生きものの生命、さらには私たちがそれとはっきり気づかないまでも、他の人間的生命の犠牲なしには存立し、維持しえない人間の生存はそれ自体また根本的な悲嘆をともなういとなみ、いやほとんど悲嘆そのもので

と解釈する。人間の生存自体が生きもの全体の循環の内にあり、そのため根本的な悲嘆をともない、それを払拭しようとする煩悩を背負わなければならぬと言うのだ。また続く二行の〈はれやかな精神〉とは、幼年時代には純粋な空間を生きることも可能だったことを、引用詩句と対比した表現だと解釈する。「殺生のとき」の構想でも類似した解釈をして、第四連の第一行のみを引用したのだろう。要するに「ソネット11」で人の現況と幼年性とを対比する表現をふまえて、それを変換した。

　一方の「殺生のとき」では人間同士の殺生を主題としたので、高安訳文から引用する際に〈私たち〉を〈人類〉と変え、明確にした。そして〈はれやかな精神〉（「ソネット11」）、つまり幼年時代の〈ぼく〉を冒頭に設定し、それに〈歯を剝き出して吠え立てる〉〈人間であった顔〉を対比した。原詩にあっ

た対比の形だけをふまえて変換した。

　第一連をふまえた第二連で、人類の歴史の現段階は子どもを殺戮する〈人類〉〈の衝動〉が地球中に満ちあふれた時代だと提示する。前述した一九九〇年八月に端を発する多国籍軍の武力攻撃の例のように多数の住民を無差別殺戮した。戦争の最中、前線では殺戮は英雄行為となり罪責など省みない。二十～二十一世紀にかけて世界で無数の大量殺戮が繰り返されたが国際法廷で裁かれぬままだ。

　湾岸戦争は一例にすぎず、その後も二〇二一年三月以来、ミャンマーの「国軍」が子供を含む弱者を大量に射殺し、その映像や情報が直後に地球全体に伝達された。軍事支配に抗議するデモ隊だけでなく近くに居た子どもも含めて、〈人を鬼にして〉（詩「鬼の人」）殺意を自己正当化し銃を乱射している。国際的に確認された事象だ。前原の創作の時点はもちろん、今日でも〈誰が誰を殺し　誰が誰に殺されているのか／もう誰にもわからなかった〉〈深い闇よりも黒いこの世紀〉が実際に続く。殺人者を特定して裁くことができないまま事態は推移している。詩作という〈人間的である〉こと、人の良心を取り戻す行為に従事する者は、それに離反する現況を見過ごすことはできない。このような現況の最中で戦災死した子どもの末期の瞬間を招魂し、その告発・遺志に支えられて〈人類〉の罪過を抉り出し罪責を問う詩は、他者の良心と共鳴するのではないか。前原への批評者は、それを更に開かれた市民の広場、公共の空間で共有することへとつなげねばなるまい。このような先駆的な詩法の享受を広げれば、戦後の廃墟から蘇生した戦後詩の芯を回生できるだろう。

　ここで、大国による最新兵器を用いた大量殺戮に対抗して、世界各地で自爆攻撃などによる反撃が起き犠牲者が続出していることにもふれておきたい。非暴力で抵抗する市民の輪、広場も広がりつつあるが、地球全体で人類による虐待と殺戮を応酬する二十一世紀が続いている。本来は利他的な本性である生命全体を見渡せば、人類に特有の一種の自傷行為だが、それに一篇の詩が対峙している。リルケもその時代の最新技術や戦争に対して警鐘をならしたが熟成するには至らなかった。

ここで先に考えたリルケとの関係に戻る。『オルフォイスに寄せるソネット』第二部11を詩作した時代では、自然と直接結びつく生命を基盤として詩作できた。幼年時代を〈はれやかな精神〉と称した、そのリルケの時代も失われつつある今、むしろ、それに〈歯を剝き出して吠え立てる〉恐るべき人間像が跋扈し大量破壊兵器の性能は極限にまで進化し続ける。大国に対立する北朝鮮などもそれに対抗して破壊能力を誇示している。薄氷のパワーバランスがのしかかる重い時代に、〈殺すことは／人類のさまよう悲嘆の一つの姿〉という宿命として諦め、〈殺されることは／戸惑う生(せい)の痙攣にすぎない〉と矮小化することはできないと問いかけているのだ。悲嘆の情感に閉じられがちで受け身な詩作の枠を超えて人類の罪過・罪責を抉り出す造形を創出し、ひとりの他者・あなたも含む生命全体が共棲する、回生を希求している。この共棲への希求を、「〈世界苦と子供〉のイメージ」連作を通して、「リルケからの回生」として成し遂げたところに前原の独自性がある。

締め括りの第三連の〈広漠としたいのちの砂浜のあちこちで〉とは、愛や慈悲の光と断ち切られ良心が干涸びた人間が〈いのち〉を消し去った光景だろう。その光景の中に〈感覚の麻痺した精神のような形体が〉〈薬殺され　硬直した犬のように〉なり〈干涸(ひから)びた海星(ひとで)になって／散乱している〉。一見、飽食の時代と見える現況の下で消し去られ忘れ去られてきた虐待と殺戮を、輪郭のはっきりした造形、〈干涸(ひから)びた〉〈精神〉に集約した。愛や慈悲の光との呼応を希求する作者は、良心の深奥から顕在化した内部空間、裁きの磁場で、〈干涸びた〉〈精神〉の罪責を問いかけている。その問いかけだけが、〈人間的である〉良心が回生する道筋だろう。なお詩「〈もの〉の喪失――あるいは魂の死」の2（詩集『独りの練習』）は、第三連の原形。

第二次大戦末期の仙台空襲を体験した前原は「教え子を再び戦場に送るな、青年よ再び銃を取るな」に示される日教組運動を高教組の一組合員として担った。その澄んだ視線には、〈歯を剝き出して吠え立てる〉（例えば核弾頭搭載ミサイルによる先制攻撃能力を仮想敵国に示し、それによって互いに威嚇し合う）犬のような国家権力が顕わに見えるのだ。大国だけで核兵器を占有し、抑止と称して吠え立てそれ以外の国をおどしている。核兵器禁止条約が二〇一七年七月七日に国際連合総会で採択され二〇二一年一月二十二日に発効した現在、その立脚点となる良心が公共の空間で共有化された。〈人間的である〉ことの希求を先駆的に造形した前原の詩業は、それを支える位置にある。

かつて片岡文雄が「前原正治覚書」[*15]で〈多くのリルケリアンが新生面を開拓できずに終っている〉と批評したのは杞憂であったし、金井直の詩業と共に「リルケからの回生」の新水脈として確認できる。

別の視点からもその特質を引き出せる。詩誌「擊竹」創刊時（一九八一年）からの詩友、冨長覚梁[*16]の『黄泉の蝶』解説「生を見据える覚醒の豊かさ」（同詩集収録）は、詩集論として全詩を捉えた。そしてこの詩集の魅力を〈凜乎とした透明さ〉と表現する。

それは〈そこに一つの現実がありながら、その裏側まで見透かすことである。つまり、それは汚れも濁りもない状態のことを指している〉とし、そしてなぜそういう印象を与えたかと続け〈前原の極度に澄まされた豊かな感覚という回路に、ひそんだ否定性に原因している（中略）現実の不透明性とは、まったく異質な現実にたいする純化された態度を示している〉と説明する。

そして先の「殺生（せっしょう）のとき」を例に挙げて〈現世に対峙して存在しているもう一つの世界、黄泉の世界についての前原の志向のありように注目したい（中略）前原にとっては、この現世は、「深い闇よりも黒いこの世紀」（「殺生（せっしょう）のとき」より）を抱えた夜の世界で〉、そして、それに対峙する〈「黄泉」の世界〉は、〈慈しみの光り輝く朝のごとき世界（中略）自ら求めて「赴く」安らぎの世界〉だと指摘する。そのように志向するからこそ〈「黄泉（よみ）の水」（詩「黄泉の蝶」より）にさらされて、初めて透きとおって見えはじめる生の意味であり、従ってそこからとりわけ新しい生への祈りともいうべきものが、一脈清冽な響きをなして溢れてくる〉と核心をつく。浄土真宗の住職でもある冨長の祈りの在り方と照応する評言で、先の尾花の〈『黄泉の蝶』の澄明な瞳で世界を凝視し〉とも重なる。

本章の「子どもの死者の瞳」の透視力とも重なり、それらに支えられて〈初めて透きとおって見えはじめる生の意味〉は「野の花　間奏曲（インテルメッツオ）」に通底する。だがこの詩から『黄泉の蝶』に到る過程で、それから反転して現世の他者への架橋を志向して還相を追究してきた。[*17] 先の〈慈しみの光り輝く朝のごとき世界〉とは、人を超えた愛や慈悲の光に包まれて精神を浄化する世界だが、それと呼応して良心を回生し、他者への同苦同悲の知恵と感情を発揮してきた。つまり前原は「黄泉」の世界への志向と同時に、人を浄化する愛や慈悲の光に呼応し支えられて人の悲しみを推しはかり苦しみを推しはかる感情と智慧を発揮してきた。この詩の表現に添っていえば、「黄泉」への志向を反転して〈人類〉自身の罪過・罪責を鋭く抉り出し、〈人間的である〉こと、良心の回生を希求する詩作行為とも言い換えてよいのではないか。

前述したように、連作詩の系統的な書き込みを検証して、歴史的に推移する現実の最中で生存を問い直す詩法を浮き彫りにした。その検証の中で「リルケからの回生」もはっきり確認できた。そこで、子どもの戦災死者の遺志、叡智を招魂し、それに支えられて共棲を希求する〈純化された態度〉（冨長）で詩作し、それに離反する虚偽の現実を抉り出したことを「リルケからの回生」と評価した。前原の独自性は、往相・還相が渾然一体となった想像力にある。

前原自身も二〇〇〇年の「生命（いのち）の全体性――その揺らぎと連関について[*18]」で、そのような詩法の根底に次のような死生観を据えている。

> 物象（生物・無生物の表現する世界）と事象（人間が主になって時空に出現させる観念的表象）と想像的事物と映像（イメージ）（人間のみがもち得る創造的活動）、これら三つの総合体で人間の生命を考えると、生命は、個人の内部・外部の全体的自己表現であるだけでなく、死者になっても他者の魂の中に現われて生きていく超時間的現出であることに気づかされるのである。

後の二〇一二年のエッセー「詩想の鍛錬と深化の場として[*19]」にもこの一節を引用し、この〈エッセイは、魂の内部で問答する論考になっていった（中略）この詩的認識は、昨年（二〇一一年）の東日本大震災体験後の永い沈思の中で不意に湧いてきた言葉、〈生者は死者の湖である　死者は生者の泉である〉に通底し、将来へと響いていくものであった〉とも語る。

この死生観を軸にして〈魂の内部で問答〉し続け、「〈世界苦と子供〉のイメージ」の連作詩を系統的に書き込んで、前述したような〈想像的事物と映像（イメージ）〉を創出した。

そこで二〇〇八年の詩集『水　離（か）る』（装幀　高島鯉水子、表紙カバー絵　舟山一男、A5判、土曜美術社出版販売、総九十五頁）収録で、〈超時間的現出〉という死生観を具現化した詩「水　離（か）る」を最後に取り上げる。

二〇〇九年度第四回更科源藏文学賞を受賞（日本現代詩人賞と日本詩人クラブ賞共に会員推薦数が最高点で候補、丸山薫（まるやまかおる）賞最終候補）した詩集。

詩集題の詩「水　離（か）る」（一八―二〇頁）は、「〈世界苦と子供〉のイメージ」の系譜の中でも傑出した独自の造形を彫琢している。[*20] 注の他の詩と比べても、研ぎ澄ました想像力の到達点が分かる。

流浪しつづけ
いまだ
難民へも辿り着けない子供が
蜥蜴（とかげ）も蠍（さそり）もいない
砂漠の果てでうずくまっている
口も手足も

魂すらも
水涸れ干涸びて
世界は
剝き出しの悪意にみちて
ひりひりしている
そこに
直かに投げ出され
晒されている子供の身体の中で
ただ一つ眼(まなこ)だけが
かろうじて涙の一滴の
その億分の一の水気を残しているのか
一匹の蠅が
子供の目尻に
必死にしがみつき
口吻を突き出し
舐(な)めている

かつて

生まれる前の
緑の風の非在のそよぎを
夢みていた日々は遠く
神も鬼もない
この地で
すでに
流砂の一粒と化した子供の
見開いたその瞳には
何も映っていない

……いのちから
水　離る
真昼の日射しの
いま

速いテンポで一直線に畳みかけ、砂漠の炎熱の最中で息が絶え乾ききっていく子どもを映像的なイメージで喚起する。生命の本源から離反した〈砂漠の果て〉を舞台として、そこに〈うずくまっている〉のは〈口も手足も／魂すらも／水涸れ干涸び〉た幼年性だ。〈剝き出しの悪意に〉よって殺戮され続ける末期の幼年性は、当時も今も一過性の事象ではなくなった。絶え間なく終末的な時間が続く現況の下で、〈世界は〉〈ひりひりしている〉。もはや〈夢みていた日々〉〈幼年の王国〉から〈遠く〉断絶し続け〈直かに投げ出され／晒されている子供の身体〉という造形、つまり普遍的な〈想像的事物と映像（イメージ）〉にスポットライトをあて照らし出す。

前原の初期の第一詩集『緑への風見』（一九七一年）の〈日々は遠く〉なり、一行進む毎にその抒情的な資質の芯だった無垢な幼年性は苛酷な現況に晒されていく。抒情的な歌い方から変身し続けたカナリアは、それとは対極の現況に焦点を絞り眼をそらさず肉迫し極限の瞬間を映しだす。それまでの連作詩によって抒情の祝祭とは対極の磁場に進み出ていた。生活空間を超える冷徹な視線を世界の苛酷な現況に張り付かせ普遍化した造形の極限であって、単なるドキュメントの報告ではない。

前出の「殺生（せっしょう）のとき」でも、良心が干涸びた現況を〈広漠としたいのちの砂浜〉と造形していた。「水　離（か）る」でも生きものの本来の在り方から離反した〈砂漠〉という〈想像的事物〉を舞台にした。その〈砂漠〉を舞台にして、「殺生（せっしょう）のとき」ですでに良心の深奥から顕在化した内部空間、裁きの磁場を創出していた。この詩でも、人を超えた愛や慈悲の光と呼応し支えられて、同様の裁きの磁場を照らし出す。

ふりかえると本稿冒頭の詩「野の花　間奏曲（インテルメッツォ）」で、〈空の青さに染った子供の眼のよう〉な〈ひとみ草〉、幼年性の瞳の透視力だけが、闇の中から生存の過去と未来を透視し展望する想像力、回生の瞬間を開くと造形していた。そしてその幼年性の瞳と共棲し未来を切り開くことは可能かと連作詩で問いかけてきた。それを受けてこの詩でも、先の〈子供の身体の中で／ただ一つ眼（まなこ）だけが／かろうじて涙の一滴の／その億分の一の水気を残しているのか〉と問いかける。顕在化した裁きの磁場で焦点になるのは、やはり生命の本源である〈眼〉の「水気」であり、それだけが〈生命の全体性〉（「あとがき」より）と溶け合っている。だが死の予兆〈一匹の蠅が〉それを〈舐めている〉。そして〈すでに／流砂の一粒と化した子供の／見開いたその瞳には／何も映っていない〉。こうして「水気」（〈生命の全体性〉を貫流する水脈）から離れ〈いのちから／水　離る／真昼の日射しの／いま〉、その末期の終末的時間で締め括る。

息絶えた後の〈いま〉の瞬間、〈見開いたその瞳には／何も映っていない〉。だが、「子どもの死者の瞳」の透視力を招魂し、それが照らし出した末期の遺志、叡智を読者の脳裏に喚起する。蠅に「水気」を舐めとられ水脈と切り離されたが、人の罪過・罪責を裁く磁場を蘇生し、〈生命の全体性〉から見れば、死者は生者の内部空間に復活できるかもしれない。すると生命の循環（水脈）の回生を託された読者は、それを担い続けることができるかと問いかけられているのだ。前原が指摘した〈死者になっても他者の魂の中に現われて生きていく超時間的現出〉を具現化した造形だ。死者の魂が泉となって湧きだし回生して、読者の血肉をともなう内部空間はその湖を湛える。本書もその湖でありたい。

この件に関連して、詩作の先達である新川和江の前原宛書簡（前原から提供いただいた、二〇〇八年十二月十六日付）を紹介する。「水　離る」について〈〈難民へも辿り着けない子供〉たちへの深い慈愛にみちた詩集で、胸を締めつけられつつ、拝読させて頂きました。地球が持っているもう一つの酷薄な横顔、人で無しの世界を、磨かれた凝縮された言葉で告発しておられる詩篇（中略）詩そのものに対するシリアスな厳しいスタンスにも、瞠目し、息をのまずにはいられませんでした〉。新川にも、戦災で負傷した子どもを痛む詩「この足のうら」（詩集『記憶する水』、思潮社、二〇〇七年。五一―五四頁）等があり、人を超えた〈深い慈愛〉と呼応して裁きの磁場を蘇生し、生命の循環（水脈）の回生を希求してきた。新川が指摘する〈難民へも辿り着けない子供〉たちは、シリアやミャンマー・ウクライナなど世界各地で常態化している。

以上の論旨を、詩集「あとがき」が次のように裏付ける。

はかないもの、小さく弱いもの、虐げられているもの、傷つき死に近いもの、死に赴くものなどの深い淵からの嘆きや苦しみに果てがない。いま、詩作をし詩集を編むという行為はどんな意味をもつか。（中略）現況の姿、その矛盾や亀裂や葛藤に触れてそれを表現することも責務の一つである。それとともに私たちの生命の全体性を、過去の未知の死者や親しかった死者・未来の生者と死者が不可視のまま支え、私たちも彼らを支えていると感じれば、詩の時空はより広大になるだろう。

〈私たちの生命の全体性（水脈）を、過去の未知の死者や親しかった死者・未来の生者と死者が不可視のまま支え〉て、連作詩の「〈世界苦と子供〉のイメージ」を創出してきたという。そして「子どもの死者の瞳」に支えられて、裁きから回生への瞬間を開き〈生命の全体性〉に立ち帰る水脈、「水離(か)る」の想像力へと進み出た。それは〈瞳〉、全てを透視する本源的な視力に支えられた〈緑の歌〉[*21]の想像力だ。その磁場に溶け合うことで〈私たちも彼らを支えていると感じ〉ることができるのだろう。

本書でいう共棲とは、本源的な〈生命の全体性〉と溶け合った生存の在り方だ。以上のように、裁きから回生への瞬間を開く〈緑の歌〉の想像力を「リルケからの回生」と名付けた。

孤独な自問自答に閉じられがちな従来の詩作の枠を取り払い、本源的な〈緑の歌〉の想像力を開示したことで〈詩の時空はより広大になる〉と確信したに違いない。すると従来の〈現況の姿、その矛盾や亀裂や葛藤に触れてそれを表現する〉だけにとどまっていた詩法を、広大な〈詩の時空〉、つまり〈私たちの生命の全体性〉に回生する方向へと開いたともいえる。

しかし世界の現況は、それと離反する方向へ増幅する一方だ。大量殺戮の技術も進化し続け、それを占有する大国を中心にして互いに抑止力を高め、それによる牽制こそが唯一の希望だとだまされ続ける。

このような現況の最中で、それに対峙し世界の周縁の子ども・弱者・他者との共棲を希求し続ける想像力は、〈生命の全体性〉へと立ち帰る分岐点を担っていて、更に多様な詩作を期待できる。戦後詩史においても、特に子ども（幼年性）との関係に自画像を晒し裁きの磁場を問いかける前原の詩法は傑出している。

このような造形の浮き彫りに瞠目しているうちに、かつて正岡子規が原千代女（千代子）に求められて自分の写真の裏に書いた次の句（一九〇二（明治三十五）年七月十八日作、原千代女「頂いた短冊とお写真」より。『仰臥（ぎょうが）漫録（まんろく）』二、岩波書店文庫、一九八三年改版、一六三頁）を思い起こした。

活（い）きた目をつつきに来るか蠅の声

子規は病中で床に臥せっている。その枕元近くに蠅の羽音がして、どんどん近づいてくるが、病臥のため身動きもならない。蠅は、まだ生きている目分の目をつつきにくるのかと感じる、その瞬間を切り取っている。不快感とどうにもならない自嘲とをはき出し、身辺へと接近する死が実感をともなって伝わってくる。〈活きた目〉の「水気」、蠅の羽音など喚起力の強い句で印象深く脳裏に刻む。だが前原は、この句を知らなかったと筆者に答えた。つまり、子規の写実と重なる、俳句的な明快な事物詩に通じる造形を独自に創作した。また、「水　離る」は二・三・四・五・六・七・八音を意識的に使い分けることで、速いテンポで畳みかける行分け形式を創造していて、俳句の軽快な韻律の伝統を生かしている。白昼の惨劇を眼前に引き寄せるテンポだ。

先の新川書簡にも〈村野四郎先生との対話の中で身につけられた詩法を、守り続け、さらに磨きをかけつつ、今日に至っていらっしゃるのですね〉との一節がある。村野は無季自由律俳句に打ち込んだ初期以来、新即物主義をとなえてリルケの造形を取り入れ、事物の表皮を剝がし実在感覚へと近づく詩法を研ぎ澄ました。前原が村野宅訪問を繰り返した（一九六九―七四年）頃に、そのすさまじい造形（芸術）への意欲を咀嚼したと指摘している。更に磨きをかけたと言っているのだろう。

前原が愛読したヘッセ作『デミアン』の一節にも、デミアンが黙想して彫刻のようにすわり、その額に蠅がとまる場面がある。一匹、ゆっくりと鼻と唇の上を歩いている。一匹の蠅の動きに気づかない程、自己の内に没入した孤独な人物像を浮き彫りにする。「水　離る」も、蠅の動きに読者を注視させて、〈眼〉の「水気」に焦点を絞っている。

また若い頃、丸山薫の詩を心の支えにしたが、その晩年の詩「蟻のいる顔」[22]に〈蟻が眼がしらを舐めている〉という一節がある。それにふれた石井昌光(いしいまさみつ)[23]の「丸山薫——覚え書」(『日本近代詩人論——高村光太郎から丸山薫まで——』、八千代出版、一九八七年)を取り上げて、〈地上に横たわる死体の顔を一匹の蟻が這い息のない鼻孔に入って姿を消してしまうという、実存の底が抜けたような世界に触れたときの魂の震撼と動揺、それを乗り越えての詩的出発への決意〉(「石井昌光——その詩人としての光芒」、『詩圏光耀』、九一頁)と前原は評価した。このような詩法にも感銘し想像力の源泉とした。

しかし前原が二十代に読みこんだ丸山薫や伊東静雄の詩、それ自体は、他者の苛酷な現況との関係で自己を捉え直す視点が曖昧だ。歴史的に推移する現実と対峙し、集団性に馴致された自画像を捉え直す難行の最中でしか回生は見えてこないのではないか。今日までの戦後詩人においてもリルケは広く受容されてきたが、その詩法を咀嚼する深浅の違いは顕著で、そこからの脱皮、回生へと進み出て独自の磁場を獲得しているだろうか。この見定めは重要で、輪郭のはっきりとした独自の自画像、詩法へと回生する歩みは充分に果たされていないのではないか。それに一石を投ずる意図で本書を書いた。

前原は若き日の抒情から進み出て、速射的に〈子供〉の現況を顕わにし、生命の循環(本源的な〈緑の歌〉(本来の生命の記憶、死者の叡智が支えている生者の歩み))が愛や慈悲の光と断絶し続ける最中で、終末的時間に晒され続ける幼年性の遺志、叡智を招魂し、それに支えられて回生を希求する詩法と文体、造形を創出していった。氾濫する情報から子供の生と死の現況を即座につかみ〈想像的事物と映像(イメージ)〉に変容することで、真の国際化やグローバル化が発揮されるのだ。

前原は、初期に発想したテーマや形象の原形を系統的に追究しているが、その模倣・反芻を自戒し新たな造形へと変容するタイプの詩作者だ。それに合わせて、㈡では「リルケからの回生」を成し遂げた典型的な詩を抜き出し、さらにその独自性に言及した。

注

＊1　『詩圏光耀――一詩人の詩想の歩み』、一一二―一一三頁。以下の引用エッセーで特に示さないものは同書の本文より引用。「計数管」四月～九月連載九回、「河北新報」掲載。

＊2　初出は、俳誌「小熊座」二三〇号。

＊3　枯葉剤は除草剤の一種だが非常に毒性が強く、四百万人のベトナム人が被害を受けた。南ベトナム解放民族戦線の隠れ場となる森林の枯死、その支配地域の耕作地の破壊が目的で大量散布した。枯葉作用以外にも奇形児出産率の増加や先天性口蓋裂などを引き起こした。今もなお先天性欠損（身体）を抱える子供十五万人を含む百万人が、深刻な健康被害に苦しんでいる。アメリカ軍の帰還兵にも後遺症が続き四万人を超える集団訴訟を一九八四年に起こしたが、補償金支払いにとどまりその実態は解明されないままだ。

＊4　本書第三章「死者は生者の泉である――前原正治　鎮魂から生存の問いへ」に詳述。

＊5　本書五五頁＊7参照。

「回想――R・M・リルケから学んだ事柄」（『ヴォルプスヴェーデにおけるリルケとフォーゲラー展』図録、ギャラリー譚詩舎、二〇〇八年）で、ベルリンの壁崩壊に到る世界の激動の最中で〈私は再び、リルケから学んだ、〈経験〉が血肉と化して立ち昇ってくる内なる思想の姿を凝視することに集中しました〉と回想する。そして〈そこから、人類に戦争が絶えないことの問題意識として、顕れてきたのが、リルケが、ギリシャの女性詩人サッフォーに見た永遠の愛、無償の愛です。《愛》の本質とは何か？　人は本当に人を愛することができるのか？　という問いを前に、すでに長らく私は作品の中で《愛》という言葉を用いることができなくなっていました。ようやくそれが可能になったのは、第三詩集『黄泉草子形見祭文』の同題名作品と、作品「夢葬り」によってです。《愛》のデカダンスに堕入っていた長い呪縛から解放される思いがしました〉と語る。リルケの〈経験〉、叡智と溶けあった《愛》の光と呼応し、戦災死者の遺志、叡智に支えられて共棲を希求する磁場を創出している。本章の文脈の中で使う尾花の《愛》の在りかを教える。やはり「リルケからの回生」の水脈で前原とも交響する。

*6　あかいわ・さかえ　一九〇三（明治三十六）年四月六日—一九六六年十一月二十八日。愛媛県喜多郡肱川村の牧師の家に生まれた。東京神学社で校長高倉徳太郎の神学に傾倒し回心する。一九三二年に上原教会（現、日本基督教団代々木上原教会）を設立し、終生牧会した。一九四九年以来、キリスト教信仰を芯にして人間救済の実践活動を実行し人間イエスを探究した。全国生活と健康を守る会連合会の第三代会長などを務めた。『赤岩栄著作集』全九巻、別巻、教文館、一九七〇—七二年。

*7　『前原正治詩集』収録の解説、一四七—一四八頁。

*8　『詩圏光耀』、一〇三—一〇五頁。土曜美術社出版販売版『尾花仙朔詩集』の栞が原形、一九九九年。「地球」一二二号、一九九八年が初出。

*9　土曜美術社出版販売版『尾花仙朔詩集』収録の解説、一三七頁。

*10　同詩集の自筆年譜、一四四頁。

*11　最初に一九八〇年の詩集『光る岩』（国文社、一九八〇年、二六—二七頁）発表の詩「孤児の秋の声」。後にこの詩を二〇〇三年「撃竹」五三号で「夕べの孤児の声」の総題で「世界の縁で」「影の中へ」「不在の夢」の三つの詩に分割し、「〈世界の果ての子供たち〉より」の連作の一部と解説。同詩集の別の詩「オルガンの夕べ」は、二〇一九年「撃竹」九四号に再録の際、詩「幼時」「蜻蛉」を合わせて「連作詩「幼年の魂の変容」より三篇」と解説。

冒頭の詩「野の花」は前述したように連作詩の淵源で、収録詩集の『魂涸れ』（一九九三年）以降にこのモチーフを系統的に書き込んでいった。同詩集の「浮遊のなかで」の総題で七篇構成の一篇「魂消る」も関連詩。そして一九九七年「撃竹」四一号初出の「赤い凝集」を起点として連作詩は始まる。その構図をふまえて、一九九八年「撃竹」四二号で連作詩「〈世界の果ての子供たち〉より」と題して、（断章）の副題の三篇構成（「雲の影」「空ろな陽」「殺生のとき」）で発表し始める。同年同四三号で同連作詩として「あてどない途上」

「しのび寄るもの」。翌年、同四四号で同連作詩「鬼」。同四五号で同連作詩「秋の傾斜地で」。同年十月に、詩集『黄泉の蝶』に同連作詩と題して「雲の影」「空ろな陽」「あてどない途上」「しのび寄るもの」「秋の傾斜地で」を再録。以上の連作詩や関連詩は詩集『黄泉の蝶』に再録した。なお、二〇〇八年の詩集『水　離る』関連は注の＊20に記述。

＊12　手塚富雄編、一九五九年。一九六三年以来、前原の座右の書。

＊13　彌生書房版『リルケ全集』一三巻、「オルフォイスへのソネット」の註解、一九六五年、二二三頁。一九六三年以来、前原の座右の書。

＊14　田口義弘訳註、一九九一年、二三五頁。

＊15　前原の詩集『現況の歌』解説、混沌社、一九八二年、九二頁。

＊16　とみなが・かくりょう　一九三四年、岐阜県不破郡合原村字室原（現、養老郡養老町室原）に生まれる。浄土真宗僧侶。長願寺住職。一九五八年、岐阜大学学芸学部国文学科卒。高校国語教員を務める。八一年以来、詩誌「撃竹」の編集者として刊行を続ける。中日詩人会会長や岐阜県詩人会会長を務めた。二〇〇二年、詩集『そして秘儀そして』（れんげ草舎、二〇〇一年）で第三五回日本詩人クラブ賞。

＊17　仏語。浄土宗で説く二種廻向の一つが還相で、往相に対していう。〈浄土から、この罪に汚れた現実世界（穢土）に帰ってきて、生きとし生けるすべての存在を導き救って仏教の真理に向かわせるのが還相〉（『岩波　仏教辞典』、中村元他編、岩波書店、一九九三年、八七頁）。

＊18　「詩と思想」十二月号。

＊19　「詩と思想」十月号。

＊20　「〈世界の果ての子供たち〉より」の連作詩で詩集『水　離る』関連詩を列挙する。二〇〇〇年「撃竹」四六号で同連作詩「世の果ての海辺」。二〇〇三年「撃竹」五四号で同連作詩「拒まれて」「無の安息」「夭折」。二〇〇六年「撃竹」六三号で同連作詩「鬼の人　断章」「油に浸り」。なお、二〇〇八年の詩集『水　離る』で詩「「世の深みの子供たち」への断章から」の総題で六篇を並べて構成。その内の一篇「夜明けの海辺」は、先の「世の果ての海辺」を改題した詩。先の「拒まれて」「無の安息」の他、「青くそよぐ」「縁を巡る」「世

の果てで」の三篇も構成した。

　その他に「撃竹」で連作詩と表示した先の「夭折」「油に浸り」「鬼の人」を再録。同系統の「地球の（浮かび）」「月への寂滅」等の子どもの詩を収録。同詩集の別の箇所に関連詩「日の照り」「偶感」「憎しみがそよぐ」「殴り合い」「黒い瀑布」「自ら身を投げる者」「黒い太陽」なども収録。

＊21　前原正治詩集『緑の歌』（土曜美術社出版販売、二〇一九年）の詩集題より転用した。本源的な〈緑の歌〉（本来の生命の記憶、死者の叡智が支えている生者の歩み）を希求し、原初の本源的な自然に立ち帰って生成・流動・消滅する造形（芸術事物）を創出する詩想だ。同様の詩想を金井直の詩「帰郷1」（詩集『帰郷』、彌生書房、一九七〇年、五一頁）では〈緑の道〉と名付けている。

＊22　詩画集『蟻のいる顔』、中央公論社、一九七三年。

＊23　いしい・まさみつ　一九一一（明治四十四）―一九八七年。札幌生まれ。早稲田大学文学部国文学専修を卒業後、主婦の友社に入社。一九四二年、宮城女学校専攻部（現、宮城学院）に招かれて仙台に移住。宮城学院女子短大助教授を経て、同女子大学教授となる。六二年、名取市民歌を作詞。七一年、宮城学院女子大学学長。『土井晩翠　情熱の詩人――その人と作品――』（東北出版、一九五三年）、『日本近代詩人論――高村光太郎から丸山薫まで――』他の詩人論を発表。同人誌「仙台文学」で詩関係の中心的存在だった。詩集は一九八八年『冬に向う池』（石文館）他を刊行。

　前原は一九六八年に第九回晩翠賞を受賞した際に、晩翠賞委員（一次選考）の石井昌光から「仙台文学」同人への入会勧誘を受け入会する。

六　〈緑の歌〉の想像力

――「経験」から「生命（いのち）」への回生

（一）

前原正治は、造形を系統的に研ぎ澄まし彫琢する詩人で、喚起力に富む芸術事物に仕上げる。この特質に絞って、初期から円熟期までを貫くライトモチーフに光をあてる。まず一九九三年の詩集『魂涸（たまが）れ』収録の詩「螢」（七六―七七頁）から始めよう。

いま
この世のすぐ裏側の
（どこにも探しだせないのなら
目蓋の裏側でもいい）
呼吸のように温かい

部厚い闇には
緑の光の明滅をこらえている
螢のような死者の群れの
土のこびりついた
その声なき声が
びっしりとはりつき
息を殺して犇めいているのに

五十九歳になった二〇〇〇年の「生命の全体性——その揺らぎと連関について」[*1]で、〈人間の生命を考えると、生命は、個人の内部・外部の全体的自己表現であるだけでなく、死者になっても他者の魂の中に現われて生きていく超時間的現出〉と到達点をまとめた。形作った想像力の芯を端的に示す鍵の語だ。したがって、死者の魂（遺志、叡智）が生者の内部空間に泉となって湧き出し、原初からの生命の循環（水脈）と溶け合い悠久に生成する想像世界を希求し、系統的に彫琢し続けた。

この詩はその原形の一つだろう。〈呼吸のように温かい／部厚い闇〉（内部空間）で、死者の魂を〈緑の光の明滅をこらえている／螢のような死者の群れ〉と類比した。更に〈緑の光〉で明滅する〈螢〉の視覚的イメージを、原初以来生成してきた〈土（地下の黄泉の国）のこびりついた／その声なき声〉という聴覚的なそれへと拡げる。〈息を殺して犇めいている〉死者たち（螢）が、生命の水脈から現世へと羽ばたき〈明滅〉して、あえかな命の灯をともそうとする瞬間だ。『魂涸れ』では、このような芸術事物を多様な類比像で造形化した。螢や蜻蛉・蝶、白鳥・鶴、海鼠（なまこ）・回遊魚、柘榴（ざくろ）・竜胆・野の花・向日葵（ひまわり）・樹木などだ。

同詩集には詩「樹木――間奏曲（インテルメッツオ）」（九四―九五頁）も収録。十五歳の頃に一時期ではあるがバイオリンを習い、作曲家を志したこともあった。

四季の明暗の流れに洗われつつ
心の岸辺に　ひっそり
透明な樹木が立って眠っている
そしてときおり
地底からふるえるように立ち昇る
〈この世に在ること〉の痛みとよろこびに
樹の内部は　魂の楽器になり
空にしみ透る音色を奏でる

旋律を奏でるような音楽的なイメージが流露する詩だ。〈樹木〉の根が地下から吸い上げる水脈を〈地底からふるえるように立ち昇る〉と類比する詩句は、バイオリンが醸し出すふるえ（旋律）のようだ。先の詩「螢」の〈土のこびりついた〉世界から死者の魂（遺志、叡智）が羽ばたくように、〈透明な〉樹幹を〈立ち昇る〉上昇の旋律だ。あらゆるありのままのものである自然は、内からの力と働きによっておのずから生まれ生成している。こうした生命全体の生成に支えられ育まれて、個別の人も悠久の生命の営みと溶け合い浄化され上昇するイメージ。だが人は、同時に一回性の生を受入れざるをえず〈痛みとよろこび〉を担わされるため〈魂の楽器になり／空にしみ透る音色を奏でる〉。ベートーベンやブラームス等のバイオリン協奏曲の旋律を連想する。音楽的な感覚と親和的な前原の資質はこのような小品にも溢れ出る。

早稲田大学在学中の一九六三年（二十二歳）以降、神品芳夫訳『初期詩集』（彌生書房版『リルケ全集』一巻詩集I、一九六一年）等を耽読し、リルケの芯にある生命の旋律を咀嚼してきたことが伏流水となり湧き出した。

胡蝶花（しゃが）などの多年草は山野の藪に地下茎を張りめぐらして群生する。地上に出た葉や花は風雪に耐えねばならず、冬になると個々の葉は枯れたように見える。だが土中の根は腐葉土を滋養として根を張りめぐらし、春になるとあたり一面に新芽が出て全体としての命を永遠に生きていく。〈超時間的現出〉を鮮明に現前化する植物だが、この詩の〈透明な樹木〉もそのイメージに通じている。〈空にしみ透る音色を奏で〉る生命の音源だ。後の一九九九年、詩集『黄泉の蝶』の詩「沈丁花（じんちょうげ）」にも音楽的資質が溢れ、これは詩業全体の特質といえる。

二〇一〇年の円熟期の詩「黄泉の螢」（「撃竹」七三号）になると、生命の水脈は宇宙に広がる〈星雲〉の悠久な生成と溶け合う。

黄泉の螢

小暗い黄泉の淵の中で
一処（ひとところ）
夭折した魂の溶け合った群れがあり
その周りだけは
ほんのり柔らかい光暈（こううん）が
耀い（かがよい）揺れている
そこからときおり
永い時間をかけて
螢が一匹生まれ出て
この世へと
ゆらゆら浮き上がり
涸れがれの心の
沢辺の荒れた草むらを
ひととき
やさしく輝やかす
そのあとそれは

宇宙の最奥の星雲のような
未生をも呑み込んでいる
人類の巨大な記憶の夢に沈み
そこに
しずかに落ち着く

『日本書紀』巻第二「神代下」に〈螢火之光神（螢火の光く神）〉の記述がある。その後も霊的な存在として多様な表現で描かれてきた。それを変換したのが、〈夭折した魂の溶け合った群れ〉の周りの〈ほんのり柔らかい光暈が／耀い揺れている〉磁場だ。螢は生者の内部空間に〈超時間的現出〉して泉のように〈この世へと／ゆらゆら浮き上が〉る。そして〈心の〉沢辺で明滅して、〈涸れがれの心〉を〈ひととき／やさしく輝やかす〉。その瞬間、内部空間は死者との区別を失った生命の水脈となる。その自ずからの生成は更に〈宇宙の最奥の星雲〉で生成消滅する無始無終の脈動（原初からの生命の循環（水脈））と溶け合っていき、〈人類の巨大な記憶の夢に沈〉（生命の水脈が悠久に生成する時空に回帰し）み純一化する。この詩の螢像は人類発生以前からの自然の生成と循環の輪（水脈）に回帰して果てしなく生成し続ける。前原の詩業の深奥には、このような宇宙的な時空に広がる想像力が脈動し行間からマグマのように噴出する。そこで、初期から円熟期まで系統的に彫琢し続けた想像力を〈緑の歌〉[*2]と名付ける。

一方で、このような〈緑の歌〉を引き裂く狭間にも陥り屈折した。そして、先の「樹木――間奏曲」

の〈痛みとよろこび〉のような絶対的孤独そのものを凝視し続けた。同じ『魂涸れ』（四六―四七頁。「撃竹」二四号、一九八九年）に、その系譜の詩「竜胆」を収録している。

凍るような烈風にさらされている山頂の
その断崖から奈落へ崩れ落ちそうな
激しいめまいに耐え
かたわらの小さな窪地の暗がりに咲く
一群れの竜胆の花
紺碧に絞り上げられて咲き
かすかに空に開いている　その形姿は
受容と拒絶に揺れつつ
そのまま凝結した私の魂のようだ

いま　私には
豊穣の秋は遠い！

〈受容と拒絶に揺れつつ／そのまま凝結した私の魂〉とは、自画像の表皮を剝ぎ取って引き裂かれた剝き身をさらす姿だ。〈私〉と自画像を記し、その心象を〈凍るような烈風にさらされている山頂の／

その断崖から奈落へ崩れ落ちそうな／激しいめまいに耐え〉とし、断崖の〈かたわらの小さな窪地の暗がりに咲く／一群れの竜胆（りんどう）の花〉の造形で現前化する。リルケの内部空間も、現実界と実在界の狭間で引き裂かれ守られていない。その磁場を咀嚼してきた前原も、絶対的孤独（孤絶）の磁場で耐え続けた。血肉をともなう存在者は、そのような苛酷な日々に耐えながら詩作という難行に向かわねばならなかった。

そこで、創作初期に『リルケ全集』等と出会った頃に陥った狭間から辿り直して、リルケ等から回生していく経緯を確認しておこう。詩「家族」（詩集『経験の花』、詩作の出発期の詩篇を編集しているので、事実上の第一詩集にあたる、一九七七年、一〇—一一頁）で〈家族の中では　いつも　自画像はつくれない〉とリフレインした第二・三連。

遠く　世界へ抜け出て　他人の中で自画像を画くこと
その絵に　昼の意味や成熟や認識をちりばめてゆくこと
（中略）
ぼくが　ぼくの根を断ち　激しい覚醒で魂を刻み
つぎつぎに　新しい異郷へと冒険をしながら
家族の原液の表面に浮かぶ夢にも侵食されない
自己の影像をつくり上げるのは　いつのことだろう

文字通り、〈自己の彫像をつくり上げる〉意思を貫いて早稲田大学在学時から一心不乱に詩作した。そして一九六四年に、生まれ故郷の宮城県塩竈市と親族から離れ、秋田県白神山地近辺の能代北高校（能代市）に、自ら希望して英語科教員として赴任した。無垢な幼年性は生育された集団によって馴致されるが、その〈ぼくの根を断ち〉剔抉していく。そして実作を通して想像力の原形を築いていった。その際に、この覚醒した初心に常に回帰しながらリルケ後期の詩も念頭に置いて独自の創出へと進み出ていった。

頻繁に原生林に分け入り原初の自然と溶け合いながら、〈断崖から奈落へ崩れ落ちそう〉（「竜胆」）だが、その一歩手前で踏みとどまって自画像を剔抉していった。秋田県に赴任して以降、ひたすら詩の創造に打ち込み〈受容と拒絶に揺れ〉る絶対的孤独（孤絶）の揺籃期を過ごした。

その後、一九六八年第九回晩翠賞を受賞し、選考委員の村野四郎と出会った。それ以来、新人発掘の名伯楽・東京の村野宅訪問を繰り返し（一九六九―七四年）た。それ以前に、リルケ等から造形の彫琢を咀嚼していたが、更に芸術へのすさまじい意欲を脳裏に刻み込んだ。そして固有の詩法を創出した後も回帰する原点となった。例えば対話を通して刻み込んだ事を、後に詩「眼　村野四郎氏との対話の思い出に」（詩集『水　離る』、六二頁）で、〈涙でゆれる右の眼と／ひんやり乾いた左の眼とで／一つの世界を／同時にみつめる〉と表現した（前原の解説、二〇二一年九月）。村野からの咀嚼を固有の表現に変換した、この詩句は、造形を研ぎ澄まし彫琢する前原の詩法を端的に示す。先の詩「竜胆」は〈涙でゆれる右の眼〉で、それを彫琢し続けて、後出の詩「夜の竜胆」（左の眼）の造形を開示する。

二〇〇二年に、この方向性と関連した「丸山薫のこと――ミュゾット・能代・岩根沢[*3]」を発表する。文中に、リルケの詩「心の頂きにさらされて」[*4]を引用する。この件から、『魂涸れ』頃にリルケの詩法に対して抱いた関心の在りかが分かる。

心の頂きにさらされて　見よ　あそこになんと小さく
言葉の最後の村落が　それからもっと高いところに
これもまたなんと小さく　感情の
最後の農園が　お前にそれが見えるか
心の頂きにさらされて？　――両手の下の
岩地　ここではたぶん
二三の花が咲く　無言の絶壁から
一本の無意識な草花が歌いながら咲いて出る
けれども知る者は？　ああ　知りはじめ
そしていま沈黙する者は――心の頂きにさらされて？
ここではたぶん　すこやかな意識をもった
多くの動物が　多くの確かな山の獣が
徘徊し　出没する　そして純粋拒否の頂きをめぐって
大きな　憂いを知らぬ鳥が飛んでいる――ああしかし
うち捨てられた者は――ここの心の頂きのうえに？……

引用した訳詩は新潮社文庫版の富士川英郎訳『リルケ詩集』（一九六三年、一四六―一四七頁。同年以来の座右の訳書）収録で、次頁に「もう一度　心の頂きにさらされて」[*4]も収録。いずれも詩の創造に苦しむリルケの世界内面空間を類比した芸術事物だ。その〈無言の絶壁〉は〈純粋拒否の頂き〉で、その絶対的孤絶の磁場で崖下を俯瞰する。すると〈言葉の最後の村落〉つまり現実界で汎用する言葉で結びつく集団が見える。創造者は、その相対的な関係の内にいる限りは真の孤独と乖離し詩を創出できない。

孤独者のこの在り方とは対比的に、〈すこやかな意識をもった／多くの動物が　多くの確かな山の獣（けもの）が／徘徊し　出没する〉。また絶壁の上空を〈大きな　憂いを知らぬ鳥が飛んでいる〉。リルケの詩に頻出するイメージだ。個々の生きものの生命は一回性だが、生命全体としては物質とエネルギーと情報の流れ（生成）とを別の個体から受けつぎ再構成し持続する。こうして生命全体に乱雑、消滅は及ばない。このように原初から循環し生成し続ける利他的な生命の在り方を、〈すこやかな意識をもち〉〈憂いを知らぬ〉守られた存在の仕方と直観し、このような詩句で表現している。それと対比した〈うち捨てられた者〉は、本源的な生命の水流からも乖離し、まだ孤独を積極的に肯定できないでいる。絶対的孤独を志向する存在者は現実界と乖離し〈無言の絶壁〉に〈うち捨てられ〉、生命全体の循環からも乖離する。

前原は、「心の頂きにさらされて」という芸術事物を通して、その〈純粋拒否の頂き〉を初期から引き受け、固有の想像世界を探索してきた。先の訳詩を引用した後で、そのことにふれている。

この風景に見合う、むき出しの岩石と土の荒涼とした世界だったのだろうか。リルケはその地で、絶対的孤独ともいえる空間の中で、〈生命の流を止めつつ発火させて歌うというあの怖るべき方法〉(詩集『青春不在』の「怖るべき方法」の詩句)を駆使し、嵐のような創造の波に襲われて十篇の壮大な長編詩から成り立つ『ドゥイノの悲歌』を書き上げ、その上息つく暇もなく『オルフォイスに寄せるソネット』という新しい詩集まで仕上げてしまうのである。

文中の丸山薫詩集『青春不在』は、一九五二年刊(創元社)。それに収録した詩「怖るべき方法」の第三連から文中の詩句を引用。前出富士川訳『リルケ詩集』に関連して、当時の前原は丸山も読み込んだ。日本におけるリルケ受容の先達として念頭においた一人で、丸山がリルケの後期を咀嚼して創出した詩句に一時期導かれた。そして「怖るべき方法」を自らの詩でも意識的に具現化していった。具現化した事を、先の詩「竜胆」と「心の頂きにさらされて」との照応を通して確認できる。〈一群れの竜胆(りんどう)の花〉は、〈二三の花が咲く　無言の絶壁から／一本の無意識な草花が歌いながら咲いて出る〉と。〈受容と拒絶に揺れつつ／そのまま凝結した私の魂〉は、〈心の頂きにさらされ〉る〈純粋拒否の頂き〉を磁場とした〈うち捨てられた者〉と。この試みは、リルケが真の孤独に耐え〈嵐のような創造の波に襲われ〉た後期の二詩集の方向性と一致する。

この一九一四年以降の後期の詩を自らの内部空間に定着する方向へと持続的に進み出ていった。到達したのは冒頭で引用した〈超時間的現出〉の磁場であり、固有の詩句を創出する形で具現化した。

それは先に引用の詩「竜胆」（『魂涸(たまが)れ』四六—四七頁収録）とは別の詩「夜の竜胆」だ。
　新たな詩「夜の竜胆」（改題後）は、一九九一年「撃竹」二八号に総題「真冬の死者への断章から」七篇構成（「凪ぎ」「食後に」「竜胆」「真夜中に」「雪の人地」「蜻蛉」「緑の輝き」）の一篇として発表。引用した「竜胆」とは別の詩[*5]で題のみ同一。後に一九九三年『魂涸(たまが)れ』に、同一の総題の七篇構成で再録した際に「夜の竜胆」と改題した。次はその本文（「撃竹」二八号と同一、五九—六〇頁）。

山頂のかたわらで
死にいく者の眼のように
岩が光っていた
もう何ものへでもない
ぎりぎりの憧れに固まっていた
内部から黒く
水がにじみでていた
岩の窪みにしがみついて
竜胆(りんどう)の花が
星ひとつ落ちない部厚い闇へ
かすかに開いていた

前出の別の「竜胆」本文は、直喩表現を主として心象を叙述していた。「夜の竜胆」の方は叙述性を削ぎ落とし、輪郭のはっきりした造形に彫琢している。独自の造形、芸術事物の創出へと進み出たといってよい。そして、現実界に囚われた存在者を〈死にいく者の眼のように／岩が光っていた〉と類比する。冒頭で引用した〈超時間的現出〉の磁場を凝縮して表現した造形の一つだ。死者の遺志、叡智を招魂する生者の内部空間で、〈死にいく者の眼〉〈視線〉が光っている。それに支えられた光の透視力は、存在者が生成する方向を照らし出し導く。

すると〈ぎりぎりの憧れに固まっていた〉瞬間、つまり原初からの生命の水脈への帰郷を憧憬する狭間を照らし出す。前出の〈生命の流を止めつつ発火させて歌うというあの怖るべき方法〉を固有の詩句で創出し具現化した。芸術事物の創出を志向する存在者は、〈山頂のかたわらで〉、この難行に耐えている。すると光る〈岩〉の〈内部から黒く／水がにじみで〉る瞬間が顕在化する。現実界に囚われる存在者が、生命の水脈との狭間で引き裂かれているからだ。この瞬間を顕在化する〈部厚い闇〉は親しい磁場であり現実界を遠ざける。その磁場で、〈岩の窪みにしがみつい〉た竜胆は〈星ひとつ落ちない部厚い闇へ／かすかに開いていた〉。〈闇〉の中に浮き彫りになる竜胆の造形は、意識の深奥のマグマが湧き出たものであり、果てしない芸術事物への意欲が噴出する。

こうして、死に隣接する絶対的孤独を覚醒する瞬間にスポットライトをあて、固有の造形に変換する成熟期を迎えた。その途上で、リルケの先の訳詩「心の頂きにさらされて」等の後期の詩を咀嚼して、余分な心情表現、叙述的な説明をふるい落とし、先の「夜の竜胆」のような研ぎ澄まし彫琢した文体、造形を創出した。

(二)

『魂涸れ』には、絶対的孤独を複眼的な視線で俯瞰し直す詩「魂消る」（総題「浮遊のなかで」七篇の一篇、四二頁）も同時に収録。〈時代は真昼　のようにみえた／生あるものへの殺戮と　飽食の限りを尽くした〉のように、〈飽食〉の内に隠された〈殺戮〉を顕わにし対峙している。

『魂涸れ』刊の翌（十一）月に、早くも「撃竹」三三号で詩「腭の光（あるいは同朋殺戮）」（詩「闇についての断章から」の総題で「痺れ」「腭の光」の二詩で構成）を発表する。副題が示す現況を〈旧ソ連内の大粛清、ポルポト的狂気、アフリカ大陸での種族の殺し合いなど〉（「二十世紀の狂気」、一九九九年「撃竹」四四号）と指摘している。この詩を嚆矢とした連作詩を系統的に発表し続けた事を、本書Ⅰ第五章に詳述。*6

それは「〈世界の果ての子供たち〉より」と題した連作詩で、同朋殺戮だけでなく世界の周縁で死の境界に追いやられる子ども達の告発、遺志を招魂していく。根毛から吸い上げた地下の生命の水脈は、樹幹を上昇していくにつれ強靱で堅固な詩法に研ぎ澄まされた。つまり、利他を志向する生命循環（他者との共棲）から離反する苛酷な現実も複眼で透視して、新たな枝葉（造形）を繁茂していった。

その典型的な詩「秋の傾斜地で」（詩集『黄泉の蝶』に、「〈世界の果ての子供たち〉より」の総題で「雲の影」「空ろな陽」「あてどない途上」「しのび寄るもの」「秋の傾斜地で」の連作詩五篇構成の一篇、七四—七七頁。「撃竹」四五号、一九九九年）。

或る夏の日々
ぼくは孤り歩いて逃れていた
険しい山径を這い上り
小さな丘をいくつも越えていった
その日も
陽が落ちる前に
大きな峠に辿りつけそうだった
その向こうでは
ああ　麦畑と果樹園が
のんびり羊たちが草を食(は)んでいる牧草地が
波のように揺れる風に
明るく光っているのだろうか
けれど辿りついた低い丘から
近くに見える麓の集落は
これまで通り過ぎた多くの村々と同じように
まだうっすらと煙が棚引いている
瓦礫の山にすぎなかった

そのあとのことは
よくは分からない
不意に
ぼくは頭部を射ち抜かれ
どこかの斜面を転げ落ちていった………

………いま陽の光が雲間から
水車の羽根の形をして
ひんやり降りそそいでいる
その神さびた晩秋の中
ぼくはすべてを捨て去り
すべてから解き放されて眠っている
生い茂る灌木の中
蔓や落葉におおわれた崖の一角で
腐葉土と混じり合って眠っている
ただ地上に
ぼろぼろのジーンズと編み上げ靴から
ほっそりとした白骨の脚を突き出して

まるで親しかった世界への
一つの小さな届かぬ抗議のように
それとも結局は
よそよそしく冷たいこの世への
拒絶の棒杭として

「撃竹」初出での〈灌木と腐植土〉を〈腐葉土〉に訂正。題材の取り上げ方を、先のリルケの訳詩「心の頂きにさらされて」と比較すると、〈無言の絶壁〉は〈崖の一角〉と対応する。〈うち捨てられた者〉は〈すべてから解き放されて眠っている〉と。そして〈純粋拒否の頂き〉は、まず前出の詩「竜胆」の〈受容と拒絶に揺れつつ／そのまま凝結した私の魂〉へと変換。それを経て歴史的現実の最中での〈ぼく〉の末期の告発、〈親しかった世界への／一つの小さな届かぬ抗議のように（中略）拒絶の棒杭として〉の招魂へと更に変換している。殺戮される子どもが死に隣接する絶対的孤独の瞬間にスポットライトをあて、その告発を招魂する詩法への変換だ。次に〈無言の絶壁〉から見える〈言葉の最後の村落〉。それは、丘から見える〈麓の集落〉で〈これまで通り過ぎた多くの村々と同じように／まだうっすらと煙が棚引いている／瓦礫の山にすぎなかった〉と照応する。

「夜の竜胆」までの絶対的孤独を、惨禍から〈孤り歩いて逃れてい〉る〈ぼく〉の末期の瞬間、〈世界の果ての子供たち〉の告発、遺志を招魂するそれへと変換した。変換を支えたのは、自画像を複眼的に俯瞰する「子どもの死者の瞳」だ。この幼年性の視線を根幹に据えた新たな想像力は、子どもを殺戮し続ける歴史的現実と対峙する文体、造形を創出していく。

表現に添っていえば、〈孤り歩いて逃れていた〉子どもにとっては、〈村々〉だけが救済してくれる唯一の希望なのだが、その空間も〈瓦礫の山〉と化し拠り所を失っている。そのような希求とは裏腹に〈「不意に／ぼくは頭部を射ち抜かれ／どこかの斜面を転げ落ちていった………」〉。

末尾で、苛酷な死を強制され〈腐葉土と混じり合って眠っている〉子どもは生命の循環（水脈）に立ち帰った。だが、〈ただ地上に〉以下八行の結びで「子どもの死者の瞳」が捉えた末期の光景をクローズアップする。その透視力に支えられて〈白骨の脚を突き出し〉た〈拒絶の棒杭〉の告発、遺志を招魂し、殺戮者の罪過を抉り出し罪責を問う裁きの磁場が顕わになる。そしてそれが、読者の良心のそれとも呼応し、その内部空間で生命全体の共棲、回生への希求を復活する。幼年性の視線に支えられて〈緑の歌〉の反世界が浮き彫りになる。この詩のように裁きから回生への瞬間を開く〈緑の歌〉を「リルケからの回生」と名付ける。このような構成を基軸として、以後の連作詩で系統的に多様な造形を創出していった。「秋の傾斜地で」も、「〈世界苦と子供〉のイメージ」連作詩（その具現化の一つが「〈世界の果ての子供たち〉より」連作詩）の一環だ。

総じて、リルケがその絶対的孤独を投影した詩句とその構成の仕方を原形としてふまえ、前原は一つ一つ丁寧に照応させ変換して新たな想像世界を創出した。歴史的現実の推移の最中で人の罪過・罪責を剔抉し、裁きから回生への瞬間を開いた。戦後詩史の中でも特筆すべき独自な詩業だ。

こうして富士川英郎訳『リルケ詩集』等と出会って以降を概観した本章でも、リルケからの回生を確認できた。「科学技術」の兵器への応用によって、苛酷な大量殺戮に直面させられた子どもの告発、遺志を同時代と後世へと語り継ぐ詩法は、リアリティを研ぎ澄ましていく。

要するに、本源的な〈緑の歌〉（本来の生命の記憶、死者の叡智が支えている生者の歩み）を希求し、原初の本源的な自然に立ち帰って生成・流動・消滅する造形（芸術事物）を創出する詩想だ。その造形は〈緑の歌〉に離反する現況への批評を兼ね備えている。歴史的現実の推移の最中で、自画像を複眼的に俯瞰してリルケの詩法を回生し固有の多様な造形を創出した。

このような創作歴を経て、次の詩を結晶化する。

初夏・蝶

——生者は死者の湖である

青黒く苦い光を浴び
ひとが人を殺しつづけ
それなのに
闇も根を引き抜かれ　浮き立ち
白日を漂っているいま
死者は　異界へと遥かに拒絶され
何と白じらしく
あわあわと死んでいることか

私の内部の眼は
あの初夏の日の親しい輝きを思い出す
一頭の蝶が　私の掌に舞い降り
つかの間静止し
死者の眼でじっと私をみつめた
そしてそっと
手の温もりを通して
私の魂の一部を吸いとり
碧(あお)い空へと　ふかく墜落していった
それともそれは
死者が蝶に変身し
長い間　無償で私に与えていた経験の髄を
時空を越えた深淵の黄泉(よみ)の水に洗わせ
死者にも享受できる　不可視の形姿にして
とり戻しただけなのだろうか
確かにあのとき
蝶は私をみつめた
近くなのに

次元の異なる空間からの挨拶のように
稲妻の輝きと果実の香りを含んだ言葉を
重い無言でもらした

死者をのんで生きよ
ものをそのまま愛することを告げ
豊かに熟れていく精神(こころ)
それを　おまえの中で
おまえにすら気づかれぬまま　営め
それが一つずつ
生と死の入り混った黒土の大地へ落下し
地中で解体し　溶解し
循環しつつ上昇し
世界をみつめる眼差にしみ込むように

いま私は
雪のように降りつもっていく静謐を
いつまでも受けとめている桐の花を

そっとみつめている
恐らく漆黒（しっこく）の闇でも
透明な光をもやしつづける
うす紫の　開いた楽譜のような花を
真夜中
その天上の花の明るさの中
星々は
無数の死者の眼のように咲き
ひんやりする果実の粒つぶのようにきらめき
そして
月の光も　樹々の黒ぐろとした肌も
人の世の外の匂いにみちるとき
私の魂も
夜の世界を呼吸しつつ
過去から未来永劫へとつづく
死者と生者を湛える湖水になるだろう

この詩の原形[*7]を大幅に改訂して二〇一一年三月十一日の東日本大震災直前（同月初め）に仕上げた。

そして、震災前に「北方文学」（発行者　柴野毅実、現代詩特集・県外招待作品）六五号編集部宛に投函。同年六月刊の同誌に再録。二〇一四年第五一回宮城県芸術祭賞文芸部門で受賞し、同年『宮城県文芸年鑑』第四十五巻に収録。同文は「北方文学」と同一で、それを引用した。

冒頭の八行は、系統的に書き込んできた「〈世界苦と子供〉のイメージ」連作詩の集約で、世界各地で頻発する苛酷な現況を内部空間で捉えている。〈ひとが人を殺しつづけ〉て、地下の原初からの生命の循環（水脈）からますます離反していた。そのために〈闇〉を透視する力も弱まり〈死者は異界へと遥かに拒絶され〉ている。そのように死者の遺志、叡智が〈あわあわと死んで〉いくため、生者の内部空間に〈超時間的現出〉する〈死者の湖〉も枯渇しかけている。〈闇も根を引き抜かれ浮き立ち／白日を漂っている〉はそのような現況の類比で、内部から発する視線も閉ざされ、死から生へと回生する瞬間を照らし出せなくなった。

しかし〈私の内部の眼は〉、その深奥から少年の日の〈初夏の日の親しい輝きを思い出す〉。それは、プシュケーとしての蝶が内部空間で〈私の掌に舞い降り〉て親しい〈死者の眼でじっと私をみつめた〉記憶の復活だ。無垢な幼年性は年月を超えて内部空間の深奥にとどまり、想起した蝶の視線は〈死者の眼〉を担って〈じっと私をみつめた〉。この視線は〈私〉の透視力を蘇生する使者であり〈私の魂の一部を吸いと〉（自我の消去から回生へ）った。

言い換えれば〈死者が蝶に変身し〉て内部空間に〈現出〉し、〈長い間　無償で私に与えていた経験の髄を〉〈深淵の黄泉の水に洗わせ〉た。それによって〈私〉の本来の内部空間を復活させた。つまり親しい使者（蝶）を遣わして一種の洗礼を施し生者を浄化した。蝶は、〈死者にも享受できる〉〈不可視の形姿〉に変身し、生命の水脈へと私を〈とり戻し〉てくれた。〈一頭の蝶〉の造形は、このような想起へと誘う芸術事物だ。親しい使者である蝶は、死者の遺志、叡智を生者の内部空間に湧き出させ、復活させた水脈からの〈次元の異なる空間からの挨拶のように／稲妻の輝きと果実の香りを含んだ言葉〉へと誘う。原初以来の〈死者の眼〉を担い続ける無始無終の無垢な幼年性の視線（蝶の視線）は、永遠に〈私〉を回生へと導き続ける。

　この〈一頭の蝶〉に誘われ、第二連冒頭の五行で生命の水脈〈緑の歌〉を口ずさむ。続く五行で、それを支える〈超時間的現出〉の詩想を語る。〈豊かに熟れていく精神（こころ）〉が、〈生と死の入り混った黒土の大地へ落下し／地中で解体し　溶解し／循環しつつ上昇し／世界をみつめる眼差にしみ込む〉と。生命の水脈へと立ち帰った〈精神（こころ）〉は、死者の遺志、叡智を担う無垢な幼年性の視線に支えられて〈世界をみつめる眼差〉を輝かせる。この後半の五行は、それまでの詩業の結晶（詩「真冬の蝉」や前述の連作詩「秋の傾斜地で」等）であり系統的に造形を噴出するマグマだ。

　第三連で、〈漆黒（しっこく）の闇でも／透明な光を〉取り戻し〈もやしつづける／うす紫の　開いた楽譜のような花〉を開示する。詩「野の花　間奏曲（インテルメッツォ）」（『魂涸（たまが）れ』、七〇―七二頁）の〈ひとみ草〉と通底する造形だ。その〈桐の花〉を〈みつめている〉親しい〈真夜中〉には、花の光は星々の光と溶け合う。そして〈無数の死者の眼のように咲き／ひんやりする果実の粒つぶのようにきらめ〉く。それは〈人の世の外の〉無始無終の脈動と純一化した〈花〉（回生した自画像の類比）である。

　末尾で、〈超時間的現出〉の類比表現としての〈私の魂も／夜の世界を呼吸しつつ／過去から未来永劫へとつづく／死者と生者を湛える湖水になるだろう〉との名句を創出。想起した幼年性の視線が、原初からの生命の水脈を透視し復活して〈緑の歌〉を歌う。本書で取り上げてきた詩の造形を集約する名句だ。

次に副題の「生者は死者の湖である」について。大震災の翌（二〇一二）年「撃竹」七九号「撃竹春秋」に〈作品を送る直前に稲妻のように一つの詩句が脳裏を走り、それを題名のすぐ隣に副題のように添えた〉と記す。泉となって湧きだし生者を浄化する蝶の視線・〈世界をみつめる眼差〉・〈無数の死者の眼〉などが透視した生命の水脈を、副題と末尾の〈死者と生者を湛える湖水〉に凝縮した事が分かる。彫琢し続けた造形は読者の深奥に染み透る。

また「撃竹」同号に、先の副題を詩句の一部に織り込んだ総題「魂揺れに寄せる三つの詩葉」（「黒い水」「生者を洗う」「みえない泉と湖」三篇）を発表。

黒い水

夕べの凪ぎのような
大きな沈黙の
小暗いひろがりの中で
不意に
親しかった死者たちが周囲に群がり
声にならぬ声で囁いている

そのとき私の魂も
果てのない夜の内部を
黒く輝いて流れている水に
親しく洗われている

この詩の原形は、詩「凪ぎ」（総題「真冬の死者への断章から」七篇の一篇、『魂涸れ』五六―五七頁、一一・三行目と九・十行目は一行だった）。〈親しかった死者たちが周囲に群がり〉とは、前年の東日本大震災も合わせて、その遺志の招魂だ。〈声にならぬ声で囁いている〉死者と溶け合った〈黒く輝いて流れている水〉の渦中で流され〈洗われて〉初めて〈死者たち〉の告発、遺志を聴聞できる。その「黒い水」は、一九八三年の詩集『現況の歌』の詩「献身」末尾の詩句、〈闇の流れ〉で〈もがき苦しんだその果てに　夜へと死んでゆく／溝の鼠の　黒く　きらめき漂う光〉（五七頁）が原形。本書I第二・三章に詳述。〈黒く輝いて〉とは、〈罪人の汚れ〉（「献身」）を担って流されていく苦悶の〈溝の鼠〉（私の魂の類比）の呻きだ。

生者を洗う

死者
死者は
死者になっても

生者を洗い清めようとする
死者は
時空を越えたところで
時空を消滅したところで
静かに息づいている
そしてときおり
この世の縁にせり出し
ふいに風のように
地上に吹き寄せ
生者の魂を
オゾンの薫りで蘇生させる

「黒い水」に流される渦中でこそ起死回生して〈生者を洗い清め〉〈蘇生〉（「超時間的現出」）し、次の詩に続く。

みえない泉と湖

死者は

生者の泉である
生者は
死者の湖である

生者は
内部に溶解した死者たちの
その清められた水に洗われる
そして
湛えられた死者の湖の
その深さを増していく

延々と
どこまでも繋がる生者と死者は
互いに浸透し合い
無意識のまま
ぎりぎりまで互いを澄み渡らせる
魂の空間である
此岸と彼岸を貫いて

柔らかく広がっていく
魂の揺れである

三篇から第二・三篇目だけを選び、後に『アンソロジー　東日本大震災と詩歌』（日本現代詩歌文学館、二〇一二年）に再録。本文は同一。

また、「三つの詩篥」収録「撃竹」七九号の「撃竹春秋」で、前年の大震災の経験を内部空間で捉え直している。

〈三月十一日の午後、東日本大震災の地震発生時、〈所用で仙台市にいた。片側三車線の大通りを走行中に大きな揺れに見舞われた。全ての信号の色が消え、全ての車輛が地面に吸われたように動かなくなり、急に降り始めた雪の中で、私は世の終末を漂わせる無音・寂滅の状態を体験した。〉

弟があとを継いだ塩竈市海岸通りの洋品店（実家）は、三メートルの波が押し寄せ、後にいったん更地にした。同市に隣接する利府町の前原宅も地震で被災した。更に、この「撃竹春秋」を次のようにしめくくっている。

詩篇「初夏・蝶」を書き上げた直後（二〇一一年三月初め）、突然湧いてきた詩句

生者は死者の湖である

> この一年間（二〇一一年三月―翌年早春）は、この詩句と共に詩想を魂の中に沈潜させ深めていく日々であった。

震災前に内部空間の深層から湧き出した先の副題は、震災の経験を経た後にも〈詩想を魂の中に沈潜させ深めていく〉母胎となったのだ。

更に、二〇一四年の「経験と生命（いのち）」*8でも、〈いま私は、大震災直後にふと湧いた、〈生者は死者の湖である　死者は生者の泉である〉という詩句のほとりに佇んでいる。これが詩作の出発であり終着でもあると感じている〉と結んでいて、これらの名句は〈終着〉、到達点だと分かる。

以上の解説二篇を合わせると、「初夏・蝶」末尾の〈過去から未来永劫へとつづく／死者と生者を湛える湖水になるだろう〉の造形が母胎となり、震災を経た後に〈超時間的現出〉を軸にして更に彫琢したのが「三つの詩葉」だと分かる。「初夏・蝶」の〈緑の歌〉の造形は詩業の集約だが、震災の経験を経てそれを更に研ぎ澄まし彫琢したのが「三つの詩葉」だ。

この〈出発であり終着〉を、「経験と生命（いのち）」では〈詩作についての様々な思考の果てに辿り着いたのは、「経験」と「生命（いのち）」である〉とも言い換えている。それは、『マルテの手記』も含むリルケの〈経験〉を咀嚼して〈超時間的現出〉という固有の造形へと変換した経緯の解説だ。本書の第五章までに、その経緯を詳述。〈生命（いのち）〉については、本章冒頭の〈生命（いのち）の全体性〉を引用し、それに〈覚醒〉し原初からの生命の循環（水脈）に立ち帰る詩想だと文中で解説。

更に続けて、その〈超時間的現出〉の造形を次のリルケの詩想の芯と結びつけて言及していく。

> 私たちの存在が、リルケのいうように生と死という二つの無限の領域にまたがっているとすれば、その広大な循環の中で私たち一人ひとりの生命を、むしろ親しかった死者・未知の死者・遥か過去の死者・夭折した者そして未来の生者と死者とが支えているのではないだろうか。

概観してきた詩作の歩みも、その〈終着〉はこの〈生命（いのち）〉の詩想だ。それに至る系統的な彫琢の経緯は、本書I第三章に詳述。

〈詩作の出発〉以来、形作ってきた想像力の深奥からマグマのように噴出し、「みえない泉と湖」の第一連の名句を吐露した。それを芯にして、〈生者は／内部に溶解した死者たちの〉以下の第二・三連の無始無終の脈動のイメージに研ぎ澄ました。前原が到達した独自の文体・造形、想像力を凝縮した詩だ。

この芯を母胎として、『魂涸（たまが）れ』刊行後に「〈世界苦と子供〉のイメージ」連作詩も新たに書き始めた。歴史的現実の推移の最中で、複眼的な視線によって生命の水脈を俯瞰して、固有の多様な造形（芸術事物）を創出した。つまり〈生命（いのち）〉の詩想から離反する子どもの殺戮（末期の告発、遺志）を招魂し、人の罪過、罪責を剔抉して、読者の内部空間にも裁きの磁場を喚起し問いかけた。そして人の罪過・

罪責を担い続ける読者の良心と呼応し、生命全体の利他のつながりの復活（超時間的現出）、回生を希求した。この希求を、「リルケからの回生」として成し遂げたところに前原の独自性がある。「初夏・蝶」は、それまでの模索を集約した詩だ。更にそれを研ぎ澄まし彫琢したのが「三つの詩葉」だ。

注

＊1　「詩と思想」十二月号。

＊2　前原正治詩集『緑の歌』（土曜美術社出版販売、二〇一九年）の詩集題より転用した。本源的な〈緑の歌〉（本来の生命の記憶、死者の叡智が支えている生者の歩み）を希求し、原初の本源的な自然に立ち帰って生成・流動・消滅する造形（芸術事物）を創出する詩想だ。

この詩の場合は、新川和江の詩「歌」（詩集『夢のうちそと』、一九七九年）に、〈はるかにけれど深く呼ばれて「黄泉の螢」という詩を書き上げた。生まれてすぐ名前も付されず黄泉の国に旅立った私の弟も含め、夭折したすべての子供たちへの畏怖と哀惜と鎮魂の気持ちを込めた作品〉と、前原は解説（「子供と夭折―新川和江「歌」に呼ばれて」、「詩と思想」、二〇一九年三月号）している。

＊3　『詩圏光耀』、二〇〇五年、八四―八五頁。「撃竹」五〇号、二〇〇二年。

＊4　イルシェンハウゼンで一九一四年九月二十日創作。一九二七年の「全集」初出。「もう一度」の方は献呈詩、同地で同年九月二十二日作。引用した詩は『新詩集』以後、『ドゥイノの悲歌』の前奏曲とでもいうべき時期に書かれた。

＊5　詩「光る岩」（詩集『光る岩』、一九八〇年、七頁）が原形で、一部を改訂して「撃竹」二八号に再録した。

＊6　生命の水流から離反し続ける現実の最中で、殺戮される子どもの告発、遺志を招魂し、それに支えられて回生を希求する詩法と文体、造形を創出したことを詳述した。

＊7　二〇〇〇年「撃竹」四七号に、「初夏の蝶に」の題で、この詩の原形を発表。翌年に同本文を『宮城県文芸年鑑』第三二巻（宮城県芸術協会）に収録。

＊8『2014年度常設展　未来につなぐ想い　2011・3・11と詩歌、そして…図録』巻頭エッセー。

書誌

前原正治　詩作の歩み／主要参考文献

凡例

・詩作を中心にした歩みを、年度毎に順次、列挙する形で二〇二二年まで概観した。本人自筆の年譜（『前原正治詩集』、二〇〇二年）を基に、前原が提供した創作資料や伝記資料で補足し根拠を示し、校閲も受けた。同人だった詩誌「撃竹」の「撃竹春秋」に八一年以降の関心事を記していて、その再録書『詩圏光耀』（二〇〇五年）の本文も引用した。

・自作解説、示唆を得た人物や文献も併せて該当箇所に配置。それによって、生者の内部空間に死者の遺志、叡智を招魂し溶け合って悠久に生成し、生命全体の利他のつながりの復活（生者は死者の湖である＝超時間的現出）、回生を希求する想像力の軌跡を浮き彫りにした。関連箇所を太ゴシック体にして、その系統性を浮き彫りにした。

時代背景と歩み

前原は、アジア太平洋戦争開戦の一九四一年に宮城県塩竈(しおがま)市で生まれた。

敗戦の年に四歳だったが塩竈市・仙台市への空襲を体験し記憶している。

金井直[*1]は一九四五年三月九日から十日にかけての東京大空襲の折、愛し始めていた年上の女性が焼死する。そして同年六月に十九歳で徴集され兵士となったが、南方派遣の訓練中に敗戦となり軍隊の崩壊も体験した。この戦争体験と、東京に帰郷した後の焼け跡で茫然自失した事とを生涯にわたって想起し、生存を問い直す源泉として書き込んだ。**したがって、死者の遺志、叡智を招魂し溶け合って共棲を希求する磁場を創出することが生涯のモチーフとなった。**いわば戦争に駆り出されたわが身を切り刻みながら生存の軌跡を詩作した。

筆者は、「リルケからの回生　戦後詩人の新水脈」という観点で金井と前原を視野においてきた。二人は、生涯をかけてR・M・リルケの芸術事物の把握の方法、造形美を詩作に浸透させた戦後詩人だ。同時に、戦後の内外にわたる苛酷な現況への批評性を兼ね備え研ぎ澄ました。戦後日本でリルケの洗礼を受けた多くの文学者とは違って、リルケの真髄をふまえつつも、その枠を先駆的に突き抜け回生した。戦後詩史の新たな水脈とはこの特質を指している。

また、金井の一世代後である前原との共通点は、詩作の初期に村野四郎[*2]に見出された事だ。以上の二点が共通しているが、その後の展開には明確な相違点もあり以下でふれる。

本題に戻って、前原は魚港近くの漁師町で育つが、通俗で荒々しい雰囲気が嫌いで近くの鹽竈神社の杜に通って遊び自然に育まれる。中学校の頃、作曲家を志すが頓挫する。高校二、三年頃からドイツの作家ヘルマン・ヘッセを耽読し始める。そして、ヘッセが十三歳の頃に「詩人になるか、でなければ、何にもなりたくない」（ヘッセ「自伝素描」、新潮社版『ヘッセ全集ヘッセ研究』別巻、高橋健二、一九六〇年、一三頁）と自覚した事を知り、この言葉が胸の奥深く響く。高校生の頃に自ら詩作を始める。

一九六〇年安保改定に反対する第一次国民運動の最中に早稲田大学第一文学部文学科英文学専修に入学する。戦前戦後の日本詩人の中には、文学史で「逃亡奴隷」と揶揄されるタイプもいる。そのような生活破綻者とは明確にその人生の歩みを異にする。また、焼け跡で仕事もないまま詩作を始めた金井の世代とも異なる。戦後教育に育まれた前原は、心の旅、漂泊を生き、ひそかに詩人を天職と思い定める。しかしきちんと大学を卒業して高校教師となり、社会を構成する一市民としての主体形成を目指して生きた。戦争をはさんで詩人の立脚点が変容した。前原も、戦後になってやっと提唱され始めた個人の尊厳や人権思想を受容し体現しようと志した市民の一人だ。更にその叡智を後世に伝える意思も自覚して高校教育に従事した。秋田と宮城の高校教職員組合の一員として教育統制にも対峙した。東北の現実の中で常に子供の現況に眼を凝らし、幼年性を詩作の主要動機の一つとして自画像も形成した。だがその生と死を、地域に限定せず地球規模での危機的現況として現前化していく。このような自画像を形成しつつ、詩法の芯としてリルケの芸術事物を体得していった。

そこで詩法に絞って初期から振り返る。覚醒へと導いたのは、W・B・イェイツ[*3]の草分け的研究家で詩人の尾島庄太郎[*4]教授であり、早稲田大学の卒論指導者だった。尾島に指導されイェイツに取り組むが、すでに関心はドイツ文学とりわけリルケに集中していた。新潮社文庫版の富士川英郎[*5]訳『リルケ詩集』（一九六三年）他を座右の書として読みこみ、その事物把握の方法を習得していく。

一九六四年四月、秋田県立能代（のしろ）北高等学校[*6]に英語科教諭として赴任。鳥海山・白神山地・森吉山・八幡平のブナ林に魅せられ、毎週のように登山する。六七年に詩集『小さな世界』（私家版）を刊行して以来、ますます詩作に専念する。一方で、生徒との心の交流（担任を受け持った生徒との『ホームルーム・ノート』、往復書簡形式・二十八冊、一九六六～八年までの三年間の記録）を試みる。六八年九月に丸山薫[*7]と手紙をかわす。同年一〇月に第九回晩翠賞[*8]を受賞し〈愛と畏怖とに満ちたリルケの高雅な手ぶりが感じられる。（中略）この詩人にさらに美しい成熟を期待できる〉と選考委員（村野四郎・草野心平・伊藤信吉）に評価される。六九年以後、東京都文京区千石の村野宅を亡くなる直前まで毎年一、二回訪問し、内外の詩人論や詩論を啓発される。何よりも詩作への真摯な態度、芸術への意欲を学び、詩作を継続して固有の表現を創造していく。

一九七〇年に「仙台文学」の同人になり批評を受け始める。七五年に村野が逝去すると〈あの冷徹でいて後で優しい鼓舞になる村野四郎氏という人間とその言葉に何度も触れ得たことは、大きな経験であり収穫でした〉（詩集『水の時間』あとがき）と悼む。七五年の詩集『水の時間』刊行後、「地球」の秋谷豊[*9]、「開花期」の片岡文雄[*10]らからも誘われて同人となり視野を広げていく。

一九八一年四月、故郷の宮城県、登米（とめ）高等学校に転任となり赴任する。五月、詩誌「撃竹」の創刊に参加し、積極的で主要な同人として長年、詩とエッセーを発表する。

四十三歳になった八四年、二ヵ月近く入院。八八年にも生死の間をさ迷う大病を患う。自身の半死体験と、大戦後の日本周辺で続いた朝鮮戦争やベトナム戦争、世界の各地での戦争被災者とを結びつける。前原は、世界の現況を殺戮の時代ととらえ、生者の内部空間に死者の遺志、叡智を招魂し、それに支えられて共棲を希求する。それは一貫した詩作の動機となり、二〇一一年の詩「初夏・蝶―生者は死者の湖である」で〈青黒く苦い光を浴び／ひとが人を殺しつづけ（中略）死者をのんで生きよ／ものをそのまま愛することを告げ／豊かに熟れていく精神（こころ）／それを　おまえの中で／おまえにすら気づかれぬまま　営め（中略）世界をみつめる眼差にしみ込むように〉（「北方文学」六五号）と現前化した。生存の軌跡と死者とを溶け合わせて、新たな芸術事物を系統的に書き継いでいく。現況に対峙する新たな自画像、創作の磁場を戦後詩に創出したといえよう。

一九九八年五月「撃竹」四二号から「世界の果ての子供たち〉より」と題した連作詩を発表し始め、〈世界苦と子供〉のイメージ〉を長期間にわたって系統的に書き継ぎリルケからの回生を成し遂げる。

二〇〇九年、詩集『水　離（か）る』が第四回更科源藏[*11]文学賞を受賞する。十一月、宮城県教育文化功労者表彰を受ける。一一年十月二十三日、坂本と初めて会い前原論の執筆に協力し始める。

二〇一五年、ドイツ文学研究者でリルケも専門の一つである神品芳夫[*12]は、村野四郎から金井直、前原に至る一連の詩人たちを〈リルケの芯を芯でとらえ〉（二五頁）たと評価した（「折々のリルケ―日本での受容史と今」、『リルケ　現代の吟遊詩人』再録二四―二五頁）。

村野の影響のもとに詩人として成長した前原正治は、リルケの語法を丹念に日本語に取り込んで、神なき世界の只中に自然詩を創った。（詩「光る岩」を引用）誰が見ても、この短詩のなかにリルケの因子がひそんでいるのに気づくだろう。前原の詩業は、いわばリルケ品種の詩の苗を東北地方の苛烈な自然と生活の土壌に植え付けて、多彩な棚田を繰り広げているように思える。

〈リルケの芯を芯でとらえ〉ることは、神品自身がすでにそのリルケ研究・翻訳で成し遂げていたことだ。第二次大戦末期に旧制中学生だった神品は大阪市で大空襲により罹災する。心身を苛んだ体験を経て、自身を問い直し回生する磁場を希求して著述してきたからこそなしえたのだ。リルケを〈芯でとらえ〉るためには、本源的な自然と溶けあうその生命の様相はもちろん、更にその血肉をともなう生存の磁場を透視する立脚点、主体を創出しなければならない。

ところが日本における受容の在り方を見ると、芸術事物や造形の表面だけをなぞって抒情的傾向のみを模倣してその枠に囚われ、端正な意匠をまとうだけにおわることが多い。リルケに限らずモダニズムの意匠だけをまとう傾向は戦前戦後を通じて現在も続いている。

だが鑑賞者自身が戦争の惨禍からの回生を成し遂げ、戦後詩の時代精神と詩法を体得して独自の磁場を創出すれば、その相対化をなしうる。＊12に挙げた詩集『青山記』の例をあげると、作者の血肉と通い合う新たな戦後市民の言語感覚を提示している。当然、戦中戦後の流血とその呻きを想起する想像力の灯ももしている。

次に〈自然詩を創った〉との見方についてだが、神品が紹介したドイツ自然詩の範疇に由来して、戦後詩人の前原・金井に対してもあてはめている。一九七三年に「戦後詩とドイツの詩」（『国文学解釈と鑑賞』）で神品は、〈金井直はやはり現代詩人のなかでリルケに最も近いものをもっているように思われる〉と評価していた。その後の私宛の書簡で、金井の詩集『昆虫詩集』（彌生書房、一九七二年）が、ことさらに目立たない虫、嫌われ者の虫を取り上げて〈蚊の群れが母胎としての自然のなかにかくまわれているのを見たリルケの発想を受けついでいるところがありますが、むしろそれを突き抜けて、人と虫との一体感を通じてこの世に在ることのすさまじさを見据えています。おっしゃる通り、第二次大戦をくぐり抜けた詩人の感覚であり、私のいう現代自然詩の世界です〉（二〇〇六年十二月十九日）と高く評価した。先の前原への評言と合わせて金井・前原の鋭い批評性をふまえて「自然詩」と評価している。それは傾聴すべき見方であり、二人に積極的な評価を与える用語として使っている。

だが金井も前原も初期以来の創作の過程でドイツ自然詩との深い接触はなく、前原は『自然詩の系譜　20世紀ドイツ詩の水脈』（神品編著、みすず書房、二〇〇四年）

を読み、最近その系譜の詩人達を理解したという。したがって二人の共通項は、若き日に村野四郎に見出されたことと、リルケの詩想から批評性の鋭い想像力の磁場へと回生した二点だ。ドイツ自然詩とは独自の磁場だ。ドイツ自然詩の概要については、Ⅲの「神品芳夫の近作」での記述を参照願いたい。

そこで本書で二人の詩想を定義する場合に、「自然詩」という語をあてはめるには、読者に対してまだ附帯説明が必要だ。その是非を考える場合、その「自然」の語意の中身を明確に示しておく必要がある。そこで「生まれる」が原義で全てのものの真の在り方と使う場合の nature と、それに対応させて当てた日本語の「自然」とが照応する場合を、まず基本として示したい。その場合には、**あらゆるありのままのものである自然は、内からの力と働きによっておのずから生まれ生成していると考える。それを、自然（自ら然らしむる）の意で使い生成するものを指す。**このような範疇で考えている。

だが日本の場合には、自然界に没入して擬似「神」を見出す伝承が根強く、花鳥風月に陶酔する志向が強い。それは和歌や結社俳句の徒弟制の下で続く。そのような感覚から距離をとっていかなる磁場を築くかという問いを深めず情緒的な感覚でまとまってしまう。詩においても自然観照の心象や抒情性が普及して、個々の人のはからいに添った心象で気ままに「自然」を操作している。西行・芭蕉の伝統は生かされていない。もう一方で原初の自然界が失われていくのと比例して、自然の感覚を体験しにくくなり、人工化された擬似自然を都市でほめそやす。前原・金井は幼年期にそれらをかろうじて体験できた世代で、その記憶を想起し自然の生成を想像する造形へと突き抜けている。

もう一つ重要な事は、リルケ後期の芸術事物の造形は、ドイツ自然詩のそれとは一線を画し独自の詩法を根幹にしている。二人は、生涯を通してリルケのその造形を想像力の芯に浸透させただけでなく、更に現況への批評性も併せて研ぎ澄ました。本書は、この特質（戦後詩の新水脈）に重点を置いたので「リルケからの回生」を軸にして構成した。

とにかく、**本書では自然界の内で生成しつつある、循環と回帰**（福岡伸一は動的平衡と名づける）**の意に付け加えて、それが発現して、ありのままに生起する存在の流れのただ中にあるもの、その本源的な〈緑の歌・道〉**（芸術事物）**の想像力という用語を使う。**「自然詩」と重なる点もあるが、この用語では先述した日本人読者の感性が混乱を引き起こして、筆者の意図を汲み取れないのではないかと危惧する。私の範疇は、仏教が示す慈悲の光に導かれる生成とも親和している。また、古代ギリシアのヘラクレイトスやアナクシマンドロスが唱えたピュシス（physis、「自然」の意）の生成という世界観とも類似している。〈緑の歌・道〉はこれらの叡智もふまえた用語だ。いずれにしても本書で取り上げた詩人達の詩作を通してその内実を捉えているので、各論に記した彼らの想像力を感知することで、意図を理解していただきたい。

だがもう一方で、先述したようにリルケの〈芯〉を透視して戦後詩の創作にいかに生かすか、神品自身が意識的に模索し二人を発掘して紹介したから二人との交錯が起こった。二人の側からも神品に対して呼応した事を直に本人達から確認した。神品の鑑識力による二人との呼応を、本書の各所で叙述した。

以上をふまえて、私は二人の詩業は次のような特質を備えていると結論づけた。**本源的な〈緑の歌・道〉（本来の生命の記憶、死者の叡智が支えている生者の歩み）を希求し、原初の本源的な自然に立ち帰って生成・流動・消滅する造形（芸術事物）を創出する詩想だと。**〈緑の歌〉の出典は、前原正治詩集『緑の歌』（土曜美術社出版販売、二〇一九年）で、その詩集題より転用した。同様の詩想を金井直の詩「帰郷1」（詩集『帰郷』、彌生書房、一九七〇年、五一頁）では〈緑の道〉と名付けているので、それより転用した。

また、**二人の造形は〈緑の歌・道〉に離反する現況への批評を兼ね備えている。二人はリルケの詩法を母胎の一つにして、戦後の焼け跡から回生した自画像を芸術事物と溶け合わせてそれぞれ固有の造形を表現し、結果として関連する水脈となった。**

もう一点、前原は英語英文学を専門とし、リルケの詩を日本語翻訳文献で読みとった。文献の詳細は該当年次に記すが、ドイツ語やフランス語の原詩に拠らなくても、〈リルケの芯を芯でとらえ〉ることは可能ではないか。つまり詩の創作の秘儀とは、リルケの詩法の芯を自己の血肉と通い合わせて創作し、更にそれを基礎として、〈東北地方の苛烈な自然と生活の土壌に植え付けて、多彩な棚田を繰り広げ〉る創造力に拠るのだ。この視点で、前原の〈多彩な棚田〉の独自性、その中身に言及していく。この見方は、金井直にもあてはまる。

本題に戻って、この書誌では前原が研ぎ澄ました固有の想像力の成立過程を実録風に記述した。自らの精神風土の最中で彫琢していった創作、自画像が、同時に世界の苛酷な現況と対峙する磁場へと変容する道筋が分かるだろう。**死者の遺志、叡智を招魂した〈〈世**

界苦と子供〉のイメージ〉を、連作も挟みながら長期間にわたって系統的に書き継ぐ道筋にも注視して読み取っていただきたい。このような生涯にわたる通史によって初めて透視できた。

一九四一（昭和十六）年　当歳

六月十日、宮城県宮城郡塩竈町字町二二三番地（後、塩竈市南町五番地、現、本町七―四）で、父前原一之助、母なみの次男（六人兄弟）として生まれる。古代の塩竈には、深い二つの入り江があった。その後、埋め立てが進んで市街地の六割は埋め立て地となり、丘陵地が四割となった。古代には入り江に面していた岬や山が、現在では小高い山の形で連なっている。住人は坂の町を上り下りし、狭い可住地に密集して住んでいる。塩竈湾に面しているので、江戸時代は仙台藩の外港として発展した。明治時代には、東北地方の物流の結節点となり流通業が発展した。現在は日本有数の塩竈港を中心とする港町で、陸奥国一宮・鹽竈神社の門前町でもある。この年に市制が施行され塩竈市となった。

一之助は居住用の家を建てる大工の棟梁で、住み込みの三人の弟子がいた。元々、江戸時代の前原家は「前原屋」（屋号）と称する廻船問屋だった。〈江戸中期に定住したといわれる私の先祖は、廻船問屋として代々町の有力者として活躍したそうだが、三代前に没落した〉（「心の風土とその目覚め」）。父方の祖母、もよは、その跡取り娘だったが、うでのいい大工だった券之助（祖父、旧姓、庄子）が養子となった。そのあとを継いで父も大工となる。

十二月八日、アジア太平洋戦争始まる。

一九四四（昭和十九）年　三歳

十二月二十九日にＢ29一機による塩竈市への空襲を受ける。焼夷弾約三百個を投下。東町・本町他の焼失家屋は四百四十戸、被災者二一四二名、死傷者三名。宮城県で最初の空襲。自宅にも焼夷弾が二個投下され、一個は不発で地下まで貫通。もう一個は作業小屋の屋根に燃え移り、母・祖母達が箒で懸命に消火した。その火の粉で髪の毛の先端が焦げる。父は国内召集で不在だった。指定の防空壕に行く余裕がなく自宅の庭に掘った穴蔵に潜んだり、母に抱かれて防空壕に避難したりした。

一九四五（昭和二十）年　四歳

七月九日、テニアン西飛行場をＢ29が出撃。約百機が仙台上空に到達。十日午前〇時頃から、高度約三千メートルより、二、三機から五機くらいの編成で二十数回波状的に、仙台市内を約三時間にわたって空襲した。焼夷弾による絨毯爆撃と高性能爆弾により、市内中心部は焦土となり、市街地は焼け野原となる。被害は、死者が九百名をこえ、被災人口五万七千三百二十一名、被災戸数一万一千九百三十三戸（全市の約二十三パーセント）、被災面積百五十万坪。東京以北の都市では最大規模となった。四歳の前原は、この仙台空襲を塩竈の自宅の窓越しに家族と共に見つめる。東南方向の空がいつまでも真っ赤に輝いていた。

　八月にも艦載機による塩竈市への空襲があり、死者三名、被災戸数十戸。逃げる際に、粗悪なゴム製の短靴が足から脱け、手に持って泣きながら走ったりする。爆撃機は海から侵入したのだが、その経路の起点が塩竈市上空だったので空襲警報の回数は夥しかった。八月十五日敗戦。雑音の混じった「玉音放送」を家族と共に自宅で聴き、幼児ながら、恐怖からの解放を体中で感じる。

一九四八（昭和二十三）年　七歳

　四月、塩竈市立第一小学校入学。〈私の幼・少年時代の日々は、漁港のイメージで埋められている。海辺に沿って歩くと、魚工場や魚市場や造船所が目に映り、入江の澱んだ海水と魚の臭いが街を漂っていた。私は、その街の臭いや酒に酔った船乗りたちの怒声が嫌いだった〉（「心の風土とその目覚め」）。塩竈市の人口は四万人をこえていた。近くの、鹽竈神社の杜で自然に親しみ、蟬取りなどに熱中する。杉がうっそうと茂る小高い杜は幼年時代の王国だった。この神社は、全国にある鹽竈神社の総本社。東北開拓の守護神とみなされ、神を先導した塩土老翁神（しおつちのおじのかみ）が現地の人々に製塩を教えた折に創設された。松島湾を囲む丘陵に深く入り込んだ入り江の一つが南西部の千賀（ちが）の浦（うら）（現、塩竈港）で、それに東向きに突き出した岬、一森山の尾根（標高五十メートル）に鹽竈神社は建つ。幼少時の前原はしばしば登って、終日松島湾の絶景を眺めたという。

　物資不足のため、学校に持参する弁当は麦ご飯に梅干し、大根の葉だけの日もあった。この頃の睡眠中に、空襲の幻聴で急に起き上がることが何度もあった。

一九五〇（昭和二十五）〜五一（昭和二十六）年頃　九〜十歳

　小学校三、四年生の頃に、払い下げられた埋め立て地を父が購入し、洋品店を開店（後に弟が後を継ぐ）する。区画は十五坪、三階建て（二階に住むスペースがあった）で海岸通りに位置した。自宅は前記のままだった。五、六年頃にクラスで器楽演奏をしているうちに、音楽への関心が深まる。〈餓鬼大将で勉強が大きらいで、近所の悪童連中と夕方遅くまで遊んでばかりいました〉（『ホームルーム・ノート』）。

一九五四（昭和二十九）年　十三歳

四月、塩竈市立第一中学校に入学。家にあった小説を読み漁る。

一九五五（昭和三十）年　十四歳

〈兄は、私の生活を心配し、徹底的にたたき直してくれました。私が勉強らしい勉強をしたのは、中学二年の頃で、一度なんかは、だらしなく眠ってしまったところへ兄から水をぶっかけられたりしました。私の、怠惰で愚鈍でうす暗く澱んでいた時代を、きりっと、明るく緊張した、目的のある生活へと切り開いていく大きな力になったのは、両親というよりは、この兄でした。心の生活の転換のための、命の恩人であった〉（『ホームルーム・ノート』）。

一九五六（昭和三十一）年　十五歳

この頃、父方の親戚からヴァイオリンを習うが頓挫する。また、受験勉強で多忙になりピアノ習熟の機会もなく、作曲家になる道筋も分からず、長年の夢であった作曲家志望を断念。仙台近郊の泉カ岳に登る。夏山登山の第一歩。

一九五七（昭和三十二）年　十六歳

宮城県仙台第一高等学校普通科に入学。

一九五九（昭和三十四）年　十八歳

高校生の頃、自ら詩作を始める。同時に古今東西の名作を読む。中でも感銘を受けたのがヘッセ作『デミアン』で〈鳥は卵の中からぬけ出ようと戦う。卵は世界だ。生れようと欲するものは、一つの世界を破壊しなければならない〉という言葉を心に刻む。この一節は第五章冒頭にあり、デミアンが主人公へ届ける手紙の一節。脱皮し変容しようともがく自画像を暗示している。なおこの箇所は〈鳥は神に向って飛ぶ。神の名はアプラクサス〉（高橋健二訳、新潮社文庫、初版一九五一年の増刷版）に続く。アプラクサスとは〈神的なものと悪魔的なものとを結合する象徴的な使命を持つ一つの神性の名〉（同訳）と説明している。ヘッセは別の書中で〈あなたはその（グノーシスの神）中に、光と影の世界の両方を認めるだろう〉（『ヘルメティック・サークル　晩年のユングとヘッセ』、ミゲール・セラノ、小川捷之他訳、みすず書房、一九八五年）とも解説している。ヘッセを中心としたドイツ文学を[13]〈高校二、三年から大学一、二年頃まで集中的に読み込んだ〉、〈放課後、教養講座でドイツ語を受講する〉（前原の解説）。

一方で〈永劫に変化しない風土におしつぶされて生きる恐怖感（中略）郷里を離脱して生きてみたいという欲求があった〉（「心の風土とその目覚め」）と後に回想するような心境に陥る。そのように記す天性の気質が胎動していった。繁華街の店で両親は生活したが、別の場所にあった自宅で、同居の伯母、とみの助けを得て受験勉強に打ち込む。〈英語だけは誰にも負けないということを目標にし、それを貫徹したことがささやかな誇り〉だった。

一九六〇（昭和三十五）年　十九歳

四月、早稲田大学第一文学部文学科英文学専修に入学。

五月二十四日、チリ地震による津波で郷里の父の店が壊滅的被害を受けるが、蓄財と家賃収入によって仕送りを続ける。家庭教師のアルバイトもする。

六月、安全保障条約改定に反対する第一次国民運動を体験。同月十五日、国会議事堂前の抗議行動の中で樺美智子（かんばみちこ）が亡くなった翌日、〈初めて、私もデモに参加しました。（中略）確信がなく不安で、迷っていました。けれど、何かをしなければならない、このことだけは痛切に感じていました〉（『ホームルーム・ノート』）。

入学時から卒業時までヴァージニア・ウルフの研究家でクラス担任だった大澤實教授（尾島庄太郎教授の教え子）の薫陶を受ける。

在学中に、イギリスの詩人、ウィリアム・ブレイクの子どもの詩に注目し、その後も一貫して読み込み魂に浸透させた。読み込んだのは『世界名詩集大成9　イギリスⅠ』（土居光知訳、平凡社、一九五九年）収録のブレイク三詩集だった。『無心の歌』（全）・『天国と地獄との結婚』（全）・『経験の歌』（全）（Ⅰの第四章参照）。

一九六三（昭和三十八）年　二十二歳

七月、塩竈市の母校、塩竈市立第一中学校での教育実習の経験を通して教師と詩人の道を秘かに決意する。

秋口、新潮社文庫版の富士川英郎訳『リルケ詩集』（一九六三年二月初版）**に感銘し座右の書となる。この出会いを〈彼の言葉は真直ぐに透明に私の魂にしみ通ってゆきました〉**（詩集『経験の花』あとがき）**と後に語る。**

それ以来、彌生書房版『リルケ全集』一―一二・一四巻（一九六〇―六三年）・一三巻詩集Ⅵ『オルフォイスへのソネット』富士川英郎訳（一九六五年）も繰り返し読み込み、毎日持ち歩いて六六年頃まで読み耽った。また、筑摩書房版『世界文学大系リルケ』[*14] 五三巻（手塚富雄編、一九五九年、『初期詩集』『形象詩集』は神品芳夫他訳）も、座右の書として読み込んでいく。特に、『形象詩集』と『新詩集』を耽読（『大戦とドイツ人作家』）。

W・B・イェイツの草分け的研究家で詩人の尾島庄太郎教授の指導でイェイツの詩集『塔』に卒論のテーマを絞っていく。読み込んだ書、次の通り。『イェイツ――人と作品』（尾島庄太郎、研究社、一九六一年）。『イェイツ詩集』（尾島庄太郎訳、北星堂、一九五八年）。『イエイツ——英文学ハンドブック「作家と作品」』（G・S・フレイザー、増谷外世嗣訳、研究社、一九五六年）などを卒論の土台として参考にした。

卒論の題を「イェイツの詩——「塔」への道」（四百字詰め原稿用紙八十八枚）とし、後期を代表する詩集『塔』（The Tower、マクミラン社、一九二八年。参照した原詩集はマクミラン社一九六一年版）に至る詩想を概観している。結びに〈詩人としてのイェイツを、大まかに、美しい夢にひたされていた詩人から、様々な現実の事件に目を向けつつ大詩人へ成長するまでを、たどってきた〉と記している。現在のイェイツ研究をふまえると、「塔」は彼の詩作の立脚点を示し、そこでアイルランドの伝統と交わりつつ思索して、詩のイメージの源泉となった想像力も生みだす、詩のシンボルといえよう。そこにはアイルランドの古い伝説や英雄の故事、苦悶する民族の宿命などを塗り込めている。また嵐に打ち勝つ「塔」は生のシンボルでもあり、対立する二つの原理〈現実の自我と理想の自我〉（卒論）の闘争の果てに魂を本源的善や絶対美に導く叡智とも考えている。イェイツは実人生でも、アイルランド自由国が誕生すると一九二二年に初代の上院議員を務め、二三年にはノーベル文学賞も受賞した。

前原も、スペンダーの〈生命が外界の事物に変貌されて、いわば加工品となり、それが生の苦悩を征服する精神の勝利を象徴する〉を引用して、イェイツの特質を指摘している。イェイツ研究の成果をふまえた論といってよい。独自の見方は、リルケの内面的な成熟と比較した点にある。両者の比較を織り込んでいる。例えば、リルケの詩「豹」（『新詩集』）を引用して〈外部の物や出来事がすべて自己の内部に溶け込んで、生と死が渾然一体となっている世界が表現される〉（卒論）と記している。詩作に熱中しリルケを耽読した事が卒論に投影している。後の詩的成熟の方向を予感させる。内面の成熟と市民としての自画像とを同時に形成していく前原にとって両者は柱となる。

一九六四（昭和三十九）年　二十三歳

大学四年間に何回か国内を長期旅行する。早稲田大学第一文学部卒業。高等学校教諭二級普通外国語（英語）及び中学校教諭一級普通免許を取得。

四月、秋田県能代市の秋田県立能代北高等学校に英語科教諭として赴任。〈全く未知の秋田に教師として赴任しようと決意したとき、私の内部でリルケの声が響いていました〉（詩集『経験の花』あとがき）。当初は、生徒が話す能代弁の語尾「〜ニャ」しか聞き取れなかったが、次第になじんでいく。この年の夏以降、毎年夏山登山をする。とりわけ鳥海山・白神山地・森吉山・

八幡平のブナ林に魅せられ、毎週のように登山する。

一九六五（昭和四十）年　二十四歳

校内に詩歌クラブを創部、部誌「緩流」発行。同校の定時制課程を兼務。

一九六六（昭和四十一）年　二十五歳

『リルケと初期詩集　一つの魂の歌』（北高詩歌クラブ、一九六六年、総六十三頁）。六三年に読了していた『リルケ全集』一巻詩集Ⅰ「初期詩集」の神品芳夫訳巻頭詩（五頁）を、やはりその巻頭詩として引用する。

その直後、訳者の神品と交流が始まり、神品の方でも前原の詩作に期待を寄せる。同時に、神品は一九七三年に「戦後詩とドイツの詩」で金井直も取り上げ〈現代詩人のなかでリルケに最も近いものをもっている〉（「国文学解釈と鑑賞」）と評価し、筆者が「リルケからの回生」として後に二人を結びつける視点と、結果的に重なる方向を予見していた。

一九六七（昭和四十二）年　二十六歳

六月、『リルケ　芸術と人生』（「芸術と生活」などに絞ってリルケの折々の心の動きを書簡から抜き出して編集、富士川英郎訳編、白水社、一九六六年）を読了し、座右の書となる。リルケが自己の体験を省察した箇所を簡潔に編集しているので、浮き彫りになった自画像を読み取って自己の生活倫理と照らし合わすことができただろう。〈赴任先の秋田の能代在住時代の二十代半ばまで徹底的にリルケを読み込みました。そのことを通して、直接的に丸山薫と村野四郎を知ることになるのですが〉（「撃竹春秋」、「撃竹」七六号）。〈私の心の中には、郷里での幼・少年の日々と東京での生活と、そして未知の地での体験と、その三つの層を内面的に経験化させ、そこに自己の生の存在と意義を形象化しようとする意志があった。その作業は、現代の詩の流れと孤絶した形で十年近くつづいた〉（「心の風土とその目覚め」）。〈孤立した詩的空間の中で、自己と向き合い自己の幼少年時代の意味を探りつづけ、結局手に残ったのは二百余編の詩作品であった〉（「『地球』に至る遍歴から」）。

八月、タイプ刷りの詩集『小さな世界』（一九六三年秋から一九六六年初夏までの五十一篇の詩、私家版、能代の印刷所、Ａ５判、総八十三頁）。

一九六八（昭和四十三）年　二十七歳

九月、『小さな世界』を豊橋在住の丸山薫に贈呈すると、葉書で返信があり励ましを受ける。

> あなたの作品はケレンのない書き方で、味読に値します。しかしいずれかといえば、「遅刻」「小さな混沌」「燃える病」「反復歌」などの、あまり長くない詩がけっこうでした。「雲」にも感銘し

ました。感覚よりも言葉の意味に重点が置かれている点で、――仮りに仰言るごとく私の詩に最初の影響を受けたとしても――歌っているという点で、立原にもちかいものがあることを感じました。去年の暮、復刊した「四季」も第四号が出ようとしています。詩壇垢のつかない新人を探しているので佳品が出来たら私にお送り下さい。

十月、『小さな世界』から抜き出した詩「緑の微笑」「夕べ」「ふるさと　塩竈にて」「空への輝き」「夏の終りの風（夜の体験）」の五篇を第九回晩翠賞に応募（筆名　原次郎）し、受賞する（十月十九日授賞式、晩翠草堂）。〈この詩の内面的な手さぐりの様相には、あの愛と畏怖とにみちたリルケの高雅な手ぶりが感じられる。（中略）この詩人にさらに美しい成熟を期待する〉（「私の詩的夜明け」）と選考委員（村野四郎・草野心平・伊藤信吉）に評価される。

〈当時、私には詩の仲間は一人としてなく、高校時代の半ばから孤立したままつづけてきた詩作に絶望していた。真実の意味で、自己の詩を、自己以外の詩的空間に露わにしたのは、晩翠賞への応募が最初であった〉（「坂の上の詩人――村野四郎さんのこと」）。〈能代での日々は、私の青春そのものであった。若い魂は、伊東静雄や朔太郎やイェイツやキーツとともに、とりわけリルケとの対話とともに、光り広がり深まっていった。東北の一地域に無名のまま住み、孤立した詩的空間の中で自己を成熟させていくことに、静かな自負をもっていた。けれど、日本の現代詩に触れず詩人たちとの交流がない状態がつづき、孤独の感情が限界に達したとき、自己の詩作に疑問が湧き、詩作を断とうという思いに襲われた（中略）能代での生活は、こういう自己閉鎖的な内面的生活を打破するための青春時代であった。そしてホームルーム・ノート*は、生徒の内部に私が入っていく行為であっただけでなく、私自身をも変える行為でもあった〉（「私の詩的夜明け」）。

*能代北高校で一九六六年四月に入学した生徒を三年間、担任した。その際、毎日、生徒が担任にあててノートに書簡を書き、前原が翌日までに返事を書くという往復書簡形式でやりとりした。二十八冊。第三学年クラスのノートを一九八四年に私家版で刊。例えば、思春期にありがちな自殺願望を記す生徒に対して、〈私の人生への信念は、〝最後まで切なくぎりぎりと生ききれなかった人は、死にきれない〟ということです。怠惰で死んだ感情しかなく、虚ろに、意味もなく、どんよりと生きている人は、真実『生きている』といえるでしょうか。私はそ

の人に対してこういいたい。〝君は生きているのではない。眠りのように死んだ時間を呼吸しているにすぎない〟〉。前出『リルケ　芸術と人生』の「生と死について」の章（リルケ書簡）を六七年に読みこみ座右の書としたが、それも参考にしている。教育という場で他者と向き合いその鏡との交錯によって〈詩作以上に貴重な意義を見出していた〉（「私の詩的夜明け」）。

十月二十九日、十二指腸潰瘍で入院し二ヵ月ほど療養し、『村野四郎全詩集』（同年十二月刊、筑摩書房）他を読む。能代で教員生活を始めて以来、のべ五年間、心身ともに緊張の連続だった。深夜二時から三時まで起きていることが多かった。十二月、晩翠賞委員（一次選考）の石井昌光から、手紙で「仙台文学」同人への入会勧誘を受ける。

一九六九（昭和四十四）年　二十八歳

三月中旬、晩翠賞選考委員の村野四郎宅を初めて訪問。〈「生原稿で晩翠賞を受賞したのは殆ど君くらいだよ」〉（「私の詩的夜明け」）と言われる。七四年まで毎年一、二回訪問して、詩人論や詩論を長時間熱く語る村野に感銘し芸術へのすさまじい意欲を脳裏に刻み込む。また〈私の詩を冗漫でおとなしすぎると厳しく批評した〉（「坂の上の詩人」）と前原は回想する。五月、手塚富雄『ゲオルゲとリルケの研究』（岩波書店、一九六〇年）を読み終え座右の書となる。

一九七〇（昭和四十五）年　二十九歳

十二月、仙台の詩と小説の同人誌「仙台文学」（工藤幸一主宰）に、石井の推挙で同人になる。**この頃、村野宅を訪問すると〈来客がいるので玄関で待ってくれ〉と言われ待っていると、金井直が応接室から出てきて黙礼して出ていった。部屋に入ると〈今のが金井直だよ〉と村野が教えたそうだ。金井直も頻繁に村野宅を訪問して示唆を受けていた。**

一九七一（昭和四十六）年　三十歳

四月、鹿角郡花輪町（はなわまち）（現、鹿角市花輪）の秋田県立花輪高等学校に転任。

九月、詩集『緑への風見』（国文社を村野四郎が紹介、Ａ５判、総百六頁）。

能代北高等学校在任中の二十代後半から刊行までの時期に、ブナの原生林に魅せられて月に一度くらい白神山地などへ登り、その体験を昇華した詩集。青森県の岩崎あたりに白神山地への登山口があった。村野が紹介した詩人に詩集を贈呈したが好意的な反響がかえってきた。

十月十七日に、この詩集に対して神品が〈青春のすべてを出しきって力投している感じで、たいへんすがすがしい印象をもちました。今後どんどん詩境を深めてゆくその途中に立っておられるようで、これからどんな詩を書かれるか、じつにたのしみです。ぼくとしては「苦痛」とか「極北の地帯へと進みゆく意識が」のような詩に感銘を受けます。こういう詩の存在が甘美なモチーフの詩の効果も高めているように思います〉との葉書を届ける。

秋に八幡平の東側、岩手県にある旧松尾鉱山（かつては、硫黄産出では日本有数の一つ）に初めて立ち寄る（詩「白い世紀」の題材）。

一九七二（昭和四十七）年　三十一歳

十月、小田島美枝子（一九四五年二月三日生まれ）と結婚。借家（尾去沢鉱山の元社員住宅、鹿角市尾去沢字軽井沢四三番地の三）に転居。粗銅産出日本一だった鉱山も閉山へところげおちる最中だった。詩「真冬の蟬」（『独りの練習』）は、この社宅内で就寝中の夢という設定になっている。

一九七三（昭和四十八）年　三十二歳

八月、長男の卓哉誕生。

この頃、大坪孝二から、みちのく社版の村上昭夫『動物哀歌』（一九七二年）・詩誌「皿」村上昭夫追悼特集四九号（岩手県詩人クラブ、一九六九年）を贈呈される。

一九七四（昭和四十九）年　三十三歳

二月二日まで、前年に贈呈された村上の『動物哀歌』を何度も読み返し〈血肉にも沁みこみ、全身全霊を鋭くふるわせる〉（前原正治「深海魚に到る」）。

一九七五（昭和五十）年　三十四歳

三月二日、村野四郎逝去。「坂の上の詩人――村野四郎さんのこと」（「秋田魁新報」夕刊、三月十一日）で村野を追悼している。『緑への風見』を出版すると〈真っ先に激励の便りをくれた。私はいま、リルケの卓越した研究者、手塚富雄氏が私にむかって、「あなたは詩作の上で、本当に良い先生をもたれましたね」と述べた言葉を、心で何度もかみしめている〉と記す。別の文で、亡くなるまで氏の家を訪ね〈氏の詩の世界は私とは異質なところがあり、むしろ私は、生身の村野四郎という人間そのものから、無数の心の勉強をしたと思っています。最も感銘を受けたのは、氏の、芸術へのすさまじい意欲でした。（中略）根源的かつ単純な意味で、詩は芸術でなければならないということです。芸術でない、少なくとも芸術を志向しない詩を云々して何になるか、ということでした〉（「中心の空無化」）とも記す。

五月、詩集『水の時間』（装幀　小笠原光、仙台文学の会、A５判、総六十五頁）。

〈現代は、不安の時代を過ぎ、一種底抜けの、宙ぶらりんの、虚無の明るさにみちています。〈めまいの凝固〉と呼びたい状況です。私は、その不毛をそのまま生きたいと思います。そして、その不毛をこえる風のそよぎを、できればつかみたいと思います〉（あとがき）と語る。〈緑の風〉（プネウマ）の形象が変容し、後の多様な造形に展開する兆しが芽生えている。『緑への風見』刊の折に村野から〈やや冗漫な詩集だと批判され、私はもっとイメージと詩想がひきしまって輪郭のしっかりとした作品を創ることに没頭し、四年間の詩業のあと〉（「「地球」に至る遍歴から」）結実した詩集だと前原は回想する。この詩集によって日本各地の詩人たちとの交流が始まる。詩誌「地球」主宰の秋谷豊から は〈存在感のかなしみ、事物の新しさに、身近な親しみを覚えます。いい詩集だと存じます〉（「撃竹春秋」、七〇号）と返礼が着信し同人に推薦される。夏に秋谷豊の自宅を訪ねる。秋に同人となる。詩誌「開花期」（開花期の会）編集の片岡文雄からも同人勧誘の便りを受け、発表の場が広がり批評も受けるようになる。

十月、長女の響子誕生。

一九七六（昭和五十一）年　　**三十五歳**

十月、岩手・詩と書の会主催の第五回「詩と書」に参加。

一九七七（昭和五十二）年　　**三十六歳**

八月、詩集『経験の花』（詩作の出発期の詩篇を編集しているので、事実上の第一詩集にあたる、仙台文学の会、B5判、総六十三頁）。

一九七八（昭和五十三）年　　**三十七歳**

七月、手塚富雄宅を訪問し、ゲオルゲ、リルケだけでなく、手塚が最も高い評価を与えたヘルダーリンについて学ぶ。

十一月、秋田県鹿角市尾去沢字新堀一六番地の一一　雇用促進住宅二―二〇七号に転居。

一九七九（昭和五十四）年　　**三十八歳**

九月、花輪高校文化祭で、丸山薫・村野四郎他の手紙を展示し、「思い出から」の解説も展示。

一九八〇（昭和五十五）年　　**三十九歳**

四月、胃・十二指腸潰瘍で二ヵ月入院の診断が出るが三ヵ月余り通院加療する。新入生のクラス担任や秋田高教組の花輪高校分会長でもあった。その上、詩集『光る岩』の刊行準備の疲労と無二の親友（能代北高時期以来の）の自殺も重なり、懊悩していた（「中心の空無化」）。

五月、詩集『光る岩』（装幀　小笠原光、国文社、A5判、総六十三頁）。

十一月、「地球」主催の「国際詩人会議」に参加。高教組鹿角支部教育研究会で、「人事異動についての問題」を発表。

一九八一（昭和五十六）年　四十歳

四月、故郷の宮城県に転任となり、登米郡（現、登米市）登米町の宮城県登米高等学校に単身赴任する。〈人間関係のしがらみの中で二〇年ぶりに帰郷したら、郷土は一変し都市化の波に洗われていた（中略）風土が経験として、風のように目覚め、立ち上がり、血潮のように魂を流れるとき、そこにその人独特の創造的イメージが現れてくる〉（「心の風土とその目覚め」）。

五月、詩誌「撃竹」を冨長覚梁・北畑光男・成田敦・齋藤岳城・佐藤正子らと創刊。冨長・前原・北畑・佐藤が「地球」同人で、独自に同人誌を創刊。東京の本郷の旅館「朝陽館」で準備会を開く。編集・発行所は、一時期を除いて岐阜県養老郡養老町の冨長宅。以後、主要な発表詩誌となり詩とエッセーを発表する。（「撃竹」は禅家の書に頻出する語。その一例。ある寺の小僧「香厳」が悟りを得ることができず悶々としていた。ある日、僧が竹の帚で庭を掃いていた時、小石が飛んで近くの「竹を撃った」。その響いた音で、僧は悟りを得たという故事。これに由来する）。

詩誌「地球」の活動で知り合いになった新川和江と文学上の親交を深めていく。

一九八二（昭和五十七）年　四十一歳

三月、多賀城市の分譲マンションに一家で転居（宮城県多賀城市東田中二―四〇―二六―六〇一号）。妻の母ミチも同居していた。多賀城から片道六十五キロメートル離れた登米高校へ、通勤時間だけで毎日四時間を費やし疲労する。

四月、父一之助逝去。

七月、宮城県高校教職員組合登米支部書記長として、支部定期大会を運営する。

一九八三（昭和五十八）年　四十二歳

二月、「撃竹春秋」に〈血族のしがらみの網の中で生まれた地に戻らざるをえず、そこで父の急死に会い、煩瑣な日常の出来事や事務的仕事や人間関係のもつれを解きほぐす立場に立たされることが多く、自分の時間といえない時間をもがいている状態〉（「撃竹」五号）と記す。

六月下旬、日本海中部（秋田沖）地震とその津波による被害に胸がしめつけられる感情におそわれる。

十月、詩集『現況の歌』（片岡文雄「前原正治覚書」、「撃竹春秋」や「〈地方〉についてのメモ」再録、扉絵　小笠原光、混沌社、A5判、総九十四頁）。

十一月、「撃竹春秋」で、詩集『現況の歌』を〈明るさや余裕や豊かさはなく、どちらかといえば暗い岩石のような思念が露呈して〉（「撃竹」七号）と語る。

一九八四（昭和五十九）年　四十三歳

二月、詩「蟬」（↓詩集『独りの練習』で「真冬の蟬」）、「撃竹春秋」に〈詩作をしている時には、（中略）一種異様な、錬金術的空間に心身を投げ込んでいる状況なので、生成の熱につつまれた〝永遠のいま〟を生きている〉（「撃竹」八号）と記す。五月、佐久間隆史が「自己空洞化の深き淵からの出立　前原正治詩集『現況の歌』を読んで」で〈流れ漂う自己や自己空洞化に対してどう対処してゆくか（中略）それらをながめ、対象化しうる距離・余裕が芽生えつつある〉（「撃竹」九号）と批評。同月二十六日、「撃竹」詩の朗読会（東京・南青山エルグレコ、約五十名の参加者が自作詩を朗読）。

八月、「撃竹春秋」で〈四月初めに急に体調を崩し、二ヶ月近く入院（中略）或ることによって、私の教育活動だけでなく文学活動までひどく傷つけられたことによる、精神的苦痛から生まれた現象ですが（中略）これまでの二十年余の詩作を打ち壊し、新たな冒険に出たいという夢をもっています〉と語る。また、入院中に後掲の『ホームルーム・ノート』を編集して刊行する準備をし、〈そこに、教師としての、そして詩を書く人間としての私の原点ともいうべき泉がある（中略）その泉の水を飲んで、魂を身震いさせたい〉（「撃竹」一〇号）とも語る。

十月、能代北高校時代の教育記録『ホームルーム・ノート——芽の中の声』（第三学年担任クラス生徒との往復書簡形式ノート、私家版、B5判、総百五十三頁）。〈はじめに——私がクラス担任をした生徒との三年間にわたるホームルーム・ノート（ほとんど毎日といっていい往復書簡の心と心の交流）に自己の自由な時間を注ぎ込んでいたとき、そこに、私は詩作以上に貴重な意義を見出していた〉。

同年度第二五回晩翠賞受賞（詩集『縮図』）の尾花仙朔を知り、それ以来、兄事する。

一九八五（昭和六十）年　四十四歳

二月、「撃竹春秋」で、〈飽食の時代といわれているが、一方、東南アジアやアフガンや中近東で異民族が歯をむいて殺し合い、又、アフリカ大陸の多くの地域で飢えて死につつある夥しい人たちがいる。心身の極度の苦痛や放心や死への恐怖に襲われて、いわば〈絶対苦と絶望〉の内部にいる人間（中略）例えばアフリカでいま飢えつづけている子供たちは、そういう情報とは孤絶した形で、そして夥しい数で、けれど一人一人がかけがえのない独自の生を全うしようとしている。一見、主体的意識と選択の自由をもっているようにみえて、実際は情報洪水に操作され踊らされている私たち（中略）たまには私たちは、少なくとも私は、自己の魂の存在の、薄い影のような姿を鏡に映して、反吐をはく必要がある。匂いも香りもくさみもあり、濃い甘みとにがみをも含み、鮮やかな輪郭と実質の魂を内蔵し、そよぐ草原色と褐色の生命を鳴らして生き死にしていく人たちに、根源的にはこちらが劣っているものとして、畏敬と驚異の念に襲われることがあっていい。自己の〈生〉を変えるように迫ってくる情報以外は、どんな情報であれ、ふわふわした心の闇をふかめるだけである〉(「撃竹」一一号)と記す。共棲を希求すれば、アフリカの飢えた「子供たち」を受けとめねばならない。同時に、本源に近い人々へ「畏敬と驚異の念」を抱く。そして、それから離反した「飽食」の人、自らに「反吐をはく」。更に五月、「撃竹春秋」で、スズメバチを例に同種間の殺し合いを取り上げ人間同士の殺し合いを詩作の主題として考え続け〈天使と悪魔を合わせもち、自然を屈服させ得ると考えている人間同士の殺し合いは、何の、そして何のための配慮なのだろう〉(「撃竹」一二号)と自責し、引き裂かれた罪責観、生命観を研ぎ澄ましていく。後の連作詩「〈世界の果ての子供たち〉より」の多様な造形につながる。

四月、宮城郡利府町の宮城県利府高等学校に転任。文芸部を創部。部誌「水脈」を発刊。

九月、晩翠賞委員になる(二〇一〇年三月まで、以後一七年まで休止、その後中止)。十一月、詩篇「或る里の秋」で第二三回宮城県芸術祭文芸賞(知事賞)受賞。秋、「「撃竹」現代詩の夕べ」に参加(岐阜県美濃国分寺跡、平光善久・佐合五十鈴等の地元詩人も参加)。

一九八六(昭和六十一)年　四十五歳

秋、詩「蝶」(「紋黄蝶」「瑠璃たては蝶」「カラス揚羽」「虹色の海鼠」)、この詩のテーマを「撃竹春秋」の「美を統べる距離」で〈美とは、本質的には、対象として外部に存在するのではなく、統一的感覚と認識とによって、対象を全体的に把握できる距離空間から、対象の真実をみつめつづけ、どこまでもそれに耐えている私の、その凝視の意思と感性の、かすかな発火にすぎない〉(「撃竹」一六号)と語る。

一九八七(昭和六十二)年　四十六歳

四月、日本現代詩人会に入会。

翌年に死の淵から生還するが、それ以前から「死生観と幼年性」の主題を想像力の根底に据えて一層研ぎ澄ましていた。同年の「幼・少年時代について」(「撃竹」一七号)がそれだ。これを原形にして、後に九七年四月二日「幼時　その甦る泉」・二十三日「子供時代　その心の拡がり」(「河北新報」の「計数管」に連載したエッセー。本書Iの第五章に一部引用)を発表する。無垢な幼年性の視線に支えられる想像力が多様な造形を創出していく。

十月、来仙の塚本邦雄、書肆季節社主・政田岑生を尾花仙朔に紹介され、歌人大和克子・詩人藤一也等と多賀城、塩竈、松島の歌枕の地を歩く。「八七・奥羽詩人の集い」（秋田県北秋田郡合川町）に参加。

十一月、詩集『独りの練習』（帯文　新川和江、装幀　小笠原光、日常のメモ（あとがきにかえて）、石文館、Ａ５判、総百八頁）。Ｈ氏賞・日本詩人クラブ新人賞・地球賞各候補、日本図書館協会・全国ＳＬＡ選定図書。帯文に〈前原さんは、ついに東洋的な解答を発見されている。蜩の声を〈光の水〉と感受するこの詩人の目に、いつからか棲みつくようになったおだやかな光と、じつにいい微笑を、わたくしは貴重なものに思っている〉と記される。

一九八八（昭和六十三）年　四十七歳

五月二十八日、「詩集『独りの練習』刊行を祝う会」（「撃竹」同人・秋谷豊・新川和江他呼びかけ人、東京・神楽坂の日本出版クラブ会館、新川和江、石原武、佐久間隆史、吉田義昭、原田勇男、能代北高での教え子他七十名程参加）。

秋に〈生死の間をさ迷う大病を患（右の腎臓を摘出）〉う。死の淵まで降りて行った時、村上昭夫の〈人生への根源的苦悩とその苦悩による創造〉を真実悟る（前原「深海魚に到る――生の極苦からの詩の創造」）。

一九八九（平成元）年　四十八歳

月刊誌「詩と思想」の編集参与になる（発行人の加藤幾恵に「あなたを通して東北から詩の声を発してもらいたい」と説得される）。日本詩人クラブに入会。

四月、日本現代詩歌文学館振興会の評議員になる。

十一月、講演「詩と想像――甦る大地」（福島県現代詩人会主催・現代詩ゼミナール〈やさしい詩の教室〉・原町市）。

十二月、「撃竹春秋」で三十年近い東北の夏山歩きにふれ〈ブナの原生林の沢の水の味とブナの樹の葉の魂までそめる柔らかい緑と深い忘我へと誘うブナ林の風のそよぎを知った人は、人間も自然の一部であるということがしみじみとわかるはずである〉（「撃竹」二五号）と語る。詩「夜の竜胆」（詩集「魂涸れ」収録、五九―六〇頁）はその好例だ（Ｉの第六章参照）。

一九九〇（平成二）年　四十九歳

十月、詩「心象紀行」（「眼を開ける」）、「撃竹春秋」で、一九八八年に〈生死の間をさ迷う大病を患い、いまその回復途上であるが、その間血縁・知人・友人の多くの死と出会っている。私の死を考えるのではない。私と出会い触れ合い魂を浸透し合った人たちの生と死を私の内部にとり込み育て開花させること、それが、人生五十年といわれたその五十年を目前にした、いまの私の詩業の重要な部分になっている。このことは自分自身のこれからの〈老年〉とか〈老残〉とかへのつらく切実なトレーニングでもある〉（「撃竹」二七号）と語る。実際に〈ほとんど無名の／夥しい死者たちの／その魂の血がしみついた土に濾されて／声を出す〉（詩「声」の末尾、「撃竹」二三号）文体が、この時期に開花した。詩「眼を開ける」も好例（二詩とも後に、詩集『魂涸れ』収録）。

　父の一之助逝去は一九八二年四月だったが、「眼を開ける」を「撃竹」二七号に発表するまでに八年の構想期間を経た。表現者の多くが記憶の深層を照明する方法を試みてきたが、前原は自己の血肉を通して経験のあり方を問い直している。存在者が存在を感知することは不可能だ。そこで見えないものを像として結晶する想像力を駆使する。この時期にこの〈つらく切実なトレーニング〉に集中していたことが分かる。現在の瞬間に現前化するのは、〈死者は／生者の泉である／生者は／死者の湖である〉（詩「みえない泉と湖」、「撃竹」七九号、二〇一二年）と後に表現する詩想だった。同時に自分自身が直接触れ合っていない他者についても、その〈生と死を私の内部にとり込み育て開花させること〉に、前原は傾注していく。一九九三年刊の詩集『魂涸れ』はそのような普遍的想像力への分岐点となる。

　十一月、詩篇「浮遊の中で」により第二七回宮城県芸術祭文芸賞（知事賞）受賞。日本現代詩歌文学館記念「東北詩人の集い」（岩手県北上市）に参加。

一九九一（平成三）年　五十歳

　一月、講演「詩的真実について」（宮城県高校図書研第四ブロック主催・宮城県立図書館）。六月、来仙したイギリスの詩人、ジョン・シルキンに尾花仙朔と共に会う。十月、尾花仙朔が評論「詩歌つれづれ――詩友前原正治氏に寄せて」で、〈なぜ、見えないものを見ることができないのか？〉と問いかける、「詩学」十一月号。「撃竹」二九号の前原の詩「声なき声」での〈なぜ／みえるものだけが見え／みえないものは見えないのか〉に照応した表現。

一九九二（平成四）年　五十一歳

　三月、宮城郡利府町しらかし台三―一三―二一の一戸建て自宅に転居。

　六月、丸山薫が一時期住んだ山形県西村山郡西山村（現、西川町）岩根沢を初めて訪問。長年の夢であった丸山薫の詩碑と足跡に触れる。

　八月、崔華國・金善慶夫妻、佐藤正子と来仙、市内を案内する。中国の古都を妻と旅する。

　十月、宮城県芸術協会に加入する。第四回全国生涯学習フェスティバル前夜祭「詩の発光」（仙台市シルバーセンター）で詩「ゆきのうた」朗読（藤村延子）、歌曲「蜩の夕べ」（曲・文屋睦子、歌・大友律子）も発表。

一九九三（平成五）年　　五十二歳

早春に『まど・みちお全詩集』（伊藤英治編、理論社、一九九二年九月）を読了する。〈童謡・児童詩の枠を越え、いわゆる〈現代詩〉の洗礼を浴びつつその桎梏からも逃れて、無限寂寥と哀惜の想いの只中に立ち、世界を、世界のふるえを、世界内に存在するあらゆるものの事象や関連を、発見したばかりの初々しい言葉で描き、彫り上げ、歌う真の抒情詩人である〉（「撃竹」九二号）と評価する。前原自身も幼年時代の想起と現況を結びつけた詩を書き、後に、連作詩「〈世界の果ての子供たち〉より」を書き続ける。二〇〇一年より児童詩誌「こだま」に継続して発表していく。

七月、浦和の秋谷豊を訪ね地球文庫を見る。

十月、詩集『魂涸れ』（帯文　藤富保男、装幀　政田岑生、書肆季節社、Ａ５判、総九十九頁）。第四四回Ｈ氏賞、最終選考にて次点（「Ｈ氏賞選考経過」が「詩学」一九九四年六月号。「Ｈ氏賞余滴」が「撃竹」七三号）。日本詩人クラブ賞・地球賞各候補。帯文に〈《魂涸れ》という内容は詩の国からのコラールである。このように限定しても、この詩集はあまりにも明秀で開いている。前原正治は死のよどみに両足をつけて帰ってきた詩人だと直観した。静謐な不安が全詩を包んでいる。消滅は実は実存の証左だということをこの詩集は示唆している〉とある。

同月、内川吉男・北畑光男・齋藤岳城・佐々木匡・新川和江と岩手県（岩泉町等）を旅する。

十一月、詩「闇についての断章から」（「痺れ」「腭の光」（あるいは同朋殺戮））、「撃竹春秋」で〈六道は死後の世界ではなく、この世の現実、この地上の現象であるという思いに襲われてしまう。極苦の〈地獄〉も、いつも飢えと渇きに苦しむ〈餓鬼〉も、人間同士が貪欲に傷つけ殺し合う〈畜生〉も、疑いと執着と善悪で争う〈修羅〉も、現在進行中の現世の出来事ではないか。子供たちをも餓鬼道に堕とす我々大人が、〈畜生〉を獣のようなと形容することは、そういう行為をしない人間以外の動物への侮辱ですらある（中略）人間の殺し合いをテーマにしていた今年の夏は、私にとっていつまでも明けない梅雨のようにうっとうしく心重い日々である〉（「撃竹」三三号）と語る、先の三二号の「ロシア平原の金冠」（詩集『魂涸れ』収録）とこの号の「腭の光」が好例で、以後の詩でも主要なモチーフとなり系統的に書き継ぎ、目前の現実（例—イラクのクウェート侵攻に対する一九九〇年一月からの湾岸戦争以後）に対峙していく。

一九九四（平成六）年　　五十三歳

六月、「撃竹春秋」で前年の秋口から、前原の母なみ（八十一歳）が自宅に移り住み、十二月に入院、年明けに、左膝を手術、退院後、家族で介護に明け暮れ、自身の老後も思いやり、妻の母（七十七歳）も同居中と記す。医療と機能回復と介護のばらばらな関係を指摘する（「撃竹」三四号）。八月、「撃竹」同人と湯河原・真鶴を旅する。

十一月五日付で「まど・みちお」に『独りの練習』を贈呈し、その添え状に〈詩集の中の一篇「クレヨン」をまどさんに献呈したいと思います。児童詩と直接つき合ってはおりませんが、〈子供〉は私の詩の世界の大きな核の一つです〉と記す。『魂涸れ』も九三年に贈呈していた（「撃竹」九二号）。十一月、詩の展示「うたの散歩道」（仙台中央郵便局）に出品。

一九九五（平成七）年　五十四歳

三月、第二八回日本詩人クラブ賞選考委員になる。菊地貞三詩集『いつものように』・原子修詩集『未来からの銃声』が受賞。

一九九六（平成八）年　五十五歳

六月、尾花仙朔と共に土井晩翠顕彰会委員に推される。

一九九七（平成九）年　五十六歳

四月、仙台市泉区の宮城県泉松陵高等学校に転任する。

十月、第三八回晩翠賞記念行事「詩のことば・詩のこころ――リレートーク・晩翠」に参加、司会を務める。

十二月、妻とイタリア北部を旅する。

一九九八（平成十）年　五十七歳

八月、第二回「北東北国語教育研究セミナー」（岩手県胆沢町教育委員会・北東北教育研究会主催）のフォーラム「心の教育と子どもの詩」にパネリストとして参加。

一九九九（平成十一）年　五十八歳

三月、連作詩「〈世界の果ての子供たち〉より」（「鬼――ひとと人の間に人間がいない」）「沈丁花」、「撃竹春秋」の「二十世紀の狂気」で〈二十世紀も終末直前だが、今世紀は戦争の世紀、殺し合いの世紀といってよく、人間の内部に巣くう殺人殺戮の妄想的想像力とそれを実現するための方法と手段が、極限までおし広げられて試みられ、疲れ果てるまで使い尽くされた時代である（中略）子供虐待の世紀であった。――次世紀は、虐待と殺戮を克服する思想とそれを実現する行為を見出しただけでも偉大な世紀と呼ばれるだろう〉（「撃竹」四四号）と連作のモチーフを語る。

八月、妻、娘響子と台湾一周の旅をする。

十月、詩集『黄泉の蝶』（21世紀詩人叢書44、解説　冨長覚梁、装幀　司修、土曜美術社出版販売、Ａ５判、総九十

二頁）。H氏賞・日本詩人クラブ賞各候補。

　仙台文学館友の会が設立され、監事となる（二〇一〇年三月まで）。

　十二月、息子卓哉と中国の上海・蘇州等を旅する。

二〇〇〇（平成十二）年　五十九歳

　三月、北畑光男と北関東（満徳寺・足利学校等）を旅する。六月、詩集『黄泉の蝶』と長年の詩作の実績により一九九九年度宮城県芸術選奨文芸部門受賞（受賞者調書）。十六日、「河北新報」に受賞紹介記事。二十日から七月二十三日まで県図書館で受賞者作品展。九月、詩誌「撃竹」同人で詩友の成田敦が逝去。

　十一月三日から五日、「世界詩人祭二〇〇〇東京」（地球社）に参加。

　十二月、エッセー「生命（いのち）の全体性――その揺らぎと連関について」、「詩と思想」十二月号。

二〇〇一（平成十三）年　六十歳

　六月、「JPレヴュー」ポエトリー・リーディング（仙台市東北学院同窓会館）で自作詩朗読。九月二十九日、「村野四郎生誕一〇〇年の集い」に参加。十月、第四二回晩翠賞記念行事、晩翠賞委員・選考委員による「リーディング」で自作詩朗読。

　十一月、母なみ逝去。

二〇〇二（平成十四）年　六十一歳

　二月、第一二回日本詩人クラブ新人賞選考委員になる。網谷厚子（あみたにあつこ）詩集『万里』が受賞。

　三月、宮城県公立高等学校教員を退職。四月、宮城県泉高等学校に再任用となる。仙台文学館運営協議会委員になる（二〇〇四年三月まで）。

　八月、『前原正治詩集』（新・日本現代詩文庫4、既刊詩集から作者自選の詩を集成、自筆年譜、装幀　斉藤綾、土曜美術社出版販売、四六判、総百五十九頁）。栞に、北畑光男「抒情詩の光明――前原正治さんの詩の歩み」、鈴木比佐雄「前原正治詩集『魂涸れ（たまがれ）』を読む」、小川琢士（おがわたくし）「前原正治詩集『黄泉の蝶』を読む」。尾花仙朔が同詩集の解説「魂　その変奏曲――抽象から具象へ」（「撃竹」三〇号収録の改訂再録）。また同解説に、原田勇男「いのちの尊厳を蘇らせるために――前原正治の鏡が映し出す魂の現象学」（「撃竹」五〇号収録の再録）。妻、娘響子とイタリア南部・シチリア島を旅する。九月二十一日、講演「中也の詩の魅力」（中原中也展に企画協力、仙台文学館）。

二〇〇三（平成十五）年　六十二歳

　四月、宮城県宮城野高等学校英語科講師（七月末まで）。

　六月、日本詩人クラブ仙台大会「日本の近代詩の黎明の地　仙台から　みずみずしい想像とポエジーで新世紀を拓く」の大会実行委員長として企画運営。

十二月、「撃竹春秋」で時の小泉首相に対して〈一方的な価値観と巨大な暴圧で世界制覇をめざすアメリカとの、主従の形での連携に狂奔する、人間の顔を喪失した〈国家〉は映っているが、〈国民〉も〈市民〉も〈個人〉も欠落している。一個の人間として生き死にしていく人間がみえていないのではないか〉（「撃竹」五五号）と批評。

二〇〇四（平成十六）年　六十三歳

四月、仙台文学館運営協議会副会長になる（二〇〇八年三月まで）。宮城県仙台第一高等学校英語科講師（一年間）。五月八日、講演「賢治の詩を読む」（宮沢賢治展、仙台文学館）。六月、講座「宮沢賢治の詩の世界」（尋常浅間学校かづの分校主催、六年次一時間目授業・文学、鹿角市花輪圓德寺）。十月一日―十一月一日、鈴木加寿彦写真展「晩翠賞詩人の肖像」（土井晩翠顕彰会、仙台市役所一階ギャラリー）。十一月八―十二日、展示「詩人前原正治の世界」（出身校の仙台第一高等学校図書週間、図書教養部）。

「他句一句」で、〈〈世界苦と子供〉のイメージ〉が立ち昇ってきたとして、〈私はここ数年、〈子供〉を通して世界を見詰めつづける詩行為をしている。（中略）いま「世界の果ての子供たち」というテーマで詩集をまとめる構想をもっているが、かつて四つの詩葉から成る「赤い凝集」（「撃竹」四一号、一九九七年九月初出、『黄泉の蝶』再録）を仕上げたのが、心の深淵でのその呼び水になった〉（俳誌「小熊座」二三〇号）と語る。実際には九八年五月「撃竹」四二号から「〈世界の果ての子供たち〉より」と題した連作詩を発表し始めていた。

二〇〇五（平成十七）年　六十四歳

四月、推挙され宮城県詩人会理事になる。六月、日本詩人クラブ宮崎大会で、尾花仙朔の代理として挨拶し詩「夏の淵」（詩集『有明まで』で第三八回同クラブ賞を受賞）も朗読。

八月、妻と東欧（オーストリア・チェコ・スロバキア・ハンガリー）を旅する。

九月、『詩圏光耀――一詩人の詩想の歩み』（〔新〕詩論・エッセー文庫5、栞「見えない旅」『詩圏光耀』に添えて、装幀　狭山トオル、土曜美術社出版販売、四六判、総二百九頁）。日本詩人クラブ詩界賞候補。

二〇〇六（平成十八）年　六十五歳

四月、推挙され宮城県芸術協会評議員になる。

十二月、同居していた妻の母ミチ逝去。

二〇〇七（平成十九）年　六十六歳

一月、仙台法務局塩竈支局管内の人権擁護委員を務める（法務大臣委嘱、任期三年）。

十一月十一日、「成田敦を偲ぶ会」（岐阜市）に出席。

十二月、妻とトルコ国内を旅する。

二〇〇八（平成二十）年　　六十七歳

六月、岩根沢、丸山薫詩碑保存会総会記念行事で講演、演題「R・M・リルケ　その詩的生涯の素描」。

十月、詩講話「現代詩と私」、和京会（近代詩文の書家、池田和京主催和京会、多賀城市多賀城小学校）。

十一月、詩集『水　離る』（装幀　高島鯉水子、表紙カバー絵　舟山一男、土曜美術社出版販売、Ａ５判、総九十五頁）。二〇〇九年第四回更科源藏文学賞を受賞。日本現代詩人賞と日本詩人クラブ賞共に会員推薦数が最高点で候補・丸山薫賞最終候補。『水　離る』の「あとがき」で〈はかないもの、小さく弱いもの、虐げられているもの、傷つき死に近いもの、死に赴くものなどの深い淵からの嘆きや苦しみに果てがない。いま、詩作をし詩集を編むという行為はどんな意味をもつか。（中略）現況の姿、その矛盾や亀裂や葛藤に触れてそれを表現することも責務の一つである。それとともに私たちの生命の全体性を、過去の未知の死者や親しかった死者・未来の生者と死者が不可視のまま支え、私たちも彼らを支えていると感じれば、詩の時空はより広大になるだろう〉とも記す。

二〇〇九（平成二十一）年　　六十八歳

三月、第五九回Ｈ氏賞の選考委員長を務める、中島悦子詩集『マッチ売りの偽書』が受賞。九月四日、能代北高校図書館文化講座で「詩と青春――能代の私とリルケ」を講演する。五日、関連記事「文学の世界は奥深く」、「北羽新報」。

九月、詩集『水　離る』が第四回更科源藏文学賞を受賞し、二十七日、釧路圏摩周観光文化センターで贈呈式。佐相憲一は前原宛書簡で〈一行一行が世界の刻印であり、作者の詩念の生きた波動でもあり、死者や名もない人々の精神的語り部であると同時に、地球生命連関の独特のタッチの詩的深部です。日から始まり、誕生と子供たちの苦悩、水から月を経て、岩で終るという詩集全体の流れに共感しました〉と評価した。賞状に〈文明批評の骨太い思想を選りすぐられた詩句へと結晶させ、人類苦への悲歌を奏でておりますので、第四回更科源藏文学賞を贈り、すぐれた詩業を褒め讃えます〉と明記。受賞挨拶で、受賞詩集は〈これまでの長い詩作を集約し凝縮したもの〉（「撃竹春秋」、「撃竹」七四号）と語る。

九月、「撃竹春秋」にエッセー「生命の全体性」（二〇〇〇年「詩と思想」十二月号）を引用し、それを今後の詩作の〈大きな軸にしたい〉（「撃竹」七一号）と語る。

十一月二日、宮城県教育文化功労者表彰（宮城県主催、仙台国際センター）を受ける。

二〇一〇（平成二十二）年　六十九歳

四月、仙台文学館友の会副会長となる（二〇一六年三月まで）。宮城県柴田農林高等学校英語科講師（十月末まで）。八月、「撃竹春秋」の「詩紀行第三回　弟子屈まで（更科源藏文学賞に添い）」に、前年の贈呈式の挨拶を収録、『水　離る』の「あとがき」から〈どんな時代状況に置かれていても、想像力と芸術意欲と美意識の深化による創造への自負を秘かにもちつづけること、そして中心と辺境・光と闇が一体化した岩塊を創造の奥にいつもかかえていること、これを心に刻んでおきたい〉を引用、また〈自分が生まれた土地に生き、その大地から発信し、世界に通底していった詩人更科源藏の詩魂にも添うことになるのではないかと、静かに思っています〉（「撃竹」七四号）と語る。

九月、坂本正博が前原宛に、村上昭夫に関する論を贈呈したのに対して、礼状を同封して詩集『魂涸れ』を贈呈する。「国際ペンクラブ東京大会」（詩の朗読会分科会3、日本ペンクラブの会員）で詩「水　離る」朗読。十八日から十月二十日、「晩翠賞の五十年」が仙台文学館で開催され、尾花仙朔と共に〈仙台の二詩人〉として特別展示コーナーが設置、十月三日シンポジウムと自作朗読、晩翠賞は第五〇回（二〇〇九年）で休止していた。

十一月六日、日本詩人クラブ創立六〇周年記念東京詩祭二〇一〇（明治記念館）で二〇〇三年仙台大会報告。

二〇一一（平成二十三）年　七十歳

二月、日本詩人クラブ・詩の学校で「経験と詩的想像――R・M・リルケの生涯を中心に」を講義。

三月十一日、東日本大震災の地震発生時、〈所用で仙台市にいた。片側三車線の大通りを走行中に大きな揺れに見舞われた。全ての信号の色が消え、全ての車輌が地面に吸われたように動かなくなり、急に降り始めた雪の中で、私は世の終末を漂わせる無音・寂滅の状態を体験した〉（「撃竹春秋」、七九号）と語る。弟があとを継いだ海岸通りの洋品店（実家）は、三メートルの波が押し寄せ、後にいったん更地にする。自宅も被災する。

六月、詩「初夏・蝶――生者は死者の湖である」（東日本大震災以前の二〇〇〇年発表の詩「初夏の蝶に」、「撃竹」四七号の改作）、「北方文学」六五号の現代詩特集（Ⅰの第六章参照）。

九月十七日、「生命と詩」（秋田県大館市）の講演で、詩「うみにしずむ――鎮魂歌」を取り上げたが、その解説として〈高校時代の同級生の溺死事故と私自身溺死寸前までいった体験を、内面的に経験化した詩篇

「溺死」を書き上げて数年後、或る日不意に心の奥から湧いてきた海のうねりのような言葉の波動〉と記す。

十月二十三日、齋藤岳城・坂本正博と共に盛岡市の繋温泉に宿泊。坂本と初めて会い、その執筆（前原研究）に協力し始める。二十四日、鹿角・大館・能代を経て能代北高校も立ち寄りながら津軽半島を巡り、詩の背景を語る。岩木山麓の嶽温泉、大森別荘に宿泊。前原がかつて頻繁に登山した白神山系への登山口が、近くの深浦あたりにある。

十一月十八日、仙台市市政功労者表彰式（ホテルメトロポリタン仙台）で、尾花仙朔と共に教育・文化功労部門の表彰を受ける。

二〇一二（平成二十四）年　七十一歳

五月、詩「魂揺れに寄せる三つの詩葉」（「黒い水」「生者を洗う」「みえない泉と湖」）、これらの詩は二〇〇〇年発表の詩「初夏の蝶に」（「撃竹」四七号）以来継続したモチーフの集成、「撃竹春秋」で〈詩篇「初夏・蝶」を書き上げた直後（二〇一一年）、突然湧いてきた詩句／生者は死者の湖である／この一年間は、この詩句と共に詩想を魂の中に沈潜させ深めていく日々であった〉（「撃竹」七九号）と語る（Ⅰの第六章参照）。

六月二十二・二十三日、岩根沢、丸山薫詩碑祭に、北畑光男・坂本正博と共に参加。岩根沢三山神社宿坊に宿泊。

七月二十一日、「撃竹」詩の朗読の夕べ（岩手県九戸郡洋野町大野の「グリーンヒルおおの」）に参加。

十月、エッセー「詩想の鍛錬と深化の場として」にも、二〇〇〇年「生命の全体性」を引用し〈このエッセイは、魂の内部で問答する論考になっていった〉と語り、同年発表の詩「初夏の蝶に」と併せて数十年にわたる系統的な詩想の追究を確認できる（「詩と思想」十月号）。

二〇一三（平成二十五）年　七十二歳

六月、西川町主催丸山薫少年少女文学賞「青い黒板賞」詩のコンクールの選考・審査員になる。十月四日、詩講話「晩翠と晩翠賞と私」（仙台文学館友の会資料、晩翠草堂）。

二〇一四（平成二十六）年　七十三歳

三月、巻頭エッセー「経験と生命」（『命　2014年度常設展　未来につなぐ想い　2011・3・11と詩歌、そして…』図録、日本現代詩歌文学館編）で、「詩作についての様々な思考の果てに辿り着いたのは、「経験」と「生命」である」と言い換えている。それは、『マルテの手記』も含むリルケ固有の「経験」を咀嚼して「超時間的現出」の造形へと変換した経緯の解説だ。

「生命」については、二〇〇〇年の「生命の全体性」を引用して、それに「覚醒」し原初からの生命の循環（水脈）に立ち帰る詩想だと解説する。更に続けて、その「超時間的現出」の造形を次のリルケの詩想の芯と結びつけて言及していく。

　私たちの存在が、リルケのいうように生と死という二つの無限の領域にまたがっているとすれば、その広大な循環の中で私たち一人ひとりの生命を、むしろ親しかった死者・未知の死者・遥か過去の死者・夭折した者そして未来の生者と死者とが支えているのではないだろうか。
　いま私は、大震災直後にふと湧いた、〈生者は死者の湖である　死者は生者の泉である〉という詩句のほとりに佇んでいる。これが詩作の出発であり終着でもあると感じている。

　本稿で概観してきた詩作の歩みも、この「生命」の詩想がその「終着」となっている。

四月十二日、坂本が日本詩人クラブ第一四回詩界賞を受賞し、その記念パーティで祝辞のスピーチをする（東京大学駒場キャンパス）。

九月、第五一回宮城県芸術祭賞文芸部門で、詩「初夏・蝶―生者は死者の湖である」が受賞。十一月二十七日、宮城県芸術祭閉会式（ホテルメトロポリタン仙台）で受賞者表彰。

二〇一五（平成二十七）年　七十四歳

四月二十六日、宮城県詩人会総会（仙台市戦災復興記念館）で新会長となる（二〇一七年三月まで）。

七月三十一日、日本文藝家協会に入会。

二〇一六（平成二十八）年　七十五歳

七月三十日、坂本が前原論の執筆に取りかかったので、自宅に招き故郷の塩竈にも案内し著作資料も提供する。その後前原は、この書誌と後に作成した著作年譜とを校閲しながら様々な著作情報を坂本に補足する。

八月二十日、長女の響子が、前原の初孫にあたる暁を出産。

十一月二十七日、日本現代詩人会「現代詩ゼミナール東日本in宮城」を大会実行委員長として企画運営する。大会後に急速に体調が悪くなる。

二〇一七（平成二十九）年　七十六歳

三月、宮城県芸術協会退会。

二〇一八（平成三十）年　七十七歳

四月、坂本正博の「名詩集発掘　前原正治詩集『緑への風見』　魂の交流と世界との触れ合い――その狭間に宿る命の寂寥」、「詩と思想」四月号。

八月、「撃竹春秋」で〈ヘルマン・ヘッセは、詩人でもあったが、生涯〈幼な心〉というものを大切にし、それをもちつづけた。幼年時代とその経験こそ、人生の中で最も真実に近く、重く豊かで光輝にみちているという思想である。私がヘッセやまどさんに強く心を引かれたのは、その〈幼な心〉に共鳴したからかもしれない〉（「撃竹」九二号）と記す。

十月六日、「尾花仙朔さんを送る会」（ホテルメトロポリタン仙台）で挨拶する。

同月、坂本正博の「前原正治　詩作の歩み／主要参考文献」（本章の初版）、「敍説」Ⅲ一五号、花書院。

二〇一九（平成三十一・令和元）年　　七十八歳

三月、坂本正博の「前原正治の変身――樹木的姿勢の岐路」、「東北文学の世界」二七号、盛岡大学文学部日本文学会。

十月、詩集『緑の歌』（現代詩の50人、詩集『緑の風見』より二十五篇を精選し新たに一篇を加えた、装幀　高島鯉水子、土曜美術社出版販売、Ａ５判、総九十三頁）。

二〇二〇（令和二）年　　七十九歳

三月、坂本正博の「死者は生者の泉である――前原正治　鎮魂から生存の問いへ」、「東北文学の世界」二八号、盛岡大学文学部日本文学会。前原からの聞き書きを取り入れる。

五月、坂本正博の「「現代詩の50人」詩人論〈緑〉に溶け合って生命の本源を開く　前原正治詩集『緑の歌』」、「詩と思想」五月号。

二〇二一（令和三）年　　八十歳

三月、坂本正博の「逼塞する無垢、回生する想像力――前原正治　ブレイクの子どもの詩からの触発」、「東北文学の世界」二九号、盛岡大学文学部日本文学会。

三月九日～二〇二一年三月十三日、詩「魂揺れ」（「生者を洗う」「みえない泉と湖」）展示、常設展「開館三十周年／東日本大震災発生から十年　あの日から、明日へ　大震災と詩歌」（日本現代詩歌文学館）。

十月、坂本正博の「リルケからの回生――前原正治〈世界苦と子供〉のイメージ」、「敍説」Ⅲ一九号、花書院。

二〇二二（令和四）年　　八十一歳

二月、坂本正博の「詩「初夏・蝶」の造形――前原正治　生命の水脈」、「撃竹」創刊四〇周年一〇〇号記念特集。三月、同じく「〈緑の歌〉の想像力――「経験」から「生命（いのち）」への回生」、「東北文学の世界」三〇号、盛岡大学文学部日本文学会。四月、同じく「前原正治「〈世界苦と子供〉のイメージ」――リルケからの回生　特集　困難な時代の詩Ⅱ」、「詩界」二六九号、日本詩人クラブ。

六月、『詩想の湧く泉の辺で——詩的真実に潤う』（［新］詩論・エッセイ文庫　新装版18、装幀　高島鯉水子、土曜美術社出版販売、四六判、総二百一頁）。

十月、『前原正治著作年譜　二〇二二年版』（前原正治監修、坂本編集・発行、A4判、総十九頁）。

十二月、坂本正博の『リルケからの回生　戦後詩の新水脈　前原正治　金井直』（装幀　高島鯉水子、土曜美術社出版販売、四六判、総五百五十一頁）。

主要参考文献

・前原正治

【単行本】


『ホームルーム・ノート――芽の中の声』、私家版、一九八四年。

『前原正治詩集』選集、自筆年譜、新・日本現代詩文庫4、土曜美術社出版販売、二〇〇二年。

『詩圏光耀――一詩人の詩想の歩み』〔新〕詩論・エッセー文庫5、土曜美術社出版販売、二〇〇五年。

『詩想の湧く泉の辺(ほとり)で――詩的真実に潤う』〔新〕詩論・エッセイ文庫　新装版18、同、二〇二二年。


【雑誌・新聞】

・村野の追悼文「坂の上の詩人――村野四郎さんのこと」、「秋田魁新報夕刊」、一九七五年三月十一日。
・「中心の空無化――一九八〇年夏・詩集『光る岩』の周辺で」、「開花期」二九集、一九八一年。・「撃竹春秋」「死の変容」、「撃竹」一五号、一九八六年。・「心の風土とその目覚め」、「地球」九二号、一九八八年。
・「撃竹春秋」「人生の半ばを過ぎて」、「撃竹」二七号、一九九〇年。・「「地球」に至る遍歴から」、「地球」一〇〇号、同年。・「撃竹春秋」「大戦とドイツ人作家」、「撃竹」四〇号、一九九七年。・「晩翠賞受賞の頃――私の詩的夜明け」、仙台文学館『日本の詩一〇〇年の軌跡』解説図録、一九九九年。
・「生命の全体性――その揺らぎと連関について」、「詩と思想」十二月号、二〇〇〇年。・「石井昌光――その詩人としての光芒」、「白い国の詩」五五二号、二〇〇二年。・「撃竹春秋」「詩の学校（日本詩人クラブ）を通して」、「撃竹」七六号、二〇一一年。「詩想の鍛錬と深化の場として」、「詩と思想」十月号、二〇一二年。巻頭エッセー「経験と生命(いのち)」、『二〇一四年度常設展　未来につなぐ想い――二〇一一・三・一一と詩歌、そして…』（日本現代詩歌文学館編）、二〇一四年。「子供と夭折」、「詩と思想」三月号、二〇一九年。

・小川琢士

「前原正治詩集『黄泉の蝶』を読む」、「撃竹」四六号、二〇〇〇年。『前原正治詩集』の栞として再録、二〇〇二年。

・尾花仙朔

「魂　その変奏曲――抽象から具象へ」、「撃竹」三〇号記念特集、一九九二年。『前原正治詩集』の解説として改訂再録、二〇〇二年。

・片岡文雄

「前原正治覚書」、『現況の歌』、混沌社、一九八三年。

・北畑光男

「抒情詩の光明――前原正治さんの詩の歩み」、『前原正治詩集』の栞、二〇〇二年。

・神品芳夫

「折々のリルケ――日本での受容史と今（二）」、「午前」四号、二〇一三年。『リルケ　現代の吟遊詩人』（青土社、二〇一五年）に再録。

・坂本正博

「リルケ後期を読みこんだ前原正治の詩」、「撃竹」創刊三〇周年八〇号記念特集。二〇一二年。「前原正治の詩　注釈の試み」、「回遊」二二号（坂本正博個人誌）、二〇一七年。「名詩集発掘　前原正治詩集『緑への凪見』　魂の交流と世界との触れ合い――その狭間に宿る命の寂寥」、「詩と思想」四月号、二〇一八年。「前原正治　詩作の歩み／主要参考文献」、「敍説」Ⅲ一五号、花書院、同年。「前原正治の変身――樹木的姿勢の岐路」、「東北文学の世界」二七号、盛岡大学文学部日本文学会、二〇一九年。「死者は生者の泉である――前原正治　鎮魂から生存の問いへ」、「東北文学の世界」二八号、同日本文学会、二〇二〇年。「「現代詩の50人」詩人論〈緑〉に溶け合って生命の本源を開く　前原正治詩集『緑の歌』」、「詩と思想」五月号、同年。「逼迫する無垢、回生する想像力――前原正治　ブレイクの子どもの詩からの触発」、「東北文学の世界」二九号、同日本文学会、二〇二一年。「リルケからの回生――前原正治〈世界苦と子供〉のイメージ」、「敍説」Ⅲ一九号、花書院、同年。「詩「初夏・蝶」の造形―前原正治　生命の水脈」、「撃竹」創刊四〇周年一〇〇号記念特集、二〇二二年。「〈緑の歌〉の想像力―「経験」から「生命（いのち）」への回生」、「東北文学の世界」三〇号、同日本文学会、同年。「前原正治「〈世界苦と子供〉のイメージ」――リルケからの回生　特集　困難な時代の詩Ⅱ」、「詩界」二六九号、日本詩人クラブ、同年。

『前原正治著作年譜　二〇二二年版』、前原正治監修、坂本編集・発行、A4判、総十九頁、同年。

『リルケからの回生　戦後詩の新水脈　前原正治　金井

直』、土曜美術社出版販売、四六判、総五百五十一頁、同年。

・佐久間隆史

「自己空洞化の深き淵からの出立　前原正治詩集『現況の歌』を読んで」、「撃竹」九号、一九八四年。

・鈴木比佐雄

「前原正治詩集『魂涸れ』を読む」、『前原正治詩集』の栞、二〇〇二年。

・富長覚梁

詩集『黄泉の蝶』解説「生を見据える覚醒の豊かさ」、土曜美術社出版販売、一九九九年。

・原田勇男

「いのちの尊厳を蘇らせるために――前原正治の鏡が映し出す魂の現象学」、「撃竹」創刊二〇周年五〇号記念特集、二〇〇二年。『前原正治詩集』の解説として再録、同年。

注

＊1　Ⅱの第一章の＊1参照。

＊2　むらの・しろう　一九〇一（明三十四）―一九七五年。東京府北多摩郡多磨村（現、府中市）に生まれる。一九二七年、慶應義塾大学経済学部卒。荻原井泉水の「層雲」に自由律俳句を発表。ドイツ詩にも親しむ。三一年、小林武七等と「新即物性文学」を創刊。三九年に詩集『体操詩集』刊。敗戦後、会社経営の傍ら現代詩人会会長を務めた。「詩學」研究会作品の選などで、金井直など後進の詩人を発掘した。五二年の詩集『實在の岸邊』他を経て、六〇年、詩集『亡羊記』で第一一回読売文学賞。五四年の『現代詩読本』他の詩論書によって欧米の詩論や詩も紹介した。日本現代詩人会（改称）の初代会長を務めた。

＊3　William Butler Yeats　ウィリアム・バトラー・イェイツ　一八六五―一九三九年。ダブリン市サンデー・マウント通りに生まれる。アイルランドの風土と文化に育まれる。ケルト的な神秘主義を終生、根底に抱いて妖精物語を収集し創作の源泉とした。多くの戯曲も発表するが、個々の詩はその劇中の台詞や、決定的瞬間に発せられる独白のように劇的だ。詩作活動とその生命全体が劇的に関連して、夢と現実とに引き裂かれた悲劇的な苦闘の様相を表現する。そのような「存在の全一性」を追究した。前原の詩作とも重なる特質で、大学時期の読み込みは後に開花したといえる。

＊4　おじま・しょうたろう　一八九九（明治三十二）―一九八〇年。富山県中新川郡東水橋町（現、富山市水橋町）

に生まれる。一九二四年、早稲田大学文学部英文学専修を卒業し、第二次大戦前からアイルランド文学とイェイツの研究を積み重ね、訳詩と解説でイェイツの真髄を日本に伝えた。助教授を経て四九年に早稲田大学文学部教授となり後進の指導にあたった。日本イェイツ協会の初代会長。前原がイェイツを通して文学を習得する最初の師となった。

＊5　ふじかわ・ひでお　一九〇九（明治四十二）―二〇〇三年。東京に生まれる。一九三二年、東京帝国大学文学部独文学科卒。東大教養学部助教授を経て五六年教授。ドイツ文学、比較文学を講義し後進を指導した。リルケの硬質な芯をとらえた訳詩や解説によって、金井直や前原など多くの詩人をその後期の詩へと導いた。彌生書房版『リルケ全集』全一四巻（一九六〇―五年）の訳者代表。六七年、第一九回読売文学賞・第一〇回高村光太郎賞、八五年第四二回日本芸術院賞、八九年に日本芸術院会員となり、九〇年第一七回大佛次郎賞。

＊6　現在の秋田県能代市追分町一番三六号に所在。一九一四（大正三）年、能代港町立能代実科高等女学校として創立。前原が赴任した頃は、一学年九クラス三学年の女子高だった。二〇一三年、能代市立能代商業高校との統合で能代松陽高校が開校したのに伴い、閉校。

＊7　まるやま・かおる　一八九九（明治三十二）―一九七四年。大分県大分市荷揚町（現、府内町）に生まれる。一九二五年、第三高等学校文科丙類卒業後、東京帝国大学文学部国文学科に入学、二八年に中退。三四年に堀辰雄、三好達治と共に第二次「四季」を創刊する。四一年、リルケの事物詩に学んだ『物象詩集』刊。四五年から四八年まで、山形県西村山郡西山村（現、西川町）岩根沢に疎開し、岩根沢国民学校の代用教員をした。四八年に愛知県に移住し愛知大学文学部客員講師となり、後に客員教授を務めた。六七年に復刊した第四次「四季」刊行の頃に、前原の方から詩集『小さな世界』を送り激励される。丸山薫賞は、その業績を顕彰するため一九九四年から毎年一回選考している。

＊8　仙台出身の土井晩翠の顕彰と東北の詩人の活躍を後押しする意味で、一九六〇年に童謡作家の天江富弥を中心に創設（第一回）。前原を含む顕彰会が、近年は全国的視野で毎年一回選考したが、二〇〇九年（第五〇回）で休止しその後中止。

＊9　あきや・ゆたか　一九二二（大正十一）―二〇〇八年。埼玉県鴻巣町（現、鴻巣市）に生まれる。一九四二年、日本大学予科中退後、堀辰雄や立原道造に影響され詩作を始める。五〇年、ネオ・ロマンチシズムを唱えて第三次「地球」を創刊。社会性ある抒情詩を目指し幅広い層の詩人を網羅した。八八年、詩集『砂漠のミイラ』で第二一回日本詩人クラブ賞、九五年、詩集『時代の明け方』で第二回丸山薫賞。日本現代詩人会会長を務めた。登山家としても世界の辺境に出かけ詩の源泉とした。

＊10　かたおか・ふみお　一九三三―二〇一四年、高知県吾

川郡伊野町（現、いの町）に生まれる。明治大学文学部卒。高知県で長く夜間定時制高校教員を務める。前原が詩誌「開花期」の同人となった頃、嶋岡晨・森田進・伊良波盛男らが執筆していた。一九八八年、詩集『漂う岸』で第一三回地球賞、九八年、詩集『流れる家』で第一六回現代詩人賞。

＊11　さらしな・げんぞう　一九〇四（明治三十七）―一九八五年。北海道川上郡弟子屈町の開拓農民の家に生まれる。一九二三年、東京の麻布獣医畜産学校を中退し帰郷する。三〇年、開拓農民とアイヌの現実を描いた詩集『種薯』刊。六六年、北海学園大学教授。同年、アイヌ民族文化の調査保存に寄与したとして第一八回NHK放送文化賞。北海道文学館初代理事長も務めた。更科源藏文学賞は、その業績を顕彰するため二〇〇三年に創設し隔年で選考していたが、二〇一七年の第八回で中止。

＊12　こうしな・よしお　一九三一年東京に生まれる。少年時代を阪神地区で過ごし、第二次大戦末期には大阪市で大空襲により罹災する。一九四六年以降は東京在住。一九五九年、東京大学大学院独語独文学専攻博士課程満期退学。東京大学教授、明治大学教授を歴任。二〇〇五年、『自然詩の系譜　20世紀ドイツ詩の水脈』（神品編著、みすず書房）で第五回日本詩人クラブ詩界賞。一七年、神原芳之の筆名で第一詩集『青山記』を刊行し第二八回富田砕花賞。選考委員は〈一つ一つの作品が、丁寧に編み込まれた言葉の花籠のような造形物（中略）十代に体験された戦時下の記憶が詩集の核となり、それが自然や生命を愛おしむ心を育むと同時に、この国の社会や未来に対する深い憂いとなって、この詩集の強い精神性と、心にひびく抒情性を生み出している〉と講評した。詩誌「詩と思想」編集参与。詩誌「4Ｂ」「午前」同人。日本詩人クラブ名誉会員。日本文芸家協会会員。日本独文学会元会長。

「片山敏彦の国内亡命」（「午前」一八号、二〇二〇年）でも、第二次大戦中に国内亡命した片山が〈リルケという安全な地下壕に身を置きながら、内面世界のミスティクの詩的構築に精を出していた〉と評価した。また、『木島始論』（土曜美術社出版販売、二〇二〇年）でも、アメリカの黒人文学を〈文化観の一つの基準〉として学び日本に紹介した木島の生涯を辿り直した。二〇一五年の未来社版『木島始詩集』の復刻（コールサック社）を、神品が読んだ際に、同世代の木島によって〈敗戦の頃の世の中に一気に引き戻される気分になった〉のが執筆の動機だった。すでに八十四歳になっていた神品自身も、その時までに、敗戦後の再出発とその後の回生を若い世代に伝えたいとの意思を明確に抱いて著述を続けていたから木島の顕彰を発起したのだ。

前原は、彌生書房版『リルケ全集』一巻詩集Ⅰの神品訳『初期詩集』（一九六一年）を読み込み、六六年、前原著『リルケと初期詩集　一つの魂の歌』に引用する。同版二巻詩集Ⅱ神品訳「白衣の貴婦人」（『初期詩集』、一九〇九年収録。一九六〇年）も読み込む。それらを七一年刊の詩集『緑への風見』の源泉とし、以後も座右の書とした。二〇一一年の前原の詩「深まり廻る年に――若い日々　R・M・リルケへ優しく導いた神品氏へ　寿歌を添えて」（『詞花集　はるまつり』、神品芳夫の傘寿記念として作成、神品サロン「詩の話だけをしよう会」、本多企画）で、前原は一九六三年以来の神品の導きについて記した。

神品の訳著書から、前原の詩業に関連する文献を次に挙げる。ヘルマン・ヘッセ訳『郷愁』（『新集世界の文学』二七巻、中央公論社、一九六八年）。訳編『オスカー・レルケ詩集』（思潮社、一九六九年）。『リルケ研究』（小沢書店、一九七二年。新版は一九八二年）。訳「マルテの手記」（『世界文学全集』二五巻、学習研究社、一九七九年）。『詩と自然　ドイツ詩史考』（小沢書店、一九八三年）。編訳『リルケ詩集』（小沢書店、一九九三年。改訂新版を新・世界現代詩文庫10として土曜美術出版販売、二〇〇九年）。

*13　詩では、平凡社版『世界名詩集大成ドイツⅠⅡⅢ』六・七・八巻（富士川英郎訳者代表、一九五八年）を座右の銘として読み耽る。中でも、ゲーテ・ノヴァーリス・メーリケ・アイヒェンドルフ・ヘルダーリン・ゲオルゲ・ホーフマンスタール・リルケ・ヘッセ・トラークルなどを好んだ。後に、筑摩書房版『トラークル詩集』（平井俊夫訳、初版一九六七年の増刷版）や彌生書房版『世界の詩　トラークル詩集』五一巻（吉村博次訳、初版一九六八年の増刷版）も読み耽る。

他の作品では、ゲーテ『ヴィルヘルム・マイスターの遍歴時代』（人文書院版『ゲーテ全集』六巻、山下肇訳、一九六二年）、ノヴァーリスは岩波書店文庫版『青い花』（小牧健夫訳、初版一九五〇年の増刷版）、トーマス・マンは新潮社文庫版『トニオ・クレーゲル』（高橋義孝訳、初版一九五六年の増刷版）、筑摩書房版『世界文学大系　トーマス・マン　魔の山』五四巻（佐藤晃一訳、一九五九年）、ハンス・カロッサは岩波書店文庫版『美しき惑いの年』（手塚富雄訳、初版一九五四年の増刷版）、岩波書店文庫版『ルーマニア日記』（高橋健二訳、初版一九五三年の増刷版）なども好んだ。

*14　てづか・とみお　一九〇三（明治三十六）―一九八三年。栃木県宇都宮市に生まれる。一九二六年、東京帝国大学文学部独文学科卒。同大学文学部独文学科助教授を経て四九年教授となり後進の育成にあたった。六七年、日本学士院会員。ゲーテ『ファウスト』訳で七〇年、第二二回読売文学賞を受賞するなど、ヘッセ・ニーチェ・ハイデッガー・ヘルダーリン・リルケなどの優れた翻訳で知られる。八一年、文化功労者に選ばれる。

Ⅱ　金井直

一　金井直の蟬の詩

(序)

金井直（かないちょく）は生涯[*1]にわたって蟬の詩を書き続け、独自の想像力を発揮している。そこで、蟬を中心にした昆虫の造形の変遷をまとめる。読解の鍵となる語句を太字にしてまず概観する。

一九四四年から詩作を始めたが、第二次大戦末期の四五年三月九日から十日にかけての東京大空襲の折、愛し始めていた年上の女性が焼死する。四月十三日には、空襲で生家も焼失。そして同年六月に十九歳で繰り上げ徴集され兵士となったが、南方派遣予定の部隊で訓練中に敗戦となり軍隊の崩壊も体験した。この戦争体験と、東京に帰郷した後の焼け跡で茫然自失した事とを生涯にわたって想起し、生存を問う源泉として書き込んだ。したがって、**死者の遺志**、**叡智を招魂し溶け合って共棲を希求する磁場を創出することが生涯のモチーフとなった**。いわば戦争に駆り出されたわが身を切り刻みながら生存の軌跡を詩作した。

四六年、絵画を志すが断念して四九年から詩学研究会に参加し、村野四郎から**即物意識の形態化**を学びリルケへの糸口も示唆される。同時に四八年、金子光晴の詩集『落下傘』（特に「寂しさの歌」）・『鮫』などに圧倒的な影響を受け〈日本的現実、日本的精神風土に対する批判精神の強固さ、自我意識の熱烈さ〉（「廃墟からの出発」、『詩の国への旅』、文化出版局、B6判、総三百九頁、一九七三年、九頁）に覚醒する。

晩年の「「寂しさの歌」と戦後」（「こがね蟲」一〇号、一九九六年）で、〈「寂しさ」の実体は、人間性を「無」にしようとする社会の冷酷な力の作用であり、人間に絶望感をもたらす情緒としてもろもろの事象を特徴づけているものである。そのような現実を踏まえて、人間の立場で社会に対峙する者がまわりには一人もいないと、光晴は次のように嘆いているのだ。（「寂しさの歌」末尾の連を引用）／本当に寂しいのはそのことだと言っている。この寂しさこそ、人間的な寂しさなのである。／「寂しさの歌」における問いを、自らの問いとして、その回答を自らに課した詩人は、戦後、いただろうか。戦後はまだ終わっていない〉と問いかけている。

自らは、第一詩集『金井直詩集』（全六章構成、装幀　青木ひろたか、薔薇科社、総百三十三頁、一九五三年）以来、一貫してこの課題を問い続けた。そして詩集『帰郷』（彌生書房、A5判、総百二十二頁、一九七〇年）第一部（五一頁）で、旅先の房総半島南端の風景から本源的な〈緑の道〉（この第一部の中で、本来の生命の記憶、死者の叡智が支えている生者の歩みを集約する詩句）を開示している。同時に第二部「こおろぎの唄」以下で、「寂しさの歌」をふまえて「無」に帰る瞬間（寂滅）に焦点を絞り、更に反転して〈社会の冷酷な力の作用〉に対して立ち向かう一瞬をも、自己の解剖によって現前化している。帰郷の詩想だ。

地上の現実に囚われた金井は、血肉をともなう心身の生の軌跡として表現を捉えた。したがって、作品では自画像を詳細に描写している。第四部「帰郷2」も、創作の現在から戦時末期を想起し現在へと胎動する瞬間を描いている。崩壊した日本軍の訓練兵として〈単なる腐敗物にすぎなくなった人間〉、〈飢餓線上に在り、人間が人間を喰い合う闘争の渦にまきこまれていた〉敗兵の〈利己意識〉を、戦後の日本人の〈生きながら死臭を放つ／エゴイズムの川〉へと連続させる。『帰郷』は、寂滅への帰郷を究極まで追究しつつ、それから反転して、敗戦前後を起点として七〇年の当代に連続する「無」と対峙している。

更に七二年の『昆虫詩集』（彌生書房、A5判、総百六頁）までに、リルケが造形を彫琢する詩法から学び独自の芸術事物を創造する。詩「ノミ」（八―九頁）では、先の「無」と同一で死に等しい兵士の生存を、〈ノミ〉の即物的な形態から類比した造形（視覚像）に類比して表現している。

一枚の毛布を太陽の下に広げたのは
二人の兵士だった
飢えて痩せた　惨めな兵士だった
広げられた毛布の上で
驚いて跳ねたのはノミだった
熱せられたフライパンの上で
跳ねる胡麻のように
跳ねて死ぬ以外にないノミだった

一枚の毛布に包まれていたのは
飢餓の日々だった
生きる希望のない青春だった
だから　一枚の毛布から飛跳ねたノミのように
不本意の場所から飛跳ねるより仕方がなかった
「死」に向って

あの兵士とノミは
いまどこに居るのだろう
あの跳躍を
どこかで遣直しているだろうか
八月十五日の正午には　ことさら
戦火に焼かれた兵士とノミが憶いだされる

この詩では、「無」と同一の兵士を、〈「死」に向って〉〈飛跳ねる〉像で造形化している。前述してきた「無」との対峙に匹敵するのは、この詩の場合、生存の〈寂しさ〉と強いられた死とを同一のものとして問いつめていることだ。問いつめた深奥には、第二次大戦下の人間が背負わされた情況が浮き彫りになっている。前出「帰郷2」でも、敗戦後、東京に帰っていく訓練兵を〈枕木の上を、飛ぶようにして行く俺〉と、類似した造形にしている。いずれも、拘束されて大地に根ざせなかった生命の像を想起している。

そして〈八月十五日の正午には　ことさら／戦火に焼かれた兵士とノミ〉を想起すると表明し、敗戦前後の時間を忘却してはならないと現代の時間に問いかける。この問いかけの姿勢が、「過ぎゆかぬ時間」を持続して迫り上げ、回生への希求は高まる。『昆虫詩集』の即物像は、やはり地上の現実に囚われた生存への批評性を根底に据えている。

しかし同詩集のもう一つの柱は、目前の生命と創世記以来の宇宙の生成・消滅とを結び付け、本源的な〈緑の道〉での生成・流動・消滅として、見える像に変容していることだ。

蟬の造形は、これらを融合して現前化した典型的な即物像で、宇宙空間と、地上の現実に囚われた生存とを照応させた響きを喚起する。

初期から晩年まで作品全体で書き継いだ題材で、右のような意義を担って想像力の中枢に位置する。したがって、この題材を通して金井の詩の特質を透視することが可能になる。まず、次の詩から始める。

（一）

ひぐらしのうた

ひぐらしが鳴く　こちらの林で
鳴きやむと　むこうの森で
ひぐらしが鳴いている
子供のころのしりとりのように
おてだまのように
きのうまでは知らなかった家の
あすからはまたみ知らぬ人たちとなるかもしれぬ薄明の中で
ひぐらしをきいている

日本が世界を相手に戦っていた時代の
ひなびた町できいたひぐらし　その声を
やさしかった人のおもかげをひきよせて
その人を知るよしもない人たちと
一緒になってきいている

この世のものではないような
むせびなきをきいている

むこうの森　こちらの林で
ひとつずつ鳴きやむ夜をきいている

そのはての沈黙の
雫の音をきいている
無限につづくやみをへだてて
かえってこないこだまのような
うしなわれた声をきいている

敗戦にみだれた人の世の
もえのこされたひと夏の
むなしいはげしさ　そのなきがらを
心の廃墟のくさむらに
みいだした時のふかいうつろが
さぐりようもない夜更けのどこかで
ひびきあうのをきいている

初出は「文藝」、一九六三年十月号。一九六六年の詩集『Ego』（彌生書房、Ａ５判、総六十三頁、六―

八頁）に収録。[*2] 本文は同一。

　金井は、先述したように繰り上げ徴集され、千葉県佐倉の東部第六四部隊に入隊し、直ちに南方進出の機動部隊に編入され広島県の原村兵舎（当時の賀茂郡原村、現在の東広島市八本松町原、前長沢のあたり）に駐屯した。南方派遣予定の兵士として訓練中の八月六日朝、禿山（水丸山標高六百六十メートル）の向こうにB29爆撃機から投下された落下傘らしい下降物を発見。原爆投下後の薔薇色の茸雲を目撃し衝撃を受ける。

　敗戦後の九月末復員。長屋（当時の瀧野川区西ヶ原町五四九、現在の北区西ヶ原四丁目六二番地二）に一人で住む。身体衰弱のため祖母の命により四七年まで自宅療養する。焼け跡の東京で四六年からアテネ・フランセに通い始めフランス語を学び始める。青年期から画家志望で四八年から九年頃に浦和の画塾で寺内萬次郎（一八九〇―一九六四年）からデッサンを学ぶが、急速に右眼の視力が衰え詩の創作に進んでいく。

　個人的体験にふれたのは、詩誌「荒地」を中軸にして敗戦直後の詩の動向を語る傾向に、金井を対置したいからだ。「荒地」の主要同人は、金井よりも少し上の世代で、生年が一九一九から二三年にわたっていて戦時中は兵士として戦地に赴いた者が多い。金井よりも三から七歳、年上で成人していたため国策に従って命を投げ出すことを強制された。同世代の多くは戦闘もしくは戦災で亡くなったが、たまたま生き残った。二十代という人生の出発期に刻まれた死の枠付けを、戦後に想起しつつ再生への苦悶を詩表現に託した。そして、同人誌的つながりという集団制を軸にして人脈を形成していった。だが敗戦直後に提起した文学的課題は次第に固定化し同じ事の繰り返しとなっていった。批評の軸が発展せず曖昧になり、同傾向以外への排他的な風潮も生み出した。一時的に眼を引く風潮に対して依存的で模倣に陥りがちな日本人の傾向もそのような停滞を助長している。

戦後七十七年目の今、私達自身の身体とそれを包摂する自然を壊して利得を追う風潮はますます高まり、自給自足に必要な農業基盤は失われ、本源的な〈緑の道〉の生成・流動から離れていきつつある。その現況に対して、閉鎖的な集団内で活動している現代詩の作者は対峙できているだろうか。「荒地」や「列島」等だけでなく、重層的に形成された集団制から離れた精神の磁場で敗戦体験を原風景にし、それと対峙する独創的な個々の軌跡を発掘し再評価して戦後詩史を見直さねばならない。金井は南方派遣される一歩手前で敗戦を迎えた。そしてその体験を現在の時間に想起する方法を錬磨し、想像力を変容しつつ「無」と対峙し続けた。

そのような視座で「ひぐらしのうた」の位置を考えることから始める。金井は金子光晴の次の詩を原形にして創作した。

かつこう

しぐれた林の奥で
かつこうがなく。

うすやみのむかうで

こだまがこたへる。

すんなりした梢たちが
しづかに霧のおりるのをきいてゐる。
その霧がしづくになつて枝から
しとしとと落ちるのを。

霧煙りにつづいてゐる路で、
僕は、あゆみを止めてきく。
さびしいかつこうの聲を。

みじんからできた水の幕をへだてた
永遠のはてからきこえる
單調なそのくりかえしを。

僕の短い生涯の
ながい時間をふりかへる。
うとうとしかつた愛情と

うらぎりの多かつた時を。

別れたこひびとたちも
ばらばらになつた友も
みんな、この霧のなかに散つて
霧のはてのどこかにゐるのだらう。

いまはもう、さがしやうもない、
はてからはてへ
みつみつとこめる霧。
とりかへせない淋しさだけが
非常なはやさで流されてゐる。

霧の大海のあつちこつちで、
よびかはす心と心のやうに、
かつこうがないてゐる。
かつこうがないてゐる。

「かつこう」は一九四七年八月一日（「日本未来派」二号）に発表した後、一九五四年刊の角川文庫版『金子光晴詩集』（村野四郎解説）に「蛾　拾遺」として収録。その際に大幅な補訂がなされた。その後、『定本金子光晴全詩集』（跋　金子光晴、中島可一郎書誌・年譜編、筑摩書房、一九六七年）で、「おちこぼれた詩をひろひあつめたもの」の章（詩集『蛾』にこぼれた詩の三篇）の一つとして再録された。金井の蔵書には角川文庫版があるので、この本文を「ひぐらしのうた」創作前に読んだ可能性が高く、それを引用した。文庫と全詩集の本文はほぼ一致。そこで「日本未来派」初出から文庫及び全詩集本文への補訂箇所を注に記す[*3]。

詩集『蛾』（北斗書院、一九四八年九月）の「あとがき」で金子は、〈蛾は終戦一週間ほど前のもの〉と創作時期を示唆している。戦時末期に発表するすべはなく、敗戦後の四八年に刊行された。すると「かつこう」の創作時期と当時の金子の情況が分かる。単独者としての金子の姿勢を断罪し　家三人を蔽い尽くしたのは総動員体制へとひた走る日本だった。一方、金子は四四年十二月初めに、妻・三千代と子息・乾（けん）とを連れて山中湖畔に実際に疎開し、生活形態も流謫者に近くなって東京を逃れていた。日本の主要都市が空襲による惨禍にみまわれ、敗戦の兆しを国民もようやく感じ始めた時期だった。親子三人が身を寄せ合って暮したのは、山梨県南都留郡中野村平野（みなみつるぐんなかのむらひらの）（現、山中湖村平野（やまなかこむら））の平野屋旅館（別棟別荘）だった。流刑者が強迫観念にかられて〈のがれやうとしてもがく／蛾〉（詩「いなづま」一九三六―三七年作）のように東京を離れて疎開地に逃れた。こうして実生活でも詩想の変容から見ても、流謫の意識とそれを投影した像は、四四年十二月の疎開前後から切迫したモチーフとなっていた。

金子は、二三年までにボードレール『悪の華』を一応全訳し翻訳草稿はできていた。五二年に訳本

〈宝文館〉を刊行する。ボードレールの散文詩も参考にして行分け詩と混交した独特の文体を駆使していく。そして、翼賛体制へとひた走っていた動静と自己の精神の場とを照応させる詩法を駆使し、人間の実在の姿を活写し凝視する文体を創造した。私の『金子光晴「寂しさの歌」の継承――金井直・阿部謹也への系譜』〈国文社、二〇一二年〉に詳論。

「かつこう」でも、離れた場所で途切れ途切れに鳴く〈さびしいかつこうの聲〉の交響と、人生の途上で出会い・別れてきた恋人や友を〈よびかはす心〉とを照応させている。一行ずつ読み進んでいくと、途切れながら呼応する鳴き声と、恋人らと疎遠になっていき無力化する自己とが照応し類比の関係で結び付いていく。前出「あとがき」で〈全篇に哀傷のやうなものがたゞよふてゐるのは、いつ終るかしれない戰爭の狂愚に對する絶望と歎きのよりどころない氣持からで、いつはりなく弱々しい心になつてゐた〉と回想する一節は、この詩の心象を正直に語っている。

読みを続ける。〈短い生涯〉を経て、〈こひびと〉も〈友〉も霧につつまればらばらに霧散して〈霧のはてのどこかにゐる〉。個人が無力化して〈いまはもう、さがしやうもない〉〈淋しさ〉だけが顕わになり相まみえないまま〈よびかはす〉。〈さびしいかつこうの聲〉の弱々しい交響は、協同を見失い人々が無力化された動静と照応して孤立する自画像を浮き彫りにしている。音響的なテンポは秀逸で、立体的かつ動画的な交響のイメージを喚起する行分け詩である。読者の情感に染み透っていく。

追い詰められて孤立した金子の心象と似通った現況に私達も直面している。世界に広がる殺戮と戦災の情報が瞬時に拡散している。加えて、海外で軍事介入を続けるアメリカ軍と自衛隊が現地協同作戦を実行する準備をしている。同時に国内でも市民運動を取り締まる共謀罪法が施行された。それは情報化時代における個人の無力化の進行ではないか。そこで事態の進行を持続的に把握して個人の想像力を研磨し続けねばならない。そこで「かつこう」のような戦時末期の詩を敗戦直後に金井が読んで、自己自身の戦争体験の想起に生かした事をその原点としてふまえたい。そして現況に対峙し他者との境界を切り開く磁場を考えたい。

まず、〈「ひぐらしのうた」は、光晴の影響です〉（金井の坂本宛書簡、一九九一年八月六日）との示唆から始める。五〇年から五三年にかけて、金子の詩の模倣作を金井が連作した時期がある。前著『金井直の詩――金子光晴・村野四郎の系譜』（おうふう、一九九七年）でその詳細を記述している。

その時期を経て固有の詩法を確立した後に、前述した交響のイメージを変容した。その際に「ひぐらしのうた」は、戦争被災者・死者への鎮魂歌となった。追悼者が死者の魂を呼び起こし、両者が〈ひびきあう〉招魂の形式。そこで追悼者と戦争被災者・死者との間でどのような事態が起こっていたのか、まず簡潔にふれる。

第二連。〈ひなびた町〉で訓練兵だった金井は、過酷な軍事組織の一員として戦死を覚悟して絶望的な軍事訓練を続けていた。八月十五日の「玉音放送」による敗戦後、九月に部隊は解散し心身が疲弊した状態で放り出される。この〈ひぐらし〉の鳴き声は〈やさしかった人のおもかげ〉を当時もひきよせ、半死半生の絶望的な訓練兵が人間の心を取り戻すよすがとなった。南方派遣による戦災死を覚悟していた金井は擬似死骸の状態だった。事実、実際に派遣された部隊が日本出航直後に潜水艦によって撃沈された例は多数ある。〈やさしかった人〉への思慕は、人間であることの唯一の証しだった。後に散文詩「帰郷２」でも、その人が待つ東京へと一心不乱に帰郷する元兵士を想起している。

「ひぐらしのうた」でも原村兵舎での過酷な訓練とその人への思慕とを結び付けて想起している。

第五連の〈もえのこされたひと夏〉〈そのなきがら〉とは、第二連の〈やさしかった人〉が戦災死したことをふまえている。第四連で〈うしなわれた声〉と表現されたのは実在した高島恒（つね）（一九二一年十一月十二日―一九四五年三月十日）。金井が当時、勤めていた計理事務所で隣に座っていた同僚で、五歳年上（一九四五年三月九日時点で恒は二十四歳）、姉のように慕った。金井を樋口一葉の作品やクラシック音楽に誘い、精神の充実感を与えた。生前の金井は、恒が戦災死しなければ結婚したかもしれぬと私に語った。四五年三月九日から十日にかけての東京大空襲で戦災死した。金井は十日の早朝に、焼け焦げた死骸がくすぶる焼跡で恒を捜すが見つからず、九月の復員後に初めて恒の親族から戦災死の確定を知ることになる。

戦災死の事実経過は『金井直の詩』に詳述しているが、概要のみ記す。九日から十日にかけての東京大空襲で恒の居住していた本所区は全面積の九十六％焼失、全焼に近く、区民二万四千人が焼死している。火焔に追われた恒の遺体は、住居の北東約一・五㎞に位置する横川橋（よこかわはし）の橋ぐいに引っ掛かっていた。火焔に追われて大横川（おおよこがわ）に飛び込んだものと推定される。遺体は、猿江恩賜（さるえおんし）公園（現、江東区毛利二丁目、千歳町（ちとせちょう）の東方約一・五㎞）に運ばれ土中に埋葬してあった。

恒の死を確認できないまま六月に徴集され、復員後の金井は救えなかった無力感に苛まれる。

恒への思慕と戦災死による落胆をモチーフにして「ひぐらしのうた」までにも多数の詩や短篇を創作した。創作動機が分かる蝉の詩もある。例えば詩「回想――恒に」（詩集『愛と死の小曲』、薔薇科社、総九十四頁、一九五九年、一八―一九頁）。〈あじさいの、／いちめんの、／かなしみから、／日は暮れてくる。∥ひなびた一軒の、／宿のてすりにもたれ、／永遠の音に似た、蜩の声をきくように。（後略）〉のように。職場旅行の宿で、てすりにもたれるのは恒だ。

だが「ひぐらしのうた」は、体験を再生し思慕の感傷を吐露するのではなく、新たな想起の方法を駆使して過去を蘇らせている。第一連から順をおっていこう。形式的には「かっこう」の立体的かつ動画的な交響のイメージを取り入れて開幕する。〈ひぐらし〉は地中での揺籃期を経て地上に這い出し、林で〈薄命〉の炎を燃やして交響している。その交響を聴聞する追悼者も、衆生としての定命（じょうみょう）を生きていて〈薄明〉の世で他者と生き別れる。追悼者自身の生存の在り方も自覚し生者必滅の場を提示する。それは末尾の第五連と呼応して詩全体の精神の磁場となっている。

第二連で、戦時末期に〈ひなびた町〉（原村兵舎）で訓練兵が聞いたひぐらしの交響を、現在の追悼者は呼び起こし想起する。鳴き声を〈声〉と表現し、当時も〈やさしかった人のおもかげ〉と交響し、現在でもその〈おもかげ〉を〈ひきよせ〉て交響する。

恒の魂を呼び起こし、招魂つまり魂鎮めをするしか今もすべはない。戦争の記憶に囚われた人が、眼前のひぐらしの鳴き声を聞くという事象を超えて、内奥の呻きを直観しているのだ。現在の空間に交響するイメージの奥に戦時期に聞いた交響を重ねて想起し、過ぎ去った傷痕、死者の魂を追悼者の心に顕わに呼び起こしていく。この喚起力が作者以外の読者も招魂劇に招き寄せる。

構成が形式的に似ていても、「かっこう」の方は〈短い生涯の／ながい時間をふりかへる〉と、その鳴き声に〈うすやみのむかうで／こだまがこたへる〉だけで、閉塞した悲しみを感じる交響のイメージでしかない。閉塞した〈淋しさ〉の情緒に流れて奥行きが浅い。

もう一方の「ひぐらしのうた」は、第三連で二重のひぐらしの交響から死者の〈むせびなきをきいている〉と、死ななくてすんだかもしれない、失われた生命のかけがえなさを喚起する。それは浄化できない死者の泣き声であり、その呻きと追悼者は共に在る。それは〈この世のものではないような〉死者の呻きが心に湧き出し交響するからだ。〈きいている〉瞬間、追悼者の心に死者の魂が呼び起こされ、読者も直観する。同時にこの聴聞は、読者を含めた追悼者自身が死者と共に自らの生存も問う招魂の祈りだ。

戦争下では国家が有無を言わせず愛を引き裂いた。鳴き声が単なる寂滅にとどまらず〈むせびなき〉として交響するのはこのような痛恨の事跡だからだ。過酷な体験を、死者となった他者と共に追悼者が経験化する詩法を構想している。

第三から四連にかけて、〈むこうの森　こちらの林で／ひとつずつ鳴きやむ夜をきいている〉と、死者との断絶、時間のへだたりも確認する。死者の〈むせびなき〉が〈沈黙〉するとは、死者に呼びかけ招魂しても恒の〈おもかげ〉は遠ざかり、〈かえってこないこだまのような／うしなわれた声〉へと消滅していくからだ。聞こえない沈黙の〈雫の音〉とは、金井の詩に頻出する形象で、森の生命の原初的な営み、つまり樹から〈雫〉が落下する瞬間に追悼者が現世から抜け出し死者と〈ひびきあう〉心象である。無始無終の悠久の世界へと廻向する時間を開示した追悼者は、死者との新たな出会いを希求する。だが、追悼者も生者必滅の無限の時間にさらされている。失われた時間に直面して、二度と会えない人の途絶えた〈沈黙〉を想起するしかない追悼者が浮き彫りになる。

追慕の心象にはこのような奥行きがある。死者を呼び起こし自らの魂の場に湧き出させる追悼者は、死ななくてもよい戦災死に追い詰められた〈やさしかった人〉を想起するものの、断絶する受苦にもさらされる。希求と断絶の狭間で招魂劇を構成している

第五連では、短歌的な悲嘆の情緒を超えて〈なきがら〉を〈心の廃墟のくさむら〉で開示する。〈なきがら〉とは〈ひと夏の〉〈薄命〉の炎を燃やした蝉の死骸であり、恒への思慕の〈はげしさ〉に相反して、当時も今も〈むなしい〉断絶の受苦に囚われる心象でもあろう。こうして、敗戦直後の焼け跡を〈心の廃墟〉として引きずる内部空間に、聞こえない（見えない）〈うつろ〉が〈ひびきあう〉。ひぐらしも鳴きやんだ〈夜更けのどこかで〉無明の時間が現前化する。しかし寂滅の闇〈うつろ〉に囚われても、現世から抜け出し死者と〈ひびきあう〉ことも希求する。各連末尾の〈きいている〉のリフレインは、追悼者の絶えることのない、この希求を打ち出している。このような想像力、死者となった他者と共に、見えない芸術事物を追悼者が経験化する詩法を駆使していた。

当時の金井は、リルケを座右の書として耽読していたが、その芸術事物に近い奥深さを感じさせる。現在のひぐらしの交響から、時間を超えて、追悼者と死者との交響を直観し希求する。魂の世界を希求する追悼者が、その精神の磁場を音響的な想像世界として描いた。

このような想起の真実を、現代の私達は忘れ去ってはならない。問い続けねばならぬ。重要なのは、原村兵舎での絶望と寂滅を想起させる蝉の鳴き声と、恒の〈むせびなき〉とが呼応し交響するイメージを忘却せずに直観（直覚）し続ける魂だ。

金井は同時期の「リルケの『新詩集』について」（『乏しき時代の抒情』、右文書院、B6判、総二百四十

三頁、一九七八年、一二八―一二九頁。「無限」一一号・特集リルケ、一九六二年）で、第五連の〈みいだした〉つまり詩における見る行為について次のように述べている。

　真の存在となるためには、内部と外部、自と他が一つにならなければならない。見ることを超えなければならない。見る行為には意識が働く。意識は存在を区切る。本当に物を見るということは、直覚することである。直覚は無意識である。つまり物を見ながら「見る」という行為はみずから失われるのだ。そこにはもはや個別性はない。他の存在もなく、自己の存在もなくなるところに、私は深淵を見出すのである。

〈見る行為〉も聴聞も同一の直観である。これに続けて、松尾芭蕉の「やがて死ぬけしきは見えず蟬の声」を引用し、[*4]〈超自然即ち実存的根源の追求という点でも、それからまた芭蕉が、よく見る詩人であるという点も〉リルケと共通性があると述べる。さらに〈「蟬の声」も単に耳で聞いているのではなく、よく見ることによって、その声になっている〉としめくくる。すると先の詩の末尾〈ひびきあうのをきいている〉は、見る行為を超えた直観（直覚）による交響を現前化しているのだ。

　金子の「かつこう」を発想の出発点に置きながらも、六二年にリルケに関するエッセーを、翌年に「ひぐらしのうた」を「文藝」に発表した時点で、直観（直覚）によるイメージを現前化した。

　一度きりの出会いと愛、それを焼き尽くした戦争によって再生不能となった魂を招魂しようと、追悼者が死者を呼び起こし希求する。〈うしなわれた声をき〉こうとする意思が、死者と交響できなかった〈なきがら〉を〈心の廃墟のくさむらに〉〈みいだし〉想起する。その瞬間に寂滅の闇〈うつろ〉へと落下する追悼者は、生きたかったに違いない死者の〈むせびなき〉を聴聞（見る）し〈ひびきあう〉。両者の嗚咽は闇に反響する。通常の言葉によって表現しがたい鎮魂歌となっている。このような魂鎮めの儀式は金井の詩の特質で、変容しながらも晩年まで一貫する。万葉集をふまえると相聞と挽歌を融合した詩であり、リルケの内部空間にも通底する。金井も本来は画家志望でその素質を発揮して、心象を絵画的に描写する表現が得意で、当時、秀逸な花の詩を数多く書いている。

（二）

菱山修三（ひしやましゅうぞう）[*5]の次の散文詩「蟬」（詩集『盛夏』、角川書店、一九四六年六月、一六六―一六七頁に再録、金井の読書対象）も、当時の金井は耽溺した。その初出は詩集『望郷』（青磁社、一九四一年、一一六―一一七頁）で本文は同一。

我が友の蟬が啼いてゐる。蟬は、どこでも啼いてゐる。耳を澄ますと、その聲は、しかし、あちらからこちらへ、こちらからあちらへ、しづこころなく啼き移るやうだ。――あの木にも、この木にも、やはり長くは居つかないのか、啼き移るその聲は、見知らぬ群衆のなかをさまよふやうに、[★1]一聲歇んで一聲起る、絶え間なく啼さ繼ぎながら、次々に絶え入る。その聲のなかに、昔の友よ！　君の聲を尋ねて、私は、はぐれる。もはや聴えない、あんなに近く聴えた聲が、もはや私には聴えない。[★2]——劇しく啼きしきる蟬の聲に、[★3]耳を藉(か)しながら、私は古い椅子に腰を下ろしてゐる。私の眼は大きく見開きながら、在らぬ方をさまよふやうだ。[★4]蟬が啼いてゐる。蟬は確かに啼いてゐる。蟬はどこでも啼いてゐる。空はこのとき、底の知れない[★5]暑熱を胎み、色濃く、藍に干上る。別の世界のやうに、見知らぬ世界のやうに。

★1　林で鳴きしきり反響する蟬の鳴き声に照応し、意識内部でも蟬の鳴き声が反響する。それは意思疎通のない〈見知らぬ群衆のなか〉に混じって友の声を尋ねさまよう心象の類比であり、〈私〉の不安が浮き彫りになる。

★2　縁遠くなったり、亡くなったりした友の声が絶えて聞こえなくなった孤独な心象。

★3　記憶の彼方へ耳を傾けると、友の魂の声、つまり青春の叫びが反響している。作者はその孤独圏からそれに呼応し唱和する。

★4　友と共有した青春とその影とに、作者は無限の哀惜をよせる。今では、友の言葉も生気を失ったため、作者の内部で不安は広がっていく。

★5　内部空間である〈空〉には、底知れない空虚が広がり藍色に干上って、不安からの脱出を拒絶する。それは、新たな不安に駆られる予兆である。失われた青春の声は、不安を広げながらなお一層騒がしく反響する。

一九三〇—四〇年代の時点では、蟬の詩を含む菱山の散文詩は先駆性があった。それを確認しておこう。第一詩集『懸崖』（第一書房、一九三一年）で、〈負傷し〉た自意識を口語の散文詩形によって浮き彫りにした。これは日本の口語詩における新領域の開拓だった。また、同詩集収録の詩「しらせ」ですでに、〈屋上庭園で蜩(かなかな)が啼いてゐる。何處に？　木の梢に？　木はない、〉という構成で、予感や憧れと断絶という〈意識内部のドラマ〉を描いている。この短い散文詩形は後の詩人にも参照され熟成されていく。

菱山はヴァレリーの詩集を系統的に翻訳・紹介しながら第三詩集『望郷』に「蟬」を発表した。ナイーブな感覚で〈意識内部のドラマ〉に照明を当て、その散文詩形も練りあげた。「蟬」は、忘却の彼方に消えていく青春を哀惜しつつ、同時にそこから脱却しようとする自意識の運動をポエジイとした詩である。蟬の交響と同時にそれが途切れた静寂にも焦点を絞り、〈我が友の蟬が〉〈絶え入る〉と、〈君の聲を尋ねて、私は、はぐれる〉。〈もはや聴えない〉存在者は〈在らぬ方をさまよふ〉。別離した友の呼び出し・その不可能・喪失から、生存の心象も浮き彫りになる。つまり〈蟬は確かに啼いてゐて聞こえているのに、現実世界から遮断され引き裂かれてしまう存在者の内部空間も顕わになる。

次に、菱山の詩がどう批評されてきたか振り返り、金井の受容の特徴を浮き彫りにしたい。

まず村野四郎の見方を参照する。その散文詩形を〈区切りのない言葉の特殊な世界の中で、物象世界や時間の、解体や転置や総合の知的操作をくり返しながら、そこに、流れだしてしまわない一個の抒情体を形成した〉と評価した。更に〈知性によって傷つく自己解体的な痛みをその主調にしている〉[*6]とも評価し、勝れた抒情詩として認めている。

次に、片岡文雄。〈菱山の蟬は、季節の喚起のために招かれているのではない。（中略）蟬は一夏の生涯をことごとくうたいつくし、死にさらされていることで存在を全的に証明するもの〉[*7]。

大岡信。〈緊密に構成された意識内部のドラマ（中略）意識の或るしずかで騒がしい営みを表現するという詩法〉[*8]。

それでは金井はどのように受容したか。東京の焼け跡で神田の古書街を漁り歩き「ゆうとぴあ」「VOU」などの詩誌を読むようになり、『盛夏』も四七年三月に購入（坂本宛一九八八年三月二十二日書簡、以下の本文引用も読書対象の同書）し持ち歩いて耽溺した。

短篇「蓑虫記」（短篇集『蓑虫記』、八坂書房、総百三十三頁、一九七一年）は、母の実家で〈余計者〉だった生い立ちから始め、当時の心象を描いている。〈人を古里へいざなう愛というものの形〉（三頁）を垣間見せてくれた恒を失い、希求と断絶の受苦に苛まれながら『盛夏』を持ち歩いて彷徨していた。その心象を集約する詩として「夜明け」（『盛夏』の巻頭に収録、詩集『懸崖』初出）の〈私は遅刻する。世の中の鐘が鳴つてしまつたあとで、私は到著する。私は既に負傷してゐる……。〉を末尾に引用している。続けて〈私の生存の本質を代弁しているかのようなこの詩句が、私は好きであった〉（二八頁）と締め括る。負傷した自画像をこの詩句が代弁してくれたという。

また、戦後の〈比較的早い時期に読んだ詩集の中では、菱山修三は、きわめて鮮烈だったといえるでしょう。たしかに生意識のナイーブさに打たれました〉（談話）。〈生存の本質を代弁〉し〈生意識のナイーブさに打たれ〉たとは、当時、自己の生存の適切な形象化を探っていた金井にとって天啓となった。蟬の交響と断絶という音響的なイメージから、存在者の内部空間を類比する詩表現を脳裏に刻んだ。

書き始めの頃の〈鮮烈〉な喚起は、薔薇科社版『金井直詩集』収録（一三六頁）の詩「蜩（ひぐらし）」（一九四七年作）に投影する。〈蜩よ　お前は／晝間の中に忘れていたこころを／呼戻してくれる／ふるさとや母のふところを戀わせ／去ったものや遠い人をおもいださせる／蜩よ　お前に／その美しい聲を／誰が持たせたのか〉。「かつこう」も合わせて、蟬の詩を発想する原形ができていく。「秋蟬」（一九五二年作、四七頁）も同様。

当時、焼け跡に生き残った金井は、死者を招魂して自らの行く末を開示するようすがとしていた。蟬の題材に限らず多数の同種の詩を書き続けた。そして後に「ひぐらしのうた」で、追悼者が魂の世界を希求する精神の磁場を音響的な想像世界として創出した。

(三)

金井が散文詩「蟬」を読んだのは一九四七年だった。その頃、新たな受難に苛まれていた。四五年九月末に復員した金井は衰弱した身体を休めながら、長屋に一人で住んでいた。そして戦後の焼け跡で、近在の同年配の男女が十名程で始めていた読書会に参加する。その会で、隣家に住む二つ年上の浅田美代子と出会う。戦災死した高島恒に似ていてその面影を追ったのだろうと作品中で語っている。翌年に金井は二十歳となる。春頃から逢瀬を重ねるようになり、恒への思慕も投影して魅惑されていった。ところが逢瀬の最中に美代子は急性肺炎となり、四八年秋に亡くなってしまう。

落胆して、美代子を想起し追悼する詩や短篇を連作する。まず、一九五三年作の詩「ひぐらし」（拾遺詩集『青ざめた花』、国文社、総百十九頁、一九七五年）。

次に詩「小曲Ⅰ・Ⅱ」（詩集『愛と死の小曲』）。自序で、この詩は〈詩集『疑惑』とほぼ同時期（一九五八年八月）の作〉と解説。いずれも、「ひぐらし」の招魂劇へと胎動する原形、抒情のありかをうかがわせる。次の「小曲Ⅰ」（三〇―四二頁）で逢瀬を重ねる男と女は、金井と美代子。

Ⅰ

戦争が終ってはじめて、
新しい動乱がおこる。
ぼくの上に、おまえの上におこる。
手におもい、手に熱い、
おまえの乳房。おまえの腰。
そこからはじまるぼくの狂気。
ぼくの落魄。

（中略）

ひごと、よごと、
ぼくたちは抱合った……所詮ひとつにはなれぬゆえ……それゆえにはげしく、
ひとつになろうとして……。
なにからなにまでちがっていることを、どこまでいっても
ぼくたちはふたつのものであることを、

もはや　語る必要はなかった。無言の
ぼくたちのかぎりない抱擁……。
そのほかにぼくたちの生きるのぞみはなかった。
けれども、手なずけがたい心……ぼくたちの手にあまる心。
その心を忘れようとして、
ぼくたちは
さらにはげしく
男となり、女となるのだった。

＊

どこかで蟬がなきやみ……なきつぐまでの静寂の、
なんというながさ、みじかさ。
ひと夏のいのちのように、ぼくたちの逢瀬も終りをつげる？
終りをつげるようにおまえは惜しげもなく吐く……血を、血のなかの青春を。
しかしなんと、おまえの苦痛が一層おまえを美しくさせることか
……ああ
あまりにもはげしいおまえの血。おまえの焰。
日に日に、みずからをおとろえさせるおまえの愛。

美代子の病死から十年を経てやっと表現できた。〈新しい動乱〉の実情を記す。まだ焼け跡があちこちに残る頃で、近くの路地や染井の墓地にしか逢瀬の場がなく真冬もそうだった。そのため、美代子は急性肺炎になり急速に衰弱した。金井が見舞いに自宅を訪れても、病臥中の衰弱した姿を見せたくないため拒絶したという。

短篇「蓑虫記」（一二一―一五頁）の一節に、美代子への相聞であり挽歌でもある血肉をともなう生きものの歌が書かれている。

> 焼残った町の、寒風が吹きぬけていく夜の路地から路地を二人はさまよった。ユカは、時々、私の凍える手を取ると自分の乳房へ持っていったりした。身八口（みやつぐち）という言葉をおぼえた。
> そしてあの、空襲で死んだひと★と、横浜の波止場へ来たのも、やはり二月の今頃だった。ユカを横浜の波止場へつれてきたのは、あのひとの面影に誘われたからであろうか。
> あのひとの面影をのせて、海鳥が私の視界を流れていった。すると私には、ユカがあのひとそのもののように思われてきた。
> 私はユカを激しく求めてやまなかった。それは狂気に近い感情であった。ユカは従順だった。こうなることを受入れ、ああなることを受入れねばならぬ、とでもいうように。けれども、ユカはただ私に夢を見させてくれていただけなのかもしれなかった。

★　高島恒のこと。ユカは浅田美代子。

「小曲Ⅰ」の〈どこかで蝉がなきやみ……なきつぐまでの静寂の、なんというながさ、みじかさ。〉は、「ひぐらしのうた」の交響と断絶のイメージにも通じる。蝉が〈なきやみ〉〈逢瀬も終りをつげる？〉と二人は引き裂かれる。すると〈なきつぐまでの静寂〉とは、逢瀬が二度とないことに苛まれるぼくの時間だ。詩は続く。

ぼくたちが約束した別離を、
おまえは実行しないでどこへ行くというのか？
行先を誰にも告げないで……。
おまえはぼくを、
失意の底に突落す。
投込まれた石を呑込むかなしみのように、
ぼくのまわりからいくえものおえつの波紋がひろがる…。
（中略）
ぼくの愛をうたぐりもなく
おまえが受入れてくれたように、
おまえの愛をぼくが信じていたことが、
おまえにはそれほどたえがたかったのか？

死ぬことを予感しておまえが
あえてぼくを避けたこと、そのことが
ぼくを憎むおまえの肉親たちに、
おまえがぼくを愛してはいないという口実をつくってしまった。そのことを
おまえを信じていたぼくがおまえの口からきかないで、
どうしてそれと知ることができよう。
それと知らないぼくがどうしてなやまないことがあろう。
そして秋風のつめたさがぼくの心にしみる頃。
おまえの死とぼくへの変らぬ愛を、
人伝てに知ったぼくがどうして、
おまえの死とおまえの愛を信じることができよう？
信じることができよう？おまえの口からきかないで……。

（中略）

おまえのいない冬。おまえのいない春。
そして、おまえのいない夏がきて、
ぼくは動きたくなかった。
ちょっとでも動くと、
たくさんのおもいでに触れて、

生残っているいのちがたえがたくなるのだもの。
ああ、ぼくひとりの夏。
せつない夏がぼくのなかでこんなにも、
わだかまる。わだかまる。
せめておまえのおもかげのないところ。
おまえのおもかげにさわらないところで、
じっとしていたいのに。
ぼくはおまえにとじこめられて
ひと夏を、
よせてはかえす波のように
動かずにはいられなかった。

〈たくさんのおもいでに触れて、／生残っているいのちがたえがたくなるのだもの。／ああ、ぼくひとりの夏。〉追慕に苛まれ〈せつない夏がぼくのなかでこんなにも、／わだかまる。わだかまる。〉の一節も合わせて、戦災死した恒を追慕する「ひぐらしのうた」にも通底する想念だろう。詩を書き始めた時期に、恒、美代子と続いた死別、そして追慕の念に囚われ、招魂の葛藤を発語し続ける。それは、死者と交響できなかった〈なきがらを／心の廃墟のくさむらに／みいだした時のふかいうつろ〉（「ひぐらしのうた」）という形象と重なる。

ではこの想念と、蟬の生と死とをどう結びつけたか。蟬は、地中での揺籃期が現世で、羽化して交尾する夏のわずかの時間だけ鳴きしきる。刹那の交響を、死に向かう廻向の時間と金井は捉えている。目前に死が迫る時間が青年期を蔽い続け、それに重ねて、愛が成熟する前に先立たれ〈わだかまる〉心象にも〈とじこめられて〉、両者は類比の関係で結びついた。新たな未来の生への高揚が一挙に断絶する時間、〈おまえにとじこめられ〉た〈ぼく〉の呻き、これは生涯の詩作に通底する創作モチーフとなり多様に開花していく。

その表れが詩「無実の歌　V」（詩集『無実の歌』、一三一頁。「心」、一九六〇年七月号）で、〈虫が鳴く　鳴いている　なにかにおびえて／世界のくらがり　私達の／いちばんふかい場所で　私達の／いきものが鳴いているのだ／自分を知るために／存在の未熟さを納得するために〉のように存在への問いに発展していく。実人生での呻きの声・生存の軌跡を、存在への問いに結晶しようとする特質が見てとれる。その後も、空襲と戦後の廃墟における青春の残骸として蟬の形象を晩年まで書き継ぎ、新たな詩法へと展開した。そこで蟬の詩を通して金井の詩の特質や全体像を俯瞰することも可能になる。

更に次のように書き継ぐ。

詩「或る夏から」で、〈あの人との間の無言の泣哭／絶望のどこの木蔭で／ひぐらしは鳴いていたのだろう〉（『無実の歌』、九一頁）と表現。

詩「空蟬」で、〈なにげなく／木の葉をかえして／蟬のぬけがらをみつけるように／人は／心のうらがわに見出すだろう／激しく飛去っていったもののかたみを／うつろな内部がのぞける／ひとつのするどい裂目を〉（『Ego』、四六頁）、「庭」でも、〈女の悲嘆　カナカナで明け　カナカナで暮れる季節〉

（同、六三頁）。

以上のように蟬の詩を書き継ぎ、「ひぐらしのうた」では輪郭の明確な形象に結実し成熟段階に入ったといえよう。

その後も、次のように書き継いでいく。詩「秋蟬」で、〈死んだ夏をおもいかえして鳴いていた／あれは／やがて死ぬいのちの唄／生残っているいのちの唄／あれは／秋の　雨の　夜の／鳴咽とためいき／ぼくの中の／いちばん暗いもののための声／それらのための墓を／ぼくは　耳の中に作った／その墓に捧げる／祈り〉（「同時代」二二号、一九六七年十二月）。詩「秋の日」（詩集『薔薇色の夜の唄』、一九六九年）。詩「帰郷1」（詩集『帰郷』）。詩「湖水の秋」「漁村にて」（詩集『金井直の愛と死の歌』、一九七一年）。短篇「旅人」の一節に「秋蟬」を散文形に変えて再録（短篇集『蓑虫記』）。

（四）

一九七〇年の詩集『帰郷』以後、金井の詩は大きく変容する。七二年（四十六歳）の『昆虫詩集』収録の「アブラゼミ」他の蟬の詩は、変容の指標となる。これについては自著『帰郷の瞬間』（国文社、二〇〇六年）で詳論した。

同詩集の「ヒグラシ」で〈二百五十億年以前から／存在しているという宇宙空間の涯しなさを／ヒグラシの羽と音の透明さに感じている（中略）我々の発生から絶滅までの「時」も一瞬／永劫のヒグ

ラシを感じている〉（八八―八九頁）と表現している。
また次の「ツクツクボーシ」（九〇～九一頁）は、変容した蟬の造形の典型といえる。

やがて死ぬ
けしきは見えぬ★
ツクツクボーシの声は
古い樹木の生いしげる
わが内部空間にひびきあう
その始めのことは誰にも分らないけれど
わが宇宙が膨張をつづけているのは
ツクツクボーシの声のためだ
ひびきあう声が広がって消えていくためだ
ために　遠い彼方の星雲ほど
光速度に近い速さで遠ざかっているのだ
遠ざかっていく先はどこなのか
遠ざかって次々と消えていく彼方にはどんな世界があるのか
ついには星雲の無くなる真空には
一体どんな物質が残るのか

しかし　そんな思惑にはかかわりなく
五十億年前から太陽は燃焼をつづけて一向に衰弱しない
そしてただ感嘆する以外にない莫大なエネルギーを虚空に放出している
なぜなのか　それは分らない
やがて死ぬ
けしきは見えぬ
ツクツクボーシの
一心に鳴く姿を見れば
なぜなのかが分ってくる
その声が
非常に古い樹木の生いしげるわが内部空間にひびきあっているのと同じであることが分ってくる

＊　松尾芭蕉の句、『猿蓑』が出典。前出に同じ。

ツクツクボーシの鳴き声は〈わが内部空間にひびきあう〉と冒頭に提示する。本源的な〈緑の道〉〈本来の生命の記憶、死者の叡智が支えている生者の歩み〉を直観し帰郷する存在者は、生成・流動・消滅する衆生と一体だ。そして〈ひびきあう声が広がって消えていく〉生滅を聴聞することから、〈宇宙が膨張をつづけている〉ことを直観（見られた芸術事物とする）する。〈古い樹木の生いしげるわが内部空間〉

を想像力の場とする金井は、目前の生命と創世記以来の宇宙の生成・消滅とを結び付ける。すると、〈ツクツクボーシの／一心に鳴く姿〉が見える像に変容し、本源的な生成の流れを開示し帰郷する。

また、その像を、宇宙空間と地上に囚われた生存とを照応させた形でも描く。詩集巻頭「シラミ」の〈シラミは／問いつめられた人の生存から生れて／俗世へ堕落した魂の中で死ぬのだ〉で開幕し、巻末を「ミノムシ」の〈暗い淋しい宇宙空間を／漂う星は／みんなミノムシの子だ〉で幕を降ろす。衆生の血肉に通う像で前後を括って詩集の額縁としたのがそれだ。固有の批評性がこの構成に表れていて、生命の真実に迫っている。

『昆虫詩集』の蟬の詩では、それまでに熟成してきた詩想をふまえ、熟練した造形力によって、宇宙と一体の精神の磁場を音響的な像の世界として彫琢した。同時代に稀有な詩を結実したといってよいだろう。以上のような特質を自ら宇宙的形而上詩と名付けた。

（五）

五十三歳になった一九七九年に愛知大学の講師となり、「近・現代詩史講座」を担当（一九九五年まで）する。そして、それ以前に熟成した詩論で裏付けた散文詩集『埋もれた手記』（一九七七年以後の作、彌生書房、総七十八頁）を、七九年に刊行する。それは、散文形式を駆使して芸術事物としての像を造形する試みで、詩作が新段階に入る。

次の散文詩「蟬の島」（六二―六三頁。「ユリイカ」、一九七九年七月号）はその良い例だ。

　小舟を、ざわめく邊りに漕ぎ入れると、確かに蟬の鳴聲がするのである。海面に顏を近附ける。鬱蒼たる樹木の梢がゆれている。海中に、別の海を見るようである。しかしそれは、誰にでもきこえ、見えるというのではない。どこを見渡しても、漁船はもちろんのこと、島影さえも見えぬ海原の、とある綠の深淵で、たった一人待たなければならない。

　かつて、そこに人の住まぬ島があった。一周するのに一時間も　かからぬ島であったが、濱や磯では〈時〉が外を流れる。密生する樹木の形に泡立つ熱氣。そして、耳を聾するばかりの蟬の驟雨。島はそれだけで夏の日を充溢した。誰ともなく蟬の島と呼んだ。

　島の本當の名を誰も知らない。いや、島は名を拒んでいたのだ。人の占有をゆるさなかった。無名を守るために、ある夏の、やがて死ぬけしきは見えぬ聲[★]のさなか、みずから海底に沒したのである。

　それ以來、私は大腦のさざ波に蟬の聲をきいている。

★　松尾芭蕉の句、『猿蓑』が出典。前出に同じ。金井は西行、芭蕉の作品を自らの形而上詩の母胎、口語自由詩の原形と考えていた。たびたび、その作品を自己の詩の題辞にしたり本文中にも引用し、そのポエジーを現代化する試みを実験している。

〈誰にでもきこえ、見えるというのではない〉という存在への視座は、「ツクツクボーシ」同様、芭蕉の〈死ぬけしきは見えず〉を意識的にふまえた存在者の視座だ。句の引用でその事を示唆している。〈蟬の島〉とは、俗世での名、つまり認知を自ら拒む無名の存在者の類比である。利得から離れて無垢な存在者としての生き方を選び、社会的地位を捨て去った〈縁の深淵〉、精神の磁場が浮き彫りになる。「蟬の島」は〈みずから海底に沒した〉のであって、そこで鳴きしきる〈蟬の鳴聲〉は、〈大脳のさざ波に蟬の聲をきいている〉存在者のみが聴聞する。

先に「ひぐらしのうた」の聴聞（見る）は、リルケの内部空間に通底すると述べた。更に彫琢した「蟬の島」でも、見えない芸術事物を経験化する詩法を円熟している。

七〇年の『帰郷』以後、この方向つまり宇宙と一体の形で精神の磁場を彫琢し書き継いでいく。同時に、それは血肉をともなう心身の生の軌跡で裏打ちされた。また、西行、芭蕉等を自らの形而上詩の母胎として問い直し、独自の様相の芸術事物へと変容する。また、七三年の詩集題名の『id』に見られるようにユングの深層心理学やハイデッガーの存在論も意識的に駆使して詩の表現に取り込むようになる時期でもある。存在者は存在を把握することはできないが、真正なる精神の磁場を希求する意思が独自の想像世界を構想し現前化する。その一瞬の像は、同時に潜在する無意識の層へと〈坑道〉を掘りさげる造形としても結晶する。『埋もれた手記』巻頭の次の散文詩「坑道」で明確に表現している。

夜になると、土を掘るシャベルの音がきこえてくる。眠っている私の耳にそれが確實にきこえている。私は、ゆめうつつのなかから、次第に意識がかえってくるのを感じている。

煌煌とした月の光が、一人の男のシルエットを浮びあがらせる。そうして夜毎、私は、男の土を掘る音をきき、その動作をみている。

私は、男が誰であるのか、何のために土を掘っているのかを、知ろうとしている。が、なぜか晝間、私はそのことを忘れている。また、晝間のどこにも土を掘った形跡はない。

たとえば、墓穴のような、何者かの過去を葬るためのものなら誰でも知っている。あるいは財寶を隠匿するための穴ならば、いつかは發見されるだろう。しかし、どこにも一人の男の行爲の結果が現われず、ほとんど意識の外で行爲だけが果てしなく繰返されるのである。それは、現世の價値をはるかにはずれた場所を意味するものであろうか。地上のどこにそれを見出せるのであろう。

私は、ときとして白晝の背筋に、無限の空洞の響きを感じることがある。おそらく空洞は、壊死のような地球を貫いて宇宙の坑道に續いているのである。

また、詩集の「小序」で次のように示唆している。

〈埋もれた〉という言葉には、二た通りの意味がある。ひとつは、意識の深層に〈埋もれた〉であり、もうひとつは、巷間に〈埋もれた〉である、その實相を掘りおこす作業が、共通の主題をつくる。

おそらく〈埋もれた〉そのものは、日常の中で、無視されるもの、あるいは疎外されるものとしての價値をもつ。俗客にたいしてはなおさら〈埋もれた〉ものであるにちがいない。ゆえに發掘の理由となる。

そのように意識的に創作動機を設定して意識の深層と外部の現実への批評とが交叉し、もはや過去の想起を超えて〈宇宙の坑道に續〉く想起行為として芸術事物を創造している。〈大腦のさざ波に蟬の聲をきいている〉存在者は、すでに〈島影さえも見えぬ海原の、とある緣の深淵で、たった一人待〉ち、芸術事物としての〈蟬の鳴聲〉を聴聞している。

芭蕉との関係を指摘したので金井の俳句から蟬の題材の句を次に紹介する。句集『流轉』（和綴じ本、私家版、総二十五頁、一九八三年、奥田章人の名で）。

昭和四十一年十一月二十七日　村山（むらやま）・中藤（なかとう）にて

空蟬の泥にまみれてくる師走
空蟬のしがみつきたる落葉かな

Yをおもふ

春蟬のふたたび鳴かぬ逢瀬かな

一九八〇年以後は、詩「類比――多摩湖畔」（詩集『言葉の影』、八坂書房、総六十五頁、一九八四年）を経て、詩「憶念」（『銀河の岸邊』、香捨花舍、Ｂ６判、総五十八頁、一九八六年。八五年四月作）にも蟬の形象。その第二連は、次の「Innocence　1」（無罪・潔白の意、詩集『未了の花』、装幀・挿画　金井直、時刻舍、Ａ５判、総百九頁、一九九五年、五五―五七頁。詩誌「回」三号、一九八七年三月ではⅡ、本文同一）と構成が類似している。金井は一九九七年に逝去したので、『未了の花』（『言葉の影』以後、およそ一九八五年から一九九三年までに書いた詩を収録）は結果的に最後の詩集となった。

記憶の外で、私は山の中の一本の樹だった。私から雫と葉が落ちる水源だった。
私が山を追われたのはなぜか。私はいつ山を下りたのか。私はお前のことを思っている。見出せなかったお前のことを。

町に雪が降っている。雪が埋めようとしているのは、かつて私の声が悲しげにひびいた空洞。――あのひぐらしの音を、降りしきる幻の花のなかにきいている。

そして私は、生れて育った領域を訪ねる。誰もいない。

私が会いたい人はいない。私はどこにいるのか。私が探
しているのは、私ではないのなら、誰なのか。お前は、
じっと辛抱づよく隠れていた物を想い起させる。

私よりもあとから生れてきて、私に寄り添った日日。
過ぎていった日日。私が愛した物の中に私がいたのか？
あの日、私は犬の形をしていた？　猫の形をしていた？
私にははっきり言える。みんな死の形をしていたと。

雪が降っている。私の空洞に降っている。ひぐらしの
音のように、ひびきながら降っている。欠落した私の記
憶を埋めようとして降っている。

記憶の外で、私は山の中の一本の樹だった。その樹で
鳴くひぐらしだった。

私はいつ山を下りたのか。私が山を追われたのはなぜ
か。私はいまもお前のことを思っている。

〈山の中の一本の樹〉、山毛欅や楓など、古木の樹幹を天の水は流れ下り原生林に〈水源〉を形作る。地下にも浸透し深層水は〈水源〉で湧き出す。〈私〉はそのような無始無終の自然の生成の内にありながら、それを忘れ失ってしまい〈お前〉を〈見出せな〉くなっている。本章で考えてきた本源的な〈緑の道〉という想像世界、精神の故郷を磁場にして、本来の言葉を引き寄せ復活し帰郷する。

そして〈生れて育った領域を訪ね〉るが〈私が会いたい人はいない〉。しかし〈お前は、じっと辛抱づよく隠れていた物を想い起させる〉。〈お前〉に導かれて浮き彫りになるのは〈過ぎていった日日〉に〈死の形をしていた〉時間だ。〈町〉に住む私の過去の時間には、ぽっかりと〈かつて私の声が悲しげにひびいた空洞〉がある。そこに反響する〈ひぐらしの音〉は〈私の声〉と照応する事物だ。冒頭の「ひぐらしのうた」で〈ふかいうつろ〉と表現した事物は、埋めようもない〈空洞〉となって心の深層に広がっていた。

その〈空洞〉に〈雪が降っている〉となぜ構成するのか。本章㈢で扱った美代子との悲恋でも、〈あ、にわかにふりかかる雪。／なにがぼくたちを／はてしなくつつもうとするのだろう?〉（「小曲Ⅰ」）と、雪につつまれた逢瀬を表現した。その雪が急性肺炎を引き起こし美代子は逝去した。この痕跡にも確認できるのは、そのような愛の断絶を想起する〈雪〉が〈ひぐらしの音のように、ひびきながら降っている〉と発想する特質だ。前述したように〈ひぐらしの〉刹那の交響を、死に向かう廻向の時間と捉えて、愛の断絶を想起する〈雪〉と結びつけるのだろう。金井の蟬の詩には、〈欠落した私の記憶を埋めようとして〉、〈死の形をして〉〈雪が降っている。〉このように第二から五連で、刹那の生存を断絶させた死の〈記憶〉を想起している。

それを挟んで、〈お前のことを思っている。〉のリフレインを含む冒頭と末尾の連が額縁となっている。額縁によって、本来の〈私〉は〈その樹で鳴くひぐらし〉（一本の樹・水源）で、時間の流れを超えた、本源的な〈緑の道〉での生成・流動・消滅そのものだったと示す。だが〈山を追われ〉て〈山を下り〉た存在者は〈死の形をし〉た時間（第二から五連）に囚われている。その時間と前後の額縁とを対比することで、ひたすら〈緑の道〉への帰郷を希求する精神の磁場が浮き彫りになる。

以上で、生涯書き継ぎ晩年の金井が到達した磁場が浮き彫りになった。詩集に挟んだ「枝折」でもそれへの志向が分かる。前出「蟬の島」の〈島は名を拒んでいた〉をふまえて次のように自己の立脚点を表明している。

社会に承認された者が〈詩人〉であるなら、私は〈詩人〉ではない。詩作の初心、詩作の根源にとどまるという意味での初心にかえってみれば、いっそうその事がはっきりする。

かつて、敗戦後の廃墟の中で、強烈に絵を描きたかったのも、〈画家〉を目差したものではなかった。私は一個の人間として、その精神の場を求めたかったのだ。そして一個の人間であるためには、つまり人間性を守るためには、社会的価値を拒まなければならないことを知ったのだ。

詩人とか、画家とか、教師とか処世的に呼ばれるのを私は好まない。私は肩書きで生きているのではない。ただの市井の人である私が、詩のようなものを書いてきたにすぎないのだ。したがって私は amateur である。

本来、心又は精神は、物質的価値（社会的価値）に対峙するものでなければならない。けだし、心又は精神が乏しい、ということは、それが国家社会に呑込まれている証である。

そのような事態を超えて、いわば時空の真理、即ち存在の真理を問い、〈一如（いちにょ）〉*9を認識しなければならないと思っている。その寄辺である魂を、忘却の淵からわれわれの裡に呼び戻さなければならないのだ。

本書のもつ意図は、人間性的恢復への行為を示すところにある。ゆえに魂の世界を志向する序曲なのだ。

一九九五年立春
金井直

〈時空の真理、即ち存在の真理を問い、〈一如（いちにょ）〉を認識しなければならない〉と精神の磁場を浮き彫りにする。この意思からこの詩の想起は発している。金井は青年期から座右に『般若心経』を置いて読み込み禅への関心も深めていった。そしてそれに通底する詩想をヘルダーリン、リルケ、シュペルヴィエル、西行、松尾芭蕉、室生犀星、萩原朔太郎、村上昭夫、ユング、ハイデッガー、V・E・フランクル等からも汲み取り〈隠れていた物を想い起させる〉契機とし、それを文体の変容にもつなげてきた。

このような水脈をふまえて、「Innocence　1」を見直してみよう。〈私はお前のことを思っている〉のリフレインによる希求も、〈その寄辺である魂を、忘却の淵からわれわれの裡に呼び戻さなければならない〉という強い意思が言外にあって結晶した言葉だ。金井の詩で描かれる自画像では、この意思が一貫していて〈人間性的恢復への行為〉として表現を模索し、〈魂の世界を志向する序曲〉をいかにして他者に伝えるかを考案している。

また詩の題の無罪・潔白の意は、六二年の『無実の歌』以来書き継いだライトモチーフの延長上である。先の「憶念」も同一。蟬の詩だけでなく、初期から追究し続け晩年に円熟したのは、この磁場だった。そのような無償の行為によって、西行、芭蕉の精神を蘇生・変容し、別の角度からいえば金子光晴の批評性も変容し発展することになる。いわば生命の始原である〈緑の道〉を想起し帰郷しつつ現世を批評する詩作が根底を貫いている。序で「無」に帰る瞬間（寂滅）に焦点を絞りと述べたが、一歩踏み外せば虚無の深淵に落下する切り岸を歩いている。

ここで、『埋もれた手記』で実験し書き継いだ散文詩形がなぜ必要だったかふれておきたい。全体は六連構成で、一連は三ないし七文を続けた散文形態だ。一連の構成は、事柄の提示、それへの問い直し、そして存在者の意思へと順次進み締め括る。意思を示す行の締め括りを、〈思っている・きいている・想い起させる・言える・降っている・思っている〉等の脚韻でそろえている。血肉をともなう心身の生の軌跡として詩作を継続する金井が、現世の存在者として〈死の形をし〉た時間に抗う意思を第二から五連の脚韻で示す。それで現世を批評する立脚点を明確にして、額縁の第一・六連のリフレインで〈緑の道〉への帰郷を希求する。

菱山とは違い、手慣れた〈樹・水源・空洞・ひぐらし・幻の花・隠れていた物・死の形〉などの造形を駆使し、現世を批評すると同時に〈緑の道〉への帰郷を希求する意思を浮き彫りにしている。その中心に〈樹で鳴くひぐらし〉の像を置く想像力の場だ。現世の人に見えない芸術事物としての造形を構想し現前化するのが、金井の想像力の特質だ。

当然その場は、自然を破壊してひたすら利得を追う日本の現実の周縁に位置する。そこから〈国家社会に呑込まれ〉た日本人・人類と対峙する。

この詩には「Innocence　2」（詩誌「回」ではⅠ）が続いている（五八―五九頁）。末尾を〈私の周りを巡るリングのような物の内側に、触れて過ぎた人の姿が映っているのだ。〉と締め括っていて、存在者にとっての想起の在り方が分かる。つまり〈思春期〉に〈私の周りを巡るリングのような物〉は、〈甘い液体のような物〉や〈暗い運命のような物〉で、その想起は、これまでのひぐらしの詩同様に〈触れて過ぎた人の姿〉を映すという。「1」の〈私に寄り添った日日〉が〈みんな死の形をしていた〉の一節は、逝去した恒や美代子の追憶像を背景としてふまえた「2」の〈人の姿〉と照応している。愛の成熟半ばで戦災死・病死と苛まれた体験を基にしていても、思慕の感情を超えた想起行為としてなされ、その時間に抗う場で〈緑の道〉を希求している。

ところで先に、〈緑の道〉を想起し帰郷しつつ現世を批評する詩作と述べた。両面を備えた精神の磁場は、往相廻向（おうそうえこう）・還相廻向（げんそう）の二種廻向とも通底しているが、還相の側面にもふれておきたい。

その側面の一例が『末了の花』の巻末（一〇四―一〇九頁）の詩「背理の歌」（「詩学」、一九八九年一月号）で、末尾を〈おお、瞬時にして老いた海と陸よ。やつらが世界と呼／ぶ世界の片隅から、われらと同じ魂の国を望むならば、／その時こそ、歴史の廃港と破船を慕い、無名の藻屑を求／める如く、われらは復讎を遂げなければならぬ。〉と結んでいる。この詩の他にも一冊の詩集になるくらいの同傾向の詩群を書き原稿も残っているが、その一部だけを収録している。それは一九八九年一月の天皇逝去の前後に一億総服喪的な風潮が高揚し、実際に弔旗の掲揚や式典での服喪を、国家の強力によって発動し強制した。それに同調する風潮に意識的に対峙して連作した詩群だ。敗戦直後に妥協の産物として継続した天皇制に、いまだ依拠し続ける〈ほとんど何も変ることなくつづく風土〉(「背理の歌」)を顕在化しようと試みた。

その連作の一篇が次の詩「列」(『未了の花』、八八―九〇頁、「詩人会議」、一九八九年一月号)だ。

　蒙昧の列がつづいている。万世一系のように、
隠蔽の森をめぐっている。森の中には城があって、
そこに神のようなものがいると信じている。
したがって列は正座して、祈りのかたちをしている。
この列はどこから来たのか。

西暦二三九年冬。魏の属国の女王即ち親魏倭王、権威宣
　揚を願って
魏の天子へ貢物を贈る。男子生口四人。女子生口六人。
　斑布二匹二丈。
奴隷制はここから始まるか。

爾来、千七百数十有余。あまたの流血によって購われた
　王位は継承される。
しかして苛まれ、虐げられてもつづく列。城のうちなる
　幻覚によろめく列。去勢されて
屠殺場へ運ばれていく家畜のような列。
この列の断面に散る鮮血を楽しむやつらがいる。
菊花の城郭を聖域と成さねばならぬやつらがいる。
城は、この国の支配形態の頂に聳える。
城の中の全き無責任の象徴。

西暦一九八八年秋。亜米利加の属国の王即ち親米倭王、
　病床にあり。
かつて八紘一宇の野望をうち砕かれ、倭国占領軍総司令
　官に命乞いして、敗戦後の四十数年を安泰に生きた。
その余命幾許。側近、自らの権力の剝脱を恐れてさわぐ。
しかし、あの城に呪縛されて犇めく後進の列は絶えず。
花の香に酔い痴れて幾重にも集り、感涙にむせんでわが
　不幸を解毒する。

〈王、死去すれば服喪の黒い列が南北をつらぬくか。
　列に反する者は国賊と呼ばれるか。〉

おお、錯誤の国よ。雨が降る。森にも城にも列にも、ひとしく
古代の雨が降る。いまもなお列には〈自我の形成はなく〉
鬼道を政治手段として妖しく衆を惑わした卑弥呼の亡霊がとりついている。

作者の注として、〈西暦二三九年冬。〉に〈以後の数行は『魏志倭人伝』による〉とある。一億総服喪的な風潮にいまだ依拠し続ける精神風土を顕わにして対峙した点は他の追随をゆるさなかった。それは天皇制に依存する他者との境界を持続的に書き続けた精神の磁場から発している。個人より集団の心性が優越する歴史的遺制は、目上の大国に隷属する形で第二次大戦後もいまだに生き延びている。根強く根をはる構造に組み込まれ〈呪縛されて犇めく後進の列〉を鋭く抉り取った。その際に、金子の詩「紋」（詩集『鮫』、人民社、一九三七年）の叡智、批評性を意識的に継承・発展して蘇生した。

批評の立脚点も「短歌的ということ――その奴隷性について」（『失われた心を求めて』、カバー・表紙・扉の（デザイン・案）金井直、（レイアウト）市川緑、カット　金井直、自然と科学社、総二百三十八頁、一九九〇年。

「詩人会議」一九八九年二月号）で表明している。趣旨は、歴史的遺制を支える日本人の〈利己主義〉を焦点として浮き彫りにすること、またそれに抗う生き方の提示だ。

題の「短歌的」は〈天皇制封建主義における利己主義の問題にまで立ち入らなければ解明されない〉とし、〈このことを突きつめていくと、日本人の生き方のうちにひそむ短歌的要素としての価値を否定的な問題として自らに呈示するということになろう〉と焦点を絞る。そして短歌的抒情の否定をとなえた小野十三郎（おのとおざぶろう）を引き合いに出して、〈詠歎性の基底は、日本人の意識構造そのものにあるのではないか〉と提示する。続けて（二二〇―二二三頁）、

啓蒙なり改革なりの意識の中心にこそ「近代」というものが存在するとするなら、その意識によって自らが日常を、つまりは生活を変えるような生き方を自らに強制しなければならない。「短歌的」ということは、封建的慣習や排他的関係（あるいは意識）の中から脱出できない生き方のことである。

わが国の封建制はほとんど変わっていないと見るほうが妥当である。その社会構造は天皇制が証明している。けだし厄介なのは精神構造である。これは絶望的なのだ。日常面においては社会性の欠如、モラルの欠如としてあらわれている。さらにそれは人間関係にも如実である。

日常生活を変えうる精神を重視する金井は、森有正[*10]『経験と思想』（岩波書店、一九八一年。金井直蔵書には他にも五冊の森著作があり読み込んでいる）の次のような「経験」の定義（四一―四二頁）に共感した。

「経験」という語を、日常的な意味においての生活の事実を、それ自体において、すなわち凡ゆる利害上の関心から離れて反省する時に、その反省に入ってくる生活の現実を、その反省そのものも含めて、「命名」するのに使用することと決めるのである。この「経験」と呼ばれるものを、この論述の出発点、内容、帰着点としたいと私は思う。

更に、この「経験」を超え、「経験」を反省する力を精神と呼び、その働きが人間の中に現れると考えた。これは金井のいう精神の磁場と通底する。日本人の〈精神構造〉の〈欠如〉を指摘する論拠でもある。

『経験と思想』は更に、日本人は〈既製の社会秩序に規定され〉た「間柄的存在」（一〇三頁）だとし歴史にも言及する。そして、日本の過去の諸制度が「歪められたもの」なのでその結果、日本の近代化も歪められたと結論する。そして、それは〈「人間経験」に対して〉歪められたという（九八—九九頁）。この箇所を、「短歌的ということ」にも引用し（二一三—二一四頁）、更にそれに続けて次の森の論述（九九頁）も引用している。

> 日本は、古代氏姓制度から、最近の天皇絶対制に到るまで、その根本においては、古代の制度の内部的合理化にすぎず、その内閉性を超越する組織転換が甚だ不十分にしか、あるいは全く形式的にしか行われなかった、ということである。

この森の視点を援用し、「経験」を超えた磁場へと進み出る裏付けにしている。そして、「歪められた」日本の諸制度を生み出した〈多数の国民の天皇制的道徳そのもの〉に踏み込んでいき、それを変えずに短歌的抒情だけを否定しても無意味だと提起する。そして、

それは人間的人間として生きられる社会制度を、本来的に放棄しているということである。〈中略〉したがって、その「歪められたもの」に対して些かなりとも否定的な生き方を選択し、そこから反現実的な方法を取得するほかはないと考えるのだ。

と結んでいる。天皇逝去の前後に、集中して作品を発表し風潮に対峙できたのは稀有なことで、以前から追究していたことの収束だった。

この視点から更に進み出て、「反芻」（『失われた心を求めて』、二一三頁。「抒情文芸」、一九八六年十月）で、改革へと踏み出す磁場を示唆している。

かつて高村光太郎が「根付の国」（詩）で、嫌悪の感情をあらわにして拒絶したものも、金子が「紋」で嘲笑的に拒否したものも、決して過去のものではない。そしてそれらの詩が等しく実感で書かれているところに注目すべきである。けだし実感はそこにとどまっていて、思想的に発展しないのである。おそらく挫折とか後退とかいわれる原因はそこにあるのではないか。所詮、

近代的自我意識などといっても、借り物にすぎないということである。封建的社会構造とその道徳的習慣や人生観を、国民自身が改革するという経験があって近代が確立するとするならば、近代を経験していないにもかかわらず、近代の超克、自我の崩壊などという言葉を使うのは無意味である。

精神風土に抗う〈実感〉に止まらず、日本的集団性と対峙する生活と創作の場で、歴史的遺制の改革を実践し、個人の回生へと踏み出す方向を提示している。

〈国民自身が改革するという経験〉を、私達自身の自律的な営みとしていかに生きるか。この課題を詩作と歴史学の分野で果たした系譜を、私も解明してみた。それが『金子光晴「寂しさの歌」の継承――金井直・阿部謹也への系譜』で、金井の他に阿部も生涯の著作で〈思想的に発展〉した事を確認できた。一方の戦後詩において詩作の面で発展した水脈については、坂本著「金子光晴「寂しさの歌」の問いを、自らに課した戦後詩人たち[11]」で、金井の他に井上輝夫[12]、頼圭二郎（らいけいじろう）[13]、原満三寿（はらまさじ）[14]等の系譜を提示した。更に、国内亡命者、片山敏彦を継承・発展した系譜にも視野を広げている。

(六)

最後に一九八七年夏に書いた合唱曲歌詞「カナカナ[15]」(『SING A SONG 心のうた』、佐藤真作曲の楽譜、正進社、一九九一年より引用）にふれる。戦災死者の魂鎮めの詩「木琴」[*16]も作曲され合唱曲として全国で歌われ続けている。

カナカナ

カナカナが鳴いている
カナカナが鳴いている
あれはいつの明け方か
人がまだ眠りの園にいるとき
遠いところで鳴いていた
カナカナが鳴いている
カナカナが鳴いている
あれはいつの夕方か
人がまだ燈火の園に帰るまえ
近いところで鳴いていた

あれは誰だったのか
一羽の蝶を求めるように

はげしい光の中で
心を寄り添わせていたのは
過ぎゆくものへの思いを忘れて
いつまでも木蔭にたたずんでいたのは
あれはわたしだったのか
わたしとあなただったのか　それとも
わたしでもなくあなたでもなかったと
まったく見知らぬ者だったと
言うのだろうか　そんなことはない
あれはわたしとあなたの影　一つの影
やさしい面ざしだった

カナカナが鳴いている
カナカナが鳴いている
あのときは　あれはいつの日か
人の胸にひびかせて
カナカナが鳴いている

歌唱する曲の歌詞として書いた。英語のソネットのような韻律を構成することが困難な現代日本語の場合、複雑な暗喩を駆使する現代詩よりもこのような情感溢れる表現が胸をうつこともある。冒頭に引用した「ひぐらしのうた」の情感、喚起力は、むしろこの歌詞で発揮されている。〈あれは誰（だれ）だったのか／一羽の蝶（ちょう）を求めるように／はげしい光の中で／心を寄り添わせていたのは〉という一節は、戦災死者の恒や復員後に愛した美代子の面影を連想させる。しかし、もはやそれへの感傷的追慕を超えた想起像〈一つの影〉を浮き彫りにする。体験を基に発酵したといっても普遍的真実に迫る過程で、それを超えた愛の劇（招魂劇、本章㈠に詳論）を喚起する。

戦争の時代にかけがえのない者を失って生き残った者が、記憶の底から呼び出した霊と、想像世界で〈心を寄り添わせて〉、過去から現在、未来へと続く無始無終の時間を希求している。

注

＊1　かない・ちょく　一九二六年三月十七日―一九九七年六月十日。母金井トヨ（東京府北豊島郡瀧野川町大字西ヶ原六五一番地、現、北区西ヶ原四丁目三番地九）の実家に生まれる。本名直壽（なおとし）。父奥田直輝は須坂（すざか）藩主堀家の家系。祖父母の信次郎・ヨカによって養育される。一九四三年、東京育英実業学校卒。四五年三月九日から十日にかけての東京大空襲で、愛し始めていた高島恒（つね）が焼死する。四月十四日、生家も焼失。六月に召集され広島県原村兵舎で南方進出の機動部隊で訓練中に、広島市への原爆投下を目撃。敗戦後、焼け野原の東京で身体衰弱のため四七年まで療養する。四八年に金子の詩集『落下傘』（特に「寂しさの歌」）・『鮫』などに圧倒的な影響を受け〈日本的現実、日本的精神風土に対する批判精神の強固さ、自我意識の熱烈さ〉（「廃墟からの出発」、『詩の国への旅』、一九七三年）を学ぶ。四九年、「詩學」研究会に参加し、村野四郎の、即物意識の形態化を学ぶ。五一年以降、リルケの事物の見方や、それを把握する詩法を学び詩作に耽る。五七年、詩集

『飢渇』（帯文　村野四郎、私家版、B6判、総九十四頁、一九五六年）で第七回H氏賞。六三年、詩集『無実の歌』（帯文　草野心平・村野四郎、彌生書房、A5判、総百四十一頁、一九六二年）で第六回高村光太郎賞。詩集の他に短篇集・詩論書・随筆集・句集・子供の詩の指導書等、多数刊行。文化学院・愛知大学講師を務める。

＊2　一九八三年十一月二十一日、中村茂隆作曲によって、大阪府立労働センターで歌曲として発表される（バリトン岡田征士郎、ピアノ梅本俊和）。

＊3　第二連　むこうで→むかうで、（読点）　こたえる→こたへる／元の第三連は二行ずつの二つの連に分かれる、第三連　しずかに→しづかに、いる→ゐる／第四連　しずく→しづく／第五連　煙→霧煙り、いる→ゐる、路で→路で、（読点）、歩み→あゆみ／第六連　みじんな→みじんからできた、かえしを→返しを　／第七連　僕はじぶんの→僕の、ながかつた→ながい、返る→かへる、愛情のまばらだつた→うとうとしかつた愛情と、うらぎり→うらぎりの／第八連　こいびとも→こいびとたちも、みんな→みんな、（読点）、この霧のなかにいるのだ→霧のはてのどこかにゐるのだらう／第九連　もう　さがしようさえない→いまはもう、さがしやうもない、まで→へ、とりかえしつかぬ→とりかへせない、流れている→流されてゐる／第一〇連　あつち　こつちで→あつちこつちで、（読点）、よびかわす心のように→よびかはす心と心のやうに、（読点）、たよりあう心のように→削除。いる→ゐる

＊4　『猿蓑』（『芭蕉七部集』、岩波書店文庫、一九七三年、一九〇頁）。金井蔵書。これが出典で、〈頓（やが）て死ぬけしきは見えず蟬の聲〉をふまえている。

＊5　ひしやま・しゅうぞう　一九〇九（明治四十二）年八月二十八日―一九六七年八月七日。東京市牛込区（現、東京都新宿区）に生まれる。別名は雷章。一九三〇年より北川冬彦の推輓で「時間」「詩・現実」に参加。三二年に東京外国語学校仏語部貿易科卒。同校在学中に堀口大學主宰の雑誌「オルフェオン」に詩を発表する。三一年に第一詩集『懸崖』（第一書房）、他にも、『荒地』（版画荘、一九三八年）、『望郷』（青磁社、一九四一年）、『夢の女』（岩谷書店、一九四八年）、『恐怖の時代』（彌生書房、一九六二年）などの詩集がある。

ヴァレリーの『海辺の墓地』、『魅惑』、『海を瞶めて』、『若きパルク』。『舊詩帖』などの訳詩集を、四二年までに系統的に翻訳・紹介し、自身の詩作にも浸透させている。三五年より逸見猶吉らの「歴程」にも参加

した。四六年に結婚後、本居姓へ入籍。その詩は、『菱山修三全詩集ⅠⅡ』（思潮社、一九七九年）にまとめられている。

＊6　『鑑賞現代詩Ⅲ・昭和』、筑摩書房、一九六六年。

＊7　『現代詩の鑑賞3　現代詩』、明治書院、一九六八年。

＊8　『昭和詩史・菱山修三』、思潮社、一九七七年。

＊9　一如とは、〈絶対的に同一である、事物の真実のすがた。分別を超えた真実の智によって洞察される〈事物のあるがままなる真相〉は、現象としての一切の事物において、普遍的に同一であるので、〈一の如〉と称する〉（『岩波仏教辞典』、岩波書店、一九八九年）。金井は晩年の年賀状に、この語句のみを印刷して送っていた。

＊10　もり・ありまさ　一九一一年十一月三十日―一九七六年十月十八日。東京府豊多摩郡淀橋町角筈（現、東京都新宿区西新宿）生まれ。明治の政治家、森有礼の孫。父の明は牧師。生後に洗礼を受けプロテスタント信仰を終生、母胎とした。三八年に東京帝国大学文学部仏文科を卒業。四八年東京大学文学部仏文科助教授。五〇年にフランスに留学。五二年に退職しパリ大学東洋語学校で講師となり、後に教授となる。デカルト、パスカルなどの研究に従事した後、「経験」とそれを越える精神のありかをめぐってエッセーを多数発表し、日本文化・日本人への鋭い批評も展開した。六八年に『遙かなノートル・ダム』（筑摩書房、一九六七年）で芸術選奨文部大臣賞。『森有正全集』（筑摩書房、一九七八―八二年）。

＊11　「敍説」Ⅲ―三号、花書院、二〇一六年。

＊12　いのうえ・てるお　一九四〇年一月一日―二〇一五年八月二十五日。慶應義塾大学名誉教授。訳書『流謫者ボードレール　生涯と作品』（マルセル・A・リュフ、青銅社、一九七七年）。詩集『冬　ふみわけて』（ミッドナイト・プレス、二〇〇五年）。訳書『21世紀の戦争「世界化」の憂鬱な顔』（イグナシオ・ラモネ、以文社、二〇〇四年）他多数の著訳書刊行。二〇一二年、随想集『詩想の泉をもとめて』（慶應義塾大学出版会、二〇一一年）で日本詩人クラブ第一二回詩界賞。

＊13　らい・けいじろう　一九四四年、長崎県松浦市今福町生まれ。岐阜県で一九七一年より小・中学校の教師をし、定年まで勤める。岐阜県土岐市曽木町在住。同町に「土岐現代詩文學館」を設立し館長となる。岐

阜県詩人会会長を務める。二〇一〇年、詩「白い道の散歩」で第二〇回伊東静雄賞奨励賞。詩集『家の来歴』（近代文芸社、一九九九年）。詩集『幻灯幻馬』（れんげ草舎、二〇〇三年）。詩集『葛橋異聞』（土曜美術社出版販売、二〇一二年）。

＊14　はら・まさじ　一九四〇年、北海道夕張市生まれ。埼玉県川口市在住。金子の生前からその書誌資料を整備し『評伝　金子光晴』（北溟社、二〇〇一年）に集約し、二〇〇二年、第二回山本健吉文学賞。蒐集した「金子光晴コレクション」は神奈川近代文学館収蔵。「金子光晴の会」元事務局。句集『日本塵』（青蛾書房、一九九四年）。俳論『いまどきの俳句』（沖積舎、一九九六年）。詩集『水の穴』（思潮社、二〇一一年）。詩集『白骨を生きる』（深夜叢書社、二〇一四年）。句集『流体めぐり』（同、二〇一五年）。句集『ひとりのデュオ』（同、二〇一六年）。句集『いちまいの皮膚のいろはに』（同、二〇一七年）。句集『風の象』（同、二〇一八年）。二〇二〇年、句集『風の図譜』（同、二〇一九年）で第一二回小野市詩歌文学賞。句集『齟齬』（同、二〇二〇年）。句集『迷走する空』（同、二〇二一年）。

＊15　一九九〇年秋、NHK合唱コンクール中学校の部で、茨城県日立市立多賀中学校が銀賞。九一年三月、NHK合唱コンクール高校生の部で優秀賞。一九九五年、BGMビクター版『新合唱講座』クラス合唱曲集第七冊（京都エコー合唱団）に合唱曲CD付で歌詞と楽譜を収録。

＊16　戦災死した妹を兄が追悼する設定を仮構した詩。一九五三年『金井直詩集』に収録され、七五年四月より光村図書版中学校一年生国語教科書に収録。七九年、教育芸術社版『改訂　私たちの合唱曲集』（東京都北区中学校音楽教育研究会編、岩河三郎作曲）に歌詞と楽譜が収録されて以来、中学校の合唱コンクールで歌い継がれている。八三年、ビクター版『中学生の混声合唱曲集　新編心のハーモニー　岩河三郎作品集』（小林光雄指揮、杉並混声合唱団）に録音テープ付で再録。二〇〇七年、ビクター版『中学生のための合唱名盤　岩河三郎作品集』（コーラスとピアノ伴奏、杉並混声合唱団）に合唱曲CD付で再録。

二　金井直の花の詩

(序)

金井は青年期から絵画を志していた。一九四五年の兵役を終えて帰郷した後も、四八年九月初めから翌年の二月末まで、浦和の画塾でデッサンを学び寺内萬次郎の指導を受ける。だが焼け跡の残る東京で生計をたてねばならなかったし、急速に右眼の視力が衰えたことも重なり、紙と鉛筆があれば詩は書けると考えて詩の世界に進む。後に八九年六月から油彩画を始め「館山の海」・自画像。花の絵では「野草（どくだみ）」、「コスモス」、「彼岸花」「りんどう」「あじさい」などを画く。

また生涯を通してその資質と関心を生かして花の詩を多作した。桜・薔薇・桔梗・山茶花・タンポポ・あじさい・どくだみ・椿・薊・ガアベラ・都忘れ他、多種類にわたる花を固有の造形美で描き、それと自画像とを類比させ高い評価を受けた。初期の詩「あじさい」（『金井直詩集』、薔薇科社、一九五三年。一一〇―一一一頁）はその典型例で、早くも本領を発揮した。

また季節はめぐりきて　うすむらさきのほほえみはよみがえる　あなたは思い出　いつみても懐しい　いつまでもあなたのそばにいると　あなたの色が沁みこんでくるようだ　かけがえのない愛の色よ　あなたの繁みの奥に　こころのゆりかごを静かにゆり動かす手がある　あなたの蔭に「時」のない影がある　だがもう　あなたの芯から名前は生れではしても　むかしのあなたではない　あの日のいのちとともにうすれて　いつか消えてしまった　ただひとたびの美しさよいまあなたにくまどられながら　じっとあなたをみつめていると　眼が痛くなり　眼を閉じると　急にまわりが廣くなる　遠いものは近くなり　近いものは遠くなる　あなたの中に私が在るのか　私の中にあなたが在るのか　わからなくなる　そして　人と云うものが哀しくなってくる

五〇年六月作で同年の「詩學」十・十一月合併号で詩學研究会作品として村野四郎が選んだ。そして〈美しい抒情詩である。抒情詩風ではあるが感傷はどこもない。又観念的なものもない。ここで美しく見えるのは人間の肉のついた哀感である〉と評した。

また山本太郎[*1]は、〈彼の詩に現れるイメージ〉は〈不思議な「物」としてキャッチされている。だから彼の詩のなかでは、薔薇とかカンナ、アジサイなどの花を歌ったものに秀作が多い。花の抒情や、その描写ではなく、そこには金井と花との美しく、悲劇的な対応の生む一個の独自な造型を見る事が出来るからだ〉（「金井直に思う事」、思潮社版『金井直詩集』、一九七〇年、一三六―一三七頁）と評価している。〈金井と花との美しく、悲劇的な対応の生む一個の独自な造型〉との指摘は適確だ。〈あなた〉は、戦時末期に慕った五歳年上の職場の同僚、高島恒[*2]が四五年三月九日から十日にかけての東京大空襲で戦災死した事から発想している。金井は十日の早朝に、焼け焦げた死骸がくすぶる焼け跡で恒を捜すが見つからず、救えなかった無力感に苛まれる。恒の死を確認できないまま六月に徴集され、九月の復員後に、恒の親族から初めてその戦災死の確定を知らされる。

この体験に苛まれ背負い続けて、愛の喪失経験を造形した想像世界を創り出していく。不安に閉ざされた〈私〉の心象に、〈うすむらさきのほほえみはよみがえ〉り〈あなたの色が沁みこんでくるようだ〉と死者への愛に開かれる。その一瞬、〈こころのゆりかごを静かにゆり動かす手〉が沁みこんでくるが、たちまち色あせ消えていく。〈眼を閉じると〉以下で、有限の時間から離れて本源からの生成（死者の泉）に立ち帰っていく。瞬時であっても死者によって支えられ満たされる。〈あじさい〉が開花し衰滅する様相と、喪失した愛の想起、断念とを悲劇的に類比した流麗な造形だ。

花の詩の母胎ともいえる詩だが、それを熟成して、五十歳頃の円熟期に言葉による花の造形ともいえる単行本も刊行した。七五年の花の詩集『フォトポエジー　花』[*3]は、メルヘンを求める読者層にも愛読された。また、七六年に『薔薇　詩の絵本Ⅲ』[*4]も刊行し、新聞や雑誌に九点の書評が載った。読者への喚起力の強さ、固定した詩の読者以外への広がりを確認できる。

また初期から一貫して書いた花の造形には、リルケやベルトランなどから学んだ像の把握の方法や散文詩の形式が浸透している。重要な事は、兵役体験の想起やその後の日本的精神風土への批評、更に進んで精神の磁場を形成していき、その批評精神に裏打ちされた花の造形を創出したことだ。つまり、美的造形と批評とを合わせた輪郭の明確な固有の像を彫琢している。他の戦後詩人の花の詩では美と批評を区別している例が多く、この特質を明らかにしたい。

（一）

詩「散る日」から始めよう。

さくらの花が散る　惜げもなく己れを捨てるすばらしさ
うれい顔がそれを眺める　いま見たときから散りはじめたようなはなやかさを
見ているあいだに散り果ててしまいそうな風情
こんなにゆたかな心がどこにあろう　誰にも見られないうちから散っているのだ

そしてまた　落花に酔った者たちが去ったのちも
さいはてにむかって散りつづけているのだ

一九五六年三月（三十歳）に創作し、「詩学」一九五七年三月号に発表する。後、詩集『疑惑』（装幀青木ひろたか、薔薇科社、総百頁、一九五八年、三六頁）に収録。初出・詩集の本文は同一。全体三連の散文形式である。平仮名を意識的に多用し、第一連の四文の冒頭は「さ」（sa、アの母音を含む）「お」「う」「い」のように母音を含む語と母音で始まる。また第一文は七・二音の二句、第二文は六・七・五音の三句、第三文は六・七音の二句、第四文は八・九・六音の三句。和歌などの五・七音に近い音数の句を組み合わせている。和歌では句を基本にして、句から句へのつながり方で流麗なリズムを醸し出すが、それを応用している。そしてその流れは第四文の〈はなやかさ〉に収束し、落花の美を現前化する。

また、表面的な情感は西行の和歌を母胎にしていると感じさせる。〈ねがはくは花の下にて春死なんそのきさらぎのもち月の頃〉[*5]などの発想・リズムを、第一連一・二文を中心として置換し、焼け跡に生き残った自らの血と肉をともなった造形に換えている。詩作全体を通して、西行・芭蕉の出世間(しゅっせけん)の生き方と不易流行(ふえきりゅうこう)の芸術性をいかに受け継ぐか考えぬき、その歌や句を副題にした詩も書いていく。

「散る日」創作までを振り返ると、一九四七年に与謝野光編集の短歌雑誌「明星」（同年三月創刊）に短歌を投稿し始め翌年十二月に同人に推挙された。四九年まで短歌を発表している。同年に詩學研究会に出席し始め十月には詩「明け暮れ」が初入選した。以後、研究会選者の村野四郎に推挙され本欄に収録されるようになり、山本と並んで注目を浴びるようになる。詳細は『金井直の詩』[*6]に詳述。

詩作を本格化した当初は、東京の北の庶民街、焼け残った長屋（当時の瀧野川区西ヶ原町五四九）に一人で居住し、下町の生活者の意識の根っこを知り抜いていた。そこに金子光晴の詩集『落下傘』（特に詩「寂しさの歌」）の批評性との出会いがあり、四八年から五一年頃にそれを拠り所にして、日本的精神風土から離脱して批評の位置を獲得していく。「散る日」の場合、先鋭な批評力は裏に隠れている。

そして五七年に詩集『飢渇』（私家版、一九五六年）が第七回H氏賞を受賞した三月に、「散る日」を発表する。受賞は偶然ではなく、意識的に輪郭の明確な造形的イメージを表現できていたからだろう。

そこで「散る日」を繰り返し賞賛した村野の論評を参照して、その造形的イメージを確認する。五八年「詩集『疑惑』について」[*7]。

この底の抜けたような現代の寂寥のなかで、辛うじて生きることに耐えている貴重な人間の記録が彼の詩になっているのである。又こういうふうに絶えずさいなまれると、心はいつか無への境におしつけられ、時には意識が夕空のようにすきとおってくる。そこにぼくらが、あまり行ったことのない深淵の夕映えが現われる。それは、たとえば、「散る日」とか、「古い家」とかいう作品になってかかれている。こんな美しい抒情詩を、いままで誰が作ることが出来ただろう。

次に、村野の「散る日」鑑賞（「郵政」、一九七〇年六月号）。

この詩人の詩の特色は、現実を見る新鮮な眼と、深い思惟性によって、そこにしっとりと重くて美しい抒情の世界をひろげているところにある（中略）この詩にも、リルケ特有のフラウエン（婦人）・ゼーレ（魂）が、やさしく、美しく息づいている。

村野は「詩學」選評（一九五〇年六月号）で金井の詩「水と夢」を取り上げ、〈その取りあつかい方に、ちょっとリルケの手つきに似たところがあって美しい〉と批評した。先の詩「あじさゐ」も同年十・十一月合併号収録だったから、金井がリルケから像を把握する詩法を学び、使いこなしていく過程が分かる。それ以来、村野宅を頻繁に訪問して詩作の真髄を聴き取る。金井の絵画的な資質をリルケへと導く触媒の役割を果たした。先に西行の抒情のあり方との類似を指摘したが、その感性に更にリルケの『マルテの手記』や『新詩集』の読み込みを加えて造形的な深みが出ている。例えば、〈うれい顔〉の人が〈眺める〉落花の造形に、存在へと開かれる時間空間への糸口を投影している。流れ去る有限の時間の中で溺れる〈落花に酔った者たち〉から抜け出て〈惜げもなく己れを捨てる〉瞬間、存在者の視線が顕わになっている。俗世間を捨てる抒情に限定されず、それを超え出て〈さいはてにむかって散りつづけている〉先の時空への糸口を透視する。

神品芳夫[*8]の「戦後詩とドイツの詩」（『国文学解釈と鑑賞』戦後詩と海外詩特集、一九七三年四月号）も、「散る日」を取りあげてリルケとの親近性を指摘している。

しばしばリルケリアンとよばれることのある金井直には、リルケとの親近性はおそらくだれが見ても明らかなのであろう。しかし、そうかといって、彼の詩業全体がとりわけリルケを思わせるというわけではない。この詩人の目は『夢も灯もない空虚な墜道（すいどう）の時代からぬけ出てきた』[*9]喪失の人生のなかに浮かび、ただよっている。ところがこの視覚が、ときとして異様な透視力を示す。なによりもそういうときに、リルケの視線の独特の浸透力が連想されるのである。

〈薔薇[*10]〉

数知れぬ緑の視線を聚めながら
焰をあげている　強烈な光りの中で
燃えつきることを知らぬように
夏の焦げる匂いが
花のあたりに流れだしている
このようなかなしみを
誰の手がいっぺんに揉消せるのか
ああ　どんなに傷ついた心臓が在(あ)るのか
この地の下に

金井直の詩の中でも私がもっともつよくリルケを感ずるのはこのような詩である。緑が凝集して火炎になるとか、陽光をつよめて夏を焦がすという植物質のグロテスクなヴィジョンがとりわけリルケを思わせる。さらに、「誰の手がいっぺんに揉消せるのか」という問いのかたちもリルケ的だし、「どんなに傷ついた心臓が在(あ)るのか／この地の下に」という発想も、死者たちの嫉妬が地下の花々をゆたかに色づかせる（『ソネット』）というリルケのイメージによく似ている。しかし、注目したいのは、表現上の類似ではなくて、地上と地下と天空の三界をつらぬいた大きな連関を両者とも自分の詩の空間で現出せしめているという点である。天空から、地下から、地上の現象がどんどん解釈し直されてゆくところから詩句がおのずから湧いて出るという内的な構造が共通しているのである。

金井直の有名な詩「散る日」はさくらの花の散る情景を書いたものだが、この詩を読んで木の葉の散るさまを描いたリルケの「秋」を思いうかべる人は多いだろう。しかしこのばあいも、「散る」ないし「落ちる」という主題や、視点の転換の巧妙さに共通点を見いだすばかりでなく、散るという一つの現象にいくつかの次元から光を当てることによってこれを無窮動にしてしまうという、このヴィジョンの拡散力に注目したい。リルケの「秋」では最後に「一者」が出てきて「落ちる」のをささえるというようにうたわれているが、これもけっして落ちるのをとめるものではなく、いわば永遠に落ちることへの確認を行うようなものなのである。詩の体質という点で、金井直はやはり現代詩人のなかでリルケに最も近いものをもっているように思われる。

Ⅰ書誌の＊12で概観したように神品はリルケ研究をふまえて、そのこなれた日本語訳を創出し、優れた詩人（神原芳之）でもある。日本の戦後詩への造詣も深め、引用末尾の一文は同時代批評として傑出した証言となった。

村野の方は、リルケへと金井を導く触媒の役割を果たしたものの、当人の詩作はリルケの『新詩集』までの即物的な彫琢力を取り入れるにとどまった。金井の方でも村野四郎論を継続して書いて、その全体像を確かめていく。だが、日本的精神風土への批評を金井は研ぎ澄ましていくので村野の限界も察知し独自の精神の磁場に進みでる。

そこで神品の批評だが、〈地上と地下と天空の三界を～内的な構造が共通している〉までの箇所とか、〈散るという一つの現象にいくつかの次元から光を当てることによってこれを無窮動にしてしまうという、このヴィジョンの拡散力〉が焦点だろう。先の西行の和歌は、俗世間を捨て抜け出た境地を、生きた時代の詳細を超えて感じ取れる。だが神品が指摘したような、造形・像そのものが形而上的な〈内的な構造〉を備えていて、生活感から離れた〈無窮動〉（さいはて）への〈ヴィジョンの拡散力〉を発揮しているわけではない。

金井の方でも神品のエッセーを取得して読み、その慧眼は的を射ていると受けとめたようだ。というのは一九八七年に鎌倉市城廻（しろめぐり）の金井宅を坂本が初めて訪問し、本人の協力を得て著作資料を収集し詩人研究を始めていた。その折に、このエッセーの複写を金井が準備していて坂本に手渡した。この観点を参考にして自身の詩想へと分け入ってほしい様子だった。その後、私は金井の著作目録・研究文献目録をまとめて『金井直の詩』で発表した。その際に同時代の関連文献に眼を通した。そして今でも、金井の初期の特質を神品はずばりとついたと考えている。

しかし造形性だけを注視するのではない。もともと二人共に戦争体験を経ていて、時代の中に自画像を置いてその真相を探索する感覚が鋭い。金井は五歳年上なので兵役を体験し、神品は勤労動員・空襲による罹災を体験した。共に東京・大阪の焼け跡から起死回生の戦後を生き抜き、それを経験化した批評性を研磨してきた。〈散る〉という形象についても、感傷的な情感を超え出た〈無窮動〉への志向を金井は表現し、神品もそれを洞察した。つまり戦後詩の特質、戦争で〈傷ついた心臓〉〈金井の詩「薔薇」〉を二人は抱えていて、その超克を希求して戦後を生きていた。「戦後派」とでもいえるようなこの感覚が通底している。

そこで、超克を希求する〈内的な構造〉を表現にそって見ていく。

第一連第一文で落花の事象。第三文で散りかかる桜花を全身にあびながら、〈それを眺める〉〈うれい顔〉の人をその空間に佇ませる。眺める人の内部では〈惜げもなく己れを捨てる〉と映る。つまり花が落ちる〈散る〉を、一から二文への転回で、流れ去る有限の時間の場を捨てて、無限に開かれた無時間的時間を開示する。そのような〈内的な構造〉、開示した想像空間を類推させる造形・像だ。すると〈惜げもなく己れを捨てる〉とは、意識が〈無窮動〉へと開かれる一瞬を直観しているのであり、その開示を〈すばらしさ〉と讃える。構想された場では、見える事象としての落花は存在の磁場へと開かれていく。こうして、その磁場を〈眺める〉視線を通して読者の意識も俗世間から〈無窮動〉へと劇的に展開する。先にふれた西行の抒情は読者の情感にも潜在していて、それが母胎になって異化作用を喚起する。現実に閉ざされた存在者同士の能動的な希求の韻律は、存在の磁場へと開かれ共振する。

さてここで金井自身の解説を参照する。金井の講演（大分県図書館協議会一九九二年度総会、十一月二十八日）では、〈「散る日」は、桜の花が散ると、口が散るという二重の意味がある〉。〈二重の意味〉とは、落花の形象から無時間的時間の磁場を類比し、本源からの自然の生成を想起することを指す。〈いま見たときから散りはじめ〉、〈見ているあいだに散り果ててしまいそうな〉、〈誰にも見られないうちから散っている〉という瞬間を連続して顕わにする。それは〈散りはじめ〉とか〈散り果て〉とかいう表象的な対象化としての見る行為を超えて、〈誰にも見られないうちから散っている〉、初めなく終わりなき時間に覚醒する瞬間だ。〈ゆたかな心〉とはそのように覚醒し変貌する存在者への称讃である。

単に事象を見ることから眺め直観するへと深化した精神の磁場で、本源からの自然の生成を鮮明に映しだし、末尾で〈さいはて〉へと果てしなく成熟する脈動を遠望する。このリズムを裏付けるのが脚韻だ。第一連一文の〈散る〉で提示され〈捨てる〉で意識の開示へと転回し、更に〈眺める〉〈見ている〉〈散っている〉〈散りつづけている〉と、無始無終の脈動の透視へと高揚していく。そのテンポを支えるのが〈る〉の脚韻である。更に、第二連三文から〈のだ〉の脚韻が付け加わる。これによって〈眺める〉人が覚醒と変貌の磁場へと踏み込み、更に無始無終の脈動を遠望するリズム感へと高揚していく。冒頭でふれたように絵を描く資質と関心が、この視覚的で造形的な像に発揮されていて、見ることに比重を置いたその創作力が読者を引きつけることが分かる。

ここで、金井の自己解説を参照する。右文書院版『高等学校国語I』教科書に一九八二年四月から長い間、「散る日」は収録された。その指導書に次の自作解説が収録されている。

〈前略〉この頃の私は、肉体の衰弱と精神の飢餓、生活への失望と不安に苛まれていました。実生活の鋳型に、自分を流し込むことが不得手な性格でしたし、むしろ習慣的なことを否定したいと思っていましたから、なおさらでした。

ある日、飛鳥山(あすかやま)[*11]で、桜の花がとめどもなく散るさまを見ました。飛鳥山は、私の少年時代の遊び場でもありました。

漂泊する私の心が、その散るさまをいつまでも見つづけているのでした。が、やがて私はそこに、永遠的な世界、絶対的な世界を感じたといってよいでしょう。

時間をこえた無限の空間の方向へ、桜の花はしきりに散り流れているように思いました。これは、私が潜在的に求めようとしているイメージでした。

しかし、そのイメージの定着、形象化によって、私の希求、私の飢餓が終わるということはありませんでした。むしろそこからまた、はてしない乖離がはじまるのでした。

このような志向が、現実（あるいは日常）にたいしてどのような意味をもつかということを理解してください。

先の講演とこの解説とを併せて参照する。まず、満開の桜が落花する光景は、幼少年期から遊んでいた飛鳥山を原風景としている。そして創作時に〈肉体の衰弱と精神の飢餓、生活への失望と不安に苛まれてい〉て、漂泊する心は落花に〈永遠的な世界、絶対的な世界を感じた〉。それは〈潜在的に求めようとしているイメージ〉だったが、〈とめどもなく散る〉落花の下で、瞬間的に〈時間をこえた無限の空間の方向へ、桜の花はしきりに散り流れている〉と直観した。本源からの自然の生成を想起し透視する造形だが、一方で〈そこからまた、はてしない乖離がはじまる〉側面にも注視して後述する。

ここで「散る日」の散文詩としての形式についても簡単にふれる。詳細は『金井直の詩』参照。一九九一年の金井談話で次のように語っている。〈金子光晴の詩集『蛾』[*12]における一連のスタイルの影響。スタイルとは一連二行の形式〉。また。「散る日」を書いた時には、ボードレールはほとんど意識になかったので、「蛾」の形式の影響と考えてよいでしょう。ただし、金子を読む以前に『夜のガスパール』を読んでいます。この文体の影響を否定できません。昭和二五、六年頃の単行本です。訳者は伊吹武彦。

「蛾」は、八篇で構成した連詩で、一連を二行で構成する表現形式を多用している。金子はフランス近代詩の翻訳を長く続け修練を積んでいるので、自然に身につけたと思われる。金子の批評精神だけでなく表現形式にも金井は注目し「散る日」の母胎にした。一例を挙げる。「蛾　Ⅶ」は三つの連で構成している。その第二連も一連二行の形式。「る」の脚韻、体言止めを多用。そして三連共その末尾を「のだ」の断定の脚韻でたたみかけテンポを高揚して締め括る。「散る日」の第二・三連末尾の「いるのだ」の母胎とした。〈『蛾』における一連のスタイルの影響〉とは、このような形式を応用したことを指す。こうして前述したように末尾の無始無終の脈動の遠望へと高揚していくテンポを醸し出している。

金井は四六年頃、アテネフランセに通いフランス語を学びフランス近代詩に、もともと親近感をもっていた。次に五一年頃に伊吹武彦訳ベルトラン『夜のガスパール』[*13]の訳文から影響を受けている。例えば「散る日」第一連で「る」の脚韻と体言止めを第三文までたたみかけ、第三文〈眺める〉の目的語である第四文の〈はなやかさを〉で締め括っている。訳書の「夜のガスパール幻想詩」の「斷篇」の章の詩「天使と仙女」（一二二―一二三頁）も、その第二連第一文は、「祓つてくれる。」が文末で、その目的語である第二文末の「物怪どもを。」で締め括る。『夜のガスパール』も表現形式の母胎とした。

(二)

次に、金井の自作解説末尾で〈はてしない乖離〉と結んでいることに焦点をあてる。それは〈習慣的なことを否定したい〉という現実への対峙から発している。復員した後も現実に苛まれ続けたが、その最中でも「散る日」に表現した〈永遠的な世界〉への〈精神の飢餓〉を根底に持ち続けた。だが基本的には血肉をともなう自画像を現実の最中に置いて凝視し、批評の拠り所となる先行詩を探索し続けた。浮上したのは金子光晴やボードレールだった。

詩「泥」(「現代詩」一九五七年七月号、『疑惑』、三じ頁、「散る日」と見開きで左頁)は、そのような自画像の探索と椿の落花とを類比した詩だ。

あそこにも椿の木が　ぼってりした花をつけている
疲れたような花　花を眺めているとあれはもう
単なる花ではなくなる　肉体同然だ血で重たくなった寂しさ
やがて　縊られたようにぽたりと落ちるのだ落ちてしまえば
あれも　泥でできているのがわかってくる　ひとにぎりの
地球の上のいたるところで倒れた無名戦士のように

あとかたも残らず栄誉も知らず　決してかえる日は無いのだ

椿の花を〈眺めている〉絵描きのような視線や落花の造形など、見開き右頁の「散る日」と似た設定だ。だがこの詩では、〈疲れたような花〉を〈眺めてい〉る。花を〈肉体同然だ血で重たくなった寂しさ〉と変容し、苛まれる自我と類比する。そして〈縊られたようにぽたりと落ちる〉落花の造形、死への時間を顕わにする。開示するのは元々〈泥〉だった存在者が、あらかじめ定められた行為として〈泥〉に帰る時間であり、その循環を自覚する自画像を類比する。兵役以降に背負わされた〈地球の上のいたるところで倒れた無名戦士〉の死骸も〈泥〉との類比で結びつく。地球上で戦災が続く限り、〈泥〉の生存は繰り返し続く。こうして落花した椿と〈倒れた無名戦士〉とを悲劇的に類比する花の造形が成立する。更に落花した椿も死者も、もともと〈泥でできているのがわかってくる〉と直観する。〈さいはてにむかって散りつづけている〉無始無終の脈動とは対極の造形であり〈決してかえる日は無い〉と〈はてしない乖離〉に苛まれる。兵士体験を起点として、閉ざされた自我をこのような造形で凝視し現実に立ち向かう批評精神を胎動していった。先の解説で〈肉体の衰弱と精神の飢餓〉からの脱出が当時の本来の〈私の希求〉であり、それと相反する現実に苛まれるため、先の脈動の透視からまた〈はてしない乖離がはじまる〉と語った事にこの詩はあてはまる。

この点に関して、短篇集『閉ざされた世界』（国文社、総百二十頁、一九七六年）の「あとがき」で、同集収録の短篇「疑惑」（「三田文学」、一九五六年二月号）他八篇について、〈戦中戦後の辛苦を体験した人間の愛と死と生の意識の形を、見ることができると思う〉という。更に〈私たちは、閉ざされている。日常に閉ざされ、家に閉ざされ、国に閉ざされ、そして、もっとも手なずけがたい自我に閉ざされている。ゆえに、解放を願うこと切である〉ともいう。「疑惑」は、詩集『疑惑』に収録し、それを『閉ざされた世界』に再録したものだから、「泥」と同じ時期の作品。「あとがき」は当時の心象を語っている。落花の造形を〈眺める〉視線は〈さいはて〉を透視すると同時に、その熱烈な帰郷への希求を反転して現実に立ち向かい〈自我〉の〈解放を願う〉。「泥」の末尾〈決してかえる日は無いのだ〉とは、裏返せば存在の故郷への熱烈な〈希求〉を秘めている。

『疑惑』には詩「縊られた存在」（「季節」、一九五七年四月号、三二―三三頁）も収録。この詩でも病院の石垣の向うから桜の〈はなびらはなおもはてしなく降ってくる　僕の形骸を埋めるように〉と表現し、当時の生存（形骸・泥）と落花とを類比している。また、先に引用した〈薔薇〉の〈ああ　どんなに傷ついた心臓が在るのか／この地の下に〉の一節も、苛酷な生存（泥）を投影している。つまり、当時の花の造形には兵役体験とそれ以後の焼け跡での苛酷な体験が背後にあることが分かる。「散る日」の永遠への希求にも〈はてしない乖離〉の錘が垂れ下がっている。

この〈泥〉の詩想は、四八年、金子光晴の詩集『落下傘』（特に「寂しさの歌」）・『鮫』などに圧倒的な影響を受け〈日本的現実、日本的精神風土に対する批判精神の強固さ、自我意識の熱烈さ〉[*14]に覚醒した事から発している。金子光晴は、東南アジア体験をふまえた『鮫』刊行までに、〈泥沼〉を流浪する異邦人の眼で日本を眺め、流謫者としての自画像を自覚し、逃れようともがく像に焦点をあわせて詩作していた。その後の『落下傘』収録及びその前後の戦時下の詩に至っても、やはり〈泥沼〉から逃れようともがく自画像を系統的に追究した。それを眺める流謫者の視座も一貫していた。金井は五三年頃まで金子の批評性を獲得するための習作を書き続け自らに浸透させた。五八年刊の『疑惑』に到ると、先述したように過酷な体験を捉え直す固有の視座、造形を獲得した。こうして東京の北の庶民街の住民達が「今、ここで」を繰り返して生きる最中に、自らの内なる民衆を剔抉して〈解放を願う〉磁場を展望していく。

(三)

「散る日」発表の一九五七年に、次の詩「桔梗」(「現代詩」十一月号)も発表。詩集『無実の歌』(一九六二年、全三章三十一篇、第二章の五九―六一頁)に収録。なお、「桔梗」のモチーフ段階の詩「一九四五年の夏と空」(「詩学」一九五七年十月号)を同年の十月に発表している。これを補訂し先の「現代詩」に発表。

ぼくは匍匐していた　ぼくはぼくの外で
苦痛のようにのたうちまわっていた
なぜなら　ぼくは兵隊だったから　そして
ぼくの夏は死ぬかもしれなかったから
夏はぼくの肱のところで

水蜜の皮のようにむけた　なぜなら
匍匐していたから
夏はぼくの肱のところで
かさぶたのようにはがれた　なぜなら
匍匐していたから
夏はぼくの肱のところで
うんでいた　そして砂利がくいこんだ地面のように
夏はぼくの肱にくいこんでごつごつした　なぜなら
ぼくは匍匐していたから　そして夏は
ぼくの中でのたうちまわり
ぼくの傷口から血うみのように流れでていた
なぜなら　ぼくは死ぬことをそして殺すことを教えられた兵隊だったから
そして　ぼくは貧乏な　みじめな兵隊だった
だから夏は飢え　渇いていた
そして　ホームシックのない絶望のない夏だった
そして　ぼくはどこにもいなかった
なぜなら　世界は戦争だったから
そして　ぼくは疲労だった　疲労と眠気だった

だから　太陽も空もなかった
なぜなら　ぼくは匍匐だったから　匍匐そのものだったから
匍匐しながら一輪の桔梗をみつけた
みつけたのはぼくではなかった
なぜなら　ぼくは兵隊だったから　そしていつか
彼女にほほえみかけていた
ほほえみかけていたのもぼくではなかった
なぜなら　ぼくは兵隊であり　ぼくの夏は死にかかっていたから
そして　彼女にだまって別れた
別れたのは一人の兵隊だった
なぜなら　戦争だったから
けれども　彼女を忘れないぼく
死なない彼女の夏　戦争のない夏
彼女の太陽　彼女の空を持っているのはぼく
兵隊ではないぼくだった

一九七八年四月から、光村図書版『新版高校現代国語三』教科書に「桔梗」が収録され、八三年版まで継続。喚起力があり、拘束された一兵卒を苛んだ兵役体験を次世代に伝えた。

六三年四月、『無実の歌』は第六回高村光太郎賞を受賞する。「桔梗」のような造形性に富んだ詩に研ぎ澄まして、この詩集で輪郭の明確な文体を彫琢したことが評価されてのことだろう。
安西均[*15]が六二年刊の編著書『戦後の詩』（副題は「〈現代〉はどう表現されたか」、社会思想社現代教養文庫400）で「桔梗」を取り上げ解説している。

金井は山本太郎らとともに、戦後に詩を書きはじめた一人だ。山本と同じく多産型の詩人であろう。それはまるで、詩を書くために生きている、といったふうの多産である。しかも詩を書くために生きる、その生き方はそばで見ていると痛ましいほどである。——なぜなら、彼は生きていることも、詩を書くことも、恥ずかしくてたまらないらしいからである。

〈詩を書くために生きる、その生き方は（中略）恥ずかしくてたまらないらしい〉は、寡黙な言動への印象批評だ。ゴッホやセザンヌの周辺の人々がその印象を語った伝記的文章にも類似した叙述がある。三者は商業ジャーナリズムや画壇、詩壇から離れたところで創作した。私も金井に頻繁に会ったが、澄んだ泉が周辺に湧き出しているような雰囲気だった。一方で屈折もあり鋭い棘も発していて自己と他者との関係を律する言動も伴っていた。
重要な事はその詩風だろう。まず思潮社版の『金井直詩集』の自筆年譜「言葉を求めて」（一二二頁）を参照する。詩集『疑惑』の自己解説として〈熱烈なる自我（Ego）への認識。自我はぼくの場合、苦痛と同義語となる。この主題は、詩集『無実の歌』へ持越される〉と述べる。〈苦痛〉に苛まれながら詩作を通して生存の拠り所を希求するが、それは引き裂かれた自画像を他者にさらすことを意味した。

それを花と類比した好例が、詩「カンナ」（「詩学」一九五七年三月号に「散る日」と共に発表。『疑惑』二四頁）だ。

あれがまともに見られるか　みつめていられるか
あのかぎりない羞恥にたえた表情を　追いつめられて
もうそのほかにはないという色のふかさを
みずからひきだした心臓をみずからの手でひきさいて
ほら　これだよと突出したようないたましさをはるかに超えた苦痛を
ひとときは見ることができても　ひとたびそこから眼をそらせば
貧血をおこしたようにめまいのするものを
そこに在るものはもはや
嘘をつこうとしてついにつききれなかった真実のやさしさ
四方へ幾枚もの舌を出したままひっこめることのできなくなったきびしさ
しかし　あのしたたるような真紅にもまして
落日に似た悲哀がはげしくさわいでいる
誰にも知られない胸の中で

安西の〈恥ずかしくてたまらないらしい〉との印象は、この詩の〈羞恥にたえた表情〉と照応する。そしてそれは〈心臓をみずからの手でひきさいて／ほら　これだよと突出したようないたましさをはるかに超えた苦痛〉の表れ、自画像だという。やはり、それとカンナの花の形態とを悲劇的な〈悲哀〉として類比させた造形だ。それは視覚的で造形的な芸術事物として創り出されている。「桔梗」「カンナ」に共通するのは、引き裂かれた自画像を他者にさらす描き方だ。

以上をふまえると、匍匐前進の訓練の最中に焦点を絞って、〈苦痛〉の自画像と類比したと分かる。その匍匐前進とは、陸地の戦闘で敵の部隊と遭遇、もしくは敵戦車や敵陣地に接近する場合など、まさに白兵戦の最中に地を這って進む動作である。その訓練を強制的に繰り返し南方に派遣した前線で、敵の戦車などに匍匐して近づき爆弾を抱えて飛び込み破壊しろというわけだ。自爆行為ともいえる擬似戦死の訓練。その姿を想起して、安全な場で暮らす戦後の読者に差し出す表現行為は、〈恥ずかしくてたまらない〉金井にとって、〈四方へ幾枚もの舌を出〉す大胆な試みだ。一兵卒は拘束され、肘がむけてははがれ膿み、砂利がくいこんで引き裂かれ〈傷口から血うみのように流れでていた〉。この見える傷痕（視覚像）の想起を通して〈苦痛〉の自我を現前化した。喚起された傷痕を自らの流血としても感じ取る読者は、その呻きを聴き取り戦争の実体に近づく。

また全体の構図も緻密だ。〈匍匐そのものだった〉兵は、拘束と渇望の狭間で引き裂かれ〈夏は／ぼくの中でのたうちまわり／ぼくの傷口から血うみのように流れでていた／なぜなら　ぼくは死ぬことをそして殺すことを教えられた兵隊だった〉。だが〈匍匐していた〉からこそ、地に這う兵は〈一輪の桔梗をみつけた〉。

その視線は反転して〈彼女を忘れないぼく・兵隊ではないぼく〉を、本源の生命から探り当て浮上させる。本源から湧き出るそれは〈死なない彼女の夏　戦争のない夏〉を渇望する根源的な衝動だ。この衝動を想起して蘇生し無を超え出るまでに、敗戦から十二年を要した。このような構図を構想して、根源的な衝動に駆り立てられながらも匍匐せざるをえない〈ぼく〉は無へと落下することはない。戦時末期の匍匐の最中から潜在し生動していた渇望が、想起した執筆時点で過去を変容する。自らの拠り所である本源からの生命に導かれて拘束された兵役を変容する。それに支えられて一兵卒像は開かれていく。〈一輪の桔梗・死なない彼女の夏　戦争のない夏／彼女の太陽　彼女の空を持っているのはぼく〉など、植物・生きものの本源からの自然の生成（緑の道）に開かれる。争闘のないこの脈動によって自我は開かれる。〈ぼくの外で／苦痛のようにのたうちまわっていた〉拘束された〈ぼく〉、匍匐する兵であっても根源の生きものを奪いさることはできなかった。

その〈彼女〉への渇望は、生きものを生動させる根源的な衝動から発し、本源からの自然の生成の一環だ。個別の生きものが消滅しても、生命全体として永遠に続く生成と循環だから〈死なない〉し〈戦争のない〉、無始無終の脈動（個別のそれ以前の）である。しかし戦争末期の〈匍匐そのものだった〉〈ぼく〉は無我夢中で、桔梗を見ても自らの本源を忘れ〈ほほえみ〉（エロスへの渇望）も失って〈だまって別れ〉るしかなかった。しかしその現実の最中にあっても、一方では先の脈動に支えられて、極限状況下で生き延びることができたといえよう。

この無始無終の脈動、〈彼女を忘れないぼく・兵隊ではないぼく〉を蘇生する場で詩をしめくくっして本源へと帰郷する。
た。この詩の創作によって金井も引き裂かれた〈苦痛〉の自画像に閉塞せず、脈動を想起し続け回生

(四)

実際の兵役の象徴として匍匐訓練に焦点を絞り、〈羞恥にたえた〉〈苦痛〉の自画像と類比の関係で結びつけた。また〈桔梗〉と〈彼女〉（生きものの本源からの自然の生成）も類比の関係だ。そして匍匐する兵は〈桔梗〉（彼女）を渇望する。「桔梗」創作時の構図だ。

これらの類比、構図を母胎にして歴史的な場に自画像を据え、一九七〇年十一月に叙事詩的な短篇「帰郷2」（「ユリイカ」同年同月号が初出、詩集『帰郷』、全四章の第四章、一〇八―一一二頁）を発表する。兵役を想起しエロスへの渇望と関係づける構図を更に鮮明に打ち出し、細密に具現化した歴史的文脈を構想する。初出に2はなく詩集収録の際に、巻頭の第一章「帰郷1」と組み合わせて末尾に第四章として配置し2とした。初出の補訂は微細なので省略。

その冒頭から第九連まで（一〇八―一一二頁）を引用する。

俺はただ、帰りたい一心であった。俺の東京は廃墟と化し、俺の家族の行方は不明であろう。
しかし俺は、熱烈に帰っていきたかった。

昭和二十年八月六日午前八時十五分、わが国は世界最初の原子爆弾を広島市に受け、八月十五日、無条件降伏した。その時、俺は、山陽本線八本松駅から南へ一里ほど入った原村兵舎で、雑音できき取りにくい天皇の「玉音放送」をきいた。

俺はただ、帰りたい一心であった。俺は夢中で、線路の上を歩いていた。列をつくって、線路の上を歩いている敗兵たち。しかし、俺はひとりきりだった。なぜなら、他のやつらとは何の関係もなかったから。そして、俺の眼には、前方から後方へ移動する枕木と砂利の二本のレエルの並行線しかなかった。俺はまったく、ベルトコンベアに乗って移行する一個の物体であった。

俺が入隊したのは六月初旬。千葉県佐倉の東部六四部隊であった。そこですぐ機動部隊が編成され、広島の八本松へ来たのである。

俺は、すでに、入隊直後から下痢症状であった。八本松から原村へいたる間の行軍は、疲労の極限であった。つねに水状の汚物が、腿をつたって流れるのであった。

俺はただ、帰りたい一心であった。俺の肛門は、下痢をとどめようとして、巾着の口のようにかたくしめられていた。俺の唯一の獲得品である二枚の毛布を梱包した細紐が、俺の肩胛骨に喰い入った。そして、軍靴の中では、踵の皮がむけて、肉がこすられ、血も出なくなっているのがわかった。八本松は俺の背後に在って、徐々に遠ざかろうとしていた。

八本松へ来る途中、列車の窓という窓はとざされて、外部の風景は遮断された。俺の人間的断絶の中を、軍用列車は進行した。

世俗的なあらゆる駅を通過して、ある田舎町のはずれに停車したとき、窓はあけられた。しかし、日の光りは、暗い俺の内部にまでとどきはしなかった。み知らぬ人々が、列車の窓に駈け寄って、はげましの言葉をあびせかけるのを、俺はむなしい思いできいた。しかし、とある婦人が投込んだ紙包みから、ひとにぎりのサクランボがあらわれると、俺の渇きの中から感嘆の声がもれたのであった。

俺はただ、帰りたい一心であった。俺はいま、俺を運んできた鉄路を、逆に進んでいるのだ。何もかも失われた場所へかえりつくために、俺が通ってきた道を逆に歩いているのだ。

八月十五日を境いに、軍隊的規律と体罰は緩和した。俺は、あの放送をきいたとき、俺の内部で、音立てて崩れ落ちるものの気配を感じた。あれは一体、何なのであろうか。幻影というにはあまりにも肉的であり、精神というにはあまりにも儚なすぎた。俺はその時、たしかに解放されると思った。しかし、一体何からの解放であり、何ゆえの安堵であっただろう。俺はもともと、自由であるべきであった。俺は、何かをえらばなければならぬという自由を放棄していたのであった。

俺はただ、帰りたい一心であった。もう、どのくらい歩いたのか、どのくらい時間がすぎたのかわからなかった。もはや、俺の後には何もなかった。俺の前にも何もなかった。俺は、帰るという行為の一点の上に存在するだけであった。原村兵舎を出たのが、午前であったか午後であったかはっきりしない。俺が歩いている線路の両わきが、山であったか、川であったか、水田であったか、畑であったかおぼえていなかった。みんなみんな無にひとしかった。そんな無の足下から、ときどき、崩れた土砂がどこかへ流れ落ち、水底の稲穂がゆれ、宙ぶらりんの線路があらわれたりした。

全体は二十連だが、第十六連までの偶数連と第十七連までの奇数連とは、それぞれ独自の筋書きを辿って進んでいく。読者は順に読み進めながらも同時に、偶数連・奇数連それぞれのつながりを追って独自の筋書きを併行して読んでいくしかけだ。その構成に合わせて見ていく。

偶数連の第二連で広島への原爆投下、無条件降伏と続く歴史的舞台（原村兵舎）の最中で、一兵卒は「玉音放送」を聞く。次の第四・六連で、金井が千葉県佐倉の東部六四部隊に入隊（繰り上げ徴集のため十九歳で、一九四五年）した時点にいったん戻り、南方進出の機動部隊に編入されたのは六月初旬だと起点を示す。すぐに広島の八本松の原村兵舎（現在の東広島市八本松町原、前長沢（まえながそう））へ運ばれる。そこで「桔梗」で描いた匍匐訓練などを強制され自由を奪われる。第八連で敗戦後に進み、〈あの放送をきいたとき、俺の内部で、音立てて崩れ落ちるものの気配を感じた。〉しかし部隊は一向に解散せず拘束は続く。第十六連で〈部隊はあっけなく解散された。かくして、兵隊たちは、先を争って帰郷の途についたのであった。〉と偶数連を締め括る。

一方の奇数連は、冒頭の第一連から〈俺はただ、帰りたい一心であった〉と開幕し、第十七連までの奇数連冒頭は全てこの句のリフレインで、東京への〈帰郷的空間のまっただ中に存在した〉(第十七連)。第一連から順に見ると、まず部隊の解散後の時点から開幕する。そして八本松から東京へと帰るため本郷駅(東京の本郷ではなく、現在の広島県豊田郡本郷町に所在)に向かって線路上を歩く。無我夢中で〈枕木の上を、飛ぶようにして行く俺〉(第十三連)は、その最中の時間に囚われ目前のもの以外は見えなくなっている。しかし〈東京でひそかに慕っていた女〉(第十八連)への渇望に駆りたてられていた。エロスを渇望する奇数連のリズムが偶数連の兵役の時空を内包し主導しつつ、同時に二つの時間・空間が進行する。

そこで映像に近いイメージの具体像を詳細に見直してみる。

奇数連を一・三・五と読み進んでいくと、〈熱烈に帰っていきた〉い〈敗兵〉の〈肛門は、下痢をとどめようとして、巾着の口のようにかたくしめられ〉、〈二枚の毛布を梱包した細紐が、俺の肩胛骨に喰い入った。そして、軍靴の中では、踵の皮がむけて、肉がこすられ、血も出なくなっている〉と、グロテスクな〈屠殺場へおくられていく生きものの群〉(第十五連)に化した姿が積み重ねられて映像のように線路上に映し出される。この〈俺が選ぶ死に向って前進する〉像は、「桔梗」の後日談で敗戦後の帰路だが、より細密な映像的表現となっている。双方の詩想の構図は同一である。

第七連で〈何もかも失われた場所へかえりつくために、俺が通ってきた道を逆に歩いているのだ。〉

と続ける。〈俺の人間的断絶〉（第六連）つまり「無」に陥った状態から反転して、荒廃した故郷（東京）への帰郷を熱烈に渇望する。そこには「あの女」が待っているはずだった。このようにデフォルメすることで、〈帰るという行為の一点の上に存在するだけであった〉（第九連）〈敗兵〉が、〈無にひとしかった〉線路上を舞台にしてひたすら帰郷する映像的表現が現前化する。

第十連以下は本文を引用していないので順に読んでいく。敗戦後も部隊は解散せず〈相変らず俺は、爆薬を抱えて、戦車に飛込む練習をやらされ、砲兵たちは、あの重い臼砲などをひいて、炎天下を埃りだらけになりながら駈けずりまわっていたのである。〉やはり「桔梗」の匍匐訓練のイメージを母胎にした、より細密な映像的表現となっている。

そして第十一連（冒頭省略、一一三―一一四頁）。

> 俺は、部隊の解散がきまると、一目散に帰りだす兵隊の群に混ったのである。もう、上官も、新兵もなかった。その群は、一個の人間の回復の方向へなだれ込む精神の作用を思わせたが、そこには、関係的世界はなく、解散によるみごとな無秩序が展開されているにすぎなかった。
> 解散の時、列車不通が伝達された。本郷という駅から折返し運転しているというのである。復旧するまで兵舎に残ってよいというが、誰一人として残る者はいなかった。復旧の見込みはたたないという流言の方が信じられた。本郷までは、八本松から三つ目である。本郷とはまた、なんとなつかしい名称であろう。俺は、あたかも、東京の本郷を目指すが如く、黙々と突進むのであった。

軍隊が縦の秩序による拘束を取り払った時、〈白由を放棄していた〉（第八連）敗兵達は〈無秩序〉へと更に落下していく。拘束から解放されると第九連で提示した「無」の究極が第十二連（一一四頁）で顕わになる。

九月に入ってすぐ、山陽地方は、台風に見舞われた。おそらく、三十年は、草も生えぬであろうと噂された広島市の荒涼とした焼野を襲う暴風雨。その相貌をおもいうかべるだけでさえ、俺の寂滅的感覚は戦慄した。単なる腐敗物にすぎなくなった人間の、ゆきつく果てには何も無かった。何も無いという絶対的な空間へ、俺たちはみな立返らなければならなかった。

金子光晴が詩「寂しさの歌」[16]で、〈「無」にかへる生の傍ら〉と、疎開した山中湖でつぶやいたのが敗戦直前の五月。一方の金井は同年の六月から九月にかけて軍隊の〈群〉の一員だった。その最中に金井は、広島への原爆投下を訓練中の原村で実際に目撃し、それをふまえて〈敗兵〉だった自己と重ねて「無」を問い直している。

「帰郷2」は詩集の末尾に配置されているが、その前に第三章の詩「真珠色の鮒の唄」を置き、その末尾を〈あらゆる死骸を「忘却」の方へ運んでいく流れに逆らって〉〈ぼくはどこまでも行く〉（一〇七頁）と結ぶ。それを受けて、原爆の惨禍、当然それは無数の死骸を想起した。それは戦争の帰着だったのだが、その死骸は〈荒涼とした焼野を襲う暴風雨〉に曝される。惨禍にみまわれた死骸を追悼し全てを洗い流す感傷の雨ではない。惨禍があろうとなかろうと、人間の思惑を圧倒する猛威そのものである。その猛威は、存在を肯定してくれるあらゆる有を剝ぎ取ってしまう。

剝ぎ取られて〈寂滅的感覚は戦慄〉と記す箇所を、金井のエッセー「「寂しさの歌」と戦後」*17で明確にしている。西脇〈順三郎には生成消滅する世界（自然）に対する肯定的な世界観があ〉り、〈その永劫的思念から「寂しさ」を見ている〉とする。そして〈光晴においては、国家社会の非情な力に対する人間の無力感に焦点が合わされている〉と評する。そして〈なにものにも抗えぬという諦めから生じる「寂しさ」ゆえに、あらゆる過ぎてゆくものに己が身の辛苦を託して、つねに実体から離れていく。そして過去の姿をなつかしみ、感傷に浸るのである。そこに日本人のカタルシスをみるのだ〉とする。この批評の視座を投影して第十二連を創出した。〈寂滅〉に付随しがちな感傷や哀愁を剝ぎ取られた事を意味するのではないか。

剝ぎ取られて〈単なる腐敗物にすぎなくなった人間の、ゆきつく果てには何も無かった。〉絶対的な権力によって徴集され、死骸と等価の〈群〉の一員だった。前出の〈無にひとしかった。〉（第九連）線路上の〈敗兵〉は、全てを引き剝がされて〈何も無いという絶対的な空間へ〉〈立返らなければならなかった。〉この短篇の想像力の究極、「無」の空間だろう。

前出「「寂しさの歌」と戦後」での〈「寂しさ」の実体は、人間性を「無」にしようとする社会の冷酷な力の作用であり、人間に絶望感をもたらす情緒としてもろもろの事象を特徴づけているもの〉との評言を端的に表現した連である。この「無」の空間に直面し荒廃した故郷を目指して線路上を歩行する。

ここで第一章の詩「帰郷1」（『帰郷』、五一頁）に戻ると、本源へ帰る「緑の道」を展望（詩集『帰郷』全体としては、本源と現実との境界で発想）していた。この視座を反転して現実に向け、「真珠色の鮒の唄」ですでに戦後の〈すべての腐敗物は腐るにまかせ〉（一〇六頁）てと吐き捨てていた。この執筆した当時の意識と、想起した〈敗兵〉の渇望とは、〈腐敗物〉すなわち「無」のイメージを媒介にしてつながる。こうして〈腐敗物〉の起点を敗戦前後に定め、戦後の執筆した時間の最中にそれが持続しているというのだ。

つまり想起とその持続として「無」を顕わにする。帰郷途上の〈敗兵〉を蘇生する一瞬、金井もその時間・空間を改めて生き直し新たな時空を歩き始めるのだ。忘却の最中だった状況に対置して、想起を詩として達成することによって忘却という空白は埋まり経験を獲得する。この想起の方法を具現化したことで「帰郷2」の経験が読者の側の希求と呼応し開かれる。生動し顕在化した敗兵像こそ、この詩の眼目だろう。想起されたこの像は現在の存在者の過去・現在・未来も貫いて〈どこまでも行く〉のだ。

だが『帰郷』は「無」の開示にとどまった詩集ではない。〈敗兵〉は、続く第十三連以降も〈ほとんど破滅的な暗黒の空洞を駈けている〉。そしてすでに〈飢餓線上に在り、人間が人間を喰い合う闘争の渦にまきこまれていた。〉帰郷するその暗黒と闘争のイメージは、戦後の起点だった単なる過去ではない。「真珠色の鮒の唄」で表現された七〇年の時点での変わらぬ日本人への批評へと連続している。金井は〈ながい戦争が終ったあとの／人の廃墟に戻ってきたのは〉、〈とるにたりない小さな自我だ〉（同詩、一〇一頁）と記し、七〇年の時点に至り、その自我の〈ひあがった底の底には／死の影すらも残ってはいない〉と、この起点の忘却を問題にしていた。更に執筆当時の日本人の〈絶望的なその精神〉（一〇二頁）、〈生きながら死臭を放つ／エゴイズムの川のほとり〉（一〇三—一〇四頁）にも踏み込んでいく。

それは、死骸と等価だった〈敗兵〉の、暗黒と闘争の持続なのだ。つまりその像は、戦後の執筆当時の時間・空間でも帰郷行為を生き続けているのだ。

人は「無」に直面すると他者を遠ざけ孤高の境地に徹しがちだ。無力化しつつある現在の個人が、他者との境界へとこの短篇で逆に踏み出し想起行為を持続する方法に注目したい。

更に次の第十五連以下で「無」から再生への道筋を志向する。

俺はただ、帰りたい一心であった。夜を移動する生きものの群。屠殺場へおくられていく生きものの群のように、俺には思われた。俺を待っているものは、何も無い。そのために先ず、俺の栄養失調から、俺の睡眠不足から、俺の衰弱したSEXから脱出しなければならぬ。そののち俺は、俺がえらぶ死に向って前進するのである。

虫が鳴いている。しかし、あれは俺のために鳴いているのではない。自分自身のために鳴いているのだ。

あたりの空間が、いくらか白んできた。敗北の精神の中から、夜が明けてくるようであった。

と続ける。〈屠殺場へおくられていく生きものの群〉だった帰郷途上の〈敗兵〉と虫の鳴き声〈緑の道〉とは交わることはなかったのだ。そして寂滅から遠く離れた〈敗北の精神の中から、夜が明け〉全てが見えてくる。この連の、栄養失調・睡眠不足そして〈俺の衰弱したＳＥＸから脱出し〉て〈俺がえらぶ死に向って前進する〉。

そして第十八連以下で、〈さっきまで兵舎で一緒だった同年兵〉と共に農家でジャガイモを貪り食う。〈俺たちは又、線路上に戻ったが、この外見的な共同作業を支えていたものは、利己意識以外の何ものでもなかった。〉この〈利己意識〉は、七〇年の日本人が抱えていた前出〈生きながら死臭を放つ／エゴイズム〉に連続していく。

この〈利己意識〉については、第一章「金井直の蟬の詩」に詳細。金井は一九八九年発表の「短歌的ということ——その奴隷性について」[*18]で、歴史的遺制を支える日本人の〈利己主義〉を焦点として浮き彫りにし、それに抗う生き方も提示した。題の「短歌的」は〈天皇制封建主義における利己主義の問題にまで立ち入らなければ解明されない〉とし、〈詠歎性の基底は、日本人の意識構造そのものにあるのではないか〉と提示する。続けて

啓蒙なり改革なりの意識の中心にこそ「近代」というものが存在するとするなら、その意識によって自らが日常を、つまりは生活を変えるような生き方を自らに強制しなければならない。「短歌的」ということは、封建的慣習や排他的関係（あるいは意識）の中から脱出できない生き方のことである。

わが国の封建制はほとんど変わっていないと見るほうが妥当である。その社会構造は天皇制が

証明している。けだし厄介なのは精神構造である。これは絶望的なのだ。日常面においては社会性の欠如、モラルの欠如としてあらわれている。さらにそれは人間関係にも如実である。

〈敗兵〉の暗黒と闘争の〈利己意識〉は、過去のものではなく日本人の意識の軸として連続していると内省した。その日常生活を変える精神の場を希求し続けたのだ。「真珠色の鮒の唄」から「帰郷2」へと連なる文脈によって〈敗兵〉が自覚した自画像を想起したが、それは戦後の日本人の内に連続して潜伏するものとの対峙でもあった。

第一八連後半を次のように続けて更に踏み込んでいく。

向うから、都会人であることが一見してわかる一人の若い女がやってきた。そのはなやかさは、まったく、俺の心象風景の中ではきわだって異様であった。が、やはり、戦争は終ったのだという感慨をもよおさせるには充分な点景であった。俺は、近づいてくる女の顔をみた。とたんに俺は、あの女だ、と思った。俺が、東京でひそかに慕っていた女である。しかし、なぜ、こんなところに居るのであろう。しかも、俺の顔をみながら、み知らぬふりで広島方面へどんどん歩いていくのであった。俺はすれちがいざま、声をかけなかったことを悔んだが、そのことに、こだわっている余裕もなかった。

「桔梗」の〈一輪の桔梗〉の造形も匍匐訓練の最中で渇望する〈彼女〉を類推させる。だが一兵卒は〈死にかかっていた〉から、生きる力が枯渇して別れざるをえない。このエロスの対象と引き裂かれすれちがうというイメージは、金井の愛の詩に頻出する。その心象風景、幻想を生み出す〈生きもの〉（第十五連）の渇望を、第十八連の帰郷途上でもデフォルメして設定している。

潜伏していた〈衰弱したＳＥＸ〉は、本郷駅が近づくと活気づき、第十九連で、その駅から帰郷列車に乗車。最終第二十連で、〈東京の焼跡〉（一二一―一二三頁）に辿り着き〈あの女〉と出くわす。

ようやく辿りついた東京の焼跡には、家はなく、人影もなく、着る物も食物もなかった。呆然と突立っている俺の横を、アメリカ兵と腕を組み、ガムを噛みながら通る女がいた。ふと見ると、まぎれもなくあれは、俺が慕っている女であった。その時、俺は、あの線路上ですれちがった女を思い浮かべた。あの女は、たしかに、いま俺の横を通りすぎようとする女にちがいなかった。ならば、あれは、一体、誰であったのだろう。俺は、懸命に、あの女が誰であったか思いだそうとしているのであった。

焼け跡で、〈俺が慕っている女〉と再会するがその女は〈アメリカ兵と腕を組み、ガムを噛みながら〉俺の横をすれちがう。渇望してきたエロスの対象はアメリカ兵に媚びをうっている。すでに〈利己意識〉に囚われていた。〈女〉は〈俺〉にとってはエロスの対象だったのだが、飢餓から救ってくれる占領軍に依存している。すでに〈すれちが〉う存在になりはてている。目前で進行する現実はやはり「無」の最中である。しかしその瞬間、〈俺は、あの線路上ですれちがった女を思い浮かべた。〉そして〈俺は、懸命に、あの女が誰であったか思いだそうとしているのであった。〉と、帰郷途上で幻想をたぎらせた〈生きもの〉の根源に立ち帰る。それに支えられてかなえられぬ想起を生き続けるしかないのだ。それは無力化した〈敗兵〉が、再生へ生動しようとする衝動の投影である。徴集以前に生きる力の淵源だった〈東京でひそかに慕っていた女〉の叡智に支えられて、「無」を超えようと〈懸命に〉想起の時間を生きるしかない。

ここでこの短篇の核心、想起の連続性を再度考えてみる。〈敗兵〉は〈何も無いという絶対的な空間へ、俺たちはみな立返らなければならなかった。〉（第十二連）この想像力の究極、「無」の空間をすでに思い知らされた。だが、かなえられぬエロスへの渇望に駆りたてられて〈何もかも失われた場所へ〉（第七連）〈ただ、帰りたい一心であった〉。その〈一心〉の持続として、〈懸命に、あの女が誰であったか思いだそうと〉想起に駆られる。この想起行為は、すでに戦災死して〈死骸〉かもしれない〈慕っていた女〉との愛の記憶に支えられている。〈生きもの〉を生動させる究極の根源、〈あらゆる死骸〉すなわち死者の叡智に支えられて帰郷行為の連続性が脈動する。「帰郷2」でエロスへの渇望という形で表れたその本源に、一個体を超えて生命全体として永遠に続く生成と循環が存在し未来を開き導く。この脈動する連続性に、戦後の生存の可能性を見出そうとしている。

ところでこの女の題材は前出の高島恒だ。東京大空襲の戦災死者・被害の規模は広島での原爆被害に匹敵するので、その焼け跡での体験は前出〈広島市の荒涼とした焼野〉に通じる。また＊2で詳細に示したように、恒は五歳年上で精神の充実感を金井に与えた。自らの親族によって余計者扱いを受けて育った金井にとって唯一の生きる支えだった。冒頭の「あじさい」では〈こころのゆりかごを静かにゆり動かす手〉と想起している。まさに〈慕っていた女〉の記憶、叡智に支えられ続けた。この想起をモチーフにして『帰郷』までにも多数の詩や短篇を創作して追究し、体験の再生ではなく新たな過去形の経験を構想した。

ここで詩集『帰郷』全体の詩想を考えてみたい。冒頭を振り返ると〈私の帰途について書きたい〉、〈それは道草を食うこと〉、〈そして追われて急ぐこと〉と提示していた。冒頭からこの提示を追究し、「帰郷2」でもそれと呼応して〈ただ、帰りたい一心であった〉〈敗兵〉を顕わにした。そして〈東京でひそかに慕っていた女〉への渇望を高鳴らせながら線路上を急ぐしかなかった。しかし到達した東京は焼け跡と化し、その女は幻想・憧憬にしか存在しない。だが、かなえられぬエロスへの渇望に駆りたてられ想起行為を持続するしかなかった。詩集全体の末尾をこのように締め括り、自ら体験した歴史的な現実との関係で帰郷の詩想を捉え直した。そして〈生きもの〉が生きる歴史的な現実の内に血肉をともなった自画像を据えた。そしてその生動を可能にする究極の根源、〈あらゆる死骸〉、死者の叡智を想起した。それに支えられ〈「忘却」の方へ運んでいく流れに逆らって〉、戦後を〈どこまでも行く〉のだ。詩集冒頭で〈書くという行為は、おもいもかけぬ道草を発見することである。〉と述べた予告も、この締め括りと呼応している。『帰郷』は、寂滅への帰郷を究極まで追究しつつ、それから反転（道草）して、敗戦前後を起点として七〇年の当代に連続する「無」（腐敗物）と対峙している。そのため詩集の末尾をこの想起の連続性で締め括り再生へと生動していく。

次に「桔梗」との照応にふれる。「帰郷2」は、かなえられぬエロスへの渇望に駆りたてられ想起行為を持続するしかない〈敗兵〉の述懐で締め括った。「桔梗」でも渇望と断念とに引き裂かれるが、潜伏していた〈兵隊ではないぼく〉はエロスの充足をはてしなく渇望する。〈一輪の桔梗・死なない彼女の夏　戦争のない夏／彼女の太陽　彼女の空を持っているのはぼく〉で〈彼女を忘れない〉と、争闘のない植物の本源（緑の道）に開かれ、太陽の下であらゆる〈生きもの〉（「帰郷2」の詩語と照応）が共棲する世界を希求する。「帰郷2」と「桔梗」とは、このような形で照応していることを確認できる。輪郭の明確な「桔梗」の想像世界・文体を母胎にして、敗戦前後の兵役と帰郷という歴史の場に「帰郷2」を置いて問い直し、七〇年の発表時期でも変わらぬ「無」を剔抉し対峙したといえよう。

以上をふまえると、兵役から帰郷への道程を想起しデフォルメして、戦時期の「無」が復活しつつある真相を顕わにしたと分かる。その根源の〈利己意識〉が持続したままでは、再び〈何かをえらばなければならぬという自由を放棄〉（第八連）してしまう。台頭するこの風潮に対峙する叙事詩的短篇だ。

執筆当時の七〇年頃、戦争の事跡そのものの忘却が風潮として進行中で、同時に自衛隊の海外派兵準備を着々と進め軍備も強化されつつあった。当時は朝鮮戦争・六〇年安保条約改訂・六〇年代の反戦闘争を経て「戦後は終わった」などと風説が広がっていた。忘却とは裏腹に、直接の戦闘に日本は巻き込まれなかったものの、ベトナム戦争などの兵站基地となっていた。金井はその真相に対峙し、人間を「無」に追いやる〈国家社会の非情な力〉を拒絶しようとした。

直接の戦闘に巻き込まれた体験がない世代、私もその一人だが、戦後責任とか戦争の記憶を遡るといった課題に直面している。敗戦直後からその課題をめぐって論争が絶え間なく続いている。戦争犯罪もしくはその加担者を追及する動きは弱体化した。その一方で、戦時期の戦争遂行者に近い発想で民衆を煽る風潮が強まり、民衆の動向に近いところに拠り所を置くことが重要だと主張して、戦時中の行為もやむをえなかったと肯定する者もでてきた。その延長線上で近隣アジア諸国との軋轢を煽り、国益を至上命題にする排外的な動きが強まっている。

そのような動きを察知した金井は、前出「「寂しさの歌」と戦後」で〈戦後五十年たっても、いまだに「大東亜戦争」が正しかったと思いこんでいる者が、仕方がなかったと肯定する者を含めておそらくは国民の約八割を占めるであろうことを思えば、その根は深いのである。／なぜなら、国家社会の枠を、人間の側に立って超えようとする者は少数だからである。（中略）そして自らが人間性に寄辺を求めなければならないのである〉と指摘している。

この精神の磁場からすれば、自らの兵役体験をまず裁かねばならなかった。〈死骸〉に近かった〈敗兵〉の自画像を剔抉し、第八連で〈八月十五日を境いに軍隊的規律と体罰は緩和した。〉そして〈俺の内部で、音立てて崩れ落ちるものの気配を感じた。〉と、腐敗し「無」に落下して〈何かをえらばなければならぬという自由を放棄していた〉その瞬間に焦点を絞る。この自画像を抉り出し向き合う姿勢なしに、どんな悔悟もありえなかったのだ。「玉音放送」は、その自画像から蘇生し回生する分岐点であり、それを想起することで新たな精神の磁場を開いた。その渇望のリズム、高揚を喚起するのが奇数連冒頭の〈俺はただ、帰りたい一心であった。〉のリフレイン、また短篇全体の文を「俺は…の最中であった」という過去形動詞の進行形で結んで繰り返す文体だ。語り出すのは、血肉に刻まれた傷痕を想起する執筆当時の金井であり、過去の出来事の進行を一連ずつ積み上げて、〈どこまでも行く〉リズムは執筆時点まで一貫して高揚していく。点景だった過去の出来事は、映像に近いイメージで映し出され蘇る。こうして、想起体験を語り出す執筆当時の時間に、〈帰郷的空間のまっただ中に存在した。〉（第十七連）敗兵像が蘇生し、〈あらゆる死骸〉に支えられた渇望と希求の劇が顕わになる。想起した劇によって過去は実在性を帯びて見えるものとなり、未来の時間を開くきっかけをえる。

死者との関係を掘りさげると「桔梗」との照応も深まってくる。「帰郷2」の〈敗兵〉は、〈生きもの〉を生動させる究極の根源、〈あらゆる死骸〉の叡智に支えられていた。「桔梗」でも、匍匐する兵は生きものを生動させる根源的な衝動〈死なない彼女の夏〉に導かれ開かれた。戦災死して〈死骸〉かもしれない〈慕っていた女〉を渇望する物語は、「桔梗」では明確に描いていない。花の像の背後に隠れている。かなえられぬエロスを渇望すればするほど、匍匐する兵と「桔梗」の花とは〈はてしない乖離〉（前出「散る日」自作解説）へと断絶する。

二つの詩は共に、エロスへの渇望と断念とに引き裂かれた一兵卒像を造形化している。この悲劇的な類比は、行分けした短い「桔梗」のほうがくっきりと浮かび上がる。それは「桔梗」の造形が、〈緑の道〉（本来の生命の記憶、死者の叡智が支えている生者の歩み）の生成とそれから離反した一兵卒像とを明確に対比させ浮き彫りにしているからだ。

第二次大戦末期に徴集され軍が崩壊した瞬間、広島県東広島市で放り出された一兵卒の金井。敗戦とは、郷里の東京へと食料もなく帰郷せざるをえないただの人に戻る事にすぎなかった。兵隊といっても士官と兵卒とでは、人とそれ以外、天と地の隔たりが現実にあった。敗戦後に軍の物資を隠匿し売りさばいた士官は多数にのぼる。外地で捕虜となった場合も士官は特別待遇だった。

とにかく戦後の焼け跡で、新たな拠り所を希求した金井は、先の「散る日」や「泥」をふまえて更に「桔梗」「帰郷2」などで生存の在り方を探っていった。

一方の「今ここで」に動かされがちな日本人は、敗戦後、手のひらを返したように占領軍のアメリカに追随し現在も政治的に隷属状態である。多くの兵役体験者は、〈兵隊〉だった自画像を検証しないだけでなく占領地で日本軍が原住民に与えた被害をごまかしてきた。このような習性からか、兵役体験や植民地体験を想起し詩作の課題として粘り強く書いていくことを避けてすませるのが大勢である。あえて正面から題材とし、こなれた表現に高める努力を持続するには、それを扱う精神の拠り所を粘り強く探究していなければならない。四五年の敗戦から十二年後にようやく「桔梗」を造形化できたのは、その故だろう。

(五)

「帰郷2」をふまえると「桔梗」の構図、形象は明確になった。戦後を生きるとは、戦時期から続く閉じられた世界を顕わにしてそれから解放され回生する瞬間を開く行為ではないか。本論によって、敗戦時と現在とをつなぐ表現行為としてこの詩を直観し自らの現在世界を見直すよすがになれば幸いだ。

㈣までに取り上げた一九五七年発表の詩「桔梗」で、戦時末期の訓練中の一兵卒は、〈桔梗〉と戦災死した〈彼女〉とを重ね、エロスの充足をはてしなく渇望する。それは生きものを生動させる根源的な衝動から発し、争闘のない植物の本源に開かれる。そして、あらゆる生きものが共棲する世界を希求する。この無始無終の脈動を想起し回生する磁場を創出した。それによって、引き裂かれた〈苦痛〉の自画像に閉塞せず本源へと開かれた。

その頃の東京は戦災から復興し小康状態になっていた。すると先の脈動を更に、性愛が成熟する瞬間、造形美の開花へと展開する。まず五九年の詩集『愛と死の小曲』（抒情小曲集、二八頁）収録の次の詩「花」から見ていく。

ピンクのおしろいをきれいにぬったおまえが、
誇りを秘めた胸をいっぱいにひらくと、
乳房のようにゆたかな空間がもりあがる。
するといつのまにかおまえの、
すきとおるような皮膚に溶合った外部が、
おまえの鼓動でわななきながらかがやいている。
あたかも差込まれた手のかなしみにたえている湖水のように。

「旧詩篇」の章の詩。五八年までに四冊の詩集を刊行したが、それにもれた抒情小曲を中心に拾い集めたと序で解説している。〈乳房のようにゆたかな空間〉とか、〈外部が、／おまえの鼓動でわななきながらかがやいている。〉と内と外を連関させ、溶け合った造形美を彫琢している。しかし顕わになった〈かがや〉きは、同時に〈差込まれた手のかなしみにたえている湖水のよう〉だという。性愛の成熟の瞬間は同時に〈かなしみにたえ〉る切り岸をともなう。

第一章「金井直の蟬の詩」で取り上げた「小曲Ⅰ」（『愛と死の小曲』、三一―三二頁）でも、雪につつまれた逢瀬を表現していた。〈おまえは花。／冬の花だった。／きものの下の、／ピンクのはなびら。／ぼくの手はいつも／それにふれていた。／ああ、にわかにふりかかる雪。／なにがぼくたちを／はてしなくつつもうとするのだろう？〉。隣家に住んでいた二つ年上の浅田美代子との四六年の悲恋を投影しているので、やはり〈かなしみにたえている〉のだ。いずれの詩も急性肺炎で亡くなった美代子との逢瀬を想起した詩だから、〈ピンクのはなびら〉は悲恋の女性像の類比となる。

短篇「蓑虫記」（短篇集『蓑虫記』、一九七一年、一二頁）の一節も、美代子への相聞かつ挽歌である血肉をともなう生きものの息吹を感じさせる。

焼残った町の、寒風が吹きぬけていく夜の路地から路地を二人はさまよった。ユカは、時々、私の凍える手を取ると自分の乳房へ持っていったりした。身八口（みやつぐち）という言葉をおぼえた。

この〈身八口〉（袖付の下の開いている部分）から〈差込まれた手のかなしみ〉は、金井と美代子の悲恋と対応する。

注目すべきは一九六四年前後から六九年にかけて、詩集『Ego』・『薔薇色の夜の唄』に収録した性愛詩五十七篇の集中的な創作だ。核心を貫いているのは、落下から本源へと帰郷する詩想だ。

次の詩「薔薇」（詩集『薔薇色の夜の唄』、坂の上書店、一九六九年、一一四―一一六頁。「同時代」一八号、一九六四年）では、先の二詩のような事実性は背後に隠れ、〈女〉の悲哀それ自体が一つの像として立ち現れる。

いまはただ一途に燃えあがることのみが　女のいとなみのすべてであった
胸のおくのさかんな喪失　ふいごの音　それを支え　それを包むものは
灰だ　やがて崩れ落ちねばならぬ　敷布の上の花がめ　白壁の前のはなびら
追いつめられて　そこのほかのどこへも行けない心よ

もはや　どんな指先も　くちびるも　それに触れることはできない
そのまわりに在って　あらゆる恐怖も　不安も　落魄も　息をひそめている
ためらっている　そして　すべてのものは立去ることを忘れている
果しない回想のかがやきのなかで　世俗のかげはすでになく

その臓腑がみえるかと思われるほどに　女は悲哀にすきとおっていた
残りわずかな酸素を惜げもなく燃やしながら　血のほのおを吐きながら

これらの三詩や短篇での花の造形は、性愛の成熟を造形美として彫琢するだけでなく、同時に引き裂かれ背反へと落下する悲哀の瞬間をともなう。「薔薇」でも、〈一途に燃えあがることのみ〉で〈追いつめられて　そこのほかのどこへも行けない心〉の瞬間は、同時に、〈残りわずかな酸素を惜げもなく燃やしながら　血のほのおを吐きながら〉死をはらんでいる。想起した女には〈世俗のかげはすでになく〉エロスとタナトスの両極に引き裂かれる。薔薇と〈悲哀にすきとおっ〉た死者とを類比し、招き寄せて共時存在（共棲）するモチーフの在り方は特有のもので、後の薔薇の造形にもくっきりと影をおとす。後でまたふれる。

更に、次の詩「椿」を一九六六年刊の詩集『Ego』（一四―一六頁。「無限」二〇号、一九六六年）に収録。

Ⅰ

洗い髪のよどみなきながれの上を　無心に這う白い指先
しっとりとした沈黙の唇　あざやかな真紅の調べ
別な生きものの如くゆれる乳房　ゆたかに開花した肉体の

隈なきまろやかさを示すやさしい線

内に血潮のざわめきを秘めて　さりげなく
外部の空間を己れの色に染めてゆく

ごらん　誰のためにでもなく　しきりに髪を梳く女の
かなしい性につつまれて　あゆみをとめるたそがれの時

そこへ誰もくるな　誰もそれにさわるなという
ああ　ぼくが食うや食わずで求めてきたものは

一体　何だったのだろう　ながい流浪のはてに
やっと辿りついた肌の岸辺　おしろいのうっすらと匂う

はなびらの　なだらかな起伏のむこうには　金で買えぬものの
まったくすくなくなった世の中　救いようもない貧困

Ⅱを次の二連で結ぶ。

（中略）

女は二度生きるのだ　土にかえる前
そのにぎやかな死をいろどって

木に返り咲く日をゆめみるのではない
やがてくるものを支えに　今日一日待ちわびる

エロスへの渇望を断ち切られた一兵卒像の延長上で、成熟した性愛を〈求めてきた〉が、〈そこへ誰もくるな　誰もそれにさわるな〉と女は官能を拒否する。官能の充足自体に潜む背反性が可視化される。その頃、経済の高度成長期を経て多くの日本人が金銭への渇望に心を奪われる時勢となり、愛の原理から離反していった。このような多数の動向とは対極の磁場で、囚われた性愛を見据え本源的な愛の喪失を追究している。裏返せば、より深い愛の原理を希求しているのだ。すると人の心を金銭によって計り、性愛の充溢と背反する〈救いようもない貧困〉へ落下したと見えてくる。すると線描画の〈やさしい線〉で純一に裸婦像を表現した造形美も〈かなしい性につつまれて〉いる。性愛の純一を不透明にする対極的な二面をあえて構成し、生存の軌跡を美化しない。生きものを生動させる根源的な衝動、その脈動の真相、裏表を透視する手法が本領となっている。

同詩集には、「罌粟」（二二三―二二六頁。「同時代」一八号、一九六四年九月）も収録。

Ⅰ

ふいに長襦袢を脱ぎすてる音がしたのでふりかえると
かすかに鬱血のあとのある白いくびすじをみせて
さっきからそこで化粧していたはずの女の姿はみえなかったが
わずかなくぼみとぬくもりを残している蒲団のあたりに
女の体臭と脂粉の匂いが漂っている部屋の
その片隅で
あちらの世界をみせてくれる鏡が
裸になってしゃがみこんでいる女のゆたかさで溢れていたのだ　そして　さらに
みえたのだ　鏡の横に活けてある罌粟の
惜げもなく散り落ちている大きなはなびらが
落ちながら受止めたとでも云いたげなたなごころに
花粉をしのばせているのが

Ⅱの末尾を次のように結ぶ。

（中略）

子供心の素直さにかえって眺めていられるのは
たったひとりの部屋の片隅——そこの花　あの茎　あの葩
さわればあえかに散りこぼれる　あの明るさ

けだるい時間、〈女の姿〉は見えないのに、交接の後の蒲団のくぼみとぬくもりのあたりに〈女の体臭と脂粉の匂いが漂っている〉空間を創出する。更に男の視線は、〈あちらの世界をみせてくれる鏡〉が〈裸になってしゃがみこんでいる女のゆたかさで溢れてい〉ると幻想をふくらませる。そしてその鏡像と罌粟の花の落花とを類比する。その〈活けてある〉罌粟は、〈惜げもなく散り落ちている大きなはなびらが／落ちながら受止めたとでも云いたげなたなごころに／花粉をしのばせている〉。落花の瞬間に〈女のゆたかさ〉（鏡像）と〈花粉〉とが溶け合い〈みえ〉てくるのだ。それは女の裸体に投影してきた造形美も超えた罌粟のイメージ、鎮痛による陶酔へと男を誘うのだろうか。だからこそ〈さわればあえかに散りこぼれる〉はかない〈明るさ〉を喚起するのだろう。やはりこの詩にも、生きものを生動させる根源的な衝動が潜んでいるが、それに背反するうつろも顕わになる。現実を遠ざけた時空で、生存のあえかな一瞬を現前化する。

薔薇やその他の花から類比した以上のような造形を描く際に、リルケの薔薇の詩をふまえている。金井の蔵書[*19]に『リルケ詩集　薔薇』（富士川英郎訳者代表、人文書院、一九五三年）が残っている。それに山崎栄治訳の「薔薇」二十四篇が収録され、その第十五篇（二二頁）は次の訳詩である。

たつたひとりで、おお、豊かな花、
おまへは、おまへひとりの空間をつくる。
にほひの姿見におまへはその
姿を映す。

おまへの香は別の花びらのやうに
おまへの数かぎりない萼をつつむ。
わたしはおまへを引きとめる、おまへは胸をそらす、
非凡な女優。

ローザンヌで一九二四年九月前半作。一九二七年に小冊子の体裁でストルス書店刊。ポオル・ヴァレリーの序文が附いていた。三五年に『フランス語詩集』にまとめられアルトマン書店刊。山崎訳は、これを典拠とした。

リルケの薔薇の詩を読み込んで、金井が薔薇の造形を彫琢していったことは明らかだが、中でもこの詩は「罌粟」と照応している。〈部屋の／その片隅で／あちらの世界をみせてくれる鏡が／裸になってしゃがみこんでいる女のゆたかさで溢れていた〉の一節など、六四年までに書き継いだ造形美の集約だ。それと、山崎訳での〈にほひの姿見〉に薔薇を映すとか、その〈香〉の〈空間〉に〈胸をそ

らす、／非凡な女優。〉などが照応する。この構成を組み換えて、妖艶な裸婦像の〈体臭と脂粉の匂い〉を漂わせ、鏡に映る〈女のゆたかさ〉に置換している。それと罌粟の花粉も溶け合わせる。

同様に、山崎訳第九篇の第一連（一五頁）も照応する。

薔薇よ、熱烈でしかも明るいもの、
聖女ロオズの遺品匣（ルリケエル）
とてもいへさうな……きよらかな裸か身の
あのなやましい匂ひをただよはす薔薇。

〈裸か身〉を包む薔薇の〈なやましい匂ひ〉は、金井によって血肉をともなう性愛の空間に置き換えられた。

(六)

このように金井の本領を発揮していって、一九七六年に『薔薇（ばら）　詩の絵本Ⅲ』（薔薇の題の詩十六篇、解説「詩人の試み」　三木卓、詩　金井直、絵　司修、偕成社、総三十九頁）に薔薇の連詩として構成する。司修がエッチングで画いた絵を、各十六篇の詩と組み合わせている。右頁が詩、左頁が絵。表表紙もその絵。刊行後、新聞や雑誌に九点の書評が載った。読者への喚起力の強さ、固定した詩の読者以外への広がりを確認できよう。

表紙の絵と「薔薇4」の絵は同一で、サンドロ・ボッティチェッリの絵「プリマヴェーラ（春）」の一部。春の女神プリマヴェーラを基にした立像。花を全身にまとい花の冠・首飾りも身に付けている。「薔薇3」もボッティチェリ「ヴィーナスの誕生」からヴィーナスの立像と、それを迎える春の女神を基にしている。但し、その立像は薔薇の花弁の上に立っている。他の絵は創作である。「15」の挿し絵だけ後で紹介する。

収録詩の1から5は既刊詩集の再録なので、以下それを示す。1は一九五三年『金井直詩集』の「薔薇」（本章の㈠で引用）。2は一九五八年『疑惑』の「薔薇Ⅱ」。3は同詩集の「薔薇Ⅰ」。4は一九五九年『愛と死の小曲』の「象牙の薔薇」。5は同詩集の「花」。8は一九六九年『薔薇色の夜の歌』の「薔薇」で先に取り上げた。6・7、そして9以下16までは書き下ろし詩篇だ。

本章の㈠で、「薔薇1」とリルケの花の詩との照応を取り上げた。この絵本の「薔薇1」の発表年、五三年の時点で、金井はリルケの事物把握の詩法をすでに自己の詩に浸透させていた。この絵本詩集はそれらを集成する試みだったので、この詩を含めた一から五と八の旧詩篇を冒頭に配置したのだ。この六篇とリルケとの関係を考えてみる。

薔薇2（四頁）

しゃべってはいけない
息をあらだててもいけない
まして　感情の指でふれるなどしては

うれいでも　いたみでもなく
確（たしか）な外部を持つもの　このような
内部にまさる外部が　ほかの
どこに在（あ）るのか　大きな変貌（へんぼう）のほかの

こころをつつむために　こころを
必要としないように　もはや
戦慄（せんりつ）でも恐怖でもなく　溢（あふ）れでたものを
ゆたかな何が　このように
はてしなくつつんでいるのか

薔薇3（六頁）

ただ燃焼と呼ぶべきではない　それは

燃上ることをつつしむ者の
焔（ほのお）のくらさ　くらやみに触（ふ）れた紅（くれない）

泣くこともできないところへ来てしまった者のような
周囲を持たない者の高さ　内部のすべてだ
（そのかたわらで　たよりなく
影のようにゆれるのは僕　僕のいのち）

何かをひたすらつつもうとして
つつむものが無かったことの大きさを
ひろげてみせるように
もうそれ以上はひらけないところで
いくえものはなびらを支（ささ）えている

一九五八年までにリルケの詩「薔薇の内部」（一九〇七年八月二日、パリでの作、『新詩集別巻』）を金井は読んでいた。その事物を把握する在り方は、2と3の詩に浸透している。では、「薔薇の内部」訳文をどの訳者の本文で読んだのか。

読書対象本はつぎの金井蔵書のいずれかだ。

『リルケ詩集』、茅野蕭々訳、第一書房、一九二九年。

『リルケ詩集　薔薇』、富士川英郎、掘辰雄、山崎榮治訳、人文書院、一九五三年。

『リルケ詩集』、星野愼一訳、岩波書店文庫、一九五八年。

茅野と星野訳に「薔薇の内部」を収録しているが、星野訳は文語体なので茅野訳（三二二―三二三頁）を引用する。

何處にこの内部に叶ふ
外部がある。どんな痛みを
人はかういふ麻布で蔽ふのか。
なんといふ天が此中に映ずるのだ。
これ等の開いた薔薇の、
憂のない花の
内海に。見よ、
彼等がゆるやかの中に緩かに
横つてゐるさまを、慄へる手が
彼等を散りこぼすことも出來ぬやうに。
彼等は殆ど自分をも保てない。
多くの花は溢れさせ、

内部から流れ越え、
いよいよ充ちてゆく
日の中へこぼれ入る。
全き夏が一つの部屋になるまで、
夢の中の一つの部屋に。

塚越敏の解説[*20]を次に紹介する。

内部と外部の問題をあつかった詩。薔薇は内部空間に存在している事物、詩人はこの純粋に事物としてのこの薔薇を内部といい、この内部に相応し、この内部を受け入れる外部があるかと問う。薔薇は咲きみちて外部の空間へと溢れ、薔薇から流れでる内部空間はますます拡大していって、内部空間が外部空間に重なり、外部空間の日々は豊かになり、部屋がそっくりそのまま夏となる。内部と外部と事物とをあつかった代表的な詩。

リルケの芸術事物を読み取る際の基本的な視点を、この詩は教える。塚越から私宛の書簡で、金井の詩の像は通常の形象ではなく芸術事物だと指摘を受けたことがある。金井の先の「薔薇2・3」も、一九五八年の時点で、先の塚越の解説が当てはまる造形を描いている。それ以後の花の詩でも、これが基本となって本領を発揮していく。

この視点で、リルケの造形が浸透した形跡を更に具体的に見ていく。金井蔵書に『リルケ選集Ⅰ 詩集Ⅰ』（大山定一他訳、新潮社、一九五四年）もあり、『新詩集』を収録しているが抄訳のため「薔薇の内部」はない。巻末に「薔薇の葩」（カプリで一九〇七年正月作）を収録。その第五連（三六五―三六六頁）を次のように大山は訳している。

ごらん純白の花が幸福さうにそつとひらいてゐるのを。
おほきな滿開の花々のなかに　彼女は
まつすぐ貝殼のヴィーナスのやうに立つてゐる。
やや赤らみかけた花が　いささか取りみだしたやうに
隣りの日かげの花に凭れ寄らうとする。
すると　そのすずしげな花はしづかに身をかはす。
一面の咲きこぼれた花々の下には
つめたい冷えた花がまだかたく身をつつんでゐる。
薔薇はあらゆるものをすつかり脱ぎすてるのだ。
重いものも　輕いものも。　何の惜しげもなく。
そして　マントをぬぎ　重荷をすて
つばさをはづし　マスクを取る。
めいめいが好き勝手なやうに。そして裸身の薔薇は戀びとのまへに立つごとくあどけない。

薔薇と性愛との類比に本領を発揮していく金井の薔薇の造形は、この訳詩に表れたリルケの一面と通底している。だがリルケが〈戀びとのまへに立つごとく〉と〈裸身の薔薇〉を形容しても、肉感的なイメージよりも植物的な清純さ、その純一を感じさせる。リルケの場合、薔薇の造形に限らずその芸術事物から類比した愛の女は独自の意義を担っている。〈あらゆるものをすつかり脱ぎすて〉、自ずから成熟していき愛の対象に没入しないし、相手からの見返りも求めない。単独で愛を育み成熟する。「薔薇の莟」の〈裸身〉も、〈脱ぎすて・重荷をすて〉た内部の純一を感じさせる。

だが金井の自画像の中に置かれると、前述したように妖艶な性愛、エロチックなそれに変容した。6以降で次第に金井の本領の方が主軸になっていく。「薔薇6」（一二一―一二三頁）から見ていこう。

幾片（いくひら）もの絹の重（かさ）なりの奥で
醸（かも）された色の深さ
醸された夢みる色を
湛（たた）えた円（まる）い器（うつわ）　淡（あわ）い縁（へり）
上気した女の肌（はだ）よ
愛撫（あいぶ）を待つばかりの
ピンクのはなびら　豊かな胸

おお　見る音楽

＊

幾重（いくえ）もの心の襞（ひだ）をもっている
複雑な心の襞をもっている
襞と襞とがひびきあって
花の音色にふかさをつくる
襞と襞とがいたわりあって
やさしいふくらみの影をつくる

＊

着物を一枚づつ
脱（ぬ）いでゆくように　外側へ
若い包（つつ）みをほどいてゆく
成熟（せいじゅく）の中心へ向うことは
美しい付属を　みずから

捨去ることなのか
ああ　ゆたかさとは　一体
なんだろう?

蕾を開きつつある薔薇の花弁を〈上気した女の肌よ／愛撫を待つばかりの／ピンクのはなびら　豊かな胸〉と類比する。エロスの充足を渇望する視線が浸透した造形だ。しかし開きかけの花弁の内部から〈見る音楽〉を傾聴し、見えない〈花の音色〉の〈ふかさ〉を透視する。それは〈やさしいふくらみの影〉が外部へ溢れでた音色だ。そしてその〈成熟の中心へ向うことは／美しい付属を　みずから／捨去ること〉だと視線を転換する。形や色などの〈美しい付属を〉捨て去って初めて溢れ出る薔薇の内部を透視する。先の「罌粟」までの男女の性愛のイメージ、つまり相対的な愛を〈捨去〉り〈ゆたかさ〉の真相を志向する。〈成熟の中心へ向う〉視線、意思を鮮明にし、ようやく先の「薔薇の葩」と重なってくる。渇望を投影したそれまでの造形から、無始無終の存在の透視へと薔薇像を変容させる展開となっている。

「薔薇8」（前出「薔薇」、『薔薇色の夜の唄』）で想起した女には〈世俗のかげはすでになく〉エロスとタナトスの両極に引き裂かれる。薔薇と〈悲哀にすきとおっ〉た死者とを類比し共棲する像が立ち現れる。「薔薇10」以降で〈私の充溢が私の人生を超え〉、薔薇像は人を超えた自ずからの生成を遂げていく。「薔薇11」（二二一頁）で像の変容は定着する。

あれは　光のかたまりだ
真紅(しんく)の光　黄色の光　そして
あらゆる色を拒否した光
いま　私の前に在(あ)る光の花が
名前で呼ばれることを拒(こば)んでいる
人が　薔薇と呼ぶ以前から
花ひらき
人が　見る以前から
形をもつ
あれは　光のかたまりだ

ならば　夜は
なんと呼ぶべきか
匂(にお)いだけの物を

〈人が　薔薇と呼ぶ以前から／花ひらき／人が　見る以前から／形をもつ〉始原の本源的生命を想起し回生する想像力。すでに見えない〈光のかたまり〉〈匂(にお)いだけの物〉という芸術事物に変容している。するとこの薔薇連詩は、戦後の焼け跡での傷痕から始め、血肉をともなう性愛への渇望を薔薇の造形に投影し、更に無始無終の存在の透視へと変容する形で構成している。

しかし「薔薇12」で風が〈情容赦もなく散らしてしまい、〈こんなにも露出した棘〉と自画像を描く。

そして詩作当初から書き続けた傷痕、〈傷口〉を薔薇と類比し「薔薇13」(二六頁)で描く。

そこに　どんな傷口が
在るのだろう
誰にも見えない
無惨な傷口から
薔薇がほころんでいる
ガーゼに滲んだ血の色で
いつまでも快癒しない
冷え冷えとした傷口から
散ることのない薔薇が匂っている
あれは　傷口そのものだろうか
たぶん　あれは
誰にも気付かれない世界の庭の
緑の蔭で

疼いている魂なのだ

「薔薇11」の〈匂いだけの物〉、見えない事物は〈緑の蔭で／疼いている魂〉を秘めている。すると巻頭の「薔薇1」で〈ああ　どんなに傷ついた心臓か在るのか／この地の下に〉と始め、それに「13」で呼応していることが分かる。詩集全体を薔薇の造形美で統一しつつ、戦争とその後の焼け跡での〈いつまでも快癒しない／冷え冷えとした傷口〉、つまり日本人全体で問い直すべき死者（薔薇の内部）を招き寄せる。その親密な死〈疼いている魂〉を即刻の瞬間に招魂し、傷口から流れ出す血が今日の生の意義を顕わにして〈匂っている〉のだ。すると、過去の時間と今日の生とは見分けがたくなる。時間を超えて薔薇の内部から流れ出た〈疼いている魂〉は、現在の生の姿（自画像）と見分けがたく共時存在（共棲）し溶け合う。美的造形と批評性を合わせて事物を描く金井の詩法を発揮している。

「薔薇14」（二八頁）は、前出『帰郷』の舞台、千葉県館山市の房総半島南西部に突き出した大きな岬、洲崎突端の大岩礁に設置された洲崎灯台周辺に舞台を設定している。突き出した岬に太平洋の波が押し寄せる。

海へ突出た岩場と
燈台のシルエットが
逆光線をあびて浮びあがる
それを幾重にも取巻きながら

白くつらなって押寄せる波頭
おお　巨大な花の芯をめぐる
はなびらの波よ　花の潮騒よ

水平線の彼方から
日輪の音の気配
斜めに差込む橙色の光
徐々にせり上ってくる内海の花の量感
天空の青の中へ溢れて溶けこむ無量の藍
はなびらの波のままに
息づく漁船

すでに群青の世界の中心を
鮮かに示している白亜の芯
その上空で　一羽の鳶が
ゆっくり旋回している
花の内海に棲む永遠の魚介を求めて

〈白亜の芯〉とは、洲崎灯台を構図の中心に置き〈巨大な花の芯〉と類比した造形。それを雌蕊と設定し、その周辺の〈内海〉に〈はなびらの波〉が〈押寄せ〉〈天空の青の中へ溢れて溶けこむ〉。薔薇の〈花の内海〉（内部）は溢れ出て拡大し〈天空の青〉（外部）と連関する。七〇年の詩集『帰郷』の「帰郷1」で〈緑の道〉（五一頁）を描いて以来の結晶だ。七二年の詩集『昆虫詩集』頃に、宇宙的形而上詩と自ら名付けた想像力の発揮でもある。その延長上で、この詩は本源的な〈緑の道〉（本来の生命の記憶、死者の叡智が支えている生者の歩み）での生成・流動・消滅と溶け合った薔薇像といえよう。そのような宇宙的な空間に溶け合った生の姿（自画像）を透視している。「13」と共に典型的な事物詩を開花した。「13」で死と共時存在する現在の生の姿を内部に透視し、その叡智に支えられた生者は本源に溶け合い、その造形美を構成した。リルケの芸術事物を想像力の芯に浸透させて到達した固有の造形だ。

そして末尾の「薔薇16」（三二頁）で締め括る。

いっぱいに開いた自分のへりから
ひとひら　ひとひらが
風に吹かれて散っていく
成就は　決して
物の終りではない
あなたの視線をそれて

落ちていくはなびらは
あなたの内へ
大きな波紋をつくるのだ
心の世界を囲む
心から発した　最初の
豊かな波紋を

落花の瞬間に自己を超え、通常の視線の届かない無始無終の存在を開示しながら〈はなびら〉は散っていく。本章の㈠で取り上げた詩「散る日」の構図を基軸にする。〈視線をそれて〉落下し無始無終の本源で〈大きな波紋をつくる〉。〈波紋〉とは、本源からの生成・流動・消滅へと〈心〉が開かれる兆しであり、その芸術事物だ。二〇年を越えて書き継いだ薔薇の詩は「散る日」の延長上で変容していた。

(七)

『薔薇　詩の絵本Ⅲ』の前年一九七五年に花の詩集『フォトポエジー　花』（詩　金井直、写真　秋山庄太郎、レイアウト　高橋重行、サンリオ出版、総六十三頁）も刊行した。右頁に三十篇の短詩、左頁に題材となった花の写真を配置。その写真は生け花や花弁を構成したもの。「著者のことば」で〈花を素材にしながら、同時に、神話や伝説や学名などから取材したものがある（中略）花の属性と人生観ないしは存在感とのアナロジーによって、詩的世界がつくられている〉と述べている。この詩集は、輪郭のはっきりした造形を短詩の形で彫琢している。

「プロローグ」（四頁）で〈この詩集を読むためには　どうしても／あなたの心が一匹の蝶にならなければ／ならないのですから〉と誘う。金井は、蝶の造形をプシュケー（Psyche）、本源からの自然の生成、その純然たる造形美、霊魂の象徴として蝶の羽根をもつ美少女と捉えていた。つまりこの詩集の短詩はそれを類比した造形であり、一種の幼年の世界、童話へと読者の心を誘う。次の「蝶」（二六頁）はその意義を担ったもので、心の底に秘めた幼年の物語へと読者を誘う。

あんなにも　一途に
花によりそっているのは
誰ですか
いいえ　よりそっているのではありません
あれは放心しているのです
ひとの中からぬけだした魂が
蝶になって花にとまっているので

〈ぬけだした魂が／蝶にな〉り「水仙」（六頁）にとまる。

昨夜の翅（はね）をたたんで
窓辺の水仙の花に
やさしく息づいている「気配」よ

それを見る若いひとみが
レモンの雫のように耀（かがや）く
新鮮な「時」よ

あれは　たしかに
朝の蝶だ
あの蝶が　もう
みんなの心の姿をして
春の方へ飛び立とうとしている

プロローグを受けて、蝶を視る〈若いひとみ〉は〈耀（かがや）〉き、本源の時間へと童話の幕が開く。蝶は〈みんなの心の姿をして／春の方へ飛び立とうとしている〉。心は〈一匹の蝶〉になり詩集の花の詩篇を次から次へと舞い踊る。

その春の風が吹き始める頃、次の「アネモネ」（語源はギリシア語で「風」、一〇頁）が始原の幼年の空間から蘇りささやき始める。花言葉の「あなたを愛します」などから発想。

ほら
ささやいている
はなびらが
悩ましい恋の色をして
ささやいている
遠くからきて　いま
あなたの心に
そっと　ささやいている

ささやきは
風の形見か

「チューリップ」（一二頁）は踊り始める。

地中から押し上げた春を
かかげて並ぶチューリップ
噴水の裳裾をくまどる
チューリップ
少女らよ
リズムよ
噴水のように立上って
歌の中心で踊っている

「ポピー」（一八頁）。

ひと束の花を
持っている　あの手
あの花は
そのひとのものだろうか
ほんとうは　花が
ひとつの手を欲しかったのではないか
ひとつの手の中で

開き　散ってゆきたいのではないか

〈あなたの心が一匹の蝶にな〉れば、〈開き　散〉る生者必滅(しょうじゃひつめつ)の条理を超えて本源からの自然の生成と溶け合って、無始無終の生命の脈動へと帰っていくのだ。

幼年性は次の「タンポポ」（二〇頁）のように、人の魂の故郷であり本源からの自然の生成の母胎である。

線路づたいに
帰ってくるのは子供たち
線路のふちに咲いているのは
タンポポの花

みんな　あの時代を通ってきたのだ
二度と戻れない時代を

蒸気機関車が走った時代、一九六〇年代の線路はまさしくこの詩の光景で、私は線路沿いに咲くタンポポに促されながら歩いて通学した。

その後「薔薇1」「薔薇2」「薔薇3」と続き（三〇から三五頁）、2は本章(五)の冒頭に引用した詩

「花」の再録。

続いて、金井の生存の軌跡を投影したような「薊(あざみ)」(四〇頁)。

触(さわ)ろうとするあらゆる手を
拒んでいる花
けれども　あのとげとげしさは
擬態(ぎたい)だ
本当は　優しい花　円い花
視線さえ拒みきれぬ
紫紅(しこう)色　忍耐の色

花言葉の「触れないで」「独立」「報復」などをふまえて機知を生かしている。先行詩に、前出『愛と死の小曲』(五六―六八頁)収録の詩「あざみ」がある。

「睡蓮」(五〇頁)の形態美。学名から取材。英語名 water lily の lily はユリで純潔の象徴。

文月の水面に
浮いてまどろむ
水の精

鏡の中から咲きでたような
清らかさ
白い姿を水に映して
風の吐息にゆれている
午後の夢

赤いガアベラの花言葉は「燃える神秘の愛」だが、機知的転回でその愛の脈動を形態化した「ガアベラ」（五二頁）。

ふいに
持ってきたガアベラの群れを　あなたは
わたしの心臓に挿した　すると急に
わたしの血は熱くなって壺をみたした
いつかわたしが好きだと言ったのを
あなたはおぼえていてくれたのだ
それから――
ガアベラは
わたしの血で燃えるばかりだ

心に挿しこまれたガアベラを感じ取って、〈わたし〉と花の赤とが呼応して「神秘の愛」が燃えあがる。

次の三詩（五六―六一頁）は、この詩集全体のポエジーを集約して暗示している。

心の花

あなたの心の園に咲いている花は
いつまでも散らない
あの花のかたわらで
もうずっとまえに　あなたは
愛の手紙を焼いたのに
次第に美しくなってくる花
灰の中から咲きでたような
不思議な花

三詩に集約した花の造形は血肉をともなう自画像を超えて、無始無終の愛を希求し続ける。

花の形

花の形は
映しだされる
あなたの心の上に
あなたの心は
映し出される
花の形の上に
ごらん
明るい線が　心と花の量感を
くっきりと示している
そして　一瞬のいのちが
散ることを忘れている

瞬間の生命の躍動は、文字通り無始無終の脈動に変容する。

花の孤独

人がどんなに
花にかかわっても
花ははじめに在る姿のままだ
人がどんなに
花にかかわっても
花ははじめの姿をきっと変える
人がどんなにかかわっても
花からなにも取れはしない
たとえ　花を折っても　むしっても
花から何を取れる?
人の手のかなしみを受取るだけだ

生者必滅の個別の人は消滅しても、別の新たな生命に受けつがれ再構成され全体として持続する。慈悲の光は、この生命全体の循環を照らし出す。その〈在る姿〉を孤独に沈思するのが、花のポエジー、造形だ。切り花の美を愛でても、それはその本源の姿から離れたものに過ぎないというのだ。末尾の「エピローグ」(六二頁)で次のように締め括る。

眼をとじてごらんなさい

そして　さまざまな花を
おもい浮べてごらんなさい
まぶたの裏に　きっと
忘れられない花が残るでしょう
残った花の頁を
なんどでも心でめくってごらんなさい
たぶん　眼をとじたまま読めるでしょう

前出「蝶」の一節のように〈ひとの中からぬけだした魂が／蝶になって花にとまって〉本源に溶け合っているから、花の〈在る姿〉を〈眼をとじたまま読める〉のだ。不可視の花の脈動と読者は呼応する。この詩集自体がポエジーの運び手、蜜蜂である。
前出の『薔薇（ばら）　詩の絵本Ⅲ』の「薔薇15」（三〇頁）は、この『フォトポエジー　花』の幼年性のポエジーを集約していて二つの詩集を結んでいる。

読まなければならない
書物の過去に
自分を
慣（な）れさせるのではなく

現に在(あ)る薔薇を
読まなければならない
見る人の内部に
そのまま開かれる
新しい頁(ページ)を
読まなければならない
全(まった)き夏の頁の中に
飛び交(か)う蝶(ちょう)のイメージを
誰もが心にもっている
あの　いつまでも過ぎて行かない時代を
読まなければならない

「プロローグ」で〈あなたの心が一匹の蝶にならなければ／ならないのですから〉と読者を誘っていたのも、〈見る人の内部に／そのまま開かれる／新しい頁(ページ)を／読まなければならない〉からだ。それは二つの詩集の幼年性を手掛かりに、心に潜んだ始原の記憶を呼び起こし、本源に秘めた〈飛び交う蝶のイメージ〉を想起し覚醒する瞬間だ。前頁の絵は司修の「15」の挿し絵（三二頁）を元にスキャンしたもの。カラーの絵をモノクロにし縮小して引用した。

前出の山崎訳『リルケ詩集　薔薇』収録の、次の詩「二」（八頁）は、金井が二つの詩集を構想する源泉となった。

わたしはおまへを見る、薔薇よ、なかばひらかれた本、
読みきれそうにもない、魔術の本、
頁のかずがあまり多すぎて
幸福を細叙する

それは風にめくられて、たぶん
目をつぶつたまま読める本……
そこから蝶々が、みんな同じおもひをして、
はづかしさうにして出てくる

「二」の〈薔薇〉と〈魔術の本〉との類比、そしてポエジーを開く〈蝶々〉の舞姿の像など、発想の手がかりを与えただろう。

同訳書「十八」の次の一節（二六頁）も。

わたしたちの心を打つどんなことにも、おまへはあづかつてゐる。
しかもおまへの身におこることは、わたしたちにはわからない。
おまへの頁を全部よまうとすれば
百疋の蝶になることが必要だらう。

（八）

第二次大戦での自らの体験を想起した前出「帰郷2」で、歴史的な場に自画像を据えた。また、この短篇と照応する詩「桔梗」で、争闘のない植物の本源〈緑の道〉（「帰郷1」）に開かれ、生きものが共棲する世界を希求した。それ以来、〈緑の道〉の磁場だけでなく、それから離反する世界全体の動静、継起する戦争の最中も関連付け複眼的な視線で透視した。一九七六年刊の詩集『深夜の幻燈』（彌生書房、A5判、総七十頁）収録の詩「薔薇日記」（一三―一五頁）で、薔薇の花の造形とベトナム戦争とを関連付けたのもその系譜だ。

本章を執筆した二〇二〇～二一年には、新型コロナウイルスが全世界の人々へ急速に感染を広げた。

国際化によって地球を短時間で往き来するようになった人が、相互接触することでウイルスを互いに感染させた。生きものの進化と文明化による科学技術の発展が、逆に人類を破滅させるドキュメント、危機を招いた。ベトナム戦争でも、アメリカ軍が枯葉剤[*21]をベトナムに散布し森林と人を無差別に壊滅した。この場合は人が人を意図的に汚染したのだが、まだ裁判で裁かれていない。ウイルスに感染する現在の危機感は、当時のベトナム人とアメリカ軍帰還兵の無差別汚染を想起させる。後で取り上げる。

一九六四年の、ベトナムのトンキン湾事件以後にアメリカ軍は本格的に軍事介入したが、七五年に南ベトナムのサイゴンが陥落して終結し撤退した。詩における時間は、戦争の最中に設定されている。

朝　目が覚めると窓の外で　薔薇が
幾重ものはなびらの奥でかもされた
ピンクのしっとりとした色合を
はなびらの一枚一枚の縁へぼかしながら輝いていた
ちょうど同じ時刻に
米第七艦隊所属の護衛艦バジャー―が
佐世保港に入港した
艦の補給と修理　及び乗組員の休養が目的である

＊

夕の窓の外で　薔薇は
いよいよ開いて　おびただしいはなびらの縁から
次第に濃度を増してくる空間の暗みへ
ピンクを溶しながら流れこもうとしていた
ちょうど同じ時刻に
米軍相模補給廠で　修理を終った
南ベトナム行きを待つ装甲兵員輸送車が
整列してじっと息をひそめていた

＊

昨夜の雨に洗われた薔薇の
白っぽけた外側の花びらが
朝の風に吹かれて　いままさに
散ろうとしている時
グアム島から飛来したB52戦略爆撃機と

嘉手納空軍基地を飛び立ったＫＣ135が
フィリピン上空で空中給油の曲芸を展開した

＊

すでに散った薔薇のイメージを窓の外に追っていくと
突如　ごみのように吹飛ぶベトナムの家と人の光景が浮びあがった

ドキュメンタリーの手法を駆使して、薔薇の開花から落花への時間とアメリカ軍の動きとをダブルイメージで結びつけた。薔薇には元々、愛や純潔のイメージが備わるが、一方でその落花は死のイメージももたらす。薔薇のとげに刺されたリルケの死亡伝説のように多義的な象徴である。この詩の場合、薔薇の生成、落花と同時進行する時間を、世界の動静に広げ「日記」体で記す。私的な時空は一挙に公的な歴史のドキュメントに結びつき、空爆による殺戮との相互関係に自画像を組み込んでしまう。

金井自らが体験した第二次大戦から歳月が過ぎていたものの、世界各地で戦争は絶え間なく続いていた。第二次大戦時期までは、一市民が前線の状態を知ることは時間を経なければ困難だった。一九七〇年代には、戦禍が勃発した直後にその惨禍の一端を映像や写真を通して視聴できる状態になっていた。情報の取得や惨禍の実像をこれらの媒体によって短時間で知ることができる段階に進んだ。その現代人の感覚をふまえて、言語によるドキメンタリー〈事件のドラマ化〉をどのように構成するか、問われていた。それへの一つの試みだ。

第一節で、アメリカ軍の後方支援の形でベトナム戦争に密接に関わった日本の時間と〈ちょうど同じ時刻〉を開幕し、そのリフレインによってベトナムの惨禍を顕わにする。朝の目覚めの瞬間、開花した薔薇の輝きに包まれるのだが、その瞬間、護衛艦が戦地ベトナムから帰ってきている。兵站基地の佐世保港への入港シーンは、生命の生成に離反するまぎれもない現実を顕わに見せる。

第二節で夕方になると、成熟した花弁が夜の空間に溶け込むが、〈米軍相模補給廠〉で修理した装甲兵員輸送車が、それに反して闇の中にひそみベトナムでの戦闘に戻ろうとしている。

第三節で、薔薇は成熟から死滅へと落花の時間に直面する。その最中、すでに一九六四年に始まっていた北ベトナムへの空爆を受けて、六七年には死の鳥と呼ばれたB52戦略爆撃機による北ベトナム全土への空爆が本格化する。七二年には、沖縄の施政権返還がなされ沖縄県となる。その日本領土内の嘉手納(かでな)空軍基地から飛び立ったKC135機が〈グアム島から飛来したB52戦略爆撃機〉に空中給油して、北爆を絶え間なく続けていった。

第四節で、成熟の果てに散ってしまった空間を透視すると、意識の底から〈突如　ごみのように吹飛ぶベトナムの家と人の光景が浮びあがった〉。地球の裏側の事態でも、それと常に対峙する詩作者は見えない惨劇を可視化し顕わに引き寄せる。惨劇の直後に、断片的な映像や情報はすでに世界の人々の元に発信されているが、惨禍に日常茶飯に接していると次第に感性が麻痺してくる。しかし本源からの生成と溶け合った磁場からは、それと離反する惨劇が顕わに見えてくるのだ。

同じ東南アジアの一角で、国土全体が戦場となったベトナムの激動は、生きものを壊滅する惨禍をもたらした。例えばアメリカ軍と南ベトナム軍が散布した枯葉剤によって森林と人間への爪痕を残し、その後遺症が今も続く。本源からの自然（薔薇）の生成とは対極の惨禍を人が引き起こすようになった。アメリカ軍の帰還兵にも後遺症が続き四万人を超える集団訴訟を八四年に起こしたが、補償金支払いにとどまりその実態は解明されないままだ。

ベトナム戦争中の空爆によって、北ベトナムの主要都市や橋・道路・電気や水道などのインフラも大きな被害を受け、終戦後も長きにわたり市民生活に大きな影響を残した。アメリカのこの手法はその後もイラク・アフガニスタンで継続実行され、更にミサイルや無人爆撃機も実戦配備して市民を巻き込んだ惨禍を引き起こしている。イスラエルやロシアなども同様の空爆を主たる戦闘手段として実行し続けている。本書刊行年には、ロシアによるウクライナへのミサイル攻撃の惨禍を、世界中で視聴した。

戦後詩の作者の一部は、この大量殺戮に巻き込まれた子供など弱者の被害に対峙しようとした。金井も花の造形の取り上げ方を更に広げ変容して、美的造形と批評とを統一した手法を試みた。それを銘記し継承していきたい。歴史的な場に自画像を据えて、変転する世界の動静を浮き彫りにして、それに対峙する精神の磁場を常に研ぎ澄ましておきたい。

つまり身近な薔薇の開花から落花までの時間を、内からの力と働きによっておのずから生まれ生成する事物として純一に彫琢するだけでなく、その磁場に離反する歴史や社会との相互関係、殺戮にまで広げた多義的な造形として多様に捉え直している。「薔薇日記」は、不透明な現実を可視化する試みだ。落花は死も連想させ、その瞬間のベトナムの惨禍を類比している。米軍の戦闘準備から大量殺戮の実行に到るドキュメントを顕わにした。このダブルイメージを支えるのは強靱な歴史意識だ。〈緑の道〉に溶け合った磁場から反転して、それから離反するあらゆる惨禍を顕わにする。過ぎ去った惨禍の想起だけでなく、世界各地で直面しているにもかかわらず隠蔽されたリアリティを、このドキュメンタリーの手法で顕わにすることが可能だし多様な実験も可能ではないか。

リルケの芸術事物を想像力の芯に浸透させるのと同時に、現況への批評性を研ぎ澄ました。この詩業を「リルケからの回生」と名付ける。

(九)

この詩の磁場を、私たちが生きる二〇二〇年代にも生かすことができるのではないか。悪しき惨禍は、その後も継続し未来への光はますます見えにくくなっている。先の国々やシリアで、アメリカや周辺諸国軍の攻撃・空爆が続いた。内乱の様相も加わり事態は複雑化して大量の難民が国境を越えて逃げ惑っている。殺戮の実録が、メディアを通して絶え間なく新たに報告されるが、あまりに常態化して感性は麻痺し批評力を失いつつある。あたかも聖書や仏教経典に記された原初の時代から、人間は先天的に罪過を背負っているかのように絶え間なく続き終わりが見えない。その狭間で生きる私たちは、始原から継起してきたはずの記憶を忘れさり変質したかのようだ。共時存在する死者を招き寄せる歴史意識、それに支えられた想像力を研ぎ澄ましていきたい。

その執筆中、二〇二〇年の一月三日に、イランの革命防衛隊ゴドゥス軍のガーセム・ソレイマーニー司令官他が、アメリカ軍の自爆型ドローン機によってイラク国内で殺害された。その直後に、アメリカのフロリダ州マイアミ、キリスト教福音派教会で、トランプ大統領が殺害の成果を強調した。〈アメリカ人は神から多くの祝福を受けているが、その中でもっともすばらしいのは世界最強の軍隊に守られていることだ（中略）宗教の自由を守るために歴史的な行動を取っている〉（NHK NEWS WEB、一月四日）と指導力を誇示した。この覇権者の行動は一貫していて、神の〈祝福〉に支えられた殺戮だと豪語する。覇権を誇示する者の殺戮報告がなぜ教会でなされるのか。それを求める信者、それを支える「イエス像」。この扇動が世界の戦争を主導している。ベトナム戦争の反省もなく本来の聖書の教えも忘れさっていないか。赤裸々に報道されるこの実態は福音派の現状とその功罪、〈歴史的な行動〉を顕わにする。イスラエルと友好的だと伝えられるこの「聖者達」は、現代の「十字軍」とでも言いたげに「神の正義」を誇らしげにアピールし、それが世界最大の軍事大国の覇権主義の基盤の一つとなっている。現在の日本政府もこの覇権政策に追従し、利権をともなう「国際貢献」しかやらない。更に、軍事的覇権を維持拡大するアメリカ軍の後方支援にも手を付けようとしている。

だが、そのような覇権とは根底的に異なる真正な努力を、近在のアフガニスタンで三十五年間にわたって貫いた方々がいる。それはペシャワール会[*22]の現地代表の中村哲医師[*23]と現地住民との協同作業であり、日本の支援者が援助してきた。

その最中の、二〇一九年十二月四日、中村は銃撃されて亡くなられた。私の居住地福岡市の九州大学卒業生で、このNGO組織の事務局も同地にある。中村とこの会を会員として長く私も支援してきた。

同会はアフガニスタン現地で、干魃対策のために井戸を掘り、灌漑用水路も建設し砂漠を農地に変え原住民の定住域を広げて六〇万人に恩恵をもたらした。戦乱の最中にもかかわらず、会員から寄せられる支援と現地住民の作業を基本として遂行してきた。いかなる政治勢力とも無関係に、医療による原住民の健康確保、灌漑による農地の保全に専心し組織的な取り組みを定着させた。世界各地で同様のNGO活動に従事する日本人が増えてきたが、規模の点で群を抜いている。

二〇二〇年一月二十五日に、中村のお別れ会があり五千人が参列した。献花したのは薔薇の花で、中村が生涯愛していたことを知った。その時、献花した無数の薔薇が親密な死を招魂し、死と見分けがたく共時存在（共棲）する私の生の姿（自画像）を自覚した。死者の光を継承するという点では、先の「薔薇13」（『薔薇（ばら）　詩の絵本Ⅲ』）で、死者の叡智が支えている生者の歩みを透視した金井も同様だ。同一の想像力で死者となった中村の叡智も想起してみようと思う。

すると「薔薇11・14」は本源的生命を想起し回生した事が思い当たる。その具現化は各人で多義的だろうが、その「本源的」の語を、中村も『天、共に在り　アフガニスタン三十年の闘い』（NHK出版、二〇一三年、二三頁）の序章で使っている。

現地の人々と長く付き合っていると（中略）気に入ったところだけを摘み上げて愛するというわけにはいかない。いや美点、欠点を判断する「ものさし」そのものが、自分の都合や好みで彩られていることが多い。「共に生きる」とは美醜・善悪・好き嫌いの彼岸にある本源的な人との関係だと私は思っている。

覇権者の言う〈歴史的な行動〉は現地の大地と住民に惨禍をもたらした。対極の〈「共に生きる」〉場で、中村しか辿り着けない利他の倫理の本源〈本源的な人との関係〉を探りあて、更にそれを実践する生活規律にまで具現化し回生したのではないか。当初は、医師として診療目的で入国したが、灌漑用水路建設へと活動を広げた。戦乱に加えて大干魃による水不足が重なって身体をむしばみ病気が加速して広がっていったため、診療以前の原因を絶とうと決意したのだ。国を超えた〈彼岸にある〉本源の光に導かれて、足元の現実をほうっておけなかったのだ。それは現地の患者達の人間性そのものに溶け合って〈共に生きる〉決意となった。この一点を軸にした実践の中で、自然の恩恵をいかにして生かすかが至上命題だと確信していく。そのためには、自然の生成に溶け合った協同的な〈本源的な人との関係〉を現地の大地と原住民から学ぶ必要があった。現地の実際の働き手はイスラム教徒で、元タリバーン兵士も含んでいた。彼等にとっては元々、農耕していた生活地を復活させるのだから不退転の事業だった。その協同作業者に溶け合って、戦時下の現地で三十五年間活動し具現化していった。その過程で、自我を超えた利他の倫理が導く生活規律を育んだ。アメリカ・ファーストと称して自国利益を排外的に追求する覇権者とは対極の在り方である。

その利他の倫理を育んだ経過を中村自身が語っている。まず福岡市の西南学院中学部に通っていた頃キリスト教と出会い、その後に内村鑑三『後世への最大遺物』に衝撃を受ける。文中には土木事業を後世に遺したいとの記述があり、後の中村の決断と一致する。結局〈「天、共に在り」を、ヘブライ語で「インマヌエル」という。これが聖書の語る神髄である〉（『天、共に在り』、四〇頁）と理解する。通常は「神われらと共に在す」と訳す含蓄の深い言葉に導かれた。その中身について同書（三九―四〇頁）で、『新約聖書』のマタイオスによる福音書「山上の垂訓」の一節を次のように要約し〈暗記するほど読んだ。人と自然との関係を考えるとき、その鮮やかな印象は今も変わらない〉と解説している。

　野の花を見よ。（略）栄華を極めたソロモンも、その一輪の装いに如かざりき。
「汝らの恵みは備えられて在り。暖衣飽食を求めず。ただ道を求めよ。天は汝らと共におわします。」

　人は着飾る事や飽食を欲しがち、つまり文明の謳歌に向かうが、野生の花や草は天の父（神）から恵まれた状態のまま神の福音と共に在る。これが「本源的」（人と自然との関係）の中身だ。更に、現地に赴任する前は精神神経科医から出発したので、精神科医のヴィクトール・フランクル[*24]の教え〈悩む者に必要なのは、因果関係の分析で無意識[*25]を意識化することではなく、意識を無意識の豊かな世界に戻すこと〉（『天、共に在り』、四六頁）という一節を拠り所にした。その啓示を幼少の頃より自身が身に付けてきた次の教えと結びつける（四六―四七頁）。

「空の空、一切は空である」（伝道の書）と聖書記者が述べるとき、「現象は即ち空、空は即ち現象」

（般若心経）と仏教徒が唱えるとき、同様のことが述べられているのである。空とは虚無ではない。そこに「豊かさと神聖さを秘めたなにものか」なのである。

では、人間に隠された神聖なものをどうして人間が分かるのか。精神科医フランクルは「良心[*25]が意味を感ずる器官だ」と言い、神学者カール・バルト[*26]は神と人の厳然たる序列と一体性、万人に通ずる恩寵の普遍性を説き、（中略）『論語』は最も明快で、「これを知るを知るとなし、知らざるを知らずとなせ」、「温故知新」だと、この消息を伝えている。（中略）アフガニスタンでイスラム教に接したとき、特別な違和感を持たず、むしろ自分の思いが確認され、誰とでも共通の土俵で話ができたように思う。

と述懐する。書の末尾「不易と流行」で更に明確にしている。

変わらぬものは変わらない。（中略）

「天、共に在り」

本書を貫くこの縦糸は、我々を根底から支える不動の事実である。やがて、自然から遊離する（「薔薇日記」で描かれた絶え間ない大量殺戮の時間と空間、坂本注）バベルの塔は倒れる。人も自然の一部である。それは人間内部にもあって生命の営みを律する厳然たる摂理であり、恵みである。科学や経済、医学や農業、あらゆる人の営みが、自然と人、人と人の和解を探る以外、我々が生き延びる道はないであろう。それがまっとうな文明だと信じている。その声は今小さくとも、やがて現在が裁かれ、大きな潮流とならざるを得ないだろう。

これが、三十年間の現地活動を通して得た平凡な結論とメッセージである。

地球温暖化による砂漠化の進行と、戦争による生活地の破壊・難民化という困難の最中で、〈人も自然の一部である。それは人間内部にもあって生命の営みを律する厳然たる摂理であり、恵み〉と、本源的な生命の在り方に溶け合った。この〈本源的〉の意義は金井の〈緑の道〉と通底する。だが〈自然と人、人と人の和解を探る〉利他の倫理・生活規律を現地で実践し「共に生き」たのは、中村の稀有な行為だった。個人と他との協同を育んだキリスト教徒である。この「天、共に在り」の精神は利他の光を放ち続け、国や部族を超えて協同できる叡智を創出した。死者となってもその叡智は生者の歩みを支え〈大きな潮流とな〉っていくだろう。

前述のように、金井が生涯をかけて追究した〈緑の道〉も強靭な歴史意識を拠り所にしていた。自然の生成と溶け合った精神の磁場から反転して、それから離反するあらゆる惨禍を顕わにする。本章の㈢・㈣で取り上げた詩「桔梗」や短篇「帰郷2」も含めて、戦後詩も敗戦直後から現実に対峙し批評を研ぎ澄ましてきた。本源的な〈緑の道〉を想起するのと同時に、それを侵食する「聖戦」の虚妄、無への批評を継続して精神の磁場を探っていけば、自ずと私たちの詩作、未来にも光があたるのではないか。

注

＊1　やまもと・たろう　一九二五年十一月八日―一九八八年十一月五日。東京府荏原（えばら）郡入新井町（いりあらいまち）（現、東京都大田区）に生まれる。東京大学文学部独文科卒。詩誌「零度」で金井と共に同人となり一時は最も親しい詩友だった。五一年に「歴程」同人となり五四年、第一詩集『歩行者の祈りの歌』を刊行。七〇年、詩集『覇王紀』で第二一回読売文学賞。七五年、詩集『ユリシィズ』『鬼文（おにぶみ）』で第一三回藤村記念歴程賞。

＊2　たかしま・つね　一九二一年十一月十二日―一九四五年三月十日。金井が当時、勤めていた計理事務所で隣に座っていた同僚で、五歳年上（一九四五年三月九日時点で恒は二十四歳）、姉のように慕った。金井を樋口一葉の作品やクラシック音楽に誘い、精神の充実感を与えた。生前の金井は、恒が戦災死しなければ結婚したかもしれぬと私に語った。四五年三月九日から十日にかけての東京大空襲で戦災死した。恒の居住していた本所区は全面積の九十六％焼失、全焼に近く、区民一万四千人が焼死している。火焔に追われた恒の遺体は、住居の北東約一・五㎞に位置する横川橋（よこかわばし）の橋ぐいに引っ掛かっていた。火焔に追われて大横川（おおよこがわ）に飛び込んだものと推定される。遺体は、猿江恩賜（さるえおんし）公園（現、江東区住吉二丁目、千歳町の東方約一・五㎞）に運ばれ土中に埋葬してあった。恒への思慕と戦災死による落胆をモチーフにして、多数の詩や短篇を創作した。

＊3　全ての詩は、造形的な芸術事物を類推させる行分け短詩で抒情性も豊かだ。本文は全て十三行以内。既刊詩集に発表済みの詩も含んで、写真と詩を構成する企画に添って全篇を構成した書き下ろし。

＊4　初版は五五〇〇部で二刷まで発行した。芸術事物としての造形性の点では、『フォトポエジー　花』より一層の彫琢を施している。金井の薔薇の詩の集成といえる。

＊5　『山家集（さんかしゅう）』、佐佐木信綱（ささきのぶつな）校訂、岩波書店文庫、一九五九年、三一頁、金井蔵書。

＊6　坂本著、おうふう、一九九七年。

＊7　特集金井直詩集『疑惑』について、「歴程」六八号、一九五八年。

＊8　Ⅰ書誌の＊12参照。

＊9　詩「きりぎし」、金井直詩集『非望』、薔薇科社、B6判、総百三十三頁、一九五五年、七一頁。

＊10　『金井直詩集』、薔薇科社、一九五三年、五七頁。

＊11　東京都北区王子一丁目から西ヶ原二丁目にかけて所在する公園。江戸時代に植えられた桜の古木、約六百五十本が群生していて、春は花見の名所となっている。現在は、飛鳥山公園と呼称されている。金井は、西ヶ原四丁目で出生し一九三八年（十二歳）までの幼少年期をすごした。四五年九月末の復員後、西ヶ原四丁目の長屋に住み始め、五五年頃まで居住していた。幼少年期の王国として原風景の地であるとともに、詩作を始めた後も桜の落花の下にたたずみ想像力を育んだ。

＊12　詩集『蛾』、北斗書院、一九四八年。連詩「蛾」他の詩篇を収録している。

＊13　三笠書房文庫版、一九五一年。

＊14　「廃墟からの出発」、『詩の国への旅』、文化出版局、一九七三年、九頁。

＊15　あんざい・ひとし（本姓は、安西（やすにし））一九一九年三月十五日―一九九四年二月八日。福岡県筑紫郡筑紫村（ちくしむら）（現、筑紫野市（ちくしの））生まれ。福岡師範学校（現、福岡教育大学）中退。一九四〇年頃から詩作を始め、四三年、朝日新聞社入社。福岡総局、東京本社学芸部記者などを務め詩壇を担当。戦後は「歴程」「地球」「山の樹」などの詩誌に参加する。八三年、『暗喩の夏』で第一回現代詩花椿賞。八九年、『チェーホフの猟銃』で第七回現代詩人賞。日本現代詩人会会長を務めた。

＊16　詩集『落下傘』、日本未来派発行所、一九四八年、一五二頁。

＊17　「金子光晴研究　こがね蟲」一〇号、一九九六年。

＊18　『失われた心を求めて』、自然と科学社、一九九〇年、二一九―二二三頁。「詩人会議」一九八九年二月号。

＊19　『金井直蔵書目録　増補改訂版』、金井直詩料館・坂本編集、坂本発行、二〇二二年。

＊20　『リルケ全集』三巻詩集Ⅲ、河出書房新社、一九九〇年、二三九頁。

＊21　枯葉剤は除草剤の一種だが非常に毒性が強く、四百万人のベトナム人が被害を受けた。南ベトナム解放民族戦線の隠れ場となる森林の枯死、その支配地域の耕作地の破壊が目的で大量散布した。枯葉作用以外にも奇形児出産率の増加や先天性口蓋裂などを引き起こした。今もなお先天性欠損（身体）を抱える子供十五万人を含む百万人が、深刻な健康被害に苦しんでいる。

＊22　一九八三年九月、中村のパキスタンでの医療活動を支援する目的で結成され、現在はアフガニスタンでの

医療活動、灌漑水利事業等、総合的農村復興事業を支援している。会長、村上優。会員や支援者の会費・寄付によって運営されているNGO。誰でも入会できる。事務局所在地　〒八一〇―〇〇〇三　福岡市中央区春吉一―一六―八　VEGA天神南六〇一号　電話〇九二―七三一―二三七二。

＊23　なかむら・てつ　一九四六年九月十五日―二〇一九年十二月四日。福岡県生まれ。PMS（平和医療団・日本）元総院長。ペシャワール会現地代表。一九七三年、九州大学医学部卒業。カール・バルト、V・E・フランクルなどにも傾倒し国立肥前療養所で精神神経科の医師となる。八四年にパキスタンのペシャワールのミッション病院に赴任。以来、ハンセン病を中心とした現地貧困層の診療に携わる。八六年よりアフガニスタンの難民のための医療チームを結成し、山岳の無医地域での診療を開始。九一年よりアフガニスタン東部山岳地域に三つの診療所を開設。九八年には基地病院PMSを開設。二〇〇〇年からは診療活動と同時に、大干魃に見舞われたアフガニスタン国内の水源確保のために井戸掘削とカレーズ（地下水路）の復旧を行う。二〇〇三年より九年にかけて全長二十五キロメートルに及ぶ灌漑用水路を建設。中村の死後も砂嵐や洪水と闘いながら砂漠開拓を進める。マグサイサイ賞「平和と国際理解部門」、福岡アジア文化賞大賞など受賞多数。『人は愛するに足り、真心は信ずるに足る　アフガンとの約束』（岩波書店、二〇一〇年）では澤地久枝が聞き手で詳細に語り尽くしている。

＊24　Viktor Emil Frankl　V・E・フランクル　一九〇五年三月二十六日―一九九七年九月二日。オーストリアのウイーンに生まれる。ウイーン大学医学部卒業後、同大学医学部精神科教授。一九四二年、ナチスによって家族と共に強制収容所に拘禁され父が死亡、母と妻も別の収容所に移された後に死亡。フランクルは四四年にアウシュビッツに移されたが、四五年四月にアメリカ軍により解放された。四六年からウイーンの神経科病院に勤務した。五五年、ウイーン大学教授（神経学、精神医学）となる。実存分析、ロゴテラピー（人間の意味への指向、その意志に注目し、深層における実存的精神の発見を意図する療法）の創始者。著書は『夜と霧』『死と愛』他。

＊25　「解説　フランクルの実存思想」、山田邦男、『それでも人生にイエスと言う』（春秋社、一九九三年、二一〇―二一七頁）によれば、フランクルは無意識と良心の二語を次のように定義しているという。

〈「永遠」に向かって自己をすっかり託すこと（中略）「自己放棄」によって真の自己実現が成就されるというだけではなく、そのことによって意味実現が成就され、さらには日常のうちに永遠なもの・超意味が実現される（中略）そしてこの「自己放棄」を可能にするものが「意味への意志」であり「精神的無意識」であり、とりわけ「良心」である。なぜなら、それらは、さきに述べたようにもともと「自己放棄」的・自己超越的なものであるからであり、とくに「良心」は「ただ超越を指向するだけではなく、超越の内部に源を発するものである（フランクル『識られざる神』、みすず書房、一九六二年、七〇頁）。（中略）良心とはつまり、超越的な神たる「汝からの言葉」に他ならない〉。

また、〈自己が我れを忘れてなにかに夢中になっているとき、そこに真の自己が働き、実現されている（中略）「人間存在のまさに『中心』（人格）はその『深層』（深層人格）においては無意識のものである……。精神はまさにその根源において無意識的な精神なのである」（『識られざる神』、二八頁）〉（二〇二頁）。そして〈フランクルの「精神的無意識」とは、その内に神が働いている無意識に他ならない〉（二一七頁）という。中村は、このような原理を拠り所にして利他の倫理・生活規律にまで具現化した。

＊26 Karl Barth　カール・バルト　一八八六年五月十日—一九六八年十二月九日。スイスのバーゼルで牧師の子として生まれる。ベルリン大学他で学ぶ。一九〇九年、ジュネーブで改革派教会副牧師、後に牧師となる。ドイツのボン大学教授となっていた三一年、ドイツ社会民主党に入党。三四年、ヒトラーへの忠誠を拒否しボン大学教授を停職、三五年に罷免される。同年、バーゼル大学の神学教授に招聘される。インマヌエルという神の愛の在り方を確立していく。それは〈キリストの出来事（原歴史）の中に包摂されて、生き方を変えられた人間と神の間に展開される交渉と契約の歴史を叙述する〉（『カール・バルト』、大島末男（すえお）、清水書院、七八—七九頁）神学だった。四〇年、実際の歴史の形成にも参与し、五十四歳だったが在郷軍人の資格でスイス軍に入隊し歩哨の任などに取り組んだ。終戦後に諸国の大学から名誉博士号を受けた。『ローマ書』『教会教義学』他多数の著作がある。バルトの示唆をふまえると前出のトランプの〈歴史的な行動〉は曲解であり、本来の意義は〈キリストの出来事（原歴史）の中に包摂されて、生き方を変えられた人間〉の実践だと分かる。中村が身に付けた利他の倫理と生活規律はこれに近いものだろう。

中村のお別れ会や追悼の集いの会場は、福岡市のプロテスタントのキリスト教バプテスト派西南学院大学チャペルだった。また中村は、同学院系列の西南学院中学部在学中の一九六一年に日本バプテスト連盟香住ケ丘バプテスト教会（福岡市東区、当時は香椎伝道所）でＦ・Ｍ・ホートン宣教師よりバプテスマ（水に浸される洗礼）を受けた。精神の芯だろう。

Ⅲ　神品芳夫

一　詩集評　神原芳之（神品芳夫）『青山記』
――よみがえる想像力

著者の神原芳之つまり神品芳夫の研究書や翻訳は三十年程、熟読させていただいた。だが創作詩は、詩誌発表の最近作だけしか拝見していなかったので、収録詩篇の半ばは今回初めて読んだことになる。「あとがき」に〈八十五歳にして最初の詩集を出す〉と記しているが、読み終えて新鮮な感じがした。それは、文体や表現形式などに統一性がみられ、意欲的な実験も試みているからだ。ただならぬ息吹を感じとり、読み直すたびに新たな発見がある。

評論、詩の区別なくこれまでの著作は、楽な気持ちで読み進むことができた。適度に読解の手がかりが配置してあって分かりやすく負担を感じさせない。そして、常に温かい語感も醸し出しているのはなぜだろうか。その事を少しつきつめると、内容の明晰さを尊び、読者への達意を重視する中国の伝統的文章の一端と重なる。その蓄積をふまえた森鷗外や加藤周一は漢詩漢文だけでなくドイツ語・フランス語等も修得し、東西両文化の根源を探索しつつ精神形成をはたした。そしてそれを日本語に置き換える際に、直訳文体にとどまらなかった。固有の思考を反映する独自の日本語文体をあみ出した。そのような文豪といえる方は今は少なくなった。

神品もその型を基本とするが、彼らよりも少し後の世代だ。敗戦時に旧制中学三年生で、空襲による廃墟で高等教育を修めた際に〈大人たちの言い分が百八十度変わった事態をどうしても忘れることができない〉（書評「藤井貞和著『言葉と戦争をめぐって』」、「詩と思想」二〇〇九年三月号）と心に刻んだ。根を張らない日本人の自我は、間柄をいつも気にして集団的風潮に流されやすい。その痛恨の体験を繰り返さないためには、自己の内にそれを経験化する方向を展望しなければならない。それを果たせば回生することができた。神品の世代は敗戦後の廃墟に立ち尽くしたが、この危機から蘇生する方向も追究し始めた。この原点を想起し続けたので、戦争が〈どんな衣を身につけて現れるか、それが気にな〉り、以後の学究生活や著作でもそれが心の奥からの一貫した促しとなった。〈衣〉が、皇国の国体からアメリカに従属する同盟国に変わっても惑わされることはなかった。

中でも三十九歳になった一九七〇年前後に、勤務先の東京大学をはじめとする全国の大学につきつけられた軍学協同や学園民主化等の課題に直面した。その際、日本の現実に縛られた自身の姿から眼をそらさず、その現象の奥にどんな意味があるかを自問しつつ、打開する方向性を著作に投影していった。当然、専門分野で業績を積み上げることよりも外国文学研究の在り方そのものを問い直す執筆に向かい、更にそれを支える自画像も問い直した。当然、日本の現代詩の在り方も注視し、自身も詩の創作に向かっていった。

この神品の生き方は、前述したように敗戦前後の社会の変貌が表層だけにとどまり、むしろ停滞したことに淵源がある。類似した体験の最中から、持続的に独自の自省へと進み出た同世代がいる。彼らの立脚点を解き明かせば戦後詩の隠れた水脈を見出せる。

敗戦時に十代半ばで勤労動員等を体験したこの世代は、戦前世代の毀誉褒貶を目撃し、戦争前後に崩壊した自我を回生する方向性を模索しなければならなかった。それは連合軍占領下の混迷する現実を打開できる主体を一歩一歩築き、確固たる自己を展望することでもあった。つまり戦前世代を超える市民とは何か、それはいかにして獲得できるのか、根底でその問いが持続し従来の学問の世界に安住できなかったのではないか。その内からの促しに応えながら論述し、リルケやヘッセ、オスカー・レルケ等の訳文を考案する際に、変容していく血と肉と溶け合う新たな漢字仮名交じり口語文を獲得する必要に直面した。新憲法の下で、新生する市民が共有できる明断な言語表現を創り出さねばならなかった。それは、転換期をくぐり抜け起死回生へと羽ばたく同世代と共通する軌跡だった。

そのような転換期には、自己と他者を結ぶ明断性を築かねばならない。詩作に向かう以前にすでに研究や翻訳で、それを錬磨していた。例えば、神品訳『初期詩集』（彌生書房『リルケ全集』一巻詩集Ⅰ、一九六一年）は、五九年に東京大学大学院独語独文学専攻博士課程満期退学したての若き頃の訳だが、刊行当時からこれを愛好し今では大成した八十一歳の詩人がいる。また私は今でも、新進気鋭の詩人にこの訳を勧めているが、文体を創造する範例になると好評だ。読者をリルケ読みのリルケ知らずで終わらせず、求める者に染み透る明断さと情感を備え、輪郭のはっきりした文体を早くから試みている。この場合の明断性は、読者の心で芽を出し始めた表現への飢渇に応え、覚醒へと導く働きといってよいのではないか。達意に加えて情感も醸し出す文体、その喚起力は新たな個人の新生へと導き固有の市民性を創出する、つまり共有できる訳文をすでに錬磨していたのだ。

『初期詩集』訳（七九―八〇頁）から次の詩を好例として挙げる。

ぼくらの最初の沈黙はこんなふうだ。
風に身をゆだねているうちに、
ぼくらはふるえる木の枝になりきって、
五月の万象に聞き入る。
そのとき、すべての道に影がさす。
遠く耳をすますと、――雨の音だ。
土地全体が雨にむかってからだをのばす、
このめぐみに近づこうとして。

木や風が脈動する空間の内に心象が溶け込み、輪郭のくっきりした類比像を浮き彫りにしている。慈雨によって新生する市民の母胎となった訳だ。

では語感の温かみはどこからくるか。例えば研究の場合、対象となる詩人（リルケでもよい）そののののドイツ人が読む最新の読み方をまず消化している。同時にリルケへの愛着が、自分の中でいかに成り立つかを常に問いかけてきた。この点は重要で、戦中戦後の軍事教育の下で生きた自らの体験と向き合い、一方でリルケに包摂されつつ、もう一方でリルケに埋もれず、それを超える精神の有り様を模索してきた。この自らの内からの促し、自我から自己への変容を見とどけながらリルケとの接点を見つめることで、血と肉をともない温感をともなう文体を創造できたのだろう。

一例を挙げると、茅野蕭々訳『リルケ詩集』（第一書房、一九三九年）を、村野四郎は戦後も愛着し続けたと自ら語っている。だが、歌人でもあった茅野の情感を超えた硬質なリルケの本体を探り、硬質な日本語意訳に置き換えた試みが戦後になされたが村野はなじめなかった。後期のリルケの理解という戦後の画期的な進展についていけなかったのが村野の限界だった。だが前述の神品訳『初期詩集』や最近の『リルケ詩集』（土曜美術社出版販売、二〇〇九年）の段階になると、新たなリルケ研究をふまえて、その真髄が簡潔で温かな語感で染み透ってくる。単なる意訳をいかにして超えるか、訳し始めた頃から一つの解答を出し錬磨を続けた結果だ。読者としての感想なのだが、意訳からふるい落として残ったのは、簡潔で輪郭のはっきりした造形美、像で、訳者自身が混迷していないという意味での余裕が温かい語感も醸し出している。この作業の途中で寄り道し、読者を迷路に送り込む「外国文学専門家」、つまり自身が創作経験を経ていない訳者とは一線を画している。

以上の見方を裏付ける事が本人の解説にある。つまり、『青山記』までの研究や翻訳においてすでに創作に等しい、血みどろの脱皮作業の繰り返しがあった事についてだ。例えば、一九七〇年頃から「詩学」誌上に十五回連載したリルケ論（七二年の『リルケ研究』、小沢書店に集成）などがその一つだろう。同書「終わりに」で〈外国文学を研究する意味をたえず自分に問いかけている人間がリルケという対象をとらえてささやかな試論を行ったというふうに受けとっていただきたい〉と記している。この「終わりに」ではリルケ論の方法を述べた箇所が中心で、そのまとめの箇所だ。だが、この箇所に神品氏の真骨頂が顔をのぞかせている。同箇所で、次のようにも述べている。〈対象にメスをふるうたびに、その返り血を浴びることによって主観のあり方自体にたえず吟味を加えていなければならない〉と語っている。先に血みどろの脱皮作業と言ったのは大げさではなかった。このような足跡は創作に等しいのではないか。同様のことを、最新の『リルケ　現代の吟遊詩人』（青土社、二〇一五年）の刊行後に、私は次のようにもうかがった。「私はリルケに埋もれていないからな」と。

つまり、対象となる文学者を一方的に裁断するだけでなく、自分自身の自画像を常に問い直している。対象を切り刻めば、反転してその問いは自己に向かい、その精神の磁場は、前世代が戦前戦後に毀誉褒貶した事績を超える試みとなる。日本人は『間柄』を気にして、集団内の自己の位置を常に気にする心性が強い。神品のような錬磨を自己に課せば、他者との協同を生み出す新たな軸ができる。本来「ひとりでよい」他者との交流を基本とした、読者との共振の広場を創り出すことにつながる。それにみあう人間の言葉に多言はいらない。精神の磁場に蓄積される言葉は明晰に選択され、人と人をつなぐ温かい語感を生み出す。つまり神品の文体は精神の広場に人が集う語感に成熟していった。最近の時局随想「「マルスの歌」が聞こえてくる」（「詩界」二六一号、二〇一四年）が好例で、権力への鋭い言葉を放ちつつ、同時に視野の広さ、温感が読者の心に染み透った。

以上のような見方で今回の集大成詩集を類推すると、やはり〈自分に問いかけている人間〉が浮き彫りになる。現実に直面し呻く一人称の自分を問い、それを超越する造形、像を経験化するのが詩作だからだ。

まず題の「青山記（せいざんき） seizan-ki」、これは①漢詩の「人間（じんかん）至る所青山あり」（蘇軾（スーシ）の「青山骨を埋むべし」の一節）を連想する。漢文を素養とする中島敦「山月記」などの書名との連想も感じる。骨を埋める地、墳墓の地はどこにもあるの原意を基に、自分を問う意思に発展している。また確かに住所の青山には広大な青山墓地がある。詩「都心の墓地」はそれにあたる。また、②「青山白雲」の意では、樹木が青々と生い茂っている山。

詩集全体は、Ⅰから Ⅲ章の構成。

Ⅱ章に、①の関連詩「けやき」がある。

並木のなかの一本であること　しかも
表参道のけやき並木の一本であることを
わたしはいつ頃から意識しただろうか

それはある年のクリスマスの頃
豆電球がいっぱいくっついた鎖が
身体じゅうに巻かれたときだった

身体を縛られているようで苦しかったが
並木の参道は急に人通りが増えて
夜遅くまで盛り場のようににぎわった

どこに根を下ろしたかによって
けやきの運命は決まるのだなあと
居並ぶ仲間たちと話し合ったものだ

武蔵野の雑木林のなかの一本として育てば
木全体の扇型のフォームをのびのびと
伸ばし広げて生きることができるだろう

住宅街の狭い庭のなかに育てば
お隣の二階の屋根に触れないように
身をすぼめて立ち尽くすほかないだろう

これらの場所のけやきたちに比べて
表参道に立っているわたしたちは
どのように幸せなのか　不幸なのか

豆電球の鎖からは　地元の商店主たちの
反対運動のおかげで解放されたが

わたしたちの老化は覆うべくもない

道行くお洒落な若い人たちに伝えたいのは
東京大空襲のとき　参道に逃げてきた住民とともに
わたしたちの仲間も火に巻かれて死んだ事実だ

時を経て今　有名建築家による新築ビルが
けやきとよく調和していると評判だそうだが
わたしはただカメラの音と光が煩わしい

豆電球で身体を縛られて青山、表参道の〈けやき並木の一本〉があえぐ様相を現前化している。それは、青山に限らず私自身の生活地でも同様で、一戸建て住宅の町内全体をイルミネーションで飾り立て「きれいね」と陶酔する現象があちこちに現れている。福岡市は急速に人口がふえて過密都市となり周辺の山々は中腹まで宅地となり果てた。人工的な夜景の美を吹聴する風潮がクリスマス以外にも日本全体に広がり、自然が衰退することの危機感さえも失っていきつつある。つまり日常的にけやきと人間とが共倒れで衰退していきつつある事の暗示であり、軽く見過ごす私達自身が都市化への批判的な感覚を失うことへの警鐘だ。

構成に眼を向けると、一連三行でけやきの独白が続くが、本来、けやきの樹内の水流と作者の血液とは一体で溶け合っているのだが、豆電球の鎖を身体じゅうに巻きつけられた時、両者の血肉は切断され呻きをあげた。すると〈けやき並木の一本〉は〈わたしたち〉の〈運命〉に思いを凝らし、〈東京大空襲のとき　参道に逃げてきた住民とともに／わたしたちの仲間も火に巻かれて死んだ事実〉を想起し〈若い人たち〉に伝える。結びで訪問客の〈カメラの音と光が煩わしい〉と嘆息するが、それは読者自身の生活圏での行く末に対する問いかけでもある。

　私自身の居住地でもたまにカナカナの鳴き声が聞こえると我にかえる。ベトンの歩道とコンクリートの高層住宅の町並みが連なり下水道も完備して蚊や蠅もめったに現れない。北の仙台市も同様の都市化が進んでいる事を目撃した。青山から発する呻きに日本中で共振し〈運命〉を切り換えたいと願う。

　前述した②の意は辞書の文中だけの形骸になりつつある。台風のたびに日本中の山で土石流が発生し宅地を押し流し大被害が頻出する。戦後、山毛欅を大量伐採した後、杉の人工林が日本中の山々を蔽った。その後、間伐して保全しないで放置した結果、根を張っていない十メートル以上の杉の巨木が集中豪雨による土石流に押し流される。つい最近も福岡県内の朝倉で、押し流された巨木が筑後川を流れくだり遥か彼方の有明海に流れ込んだ。進行する現実から断面を切り取ることも創作者の重要な役割ではないか。詩としての面白さや美だけを楽しんで読みたいという風潮に抵抗感を感じるのは私だけだろうか。政治の閉塞にも直面しているが、その根底の「自然法爾」（自ら然らしむる）、〈緑の道〉（本来の生命の記憶、死者の叡智が支えている牛者の歩み）を見失ってはならない。こうして考えてくれば、神品がドイツ自然詩研究から引き出した批評精神と詩の創作とは表裏一体でつながってくる。

「けやき」に戻る。この詩では温感のあるスローボールで表現していて読者の心にもゆっくりと染み透る。最近の私は、自動記述の乱用としかいいようのない粗雑な詩、つまり口語文の蓄積を無視した乱用に辟易しているので、この詩に限らず詩集全体が提起する語感、ただならぬ息吹に注視する。本来の日本語の伝達力やリズムを失わないで現実へと切り込み、読者と共有する新しい発見を追究し、詩作者以外にも伝わる詩を考案してほしい。この詩集はその意味で刺激に富んでいて詩人を名乗る方にこそ熟読してほしい。軽く進むリズムは読者の心に染み透り、その飢渇に応え覚醒へと導く力動感を喚起する。

次に「あとがき」に注目する。〈自分の生きた変遷の時代を振り返りつつ、遅れて地面から顔を出している花らしきものを摘んでは造形を試みました〉と記している。Ⅱ章の詩群がそれだ。とりわけ「冬牡丹のころ」は、四章構成で一つの章が四行からなる。視覚的な造形に特徴があり一行の長さをほぼそろえている。脚韻も工夫していて、「に」「て」「る」などで行末をそろえている。

また、末尾の〈畳の上にくず折れている薔薇色の晴れ着を／見つめているのは死後の自分にちがいない〉に眼がとまった。「アナレンマ」の末尾にも〈ふとよぎった亡き妻の声が耳に留まる／〈冥界の葉陰に揺らぐ寒椿〉〉とあり、生者の心に死者の声が通い、通常の時間の推移とは違う境界が浮き彫りになる。神品がリルケの訳業からくみ上げた息吹が花開いたように感じる。

造形の点では、「花・断章」にも注目する。後半から、リルケの詩「ばらの内部」を連想する。前出の土曜美術社出版販売版『リルケ詩集』を開いてみた。収録の「ばらの内部」では、内部の痛みがたちまち無限に開かれ、外部との区別がなくなり内面を満たしていく。「花・断章」でも、ばらの形姿の深奥に無窮の生成を透視し、その瞬間をもたらすのは、自由に出入りするミツバチだ。それは造形の運び手だ。だがこの詩では、前半の枯れた〈ハナミズキ〉で告げられた生から死への推移と、後半の、〈生命の泉から湧く〉〈水面〉に映る〈青空〉とを対比している。死へと傾きながらも、〈青空〉の映る〈水面〉で〈泳ぎまわる視覚〉、ポエジーの羽ばたきを現前化した。事物を描きつつ、リルケの〈返り血を浴び〉て血肉をともなう現し身(うつみ)の鼓動を重ねる詩法。日本語の機能を生かす、このスタイルは、金井直・前原正治も実験を重ねていて注視してきた。

この詩集の特徴はやはり第Ⅰ章の八詩だろうか。冒頭でふれた戦争の記憶を経験化する詩法であり、〈自分に問いかけている人間〉が他者に向かって意思を投げかけている。同時に、閉塞した内面から解き放たれた想像力の世界が蘇っている。「あとがき」の〈自分史の束みたいなものですが、折りふし時代を反映している面もあるので、あえて世に問うこととしました〉の箇所にあたる詩群である。神品は一九三一年東京生まれ。少年時代を阪神地区で過ごし、第二次大戦末期の旧制中学生の頃に、大阪市で大空襲により罹災する。被災地で消火活動を体験し、その最中に大火傷を負って亡くなった学友を「少年の戦死」で想起し、絶命の折の「天皇陛下バンザイ」の叫びを問い返している。

戦中戦後の痛恨の体験を繰り返さないために、自己の内にそれを経験化する方向を展望できれば自画像は回生する。だが、それは流血のさなかでしか果たされないのだ。

巻頭の詩「塹壕」(「詩と思想」、二〇一五年八月号初出)では、それを更に発展させ新たな市民の自画像を描き出す。。

南国の日差しをいっぱいに受けて
黄金のみかんをちらつかせながら
紀伊の山々が　海路を往き来する船に
日々挨拶を送りつづけている

昭和二十年五月
大阪の中学生がその地へ大挙動員された
みかん摘みのためではない
海に面した山腹に塹壕を掘るためだ

みんな陽気に働いたが　空腹だった
怠け方も少しは分かったが　空腹だった
夜にはデカンショ節を歌ったが　空腹だった
十日のうちに肩は腫れ上がり
つぎつぎにダウンした

すでに沖縄での地上戦が始まっていたのだ
その凄惨な現実のこともつゆ知らず

日本が戦争に負けるはずはないのだと
きらめく海の広がりをうっとり眺めた

本土決戦に備えて要塞となった紀伊の山々に
沖縄戦の写真を重ね合わせてみる
戦争がつづいていたら
ここは巨大な蜂の巣となったにちがいない

ぼくたちが掘った塹壕は
みかんの木に埋め尽くされているという

第二連で戦時末期の時間と空間を想起するのは、作者自身の旧制中学生の頃の体験を捉え直すためだ。更に、戦災で亡くなった日本中の死者と共にそのくり返しを避けたいのだ。

しかしここで、もっと根本的な視点が隠れていることを指摘しておきたい。自然（じねん）（自ら（おのづか）然（しか）らしむる）とは、人の計らいを超えた生成だろうが、ドイツ自然詩やアナクシマンドロスのいうピュシスもそれに照応するものだろう。「塹壕」だけでなく「ニアミス　一九四三年」も、その錘が根底にあって全体のバランスを保っているのではないだろうか。「塹壕」を状況詩としてしか受け取れない方がいるだろうと予測するので、あえて強調しておきたい。

実際の表現にそってみていくと、〈みかん〉に埋め尽くされた〈山腹〉、そしてそこから展望する海原が映し出されている。それを背景にして戦争末期の動員で塹壕を掘っていた〈大阪の中学生〉の呻きを浮き彫りにしている。しかし、この詩の根底には、自ずから生成する生命の時間が蕩々と流れている。〈紀伊の山々〉にとっては、人の計らいとしてのアジア太平洋戦争など刹那の現象にすぎない。その視座を据えて、作者は過去の受苦を現在の瞬間に想起する。脚韻の〈た〉を積み重ねて現前化した事態が、第二連以下で想起される。すると、紀伊半島の要塞化と沖縄の地上戦とが一体で進行していた事態が浮き彫りになる。その後、沖縄では民間人を含む大勢の方が戦災死する。少年達は目前の空腹と疲労以外は何も知らなかった。八月の敗戦がなければ、紀伊半島は〈巨大な蜂の巣〉と化したと後で分かる。しかし敗戦後に、「塹壕」は〈みかんの木に埋め尽くされて〉、それを掘りあげた少年達の事跡は消えてしまう。この詩の想起の行為、想像力のみが復活させる。この詩の発するメッセージは、今日の中学生や高校生にも戦争下の青春を喚起するだろう。

Ⅲ章の詩群では、様々な実験がなされている。とりわけ、「終末の景色」「補陀落渡海」。そして、＊の記号で他と区分された「闇の花」の三詩は作者の血肉と溶け合う語感を感じた。まず「終末の景色」。先述の「山月記」の李徴は、虎に変身し孤高の詩人として闇に消えていき誰もその行方を知らない。この詩の「年寄りの虎」は他者の現況の中にいる一市民である。「補陀落渡海」でも、現世に生きる最中に浄土を探り、他者の現況と向き合っている。このような市民性も、人間の温かい肌を感じさせる。

末尾の「闇の花」。やはり「あとがき」の〈遅れて地面から顔を出している花〉だが、Ⅱ章の花詩群と区別している。〈イブ〉が〈その実を摘〉み、〈重ねたくちびるから崩れる楽園の（中略）爛熟のころ〉、〈不老の望みが貪婪にうごめいて〉と結ぶ。そして次の第三連へと続く。

どんより紫色に染めたふくらみを
指で押し開けば
ひしめく花たちはうろたえ
しどけなく割れる

この詩集の中でもっとも躍動する造形でエロチックな情緒すら醸し出す。そして〈深夜ひとり／晩い夏の無花果を喰らう／いたずらに耽るように〉と結ぶ。詩集全体に〈いたずら〉をしかけているようにも思わせる。〈不老の望みが貪婪にうごめいて〉という命の躍動は、次の詩集刊行への意欲をも感じさせる。

若き頃に第一詩集を刊行し新鮮なポエジーを醸しだすのは通常の事だが、〈八十五歳〉で命の躍動を醸し出すのは容易なことではあるまい。逆に、多数の詩集を刊行した詩作歴の長い方はそれまでの詩集の繰り返しを避けねばならない。つまり、詩作に通念はあてはまらないということだ。この詩集は、口語詩の蓄積をふまえた本来の日本語の響きを再確認してくれた。その明晰性は温かい語感も醸し出している。また、作者の血肉と溶け合う新たな戦後市民の言語感覚も提示している。当然、戦中戦後の流血とその呻きを想起する想像力の灯もともしている。冒頭で、文体や表現形式などに統一性がみられ、意欲的な実験も試みられていると述べた。明確な意図をもってこれらの特質を発揮しているからこそ、ただならぬ息吹を醸し出すのだ。

二〇一七年、『青山記』は、第二八回富田砕花賞を受賞。選考委員は〈一つ一つの作品が、丁寧に編み込まれた言葉の花籠のような造形物（中略）十代に体験された戦時下の記憶が詩集の核となり、それが自然や生命を愛おしむ心を育むと同時に、この国の社会や未来に対する深い憂いとなって、この詩集の強い精神性と、心にひびく抒情性を生み出してい〉ると講評した。

本書と通底する顕彰の言葉だ。更に、〈作者の血肉と溶け合う新たな戦後市民の言語感覚も提示している〉事を追加したい。詩作者の集う広場での認知は、本書の主旨も裏付けた。更なる執筆の高揚を願う。

日本戦後詩に限っていえば、第二次大戦の戦時下で〈ひとり〉覚醒していた金子光晴の批評性や、片山敏彦の視野などを受け継ぎ発展する清水茂への系譜も存在する。その系譜に連なる詩も系統的に発掘していく必要がある。神品がドイツ自然詩を再評価した作業も、系譜の連なりの中でそれぞれの詩人の固有の詩想をとらえていく視点の提示だった。戦時下での生存を想起する想像力を磨き上げることで、それらの継承がなされてきた。他者の現況を意識できないで、私的な自我に閉塞しがちな日本人の中にあって、それを超える一つの典型がここにある。表現との苦闘を読み取り、読者の方でも、芸術事物を把握する日本語を更に磨き上げ、日本的精神風土との対峙を持続していかねばならない。精神風土の周縁や現代詩の周縁からも〈ひとり〉覚醒して、彼らを再評価する仕事を進めねばならない。

この国の民主主義を築いていく市民にも、この想起行為を受け止めてほしい。過去の塹壕掘りと現在の抵抗とを結びつける詩〈暗い坑道〉（詩「鶏飼忌」）への想像力が必要だ。八十代の作者と若者とが結びつき、この国の未来を築いていく。

（本多企画、Ａ５判、総九十三頁、二〇一六年）

二　神品芳夫の近作

神品は二〇二一年に詩集『流転』（七月堂、総九十一頁）刊。同詩集の詩「妙心寺　雨」（二二―二三頁。「4B」一五号、二〇一八年。この号より入会）に注目する。

退蔵院の庭は空に開かれた山水の構図
ささやかな庇の下で雨を避けながら
二つの水の響きの交わりを聞き分ける
小さな滝の路が立てている呟きが
絶え間なく物憂い命の流れを表わせば
空からの滴が木の葉に触れる囁きには
ときに不在の人の声が混じる気がする

退蔵院を出て妙心寺の広い境内を行く

傘の角度と足元の敷石ばかり気にして
降りつづく雨のなかを歩いているうち
方向を見失ってしまった　気がつくと
左右の建物はみんな口をつぐんでいて
道行く人の姿もない　雨水が靴の中に
腕に　背中に　容赦なく浸み込んでくる

未知の土地で迷子になった思いで
うろついていると　遠くに北門が見えた
気を取り直して進軍を始める　かつて
中国戦線で「泥水啜り草を食み」行軍した
日本兵を思って一歩一歩・・・

京都の雨は狂おしく　止むを知らない

引用している歌は「父よ　あなたは強かった」。一九三九年にコロムビアレコードから発売された戦時歌謡。作詞、福田節。作曲、明本京静（あけもときょうせい）。霧島昇（きりしまのぼる）他三名が歌唱した。発売から五ヵ月で五十万枚近く売り上げた。戦後生まれの私でも聞いたことがあり耳になじんでいる。戦後も鶴田浩二（つるたこうじ）が歌い歌詞・

メロディが普及した。ネットでも配信しているのでいつでも聞くことができる。引用した一番の歌詞だけ紹介する。

父よ　あなたは強かった
兜も焦がす炎熱を
敵の屍（かばね）とともに寝て
泥水啜（すす）り草を食（は）み
荒れた山河を幾千里
よくこそ撃って下さった

鼻歌まじりで歌える調子のメロディで一度聞くと記憶してしまう。神品も戦時中に、頻繁に聞いていたのだろう。今、どう想起するかだ。

第一連で妙心寺の退蔵院の庭の「山水の構図」から〈小さな滝の路が立てている呟き〉を引きだし〈物憂い命の流れ〉を類推する。〈空からの滴が木の葉に触れる囁きには〉〈不在の人の声が混じる気が〉して、「父よ」に歌われた日本兵も含む死者が蘇るのだろう。ここまでの展開は、追悼も念じつつ寺を参拝した者の通常の感慨だ。

第二連で雨にうたれながら境内で迷うと、いつのまにか〈方向を見失ってしま〉い、歴史の迷路に迷い込み過去が蘇ってくる。行軍する最前線の歩兵を思わせるように、雨水が参拝者に〈容赦なく浸み込んでくる〉。第三連で出口を見つけると、〈気を取り直して進軍を始める〉。意気軒昂と〈北門〉に向って早足で進むと、たちまち胸中に亡霊が蘇生して、身体の奥から戦時歌謡も蘇ってくる。そのリズムがたちまち血肉をともなう心中に広がるのだ。一種のパロディを顕わにして〈中国戦線で「泥水啜り草を食み」行軍した／日本兵を思って一歩一歩・・・〉、亡霊の行進が顕わになってくる。

この磁場（迷路）を感じ取るのに次の事をふまえると分かりやすい。〈退蔵院〉から、国宝「瓢鮎図」（ひょうねんず、画僧の如拙作、現在では院内にその模本を展示）を連想すれば、第一・二連の煩悩のさ迷いとつながる。この絵柄は「ひょうたんでナマズを押さえる」（題名の「鮎」はナマズの意）という禅の公案を描いていて、そのちぐはぐさから導く真理が興味深いという。室町幕府の将軍・義持の命令により、先の公案を示し、それに対する答えを三十一名の禅僧たちが画讃（詩）で書き、画の上半に書き付けている。つかもうとすると滑る瓢簞でナマズを押さえるという、問いと答えの「ちぐはぐ、断絶に真理がある」という禅問答だ。この禅問答を第三連の混迷にあてはめれば、日中戦争は、戦線が広がるばかりで補給もできず、東南アジア南方でも占領地を確保できなくなって分断され、物資の補給もままならなくなっていったことと照応する。

だが、本土の学校ではその頃、「前線の兵隊さんを思って銃後の者は欲をおさえひたすら訓練せよ」との生活倫理を常に訓示し、脅迫感を煽っていた。浄土宗教団も煽ったので、真宗東本願寺派は戦後に自己批判し回生の道を歩んでいる。旧制中学生だった神品にも、その痕跡が刻印されているのだろう。それをあえて蘇生し、先の構図の中に配置すると泣き笑いの心象を喚起する。だが、雨水が〈容赦なく浸み込んでくる〉パロディを構成する視線には余裕がある。その立脚点に読者も立つと、顕わに見えてくることがある。日中戦争の頃の血肉に刻んだ痕跡を顕わにして、それが新たな全体主義として今、蘇生し復活していることを触発する。〈北門〉の内側〈未知の土地で迷子になった〉人も、門の外へといかに自身を導き、そこからいかなる展望、透視を切り開くか。第四連〈京都の雨は狂おしく　止むを知ら〉ず、亡霊の行軍を呼び寄せた境界から回生するか、それとも呑み込まれてしまうか、問われているのだ。憲法第九条を戦闘の根拠へと変える坂道を転げ落ちている最中に自画像を置いて、神品は自らと読者に問いかけている。「ちぐはぐ、断絶に真理がある」という禅問答を当面の状況に当てはめると、「憲法第九条を無実化して海外派兵もしくはミサイルで先制攻撃す」ることこそ「正義」と「平和」の行為なのだと煽る権力者の扇動、それに「真理がある」かどうかだ。ちぐはぐな問答に引きずられがちな〈迷子〉は、亡霊の行軍を体内から復活させるのか。詩自体が問答を仕掛けていて、その謎々をどう解くか、そこがこの詩の面白みだろう。一種の読者との対話詩ともいえる。

次に、隣国の大韓民国・朝鮮民主主義人民共和国との関係に焦点を定めた詩「槿と櫻」(『流転』、四二—四三頁。「4B」一八号、二〇二〇年)では、「自然詩」の詩法で東南アジアを俯瞰し問いかける。

櫻の幹に槿の茎が這い上がって
ハンの木の茶色の花を咲かせる
年輪を重ねた櫻の木は息苦しく
槿の花の粘りづよさに肩寄せる

槿が馬に食われんとするところ
櫻の吹雪が馬の鼻の孔をふさぎ
槿の花は人に知られず救われる
散る花は咲く花の様を見ている

耳がとぶ
氏名がちる
文字がきえる
耳がとぶ
氏名がちる
文字がきえる

半島から列島へ流れが絶えない
浸み込む湿気で土地が潤うなら
難波から越後へ這う蚯蚓(みみず)もいる

蹴上げたボールが旋風に流され

海峡の中間あたりで海に落ちる
両岸で槿と櫻が競って引き合う

「槿」は、大韓民国の国花で国章にも意匠化されている。第一連の〈ハンの木〉とは「ハンノキ」（榛の木）と、「恨（ハン）」（朝鮮文化における思考様式の一つ）とを掛けている。〈ハン〉「恨（ハン）」とは、単なる恨みだけでなく、無念さや悲哀、虐げる優越者に対するあこがれや妬み、苛酷な境遇からの解放・回生を希求する意思と感情などを表す語。一九一〇年の「韓国併合」が起点となって、古代日本の天皇制がいまだに生き残る〈年輪を重ねた櫻の木〉の幹に、「恨（ハン）」の情念が〈這い上がって〉〈花を咲かせる〉。その情念の解放、発散、回生の方向を透視する。

第一連。老木の国、日本は〈息苦し〉いが、それと対照的に独裁国家を〈粘りづよ〉く民主化してきた韓国民衆は大地に根を張りつつある。そのように原初からの生命の循環（水流）、生命全体の利他のつながりを生きる植物に立ち帰って、日本は韓国に〈肩よせ〉共棲する関係への回生を希求する。

第二連で、馬に食われる瞬間の〈槿〉は〈櫻〉によって〈救われる〉。落花への耽溺から回生の瞬間を希求する方向への転換。一つの生命のみの孤絶から植物同士の共棲へと転換する造形だ。それによって再生韓国の回生にあずかることもできるというわけだ。第二連第一行は、芭蕉の著名な句「道のべの木槿（むくげ）は馬にくはれけり」（『甲子吟行（かっしぎんこう）』（『野ざらし紀行』））のイメージを連想させるが、この詩ではそれを変換して、前述の共棲へと転換している。こうして古代天皇制の下で統一国家をいち早く建国したものの、落魄にさしかかった〈散る花〉日本は、暴力を用いずに独裁制を倒した再生韓国の〈咲く花の様を見ている〉。東南アジアの状況を複眼的な視線で俯瞰し、植物同士の共棲を希求している。つまり隣国関係を花の造形で類比し、作者の意図を寓意表現する構成だ。

第三連は、日本による一九一〇年「韓国併合」によって朝鮮総督府を統治機構として設置した後の事態を指す。前年に統監府は、新たに戸籍制度を朝鮮に導入し姓を名乗らせ戸籍に登録させた。更に三九年の創氏改名令によって、朝鮮に本籍地を有する朝鮮人に対し、新たに「氏」を創設させ「名」を改めることを許可した。約八割が日本風の「姓」で「氏」を創設した。また、学校では朝鮮語を必修科目としてハングルを学ばせていた。だが一九年の「三・一独立運動」以降は同化教育を推進し、朝鮮語の授業を減らし日本語の時間を増加した。この詩は、このような歴史的禍根を磁場としている。

この歴史の流れを第四連で受けとめる。一行目は、「韓国併合」当初や、四八年四月三日の済州島民の蜂起後に多くの朝鮮人が日本に流入した事。詩人の金時鐘[*1]も両親が段取りして四九年に脱出し、済州島出身者が七、八割を占めた朝鮮人の集落、大阪の猪飼野に辿り着き住み着いた。この集落はもう住居表示にないが、その西側に広がる繁華街が〈難波〉だ。〈越後〉の新潟は、〈朝鮮半島を南北に分断する北緯三十八度線が通る地であり、一九五九年から始まった北朝鮮への帰還事業の拠点になった地でもあった〉（丁海玉「生涯をかけて紡いだ詩」、『金時鐘詩選集　祈り』、丁編集、二〇一八年、港の人、総二百二十一頁）。〈難波から越後へ這う〉のは、やむをえず住んでいた地から生存の磁場を希求する金の魂だろう。

一九七〇年の長篇詩集『金時鐘詩集　新潟――切り立つ緯度の崖よ　わが証しの錨をたぐれ！』（小野十三郎「長篇詩『新潟』によせて」、装幀　片山昭弘、三章構成、構造社、A5判、総二百頁）に〈蛹を夢みた／みみずの入定が／夜半。／蟬のぬけがらにこもりはじめる。〉（Ⅲ緯度が見える4）とある。〈蛹〉への変身も羽化もできない〈みみず〉が〈入定〉できるはずもない。〈仰げぬ太陽こそ／最たるぼくの憧れ〉で、〈ぬけがら〉が自画像だという。朝鮮への帰還事業で帰国する気もなく、〈三八度線をどう越えるかという自分の心の葛藤[*2]〉を〈みみず〉（分身）に投影している。詩の芯にこの造形を置くことで、無念無想の境地に入れず、引き裂かれて自問、煩悶する人間像を浮き彫りにする。

神品はドイツ文学の視野から自身を俯瞰するだけでなく東南アジアの現況と対峙して、その最中で自身の在り方を剔抉してきた。当然、金の呻きを投影した『新潟』に注目していた。第二連までで植物同士の共棲を希求しても、〈櫻〉が金時鐘などの煩悶を引き起こしたのであり、それへの罪責を剔抉しない限り、両国の共棲、回生はありえないというのだろう。

第五連は、サッカーでは日韓が良きライバルである事をふまえたと神品は解説する。だが詩作当時は、北朝鮮がたびたび発射した弾道ミサイルが日本海などに落下し、また日本軍の従軍慰安婦問題などの未解決をめぐって日韓が日本海の両岸で反目し合っていた事を寓意する。つまり生命の本来の在り方に反して、反目し利他の行為を見失った状況を指す。離反する方向へ、更に煽りたてる権力者が背景にいる。総じて、〈櫻〉が〈槿〉を助ける先の寓意に託して、貶められた「政治」を本来の在り方に戻す意思を間接的に表明している。

その寓意表現はドイツ自然詩人オスカー・レルケ[*3]の特質であり、それが自らの磁場に浸透したのではないか。神品は『オスカー・レルケ詩集』（思潮社、一九六九年）で、この詩人を紹介。「ドイツ現代自然抒情詩の系譜」（『詩と自然』、小沢書店、一九八三年）でも文学史上の位置を考案し、〈レルケの牧神や、渡り鳥や、雲などの形象の扱い方を考えてみると（中略）レルケの詩に寓意性がかなり強いということは否定できない〉（三〇六頁）と指摘していた。そして『自然詩の系譜　20世紀ドイツ詩の水脈』（神品編著、みすず書房、二〇〇四年）でも、ドイツ自然詩を代表する詩人として評価し、文学史に明確な系譜が存在することも先駆的に解明した。

その過程でレルケの寓意表現や詩法の細部に踏み込んで、創作の手引きとしても参考になる位に解明した。前出「ドイツ現代抒情詩の系譜」にカール・クローロウのレルケ論を取り上げ、〈レルケの「物たちの歌」を強調するなら、それに一見酷似しているリルケの「事物詩」をあえて引合いに出して、両詩人の質の相違を見究めてゆく方向をとるべきではなかろうか〉（以下三〇七―三一〇頁）と指摘した。そしてレルケの詩には〈時代に対して詩人が感じている忌まわしさと不気味さがありありと表れている。ひたすら真剣に物を見つめている詩人の目のなかに、その詩人の背負っている時代の重荷がたしかに読みとれる〉。更にリルケの事物詩との相違点を〈リルケが詩の世界で事物を彫塑的に刻みあげてゆくのに対して、レルケは物の陰影や遠近法を無視して、自然の事物を詩のなかの機能的な要素の一つとして扱っている〉と指摘。そしてこの性格はドイツ自然詩に共通だという。それを支えるのが、〈時代を塗りつぶした邪悪な波にさらわれまいと必死に身をもちこたえようとする反骨精神で〉、それを根本にした自然との関係のもち方を捉えるべきだと指摘した。彼らは〈素朴な自然〉に詩的空間を縮小し一九三〇年代のナチ支配の下でも、〈なお一つの純粋な詩の機能を発揮し得た〉。〈しかしそれは逃避所としての意味をもつばかりでな〉く、〈些細に観察すれば、自然のなかには静かさと美のみならず、醜悪さや闘争も存在しており、人間の内面の状況や社会のさまざまな現象を自然のなかに反映させることさえできる〉と強調していた。

そうした〈反骨精神〉を根本にした自然との関係のもち方を先駆的に発掘すれば、自らの精神の磁場に溶け合うのは当然だ。レルケの優れた詩法を意識的に発展させて、現況に対峙する新たな寓意表現に変容したのではないか。神品の「槿と櫻」は、その成果の一つといえよう。

神品は「近代詩人の原点の一つ」としてリルケを研究・翻訳し啓蒙してきた。だが自らが生きる日本の状況が閉塞してきた今、リルケの枠にとらわれず、それを打開するために〈反骨精神〉を発揮して自画像を回生してきた。その詩法として〈醜悪さや闘争も〉織り込んだ独自の寓意表現を創出した。

ここで、本多寿[*4]の詩「無窮花(ムグンファ)幻想」(二〇一七年詩選集『ピエタ』(韓国語訳詩集の日本語版)、韓日の国交正常化五〇周年記念、監修・解説　権宅明(クォン・テクミョン)、本多企画、二一七—二一八頁。二〇一五年「詩と詩想」九月号)も紹介する。

道という道に一列にならび
蒼穹に向かって
高々と
純白の花を捧げている無窮花★
あれは　かつて母国語をうばわれ
名前をうばわれ　やがて

いのちさえうばわれた者たちの　遺恨と
天にとどかなかった祈りのかたち

国を揺るがした無量の叫び声
哀号　哀号という慟哭は　いまも
枝丶を鳴らす風となって吹いている
耳を澄ませば悲憤の声も聞こえる

枝を手折ってはいけない
花を摘んではいけない
まして幹に斧を打ち込めば　たちまち
死者の骨が叛乱をおこすだろう

目を凝らして　よく見れば
木の根元からひろがる
皮膚のような大地の底を血の河がながれ
屍体が浮いているのが見える

わたしは無窮花の咲く道を
うつむいて歩く
黙って歩く
ヒリヒリと痛む足をさすりながら歩く

胸の疼きをさすりながら歩く

★ 無窮花＝ムクゲ（木槿） 韓国の国花

〈無窮花の咲く道を／うつむいて歩く〉〈わたし〉の心象には作者の立脚点、すなわち日韓の歴史を良心によって見直し、回生を希求する磁場を投影している。第四・五連は前出の「恨(ハン)」を引き起こした人間の罪責感を通して死者の怨念を招魂し、その想起と共に生きようとする自画像だ。韓国の詩人、権宅明との結びつきに基づいて、韓国語にも訳されて刊行された。本多の行動力を発揮して両国語詩集を同時に刊行した。日本と韓国との間で国家間での軋轢が持続する現在、先の「槿と櫻」も合わせて「ひとり」の他者との結びつきを開き、それは国境を超えた溶け合いへと広がるだろう。「恨」を想起する〈胸の疼き〉は、神品も同様なのだろうが、「槿と櫻」の方は新たな日韓関係への兆しがほのかに見える二〇二〇年の作だ。韓国で二〇一六―一七年にかけて朴槿恵(パク・クネ)大統領の退陣を求める大規模なデモに蠟燭を持った無数の参加者が集まった。そこから蠟燭革命と呼称され、二〇一七年三月に弾劾訴追を受け朴（パク）は辞職した。このうねりをアジア全体の希望の灯と捉えた神品の立脚点を投影している。私もそれに連帯する市民運動に日本で参加したので、批評性を兼ね備えた二人の詩に共鳴してきた。重要なのは、二人が、人間の意識以前の生きもの全体の生成・循環・回帰と溶け合った生命の水脈を希求してきた事だ。更に「自然詩」という文学史用語を日本の戦後詩史に導入する神品の意欲を反映した近作と共に、本多も独自の磁場で意欲的に書き続けていることにも注目する。

次は、『流転』の巻頭詩（八―一〇頁）。

もう飛びません　この蝶々

幼虫のときには目が見えなかった　手当たり次第に草木に登り
葉っぱを食べて過ごした　触角しかないので　触れるものには
敏感だった　一度登った植物は茎や枝に触れただけで　その先に
どんな葉があるか覚えていた　春先に柔らかい若葉をふんだんに
つけるクチナシなどが好物だった

蛹の期間のことは覚えていない　脱皮して　初めて世界を見たときの
感動は忘れられない　なによりも　世界がさまざまな色彩に
溢れていることに驚嘆した　さっそく華麗に咲き乱れている

ツツジの花に分け入って蜜を味わったときには　地上に生を享けた
喜びをしみじみ感じた

何年も暮らした闇の世界に比べて　光の眩い地上の世界は
不思議の国である　あらゆる種類の生き物が活動しているが
なかには私たちをねらう動物もいるらしい　とりわけ白い袋
みたいなものを竿の先につけたのが近づいてきたら身を隠せ
と教えられた

事実　近所で一番派手な翅をもつ蝶がとつぜん姿を消す
という事態も起こった　見慣れない種類の蝶がとつぜん
姿を現すこともある　遠い土地から風に乗って旅をして
くるのだという　海を渡ってくるのもある　危険を冒して
なぜそんな旅をするのか

子孫繁栄のためだ　遠い土地からやってきた雄は
さかんに交尾の行動に出た　旅してくるのは丈夫な雄だった
それを見て　自分も旅に出たいものだと思った

マロニエの梢から飛び立ち　存在の明るみに出ると
あとは風が運んでくれた

なんとかいう海峡を渡って別の大陸に辿り着いたが　疲れてそのまま
休養に入った　ところが回復してみると　おそろしく老いを感じる
新しい土地の草花や虫の仲間について　天敵についても教えてくれた
雌の蝶が　一緒に海を渡って戻ってもいいと言ってくれるが
もう戻るつもりはない

詩誌「詩素」九号に二〇二〇年に発表した詩（編集委員　野田新五・南原充士・池田康）。「まれびと」欄に掲載された。同人以外への依頼原稿のようだ。大幅な補訂をして右の『流転』本文となった。句読点を削除し、不要な説明語句も改訂した。簡潔なテンポで寓話を語り出す文体となった。

外国文学者でドイツ文学専攻の神品の素顔と、蝶（生命）の誕生・成長・蛹・〈脱皮〉羽化・繁殖との類比、そして老境に至った心境とも類比し溶け合わせている。私は昆虫少年だった生物学や解剖学者の著書を愛読しているが、彼ら同様に神品も本源に近い無垢な幼年性を保持している。老境となった神品は幼年の心を想起し蝶々の一生に託して寓話を語りだす。作者を消して背景に追いやり、語り部は蝶々の命が生成するドラマを舞台に醸し出す。その蝶々の造形をプシュケー（Psyche）、霊魂の象徴として蝶の羽根をもつ美少女と想像するのは西欧の素養だが、更にその本源から生成し回帰する生きもののドラマに組み換える。

神品はこの詩の題をつけるにあたって、モーツァルトのオペラ「フイガロの結婚」第一幕の最後で歌われる有名なアリア「もう飛ぶまいぞ、この蝶々」からヒントをえたという。「もう飛びません、この蝶々」と変換した題は、ひょうひょうとした老境に解脱した感を与える。その語感は、以下に続く詩の本文に読み進んでいくと増幅していく。

第一連からみていく。幼年の王国の世界で、先祖からもたらされた叡智に突き動かされて、類としての蝶が原初から繰り返してきた行為に励む。〈目が見えなかった〉幼虫から第二連の羽化時期までは、青春を経て一定の模索をし、研究などのライフワークが見えてくるまでの神品の揺籃期とも読める。〈手当たり次第に〉とか〈触角しかない〉とか〈闇の世界〉などの表現はその過程を類推させる。

第二連で、〈脱皮して　初めて世界を見たときの／感動〉は覚醒の瞬間で、〈地上に生を享けた／喜びをしみじみ感じた〉のは、本源的な生命に立ち帰る回生だろう。この展開に外国文学への覚醒、その後の研鑽、模索の心境などの経緯を重ねているのではないか。それを、「自然詩」独特の本源的な生命が生成する造形でやはり語り出す。それは、生涯を通じて人を支えるのだ。原初の無垢な幼年性は覚醒に導き、未来を創出する羅針盤となる。この瞬間に出会わないまま幼年の王国を見失って迷路に陥り、功利や刹那の慰めに眼をくらまされたまま一生を終わる人は多いのではないか。

第三連で、地上の世界、現世でとりわけ怖いのは、命の利他性に気づかぬまま蝶々を採集する人間だと暗に言っている。本源的な自然から離反した好奇心や支配欲に突き動かされて、他の命を軽んじ何をしでかすか分からない。この詩の一人称の蝶々が語り出すのは、血肉をともなう虫の生理から類比した人の命の始まり、そして終わり方だ。

第四連以下での展開から、本場の西欧文学に覚醒した人の運命を連想させる。神品と初めて会った二〇一〇年頃、毎年ドイツに行っているとおっしゃっていたが、その地球的な行動範囲を投影して、蝶の渡りなどの生態も取り入れたのだろう。生の羅針盤を日本にもたらした〈雄〉は、土着の風土に対して〈さかんに交尾の行動に出〉て西欧文学の真相を定着するのに貢献した。第五連で〈それを見て　自分も旅に出たいものだ〉と憧憬に駆り立てられて、とうとう別世界の大陸へと渡ってしまう。この蝶々は〈存在の明るみ〉、往相へと羽ばたく。

第六連で、懸命の人生の旅を経て〈別の大陸に辿り着いた〉が、〈疲れてそのまま／休養〉し回復すると〈老いを感じ〉る瞬間がくる。現実の生命の流転の旅へと引き戻される。つまり還相の行為へと立ち帰らされる。存在への憧憬と現実との狭間で生きざるをえず、故郷に帰る〈つもりはない〉。

こういう角度で膨らまして読む楽しみを喚起する詩だが、神品しか書けない寓話のようにも思えてくる。このような自画像を〈「遊撃的社会派」に共感を抱きますが、実質的には私はせいぜい「隠れ社会派」といったところです〉（「詩と思想」二〇二一年一・二月号）とユーモアを交えて自称するところに、別の詩「ひきこもり」（『流転』、六八―六九頁。「4Ｂ」一七号、二〇一九年）同様のしたたかな岩盤も感じる。

学者の文章を読む際に息苦しくなることが多いのだが、その堅苦しさを意識的にそぎ落として、神品は早い時期から柔らかな語り出す文体を創出した。正装した論理、岩盤を内に秘め分かりやすさは群を抜いていた。それに助けられて、西欧の言語・文化の芯を享受できた。この詩もその散文体を練りあげたものだ。それに加えて、行間からほのかに伝わる温かみがどこから湧き出るのかなと不思議に感じてきたが、更に味わいが漂ってきた。

この詩は肩の力が抜けた脱力の境地、風狂の味わいへと扉を開く。例えば、「鞍壺に小坊主乗るや大根引(だいこひき)」(『炭俵』(『芭蕉七部集』、中村俊定(しゅんじょう)校注、岩波書店文庫、一九八七年、二七九頁)、荷を運ぶための馬がいて、その鞍壺に大根引きの小坊主(子ども)がちょこんと乗っている)の句のような芭蕉の「軽み」(かるみ)の境地、童子の無心も連想した。この「不易流行」の境地に調味料を振りかけて身近に引き寄せ、独特の味わいをかもし出した感がある。

それとは別の戦後詩人の中でも、関西の天野忠などはヨアヒム・リンゲルナッツ[*5]の自己風刺、泣き笑いの詩想を和風のしかも関西風の自身の自画像に変容した。深く読者の情感にくいこむ表現力に感銘してきた。早くから老成して、身を捨て去る瀬戸際でその心境を透視していて、染み透ってくる味わいがある。天野の泣き笑いの魅力に親しんできた感性に通じる先のような感覚を喚起する。

金井直や前原正治も、その芯は生起する自然の芸術事物の造形だが、生命の本源からますます離反していく現況への批評性が前面に出ていて、戦後詩としての特質を明確に担っている。両者を評価した神品自身は老境を迎え、寓話によってかるみを味付けし風狂への扉を開く。

注

＊1　キム・シジョン　一九二九年十二月八日生まれ。朝鮮半島の釜山(プサン)に生まれる。当時の朝鮮では日本語が〈国語〉とされ十一か二歳頃には朝鮮語の会話はできても読み書きができなくなった。解放後に朝鮮語を学び一

九四八年済州島で起きた四・三事件に参加し、四九年に日本に逃れた。小野十三郎の『詩論』に衝撃を受け日本語で詩を書き始めた。七三年から、兵庫県立湊川高校で朝鮮語を教えた。大阪文学学校理事長なども務めた。七八年『猪飼野詩集』（東京新聞出版局）。八六年に『「在日」のはざまで』（立風書房）が第四〇回毎日出版文化賞。九八年に済州島への里帰りが実現。二〇〇三年に韓国籍を取得。在日を生きながら引き裂かれた自画像を詩作している。二〇一一年に詩集『失くした季節　四時詩集』（藤原書店、二〇一〇年）が第四一回高見順賞。一五年に『朝鮮と日本に生きる――済州島から猪飼野へ』（岩波書店、二〇一五年）が第二回大佛次郎賞。

＊2　金時鐘の『「在日」を生きる　ある詩人の闘争史』（金時鐘座談、聞き手佐高信、集英社新書、二〇一八年、九七頁）。つまり〈長篇詩集『新潟』は、本国で越えられなかった三八度線を日本で越えるという発想が、直接のモチーフとなった作品です。北緯三八度線は新潟の北部をよぎってもいますので、地形的には新潟を北へ抜ければ実現します。ではそれから先どこへ向かえばいいのか。とどのつまり、日本で生き抜くことしか残りません。僕の生涯の命題となった「在日を生きる」は、そうして僕の思考意識に居座りました〉（九二頁）、そしてそれは一九五九年末ごろからだった。〈帰国船の開始を契機に、二ヵ月くらいかけて書いたのが、長篇詩集『新潟』です。発表する場がなくて、一九七〇年になって、ようやく構造社という小さな出版社からでた〉（九一頁）。

＊3　Oskar Loerke　オスカー・レルケ　一八八四―一九四一年。西プロイセンの小村ユンゲンに生まれる。ベルリン大学で文学・哲学・音楽を学んだ後、一九一一年に詩集『さすらい』。一三年に新人奨励賞であるクライスト賞。一六年『詩集』（後二九年に『牧神の音楽』と改題して再版）、二一年詩集『秘めたる都市』。二六年詩集『一番長い昼』。二八年プロイセン芸術アカデミー文学部門の幹事となる。三〇年詩集『大地の呼気』。ナチスの手による芸術統制がひかれた後、ベルリン北部フローナウに隠棲し自然詩を書いて国内亡命を貫く。三四年詩集『銀アザミの森』、三六年『世界の森』。ドイツ自然詩の代表的詩人。

＊4　一九四七年、宮崎県延岡市生まれ。同地で二十六歳から「詩學」に投稿。詩誌「土地」「赤道」「視力」を経て、二〇〇一年から「禾」を発行。神品はこの詩誌に寄稿していた。一九九一年、詩「海の馬」で第一回

伊東静雄賞。九二年、詩集『果樹園』（本多企画、一九九一年）が第四二回H氏賞。二〇〇〇年、フィンランドの詩人、カイ・ニエミネンの日本語訳詩集『森で誰かが…カイ・ニエミネン選詩集』（大倉純一郎訳、同、二〇〇〇年）を出版。二〇二〇年、詩集『風の巣』（同、二〇一九年）が第五三回日本詩人クラブ賞。収録詩「森の池」は、鳥・魚がピュシス（自然法爾）と溶け合い、〈透明な風〉が生まれ泳ぎまわるというイメージ。新鮮で立体的な形態美だ。私自身も、源泉・樹間を吹きすぎる風・苔むした倒木・カゴシマアオゲラがつつく音などに導かれて、大分県九重連山の黒岳に通っている。宮崎の峯峯と一つながりの原生林だ。また東北の白神山地で包まれた「風」ともつながる。

＊5　一八八三―一九三四年。ザクセンのウルツェンに生まれる。一九〇一―〇三年、水夫。一〇年、第一詩集。一四―一七年、海軍で水兵、少尉、掃海艇々長。二〇年にミュンヘンに居を構え、キャバレーで自作の詩を朗読する。詩集『体操詩集』（一九二〇年）。

神品芳夫の『木島始論』

詩誌「午前」（布川鴇（ぬのかわとき）発行）に連載していたものを基に、手早く単行本にまとめた。木島は一九二八年生まれ。神品は三歳下でほぼ同世代。木島は一九四四年に旧制第六高等学校理科甲類に入学し、四五年に〈米軍の岡山空襲で寮が全焼したのち、広島県西高屋の製鉄工場で勤労奉仕していた折に「原爆」を体験する。被爆した学友の介護もした〉（神品作成の「木島年譜」、『木島始論』）。敗戦を経て文科甲類（第一外国語英語の組）に転科する。四七年に東京大学文学部英文学科に入学。五一年に卒業。

一方の神品は、戦時下には大阪の旧制中学生で人空襲により罹災する。四六年から東京に在住し東京大学文学部独逸文学科に入学。五九年に同大学人学院独語独文学専攻博士課程満期退学。日本独文学会元会長。

挙国一致の軍事態勢の下で統制的にたたき込まれた報国の倫理が、敗戦によって瓦解するのを二人は学生として体験した。そして、敗戦の断絶に放り出された。戦後の焼け跡で人の本来の姿とは何かを模索することから始めて、瓦解から踏みだし、外国文学をくぐり抜ける中で断絶から回生する道筋を創出していった。そしてそれぞれの関心分野に添った作家や詩人を読みこみ日本に紹介していった。

二人と同じ経緯を辿った同世代には、違う専門分野で貴重な業績をあげた方々がいる。

私が出会った範囲だけでも、戦後の焼け跡で回生への道筋を模索し、それを原点としてライフワークを追究し続けた方がいる。大学時期の私はまず秋吉久紀夫（一九三〇年生まれ）から示唆された。それは、新生中国を生み出す過程で外国列強に抵抗した中国の近代詩人群像。同時に抗日根拠地での文学運動が主導し新生中国を生み出した実態だった。日本を含む東南アジアの転換を生み出した側から自身の生存の在りかを問い直した。

金井直（一九二六年生まれ）は四五年六月に十九歳で繰り上げ徴集され南方派遣部隊で訓練中に敗戦になった。金井からは第二次大戦の傷痕を想起し回生する想像力の在りかを軸にした戦後詩史の見方、特にリルケの芸術事物把握の詩法と同時に金子光晴の精神風土への批評と流謫の立脚点、西行・芭蕉の伝統を自らの血肉を通して回生する姿などを示唆された。後藤信幸（一九三〇年生まれ）からは、リルケ、シュペルヴィエル、フイリップ・ジャコテ、そして〈自己消去〉のポエジーを。この世代の著作を読み込んで血肉に溶け合わせてきたが、〈戦時の諸相を総体的に把握しているのが特徴〉（後出対談）という神品の指摘通りの成果があった。

神品からは、リルケ、ドイツ自然詩の詩法、また片山敏彦の国内亡命の立脚点を継承、回生する系譜として、清水茂の業績なども示唆された。近作で、清水の逝去後に「片山敏彦の国内亡命」（「午前」一八号、二〇二〇年）を発表した。同人誌なので一部の読者の眼にしかふれていないが、数少ない日本の国内亡命者だ。次のように顕彰した。

片山敏彦は、戦前にはロマン・ロランにアンガージュマンの精神を学び、戦争中にはリルケという安全な地下壕に身を置きながら、内面世界のミスティクの詩的構築に精を出していたのである。

片山によって保たれた良心の糸は、戦後のリルケ、ロマン・ロランなどの紹介や普及においても更に多大な織物となって発揮された。

以上のように、四者から直に示唆を受け、彼らを媒介者として自画像、精神の磁場を創出してきた。その集成として、「リルケからの回生　戦後詩の新水脈」を発掘し本書にまとめた。金井直と前原正治の詩業が対象で、その過程で神品の著作から示唆を受けた。

本題に戻って木島と神品との関係に絞ると、彼らは敗戦後に大学に進学しそこで回生する方向を探索する余裕をもたらされた。その後、彼らが蓄積した成果を、戦後詩史の中にきちんと評価し直す作業はこれから本格化する。その手始めとして、二〇一五年に神品が、同世代の木島のコールサック社版の復刻『木島始詩集』（初版は同題名で野間宏跋、未來社、一九五三年）を読んだ際に触発された事から始める。〈敗戦の頃の世の中に一気に引き戻される気分になった。そこには、戦争末期から敗戦後の混乱期に日本社会で起こったさまざまな破滅の様相が活写され、その間に日本人が何を思い、何を願ったかが、詩人の若く純粋な心に照らして表現されている。しかも筆致が斬新で、緊迫力がある〉（論の第一章冒頭）と触発された。この共振に注目すべきだ。すでに八十四歳になっていた神品自身も、その時までに、敗戦後の再出発とその後の回生を若い世代に伝えたいとの意思を明確に抱いて著述をしてきたから、この触発が起こったのだ。神品自身の回生への出発と重ねながら木島の回生を想起し共振している。そこで、この世代が俯瞰し回生したことを読者に伝承しようと発意したのだろう。

それでは、神品・木島の世代に共通する独自の視野に光をあてよう。

「対談　木島始をめぐって――「断絶」「対話」「肉声」をキーワードに」（「詩と思想」、二〇二一年一・二月号、対談相手は河津(かわづ)聖恵(きよえ)）での神品の発言を通してその視野をまず紹介する。

> 最初に取り上げたいのは、なんと言っても『木島始詩集　復刻版』ですね。この詩集は「目隠しされていたことさえ／わからなかったほど／いまいましい過去はない／／一九四五年の夏。」（「起点―一九四五年―」、一九五二年作）などの詩句を見ると、いかにも詩人自身の戦争体験の詩集のように見えますが、そうではない。学童疎開先で起きた悲劇とか、細菌戦のための人体実験を敵地で行う悪辣な軍医（「蚤の跳梁」（長詩））とか、戦火をよけて味わう甘美な時とか、戦時の諸相を総体的に把握しているのが特徴です。そのような視野をもっていたのは、当時内地にいて米軍の空襲に苦しんでいた当時の旧制中学生だったと岩田宏は言っていました。木島もぎりぎりその世代の人であり、私も戦争中大阪で中学生でした。
>
> 戦後詩はやはり、戦後の焼け跡が起点になっていて、そこから語り始めねばならない。中でも神品の同世代は、戦中戦後の地獄の釜で煮立てられながら歴史の転換を俯瞰して眺めた。戦争を推進した前世代のような瓦解に到らずかろうじて踏みとどまった。その最中で、芯となっていく死生観を植え

付けられ、その後、稀にみる回生を持続的に成し遂げた。

同世代の苛酷な体験について他の例を紹介。後藤の場合は四四年に戦時下の北九州小倉市苅田の軍需工場に勤労動員された時に、〈明日があるのが怖ろしい、と言ったドストエフスキーの『死の家の記録』的体験をなす。後に、リルケが同じような体験をなしていたのを知る。材木運搬の際、転倒、材木で頭を強打し意識不明となるも、恢復するにつれ、これまでの迷妄が霧が晴れるように霧散する〉（自筆年譜、『存在の梢』、国文社、一九九七年、二五六頁）。

だが日本も占領下の中国で人類への罪過を犯した。先の神品の対談での発言で取り上げていた木島の長詩「蚤の跳梁」が指弾している。一九五三年初版（一七三―二一二頁）に収録の力作だ。五二年十二月十二日作と末尾に記されている。哈爾浜近郊の平房で細菌戦のためのペスト菌などによる様々な人体実験を大規模に実施した関東軍防疫給水部本部が題材だ。後に「731部隊」と呼称されるようになった部隊は人体実験だけでなく中国国内で実際に投下して実験したとの証言がある。後に森村誠一『新版悪魔の飽食――日本細菌戦部隊の恐怖の実像！』（角川書店文庫、一九八三年）などで一般に知られるようになった。未來社の初版詩集収録の「蚤の跳梁」の「まえがき」には「元日本軍軍人ノ事件ニ関スル公判書類・モスクワ・外國語圖書出版所・一九五〇年」を主な典拠としたと記す。この書類の翻訳の改題複製が牛島秀彦解説『細菌戦部隊ハバロフスク裁判』（海燕書房、一九八二年。その複製を同年に不二出版）として出版された。「蚤の跳梁」は、その部隊の部長の陸軍軍医中将石井四郎（一八九二―一九五九年）を指弾している。青木富貴子『731　石井四郎と細菌戦部隊の闇を暴く』（新潮社文庫、二〇〇八年）に詳しいが、この詩を木島が書いて指弾したのは敗戦の七年後（一九五二・十二・十二）だから抜きんでて早い。実際に中国人や朝鮮人の捕虜を人体実験した軍医達はソビエト軍の捕虜となり、戦後のハバロフスク裁判で戦犯として裁かれた。その最高責任者の石井は、四五年八月、ソ連軍の侵攻を受けていち早く旧満洲国を脱出し内地に帰還した。帰国後に、極東国際軍事裁判で戦犯容疑を問われたが、詳細な細菌戦研究資料をアメリカ軍に提供しＧＨＱによって訴追を免れた。戦後は東京都新宿区内で開業医となり晩年を迎えた。

木島は同詩「まえがき」で〈作中の無名の主人公かれが（中略）わたしたちのなかに「潜伏」していることを恐れる〉と記す。この詩を発表した六年後まで〈かれ〉（石井）は新宿で医師をして生存していたのだ。罪過を引き起こした責任者にもかかわらず頬被りして、部下だけがソビエトの矯正労働収容所で五六年まで監禁された。ナチの高官が世界各地に逃亡したのは、ドイツ自体が捕縛する意志を持続したからだ。木島は傷痕を刻まれた側の視点で自責する。詩の末尾を引用する。〈かれをへめぐってその周圍には、／幾重にも幾重にも障壁のようにして、日本とアメリカの／政治家と資本家と買辨新聞とがある！／かれの空疎な學問の自尊心は、それらを利用し、／それらに利用されて、たくみに／血の匂いのする潜伏をつづけている、……／あたかも、瀕死の病人の腸内をくぐってぬける寄生蟲のように！〉。前述してきたように、木島達の前世代の罪過を受けとめ煩悶して、病んだ日本を告発する。後のラングストン・ヒューズの紹介と翻訳でも自身の罪責への問いは一貫していたのだろう。アメリカでは今でも警官による黒人虐殺が続き、それを容認するトランプ大統領を選挙で引きずり降ろしたばかりだが。

最近、ＮＨＫスペシャルで「731部隊の真実～エリート医学者と人体実験～」を放映し、ハバロフスク裁判の録画をＮＨＫオンデマンドで視聴できる。人体実験にあたった将官・被告人本人が自白する動画を見てほしい。哈爾浜市平房の現地に資料館も新築され、今後もその事跡をごまかすことはできない。私は旧館を訪問した。

また二〇二〇年、ＮＨＫ制作のテレビドラマ「スパイの妻」（監督、黒沢清）も、「731部隊」が主題だ。一九四〇年頃にその機密情報の証拠書類と映像を取得して、世界中に暴露しようとする日本人夫妻が主人公。同年六月にＮＨＫ ＢＳ８Ｋで放送され、後に劇場用映画として公開された。同年の第七七回ヴェネツィア国際映画祭でコンペティション部門銀獅子賞（最優秀監督賞）を受賞。ナチのユダヤ人他への残虐行為と同様に日本人の罪責を剔抉した。

戦後詩史の空白を埋め新たな分野を切り開くという点では、以上のような系譜と同様の戦後を神品も生きてきた。ライフワークの大著『自然詩の系譜　20世紀ドイツ詩の水脈』（神品編、みすず書房、二〇〇四年）でも、第二次大戦前後を背景として、ナチに屈服しなかったドイツの自然詩人の系譜を系統づけた。自らが創出した精神の磁場を木島の著述にも見出しその独自の特質を引き出した。戦後のドイツの歩みとの違いは自明のこととしてふまえた上で、あくまで神品と同世代の真摯な個人の歩みの延長として、この交錯が起こったといえよう。同世代の他者と共創する磁場を改めて確認して、悪しき現実へと崩壊していく現況を変えようとしているのだ。次の世代への継承も願っているのだろう。

この共創の磁場を築いていく意思は、木島自身も執筆の姿勢として明確にもっていた。第七章の「四行連詩の展開」や動物寓話のオペラ、詩劇、絵本、合唱曲の作詞などがそれだ。共創の磁場は、神品の木島論で拡大した。これらの視野と業績を、戦後生まれの者でも自らの磁場に浸透させることは可能だ。焼け跡での回生を想起し、その叡智を継承すれば、憲法第九条を無実化し全体主義にひた走る時代に、それと対峙していかにして未来を創出するかが見えてくる。全ての文筆者に求められることは、彼らの世代の回生への意思を想起し続け、自らの未来を透視することにつなげることではないか。

（装幀　直井和夫（なおいかずお）、土曜美術社出版販売、総二百一頁、二〇二〇年）

Ⅳ　戦後詩の新水脈

真相を研ぎ澄ます
——山本みち子の風刺

まず、次の詩「ぽとん」（詩集『オムレツの日』、装幀　林立人（はやしたつんど）、土曜美術社出版販売、A5版、総百十一頁、二〇〇六年、一〇六—一〇八頁）。

誰もいない真昼の公園は　ジィジィ蟬だけが大いばりだ
桜の大木はお砂場をおおいきれなくて　砂が熱い　その
真ん中を蟻んこたちが干涸びたミミズを運んでいく
桜の根もとには　まき散らしたみたいに丸い穴がいっぱ
い　穴は毎日ふえている　蟬の赤ちゃんが生まれた穴な
のよってママは言ってた　ハジメちゃんは宇宙人の秘密
のぬけ穴だって　ボクはどっちも見たことがないから
やっぱり……ちがうと思う

それでね　内緒の内緒だけど　ここはボクが大人になる
まで宝物を隠しておくタイムカプセルの基地に決めた
これまでボクが隠したもの？　ビー玉二個　カナブン一
匹　ミニカーのタイヤ三個　拾った一円玉　パパの黒い
カフスボタンの片っぽ　シオカラトンボの目玉　まりこ
先生のコンタクトレンズひとつ　もっとあったかもしれ
ないけど……わすれた

そして今日　基地に隠すものはね　夕べまでママのもの
だったもの　ママが床へ投げすてたもの　だからボクが
預かっておくことにしたもの　を　いちばん深そうな穴
に〈ぽとん〉とね
〈ぽとん〉は　キラと光って穴に吸い込まれて見えなく
なった　その穴にお砂場の砂を流し込んで　目印に小石
をのせて……これでよしっと

家に帰るとキッチンにママがいた　ママの左手のお姉さ

ん指の根もとが　ほんのり白くくびれている
（おばあちゃん家だって厭じゃないけど　パパは　どう
すんの）
ボクは　爪を噛んだ　ジャリジャリとお砂場の味がした

山本の詩集『雲の糸』（装幀　高島鯉水子、土曜美術社出版販売、総百九頁、二〇一五年）に感銘して、二〇一六年三月頃から意識的に既刊詩集や新たな発表作を読み込み始めた。本人とも連絡がとれて著作のやりとりを始めた。今回は、感銘した詩を軸にしてその特質を読み解いてみたい。まず「ぽとん」を手掛かりにする。

初めに山本の資質形成にふれるが、本人に校訂していただいた。

山本の母は、熊本県の球磨川沿いの山深い村の旧家に生まれ、九人兄弟姉妹の五番目だった。東京に本校を持つカトリック系の八代白百合学園（熊本県県八代市）を卒業した。山本は一九四〇年生まれで、九州山地の山あいにある熊本県葦北郡百済来村田上（現、八代市坂本町）で小学校時代を過ごした。父は、その村の百済来東小学校の校長を務めていた。みち子は母の勧めで一時機、自宅から遠く離れた母の母校・八代白百合学園中等部に一年間在学。結局、学区の百済来中学校に転校して草深い田舎町に居住しながら熊本県立八代東高校を卒業。絵かきになりたかったそうだ。だが、熊本市の熊本学園短期大学保育科に入学し山岳部に入部してロック・クライミングに夢中になったという。保育士になるつもりだったが、母の希望により洋裁学校で一年半学ぶ。後に、幼年性に関心を集中する源泉の一つだろう。

母がみち子にいつも言いきかせていたことを、「母への思い出の中で」（「真白い花」一八号、二〇一八年）語っている。

（一人娘は犬も食わぬ）と昔から言われている。恥ずかしくない人間になって欲しいから厳しく育てているつもり。そして、もうひとつ。ひとの気持ちが分かる人になって欲しい。それだけ。

母の口癖だったそうだ。その記憶を鮮明に想起できる程、生き方への影響を自覚している。母が身に付けた心の芯を、いい意味で伝承し浸透させた心根が、後出の詩「あらう」他に滲み出ている。自律した人間像や愛に支えられた他者との溶け合いなどが、詩に明確に投影している。自己形成に母が関与するのは当然だが、昨今の日本は、母性の芯になる生活倫理を見失いつつあるとも感じるので強調しておきたい。

山本家の場合、その資質には、本源に近い自然に抱かれた山あいの山村の共棲感覚が背景にある。自然と溶け合った母や周辺の人々などの生活倫理と規律を芯にして、詩作の中で問い直し研ぎ澄ましている。「ぽとん」で軸になったのは本源と溶け合った幼年性の視線、つまり想像力（過去と未来を見通し展望する力）だが、その伝承を母胎としつつ更に変容して蘇生させている。詳細は後述。

次に詩作の転機について。母と子の細やかな心情のつながりを書いた高田敏子の詩に共鳴し一九六六―六七年頃に「野火の会」（一九六六年一月に詩誌「野火」創刊、高田敏子が主宰、八九年まで）に入会する。

「私の詩作と詩集について」（「岐阜県詩人会会報」三号、同詩人会総会講演、二〇一四年七月）でその事を次のように振り返っている。

（高田から学んだこと）「野火の会」の野火というのは新しい芽を出させること（中略）言われたことは（中略）気取らないで書くこと（中略）人の心を思いやらなければ詩は書けない。相手の立場に立ったときにこそ詩は書ける。もうひとりの自分が、自分を見ること、客観的に見る目を養わなければならない。（中略）特に印象に残っていたことは、「ものから学べ」ということ。（中略）「そのものの本質を見る目を養いなさい」ということだった

詩作を志すと自己を剔抉することは避けられないが、その心得を伝わる言葉に咀嚼して、高田は会員に啓蒙した。だが日常生活の出来事や情緒をなぞって記述することに終始しがちな、その意味での殻を破るのは困難だ。根をはった自我から脱皮して自己へと回生する難行が詩作だ。その契機を引き寄せれば一人一人違った個性へと回生できるのだが、似た題材の日記のような詩らしきものを同人誌で多数見かける。高田が導いた〈客観的に見る目・そのものの本質を見る目〉とは、類型的な生活に呪縛され自縛に陥った自我を打ち破らない限り獲得できない。結局、山本は一九八五年頃に退会し独自の詩作を志向し回生した。

一九七二年頃に滋賀県彦根市へ移転し八年間居住した折に「近江詩人会」に入会する。テキスト「詩人学校」に出稿し、月に一回の合評会に参加した。主な会員の大野新（しん）や竹内正企（まさき）らは、山本の詩の表

現に添って要点をぴしゃりと指摘して批評した。悔しい思いをしながら切磋琢磨し課題を意識させられ、詩作に向かう姿勢そのものを問い直していった。その事を山本は〈そこに参加したことで、私の中の詩への思いが良くも悪くも変わったと思っております〉（二〇二〇年八月、坂本宛書簡）と語る。

彦根に住んで六年目の七八年第一詩集『彦根』（野火の会）から八四年の詩集『雛の影』（詩学社）を経て、古い町の風物・人の世の移り変わりを観察していく。同時に、事物を通して自画像を捉える方法を見につけていく。詩作を見守っていた伊藤桂一は「山本みち子さんの詩の魅力」（『雛の影』）で、〈事物の描写が、気がつくと心象の描写に転移している〉とその特性を言い当てている。内向きのもたれあいになりがちな同人誌から自立した一人の創作者像がしだいに浮き彫りになっていった。

その後更に、自他への風刺、批評眼を備えていく。その見方で「ぽとん」を通して、山本の詩の魅力、特性を白紙から作り直してみたい。

語り出すボクは無垢な幼年性を軸に想像力を発現する。一方で両親は習慣や社会の動向に馴致されている。その結果、染みついた慣れによる言動とボクの視線は対峙する。まず、ママが〈蝉の赤ちゃんが生まれた穴〉と言った件。この穴は蝉の幼虫が地上に這い出した跡だ。胎児（人）が生まれる際に通る産道と重ねたママの比喩は表面的で単純化しすぎている。実は蝉の一生からすると土中での幼虫時期こそ生涯の大半にあたる。土中に隠れて見えない幼虫（幼年性）の王国、馴致される前の生命の力に気付かない。その結果、ボクの意思にも気付かず隠すことになる。

山本は実際に〈毎年、庭で見かけた蝉の抜け殻を集めてはお皿に並べる（中略）七年もの間土の中で育んだ生命の証拠だと思うといとおしい。それが高じて百数匹の抜け殻を描いて展覧会に出品した〉（「馬車」五九号）そうだ。見えない〈土の中で育んだ生命の証拠〉から蟬の生命の誕生と幼虫〈幼年性〉の王国とを想像して、本源の生命の在り方を愛おしむ視線が前もってあった。そして持続的に観察し、自画像を投影した絵を描いたのだ。この想像力を軸にしてママとボクとの劇的葛藤を構成している。するとママの一言をボクが〈ちがうと思〉う瞬間、この王国に気付かないママの真の姿がもう一方で浮き彫りになる。両者を対比する設定から、自己愛のみに駆られてボクの幼年性を隠し見えなくなった姿を風刺する。

　しかしもう一方のボクは、それを〈ボクが大人になる／まで宝物を隠しておくタイムカプセルの基地に決めた〉と無垢の心根で発想し、その視線で独自の意思を発意する。この幼年性と溶け合った視線が劇的葛藤を語り出す。大人になるまで〈内緒の内緒〉で〈宝物を隠しておく〉基地とは、自画像を形成する基盤、無垢な幼年性だ。山本は、〈幼い頃から、ひんやりと透明なものに興味を持ち、憧れ、身近に置きたいという気持ち〉が強く〈大切な宝物をいっぱい小箱に入れて、抽き出しの奥に隠してい〉（詩集『万華鏡』あとがき、一九九六年）た。幼年性の王国、〈宝物〉のモチーフだ。

〈そして今日〉、離婚を決意して床へ投げすてた結婚指輪を、低い視線のボクは拾う。ママがボクを無視した劇的な瞬間に出くわす。その記憶をボクは〈預かっておくことにし〉、〈いちばん深そうな穴／に〈ぽとん〉と〉投げ込む。〈その穴にお砂場の砂を流しこんで　目印に小石／をのせて〉しまえば、成長していく過程でのボクの幼児体験は隠される。ママは衝動に駆られて離婚を決断しボクに人生の転機をもたらした。その瞬間に〈七年もの間土の中で育んだ生命〉、ボクの幼年性を隠し見えなくなったのだ。押しつけられたこの「経験」の最中でボクにできることは傷痕の瞬間をいったん隠すことだけだった。〈〈ぽとん〉は　キラと光って穴に吸い込まれて見えなく／なった〉。蝉がその一生の大半を過ごす穴の深層の世界、無垢な幼年性の王国はいったん隠される。だが〈目印に小石／をのせ〉て、それを未来で顕わにする見通しを言外に暗示する。

すでに指輪をはずし〈投げすて〉たママはすでにボクを無視していたので、結びで〈ボクは　爪を噛んだ　ジャリジャリとお砂場の味がした〉。この一行は、以上の劇的葛藤の結末として効果的な表現だ。山本は幼年の無垢な視線と溶け合って、大人が偽装した現実の表皮を剝ぎ取る。幼年性を侵食する傷痕を刻んだ、その瞬間を見逃さない。〈丸い穴〉や〈床へ投げすてたもの〉を捕捉する幼年性の低い視線が、土中に隠した無垢な生命の過去、未来を見通して新たな回生を展望する。ボクの自画像の底に今後も沈殿し心を苛み続けるだろう劇的葛藤を、低い磁場からの視線、回生の想像力で浮き彫りにする。

更につけくわえると〈宝物を隠しておくタイムカプセルの基地〉とは、成長し変容していく自画像が、隠した傷痕を後に不意に想起し、源泉へ帰る回路ともいえる。ここから絶え間なく湧出する傷痕のドラマを〈ボクが／預かっておくことにし〉て心に隠してしまった。だがそうして抑圧してしまうと、パパとママに抱かれる「心のゆりかご」を隠した事は、それへの希求を逆に増殖し、後に強く胎動し続ける回路を生み出す。この詩は、そういった傷痕を隠す〈宝物〉の〈丸い穴〉が将来に引き起こす回生のドラマをも予感させる。ボクの幼年性の視線、つまり想像力を形象化した。

この幼年性の想像力を軸にすると、大人になった時〈宝物〉を掘り出して親に依存しない自画像を形成し、未来での変容と好転を逆にもたらし回生するかもしれない。つまり『オムレツの日』という家庭的な詩集名の陰には、この傷痕体験、つまり大人が自己の都合を優先した結果、一種の幼児虐待を引き起こして、それを隠すドラマを潜ませている。詩集の巻末にこの詩を配置することで劇的葛藤に焦点を絞る独自の風刺の想像力を打ち出した。それは大人が偽装した現実の表皮を剝ぎ取り人生の真相を研ぎ澄ます。また、現世に誕生した幼年性が、離婚でなくても新たな試練、「経験」と対峙し傷痕を抱えたまま生きざるをえないのは人間の常であり、様々な読者の体験と呼応するだろう。

この山本の固有の想像力は、高田敏子の詩「ポケット」（詩集『にちよう日——母と子の詩集』、一四一—一五頁）と比較すると明確になる。子どもがポケットに宝物を入れて楽しむ設定で、それを繕う母の視線を設定している。その〈子どもの心のポケットには／何が入っているのだろう〉として、〈おとなへの不信や　悲しみが／もしや　小さくたたまれて／入っているのではないだろうか／／見えない心のポケットも／つくろってやらなければ〉と続ける。従来の一人称の自我の発想を子どもの心の影にも投影し、母性愛の善意によって子どもを庇護できると主情的に歌いあげる。

一方の山本は、母の一人称の語り、主情性を変換した。幼年性の視線と溶け合って、無垢な心を侵食する「経験」の瞬間に焦点を絞った。母の庇護から解き放たれた幼年性は、子ども自身の力、意思で「経験」と対峙し母を捉え直す。その劇的葛藤を照らし出す最中から未来を展望する。微温的な愛の視線で子を抱擁しがちな、それまでの母性愛を変換し児童観も変換した。まず自己の内なる母性を剔抉し、幼年性の視線に溶け合う方法を創出した。

昨今では、文部科学省が全国一律に道徳授業を実施し、養育過程で幼年性を一律に強力に馴致していく。山本は、幼年性が出くわす「経験」の瞬間を劇的葛藤として顕わにする方法で、それに対峙する。無垢な心と溶け合った視線は、我欲に飼い慣らされた読者も含めてその真相を研ぎ澄まし風刺の想像力を創出し自立した創造者となった。

また本書で、蟬の詩を主題にして金井直や前原正治の詩想の芯を探っている。蟬の像を通してそれぞれの精神の磁場に自画像を映し出し、秀逸な成果をあげているからだ。だが、戦後詩に独自の像を刻んだ彼らの水脈とはひと味違う特質を「ぽとん」に発見した。

『オムレツの日』「あとがき」で〈これまでは、過ぎ去った遠い時間、近い時間をたぐり寄せることで、私という個が何故ここに有るのかを探す作業を続けてきた（中略）ここ数年は少し離れた角度から自分自身やその周りの有り様を眺めていることに気がつきました〉と解説する。この〈自分自身やその周りの有り様を眺め〉る視線の獲得が、風刺の想像力を創出した。また「ぽとん」の〈丸い穴〉の形象は、孵化し幼虫が這い出して羽化するまでの時間を、幼年性の想像力の磁場として変換したものだ。無垢を類比する〈丸い穴〉は未来の回生への回路ともなった。その斬新な視線で昨今の大人を捉え直し、多様な風刺を連想させる技法、文体も創出した。

更に、第二次大戦後の社会的風潮への風刺にもなっている。男女の愛欲を優先する感覚が普及し、それが自己愛への偏重を一般化し無意識の穴の底にいすわってしまった。我欲に囚われてしまって見失うのは、〈〈ぽとん〉は　キラと光って穴に吸い込まれて見えなく／な〉る、つまり本源的な愛の喪失だろう。ボクだけがその実体を希求し抱き続け〈タイムカプセル〉を手掛かりにして蘇り新たな未来を招き寄せるのだ。時勢に押し流され集団性に囚われがちな昨今の大人を、幼年性が出くわす「経験」の瞬間に鋭く風刺している。詩集刊行の二〇〇六年までの日本社会には、このように隠された幼児体験が要因の一つとなって引き籠もってしまい、登校拒否へと傾斜する多くの児童を見かけるようになった。その時代が長く続いて、今では青年、中年、熟年にまで引き籠もりが広がっている。逆にそれを引き金にして自己の作家としての素養を築きあげる中堅作家も登場しているのだが。

だが、現代詩は身近に日常化した深刻なドラマと向き合ってきただろうか。書かれた場合も、愛欲の当事者である作者自身の心の葛藤を映し出す詩が多かった。他者との共棲を意識化できない一人称の語りの文体を多用して閉ざされたイメージを深く掘りさげている。当然、その読者は同傾向の一部の創作者に限られてしまう。

この詩は幼年性の低い磁場からの視線に溶け合って、捉え直した蟬の〈丸い穴〉から、現代の人間が自己愛に囚われた姿を浮き彫りにした。それに見合う文体も創造したことは貴重だ。男性詩人とはひと味違う喚起力がある。私自身もさまざまな傷痕を刻みながら育ったが、それを書く方法を持ち合わせなかった。深層に隠したままにしておけば安穏でいられるものを、もし顕わにすればその想起は不快感を増進しそうな気がする。幼年性を軸にして現代の風潮を覆す視点を見いだせなかった。

少なくともこの詩に関する限り、「野火の会」の出自というイメージはおよそ不要なことが分かる。むしろ現実の表皮を剝ぎ取って独自の切り込みを研ぎ澄ました風刺の想像力は貴重だ。幼年性の低い磁場からの視線が展望する風刺の鋭さ、その洞察力や文体は固有の域に到達している。山本についての一次資料をまだ完備していない段階だが、その特性、魅力についてまず書き始めてみた。

同詩集には「あらう」(三二一―三二三頁)も収録。

おさな子のように無防備なひとを　あらう
まるく前かがみに腰かけるひとを　あらう
すべてを脱ぎすて皮膚の内まで透けて見えるひとを　あらう
それでも　うすい胸のあたりを両手で包むひとを　あらう

わたしにたっぷりの乳をふくませたところを　あらう
わたしをしっかりと抱きとめたところを　あらう
わたしを厳しくたしなめたところを　あらう
わたしを背負い戦火の街を走りぬけたところを　あらう
わたしを十月十日あたため育んだところを　あらう

たよりなく佇むひとを　あらう
微笑んではうなずくだけのひとを　あらう
ひとり何処かへ歩きはじめたひとを　あらう
先立った人たちと楽しげに語るひとを　あらう
うつくしいひとを　あらう

八十九年の歳月を　あらう

この詩は、『みんなの現代詩』（中原道夫、東方社、二〇一九年、「埼玉新聞」連載）にも収録され、初出の「埼玉新聞」で紹介された時も含めて多数の読者に読まれている。中原は〈月並みな「母を歌う」という感傷など少しも見られないのだ。むしろ、事実を事実として見る即物的な手法で、母を超えた一人の女の一生を書いていると言ってよいだろう〉と解説している。

山本は結婚して上京し、東京都国分寺市から始めて府中市に移転。一九六八年頃に現在の武蔵村山市に居を定めるが、七二年頃から八年間、滋賀県彦根市で暮らした後に、現在地に戻る。六八年頃、母は一人娘の傍で生きることを決め、父と共に上京し穏やかな老後を過ごした。山本は母を介護し、九十一歳で静かに旅立つのを看取った。

この詩のように作者と一心同体ともいえる母の介護を題材にしても、その心情の渦に巻き込まれていない。〈少し離れた角度から自分自身やその周りの有り様を眺め〉、渦中から離れる視線を獲得しそれを超える劇的な臨場感を構成した。〈あらう〉ことも含む介護は本来、疲労困憊をもたらすのだが、あえてそのリフレインの文体を使っている。第一行の〈おさな子のように無防備なひとを　あらう〉以下のリフレインは、第二連と呼応している。〈わたし〉はあらわれる人に〈たっぷりの乳をふくませ〉られ〈しっかりと抱きとめ〉られ〈厳しくたしなめ〉られ〈わたしを背負い戦火の街を走りぬけた〉のだ。それ以前の出産以前から羊水に浸して〈あたため育んだ〉。本源の行為は時空を超えて〈あらう〉〈わたし〉に伝承され蘇生して新たな慈愛を生み出す。〈すべてを脱ぎすて皮膚の内まで透けて見える〉無垢に回帰した〈ひと〉と、慈愛をほどこされた無垢な幼児の〈わたし〉とは溶け合って、生きもののの生と死の循環を生きている。

自己愛から全て発想しがちな現代人の自我を超えた視線を獲得している。〈あらう〉〈わたし〉は如来の利他の行為と隣接する。つまり祈りのリズムで生命の循環を言祝いでいる。しかし当事者の願いを超えて〈先立った人たちと楽しげに語るひと・うつくしいひと〉の〈八十九年の歳月を　あらう〉行為者像は、どのように受けとめられるだろうか。

私の親族の婦人にも、同様の認知症の段階になって九十歳を過ぎた母を介護してきた者がいる。同詩を読んでもらったら、〈私のことを書いている〉と身につまされて泣けてしかたがなかったそうだ。〈この詩を読ませてもらってありがとう〉と伝えてきた。

私自身も両親の介護を経て看取った。その頃、まだ現職の多忙な最中で余裕がなく、こういった題材を書こうとしても、過労を伴う不透明な現実という懊悩の渦中に巻き込まれていた。先の山本のような客観化など不可能に近かった。私にとっても母は、苦楽を共にした如来のような存在で、その像と〈うつくしいひと〉とは重なっている。

第三者の手で介護の現実を捉え直す臨床的な報告書や研究書は多数、刊行されている。だが渦中に身を置いてなお、山本のような慈愛の視線を獲得する創作は稀少だ。重い現実を受けとめる柔らかい心根から多様な発想が生まれるのではないかと直観する。そうして直面する懊悩から一歩離れて低い磁場から慈母を受けとめるからこそ、粘着する強靭な精神力を発揮できるのではないか。形象化する文体を選択する際にも、相当の蘊蓄を具現化できている。詩集の中に一篇でもこのような詩を収録すれば事足りるのではないか。

次に二〇一九年十一月刊の最新詩集『風駅』（装幀　直井和夫、カバー画　山本みち子、土曜美術社出版販売、総九十一頁）からも斬新な表現を紹介していく。同年末に他にも優れた詩集が次々と刊行され、作者は六十五歳以上の熟練詩人ばかりだった。しかも〈風〉を織り込んだ詩集名も二冊。緑、鳥、樹木も織り込んであり、私が今、書き続けている戦後詩史論と通底する詩想だ。いずれも詩の形象、造形として具現化されていて、失われつつある自然の脈動を希求する〈緑の道〉（本来の生命の記憶、死者の叡智が支えている生者の歩み）の系譜を再確認でき、意を強くした。

まず、表紙見返しの手書きの詩「欠けたものは」の〈黙っておられる　あなたの声は／しっかりと聴かねばなりませんのに、／人の耳では　もう、／聴くことはできないのでしょうか。〉の〈聴く〉は、人と溶け合った本源の自然の水流を聴聞する行為だ。濁流に押し流される昨今だからこそ、無意識の水流から静寂を蘇生し〈人〉は回生するのだ。

私は一年に二回、大分県九重連山の黒岳に通い、池山水源（いけやますいげん）や山毛欅の原生林で、古木の樹林を吹きすぎる突風が渦巻き落葉をそぎ落とす最中に立ちすくんできた。人間を超えた営みの最中で、自己消去に導かれ何かの光が脳の思考を消し中空に持ち上げられる。平野部の都市生活で失った何かが発光し導かれた瞬間だった。「欠けたものは」を見返しに配置し読者に発した意思は私の磁場にも染み透った。

この何かに帰命する感覚は、二〇年程私を導いてきたが、その磁場を、金井直や前原正治、神品芳夫、冨長覚梁、後藤信幸、原満三寿、頼圭二郎、本多寿などにも広げる努力を重ねてきた。利己主義とか自我と呼ぶ、やっかいなものからいかにして開かれ〈緑の道〉へと歩み出すのか、素描し続けている。

その感覚で、『風駅』を読むと、すーと染み透ってくる詩に出会った。巻頭の「梅ひらくとき」（八―九頁）。

梅の花がひらくとき
音が聞こえるといったひとがいる
笙の音のような大気にしみわたる音だと

私は梅のひらく音を聴いたことはない
厳しい冷気に切りこむように咲く清々しさ
その時　梅は音を奏でているのだろう

その人の傍に寄り添うとき
音ではないなにかが聞こえるような気がする
ひとり寒風の中に立ち尽くしているとき
寡黙に何かを見詰めているとき
たしかに聞こえるもの

体温でもない　鼓動でもない　香りでもない
そのひとの肩のあたりから立ち上がる
ひそやかで力づよいもの
きっとそんなときなのだろう　そのひとが
梅のひらく音を聴いているのは

福岡市では一月の半ばに咲き始め、東公園の梅林などでは艶麗な薫りがたちこめ真冬のピィーンと張りつめた大気に新たな生の還流を感じさせてくれる。この詩はその臨場感を想起させる。凝縮した一行をテンポよく積み重ね俳句に通じるような始原の静寂へと導いてくれる。絵かきを志したそうだが、なるほどとうなずける。第一詩集『彦根』以来の事物の彫琢は結晶した。リルケの初期詩集にこのような無音の形象の可視化が多数ある。小品でありながら、ふしくれだった梅の老木が発する見えない息吹を直観し筆跡鋭く彫琢している。開花の瞬間を聴聞して本源の脈動と溶け合う精神の磁場を語り出す文体は斬新だ。巻頭にふさわしく詩集全体の到達点を暗示している。「蓬」も、厳しい視線で生者必滅（しょうじゃひつめつ）をみつめ血肉に染み透ってくる形象だ。男性の詩集は肩肘はった感じがどうしてもつきまとうが、以前から山本の言語感覚にふれる中で、一歩下がって低い磁場から柔らかいリズム感を醸し出す独自の魅力を噛みしめてきた。

同詩集の「空あります」（三二―三四頁）。

（ママぁ　お空　売ってるの）
母親の先を歩く男の子が　指差しながらたずねる
商店やビルの入り組んだ路地の
ケーキ屋と月極め駐車場の境に立てられた
一本の幟り旗

空あります

文字を覚え始めて間もない男の子には
看板の「駐車場」の文字は　まだ難しい

（お空買おうか？）
母親は　空を指差しながら楽しげにたずねる
（……ううん　でも　あのお空ならいらないや
おばあちゃんちのお空がいいな　ぼく）
（そうねぇ　ママも）

あの吸い込まれそうに透明な　朝の空
燃え落ちる鮮やかな　夕焼けの空
いまにも星がこぼれ落ちそうな　夜の空
二人は　遠い目をして空を見上げる

幼い少年の思いを壊さぬように
狭い空は空のままで揺れてはいるけれど
ビルの谷間の空（ソラ）には空（アキ）がない

人工を一極集中した都市化が終末期となり、新型コロナウイルスがその濃厚接触を好条件にして感染を広げている。それは世界的状況だ。その日本で、空き地は駐車場か１Ｋマンションですでに埋め尽くされている。私の居住地の周辺も同様だ。〈空（アキ）がない〉。若干の資産を不動産屋に預けて投資し生活費や年金の補足をする多くの都市居住者。今では、そうやって建てた賃貸住宅の補修に金がかかりすぎて資金を回収できず悲惨な結果になる場合もあるそうだ。増殖する功利への欲望を煽り立てる内閣は自己と他者の関係も腐食させた。アホノミクスとは言い当てて妙だ。隣人の多数は失われた空には気付くが、功利に引きずられる心が蔓延して〈空（アキ）〉〈緑の道〉を見失った。
〈ママあ　お空　売ってるの〉と〈幟り旗〉の表示を読む〈男の子〉の無垢な低い目線からは、空を背景にした旗がそのように見えるのだ。功利的発想の経験に馴致されながら育ってきても、〈（……う

うん　でも　あのお空ならいらないや／おばあちゃんちのお空がいいな　ぼく〉〉と無垢な幼年性に立ち戻る。この復元力で、失った心にはっと気づきますかと読者に問いかけている。この詩は、本源に近い無垢な幼年性の磁場に他者を誘っている。先の「ぽとん」の系譜だ。

私自身も横浜駅の中央通路を通過した時、京都駅の高層の通路でもみくちゃになった時、「ああ、欲に駆られた雑踏が日本人を意識下で動かしているんだな」とどうしようもない感情におそわれた。福岡市の天神などの繁華街も似たような状況で、安保法制の国会通過を止めようと雑踏の中で訴えた際は、手応えのない濁流のような人並みを前にして、諦めることだけはするまいと噛みしめたものだ。

同詩集の「ネジを巻く」(四〇—四一頁)。

(日曜日には　かならずネジを巻くように)
予定のたたぬ長い入院をする朝
男は　言った

いまも律儀に時を刻むネジ巻き式の置き時計は
文字盤もくすみ　塗りも落ちかけている

企業戦士という呼び名が幅を利かせていた時代(ころ)
新研究所完成記念に贈られたものだ

裏面の消えかけた金色の文字が　かすかに読みとれる
休日はこの時計のネジを巻くだけの日
早朝から深夜まで　この時計のように動き続けた男
身を削ってまで……という言葉を
胸底で反芻しつづけた女にしてみても
秒針が止まらぬことを　ひたすら祈りながら
家庭というささやかなネジを巻き続けてきた

錆びつき　すり減った部品を取り除き
手当てしながら生きる男の　再入院する背中に
女は　さらりと言う
（わたしだって　忘れっぽくなってきたのだから
早く帰って　ちゃんと自分でお巻きなさい）
男は　聞こえぬ振りをして　爪を切っている

〈ネジ巻き式〉の体内時計がいつのまにか私たちの血肉となり、休日までも〈ネジを巻くだけの日〉と化して自縛に陥っている。〈身を削ってまで〉競争社会を生き抜いてきた男は〈予定のたたぬ長い入院をする朝〉でも、脅迫観念に駆られるように〈ネジを巻く〉ことを〈女〉に依頼する。その生活倫理から離れる視線を獲得した〈女〉は、律儀な習性を心身に刻みこんだ滑稽な現代人の姿を浮き彫りにする。殻を破り風刺の力を取り戻せば泣き笑いの姿が見えてくる。自ら呪縛に陥った表皮を剝ぎ取って真相に迫るのは〈予定のたたぬ長い入院〉の瞬間だ。岐路となる瞬間を人生の折々に引き寄せるのは、やはり本来の生命の記憶だろう。

山本が高校生の頃に繰り返し読んで励まされたという詩集『一人のために』（安積得也（あずみとくや）、一九五二年、小峰書店。安積は一九〇〇年生まれの戦中世代）に、詩「時計病患者」があり〈なぜそんなに時計ばかり見るのだ（中略）人造機械に忠義だてするより／生命の舞台監督に／お前の役割をきき給え〉（四六―四七頁）の一節がある。戦争を体験した安積は内省の果てに自己剔抉を成し遂げ、戦前までの生活倫理から転換する瞬間を引き寄せる。この視線の喚起力は思春期の山本の心に浸透し、「ネジを巻く」習性への批評眼となって結実した。

私自身も一九四八、九年前後生まれの世代で、小学校から競争を煽られてきた。生活の糧を得るまではと、かみころして生きてきた。この詩に描かれた男は、高度経済成長を担った世代だろう。硬い自我の表皮を剝ぎ取って真相を研ぎ澄ます風刺の力を新世代に伝承したいものだ。山本が試みる劇的葛藤の喚起力は多様で、血肉をともなう日常の心に染み透る。

だが現実の労働や生活は、それを支配する国家の行方に左右され馴致されてきた。それによる劣化は甚だしく、それからの回生を図るために戦前・戦後の歴史の中にその自画像・家族像を置いて俯瞰する必要もある。第二次大戦期に片山敏彦・金子光晴などが、戦禍の体験を基に内省し内外の先人の叡智を受容し紹介または創作した。だが日本の精神風土の下では流謫者とならざるをえなかった。その呻吟を意識的に受け継ぎ発展させる水脈を本流にする努力を私は積み重ねてきた、だが、彼らを継承する世代も八十代後半となり、山本はその一回り下である。

〈長崎への原爆投下を幼い眼に焼き付けた者として（中略）いま何かに背を押される感覚があり〉（五歳の時に目撃、山本の詩集『夕焼け買い』「あとがき」）と語っていて、先の世代の水脈を受け継ぐ者だ。『夕焼け買い』（二〇一一年度第一八回丸山薫賞、第七回詩歌句大賞詩部門奨励賞、装幀　高島鯉水子、土曜美術社出版販売、総九十七頁、二〇一〇年）には、そのモチーフの詩「蛭」（七八―八一頁）も収録している。

用務員のおじさんは　ひどい関節炎をわずらっている
いつも右膝を引きずりながら　鉄棒の修理や運動場の清
掃をする　放課後　校庭の草取りをするおじさんは　地(じ)
面(べた)に座り込み膝を庇いながら　雑草を抜く
帰りそびれて屯(たむろ)する僕らにも手伝えと手招きする

一週間にいっぺん　ここから水を抜くのだと　洗い晒し
た国防色のズボンの裾をめくり　僕らに見せるおじさん
の右膝は　赤黒く腫れ熱を蓄めている　おじさんの右膝
が　今日も語りはじめる

南方で戦うた時ん事（こつ）よ　泥沼ん中に三日も浸かったままで敵ば待ち伏せた　足がふやけ靴もふやけて　重石（おもし）んごつなってしもうた　ばってん待てど暮らせど敵は来ん何のこたぁなか　気がつけばこっちん方が敵に囲まれとって逃げ場もなか　そいでん弾ん中ば走った
右足を打たれたばってん走った　戦友がバタバタ倒れていく　そこで傷ついて動けん者ば背負うて歩いた
戦友は　もう置いていってくれっち言うた　もうここでよかっち言うた……そうよ　置いたさ　置くしかなかろうもん　戦友は　手を合わせて俺たちば見送った
それから　どんくらいジャングルん中ば逃げ回ったかはよう憶えとらん　二、三日じゃったか　十日じゃったか
仲間に一人はぐれ二人はぐれして　気がつけば三人になっとった　もうこれまでかいなぁち思うて岩蔭に座り込んだ時ようやっと気がついた　身体中に蛭のヤツがぶら下っとる　足にも手にも真っ赤に血を吸うた太か蛭がぶら下っとる　緩んだゲートルから潜り込んで傷口にまで

食らいついとる
そいつらを毟り取りながら笑うてしもうた　まだ　わしらにも吸わるるもんが残っとったちゅうことよ　そん時だがね　すっかり蛭に毒気を抜かれてしもうたのか　やたら生命が惜しゅうなった　いまここで死にとうはなかっち思うた　故郷(くに)に戻って蛭に吸われながらでん　田の草取りばしたかっち思うた……で　白旗振った奴らの尻にひっついて　のこのこ敵の陣地に出てしもうたっちゅうわけよ　さて　戦友さんたちよ　もうひと仕事やっつけるかな

おじさんは　右膝をいとおし気にズボンの中に押し込みゆっくりと立ち上がる　西日に向かってひょこひょことゆくおじさんの影はうーんと長く　僕らの影と重なった

一九四六年、山本が百済来東小学校一年生の折に、実際に用務員だった方の告白を聞いた。父も校長として赴任。一学年二十人位の山あいの家庭的な雰囲気の小規模校。〈右膝を引きずりながら〉校庭で草取りをする〈洗い晒し／た国防色のズボン〉の〈おじさん〉の告白を基に劇的に構成した。敗戦直後の光景を想起し、南方での戦地体験の臨場感を迫真の語りで再現している。ジャングルで敵に囲まれ窮地に陥った一兵卒から小学生へとかけがえのない伝承がなされ、それを改めて現代人に想起させ新たな伝承を意図している。語り部によって戦争放棄の意思を伝承する努力が実際にも小学校でなされてきたが、今は途絶えかけている。

〈おじさん〉は敵軍に囲まれ満身創痍になって戦友を置き去りにせざるをえなかった。軍人勅諭や戦陣訓の「生きて虜囚の辱を受けず」の呪縛に駆り立てられていた一兵卒は、極限状況の渦でもがいていた。ジャングルの中を逃げ回る一兵卒を、この舞台の最中に設定する。〈敵に囲まれと／って逃げ場もな〉くなって〈岩蔭に座り込／んだ時〉、蛭に血を吸われ〈毒気を抜かれ〉、戦死が目前に迫って初めて、〈や／たら生命が惜しゅうなった〉。〈そいつらを毟り取りながら笑うてしもうた　まだわし／らにも吸わるるもんが残っとったちゅうことよ〉。やはり泣き笑いの最中で本来の生命に立ち返るのだ。「ネジを巻く」同様に、支配され自ら呪縛に陥った〈企業戦士〉・一兵卒は引き裂かれて初めて、低い磁場からの視線で自らを省みて本来の生命に立ち返る。戦友を置き去りにして、たたき込まれた軍律に違反し敵前逃亡罪を犯して投降した一兵卒は、故国に残した家族も「非国民」として排斥された。その異常な呪縛から一兵卒が解き放たれ回生する劇的葛藤を構成している。葛藤の渦から逃れ出て生き残った一兵卒は、悲劇の最中で泣き笑いする自画像を戦後になって初めて自覚する。この告白ドラマの臨場感が、回生へのリアリティを支え、聞き手の生徒と共に読者は本来の人の姿に立ち返る。一幕ものの劇的葛藤を構成した。

この詩に関連して、山本が『自選　井上靖詩集』（旺文社文庫、一九八一年）に感銘した事が参考になる。

「久々に井上靖の詩を読む」（『真白い花』一八号、二〇一八年）で語る。

若い頃、井上の小説に夢中になっていた。（中略、ずいぶん後になって、前出詩集を）手に入れてからはいつも持ち歩き読んだ（中略）散文詩というジャンルの魅力に取りつかれてしまった。（以下、大岡信の解説を引用）心の叫びではなく、起ることを起ったようにのべて、その中で詩を感じさせる、という手法

山本が事物を描く視線と、大岡の解説は重なる。意識的に散文詩を書き続けて、この詩の創作で実った。井上の劇的葛藤の設定の仕方や文体を、自身のそれに浸透させ固有の形に変容した。「蛭」では、自己の主観や情緒を抑制して、独自の告白ドラマの臨場感を構成している。

復員した〈おじさん〉に焦点を絞るのは、当時の農村・山村出身の多数の一兵卒が、戦後の回生を果たす道筋を意識的に表現したからだ。大岡昇平や武田泰淳も類似した小説を書いているが、彼らが描いた一兵卒は自画像の投影であり、知識層の回生を模索した試みだった。先の『自選　井上靖詩集』にも「元氏」（二四―二五頁）が収録され、中国北部の村での兵隊の戦闘体験を〈硫酸のような雨が音もなく〉〈精神の上に降り注いでゐた〉と描いている。想起には悔いと虚しさの情緒を投影している。その観念的な内省、煩悶も超える立脚点を〈おじさん〉の告白を通して試みた。大衆が変わる瞬間を形象化するのは至難だからだ。詩集には、沖縄戦の惨禍を告発する詩「声を呑む」「ヒメユリは」も収録している。

だが、侵略された南方の現地人の側に伝承された当時の実態にも眼を配り、戦時に〈おじさん〉自身が現地人に惨禍をもたらした事とも向き合わねばならない。〈おじさん〉の右膝と心の傷痕という想起を超えて、新世代に伝承し回生する複合的な精神の場を目指したい。その兆しをつかむために、更に歴史を重層化して見る真の経験へと発展させ継承し未来に伝えたい。

私自身の最近の体験では、孫の男の子が小学校に入学するお祝いに『角川まんが学習シリーズ　日本の歴史』（山本博文（やまもとひろふみ）監修、KADOKAWA、二〇二〇年）を贈ったところ、熱心にくりかえし読み直している。原爆投下の一節などから〈やっぱ　戦争はいかんね〉と言っている。勝れた作品を読んだり先人の叡智と出会う機会を得たりして、その感銘から更に受け継ぐ意思が生まれれば、次世代に伝えることも可能だ。

昨今の日本では新型コロナ感染が広がる。都市化と営利優先に主導されてきた心の在り方を振り返り、本源に近い生活の磁場を取り戻したい。

詩論としては方法が何よりも重要で、生活詩からいかにして批評を立ち上げるか、その技法も含めて山本に注目した。短詩でぴしゃりと寸鉄、自身とそれを囲む集団を風刺する形象。その創造回路に迫る第一歩を歩み出し、今後も論拠を明確にするために第一次資料を収集して改稿を続ける。

岡城阯[*1]の紅葉(もみじ)

——後藤信幸[*2]と共に

切り立つ城壁の高石垣
吹きさらしのふち
中空を泳ぐように
枝を張りだし
雲に向かって古木は生きる

独りの人も
垂直の石垣を登りつめ
吹きさらしのふちで
心の頂にさらされる
枝いっぱいの深紅　ふりかかり

一葉　一葉
はるか谷川へ舞い落ちていく

吹きさらしのふち
踏み外せない直下　急峻な城壁周り
かつて清流を埋めつくした島津の大軍
動乱もよみがえる

屈しなかった竹田の人
どこにいっても独りで
落葉が始まる頃
九重連山に囲まれた
岡城阯に帰りたい

岡城阯訪問の折　二〇一〇年十一月着想、二〇一九年定稿

＊1　海抜三二五ｍの台地上にそそり立ち、二つの川が城壁周りで合流する。天正十四（一五八六）年に、島津の大軍が襲ったが撃退した。天然の要塞だった。

＊2

後藤信幸略歴

一九三〇年に、大分県直入郡竹田町古町五七五番地（現、竹田市）で生まれる。二〇一七年八月六日、ご永眠。自然をポエジーの源泉とする。敗戦後の四五年、十五歳で肺結核を発病し宿痾の原因となる。詩作を始めるが喀血が続き、治療に専念。五六年以後、禅が詩作に代わる。慶應義塾大学文学部仏文科大学院修士課程修了。六九年に金井直と親交が始まり、八六年に詩誌「回」を共に創刊。八九年、詩、とりわけリルケ、フィリップ・ジャコテ、金井直を通した坂本との親交が始まる。

主要著作に、『シュペルヴィエル——内部空間の詩人』（国文社、一九七九年）。『存在の梢』（詩歌集、自筆年譜付、国文社、一九九七年）。『忘れがちの記憶』（詩文集、国文社、一九九九年）。

主要訳書に、V・ヘル『リルケの詩と実存』（理想社、一九六九年）。『シュペルヴィエル詩集　帆船のように』（国文社、一九八五年）。『リルケ書簡集』II—IV（共訳、国文社、一九七七—八八年）。『リルケ全集』五巻詩集V（共訳、河出書房新社、一九九一年）。『フィリップ・ジャコテ詩集　冬の光に』（国文社、二〇〇四年）。『フィリップ・ジャコテ詩集　無知なる者』（国文社、二〇〇九年）。

句集『葛の空　後藤信幸全句集』（後藤リラ子編集、邑書林、二〇二一年）。元亜細亜大学教授。

句集評　『葛の空』　後藤信幸全句集』

後藤さんと呼びかけると向かいに座っているような気がする。一九八九―二〇一一年まで、藤沢や神保町のレストランでお会いしては、ジャコテ、リルケ、金井直などのポエジーに話題が広がり、彼らが俳句を好んだことにも及んだ。ジャンルを越えて〈自己消去〉の想像力が支えていると話されていた。

このたびリラ子夫人が編集し遺稿全句集が刊行された。三章に分かれていて、その第一章は「葛の空」（家集『存在の梢』の再録、国文社、一九九七年）、第二章は「産土――句稿より」第三章は「花水木句会――出句抄」。

大分県の竹田で一九三〇年に出生し、その後、熊本県の山鹿で小学校の三、四、五年次をすごし、〈あまり学校に行かず自然に親しむ。この自然が私のポエジーの源泉となる〉（自筆年譜、『存在の梢』）と述べている。旧制竹田中学在学中の四四年に、北九州の小倉市の軍需工場に学徒勤労動員。「明日があるのが怖ろしい」というような体験をする。四五年秋（十五歳）に肺結核発病。広島高等師範学校に一時期在学するが休学し、自宅療養を長期間強いられた。

四八年に短歌を創作し始め、その頃読み耽った北原白秋『黒檜定本　北原白秋歌集』（白秋は一九三七年に眼底出血のため視力を失い病中だったが、見えないものを直観で捉えるようになった、青磁社、一九四五年一月、一万部発行）、『新訳　リルケ詩集』（片山敏彦訳）、『マルテの手記』（望月市恵訳）等を耽読する。『黒檜』の次の二首などを後藤は注視しただろう。

瞳人語

暗夜行

夜行くはむしろ安けしひと色と見つつ馴れにし闇の眼にして

黒檜

孟夏餘情

黒き檜の沈静にして現しけき　花をさまりて後にこそ観め

後藤自身も、同時期に次の短歌（『存在の梢』収録）を創作している。

黒漆の面に向かいて踊るごとき眼なき鼻なきわが影怖れよ

赤毛布(げつと)にくるまひ横たはるわが様のありありと浮かぶ暗闇の中に

『存在の梢』序文を寄せた金井直は、この二首を例示して〈彼の内的世界の暗黒から聞えてくる畏怖をともなう声のひびき（中略）詩的世界における内面心象がすでに胚胎している。漆黒は、生存の真実を写しだす鏡なのだ〉と指摘する。[*1]
四九年に〈シュペルヴィエルの詩篇「森の奥」（堀口大學訳）を読み詩的衝撃を受ける〉。次の詩「森の奥」。

晝も小暗い森の奥の
大木を伐り倒す。
横たはる幹(みき)の傍(かたわら)
垂直な空虚が
圓柱の形(かたち)に殘り
わなないて立つ

聳え立つこの思ひ出の高いあたり
探せ、小鳥等よ　探せ

そのわななきの止まぬ間に
かつて君等の巣であった場所を。

〈伐り倒〉された大木の跡に〈垂直な空虚が〉残り、そこに〈聳え立つこの思ひ出の高いあたり〉に〈探せ　小鳥等よ　探せ〉と想起する。この想像力について後藤は、〈私にとってポエジーは、短歌、詩、俳句を循環し回帰する「忘れがちの記憶」以外の他のものではない（中略）後年この詩篇を主題にシュペルヴィエル論を書き、さらに俳句の中にそのエスプリを見ることとなる〉（前出年譜）と述べている。白秋の闇の透視を更に生の中の死、死者の叡智を想起する生、本源へと回帰する造形として捉え直していく。

そして、先の短歌の延長で「森の奥」のポエジーが浸透した詩「冬枯れの野末に……」（一九四九年七月作、『存在の梢』、五七頁）第一連に注目する。

冬枯れの野末に雪が降り
思ひ出の呼び聲は　小鳥のやうに消え去り
かすか　在りし日の體温はわななく
かつての梢　取り残された巣の中に

詩「夕暮の光が……」（一九五〇年四月作、『存在の梢』、八八頁）第二連。

すでに限られた野の端を出ては
死者たちはもうなにも告げはしない
ただ夜明けとともに　微かな光が
この存在の梢に歸つてくる
死者たちの悲しみを知るのはその時だ

先の序文での批評。〈死者たちとの、あるいは死との対話によって生の意味を問う姿である。その姿はつねに闇の中から現われてくるのだ。そして彼は、この生の意味と根拠を潜在的な闇の記憶の中に探っているのである〉と闇のポエジーを指摘する。

その後の五六年、東京に一時期滞在した頃、臨済宗武蔵野般若道場で日曜毎に参禅。禅が詩作に代わり、ドイツ語、フランス語の学習も続ける。六〇年以後、アフターケアのかたわら慶應大学文学部通信教育課程を卒業後、同大学大学院仏文科修士課程で学び修了。六一年に嵯峨信之と知り合う。

五六年以後に詩作は途絶えるが、年譜の六九年項目に、創作は〈時には悪魔祓い、時には鎮静剤（中略）最初の一句「牟礼百句書き初めし日の時雨かな」が示すように、当時全くの世捨て人の境遇、心境であった〉と記す。始めた俳句にも闇のポエジーは〈循環し回帰する〉。第一章「葛の空」収録の句は一九六九―一九九二年までの作で、「牟礼百句」以後の作である。そのポエジーは次の「夏蜩」の章の句に回帰している。

初蝶の冷たき闇に吸はれけり

黒揚羽虚空にしまし音もなく

「走馬燈」の章には、死者を招魂しその叡智と共に〈循環し回帰する〉句。

わが骨に黴の生えしをふと思ふ

わが影と亡き父あそぶ枯野原

蟋蟀のむねに來て鳴く夜の秋

このたびの遺稿句集刊行によって、第二章の「産土　句稿より」を初めて読んだわけだが、「葛の空」よりも肩の力をぬいた平明で静かな日常の口調を感じる。

絲とんぼ透きとほり消ゆ木下闇　　　　1972年

杉木立奥の闇より法師蟬　1976年

春の嵐ひそかに生(しやう)を終へむには　1978年

我豊後に生る　妻記念にとて庭に梅を植う
豊後梅武蔵の雪の積りをり　1984年

まといゆく蝶そはたれの魂なるや　1986年

筍(たかんな)やいく年(とせ)故郷歸らざる　2006年

金井直忌　六月十日
紫陽花に送られ友の逝きし日よ　2008年

遠花火わが全生の終へしごと　2010年

國破れ焦土の記憶ところてん　2012年

眼つぶりて安らぐに似て山眠る　　２０１４年

雷鳴に　ふるさとの森思ひけり　　２０１７年　口述筆記より

私はその〈ふるさと〉の竹田をたびたび訪れ、後藤が幼き日に遊んだ山にも分け入った。とりわけ岡城址の切り立った城壁の突端から、遥かに散っていく紅葉に包まれた折の感慨の詩「岡城阯の紅葉（もみじ）——後藤信幸と共に」を書いた。また、天守閣あたりから望む遥かな山脈も次の句から想起する。

久住（くぢゅう）　阿蘇　祖母　三山の盆の村　　２０１４年

久住山（くじゅうさん）、阿蘇山、祖母山（そぼさん）などの急峻な山脈に囲まれた竹田の街は早くから鉄道が開通していた。竹田で結核の療養をしていた一九五〇年代まで、後藤は最新出版物を享受しフランス語、ドイツ語の学習を続けていた。だが、街周辺の原初の自然は損なわれずに保たれていた。その故郷に魂は回帰するのだ。

後藤は『葛の空』で蘇り、読み手の脳裏で共に生き続けるだろう。帰郷へのひたすらな希求は竹田に向かい、更に〈循環し回帰する「忘れがちの記憶」〉のポエジーは〈まといゆく蝶〉として飛翔し続けるだろう。その磁場でシュペルヴィエルの研究と翻訳を中心としてリルケ関係の翻訳にも取り組んだ。そしてフィリップ・ジャコテ[*2]の翻訳に到ると、そのポエジーと一遍上人への帰依とは渾然一体となっていた。

（カバー写真　加納裕「孤独の果実」、扉写真に「岡城阯」、後藤リラ子編集、邑書林、総二百二十三頁、二〇二一年）

注

＊1　Jules Supervielle　ジュール・シュペルヴィエル　一八八四―一九六〇年。南米ウルグァイの首都モンテヴィデオに生まれる。両親は南仏ピレネー地方の出身で南米に移住した。一九〇六年にパリ大学文学部を卒業。二五年、詩集『万有引力』、二七年、詩集『オロロン・サント＝マリー』、三〇年、詩集『無実の囚人』。四九年、詩集『忘れがちの記憶』。他にも短篇小説集・戯曲など多数の著作がある。日本では堀口大學・中村真一郎・安藤元雄などの訳詩集が刊行されている。

＊2　Philippe Jaccottet　フィリップ・ジャコテ　一九二五―二〇二一年、スイス、ヴォー州、ブロワ川河畔の小邑ムードンに生まれる。三三年、ローザンヌに　家転住。四三年、ローザンヌ大学入学。四六年、パリに赴く。五三年、南仏ドローム県、グリニャンに定住し静謐な生、内的均衡によって世界への新たな眼を開く。五八年、詩集『無知なる者』。七七年、詩集『冬の光に』、その他。仏語への翻訳に、ホメロスの叙事詩『オデュッセイア』、ヘルダーリン『ヒュペーリオン』、リルケ『ドゥイノの悲歌』他などがある。

詩集評　冨長覚梁『闇の白光』

――自ら然らしむる人

詩集表紙から草花が萌え出てくるように感じさせる。そして自らの住まいを発行所（撃竹社）としている。装幀だけでなく、そっと差し出される収録詩篇も合わせて、岐阜県養老町の草深い境界から冨長覚梁の自画像が立ち上がってくる。

最近は、己の利得を第一とする欲望が自我の底に沈着し広がって、人間の根底を支えるものを省みなくなった。その社会風潮は文学作品で描かれる市民像にも投影して、精神の場を追究する詩がまれになってきた。この詩集で語り出す主体は、そのような風潮に対峙し、その周縁を拠り所とした「自ら然らしむる」人だ。

冒頭の詩「夢一夜」で鈴虫に仮託した自画像〈人間界のよそもの〉は、冨長の等身大の姿だろう。詩の冒頭は鈴虫を含む衆生の真の姿を映してくれるのは「盡十方無碍光如来」の〈月の光〉だろう。詩の冒頭は次の通り。

月の光が昼なのに夜のように差している
気がついたら　わたしは月光のさす虫籠の中にいて
しかも涙を忘れていたはずなのに
潤いをもった木炭の上に　足をまげてとまっていた

今まで積んできたはずの思考も思想もなくなっていて
茄子と胡瓜の丸い端を　無心に口にしていたではないか

夢を見ている最中に、その夢の光景を意識する主体は、すでに自我を超え出た時間を開示している。
更に第三連。

このわたしの一挙一投足を
だれもかれもが無表情で
籠のあちら側から見ていたのだ
羽を命がけで震わせても
山のような食卓へと　消えていってしまった妻

続く第四連で、〈虫籠〉から庭に出ていく。自我に囚われていた主体が何らかの覚醒、もしくは生から真の死へと導かれるのだろうか。

何日目であったか　籠からどうしてこの庭へ出られたのか
わたしは庭の中の小さな穴の階段を
やはり月の光の中　なれない足どりで下りていた

こうして下りていく意志は　わたしのものではなく
階段のずっと底に　沙羅の木の花のように漂う
透けた影に　導かれているように思われた

下りていく　鈴虫の足どりで階段を下りていく
近づいてくる沙羅の花の色した影　微かな灯

呼びかけようとしたものの
思考も思想をもなくしたわたしには言葉はなく
羽をふるわせ　リンリンリンリンと呼びかけた

沙羅の花の色した影の正体を

思いおこす力もないわたしは　いつの間にか
涙を流したのであろうか
　立っている階段の角が　やはり湿っていた

私自身が十字称名（じゅうじしょうみょう）（前出）を唱え始めて以来、念頭にあるのはこの〈下りていく意志〉とそれを導く「無碍光如来」の光〈月の光〉だった。だが一般的には、仏教思想を掲げた詩は観念の陥穽におちいりやすいようだ。この詩のように読者の日常意識に染み透って、心の中で反芻できる詩は珍しい。冨長の詩を読んでいると時々このような経験をする。次のように結ぶ。

と

足で感じたとたん　夢からさめた
食卓には茄子と胡瓜だけの盛った皿が　のっている
だれもいない朝

人間界のよそもののような気分で　庭に出て
細い足を摩っている

以上が全文だ。この詩の喚起力は、更に奥深く潤いのある富長の磁場に導くだろう。
もう一篇、詩「仕度」。

芒を揺らす風の踵に
オハグロトンボがとまって
もういくばくも時間がないように
羽を震わせ　話しかけてくる

いつの間にかうす暗い部屋へ入りこみ
机の隅にすわり　身の上を
心臓を患っている人のように
とぎれとぎれに息をして　話しかけてくる

このザラザラとして落ち着かない今日には
もう何の未練もないと言って
羽をゆっくりと震わせ
氷のように張りつめた透けた世界へ
還っていくのだという

聞こえてくる声は
なんと澄みとおった声であろう　魂であろう
おのれの掌を　胸にあてると
まだこんなにも痩せた心臓が　燃えている
あてにならない未来に向かって　トクトクと
こんなにも　無駄に燃えているのだ

見えない事物を透視して聴聞する主体には、次の末尾の光景も眼前に現れる。

オハグロトンボは　一度ゆっくり振りむいて
張りつめた
彼岸の闇へと
ゆったりと消えていった

その他、「母の肖像」「秋　深む」「この朝」「詩の朝を待ちつづけて」「雪——永遠のあかるさ」「庭に立つ枯れ蟷螂――野の師父」などもいずれ取り上げたい。詩集全体をいずれ展望したいが、いったん筆を擱く。

（詩集題字　太田葉子、撃竹社、総百八頁、二〇一八年）

詩集評　本多寿『風の巣』

全体を「樹下連禱」九章で構成している。その冒頭〈凪〉の章で〈何の役にもたたない　一本の木になりたい〉と〈樹下〉の自画像を提示。そして〈渦巻きはじめる風から生まれる黒揚羽の乱舞する真昼〉に〈ぼくは　もう死の領土に棲んでいる（中略）木のまわりに雲があつまってくる（中略）空の奥から　ぼくの眼のまえに／光の梯子がおりてくる〉と続ける。「風」が醸し出す磁場で、往相へと開かれ連禱を交響し奏でていく。続く「颯（さつ）」の章でも、「風」の世界の〈川〉の〈水底に沈んだ化石の中から鳥が飛び立っていく〉。

漢字の成り立ちからいえば、古代中国の甲骨文字が変形した「鳳（おおとり）」から、後に分離・独立して「風」となる。それで声符の字画、凡（はん）の中の鳥が虫に置き換わる。古代には、「鳳」の姿の神が飛翔し「風」を起こすと信じ、「鳳」は神の言葉の使いだった。本多の「風」の世界でも〈鳥〉は神の飛翔で、その脈動の記憶を蘇生する。〈渦巻きはじめる風から生まれる黒揚羽の乱舞〉もそれに通じる脈動だ。その羽音、原初の生命の脈動を聴き取っている。

そして「劫」の章で〈風の巣〉〈鳥の糞から発芽する植物〉の中に〈死の卵が隠されている〉とし、〈ぼくは／あばら骨で造られた／凨の巣を／もっている〉と直観。続く同章末尾の詩「死ののちも…」で、〈死ののちも生きる木とともに／空に向かって立っている（中略）死ののちを生きる鳥たちの／たましいの巣を抱いて〉。生きもの全体は悠久の循環を生き交響する。

その交響は、詩集末尾（凩）の章の詩「森の池」、（帆）の章の詩「舟」で光芒を放つ。なかでも「森の池」（九八―一〇〇頁）の光景と私の詩の磁場は重なる。

森のなかに
鹿の眼と名づけた池がある
小さな空が映っている

この空は
鳥が水のなかを泳ぎまわり
魚が空をとぶ青い領域

絶えず波立っている
光がはじけている
池の底から湧き水のように
透明な凨がうまれている

鳥も魚も　水をきわめ
空をきわめて　なお
空と水の境にたわむれている

池のふちには苔のはえた樹木があり
ゆれる水の上に倒立している
鳥のさえずりも木の葉のざわめきも
水のなかから聞こえてくる

日の虚仮にうなだれ
空のきわみも
水のきわみも知らぬ私の双眸は
昨日の稲妻に傷んだまま

せめて　いまは
空のなかの水をのみ
水のなかの空をのもう

獣のように

鳥・魚がピュシス（自然法爾とも通底）と溶け合い、〈透明な風〉が生まれ泳ぎまわるというイメージ、生きものの水脈だ。それを新鮮で立体的な造形美で現前化する詩法が卓越している。私自身も、源泉・樹間を吹きすぎる風・苔むした倒木・カゴシマアオゲラがつつく音などに導かれて、大分県九重連山の黒岳に通っている。宮崎の峯峯と一つながりの原生林だ。また東北の白神山地で包まれた「風」ともつながる。

学兄だった後藤信幸は大分県竹田市が故郷。神品芳夫の祖父は近くの豊後大野市が故郷で、旧制竹田中学の卒業生。神品は、いまでも大野の里を心の故郷として秘めておられるようだ。九重連山の南側の谷、産山村、池山水源は大野の里を潤す大野川の源流だ。深層水の湧き水に溶け合って、私もここで詩作し光の手に導かれる。

最後に、この詩集の芯にある鳥のイメージ。先の〈帆〉の章の2、〈彼らの空から一羽の鳥が飛来し／木の梢にきて鳴きはじめる／死者たちの言伝をたずさえてきたらしいが／くぐもった　その鳴き声を／ぼくは　未だに／言葉に変換することができない〉（一〇三―一〇四頁）に注目する。先の「颯」の章と同様に、〈死者たちの言伝〉は、本来の生きものの記憶、死者の叡智（生と死を超えた言葉）によって生者を覚醒へと導く。これを芯にした〈風・樹・鳥・蝶・魚〉の造形は連禱相互の交響も醸し出す。また本多の長い詩作歴を経てそぎ落とし錬磨した文体を集大成して、生存の光景を造形美に換えている。

二〇一九年の年末に、前後して届いた他の方の五冊の詩集も緑や鳥の造形で、それらもそれぞれの詩作の集大成であり、戦後詩史における〈緑の道・歌〉の系譜を明確にした。同時に日本の現況に対峙する批評性も兼ね備えていて交響している。

（本多企画、総百十七頁、二〇一九年。二〇二〇年度第五三回日本詩人クラブ賞）

V　研究と詩作の歩み

研究と詩作の歩み

凡例

・坂本の研究と詩作の歩みを概観し、著作年譜も織り込んだ。年度毎に順次、列記する形で記述。著作全体が進展していく筋道も分かるように記述。その折々にまとめた著書は、次の段階への分岐点となった。著書に対する先学の導きや、同時代の文学者からの批評も織り込んだ。

・＊以下に、当該年度の詩作、雑誌・新聞発表の著作、参考文献を二〇二二年まで記述。年頭詩・年頭言とは年賀状に掲載したもので葉書詩の試み。一九九一年創刊の「回遊」は年度当初に発行した個人詩誌で、評論・詩集評・創作詩・著作年譜を掲載した。

一九四九年　当歳

三月五日、小倉市下曽根一丁目（現、北九州市小倉南区下曽根）に父正二、母ミドリ（旧姓、東）の長男（兄弟三名）として生まれる。母は一九二六年に小倉市三萩野で四人姉妹の末娘として生まれ、小学校時期から向学心が高く読書を好んだ。生家は、鉛筆も充分に与えられないくらい貧困だったが、勉学したいという意志を貫き旧小倉高等女学校に進学する。戦時中だったため「雪中行軍」訓練などがあり、つらかったと後々まで語って聞かせた。生育環境にめげずに努力したことを折々に語り聞かせた。一九四三年第四四回生として戦時期に卒業した事は、母の矜持だった。

四五年八月九日、テニアン島を出撃したB29「ボックスカー」爆撃機は、プルトニウム原爆、通称「ファットマン」を搭載し、投下第一目標の「小倉陸軍造兵廠」上空に午前九時四四分に到達した。だが、霞か煙のために目標を確認できず天候も悪化したため第二目標の長崎市に投下した。その朝、目標の近くの小倉の中心部、紫川沿いの勤務先に母は居た。「小倉に投下されていたら、結婚前の私がいなくなるから、あなたは生まれなかった」と、後に繰り返し私に語り聞かせる。

父はビルマの森林を敗走した後、陸軍准尉で敗戦を迎え捕虜となる。復員後は、小倉市砂津の朝日新聞社西部本社に勤務する。下曽根に居住し代々農家だった父の元に、親戚の勧めにより母は嫁ぐ。

一九五二年　三歳

父の勤務先の関係で、小倉市高坊の市営住宅（広い庭付き木造一戸建て住宅三DKの平屋）に転居。旧小倉炭坑のボタ山跡を整地した市営や県営の一戸建て住宅街。玄関前は農業用の溜め池。旧国鉄の城野駅から徒歩十分、西鉄高坊バス停から五分の立地。当時の小倉市・戸畑市・八幡市等は、旧八幡製鉄、旧住友金属工業などからなる工業地帯で、それらの従業員の住宅が市街地に急速に広がっていた。

庭や玄関前に畑を作り、野菜・蓮根などを栽培。周辺を田畑や牧場が囲む農業地域で、東側は企救山地（足立山五百九十七・八メートルが頂上、別名霧ヶ岳）、南側は福智山（九百・六メートル）に囲まれていた。朝日は東の山際から射し始め、家と人の西側に長い影ができるのだが、それは身体に染みついた大地の感覚となる。

一九五五―六〇年　六―十一歳

四月、小倉市立霧ヶ丘小学校に入学。田んぼの間をぬう農道を通って通学する。道沿いの農家は馬・牛・山羊などの家畜を飼い、豚舎もあってその臭さは強烈だった。通学道に牛や馬の乾燥した糞が散乱し、道端の草っ原でバッタ・キリギリスなどを追い回した。小川を覗き込んで赤腹のイモリ、ゲンゴロウ・ミズスマシなどを探し、メダカ・鮒は珍しくなかったが、素早く藻に逃げ込む鮒や鯉を見かけると胸を躍らせた。春になると、道沿いの田畑に菜の花が咲き乱れモンシロチョウが飛び交った。時々、黒アゲハチョウと出くわすとその紋様に魅惑された。

夏に、少し離れた幽霊森（神社）まで遠征すると、古墳のような丘陵周辺の小川でお歯黒トンボが飛び交い水面に産卵していた。何かの霊がふわふわと漂うように感じた。鬱蒼と茂る森の樹の高い所にクマゼミがとまっていて、その鳴き声を追うのだが稀にしか姿をみることはできなかった。弟を連れて遠征する限界域だった。

玄関前の道を挟んだ溜め池で、鮒や鮠釣りに親しみ、水面からガボッと大きな頭を突き出す雷魚に驚きその泡が移動していくのを見つめていた。

一年生の担任だった上田先生（女性）を、今も思い浮かべる、きっと包み込んでくれたのだろう。三年生の担任田川先生（女性）が、足を痛めた時の思い出話をなさった折、私も悲しみに打ちひしがれ、その悲話の記憶はいまも消えない。少々神経質で偏食して給食のおからや脱脂粉乳・パンを嫌いよく残した。新設小学校だったため運動場の石拾いが日課だった。

また、近辺の小学六年生がリーダーとなって、陣取り・ソフトボール・かくれんぼ・馬乗り・リレーなど集団遊びをしていて熱中する。四年生の頃に地域のソフトボールチームができ大柄だったので捕手をし、小学校の運動場で真夏にも練習に励んだ。後に柔道や卓球に熱中する基礎体力ができ、自然に仲間に包まれ錬磨される。

白色レグホンの鶏も飼い、その餌用のギシギシを毎日摘んできて糠と混ぜて与え、七輪で練炭を着火し煮炊きの準備もした。鶏小屋や倉庫などを作る大工仕事も、父に教えられ鉋かけなどを習得する。

四年生の頃から足立山に登り、尾根を歩きながら眺望した折に山の向こうの世界があることを初めて知る。和気清麻呂（わけのきよまろ）の銅像の辺りの登山口から登り始め、頂上横の高射砲陣地跡（砲台山）に行くたびに空襲があったことを実感した。企救山地の北側の小文字山（こもんじやま）（盆の八月十三日に迎え火として「小」の火文字のかがり火をたく）まで縦走して下山する。

『世界名作童話全集』（講談社）を母が購入してくれて、「青い鳥」「靴をはいた猫」「ピーターパン」「アラビアンナイト」「グリム童話集」「孫悟空物語」など、その奔放な別世界に憧れる。昼寝の枕にして読み耽る。鬱屈して卑小な自分の生活から抜け出る楽しみを知る。母も読書家で後に『松本清張全集』（文藝春秋社）などを読み耽り、その知的で寡黙な傾向は私にも染み透っただろう。

五年生の担任（女性）が長期の病気休暇のためクラス内が混沌となり、一部グループによる暴力がはびこって、殴られる側だったので集団内での心の屈折が始まる。遠距離を歩いてその担任の自宅に見舞いにいったが、級長だった私の責任をとがめられ、いかんともしがたく悩んでいたのにと気落ちする。その傷痕はかなり後まで消えなかった。代わりの担任がつかず他の教師が代講していたような記憶がある。この頃、同じクラスの宮岳史（たけし）と出会う。近くの小倉炭鉱住宅跡にできた住宅街に住んでいて桶屋の三男だった。貧困な家庭で、母・長女が行商、兄たちは新聞配達をしていた。クラス内の暴力に対して「やめてくれ」とはっきり発言する姿にうたれた。その後、宮が九州大学文学部仏文学科を卒業後もつきあった唯一の幼友達。後、英語の翻訳業で身を立てる。

一九六一年　　十二歳

小倉市立霧ヶ丘中学校に入学。近在の子どもだけでない、新たな友人と出会う。この時期、中学に入学した世代は第二次大戦直後のベビーブーム時期に生まれている。そのため小学校の五年生から校内で補習があり、受験競争の波に巻き込まれる。高校受験で人生の全てが決定されるような風潮を教師が煽り過当競争の波にぶつかる。第三学年になるとフクト公開実力テストの結果を百番まで廊下に貼り出した。上がり下がりする自分の順位に一喜一憂する。順位が受験高校に直結し、高校も偏差値で格付けされていた。今日の受験塾を中学校が代行していた。三年生の時、徹夜を続けて暗記する受験勉強の不毛さを自覚し、高校入学後は自分固有の生き方を見つけるため、読書や柔道をやろうと決意する。

同時に、現世の現象の奥から、それを超えたものを希求するようになる。また死の不安にも囚われて、生きる意義を問い続けるようになり、万物の根源は火か水か、生成の果ては何かなど、その手掛かりを与えてくれるものを飢渇していた。家庭内での屈折も原因となる。こうした問いつめから、壊れないものの創造に関わりたいと着想する。数学が得意だったこともあり建築家を目ざすが、当時の国立工業高等専門学校建築科は色弱の者を入学許可せず断念する。現在は問題なく入学できるので時代のいたずらと思われる。

一九六四年　　十五歳

四月、福岡県立小倉西高等学校普通科（母の母校が

母胎となって戦後に新制高校となった）に入学。本人よりも母が喜ぶ。日豊本線の城野駅から南小倉駅まで蒸気機関車が引く車両で通学。柔道部に入部するが、全身が弱体で初めの頃は腹筋や腕立て伏せもできなかった。みるみるうちに大胸筋などが鍛えられて軟弱だった心身は変身した。

自由で闊達な校風だったが、男子の髪は丸坊主の時代で長髪解禁などを生徒会で運動していた。生徒会長に立候補し、第二学年から一年間務める。ビートルズが一世風靡していたが予餞会などでエレキギターを禁止し、暗幕で暗くすることも禁止していた。ロックを音楽じゃないと断定する教師もいた。そのような校則に固執する教師に生徒達は反発していき、もう一方の自由な校風、議論を活発にできる良さを当時は理解できなかった。後に自身が高校教師となって、自由を醸し出していた一部の先生方の努力を知る。

小倉の銀天街（ぎんてんがい）（商店街）の娘や闊達な女子高校生に憧れるが話しかけることもできない内気な時代だった。女子は旧女学校の良き伝統を受け継ぎスポーツでも知的な面でも、小倉で最も秀でた者が入学していた。母が『世界の文学』全集（中央公論社）を購入して、日本の文学はいつでも読める、世界の文学を読みなさいと勧める。シェークスピア・トルストイ・スタインベック・ヘミングウェイなど、日常の自身を動かすものとは異質な個人の意識に目覚めていく。文芸部で雑談に耽り、ワルツなどのダンス初歩を女子に手ほどきされ心ときめく。第三学年の現代国語担当の上田先生が漱石の「こゝろ」を講話なさり、その読みの深さ、人間把握に感銘する。「草枕」も読み耽って非人情の世界にふれ、初めて超脱的感覚にうたれる。後のリルケ・金井直への傾倒につながる。

一九六七年　十八歳

卒業後に、末川博他共著の『現代学問のすすめ』（正・続、雄渾社）を読み、マックス・ウェーバー、エンゲルス、カール・マルクスなど哲学・社会科学への関心が深まる。刊行中の岩波書店版『哲学講座』も、発売後に古本屋の店頭で一冊ずつ買い続ける。朝日新聞夕刊の新聞配達を小学生に混じって、走って一年間続け大学受験に備える。

一九六八年―七一年　十九―二十二歳

四月、北九州市立大学外国語学部中国学科に入学。父が退職していたので学費負担はできず近辺の公立大学を選択せざるをえなかった。社会科学への関心の延長でそれに関連した学科を選んだ。七八年の日中平和友好条約調印以前の時期なので、中国語を生かした就職先はなかったが、何かを探索できるのではないかと考えた。

中国の文化大革命の嵐は、学内の毛沢東派の教授にも及び、お仕着せの教条主義に違和感を覚える。学内でも学生運動が胎動し生活協同組合の設立や公安調査庁職員の侵入をめぐって大学側との紛争が始まる。社会科学研究会に入り基本的な原典を読み耽る。六九年から七〇年にかけての安保条約破棄の国民的な高揚に参加していく。また。全国学園民主化運動の一端としての東大民主化運動を現地で体験する。ベトナム戦争の渦中だったので、北ベトナムや南ベトナム解放戦線への空爆や、在日米軍と連携した後方支援をやめさせることなどに取り組んだ。アジアの不沈基地だった沖縄の施政権の返還等、研究や教育を根底から問い返す切迫した情勢だった。学長管理下の学友会に代わって当時は外国語学部自治会ができていて、第二年次より書記長を務める。しかし、運動の渦中にいても根底での人生への疑問ははれず、知の在り方、研究者の自立をめぐって生涯考え続ける原形をもたらされる。

また実生活でも、伊藤忠のLPガススタンド（主にタクシー）でのアルバイト収入のみで生活し、三畳一間での貧窮生活を体験する。一万八千円／年という安い学費だったので、生活費のみ稼げば大学を続けることだけはできた。宅地造成の土木工事現場（いわゆる飯場）の稼ぎで語学練習用のLLテープレコーダーを購入していたが、月末になると食費が足らなくなり、質屋に預け翌月には九分の高利子を支払い取り返す日々だった。都会の底辺で生きることの実感を味わい、その厳しさと共にそれに耐える意志を鍛錬された。岡林信康の「友よ」「山谷ブルース」、丸山（美輪）明宏「ヨイトマケの唄」などに歌われた感性の日々で、落下しながら周縁の境界から発想して社会を変える意思を刻んでいった。

有島武郎の「或る女」を徹夜で読む。自身の恋愛も重ねて、人を愛することは自己の心の問い直しでもあると痛感する。更に芝田進午の『人間性と人格の理論』（青木書店）などを通して集団における主体性の在り方について思索するが、行き着くところ、厚い「世間」の現実に阻まれる。『資本論』などの原典にも親しんだが、それは同時代の学生のくぐった定石で、素養にすぎず生涯をかけて個人の立脚点を問い続けることになる。

第三年次に秋吉久紀夫（一九三〇年生まれ、当時は近畿大学九州工学部助教授で、北九州市立大学非常勤講師）の中国現代文学・文学運動の講義に接し、文学の根本意義を学ぶ。以後、先生の自宅（北九州市八幡区穴生）で月二回続いていた「秋吉大学」に出席するようになる。

一九六九年七月に第一回の講義。七一年の一月まで三十一回開かれた。内容は、日本の精神風土と詩・個人の自立・現実の変革と文学・仏教の不受不施派・現代中国詩人など多岐にわたっていた。私は中途からの参加だったが、後に自身の詩作、研究テーマを探る基礎を築く。中でも、小野十三郎の詩と詩論の講義に感銘を受け詩的な言語表現の範例となる。以後、小野の新刊書は全て眼を通す。講義を聴いた参加者が、その内容を自身の表現に構成し直した文章で発表し、「握手便り」（月二回発行、郵便書簡ミニレターに印刷、購読者二百名）を発行。日本に定着する文化運動を模索した。「握手便り」の第一通は一九七〇年二月十五日発行。七二年九月まで第六十二通に達した。後に、年頭葉書詩として応用する。

底辺からの発想を普遍化する石垣りんの表現、新川和江の愛の詩、黒田三郎のペーソスなどにも惹かれるが、金子光晴が描く放浪の人生にも耽溺する。詩作も始め、どんな形であれ地道な研究の継続を決意し、それを具体化した生き方を模索する。中国現代詩人馮至・中国東北地区の反満抗日文学運動（旧満洲国時期の抗日連合軍下における中国人の文学運動）に関する資料を秋吉から提供される。その世界を探究していくと、前者からはハイネ・ゲーテ・ヘルダーリン・リルケに広がる。後者からは、植民者の側の日本文学（山田清三郎・牛島春子）にも視野が広がり資料を収集し始める。卒業論文は「魯迅初期の文学」で、その後、自身の人生の岐路で魯迅の立脚点や人生の処し方を常に考え合わせていく。大学院を一時志し、九州大学で聴講したが身辺の事情が許さず高校教員になって研究を続けようと決意し高校国語教職単位取得の準備を始める。中国学科では取得できず、取りあえず福岡県行政職を受験し合格。

一九七二年　二十三歳

四月、取りあえず福岡県行政職学校事務職員となり、赴任校の福岡県立浮羽高校の所在地、浮羽郡吉井町に下宿する。耳納連山の麓、蕩々と流れる筑後川に抱かれた農業地帯で原日本の様相。ゆっくりとした時間を初めて体験する。その後七六年七月まで福岡県立高校主事として勤務しながら大学通信教育で国語の教職単位を取得していった。

十月、『未来への浮彫』（「握手便り」集成本、「握手の会」、秋吉久紀夫講述、姫田八郎編集、北九州出版社）。エッセー「恥を知る心」（1）一九七二年四月九日第五十一通・（2）二十三日第五十二通を収録。

＊年頭詩「年はうつりて」（以後、年始めの年賀状に詩を載せて発送し始める）。詩「素晴らしき詩人たちへ」、

詩誌「握手」三号（姫田八郎発行、季刊の予定、発行所は秋吉宅「握手の会」）。

一九七三年　二十四歳

四月、福岡県立小倉高校に転勤。

七月、吉井町で出会った田中ひろ子と結婚。北九州市小倉南区下徳力に一戸建ての新居を建て七六年まで居住。

＊詩「南ベトナムの子」「ピラニアのいる水槽」、「握手」四号（坂本正博編集、同人誌に改編、秋吉久紀夫顧問、松宮純子宅が発行所）。詩「若き同志に」、「握手」五号（吉井雄子宅が発行所）。詩「みんなに—ある学校職員から」、「握手」六号（坂本宅が発行所となる）。四〇号（一九八二年九月）までで終刊。「現代詩手帖」などの商業詩誌とは違って、詩を届ける相手を絞り他者との対話を軸にした詩誌を目指した。

一九七四年　二十五歳

四月、福岡県立京都高校に転勤。

七月二十一日、長女あい誕生。泣き声を聞きながら教職試験の受験勉強をする。

＊詩「生まれていく愛」、書評「紫村一重『筑前竹槍一揆』」、「握手」七号。詩「北九州」「兵士」、「握手」八号。詩「活火山」、エッセー「現代詩の造形性」、「握手」九号。

一九七五年　二十六歳

＊詩「大人のための童話」「初夢」、「握手」一〇号。詩「指輪」「潮海魚」、「握手」一一号。詩「あなたへ」「対話」、エッセー「源実朝と万葉集」、「握手」一二号。詩「海溝」、エッセー「夏の終わりに」、「握手」一三号。

一九七六年　二十七歳

福岡県公立高校国語教員試験に合格。八月、福岡県立福岡工業高校国語教諭に発令。福岡市早良区荒江に所在のため同市早良区七隈の教職員住宅に転居する。福岡県高教組の分会長が、組合費を引いておいたからと最初の給料日に気楽に言うので驚く。事後承諾というおおまかな時代で、ほぼ組合員の分会だった。低い給料でぎりぎりの生活だった。

土木科一年の担任が病休となったため二学期から急遽、担任を受け継ぎ、前担任の下で混乱していた生徒達を落ち着かせることに疲れて十二指腸潰瘍を発病。以後、人間相手の仕事に向き合うことになる。小学校の授業技術を取り入れつつ、同時に国語教科書教材の作品研究を重視して素養を磨くことに力を注ぐ。

＊年頭詩「年月」。詩「薔薇」「冬のかいつぶり」、「握手」一四号。詩「春のかいつぶり」「愛した人に」「壁のルノワール」、「握手」一五号。詩「伊豆の沖から」「夏のかいつぶり」「しもべたち」、「握手」一六号。この

号から姫田八郎宅に発行所が変わる。詩「今日も探して」「仁術」、「握手」一七号。

一九七七年　　二十八歳

大学卒業の七二年頃に現代中国の詩人馮至の『十四行集』（ソネット集、桂林の明日社、一九四二年）を通してリルケとの出会いがあった。

＊年頭詩「おとうさん」。詩「今　工業高校で1」「生きる」、エッセー「現在詩講座ノート」、海外詩紹介「馮至」、「握手」一八号。詩「今　工業高校で2」「本音――春闘に」、評論「抗日戦争と馮至1」、「握手」一九号。詩「今　工業高校で3」「水」「男と女」、「握手」二〇号。評論「抗日戦争と馮至2」、「握手」二一号。

一九七八年　　二十九歳

四月、「馮至文学の転換と発展」を第六〇回中国文藝座談会（九州大学中国文学会）で発表。五月、九州中国学会で同テーマを発表。馮至は、ドイツに留学してヤスパースが博士論文を査読したような先駆的な研究者で、中国におけるゲーテ研究の草分けとなった。ハイネ・ゲーテ・ヘルダーリン・リルケの先駆的紹介者でもあった。『十四行集』はリルケの詩法を取り入れると同時に戦時下の中国の現実を投影していて、この詩集を解読することからリルケへの接近が始まった。後に師事した後藤信幸もこの日本語訳（王溶青（ワン・ロンチング）訳「風見の旗・ソネット二十七篇」、「詩學」一九五二年十月号）に感銘し自作詩の表現に取り入れていた事を後で知る。

＊年頭詩「頁」。評論「抗日戦争と馮至3」、「握手」二二号。評論「抗日戦争と馮至4」、「握手」二三号。評論「中国東北地区の反満抗日文学運動1」、「握手」二四号。詩「点と線」「秋ふたたび」、評論「中国東北地区の反満抗日文学運動2」、「握手」二五号。

一九七九年　　三十歳

七二年刊の金井直『昆虫詩集』（彌生書房）の書評を、中国雑誌の海外詩集評で読んで関心を抱き、日本にもリルケを受容しつつ批評性のしっかりした詩人がいることを知った。七七年頃に、『昆虫詩集』を熟読して感銘した。更に思潮社版『金井直詩集』（一九七〇年）、そして『埋もれた手記』（彌生書房、一九七九年）で決定的にライフワークの対象となる。そして金井が、金子光晴の批評性と村野四郎の造形から示唆をうけたことを把握できた。村野は、リルケの方向へ金井を導く触媒の役割を果たした事も分かった。しかし金井のリルケ受容は村野を超えて固有の磁場へと変容している。

＊七月、「馮至序説」、「中国研究」一〇三号（日中出版）。評論「中国東北地区の反満抗日文学運動3」、「握手」二六号。評論「同4」、「握手」二七号。。評論「同

5」、「握手」二八号。詩「幼年時代1　一九五一年曽根　2一九五四年三月高坊」、「握手」二九号。

一九八〇年　三十一歳

四月、「中国東北地区の文学運動――一九三一―四五年」を第七一回中国文藝座談会（九州大学中国文学会）で発表。五月、九州中国学会で同テーマを発表。秋吉の近代中国文学運動研究における、東北地区を埋める仕事だった。これによって、旧満洲国に抵抗した中国人・朝鮮人の文学運動を展望できた。

九月二十一日、次女佳（よし）誕生。

十二月二十三日、「握手の会」例会（小倉東公民館）で、秋吉久紀夫講義「金子光晴全集出版にかんする問題点」を聞き、後に自著『金子光晴「寂しさの歌」の継承』第一章に結晶した着眼点を得る。金子の詩「どぶ」本文の変遷だった。

＊年頭詩「風」。十一月、「中国東北地区の文学運動」、「九州大学中国文学論集」九号。詩「幼年時代　一九五八年霧ヶ丘小学校／一九五九年宮との出会い」「天皇御幸」、「握手」三〇号。詩「競争――中学三年生」、「握手」三一号。詩「おんな」、「握手」三二号。詩「海」「耳」、「握手」三三号。

一九八一年　三十二歳

福岡県立糸島（いとしま）高等学校に転勤。以後、同校刊の「糸高文林」に金井直研究を継続発表する。当時は、主任制や職員会議の合議制をめぐって、福岡県高教組と文部省直轄の福岡県教育庁との対立が激化していた頃で、その波紋として管理強化が進む。進学体制を強化し老舗名門校の看板を復活させたい校長や同窓会と、低学力の向上や人権教育を充実したい分会との軋轢が高じていった。高教組の分会長・支部長経験者で、管理職試験を受験して教頭・校長などの管理職に転身した者が最も悪辣だった。「世間」という集団制で一旦指導者の位置に昇ると、その位置を維持することが至上の価値となる風土が露呈していた。当事者は、「自分の位置が気になる」とか「名を惜しむ」と表現していた。高校教師は大学や大学院卒の中間層であり、集団制に馴致されて更に上層を目指す傾向が露呈する。独特の志向があって風土の変革など視野に入らなくなる。実際に体験した事象から日本の精神風土の実態を確認できた。ではいかにして変革するか、創作や研究の中でまず自己の変容を迫られた。

＊年頭詩「年賀」。詩「無題」、「握手」三四号。詩「劫火」、「握手」三五号。詩「玄界灘」、「握手」三七号。三月、「文学運動の研究について」、「野草」二七号。

一九八二年　三十三歳

＊年頭詩「転居」。三月、詩「水子地蔵」、「握手」

三八号。詩「兄弟星」、「握手」三九号。詩「兄弟星」、「詩人会議」十二月号。

一九八四年　三十五歳

＊年頭詩「独楽（こま）」。

一九八五年　三十六歳

＊三月、「近代詩の授業」、「糸高文林」三三号。「座談会　新課程三年刊を終えて」、「国語研究　つくし野」八号（福岡県高校国漢部会福岡地区）。

一九八六年　三十七歳

＊年頭詩「道」

一九八七年　三十八歳

金井直研究をすすめるにあたり、資料収集の限界を感じ、本人に連絡を取ると、同年六月十三日付で返信をいただく。金井は先の「馮至序説」も読んで馮至との比較研究に関心をもち、以後、ご逝去まで書簡一五六通を発信して協力する。基礎文献である著作資料や研究参考文献を提供していただいたので書誌資料の整備が進む。十二月二十五日、鎌倉市城廻（しろめぐり）の自宅を初めて訪問する。その折に神品芳夫「戦後詩とドイツの詩」（「国文学解釈と鑑賞」、一九七三年四月号）のコピーを手渡され、その観点を参考にして自身の詩想へと分け入ってほしい様子だった。後に神品の全著作から学んでいくが、その契機を金井によってもたらされた。以後、夏期休暇と冬期休暇の年二回、城廻を訪問する。それを通して自身の立脚点も充実していき、精神の磁場を探っていく。

日本近代文学会・日本社会文学会入会。研究者との交流が広がり地球的視野へと導かれていく。

＊年頭詩「林檎」。二月、「山田清三郎の複合民族文学論――プロレタリア文学の継承と変容」、「野草」三九号（中国文芸研究会）。中国東北地区の中国側文学運動と同時期の、日本側文学運動の研究だった。三月、「「沈黙」の波紋――高校生は「沈黙」をいかに読んだか」、「糸高文林」三五号。五月、「「沈黙」の波紋――高校生は「沈黙」をいかに読んだか」、「国語展望」七六号。六月、「山田清三郎とプロレタリア文学」、「社会文学」創刊号（日本社会文学会）。

一九八八年　三十九歳

東京都文京区本郷の「詩學」事務所を訪問しそのバックナンバーを調べた折に、嵯峨信之にお会いする。詩學社の長い歴史の中で、詩の初出を調べに来た者は皆無だったらしく、生前に研究者が現れ、書誌研究がなされ評論が蓄積されていくことに、「金井君は幸せな人だ」ともらされる。

＊年頭詩「罪」。三月、「現在進行形の夢をめぐって――高校生の文集から」、「糸高文林」三六号。四月、「『十

四行集』抄・訳と解説」、「回」五号（同曆社、金井直編集、後藤信幸発行）。五月、「現在進行形の夢をめぐって――高校生の文集から」、「国語教室」三四号。

一九八九年　四十歳

四月、「金井直研究文献目録、付き略年譜」（金井直補訂）、私家版。この頃、原武哲（当時、福岡女学院短期大学教授、漱石研究）と知り合い、書誌研究の助言を受ける。

七月、「金井直の詩「夜の川」について――金井直の文学に関する二つの目録と略年譜をふまえて」、日本近代文学会九州支部春季大会（熊本県立図書館）。金井についての初めての研究発表で、書誌研究を評価される。十一月、「金井直と金子光晴序説――「海」における受容と変容の様相」、日本近代文学会九州支部秋季大会（福岡女学院短期大学）。

十二月二十七日、金井の紹介で東京都多摩市の後藤信幸宅を訪問する。著書『シュペルヴィエル――内部空間の詩人』（国文社、一九七九年）を贈呈され読み込んでいく。また、塚越敏『リルケの文学世界』（理想社、一九六九年）も紹介され、リルケの像（Bilt）や形相に関する理解を深めていく指針となる。金井も晩年に〈この形象ということについて、私は漠然と考えていたが、明確な輪郭を与えてくれたのは塚越敏氏の『リルケの文学世界』という本である。この実存主義的立場に立ったリルケ論は、私の思考に一つの方向を示唆してくれた〉と「回」九号（同人雑記、一九九〇年）誌上で述べている。金井蔵書の同書には、しおりや鉛筆の書き込みがあり並々ならぬ読み込みの跡を確認できる。精読を繰り返す。

また、金井は若い頃から『般若心経』に関心を寄せ、その存在論的な思考、特に禅的な思念にも立ち入り詩作にも浸透している。後藤も一遍上人に帰依していた。優れた詩人や研究者と出会う中で、詩作には真摯な姿勢と芸（表現技術、金井の場合は絵画的感覚）が不可欠で学歴などは無用だとの確信も得た。

後藤とも上京時に談話しながら、ヘルダーリン、リルケ、シュペルヴィエル、フィリップ・ジャコテ、禅的な思考などについて長時間にわたり懇切な講義を受ける。後に、後藤訳『フィリップ・ジャコテ詩集　無知なる者――附　ふくろう・エール』（国文社、二〇〇九年）の刊行直前に神保町で会った折に、その校正原稿を見せていただき〈ジャコテの真髄は自己消去だよ〉とおっしゃった言葉は染み透った。ポエジーの真髄を体感した。

十二月二十六日（後藤宅を訪ねた前日）、「詩學」事務所を訪問した折に嵯峨に再会し、翌日、後藤宅を訪問し金井直研究を進める事を話す。すると「金井君は、社会的、実存的視点を合わせ持ったルネ・シャールのような詩人だ」と話す。後で、リルケ、シュペルヴィエルと並んで、シャールは嵯峨が最も敬愛する詩人の一人であることを知る。

「金井直研究文献目録」に挙げた金井直論の中で、特筆すべき指摘をなさっていた神品（当時、東京大学教授）と文通が始まり、折々に的確な助言と励ましを受けるようになる。千葉宣一（当時、帯広畜産大学教授）からは、村野四郎の方が金井直の影響を受けていてその分析を進めている。その視点からも深めるようにとの示唆を受ける。

秋吉・後藤・神品・千葉は十代半ばで勤労動員や空襲を体験し、敗戦後の焼け跡から出発し戦後の創作や研究によって回生した世代である。この世代がいかにして回生の方向を切り開いたか、それを確認し継承していく事。それを念頭に置いて、親身な示唆を享受していった。

＊年頭詩「ごみ拾い」。三月、「金井直著作目録」（金井直補訂）、「糸高文林」三七号。

一九九〇年　四十一歳

夏に日本キリスト教文学会に入会。日本近代文学の学会では抒情詩しか理解されず、芸術事物や存在を問う詩想を発表しても手応えがないことを感じ始めたからだった。しかし、キリスト教文学会もその宗旨を前提にしたかたくなさがあった。創作の試練を経ない「学問」を超えるために想像力の磁場を探索していかねばならなかった。

一方、高校現場は労働強化が進み、勤務時間外の早朝や夜間にまで課外を実施するのが通常の事になっていく。研究時間の確保、学会への参加もできにくくなり、睡眠時間を削って深夜に及んで執筆する日々が続く。十二指腸潰瘍や痔をこじらせ帯状疱疹も発病し、後に脊椎変形症も発病する原因となる。

＊年頭詩「麦藁帽子」。三月、「金井直のライトモチーフ――あやまって生まれた傷の深さを」、「糸高文林」三八号。七月、「金井直「夜の川」の批評性」、「社会文学」四号。九月、書評、秋吉久紀夫訳編『馮至詩集』（土曜美術社）、「中国文芸研究会報」一〇七号。書評、金井直のエッセー集『失われた心を求めて』（自然と科学社）、「地球の一点から」二三号。十二月十日、書評、観世広『少年Aたちの犯罪』、「夕刊フクニチ」。同月、翻訳「林柏生「遊日有感」」、「草野心平研究」二号。

一九九一年　四十二歳

昭和文学会に入会。小川和佑の戦後詩研究を享受していたが、氏の紹介で入会。ライフワークが定まり継続的に執筆するスタイルが身についていく。

数年前に、東京都文京区千石の村野四郎宅を訪問（金井の紹介）し、夫人の「むつ」さんとお会いしてその蔵書を調べると同時に研究文献目録などの書誌研究に取りかかっていた。八九年に村野から金井への系譜を発表した折にすかさず質問して下さったのが、水本精一郎（当時、山口大学人文学部教授、島崎藤村研究）で、書誌研究の助言を受け、氏の示唆により「村野四郎研究文献目録」を網羅的かつ重要文献を特記する構成にした。以後、リルケを愛好する水本の助言を受けるようになる。

＊詩「回遊」「春の石盤」「朝ぼらけ」、「回遊」創刊号。一月一日、個人詩誌「回遊」を創刊し、評論や詩、発表記録などを記載し、年度当初に文学上の知友に送り始める。個人を立脚点にした詩誌で、その中身が問われる。三月、「現代詩教育の方法――「木琴」指導の改善」、「つくし野」一四号（福岡県高校国語部会福岡地区編）。「金井直――詩の原形」、「糸高文林」三九号。「歌と逆に思惟の海へ――金井直の詩的思考について」、詩誌「禱」五号。八月、馮至『十四行集』抄・訳と解説、『回一九八六―九〇』集成本（回暦社、金井直編集、後藤信幸発行）。十二月、「村野四郎研究文献目録」、「近代文学論集」一七号（日本近代文学会九州支部編）。

一九九二年　四十三歳

「村野四郎語彙・イメージ辞典」に、同年度文部省科学研究費補助金を受ける。

六月、「現代詩の方法を教える授業――萩原朔太郎の詩「こころ」」、高校国語部会福岡県研究大会（福岡リーセントホテル）。十月二十九・三十日、「現代詩の方法を教える授業――萩原朔太郎の詩「こころ」と金井直の詩「木琴」を通して」、第三六回九州地区高校国語教育研究大会（熊本市）で発表。この頃、米倉巖（当時、日本大学教授）の文体論研究、特に萩原朔太郎論に学び始め文通が始まる。後の『金井直の詩』の出版は氏のお世話で実現した。

十一月、「金子光晴の補筆――詩「どぶ」を通して」を、同年詩誌「禱」八号に発表したのをきっかけにして中島可一郎と文通が始まり、「金子光晴の会」に入会、金子光晴研究誌「こがね蟲」への寄稿につながる。

＊詩「尋ね人」「なまめかしき闇」「飯盛山」、「回遊」二号。三月、「戦後詩「あじさい」を読む」、「糸高文林」四〇号。四月、菱山修三の詩「蟬」・金井直「夜の川」注釈、『日本の詩――近代から現代へ』（桜楓社）。書評・秋吉久紀夫訳編『卞之琳詩集』、「中国文芸研究会報」一二六号。十一月、「金子光晴の補筆――詩「どぶ」を通して」、「禱」八号。

一九九三年　　四十四歳

一月、「中国東北地区における文学運動」を、「フォーラム現代文学における旧満洲」、日本社会文学会関東甲信越ブロック（日本大学法学部）で発表。

四月、福岡県立修猷館（しゅうゆうかん）高校通信制課程に転勤。以後十六年間、退職まで通信制に勤務。経済的事情のため通常の修学時期に高校で学べず、成人以降に働きながら学習する熱心な生徒（年上がかなりいた、例えば七十代）の向学心に接し、それに応えようと努力する。また掃除や行事などを自主的に運営する生徒会に接して、生徒観・教師観を一変させ謙虚な姿勢が身についてくる。「いつでもどこでも学べる通信制」「自学自習」などの標語のように、学習者の意欲を聴き取りそれに応える教育を実践していく。自らの研究活動にも生かして、「世間」の周縁の文学者・流謫者の系譜に注視して、その顕彰や紹介に集中していく。全日制に比べると研究時間も確保できて、年に一回以上の学会誌発表を継続する。

八月、「中国東北地区における文学運動」を、日本社会文学会九州ブロック（湯布院（ゆふいん））で発表。十一月、「村野四郎の詩法とドイツの詩」を、日本キリスト教文学会九州支部秋季例会（西南学院大学）で発表。

＊詩「東風が…」「空洞」「鴉」『草枕』、「回遊」三号。

二月、「「さんたんたる鮟鱇」とリルケ」、「国語教室」四八号。三月、「村野四郎語彙・イメージ辞典」、「糸高文林」四一号。「現代詩の方法を教える授業——萩原朔太郎の詩「こころ」指導例」、「つくし野」一六号。六月、「「木琴」の想像世界」、「月刊国語教育」六月号。「こ、ろをばなに、たとへん——萩原朔太郎の旅立ち」、「高校通信」六号。七月、書評『植民地と文学』、「地球の一点から」五五・五六号。

一九九四年　　四十五歳

八月十八日から九月二日まで、日本社会文学会学術訪中団の一員として、中国東北地区を訪問。二十三・二十四日、長春の東北師範大学にて、第三回日中シンポジウム「近代日本と中国」開催。「合作社（チャンパイシャン）運動と野川隆（のがわたかし）の文学表現」を発表。大連・瀋陽・長白山（チャンパイシャン）・哈爾浜（ハルピン）等を巡り、北京から帰国。撫順（フーシュン）で「平頂山（ピングディングシャン）殉難同胞遺骨館」を訪問した。一九三二年九月十六日、日本軍の撫順守備隊（井上小隊）が平頂山集落の中国人住民を虐殺したが、その人骨を掘り出して展示している。その一画に幼児をかばって抱きかかえたまま倒れた母親らしき人骨があり、その頭蓋骨に刀の切り傷のような跡を目撃し衝撃を受ける。旧満洲で兵士として収容所に捕らわれた後に引き揚げ、宿痾と向き合った村上昭夫（むらかみあきお）に言及する際の原点となる。

西南学院大学文学部国際文化学科で専門科目二科目を担当し非常勤講師。武田泰淳と現代詩を講義。またこの頃、五年間程「小郡（おごおり）女性文学講座」講師を務める。

＊八月二十日、詩「大連から瀋陽へ――中国東北の高速道で」現地作。二月、「研究動向・村野四郎」、「昭和文学研究」二八集。三月、呂元明（ルー・ユアンミング）「植民地支配に対する日本人作家の抵抗」訳連載を完了、「地球の一点から」五九—六四号。五月、「村野四郎とドイツ・ロマン派」、「キリスト教文学」一三号（日本キリスト教文学会九州支部）。野山嘉正（のやまかしょう）の学界時評近代で「「村野四郎語彙・イメージ辞典」「村野四郎研究文献目録」」を評価する、「國文學解釈と教材の研究」五月号。六月、「中国東北地区の反満抗日文学運動」、「日本植民地研究」六号。九月二十八日、「「満洲国」の中国人作家達――「五族協和」信じられず」、「西日本新聞」。同月、書評、「秋吉久紀夫訳編『穆旦（ムーダン）詩集』」、「中国文芸研究会報」一五五号。十一月、「合作社運動と野川隆の文学表現」・「高原の革命烈士紀念碑と文学運動」、『第三回日中シンポジウム「近代日本と「満洲」記録文集』。「報告・福岡」、「社会文学通信」三七号。

一九九五年　四十六歳

六月、「金子光晴の連詩「蛾」構想と『悪の華』」を、日本近代文学会九州支部春季大会（山口大学）で発表。

＊三月、「金子光晴の連詩「蛾」とボードレール」、金子光晴研究誌「こがね蟲」九号（金子光晴研究会）。十一月、「金子光晴の連詩「蛾」と『悪の華』」、「近代文学論集」二一号。

一九九六年　四十七歳

一月十四日、講演「構想する詩・直観する詩」、小郡図書館レクチャー。三月、「金井直の詩「散る日」論」を、日本キリスト教文学会九州支部春季例会（西南学院大学）で発表。

＊詩「光の中で――一九九六年の曙の中で」、「回遊」四号。三月、「連詩「蛾」論」、「こがね蟲」一〇号。同誌に阿部謹也「金子光晴と「世間」」、金井直「「寂しさの歌」と戦後」も載り、後に三者を結びつけた『金子光晴「寂しさの歌」の継承――金井直・阿部謹也への系譜』に集約する出発点となる。同誌編集者の中島可一郎と横浜で会い、〈これまでの金子論に風穴をあけた〉と励ましを受ける。また阿部の金子論への注視を示唆される。九月、「金子光晴の連詩「蛾」構想と『悪の華』」「野川隆の文学――中国東北に残した足跡」（呂元明著、坂本正博訳）、『文学・社会へ　地球へ』（三一書房）。その後、戦時末期の金子の詩への長い探究が始まる。牛島春子の研究も始め、その書誌資料を収集する事に

本人が協力し始める。十月、「落花の形相の成立」、「近代文学論集」二二号。「金井直の詩「散る日」論」、「九州国語通信」八号。

一九九七年　四十八歳

一月、金子光晴・竹内好他十二名の項目を担当、『近代日本社会運動史人物事典』（日外アソシエーツ）。

四月、福岡県立博多青松高校（同年に創立した単位制高校）に通信制が移設したため転勤となる。分会会議の会場を使用させない校長と対峙し続け、数年後に二代目校長の下で活動再開。高校をデパートに見立てて生徒はお客さんで、教師は販売員だと強弁し押しつける初代校長の一元管理から逃れてやっと通常に戻る。「自学自習」による自己啓発の援助から知識と卒業資格の切り売りへと、初代校長は転換しようとした。全国で大量の中途退学が続いて行き所のない青年達を収容する場と教育委員会は位置付けていた。ただ勤労者生徒を主体とする通信制だけは、移設した後も修猷館時期の蓄積が維持された。また、人権教育や夜間定時制を経験した教師が多数配置され、学習者を大事にする良き伝統は維持される。また中退前の修得単位を生かして、他の全日制よりも少ない単位数で卒業できる単位制も維持。生徒を管理する規則がなく、校歌も生徒が作曲・作詞、生徒の学ぶ意欲が支える実験校の挑戦は続く。

六月、「合作社運動と野川隆の文学表現」・「日本人作家の植民地支配への抵抗――正義と良知による創作」（呂元明著、坂本正博訳）、『近代日本と「偽満洲国」』（不二出版）。

同月七日、金井直がご逝去。七月二十一日、後藤と共に鎌倉の城廻の自宅を弔問。帰路に「不安坂」を下り同名の詩を作る。薄闇の険しい切り通しの坂道には、カナカナの鳴き声が反響していた。

十一月、『金井直の詩――金子光晴・村野四郎の系譜』（おうふう、A5版、総三百九十八頁）刊。

現代詩史の中に「戦後詩」を位置づける基礎研究が充分になされていない現状で、それを固めることから始めた。金井直著作目録、略年譜、研究文献目録収録。金井の初期作品論や金子・村野に関する詩人論も収録。アジア太平洋戦争の時代を体験した現代詩が、日本の精神風土とどのように拮抗しているかを究明する必要があった。そこで、村野四郎を通したリルケへの接近と同時に、金子の戦時末期の詩の継承・発展を金井がいかになしているかに絞り、二人の系譜として位置づけた。村野に関する村野四郎語彙・イメージ辞典、村野四郎研究文献目録、研究動向・村野四郎を収録。後に金子から金井への発展、変容を展望する基礎固めとなった。

塚越敏（慶応大学名誉教授、『リルケ全集』（河出書房新社）の監修者）から、〈金井氏につきましては直接にいろいろ戴いて大体のことは知っておりましたが、こんなに詳しく知ったのは初めてでした。こんなに立派に調べあげられたとは金井氏ご本人も驚きのことと思います。文献学的な徹底さは驚くべきことです。この点をドイツ人は誇りとしていますがドイツ人以上だと思います〉と励ましの言葉をいただいた。金井から塚越宛に著作を贈呈していたことも後で分かる。研究者と詩人の二重奏といえよう。

前出「戦後詩とドイツの詩」で、〈金井直はやはり現代詩人のなかでリルケに最も近い〉と評価していた神品芳夫からは、その後も著作刊行の折々に励ましの言葉を届けていただき貴重な示唆を受ける。

また、千葉宣一からも、〈「詩學」の研究会時代から、意外に村野四郎の方が逆に、金井の詩的思考の方法を取り入れ、村野の詩と思想を結晶化させる触媒として巧妙に盗用したと思います。リルケを囲んで、金井・村野の相互影響は劇的興奮を覚えます〉との示唆を受ける。

母は、金井が自分と同じ年の生まれだと、著作刊行を喜ぶ。

この頃、研究誌「敍説」（花田俊典代表、花書院、九州大学を中心とした九州山口地区の近代文学研究者が同人）に加入し、同誌に継続的に発表し単行本に集約していく。

＊年頭句「初夢」。二月、書評、「川勝一義『淘げられた歴史』に遺志を読む」、「社会文学通信」四四号。詩「光の中で——修猷館との離別に当たって」、「青い芽」（修猷館高校通信制文芸部）二九号。

一九九八年　四十九歳

八月、原稿用紙に筆記された遺稿を基に金井直遺稿詩集を二種刊行。詩集『幻想曲』（一九八七—九四年作、十七篇、金井すみ江発行、坂本正博編集、B5判、総三十四頁）、詩集『流浪者の歌』（一九八七—九七年作、二十八篇、同、総二十頁）。生前の金井は詩集として刊行するつもりで詩集名を記した表紙をつけて原稿の束を準備していた。

十月、「犀星の〈哀感〉から金井直の〈存在〉を獲得へ——蟬の詩」、室生犀星学会（梅光女学院大学）。近代文学史における蟬の詩の流れを研究する手始めだった。

十一月二十日、鹿児島県の梅崎春生の旧跡、吹上浜・坊津・知覧の陸軍特別攻撃隊記念館を訪問。梅崎は米軍の通信を傍受する通信兵だった。

＊年頭詩「透かして見る」。二月七日、書評「闇の

ポエジー――後藤信幸『存在の梢』」、「図書新聞」。三月、「埋もれた詩人――『古川賢一郎全詩集』に寄せて」、「索」一五号。「牛島春子年譜初版」、「朱夏」一〇号。五月、「戦後詩「あじさい」の魅力」、「月刊国語教育　詩歌教材指導改善ハンドブック」五月号別冊。東順子の書評『金井直の詩』、「日本近代文学」五八集。六月、川原よしひさの書評『同』、「社会文学」一二号。九月、阿毛久芳（あもうひさよし）の書評『同』、「昭和文学研究」三七集。十月、水本精一郎の書評『同』、「近代文学論集」二四号等で、含蓄に富んだ批評がなされた。

一九九九年　五十歳

一月、前出遺稿と同様に、金井遺稿詩集『哀歌』（金井の「跋」に「一九八二年夏・忍ヶ岡（しのぶがおか）にて」と記す、二十二篇、金井すみ江発行、坂本編集、A5判、総三十二頁）。同じく遺稿句集『流亡・官能』（同、B6判、総四十二頁）。

二月、金井直詩料館が東京都文京区白山（はくさん）で開館。その展示内容の準備及び案内状を作成。地下に資料庫があり、蔵書・絵画・書簡・日記・原稿・絵画などを保存。一階に詩業を展示。保存された金井直蔵書を調べて蔵書目録を作成した。パソコンで入力する時代に入り、私もAccessやExcelで入力した。同時に研究のため、蔵書と同じ書を収集していった。

四月、福岡市のマンションを購入し転居。蔵書を大幅に整理し小さな書斎を確保。研究拠点となる。

＊年頭詩「遠い光」。詩「昨今」「鹿児島連句　吹上浜　坊津　知覧跡」、「回遊」六号。二月、「楽しく実のある同窓会に――顧問として」、「青松の窓」創刊記念号。三月、「戦後詩「あじさい」を読む」「自著紹介」、「つくし野」一二一号。五月、「室生犀星の蟬の詩――大正期を中心として」、「室生犀星研究」一八号（室生犀星学会）。

二〇〇〇年　五十一歳

五月、詩集『幻想曲』（前出初版の改訂版定本、金井直詩料館発行、坂本編集、総五十八頁）。詩集『流浪者の歌』（同、総三十五頁）。

＊年頭詩「裸木」。

二〇〇一年　五十二歳

二月、同じく遺稿詩『しずく』（一九九一年作、金井直詩料館発行、坂本編集、総二十四頁）。以上の遺稿集を国立国会図書館他に寄贈し蔵書となる。

＊詩「不安坂―城廻の故家（金井直への道）」「星――小呂島近海」「夜の海」、俳句「遠藤周作文学館を訪ねて」「小呂島近海」、「回遊」八号。一月、「拝泉へのまなざし――旧満洲での牛島春子の作品、上」、「敍説」Ⅱ一号。八月、「同、下」、「敍説」Ⅱ二号。「金井直詩料館紹介のカラーグラビア」、「月刊国語教育」八月号。十一月、

「金井直の詩「無実の歌」とリルケ、上」、「近代文学論集」二七号。

二〇〇二年　五十三歳

九月十三日から十六日にかけて、房州（千葉県安房郡）から鵜原への旅。金井の詩集『帰郷』（一九七〇年）の舞台を訪ねる取材旅行。館山市在住で、生前の金井と親交のあった河合秀裕に案内していただいた。太平洋に面する鵜原理想郷の断崖上で、蟋蟀が寂滅の響きをかなでていた。観光ルートから外れ自然への帰郷を現前化する精神の磁場を感じ取れた。金井が帰郷の詩想を着想する源泉である。

十一月四日から六日にかけて、妻と共に京都府の嵯峨野周辺の落柿舎他から、福井県の永平寺（道元）、奈良県の吉野山（西行庵）への旅。金井の詩に密接に関係するこれらが感覚的に身近になった。

＊詩「航跡」、俳句「沖の島近海で　烏賊の夜釣り」、「回遊」九号。一月、「牛島春子年譜」第二版、「敍説」Ⅱ三号。七月、「金井直蔵書目録」を後藤信幸の協力も得て完成し、私家版で刊行。この目録は国会図書館・日本近代文学館・日本現代詩歌文学館等の蔵書。八月、「詩「薔薇色の夜の唄」――その追憶と瞬間」、「敍説」Ⅱ四号。十一月、「金井直の詩「無実の歌」とリルケ、下」、「近代文学論集」二八号。

二〇〇三年　五十四歳

一九九二年、金井は鎌倉の自宅で、村上昭夫の詩は〈存在論的な宇宙そのものとして、感覚的な面で転回させるきっかけになった〉と私に示唆した。同時に『村上昭夫詩集　動物哀歌』（思潮社）他を手渡した。また〈『帰郷』が詩作の分岐点で、それ以後が自分の詩の本領だ〉とも語った。つまり『帰郷』以後へと転回するきっかけとなった昭夫の詩を私に提示し、その後の〈本領〉もつかんでほしかったようだ。すると、村野が昭夫を導き、開花した昭夫の詩が『帰郷』以後への〈きっかけ〉を金井に与えたことになる。実際に、金井はそれ以後に血肉をともなう〈宇宙的形而上詩〉（金井の言葉）へと転回した。なぜ、病弱で地方でしか知られていなかった昭夫が、師と仰いだ村野の詩法を発展させ、金井が更に研ぎ澄ましたのか。当年以来この問いをかかえて三者の詩を読み込んでいった。昭夫に心酔した北畑光男の協力も得て、昭夫の書誌・伝記研究も蓄積し始める。

＊詩「目覚めの時」「拒絶する桜」「すれちがう女」、俳句「千葉県の鵜原理想郷にて」、俳句六句、「回遊」一〇号。三月、「房州から鵜原への旅――詩集『帰郷』の舞台を訪ねて」、「青い芽」六号。八月、「迷走するエロス――金子光晴の詩「どぶ」の本文」、「敍説」Ⅱ六号。

十月、「自己を見つめ直し発見する表現」、「月刊国語教育」十月号。十一月、「詩集『帰郷』序説――犬の像と村上昭夫」、「近代文学論集」二九号。

二〇〇四年　五十五歳

＊詩「いなずま」「蛍」、俳句「曲渕にて」、短歌、「回遊」一一号。三月、「牛島春子と野田宇太郎」、「野田宇太郎顕彰会会報」一一号。五月、「牛島春子年譜作成を通して――その作品評価と書簡紹介」、「朱夏」一九号。八月、「詩集『帰郷』の旅の詩想――芭蕉・朔太郎・拓次・順三郎・犀星・ヘルダーリンをふまえて」、「敍説」Ⅱ八号。十一月、「詩「帰郷1」での眺望と変容――寂滅と現実批評との形相」、「近代文学論集」三〇号。

二〇〇五年　五十六歳

一月十日、「牛島春子一周忌追悼コーナー展」で記念レクチャー「牛島春子の文学」を講演。

＊俳句「壱岐　芦辺沖」「伊豆の旅」「城ヶ崎岩礁」、詩「半世紀」、「回遊」一二号。一月、「金井直の詩集『帰郷』と「寂しさの歌」――寂滅の批評性」、「敍説」Ⅱ九号。

二〇〇六年　五十七歳

十一月、『帰郷の瞬間――金井直『昆虫詩集』まで』（口絵　金井直の油彩画「館山の海」、国文社、四六版、総三百四十二頁）。

序文を後藤信幸が書いてくださり、〈『帰郷の瞬間』は、卓越した詩人論であると同時に、読む者に何よりも詩と詩人との前世より受け継がれてきた不可視の関連・縁の深さを肯わせ、郷愁を喚起してやまぬ一書である〉と、金井・後藤・坂本の詩的交響を紹介してくださった。国文社の前島哲に紹介していただき、彼の懇切な編集に感銘を受ける。詩書の出版は当社の真骨頂でもある。

概要は次の通り。

旅先の房総半島南端の風景を内部空間と溶け合わせて、金井は〈縁の道〉を開示した。そして詩集『帰郷』第二部「こおろぎの唄」以下で、金子光晴「寂しさの歌」をふまえて「無」に帰る瞬間（寂滅）に焦点を絞り、更に反転して〈社会の冷酷な力の作用〉に対して立ち向かう一瞬をも、自己の解剖によって現前化している。帰郷の詩想だ。

金井は地上の現実に繋ぎ止められ、心身の生の軌跡として表現を捉えた。したがって、自画像を詳細に描写している。七二年の『昆虫詩集』（彌生書房）までに、金井はリルケの芸術事物から像の彫琢（芸術事物）を学び取る。収録詩「ノミ」では、〈無にひとしかった〉（「帰郷2」、詩集『帰郷』）兵士が、〈「死」に向って〉〈飛跳ねる〉像を造形化している。前述した「無」との対

金井直　鎌倉市城廻の自宅にて　1989年12月28日

峙に匹敵するのは、この詩の場合、生存の〈寂しさ〉と強いられた死とを同一のものとして問いつめていることだ。問いつめた深奥には、第二次大戦下の人間が背負わされた情況が浮き彫りになっている。前出「帰郷2」でも、敗戦後、東京に帰っていく訓練兵を〈枕木の上を、飛ぶようにして行く俺〉と造形化していた。いずれも、拘束されて大地に根ざせなかった生命の像を想起している。

そして〈八月十五日の正午には　ことさら／戦火に焼かれた兵士とノミ〉を想起すると表明し、敗戦前後の時間を忘却してはならないと現代の時間に問いかける。この問いかけの姿勢が、「過ぎゆかぬ時間」を持続して迫り上げ未来を切り開く。『昆虫詩集』の即物像は、やはり地上への批評性を根底に据えている。しかし同詩集のもう一つの柱は、目前の生命と創世記以来の宇宙の生成・消滅とを結び付け、本源的な存在の生成・流動・消滅として、見える像に変容していることだ。それは地上に囚われた生存と宇宙空間とを照応させた奥行きのある造形の創造だ。

以下、主要なご批正。

〈美しい造本のせいでしょうか。「館山の海」(油彩画、口絵)に魅せられて、「「無実の歌」とリルケ」を読ませて戴きました。坂本さんの解説も添えてあって抒情に流れない存在の美しい空間の現前を知って嬉しく思いました。金井氏の作品は、美意識の対象となる芸術作品ではなく、自然の事物が創造され存在する空間にまさに創造された芸術事物ですね。リルケが一生涯、芸術作品といわず、芸術事物といっていたことが金井氏の場合にも思い出されますね。有難うございました〉（塚越敏）。〈ご著書のなかで扱っておられる金井の詩は、いずれも日本近代詩のなかで第一級のものであると思いました。人の人生は帰り途なのだという発想など、すぐれて独創的であり、深く哲学的であると思います。そしてなによりも『昆虫詩集』の存在におどろきました。虫といっても、ことさらに目立たない虫、嫌われ者の虫を取り上げているのは、注目すべきことだと思います。これはたしかに蚊の群れが母胎としての自然のなかにかくまわれているのを見たリルケの発想を受けついでいるところがありますが、むしろそれを突き抜けて、人と虫との一体感を通じてこの世に在ることのすさまじさを見据えています。おっしゃる通り、第二次大戦をくぐり抜けた詩人の感覚であり、私のいう現代自然詩の世界です。今後ともこの詩人の価値が広く伝えられるよう、お仕事を続けてください〉（神品芳夫）。

＊年頭句「雁が音　小戸界隈」。エッセー「金井直『昆虫詩集』の世界」、「回遊」一三号。一月、「『昆虫詩集』の世界――宇宙的眺望の即物詩」、「敍説」Ⅱ一〇号。詩集評「心象の像を創造」、「社会文学」二四号。三月、『福岡県立博多青松高校　創立一〇周年記念誌』を編集した。

二〇〇七年　　五十八歳

二月十四日、母ミドリ逝去。十年に及ぶ闘病生活で、安楽の一時を晩年だけでも過ごしてほしかった。如来の慈悲を体現して育んでくれ、今も傍で見守ってくれている。

六月、『村上昭夫『動物哀歌』の背景』（村上達夫著、昭夫兄弟の四男、坂本正博監修、Ａ4判、総十三頁）。前年より達夫（昭夫の兄弟の四男）が、昭夫研究の基礎となる伝記や昭夫蔵書などの書誌を残しておきたいと申し出られていて私家版でまとめた。後にこれを改訂し増補して重要な基礎研究ができていく。

＊年頭句「槿」。『帰郷の瞬間』への反響、「回遊」一四号。五月、北畑光男の書評『帰郷の瞬間』、「月刊国語教育」五月号。六月、川原よしひさの書評『帰郷の瞬間』、「社会文学」二六号。「「寂しさ」を超えて」、「社会文学通信」八一号。自著紹介『帰郷の瞬間』、「つくし野」三〇号。九月、竹内清己の書評『帰郷の瞬間』、「昭和文学研究」五五集。十一月、澤正宏の書評『同』、「日本近代文学」七七集。十一月、原武哲の書評「同」、「近代文学論集」三三号。

二〇〇八年　　五十九歳

山田直（やまた ただし）（慶應大学名誉教授）の推挙で「日本詩人クラブ」

に入会。以後、全国各地に点在する生命の水脈、詩人達と交流が始まり、同時代の「緑の道・歌」の系譜が見えてくる。

山田の著作を送っていただき詩人論として後にまとめ、私との接点を確認した。

二月、金井直他三名の項目を担当、『現代詩大事典』（三省堂）。

＊エッセー「金子光晴の詩「寂しさの歌」」、「回遊」一五号。六月、「村上昭夫の初期の詩「五億年」」、「つくし野」三二号。十月、「個人の実体を問う詩――金子光晴の詩「寂しさの歌」とニーチェをめぐって」、「ERA」二次一号。

二〇〇九年　六十歳

三月、県立高校教諭を退職。以後、週に二日の再任用となり博多青松高校昼間定時制で講師を務める。

五月一日から六日にかけての連休を使って、達夫の案内で、昭夫が晩年に過ごした盛岡市内の旧住居などを訪ね蔵書を確認する。盛岡市の昭夫関連の旧跡も調査し、その蔵書一覧も作成できた。昭夫ゆかりの岩手県北上市・盛岡市・陸前高田市を駆けめぐる。北畑・齋藤岳城（当時、盛岡大学教授）と同行。北畑の故郷・岩泉町も訪ねる。併行して昭夫作品の初出資料や関連参考文献を関係図書館でしらみつぶしに収集し、北畑の協力もえて、詩稿ノート・原稿等も複写し基礎文献を準備した。

＊詩「蝶　Ｉ五月の釣り人　Ⅱ蝶」「赤いケープ」、「回遊」一六号。四月、詩「赤いケープ」、「蝶　Ｉ五月の釣り人　Ⅱ蝶」、「月刊国語教育」四月号。

二〇一〇年　六十一歳

十一月、達夫が食道癌でご逝去。二月の入院前に、電話で〈「『浄土三部経』を読んでいるから、死そのものはこわくない。今、その日を大切に生きていきたい。山菜採りにもう一度行きたい。それだけが心残りだ〉とおっしゃった事に感銘を受ける。仏教経典の真髄を体現する先達であり、昭夫の詩を守ってきた著作権者が、身をもって昭夫の魂を示された。翌年発表する「村上昭夫の旧満洲時期」の資料探索、論の方向性を示唆してくれた同行者でもあった。

十一月六日、日本詩人クラブ創立六〇周年記念「東京詩祭2010」に参加し、神品芳夫・山田直等に初めてお会いする。銀座の画廊で開催中の原子朗揮毫展にも出向き、いあわせた原は、金子「寂しさの歌」の一節を扇子に揮毫してくださる。七日、埼玉県川口市で金子光晴書誌研究の先駆者で『評伝　金子光晴』（北溟社、二〇〇一年）の著者原満三寿にお会いする。生前の金子から援助を受けながら広い視野で地道な研究を蓄積した人柄にふれ、資料の援助を受けるようになる。後に、原自身の詩や句作にも感銘し、詩壇の外で旺盛に新境地を開拓していく姿から大いに刺激を受ける。

＊詩「池山水源」「種山ヶ原」「ともしび」「復活」「波」、「回遊」一七号、この号から冊子となる。三月、「北の詩人、村上昭夫の題材を探る――蔵書で読み直す（補足）」、「東北文学の世界」一八号（盛岡大学文学部日本文学会）。齋藤岳城の紹介で、以後、この紀要に前原・村上論を連載。八月、「北の詩人、村上昭夫の題材を探る――蔵書で読み直す」、「敍説」Ⅲ五号。十一月、詩「波」、『日本現代詩選　創立六〇周年記念』三五集（日本詩人クラブ、待望社）。

二〇一一年　六十二歳

十月二十二日、多摩市多摩センター駅近くで後藤と会い、最後の談話となる。ジャコテの詩と自己の詩想とを「自己消去」の一語で表現なさっていた事が印象深い。また、俳句に寄せるジャコテとの共通点（後藤は句作を続けていた）にもたびたび言及なさっていた。別れ際に歩き去る後ろ姿が今も焼き付いている。持病の肺が衰弱していた。午後、府中市の村野四郎記念館を訪問。

二十三日、盛岡市に移動し達夫の弔問。成夫（しげお）（昭夫の兄弟の五男）とお会いする。齋藤・前原正治と共に繋（つなぎ）温泉泊。二十四日、前原の詩作の故郷、鹿角（かづの）・大館（おおだて）・能代（のしろ）を経て、日本海に接する須郷（すごう）岬・黄金崎（こがねざき）・大戸瀬崎（おおどせさき）を廻る。更に白神山地を右正面に見ながら津軽半島を廻る。十二湖にも立ち寄る。岩木山の山裾、嶽（だけ）温泉の大森別荘に泊。詩作の揺籃の地を感覚的に摑めただけでなく、命脈を保つ山毛欅の原生林に分け入ると私自身の生命の水脈、故郷に立ち帰った。私の詩作と前原研究の出発点となる。

二十五日盛岡に戻り、盛岡市立先人記念館で村上昭夫書簡を撮影。成夫宅に泊。二十六日、塩竈・仙台空港の被災地を見る。

＊詩「池山水源――秋」「三鉢のしゃが」「大口海岸」「岡城址の落葉」、「回遊」一八号。三月、「村上昭夫の旧満洲時期」、「東北文学の世界」一九号。四月、「金子光晴の詩――「寂しさの歌」が問いかけるもの」、「敍説」Ⅲ六号。十二月、書評「いのちをないがしろにする現代を撃つ詩―北畑光男詩集『北の蜻蛉（せいれい）』」、「撃竹」七八号。

二〇一二年　六十三歳

一月五日、佳と西口崇夫（たかし）婦の長男、直輝（なおき）誕生。

十二月、『村上昭夫『動物哀歌』の背景』（二〇〇七年初版の改訂版、A4判、総二十五頁）。

＊詩「寺山海岸にて」「波濤――玄界灘」「かいつぶり」「雨ニモマケズ」「ミズナラの抱擁」「仙台空港――二〇

一一年九月二十六日」、「回遊」一九号。評論「『詩と思想　詩人集２０１１』（土曜美術社出版販売）掲載の状況詩について」、「回遊」一九号。六月、「現代詩人論　幼年性の変容――ハーメルンの笛吹き男』付　同詩集本文／「余の風――樋口伸子第一詩集『一二八四年地世間」を吹き抜ける風――阿部謹也と詩」、「敍説」Ⅲ八号。十二月、「リルケ後期を読み込んだ前原正治の詩」、「撃竹」創刊三〇周年八〇号記念特集。

二〇一三年　六十四歳

二月、『金子光晴「寂しさの歌」の継承――金井直・阿部謹也への系譜』（口絵　金子光晴肖像写真、国文社、四六版、総三百十七頁）。

研究動機を得てから三〇年書き継いだ書だった。一九三七年刊の詩集『鮫』から四八年以降刊の三冊の詩集（『落下傘』・『蛾』・『鬼の兒の唄』）までの戦時期詩篇は圧倒的な喚起力を発揮し、この書で取り上げた金井・阿部も生涯の転機となる影響を敗戦後に受ける。詩「寂しさの歌」を中心にして日本人として生きる「寂しさ」に二人共、覚醒した。その後、二人共その正体を探究し新たな眺望を切り開いていったが、阿部は二〇〇六年に逝去なさった。

そこで今回の書で、金子の全著作とその継承者二人の全著作を「寂しさの歌」を中心として問い直す形で構成した。継承されたのは、日本の精神風土における流謫者の境界であり、その寂寥を「歴史的・伝統的なシステム」（世間）への批評という形で発展させた。

もう一方で、阿部も金井もリルケから出発し、出「世間」から更に、本源的な〈緑の道〉と溶け合った本来の人間の在り方へと帰郷する行為に生きた。その帰郷行為を継続すると同時に、「寂しさの歌」を手がかりにして「世間」を批評し変革する個人の実体を二人は生涯かけて追究した。また阿部は、前述したように親鸞に収束し、流謫者としての還相に到達した。金井も禅に共鳴し無明から寂滅への帰郷、反転して現実への批評を生涯貫いた。二人に通底する帰郷行為と現実批評が、泥中でもがき綺羅へとはばたく金子の耽溺とは様相を異にした点も興味深く、副題で系譜と記したのは、単なる金子の受け売りではなく発展、変容の意だった。敗戦から六七年経過した時点で、金子から金井・阿部への系譜を問い直した。

この書をきっかけにして、四月六・七日の中日詩人会総会に参加し岐阜県養老町の詩人で僧侶の冨長覚梁（詩誌「撃竹」編集者、浄土真宗）とも知り合い親鸞への導きを受ける。岐阜県土岐（とき）市の土岐現代詩文学館長の頼圭二郎にもお会いした。同文学館も訪問し、後に頼論もまとめ館を再訪する。同氏が私の金子論に対して

〈特筆すべきは、「寂しさの歌」を表題とする取り上げ方である。まさに、「人間を抹殺する社会（国家）の冷酷非情なるものから派生する個の寂しさ」、ここに焦点を絞り、連なる系譜をつなげてゆく著者の学究的な検証は、何ものにもまして感嘆に値する〉（書評、「ゆすりか」一〇一号）と論評を寄せてくれ何よりの励ましとなる。梅光女学院大学元学長の佐藤泰正からも長時間の電話での励ましがあった。〈夏目漱石が剔抉した日本人の個人の実体に金子光晴も迫っていて、今回の著書をふまえて更に究明してほしい〉とのことだった。真摯なキリスト教学者の言葉にうたれ、光晴からの発展、自身の血肉をともなう立脚点の変容を改めて意識した。

阿部が親鸞に収束したことを検証する意図で、八月二日から四日、「還相社会学研究会第九回全国大会」（京都市、東本願寺岡崎別院）に参加し、シンポジウムの提案者となる。法難の後、親鸞はあらゆる民を浄土の開眼へと導き、歴史的伝統的な集団制に埋没しない流謫の立脚点を明確にして個人の輪郭を示唆した先覚者である。浄土真宗大谷派の真摯な僧侶達と出会って、身の念仏に誘われた。逝去（二〇〇六年九月四日）直前の阿部は、同年の第二回大会シンポジウムに参加し親鸞の二種廻向の境地に共振したと議事録に記されている。この会への参加を阿部に依頼した玉光順正（兵庫県神崎郡市川町、光明寺住職）にも導かれ、称名「帰命盡十方無碍光如来」を称え慈悲の光を授かる悦びを知る。

冨長の助言も得て、廣瀬杲（一九二四年生まれ、シベリア抑留を経て日本に帰還した後、大谷大学を卒業し親鸞に開眼した、元大谷大学学長）の著作にも出会い座右に置いて読み込み血肉の書となる。

他の主要なご批正。

〈「寂しさの歌」は（中略）政治社会史、文化史、精神史のすべてを引き継ぎつつ、一人の日本の詩人が、国家のいまわの際で、岬の先端に立ちつくしつつ歌っている凄い詩ですね。（中略）私には今や日本の近代詩で最も重要な詩の一つであると思われます〉（神品芳夫）。

〈阿部からは、婚約中に、次々と本を手渡されました。その中に、金子光晴の詩集が二冊あったことを思い出しております。フロムの『自由からの逃走』やリルケの詩集もありました〉（阿部謹也夫人、晨子）。

五月、大分県由布市庄内町阿蘇野、九重連山黒岳の東側山麓に初めて分け入る。冬は雪深く地形的な面からも、人を近づけず原生林のまま保護されてきた。山毛欅・楓・欅などが繁茂する原生林には九重連山の

記念講演

贈呈式にて

深層水が湧き出ている。一五八七メートルの峰から中腹にかけての樹冠は、天に向かって光の手を差し出している。私自身の詩作の分岐点にもなった。

熊本県阿蘇郡産山村、九重連山久住山麓の中腹に、その伏流水が湧き出る池山水源がある。周囲は樹齢二百年以上の杉の古木に囲まれていて、黙想すると如来の慈悲に包まれ魂が上昇する回生を体験した。黒岳と共に、以後、年に二回（五月・十月）訪れる。

＊年頭詩「黒岳の山毛欅」。三月、詩「三鉢の胡蝶花」、『日本現代詩選』三六集（日本詩人クラブ、待望社）。六月、松本常彦の学界時評近代で『金子光晴「寂しさの歌」の継承』を評価する、「アナホリッシュ國文学」第三号。九月、「村上昭夫と仏教」、「敍説」Ⅲ一〇号。十一月、疋田雅昭の書評、『金子光晴「寂しさの歌」の継承』、「日本近代文学」八九集。

二〇一四年　六十五歳

一月二十五日、佳の長女、愛梨誕生。

四月十二日、『金子光晴「寂しさの歌」の継承』が第一四回日本詩人クラブ詩界賞を受賞し、三賞贈呈式。「東大駒場　21KOMCEE　レクチャーホール」。

賞状に〈『金子光晴「寂しさの歌」の継承』は事実をしっかりと踏まえつつ詩や詩人の心を深くそして的確に捉えていて見事でした〉と明記。著者紹介・北畑光男、「記念パーティー」お祝いの言葉で神品芳夫は〈坂本さんは詩人と詩人のつながりを系譜で捉えているが、その方法は私の研究方法でもあり、私も受賞したようにうれしく感じている〉と述べた。同じく前原正治は、二〇一一年に共に白神山地に分け入った際に、私が古木に抱きつき原初の生命の水脈に回帰するエピソードを紹介した。

十一月八日、日本詩人クラブ十一月例会。「東大駒場　21KOMCEE　レクチャーホール」で受賞記念講演「金子光晴「寂しさの歌」の問いを自らに課した戦後詩人たち」」。

同月、九・十・十一日、金子の疎開地、山梨県山中湖村平野屋別棟を訪問し、武田泰淳の別荘があった一帯も訪問。妻と共に富士山周辺を一巡する。

『夏目漱石周辺人物事典』（原武哲編者代表、笠間書院）で、鈴木大拙・土井晩翠・正岡子規他十一名の項目を担当。

＊詩「谷川梅林」「ボタン」「大船黒岳」「銀杏が…」「土塀」、「回遊」二〇号。三月、「村上昭夫と宮沢賢治」、「東北文学の世界」二二号。「第一四回日本詩人クラブ詩界賞受賞者紹介」、「選考経過・選考委員の所感」「詩界通信」六六号。六月、同贈呈式の「受賞の言葉」、「詩界通信」六七号。「第一四回日本詩人クラブ詩界賞受賞詩書より」、「詩と思想」六月号。山本陽史(はるふみ)の書評『金子光晴「寂しさの歌」の継承』、「世間の学」三三号。七月、「日本人作家の植民地支配への抵抗――正義と良知による創作」（呂元明著、坂本訳）「合作社運動と野川隆の文学表現」、『近代日本と「満洲国」』（不二出版）。頼圭二郎の書評「坂本正博『金子光晴「寂しさの歌」の継承――金井直・阿部謹也への系譜』」、「ゆすりか」一〇一号。八月九日、「日本人の「個」在り方問う」坂本正博さんの金子光晴論　日本詩人クラブ詩界賞を受賞」インタビュー、「読売新聞」。

二〇一五年　六十六歳

＊年頭言「親鸞は、悪人である凡夫にこそ慈悲の祈りが届くのだと語っています。その心でわが身を振り返ると、あらゆる争いは人間の自己中心性と支配欲から発していることを自覚します。周辺の国々ときな臭い争いを再び起こさないように、新年の語り始めに憲法第九条の精神を思い起こして、孫達が平和的な環境で伸び伸びと羽ばたけるように祈ります」。「金子光晴の疎開地、山中湖畔平野、平野屋別棟」、「回遊」二一号。二月、「白昼、ランプに灯をともして――頼圭二郎と金子光晴「寂しさの歌」」、「敍説」Ⅲ一二号。頼に著作資料を提供していただき全体像を展望した。三月、詩「ボタン」、『日本現代詩選２０１５』三七集（日本詩人クラブ、待望社）。

二〇一六年　六十七歳

五月、『村上昭夫の詩――受苦の呻き　よみがえる自画像』（口絵　村上昭夫肖像写真、国文社、四六版、総二百九十九頁）。

昭夫の詩の特質は、宿痾の苦しみとたたかい人間とは何かと問いつめ、本質へ帰っていく積極的な声を発したところにある。実際には〈宮沢賢治の「あらゆる生物はみんな悲しいものだ」という精神〉に感銘し、一九五〇年の発病以降、創作に打ち込んだ。更に仏の教えに導かれて生物の悲しみを捉え、菩薩の哀れみ（漢訳で悲）の行、同苦同悲の智慧と感情、日常の悲しみを発語した。そして、自己糾問の呻きとあらゆる生命の受苦・呻きを統合し、本来の生命の在り方へとよみがえっていく自画像として結実した。それは、血肉をともなう生の軌跡でありながら、無限の果てへと弧を描いて飛翔する像だった。

このような宇宙感覚を確かめていく過程で、『金子光晴「寂しさの歌」の継承』以後に問い直してきたこととつながった。つまり、回生を透視する「緑の道」が浮き彫りになっていった。晩年の阿部謹也が、親鸞を日本の個人の原型と考えた事も射程においていたので、浄土真宗の僧侶達からも有益な示唆をえた。すると私の血肉をともなう詩の像を意識するようになった。煩悩に迷う人が我執を剔抉すると、原生林のふもとの湧き水のように内からよみがえる力が湧いてくる。そして宇宙の生成を貫く仏の慈悲の光を私自身も身近に感じるようになった。親鸞を通した新たな感覚のよみがえりだが、それはキリスト教の神にも通じるもので特定の宗派に狭めたものではない。一見分かりやすい昭夫の詩を契機にして、私自身も回生し「緑の道」に立ち戻った。

こうして、戦後詩における村野から金井・昭夫へという流れが逆の相貌で見えてきた。つまり「淋しさ（寂しさ）」を〈悲しみ〉の犬の像によって形象化する昭夫を軸とした磁場だ。村野の暗喩は、存在者が無に直面する像を垣間見せるにとどまったが、金井・昭夫は、自画像を〈悲しみ〉の犬の像として血肉化して透視した。昭夫は旧満洲での体験と、戦後の宿痾による呻きを仏教の真髄を咀嚼して血肉化した。そして野良犬という事物に心を開き聞きいって、余計者意識や死の不安、「世間」に疎外される脅迫感などから抜け出て、本来の生命のあり方を希求した。結核病棟で半死半生の境界に生きつつ、詩作を重ねた昭夫は「「死の眼鏡」を通して」（「岩手日報」、一九六七年十月二十五日）で、次のように自画像を語っている。翌年十月十一日に逝去なさったので、この言葉は遺言といってよい。〈嘘の自分への反逆、嘘の世間への反逆だったと思います。村野四郎氏のことばを借りますと、自己脱却のための闘争の情緒〉。〈世間〉から〈脱却〉することと同時に個人の立脚点も透視できるという磁場であり、これは金井・阿部と通底している。昭夫が〈脱却〉しようとする〈世間〉は、三者が生きた日本の精神風土であり、それに拮抗することは日本人として避けられない課題である。

こうして、私が当初から設定していた村野・金子から金井への系譜と、昭夫との関連も捉えた。そして金井・阿部の立脚点だった、「世間」を批評し変革する自画像も、昭夫のそれ（〈悲しみ〉の犬の像）と通底することもはっきりした。

二十年程かかった昭夫研究を二〇一五年の十月頃までにまとめた折、日本は戦後七十年の転換期にさしかかっていた。後世の読者に証言として書き残しておきたい。九月十九日未明、参議院本会議において安全保障関連法案（憲法第九条を壊して戦争をする国に変える法案）を安倍内閣と自民・公明他の党は強行採決した。かつて一九三一年九月十八日、関東軍は中国東北での柳条湖事件を引き起こし中国への侵攻を開始したが、その八十五年後の翌日だった。昭夫が旧満洲で体験した戦争が再現されるかもしれない。私は憲法第九条違反のこの法を廃止するため、全国的な規模の学者の会、西南学院大学有志の会、立憲デモクラシーの会、真宗大谷派・九条の会や、SEALDs（自由と民主主義のための学生緊急行動）の若者達、「だれの子どももころさせない」とつぶやくママの会等と共に書斎を出て運動を継続していった。この運動は個人を拠点にして、自発的な形で幅広く結集し政治風土を変容する可能性を秘めている。転換期を起死回生のバネにして、憲法の理念を実現する民主主義を再生し、個人の尊厳を基軸に置いた政府を展望している。その過程で一人一人が個人の立脚点を問い直さねばなるまい。この波を感じとれる今、昭夫の詩がよみがえる絶好の時期を迎えたと感じている。先述した受苦の呻きからよみがえる自画像、無限の果てへと弧を描いて飛翔する像を継承、発展、変容していきたい。

七月三十一日、宮城県利府（りふ）町（ちょう）の前原宅を訪問し著作資料を提供される。本格的に書誌を収集し研究対象として捉えていく。八月一日、齋藤岳城と共に八幡平（はちまんたい）、旧松尾鉱山・尾去沢（おさりざわ）など前原が一時滞在した地を訪問。八月二日、盛岡市で、成夫と共に昭夫の墓前に刊行の報告をする。私の昭夫論が県内の中学校・高校・公立図書館の蔵書として普及していることを確認できた。

＊年頭句「光の道筋――戦争法案に抵抗する市民運動」。

三月、「金子光晴「寂しさの歌」の問いを、自らに課した戦後詩人たち」（詩界賞受賞記念講演）、「敍説」Ⅲ一三号。四月、「阿部謹也と金子光晴――「寂しさの歌」が触発したもの」、「世間の学」四号。七月三日、『村上昭夫の詩』への北畑光男の書評、「岩手日報」。八月一日、同書への書評、「河北新報」。十一月、同書が第一八回小野十三郎賞（大阪文学学校）の最終候補作となった旨の通知が来信。その選者、金時鐘・倉橋健一・小池昌代の選評、「樹林」六二三号。

二〇一七年　六十八歳

八月六日、後藤信幸がご逝去。

十月、『満洲開拓文学選集』全一八巻の一四巻―「『私の開拓地手記』（山田清三郎）・『北満教育建設記』（伊藤信雄）の解説」（西原和海監修、ゆまに書房）。旧満洲国時期、日本側文学運動の研究蓄積を生かして解説した。

＊年頭詩「北風にさらされ」。「前原正治の詩　注釈の試み」、「回遊」一二号。

一月、原田勇男の二〇一六年度・回顧と展望「戦後詩の本質に迫る先達詩人たちの営為」で、『村上昭夫の詩』を紹介、二〇一六年度アンケート「今年の収穫」でも佐久間隆史・中原道夫・前原正治が紹介、「詩と思想」一・二月合併号。三月、豊泉豪の同書への書評「『村上昭夫の詩――受苦の呻き　よみがえる自画像』」、「東北文学の世界」二五号。四月、「山田直の初心――自画像の創造」、「詩界」二六四号。生前の山田に著作資料を提供していただいた成果。五月、権田浩美の書評『村上昭夫の詩』、「日本近代文学」九六集。十二月、「「寂しさの歌」の継承――山中湖平野で」、関西金子光晴の会「蛾」三号。

二〇一八年　六十九歳

十月、「前原正治　詩作の歩み／主要参考文献」、「敍説」Ⅲ一五号、花書院。前原から著作資料を提供され、伝記的記述や著作年譜・参考文献年譜を充実し校訂もしていただいた。「リルケからの回生」のテーマの下に、金井・神品と前原を結びつける基礎文献となった。これから著作年譜を分離し、それ以外を本書の前原正治書誌に収録。執筆の過程で、前原の読書・創作歴をふまえて、創作初期から座右の銘だった書を読み耽った。するとヘルマン・ヘッセやW・B・イェイツ、ウイリアム・ブレイクらが新鮮な相貌で立ち現れた。ドイツ・イギリス文学を中心とした不朽の生命力は、優れた戦後詩人・前原の手で蘇生され新たな固有の造形美を形作った。

ところで、第二次大戦中にヘッセは片山敏彦に詩「閑な思想」を贈呈している。その冒頭は〈やがていつか　これらはすべて無くなるのだ。／愚かしく天才

的な　こんな数日の戦争も〉だ。この詩に表れたヘッセの反戦の立脚点、自画像を、清水茂は二〇一六年の『私の出会った詩人たち』（舷燈社）で紹介している。神品もヘッセの「郷愁」訳（『新集　世界の文学　ヘッセ』二七巻、中央公論社、一九六八年）を刊行している。これらの四者（片山、神品、清水、前原）はヘッセを媒介につながっている。また、前原の詩は神品のリルケ訳とも縁が深く、片山のリルケ・ヘッセ紹介から神品・清水への系譜に前原もつながることを確認できた。また前述したように、居住地スイスでナチに対峙し批判を続けたヘッセの魂を身近に感じるようになり、国内亡命者の金子光晴の系譜とも合わせて、更に地球規模に広げて展望していった。金井も戦後に初めて読んだのは片山訳の『新訳　リルケ詩集』（新潮社、一九四二年）で、当時は他の訳が身近になかったそうだ。

この頃、安倍内閣・自民党・公明党は憲法違反の「共謀罪」など、嘘でかためた悪法を次々に強行採決していたので、ヘッセの叡智を継承する世代から学び、現況と対峙する意義を再確認した。また国民の言論集会・結社の自由を剝奪する過程で、公文書を改竄、国有財産の違法な売買、財務省事務次官の女性記者へのセクハラ行為などが次々と発覚し、専制化した権力の末期症状・腐敗が露呈していった。

超越者の視線を閉鎖的な悟りに収束せず二種廻向の立脚点として生きる自画像、つまり衆生がその罪の自覚をふまえて回生する透視力で、これらの腐敗を裁かなければならない。それには、これまでの社会構成体を変える市民の登場が必要で、その協同性がいかになされるかが重要だ。創作者・研究者は、時代の屈折の渦の中で先の四者に金井も加えた系譜と同時に、金子から金井・阿部への系譜も継承、発展、変容させ合わせて何をなすべきか、問われ続けるだろう。

＊年頭詩「山毛欅の湖」。四月、「名詩集発掘　前原正治詩集『緑への風見』魂の交流と世界との触れ合い——その狭間に宿る命の寂寥」、「詩と思想」四月号。

二〇一九年　七十歳

古希を迎える。椎間板ヘルニアや右膝の半月板損傷などで階段を昇降しにくくなり、そのリハビリのため温水プールで水中歩行を続ける。かえって執筆に集中するようになる。

＊一月、詩「岡城阯の紅葉——後藤信幸に」「樹上の呼び声」、「金井直の蟬の詩」、「回遊」一二三号。三月、「前原正治の変身　——樹木的姿勢の岐路」、「東北文学の世界」二七号。七月、「金井直の蟬の詩」、「敍説」Ⅲ一六号。

二〇二〇年　七十一歳

新型コロナ感染症が世界的に拡大し、日本も緊急事態宣言がなされた。翌々二二年にもまたがって収拾の目途がたたず多数の方が亡くなった。文明化による自然破壊と都市に密集する生活形態を根本的に転換する課題が突きつけられた。

＊一月、詩「引き寄せる」「隠し水」、詩集評「神原芳之（神品芳夫）『青山記』――よみがえる想像力」、詩集評「冨長覚梁『闇の白光』――自ら然らしむる人」、「回遊」二四号。「金井直の花の詩　1」、「敍説」Ⅲ一七号。二〇一九年度アンケート「今年の収穫」で神品が坂本著「中国東北地区の反満抗日文学運動」を紹介、「詩と思想」一・二月合併号。二月、吉田義昭の「村上昭夫の詩」で『村上昭夫の詩』を批評、「千年樹」八一号。三月、「死者は　生者の泉である――前原正治　鎮魂から生存の問いへ」、「東北文学の世界」二八号。五月、「「現代詩の50人」詩人論　〈緑〉に溶け合って生命の本源を開く　前原正治詩集『緑の歌』」、「詩と思想」五月号。白島真の詩誌評「詩論は詩の骨格を支える」で「回遊」二四号と「金井直の花の詩1」を批評、同誌。七月、詩「岡城址の紅葉」、『日本現代詩選２０２０』三九集、日本詩人クラブ七〇周年記念（日本詩人クラブ、待望社）。十一月、「金井直の花の詩　2」、「敍説」Ⅲ一八号。

二〇二一年　七十二歳

＊一月、詩「槿」、評論「真相を研ぎ澄ます――山本みち子の風刺」、詩集評「本多寿『風の巣』」、「回遊」二五号。熊本県の葦北郡百済来村（旧）出身で、武蔵村山市在住の山本みち子から数年にわたって著作や創作歴などの資料提供を受けていたが、ようやく小論にまとめ発表した。本多寿からも著作などの提供を受け始め、読み込みを始めた。三月、「逼塞する無垢、回生する想像力――前原正治　ブレイクの子供の詩からの触発」、「東北文学の世界」二九号。十月、「リルケからの回生――前原正治〈世界苦と子供〉のイメージ」、「敍説」Ⅲ一九号。

二〇二二年　七十三歳

九月、『金井直蔵書目録　増補改訂版』（前出初版の定本、金井直詩料館・坂本編集、坂本発行、Ａ３判、総二十八頁）。

十月、『前原正治著作年譜　二〇二二年版』（前原正治監修、坂本編集・発行、Ａ４判、総十九頁）。

十二月、『リルケからの回生　戦後詩の新水脈　前原正治　金井直』（装幀　高島鯉水子、土曜美術社出版販売、四六判、総五百五十一頁）。

＊一月、詩「木蔭の胡蝶花」、評論「神品芳夫の近作」・「神品芳夫の『木島始論』」、句集評『葛の空　後藤信幸全句集』、「回遊」二六号。漆原正雄の「ジョバンニ

の切符　二〇二一年度・回顧と展望／詩誌」で「逼塞する無垢、回生する想像力」（「東北文学の世界」二九号）が取り上げられる、「詩と思想」一・二月号。二月、「詩「初夏・蝶」の造形――前原正治　生命の水脈」、「撃竹」創刊四〇周年一〇〇号記念特集。三月、「〈緑の歌〉の想像力――「経験」から「生命（いのち）」への回生」、「東北文学の世界」三〇号。四月、「前原正治「〈世界苦と子供〉のイメージ」――リルケからの回生　特集　困難な時代の詩Ⅱ」、「詩界」二六九号、日本詩人クラブ。六・七月、「村野四郎の知性と土俗性について　前・後編」、「詩と思想」六・七月号。九月、「牛島春子年譜　増補改訂版――付き、牛嶋晴男略年譜・牛島春子年譜作成を通して」、「敍説」Ⅲ二〇号。

■初出一覧

リルケからの回生　戦後詩の新水脈　前原正治　金井直

Ⅰ　前原正治

一　前原正治詩集『緑の歌』　「詩と思想」五月号、二〇二〇年

二　前原正治の変身　「東北文学の世界」二七号、盛岡大学文学部日本文学会、二〇一九年

三　死者は生者の泉である　「東北文学の世界」二八号、同、二〇二〇年

四　逼塞（ひっそく）する無垢、回生する想像力　「東北文学の世界」二九号、同、二〇二一年

五　リルケからの回生　「敍説」Ⅲ一九号、花書院、二〇二一年

六　〈緑の歌〉の想像力　「東北文学の世界」三〇号、同、二〇二二年

書誌

前原正治　詩作の歩み／主要参考文献　「敍説」Ⅲ一五号、同、二〇一八年

Ⅱ　金井直

一　金井直の蟬の詩　「敍説」Ⅲ一六号、同、二〇一九年

二　金井直の花の詩　「敍説」Ⅲ一七・一八号、同、二〇二〇年

Ⅲ　神品芳夫

一　詩集評　神原芳之（神品芳夫）『青山記（せいざんき）』　「回遊」二四号、坂本個人詩誌、二〇二〇年

二　神品芳夫の近作／神品芳夫の『木島始論』　「回遊」二六号、同、二〇二二年

Ⅳ　戦後詩の新水脈

真相を研ぎ澄ます　「回遊」二五号、同、二〇二一年

岡城阯の紅葉（もみじ）　「回遊」二三号、同、二〇一九年

句集評『葛（くず）の空（そら）　後藤信幸全句集』　「回遊」二六号、同、二〇二二年

詩集評　冨長覚梁『闇の白光（びゃっこう）』　「回遊」二四号、同、二〇二〇年

詩集評　本多寿『風の巣』　「回遊」二五号、同、二〇二一年

Ⅴ　研究と詩作の歩み　書き下ろし

あとがき

既刊の四冊の著書で積み上げてきた「リルケからの回生」の系譜を集大成する企画をたて、その関連文献〈死者（先達）の叡智〉を収集し論旨を整理してきた。この準備と初稿の発表に歳月を費やした。

論旨の道筋が整ってくる過程で、リルケやヘッセにとどまらず、多くの先達の叡智が染み透ってきた。すると私の生存の軌跡も変容していき、先達から回生した戦後詩の新水脈（金井直・前原正治）が浮き彫りになってきた。また、先行して先達の叡智を血肉化した同時代の文学者（神品芳夫・後藤信幸）とも出会い多くの示唆をえた。生命の水脈に似た縦と横の叡智の水脈が私の血肉にも染み透って、固有の磁場へと回生した金井・前原をくっきりと捉えた。

「人から人へ、その作品を媒介にした水脈（系譜）を探り当てること」は、普遍的な方法であり文学史の透視につながる。本書は、日本の戦後詩を対象にしてそのような水脈を掘り当てる試みだ。

だが、戦後詩人は書誌資料を収集し整備する作業から成し遂げねばならず、研究の段階に踏み込める詩人しか書けない。同時代の金井や前原の場合は、著作資料や参考文献を本人が提供するという幸運に恵まれた。ほぼ網羅的に収集し著作年譜・主要参考文献目録を作成できた。執筆の過程で、創作に関係した文学作品の書誌情報も提供してくれたので、本書の各処に記述し論拠を示した。

また、山本みち子からも資料提供の便宜を受けたことをここに記し深謝する。長期間にわたって丁寧に質問に答え、網羅的に著作資料を収集し読解する作業を待ち続けてくれた諸氏の厚意を支えとして本書をまとめることができた。研究の次元でやり遂げるための必須条件をこれらの方々が充たしてくれた。

敗戦後七十七年を経たのだから、今このような事を成し遂げていけば次世代にバトンタッチできる。原子朗（はらしろう）や小川和佑（おがわかずすけ）などが早くから提起していた基礎作業であり、文学史としての戦後詩を跡付けるために必須の準備と方法を本書は提示している。書誌も収録したのはその提起のためだ。だがまだ隠れた新水脈を跡づけたにすぎず、今後も全体像（本流）を浮き彫りにしていきたい。

このような地道な研究を、「敍説」「東北文学の世界」等の研究誌が長期間にわたって連載してくれた。またその途上で、読者諸氏の励ましの言葉によって支えられ継続して執筆できた。「詩と思想」にも発表する機会がふえてきて、編集者各位の厚意にも支えられて本書はまとまった。感謝を申し上げたい。

特に、大冊の編集に際してご助力いただいた高木祐子社主、丁寧な校正をしていただいた宮野一世、装幀者の高島鯉水子にも深謝したい。

なお表紙カバーに構成した絵は、ウラジーミル・アルキポヴィッチ・ボンダレンコ（ロシアの画家、一八六六－一九〇〇年）の油彩画「フォレスト　ストリーム」である。

二〇二二年十二月

坂本正博

著者略歴

坂本正博（さかもと・まさひろ）

一九四九年北九州市小倉南区に生まれる。北九州市立大学外国語学部中国学科卒業。

【研究主題】リルケからの回生――戦後詩の新水脈、前原正治・金井直。金子光晴からの変容の系譜。現代詩人の研究（村野四郎・村上昭夫・神品芳夫・山本みち子・冨長覚梁・本多寿・頼圭二郎）等。中国東北地区（旧満洲国時期）の文学。牛島春子。「村野四郎語彙・イメージ辞典」に、一九九二年度文部科学省研究費補助金を受ける。

【著編書】『金井直の詩　金子光晴・村野四郎の系譜』。『帰郷の瞬間――金井直『昆虫詩集』まで』。『金子光晴「寂しさの歌」の継承――金井直・阿部謹也への系譜』で、第一四回詩界賞（日本詩人クラブ、二〇一四年）。『村上昭夫の詩――受苦の呻き　よみがえる自画像』。『金井直蔵書目録　増補改訂版』。『牛島春子年譜　増補改訂版』。

【共著・訳書】『文学・社会へ　地球へ』。『近代日本社会運動史人物大事典』。『近代日本と「偽満洲国」』。『現代詩大事典』。『夏目漱石周辺人物事典』。

【所属学会・会員】日本近代文学会、日本詩人クラブ、紡説舍。

リルケからの回生（かいせい）
——戦後詩の新水脈　前原正治　金井直

発行　二〇二二年十二月二十八日

著者　坂本正博
装幀　高島鯉水子
発行者　高木祐子
発行所　土曜美術社出版販売
〒162-0813　東京都新宿区東五軒町三—一〇
電話　〇三—五二二九—〇七三〇
FAX　〇三—五二二九—〇七三二
振替　〇〇一六〇—九—七五六九〇九
印刷・製本　モリモト印刷
ISBN978-4-8120-2700-4　C0095